DUNGEONS & DRAGONS®

Outros títulos de literatura da Jambô

Dungeons & Dragons

A Lenda de Drizzt, Vol. 1 — Pátria

A Lenda de Drizzt, Vol. 2 — Exílio

A Lenda de Drizzt, Vol. 3 — Refúgio

A Lenda de Drizzt, Vol. 4 — O Fragmento de Cristal

A Lenda de Drizzt, Vol. 5 — Rios de Prata

A Lenda de Drizzt, Vol. 6 — A Joia do Halfling

A Lenda de Drizzt, Vol. 7 — Legado

A Lenda de Drizzt, Vol. 8 — Noite sem Estrelas

A Lenda de Drizzt, Vol. 9 — Cerco das Trevas

A Lenda de Drizzt, Vol. 10 — Passagem para o Alvorecer

Crônicas de Dragonlance, Vol. 1 — Dragões do Crepúsculo do Outono

Crônicas de Dragonlance, Vol. 2 — Dragões da Noite do Inverno

Crônicas de Dragonlance, Vol. 3 — Dragões do Alvorecer da Primavera

Lendas de Dragonlance, Vol. 1 — Tempo dos Gêmeos

Lendas de Dragonlance, Vol. 2 — Guerra dos Gêmeos

Lendas de Dragonlance, Vol. 3 — Teste dos Gêmeos

Heranças de Dragonlance, Vol. 1 — A Segunda Geração

Heranças de Dragonlance, Vol. 2 — Dragões da Chama do Verão

Crônicas de Raistlin, Vol. 1 — Forja da Alma

Tormenta

Trilogia da Tormenta, Vol. 1 — O Inimigo do Mundo

Trilogia da Tormenta, Vol. 2 — O Crânio e o Corvo

Trilogia da Tormenta, Vol. 3 — O Terceiro Deus

A Joia da Alma

A Deusa no Labirinto

A Flecha de Fogo

A Cidade da Raposa

Dado Selvagem

As Torres de Wynlla

Crônicas da Tormenta, Vol. 1

Crônicas da Tormenta, Vol. 2

Crônicas da Tormenta, Vol. 3

Outras séries

Dragon Age, Vol. 1 — O Trono Usurpado

Dragon Age, Vol. 2 — O Chamado

Dragon Age, Vol. 3 — Despedaçado

CRÔNICAS DE RAISTLIN

VOLUME DOIS

IRMÃOS DE ARMAS

MARGARET WEIS & DON PERRIN

Arte de capa por DANIEL HORNE

Tradução por ANA CRISTINA RODRIGUES

JAMBÔ

DUNGEONS & DRAGONS®

Crônicas de Raistlin Vol. 2 — Irmãos de Armas

Título Original: Brothers in Arms
Tradução: Ana Cristina Rodrigues
Edição: Victória Cernicchiaro
Revisão: Vitória Vozniak
Arte de Capa: Daniel Horne
Diagramação e Lettering: Victória Cernicchiaro
Assistente de Produção: Laura Reginin
Editora-Chefe: Karen Soarele
Diretor-Geral: Guilherme Dei Svaldi

JAMBÔ

Rua Coronel Genuíno, 209 • Porto Alegre, RS • CEP 90010-350
contato@jamboeditora.com.br • www.jamboeditora.com.br

1ª edição: agosto de 2025 | ISBN: 978858365181-9

Dados Internacionais de Catalogação na Publicação

W426i Weis, Margaret
Irmãos de armas / Margaret Weis e Don Perrin; tradução de Ana Cristina Rodrigues. — Porto Alegre: Jambô, 2025.
432p.

1. Literatura norte-americana. I. Weis, Margaret. II. Rodrigues, Ana Cristina. III. Título.

CDU 82-312.9

Urdidura: Os fios que são estendidos longitudinalmente no tear, geralmente torcido com mais força do que a trama com a qual esses fios são cruzados para formar a teia ou peça.

Trama: Os fios que se cruzam de um lado a outro de uma teia, em ângulos retos aos fios da urdidura, com os quais estão entrelaçados.[1]

---

[1] Oxford English Dictionary (Segunda Edição)

Livro um

"Não me importo com o seu nome, Vermelho. Não quero saber. Se você sobreviver às suas três primeiras batalhas, então talvez eu aprenda. Não antes. Eu costumava aprender os nomes, mas foi uma maldita perda de tempo. Assim que começava a conhecer um enjoado, ele morria. Hoje em dia, já não me incomodo."

— Horkin, mestre de magia

1

Névoa cercava a Torre da Alta Magia em Wayreth, e uma leve garoa caía. A chuva brilhava nas janelas divididas. As gotas se acumulavam nos beirais de pedra das janelas, transbordando e fluindo pelas paredes pretas de obsidiana da Torre, onde as gotas se uniam em poças no pátio. Naquele pátio, havia uma mula e dois cavalos carregados com cobertores enrolados e alforjes, prontos para viajar.

A cabeça da mula estava abaixada, as costas encolhidas, as orelhas caídas. Era uma mula mimada, acostumada com aveia seca, estábulos confortáveis, estradas ensolaradas e um ritmo calmo e tranquilo. Para Jenny, não havia motivo para seu mestre viajar em um dia tão úmido e tinha resistido, teimosa, a todas as tentativas de arrastá-la para fora do seu estábulo. O humano corpulento que tentara estava sentindo dores na coxa machucada.

A mula ainda estaria em seu estábulo quentinho, mas fora vítima de um truque, um ardil montado pelo grandalhão. O cheiro gostoso das cenouras, o aroma apetitoso das maçãs... foram a sua tentação e a sua ruína. Agora, estava na chuva, sentindo-se muito chateada e determinada a fazer o grandalhão sofrer, a fazer todos sofrerem.

O líder do Conclave, o mestre da Torre de Wayreth, Par-Salian, observava a mula pela janela dos seus aposentos na Torre Norte. Ele viu a orelha do animal tremer, e, sem perceber, encolheu-se ao ver o casco traseiro esquerdo ir na direção de Caramon Majere, que estava tentando prender um pacote na sela dela. Caramon já tinha caído perante a mula naquele dia, e estava atento. Ele também vira o tremor revelador na orelha, entendeu seu presságio e conseguiu desviar do coice. Acariciou o pescoço de Jenny e mostrou outra maçã, mas ela abaixou a cabeça. Pela sua aparência, Par-Salian achava, pois sabia alguma coisa sobre mulas mesmo que poucos acreditassem nisso, que a criatura estava pensando em rolar no chão.

Sem saber, felizmente, que todo seu trabalho cuidadoso estava prestes a ser derrubado e amassado, além de jogado em uma poça, Caramon começou a carregar os dois cavalos. Ao contrário da mula, os cavalos estavam felizes por estarem fora do confinamento e do tédio dos estábulos, e ansiavam por galopar rápido e ter a oportunidade de esticar os músculos, ver novas paisagens. Os cavalos batiam os cascos, sopravam e dançavam brincalhões nas pedras, bufando e se sacudindo na chuva, olhando ansiosos para os portões e para a estrada mais além.

Par-Salian também olhava para a estrada mais além. Podia ver para onde ela levava, podia ver a estrada com muito mais clareza que os demais naquele momento em Krynn. Ele via as dificuldades e os esforços, ele via o perigo. Via esperança também, apesar de sua luz estar fraca e trêmula, como a luz mágica emitida por um cristal no topo do cajado de um jovem mago. Par-Salian tinha barganhado por aquela esperança, mas a um custo terrível e, naquele momento, a luz daquela esperança pouco fazia além de revelar mais perigos. Precisava ter fé, porém. Fé nos deuses, fé em si mesmo, fé naquele que escolhera como sua espada de batalha.

Sua "espada de batalha" estava no pátio, infeliz na chuva, tossindo com força, tremendo de frio enquanto observava o irmão, que mancava de leve por causa da coxa machucada, aprontando os cavalos para a jornada. Um guerreiro como o irmão teria rejeitado uma espada como aquela de imediato, pois era, nas aparências, fraca e frágil, pronta a quebrar a qualquer momento.

Par-Salian sabia mais sobre aquela espada do que talvez a própria arma. Sabia que a vontade de ferro da alma do jovem mago, tendo sido temperada no sangue, requentada no fogo, moldada pelo martelo do destino e resfriada por suas próprias lágrimas, transformou-se no mais fino aço, forte e aguçado. Par-Salian tinha criado uma arma afiada, mas como todas as armas, podia ter um fio duplo. Podia ser usada para defender os fracos e os inocentes, ou para atacá-los. Ele não sabia ainda como a espada iria cortar. E duvidava que ela mesma soubesse.

O jovem mago, usando suas novas vestes vermelhas — simples vestes tecidas em casa, sem adornos, pois não tinha dinheiro para comprar coisa melhor — estava encolhido embaixo de uma roseira florida no pátio, procurando abrigo da chuva. Os ombros magros do jovem tremiam as vezes, e ele tossia em um lenço. A cada tossida, seu irmão, forte e saudável, parava o seu trabalho para lançar um olhar ansioso ao seu gêmeo. Par-Salian via o jovem enrijecer de irritação, via seus lábios se movendo e quase conseguia ouvir seu aviso seco para que seu irmão continuasse seu trabalho e o deixasse em paz.

Uma outra pessoa irrompeu no pátio, bem a tempo de evitar que a mula derrubasse a sua carga. Um homem bem arrumado, de meia-idade, usando vestes cinzentas — pois não estragaria suas vestes brancas com as manchas da viagem — e um manto com capuz, Antimodes era uma visão bem-vinda. Seu ar animado parecia dispersar a melancolia daquele dia enquanto ele repreendia a mula, acariciava suas orelhas, e instruía o gêmeo mais forte sobre algo em relação a bagagem, a julgar por seus gestos e acenos de mão. Par-Salian não conseguia ouvir a conversa, mas sorriu ao ver aquilo. Antimodes era um velho amigo, mentor e patrocinador do jovem mago.

Antimodes ergueu a cabeça e olhou para a Torre Norte, erguendo os olhos para onde Par-Salian os baixava. Apesar de o arquimago vestes brancas não poder ver o líder da Ordem de onde estava no pátio, ele sabia muito bem que Par-Salian estava ali, vigiando. Antimodes franziu a testa e fechou a cara, certificando-se de que o líder do Conclave soubesse sobre a sua raiva e sua desaprovação. A chuva e a neblina eram culpa de Par-Salian, claro. Ele controlava o tempo ao redor da Torre da Alta Magia. Poderia se despedir de seus hóspedes com sol e clima primaveril se quisesse.

Na verdade, Antimodes não estava tão chateado assim com o tempo. Era apenas uma desculpa. O verdadeiro motivo por trás da ira do arquimago vestes brancas era sua desaprovação sobre como Par-Salian lidara com o Teste do jovem mago na Torre da Alta Magia. A desaprovação dele era tão forte que nublava a longa amizade entre os dois homens.

A chuva era uma forma de Par-Salian dizer "entendo sua preocupação, meu amigo, mas não podemos passar todos os dias ao sol. A roseira precisa da chuva para sobreviver, assim como do sol. E essa melancolia, essa escuridão incômoda, não é nada, amigo, nada comparada ao que ainda está por vir!".

Antimodes sacudiu a cabeça, como se tivesse ouvido os pensamentos de Par-Salian, e virou-se, irritado. Um homem prático e pragmático, ele não entendia o simbolismo e se ressentia por ser forçado a começar sua jornada encharcado até os ossos.

O jovem mago estivera observando Antimodes com atenção. Quando ele se virou e voltou a tentar acalmar a mula zangada, Raistlin Majere virou seu olhar para a Torre Norte, para aquela janela onde estava Par-Salian. O arquimago sentiu o peso daqueles olhos — olhos dourados, cujas pupilas eram no formato de ampulhetas — tocá-lo, arrepiando sua pele como se a ponta de uma lâmina deslizasse por ela. Os olhos dourados, com sua visão amaldiçoada, não davam indícios dos pensamentos por trás deles.

Raistlin não entendia por completo o que lhe acontecera. Par-Salian temia o dia em que o jovem mago entendesse. Mas fora parte do preço a pagar.

Raistlin estaria amargurado, ressentido? Par-Salian se perguntava. Seu corpo fora estraçalhado, sua saúde arruinada. Daquele momento em diante, seria uma pessoa adoentada, que se cansava com facilidade, sempre com dor, dependente de seu irmão mais forte. O ressentimento seria natural, compreensível. Ou estaria Raistlin aceitando? Acreditaria que o aço fino de sua lâmina valera o preço? Provavelmente não. Ele ainda não conhecia a sua própria força. Se os deuses quisessem, teria tempo para aprender. Estava prestes a ter sua primeira lição.

Todos os arquimagos no Conclave tinham participado do Teste de Raistlin ou tinham ouvido dos seus colegas sobre o que acontecera durante o Teste. Nenhum deles o aceitaria como aprendiz.

— A alma dele não é dele — disse Ladonna dos Vestes Negras — e quem sabe quando o comprador virá reivindicar sua propriedade.

O jovem mago precisava ser instruído, precisava de treinamento não só em magia, mas na vida. Par-Salian tinha discretamente feito sua investigação e descoberto um professor que ele esperava ser capaz de prover um plano de estudos adequado. Um instrutor bastante improvável, mas um em quem o líder do Conclave tinha muita fé, apesar da surpresa que seria para o instrutor ouvir isso.

Agindo de acordo com as instruções de Par-Salian, Antimodes perguntou se o Raistlin e seu irmão estariam interessados em viajar para o leste durante a primavera, para treinar como mercenário com o exército do renomado Barão Ivor de Langtree. Esse treinamento seria adequado para o jovem mago e seu irmão guerreiro, que precisavam ganhar seu pão, enquanto refinavam suas habilidades marciais.

Habilidades que iriam precisar depois, a não ser que Par-Salian estivesse muito enganado.

Não precisava se apressar. Estavam ainda no começo do outono, a época em que guerreiros começavam a pensar em guardar suas armas, a procurar um lugar confortável para passar os dias frios do inverno perto do fogo, contando histórias sobre a sua própria coragem. O verão era a estação da guerra, a primavera a estação para se preparar para a guerra. O jovem teria o inverno todo para se curar, ou melhor, teria tempo para se adaptar a sua condição, pois jamais se curaria.

Um trabalho legítimo assim impediria Raistlin de exibir seus talentos nas feiras locais em troca de dinheiro, algo que fizera no passado para o grande choque do Conclave. Tudo bem que ilusionistas, ou praticantes pouco habilidosos da arte, tornaram-se um espetáculo público, mas não aqueles que eram aceitos pelo Conclave.

Par-Salian ainda tinha outro motivo para mandar Raistlin até o barão, um motivo que o jovem — se tivesse sorte — jamais saberia. Antimodes tinha suas suspeitas. Seu velho amigo Par-Salian nunca fazia nada por fazer, todos seus meios tinham como alvo um fim específico. O arquimago de vestes brancas tinha tentado descobrir, pois era um homem que adorava segredos como um avarento ama suas moedas, contando-as durante a noite, acariciando-as e gabando-se por elas. Mas Par-Salian ficava de boca fechada, não cairia vítima nem mesmo da armadilha mais astuta.

O pequeno grupo estava finalmente pronto para partir. Antimodes subiu na sua mula. Raistlin montou em seu cavalo com ajuda de seu irmão, ajuda que aceitou com amargura e nenhuma gratidão, pelo que parecia. Caramon, com paciência exemplar, certificou-se que seu irmão estava acomodado e confortável, e depois se lançou com facilidade na sela de seu alazão de ossos largos.

Antimodes saiu na frente. Os três se dirigiram para o portão. Caramon cavalgava com a cabeça abaixada por causa da chuva. O mago partiu com um olhar para a janela na Torre Norte, que expressava seu extremo desconforto e sua grande irritação. Raistlin parou seu cavalo no último momento, virando na sela para observar a Torre da Alta Magia. Par-Salian podia imaginar o que estava passando pela cabeça do jovem. Coisas parecidas tinham passado pela sua cabeça quando jovem.

Como a minha vida mudou em alguns poucos dias! Entrei neste lugar forte e confiante. Parto, fraco e estilhaçado, com minha visão amaldiçoada, meu corpo frágil. Porém, parto deste lugar triunfante. Parto com a magia. Para ganhar isso, eu teria trocado a minha própria alma…

— Sim — Par-Salian falou baixo, observando até os três terem entrado na Floresta de Wayreth e ali sumirem de sua visão mortal. Seus olhos mentais os observariam por muito mais tempo. — Sim, você teria. Você o fez. Mas não sabe disso ainda.

A chuva caiu com mais força. Antimodes estaria xingando seu amigo com muita vontade agora. Par-Salian sorriu. Teriam sol quando saíssem da floresta. O calor logo os assaria, não precisariam cavalgar por muito tempo com as roupas molhadas. Antimodes era um homem rico, que gostava do seu conforto. Iria garantir que dormissem em camas de uma boa hospedaria. Iria pagar por isso também, se encontrasse um jeito de o fazer sem ofender os gêmeos, que tinham apenas um punhado de moedas na bolsa, mas com um orgulho que encheria os cofres de Palanthas.

Par-Salian se afastou da janela. Tinha coisas demais para fazer do que ficar parado ali, encarando a cortina de chuva. Lançou um feitiço para trancar a porta, um feitiço forte, que deixaria de fora até os magos mais poderosos, como Ladonna dos Vestes Negras. Era verdade que Ladonna não visitava a Torre fazia muito, muito tempo, mas ela adorava chegar de forma inesperada e nos momentos mais inoportunos. Não podia deixar que ela o descobrisse envolvido naqueles estudos específicos, nem podia permitir que nenhum dos outros magos que moravam ali ou frequentavam a Torre descobrissem o que estava fazendo.

Não era a hora para revelar o pouco que sabia. Não era o bastante. Tinha que saber mais, que descobrir se o que começara a suspeitar era verdade. Tinha que aprender mais, certificar-se que a informação que captara de seus espiões era acurada.

Certo de que ninguém além de Solinari, deus da magia branca, poderia romper o feitiço colocado na porta, Par-Salian sentou-se à mesa. Na mesa, que era feita por anões e um presente de um dos thanes de Thorbardin por serviços prestados, estava um livro.

O livro era antigo, muito antigo. Antigo e esquecido. Par-Salian só o descobrira por referências feitas em outros textos, ou sequer saberia de sua existência. Com isso, fora forçado a procurá-lo por muitas horas, na biblioteca da Torre da Alta Magia, um lugar de livros de referência e de feitiços, além de pergaminhos de magia, tão vasta que jamais fora catalogada. Nem jamais seria, exceto na mente de Par-Salian, pois ali havia textos perigosos, cuja existência precisava ser guardada com cuidado, conhecidos apenas pelos líderes das Três Ordens e alguns conhecidos somente pelo Mestre da Torre. Havia também textos cuja existência ele próprio desconhecia, como comprovado pelo livro à sua frente, um livro que finalmente descobrira em um canto de um depósito, colocando, por engano ou de propósito, em uma caixa marcada como "Jogos para crianças".

A julgar pelos outros artefatos encontrados na caixa, ela tinha vindo da Torre da Alta Magia em Palanthas e datava da época de Huma. A caixa, sem dúvida, estivera entre aquelas fechadas às pressas quando os magos engoliram seu orgulho e abandonaram a Torre, em vez de declarar guerra total contra as pessoas de Ansalon. Estava marcada como "Jogos para crianças", fora jogada em um canto e depois esquecida no caos que se seguiu ao Cataclismo.

Par-Salian passou a mão de leve sobre a capa de couro do livro velho, o único livro encontrado na caixa. O líder do Conclave limpou a poeira e a sujeira de ratos e teias que tinha apagado parcialmente o título gravado do livro, cujas letras ele sentia sob a ponta dos seus dedos. Um título que lhe dava arrepios.

2

As árvores da Floresta de Wayreth, a guardiã mágica e pródiga da Torre da Alta Magia, estavam alinhadas como soldados de vigia — altas, silenciosas e severas embaixo das nuvens baixas.

— Guardas de honra — disse Raistlin.

— Para um funeral — murmurou Caramon.

Ele não gostava da floresta, que não era natural, mas vagante e inesperada e que não estava à vista de manhã, porém o cercava à noite. Uma floresta perigosa para aqueles que ali adentravam despercebidos. Ficou agradecido quando finalmente deixaram aquele lugar, ou talvez tenha sido a floresta que os deixou.

Como quer que fosse, as árvores levaram as nuvens com elas. Caramon tirou seu chapéu e ergueu o rosto para o sol, aquecendo-se no calor e no brilho.

— Me sinto como se não visse o sol há meses — disse ele em voz baixa, olhando para trás, com raiva, para a Floresta de Wayreth, agora uma muralha formidável de árvores escuras e úmidas envoltas em neblina cinzenta. — É bom estar fora daquele lugar. Não quero voltar nunca enquanto eu viver.

— Não há motivo algum para que você volte, Caramon — disse Raistlin. — Acredite, não vão convidá-lo para voltar. Nem — acrescentou, em um tom mais baixo — eu.

— Então, ótimo — Caramon disse com firmeza. — Não sei porque você iria querer voltar. Não depois... — Olhou de relance para seu irmão, viu sua expressão sombria, os olhos brilhando, e hesitou. — Não depois de... bem... do que fizeram para você.

A coragem de Caramon, que foi esmagada na Torre da Alta Magia, revivia às mil maravilhas no sol quente, fora das sombras das árvores desconfiadas e vigilantes.

— Não é certo o que esses magos fizeram com você, Raist! Posso dizer isso agora que estamos longe daquele lugar horrível. Agora que tenho certeza de que ninguém vai me transformar num besouro ou formiga ou em qualquer coisa só por falar o que eu penso.

— Não quis ofender, senhor — Caramon acrescentou, voltando sua atenção para o companheiro de viagem deles, o arquimago de vestes brancas, Antimodes. — Aprecio tudo o que você fez por meu irmão no passado, senhor, mas acho que você podia ter tentado impedir que seus amigos o torturassem. Não tinha necessidade disso. Raistlin poderia ter morrido. Ele quase morreu. E você não fez nada. Absolutamente nada!

— Chega, Caramon! — Raistlin ralhou, chocado.

Ele olhou ansioso para Antimodes que, felizmente, não pareceu se ofender com a declaração direta de Caramon. Era quase como se o arquimago concordasse com o que tinha sido dito. Mesmo assim, Caramon agira como um idiota, como de hábito.

— Você está esquecendo do seu lugar, meu irmão! — Raistlin afirmou, zangado. — Desculpe-se...

A garganta de Raistlin se fechou e ele não conseguia respirar. Deixou as rédeas caírem e se agarrou no pomo da sela, tão tonto e fraco que temeu cair do cavalo. Inclinando-se sobre o pomo, ele tentou, desesperadamente, limpar a garganta. Seus pulmões ardiam, como arderam na época, tantos anos antes, em que estivera muito doente, quando desmaiara na sepultura de sua mãe. Ele tossiu e tossiu, mas não recuperou o fôlego. Labaredas azuis piscavam na frente de seus olhos.

É o fim!, pensou aterrorizado. *Não vou sobreviver a isso!*

O espasmo cedeu de repente, e Raistlin puxou uma respiração trêmula, e outra, e outra. Sua visão clareou. A dor ardente diminuiu. Conseguiu ficar sentar direito. Procurou por um lenço, cuspiu o catarro e o sangue, usando o lenço para limpar os lábios. Sua mão se fechou sobre o lenço rapidamente e o guardou de volta no cinto de seda que usava na cintura, enfiando o tecido manchado entre as dobras de sua veste vermelha para que Caramon não visse.

Caramon descera do seu cavalo, em pé ao lado de Raistlin, observando-o ansioso, com os braços estendidos e pronto para pegá-lo se caísse. Raistlin estava zangado com Caramon, mas mais ainda consigo mesmo, zangado pelo aperto momentâneo de autopiedade que o fazia querer gritar: *Por que fizeram isso comigo? Por quê?*

Ele deu um olhar irritado para o irmão.

— Sou bem capaz de me sentar em um cavalo sem ajuda, irmão — disse, ácido. — Peça desculpas ao arquimago e iremos em frente. E coloque o chapéu de volta! O sol vai fritar o pouco de cérebro que sobrou!

— Não precisa se desculpar, Caramon — disse Antimodes, manso, apesar do olhar que pousou em Raistlin estar sério. — Você falou de coração. Não há mal nisso. Seu cuidado e sua preocupação com seu irmão são perfeitamente naturais. São de se elogiar, até.

E isso pretende ser uma resposta para mim, Raistlin falou para si mesmo. *Você* sabe, *não é, Mestre Antimodes? Eles o deixaram assistir? Você me viu matar meu gêmeo? Ou que na verdade descobri ser a ilusão do meu gêmeo. Não que isso importe. O conhecimento de que tenho dentro de mim a capacidade de cometer essa atrocidade é a mesma coisa que o ato. Eu o deixo horrorizado, não é? Você não me trata como antes. Não sou mais a descoberta valorizada, o jovem e talentoso aluno, que tinha orgulho de exibir. Você me admira, com relutância. Você tem pena de mim. Mas não gosta de mim.*

Não disse nada em voz alta. Caramon voltou a montar em silêncio, e o silêncio reinou entre os três enquanto cavalgavam devagar. Não tinham viajado nem dez milhas quando Raistlin, mais fraco do que imaginara, declarou que não podia continuar. Só os deuses sabiam como tinha aguentado até então, pois estava tão fraco que foi obrigado a permitir que Caramon o ajudasse a descer da sela, quase o carregando para dentro.

Antimodes se preocupou com Raistlin, pedindo o melhor quarto da hospedaria — embora Caramon dissesse várias vezes que a sala comum serviria para eles dois — e recomendando caldo de galinha para acalmar o estômago.

Caramon se sentou ao lado da cama de Raistlin, olhando-o indefeso, até Raistlin, tendo passado do limite de sua resistência, ordenou que o irmão fosse cuidar de sua vida e o deixasse descansar.

Mas o jovem mago não conseguia descansar. Não tinha sono, sua mente estava ativa, mesmo que o corpo não estivesse. Pensou em Caramon — lá embaixo, flertando com as garçonetes e bebendo cerveja em excesso. Antimodes também estaria ali, bisbilhotando as conversas e conseguindo informações.

Era um segredo aberto o fato de o mago de vestes brancas ser um dos espiões de Par-Salian, e não era difícil deduzir isso. Um arquimago poderoso, que poderia ir de um lugar para o outro com algumas palavras mágicas, não viajaria pelas estradas poeirentas de Ansalon no lombo de uma mula se não tivesse bons motivos para querer ficar à toa em hospedarias e fofocar com os donos, enquanto ficava de olho em quem entrava e quem saía.

Raistlin saiu da cama e se sentou em uma mesinha perto da janela, que se abria para um campo de trigo, um dourado brilhante contra o verde das árvores embaixo de um céu azul e ensolarado. A seus olhos — os amaldiçoados olhos de ampulheta, infligidos pela primeira vez como uma lição para a arrogante e perigosa maga renegada Relanna — Raistlin viu o trigo escurecendo com a chegada do outono, secando, os caules duros e secos, quebrando sob a neve. Viu as folhas nas árvores secarem e morrerem, caindo até o chão de onde eram sopradas para longe pelos ventos frios do inverno.

Desviou o olhar da visão angustiante. Gastaria seu tempo precioso, um tempo sozinho, estudando. Abriu e arrumou na mesa o livreto que tinha informações sobre o precioso Cajado de Magius, o artefato mágico que lhe foi dado por Par-Salian como… o quê? Compensação?

Raistlin sabia mais que isso. Fazer o Teste foi uma decisão sua. Ele foi para o Teste sabendo que iria mudá-lo. Todos os candidatos recebiam esse aviso. Raistlin estava prestes a lembrar Caramon disso quando o ataque de tosse o acometeu, sacudindo-o como um cão sacode um pano velho. Magos tinham morrido durante o Teste antes disso, e a única compensação que suas famílias receberam foram as roupas do mago em um pacote arrumado com uma carta de condolências do líder do Conclave. Raistlin era um dos sortudos. Ele tinha mantido a vida, mesmo que não a sua saúde. Sobrevivera com sua sanidade, mesmo que, por vezes, temesse que por muito pouco.

O jovem mago estendeu a mão para tocar o cajado, que nunca ficava longe de seu alcance. Durante seus dias na Torre, Caramon providenciará uma forma de carregar o cajado a cavalo, amarrando-o atrás da sela, sempre perto da mão de Raistlin. A madeira lisa tilintava com a sensação elétrica da magia embaixo dos seus dedos, agindo como remédio, diminuindo sua dor — a dor no corpo, na mente, na alma.

Ele queria ler o livro, mas estava distraído, refletindo sobre a estranha fraqueza que o atormentava. Nunca fora forte, não como seu irmão saudável e robusto. O Destino lhe pregara uma peça cruel, dando ao seu gêmeo saúde, boa aparência e uma natureza simpática e gentil; e dera a Raistlin um corpo fraco, uma aparência insignificante, uma astúcia nata, o pensamento rápido e uma natureza incapaz de confiar. Mas em compensação, o Destino — ou os deuses — deram-lhe a magia. A sensação do cajado mágico entrou em seu sangue, esquentando-o de forma agradável, e ele não invejou a cerveja e as garçonetes de Caramon.

Mas essa fraqueza, o queimar da febre em seu corpo, a tosse constante, a incapacidade de respirar, como se seus pulmões estivessem cheios de pó, o sangue no lenço. Essa fraqueza não o mataria, foi a garantia de Par-Salian. Não que Raistlin acreditasse em tudo que Par-Salian dizia — magos de vestes brancas não mentiam, mas também não falavam necessariamente a verdade. Par-Salian fora muito vago ao explicar para Raistlin exatamente o que havia de errado com ele, o que foi que acontecera durante o Teste para deixá-lo em uma condição tão fraca e lamentável.

Raistlin lembrava do Teste com clareza, na maior parte pelo menos. Os Testes mágicos eram planejados para ensinar o mago algo sobre si mesmo, algo para determinar a cor das vestes que usava, a qual deus da magia tinha jurado lealdade. O jovem mago entrara no Teste usando vestes brancas para honrar seu patrocinador, Antimodes. Raistlin saíra usando o vermelho, a cor da neutralidade, honrando a deusa Lunitari. Ele não caminhava pelas estradas da luz, nem andava pelos caminhos sombrios da escuridão. Ia pelo seu próprio caminho do seu próprio jeito por suas próprias escolhas.

Raistlin lembrava de ter lutado contra um elfo negro. Lembrava, uma lembrança horrível, do elfo o esfaqueando com uma adaga envenenada. Raistlin lembrava da dor, lembrava da sua força sumindo. Lembrava de estar morrendo e de ficar feliz por isso. E então Caramon veio resgatá-lo. Caramon salvara seu gêmeo usando o único dom de seu gêmeo — a magia. Foi então, em uma raiva cheia de inveja, que Raistlin matara seu irmão. Embora tivesse sido apenas uma ilusão de seu irmão.

E Caramon tinha visto seu irmão matá-lo.

Par-Salian permitira que Caramon assistisse aquela parte do Teste, a última parte. Caramon agora conhecia a escuridão que se torcia e contorcia na alma do irmão. Ele teria todo o direito de odiar seu gêmeo pelo que fizera. Raistlin desejou que Caramon o odiasse. O ódio de seu irmão guerreiro teria sido mais fácil de aguentar do que sua piedade.

Mas Caramon não odiava Raistlin. Ele "entendia", ou pelo menos era o que dizia.

— Eu gostaria de entender também — Raistlin disse, com amargura.

Lembrava do Teste, mas não de tudo. Uma parte estava faltando. Quando olhava para o Teste em sua mente, era como olhar uma pintura que alguém tinha deliberadamente adulterado. Via pessoas, mas os rostos estavam apagados, debaixo de manchas de tinta preta. E desde a provação, ele tinha uma sensação estranha de que alguém estava o seguindo. Podia sentir uma mão quase tocando seu ombro, o vestígio de um hálito frio na sua nuca. Raistlin tinha a impressão de que se conseguisse virar rápido o bastante, veria, mesmo que de relance, o que estava atrás dele. Mais de uma vez, virara a cabeça de repente, olhando por cima do ombro. Mas nunca via ninguém ali. Apenas Caramon, olhos tristes e ansiosos.

Raistlin suspirou e expulsou essas perguntas, que o exauriam sem um bom motivo, pois não levavam a lugar algum. Ele se acomodou para ler o livro, feito por um escriba ligado ao exército de Huma, e que ocasionalmente mencionava Magius e seu maravilhoso cajado. Magius — um dos maiores magos jamais vistos, amigo do lendário cavaleiro Huma — tinha ajudado Huma em sua batalha contra a Rainha da Escuridão e seus terríveis dragões.

Magius tinha colocado muitos encantamentos no cajado, mas não deixara nenhum registro deles, uma prática comum entre magos, especialmente se o artefato fosse muito poderoso e eles temessem que pudesse cair nas mãos erradas. Geralmente, o mestre passava o artefato e o conhecimento do seu poder para um aprendiz de confiança que depois o passaria para a frente. Mas Magius tinha morrido antes de poder fazer isso. Quem quer que usasse o cajado, teria que desvendar suas habilidades sozinho.

Depois de alguns poucos dias de estudo, Raistlin já tinha descoberto em suas leituras que o cajado dava ao seu usuário a capacidade de flutuar no ar com a leveza de uma pluma e que, se usado como bastão, sua magia aumentaria a força de um golpe, fazendo com que até mesmo alguém fraco como Raistlin pudesse causar um dano considerável em um inimigo. Eram funções úteis, mas Raistlin estava certo de que o cajado era muito mais poderoso. A leitura era lenta, pois a língua era uma mistura de solâmnico, que tinha aprendido com seu amigo Sturm Brightblade, e Comum, um jargão usado por soldados e mercenários. Muitas vezes, Raistlin precisava de uma hora ou mais para entender o significado de uma única página. Estava lendo de novo uma passagem que tinha certeza de que era importante, mas que ainda precisava entender seu significado.

> Sabíamos que o dragão negro estava perto, pois conseguíamos ouvir o silvo da rocha sólida sendo dissolvida pelo ácido

mortal da saliva da besta. Podíamos ouvir o estalar de suas asas e o arranhar de suas garras contra as paredes do castelo enquanto o escalava, procurando por nós. Mas não podíamos ver nada, pois o dragão lançara uma magia maligna que afogava a luz do sol e tornava tudo tão escuro quanto o coração daquela besta. O plano do dragão era nos atacar naquela escuridão e nos matar antes que pudéssemos lutar contra ele.

Huma pediu tochas, mas nenhuma chama podia ser acesa no ar denso, envenenados pelos vapores do hálito mortal do dragão. Tememos que tudo estivesse perdido e que fossemos morrer naquela escuridão profana. Mas Magius surgiu, trazendo a luz! Não sei como conseguiu, mas o cristal de seu cajado afugentou a escuridão e nos deixou ver o terrível monstro. Tínhamos um alvo para nossas flechas, e seguindo as ordens de Huma, lançamos nosso ataque...

Várias páginas detalhando a morte do dragão, que Raistlin passou, impaciente, pois era informação que provavelmente ele nunca precisaria. Nenhum dragão fora visto em Krynn desde o tempo de Huma e já havia até aqueles que defendiam que eram criaturas dos mitos, que Huma criara tudo aquilo apenas para se vangloriar, que não tinha sido mais do que um ator, um mentiroso com delírios de grandeza.

Perguntei a um amigo como Magius fez seu cajado brilhar com aquela luz abençoada. O amigo, que estava perto de Magius na hora, disse que Magius dissera uma única palavra. Perguntei que palavra era, pois achei que poderia ser útil para o restante de nós. Ele insistiu que a palavra era "traque", um tipo de pequeno explosivo criado para distrair quando é preciso. Não acho que ele tenha razão, pois testei essa palavra em segredo, em uma noite quando Magius deixara seu cajado encostado em um canto e não consegui acendê-lo. Só posso supor que a palavra seja estrangeira, talvez de origem élfica, pois se sabe que Magius tem lidado com esse povo.

Traque!, Raistlin bufou. *Élfica! Tolo! A palavra obviamente estava na língua da magia.* Raistlin passara uma hora de frustração na Torre testando cada frase que pudesse pensar na língua arcana que tivesse a menor semelhança que fosse com "traque". Conseguira o mesmo resultado para acender o cristal no topo do cajado que o soldado desconhecido, há muito falecido.

Uma gargalhada veio do andar debaixo. Raistlin conseguiu distinguir a risada poderosa de Caramon entre as vozes mais agudas das mulheres. Pelo menos, seu irmão estava prazerosamente ocupado e não era provável que entrasse ali para interrompê-lo.

Raistlin virou-se para olhar o cajado.

— *Elem shardish* — ele disse, o que significava "pelo meu comando", uma frase padrão usada para ativar a magia em muitos artefatos.

Mas não naquele. O cristal preso em uma réplica dourada de uma pata de dragão permanecia escuro.

Franzindo a testa, Raistlin olhou para a próxima frase anotada em sua lista. *Sharcum pas edistus*, outro comando mágico comum, que significava mais ou menos "faça o que mando". O comando também não funcionou. O cristal brilhou, mas era o reflexo da luz do sol. Continuou seguindo sua lista, que incluia *omus sharpurk derli* para "desejo que seja assim" e *shirkit muan* que significava "obedeça".

Raistlin perdeu a paciência.

— *Uh, Lunitari's idish, shirak, damen du!*

O cristal no topo do cajado irrompeu em uma luz forte e brilhante.

Raistlin observou, atônito, e tentou lembrar o que tinha dito, as palavras exatas. A mão trêmula, o olhar dividido entre a maravilhosa luz mágica e seu trabalho, escreveu a frase *Uh, Lunitari's idish, shirak, damen du!* e sua tradução "Ah, pela deusa, acenda, maldito!"

E ali estava a resposta.

Raistlin sentiu a pele queimar de vergonha e estava muito grato por não ter mencionado suas dúvidas a ninguém, especialmente a Antimodes, como pensara em fazer.

— *Eu* sou o tolo — disse para si mesmo. — Transformando algo simples em algo complicado. "Traque". "*Shirak*". "Luz". Esse é o comando. E para apagar a luz, "*Dulak*". "Escuro".

A luz mágica no cristal desapareceu.

Triunfante, Raistlin desembrulhou seu equipamento de escrita, uma caneta feita com pena cortada de um ganso, e uma garrafa selada de tinta. Estava anotando sua descoberta em seu próprio diário quando sua garganta pareceu engrossar e inchar, fechando sua respiração. Deixou a pena cair, causando uma mancha de tinha no diário, e tossiu engasgado, lutando para respirar. Quando o espasmo passou, estava exausto. Não tinha forças para erguer a pena. Quase incapaz de se arrastar para a cama, deitou-se grato e ressentido, esperando que a tontura e a fraqueza passassem.

No andar debaixo, outra gargalhada. Caramon estava em boa forma, pelo que parecia. No corredor, ouviu dois pares de passos e a voz de Antimodes.

— Tenho um mapa no meu quarto, meu amigo. Se puder fazer a bondade de me mostrar a localização do exército de goblins. Aqui tem algum aço por sua gentileza...

Raistlin ficou deitado na cama, lutando para respirar enquanto a vida seguia ao seu redor. O sol se movia no céu, as sombras da janela deslizavam pelo teto. Ele as observou e desejou uma xícara do chá que bebia para aliviar sua dor e se perguntou, preocupado, se Caramon não viria vê-lo, se estava precisando de algo.

Mas quando Caramon foi, mais tarde, fazendo o melhor possível para entrar sem fazer barulho, ele derrubou uma bolsa e acordou Raistlin do primeiro sono tranquilo que ele tivera em dias e, por esse erro, Caramon recebeu uma bronca amarga e a ordem de sair do quarto.

Dez milhas em um único dia. Centenas de milhas até alcançarem seu destino.

A viagem seria longa.

3

Raistlin sentiu-se melhor e mais forte nos dias seguintes. Foi capaz de viajar mais horas durante o dia. Alcançaram os arredores de Qualinesti cedo. Apesar de Antimodes ter garantido a eles que não havia pressa e que o barão não reuniria seu exército antes da primavera, os gêmeos esperavam chegar no quartel-general do barão, uma fortaleza construída em uma península do Novo Mar, bem a leste de Consolação, antes do inverno chegar. Esperavam conseguir ao menos colocar seus nomes na lista, e talvez encontrar um jeito de ganhar dinheiro a serviço do barão, pois os gêmeos estavam ficando desesperados em relação a dinheiro. Seus planos, porém, foram por água abaixo. A travessia de um rio foi desastrosa.

Estavam cruzando o Elfluxo quando o cavalo de Raistlin escorregou em uma pedra e caiu, jogando seu cavaleiro na água. Felizmente, o rio estava lento, vagaroso, depois das corredeiras causadas pela neve derretida da primavera. A água amorteceu a queda e Raistlin, apesar de encharcado, feriu-se apenas no orgulho. Mas uma tempestade intensa naquela noite impediu que secasse. Sentiu arrepios que iam até os ossos.

No dia seguinte, cavalgou tremendo debaixo do sol quente e ao anoitecer caiu em um delírio febril. Antimodes, que raramente ficava doente, não sabia nada sobre como cuidar de doenças. Se Raistlin estivesse consciente, poderia ter ajudado, pois era um herbalista experiente, mas ele vagava em sonhos sombrios e aterrorizantes, a julgar por seus gritos e gemidos. Desesperado de preocupação com seu gêmeo, Caramon arriscou-se e entrou na floresta dos elfos Qualinesti, esperando encontrar alguém entre eles que viesse ajudar seu irmão.

As flechas caíram, grossas como caules de trigo, aos seus pés, mas isso não o deteve. Gritou para os arqueiros invisíveis.

— Deixem-me falar com Tanis Meio-Elfo! Sou amigo de Tanis! Ele falará por nós! Meu irmão está morrendo! Preciso de ajuda!

Infelizmente, a menção do nome de Tanis pareceu piorar tudo, em vez de melhorar, pois a flecha seguinte furou o chapéu de Caramon e outra arranhou seu braço, tirando sangue. Admitindo sua derrota, amaldiçoou os elfos do fundo do seu coração, em um sussurro, e retirou-se da floresta.

Na manhã seguinte, a febre de Raistlin tinha baixado um pouco, o suficiente pra permitir que falasse racionalmente. Agarrando o braço de Caramon, Raistlin sussurrou.

— Refúgio! Leve-me para Refúgio! Nosso amigo, Lemuel, saberá o que fazer por mim!

Viajaram velozes para Refúgio, Caramon carregando o irmão no braço, apoiado na frente dele em sua sala, Antimodes galopando atrás, puxando o cavalo de Raistlin pelas rédeas.

Lemuel era um mago. Era um mago incompetente, relutante, mas era um mago que tinha desenvolvido uma amizade meio estranha com Raistlin em uma viagem anterior e malfadada a Refúgio. Lemuel ainda tinha carinho por Raistlin e prontamente o recebeu com o irmão e o arquimago em sua casa. Dando o melhor quarto para Raistlin, Lemuel acomodou Antimodes e Caramon com conforto em outros quartos da ampla casa, e depois se colocou a fazer o que podia para ajudar o jovem gravemente doente.

— Ele está muito doente, não há dúvida — Lemuel disse a um perturbado Caramon —, mas acho que não tem motivo para se preocupar. É um resfriado que foi para o peito. Aqui está uma lista de ervas de que vou precisar. Sabe onde fica a loja do herbalista? Ótimo. Apresse-se. E não esqueça da ipeca.

Caramon partiu, quase caindo de cansado, mas incapaz de dormir ou descansar até ter certeza de que seu irmão estava sendo tratado.

Lemuel certificou-se que Raistlin estava descansando o mais confortável possível, e foi para a cozinha para pegar água fria para lavar o corpo escaldante do jovem, em uma tentativa para reduzir. Encontrou Antimodes apreciando uma xícara de chá.

Antimodes era um humano de meia-idade, refinado ao vestir, usando vestes caras e elegantes. Era um mago poderoso, apesar de economizar o seu poder. Não gostava de sujar as mãos, como diz o ditado. Em contraste, Lemuel era baixo, gorducho e de disposição alegre. A coisa que ele mais gostava era mexer no seu jardim. Em relação à magia, mal tinha poder suficiente para ferver água.

— Uma excelente combinação de ervas — disse o arquimago que tinha, inclusive, fervido a água. — O que é?

— Camomila com um toque de menta — disse Lemuel. — Colhi a menta esta manhã.

— Como está o jovem? — perguntou Antimodes.

— Nada bem — respondeu Lemuel, suspirando. — Não queria dizer nada com o irmão por perto, mas ele está com pneumonia. Os dois pulmões ficaram cheios de fluido.

— Você pode ajudá-lo?

— Irei fazer o que puder por ele. Mas está doente demais. Temo que… — A voz dele foi sumindo. Sacudiu a cabeça de novo.

Antimodes ficou em silêncio por um momento, bebericando o chá, olhando feio para a chaleira.

— Bem, talvez seja melhor assim — disse, por fim.

— Meu caro senhor! — Lemuel exclamou, chocado. — Não pode dizer isso! Ele é muito jovem!

— Você viu como ele mudou. Sabe que ele passou pelo Teste.

— Sim, arquimago. O irmão me contou. A mudança é… bastante… marcante. — Lemuel estremeceu. Olhou para o mago de viés. — Porém, suponho que a Ordem saiba o que está fazendo.

Apontou uma orelha para o corredor, tentando ouvir seu paciente, a quem deixara em um sono perturbado.

— Você quer pensar assim, não é — resmungou Antimodes, sombrio.

Lemuel ficou desconfortável com isso, sem saber como responder. Enchendo sua bacia com água, preparou para sair.

— Creio que você conhecia Raistlin antes — Antimodes declarou abruptamente.

— Sim, arquimago — Lemuel disse, virando-se para seu hóspede. — Ele me visitou várias vezes.

— O que acha dele?

— Ele fez um grande serviço para mim, senhor — Lemuel respondeu, corando. — Estou em dívida com ele. Talvez você não tenha ouvido a história. Eu estava sendo expulso da minha casa por um culto de fanáticos que adorava um deus cobra. Acho que o nome era Belzor, ou coisa assim. Raistlin conseguiu provar que a magia que os cultistas diziam vir dos deuses era na verdade a nossa magia comum, cotidiana. Ele quase morreu...

Antimodes usou a colher de açúcar para afastar a morte e a gratidão.

— Eu sei, fiquei sabendo. Tirando isso, o que você acha?

— Gosto dele — disse Lemuel. — Ah, ele tem seus problemas. Admito isso. Mas também, qual de nós não tem? Ele é ambicioso. Eu também fui ambicioso um dia. É total e completamente dedicado à arte...

— Alguns chamariam de obcecado — Antimodes comentou, sério.

— Mas meu pai também era. Creio que vocês se conheciam, senhor?

Antimodes se curvou.

— Tive essa honra. Um bom homem e um excelente mago.

— Obrigado. Eu mesmo fui uma tristeza e uma decepção para meu pai, como pode imaginar — disse Lemuel, com um sorriso autodepreciativo. — Quando conheci Raistlin, na mesma hora disse para mim mesmo "este é o filho que meu pai queria". Tenho um sentimento fraternal por ele.

— Fraternal! Fique grato por não ser irmão dele! — disse Antimodes com severidade.

O arquimago tinha uma expressão tão sombria, e falou em tom tão solene que Lemuel, sem entender o motivo daquela estranha declaração, pediu licença dizendo que precisava ver seu paciente e deixou a cozinha às pressas.

Antimodes permaneceu ali, tão absorto em seus pensamentos que esqueceu a xícara de chá. *Quase morrendo, não é? Aposto que não vai morrer. Você...*, fechou a cara para o ar, como se ali houvesse um espírito descarnado. *Você não vai deixá-lo morrer, vai? Não sem fazer todos os esforços possíveis para salvá-lo. Porque se ele morrer, você morre. E quem sou eu para julgá-lo, afinal? Quem pode prever o papel que lhe está destinado nesses tempos terríveis que se aproximam rapidamente? Eu não, com certeza. E também não Par-Salian, apesar de ele querer muito que pensemos o contrário.*

Antimodes olhou sombriamente para dentro da xícara, como se pudesse ver o futuro nas folhas.

— Muito bem, jovem Raistlin — disse, depois de um momento. — Lamento por você, isso posso dizer. Lamento por você e por seu irmão. Os deuses, se é que existem deuses, ajudem a vocês dois. A sua saúde.

Antimodes levou a xícara aos lábios e bebeu um gole. Ao sentir o chá frio, cuspiu imediatamente.

Raistlin não morreu. Quer tenha sido pelas ervas de Lemuel, pelos cuidados pacientes de Caramon, pela oração de Antimodes, ou pelo cuidado atento de alguém em outro plano de existência, cuja força vital estava inextricavelmente ligada a vida do jovem mago, ou se não foi nada disso e apenas a força de vontade dele o salvou, ninguém podia dizer. Uma noite, depois de uma semana na qual ele vagou na terra de ninguém entre a vida e a morte, a vida ganhou a batalha. A febre cedeu, ele respirou mais fácil e caiu em um sono reparador.

Ele estava incrivelmente fraco, a ponto de não conseguir levantar a cabeça do travesseiro sem o braço forte do irmão para apoiá-lo. Antimodes adiou a sua própria jornada, ficando em Refúgio tempo o bastante para ver se o jovem tinha conseguido. Certo de que Raistlin viveria, o arquimago partiu para sua própria casa, esperando alcançar Balifor antes que as tempestades de inverno deixassem as estradas intransponíveis. Ele deu uma carta de recomendação a Caramon para ser entregue ao Barão Ivor na sua ausência.

— Não se matem para chegar lá — disse Antimodes no dia da sua partida. — Como tentei dizer antes a vocês, o barão não ficará feliz em vê-los agora, de qualquer jeito. Ele e seus soldados irão ficar à toa o inverno inteiro, e vocês dois serão apenas mais duas bocas para alimentar. Na primavera, ele vai começar a receber pedidos pelos serviços de seu exército. Não tenham medo de ficar sem trabalho! O barão de Langtree e seus mercenários são muito conhecidos e respeitados nesta parte de Ansalon. Ele e seus soldados são muito demandados.

— Muito obrigado, senhor — disse Caramon agradecido. Ajudou Antimodes a montar na recalcitrante Jenny, que tinha se acostumado com as doces maçãs de Lemuel e não estava com pressa de retomar sua jornada. — Muito obrigado por isso e por tudo que fez por nós. — Caramon corou. — E sobre o que eu disse lá atrás, quando estávamos saindo da floresta, me desculpe. Não quis dizer aquilo. Se não fosse pelo senhor, Raistlin jamais teria realizado seu sonho.

— Ah, meu caro e jovem amigo — Antimodes disse com um suspiro, pousando a mão no ombro de Caramon. — Não coloque essa carga em mim também.

Ele bateu de leve no flanco de Jenny com o bastão de montaria, o que não ajudou em nada a melhorar o humor dela, e a mula saiu trotando, deixando Caramon parado no meio da estrada, coçando a cabeça.

A saúde de Raistlin melhorou devagar. Caramon ficou preocupado de serem um fardo para Lemuel e, mais de uma vez, sugeriu que talvez fosse melhor seu irmão fazer a viagem para a casa deles em Consolação. Mas Raistlin não tinha vontade de voltar para casa, ainda não. Não enquanto estivesse fraco, com a aparência tão terrivelmente alterada.

Ele não conseguia suportar a ideia de seus amigos o verem daquele jeito. Visualizava a preocupação de Tanis, o choque de Flint, as perguntas invasivas de Tasslehoff, o desdém de Sturm. Se contorcia só de pensar e jurou pelos deuses da magia, por todos os três, que jamais retornaria a Consolação até que pudesse fazer com orgulho e poder em mãos.

Em resposta à preocupação de Caramon, Lemuel convidou os dois jovens para ficar o quanto precisasse, para ficar o inverno todo se quisessem. O mago tímido e inseguro gostava da companhia dos dois jovens. Ele e Raistlin compartilhavam o interesse por ervas e o conhecimento sobre elas e, quando Raistlin ficou mais forte, os dois passavam os dias de forma agradável amassando folhas com um pilão, experimentando unguentos e salvas ou trocando observações em assuntos como a melhor forma de livrar as rosas dos percevejos e os crisântemos de aranhiços.

Raistlin, no geral, ficava melhor humorado quando estava na companhia de Lemuel. Controlava a língua sarcástica na presença de Lemuel, era muito mais gentil e paciente com o mago do que era com seu próprio irmão. Propenso a se autoanalisar, ele se perguntava o porquê. Uma razão óbvia era que realmente gostava do mago alegre e despretensioso. Infelizmente, também percebeu que parte de sua gentileza vinha de uma vaga sensação de culpa em relação a Lemuel. Raistlin não podia definir sua culpa ou entender o motivo para isso. Até onde podia lembrar, nunca fizera nem falara nada com Lemuel pelo que precisasse se desculpar. Não tinha cometido nenhum ato pouco generoso. Mas sentia como se tivesse, e isso o incomodava. Muito estranhamente, Raistlin descobriu que não podia entrar na cozinha de Lemuel sem experimentar um sentimento de pavor, que sempre trazia a sua mente a imagem de um elfo negro. Raistlin só podia supor que Lemuel, de alguma forma, tinha sido envolvido em seu Teste, mas como ou porquê ele não fazia ideia, e, por mais que revirasse sua mente, não conseguia recuperar essa memória.

Tendo a certeza de que Raistlin estava fora de perigo e que Lemuel realmente queria que ficassem, não estava sendo apenas educado, Caramon acomodou-se para aproveitar o inverno em Refúgio. Ganhou algumas moedas fazendo trabalhos isolados para as pessoas — cortando lenha, consertando telhados quebrados pelas chuvas do outono, ajudando a trazer a colheita, pois ele e Raistlin insistiram em ajudar Lemuel com as despesas da casa. Assim, Caramon passou a conhecer muitos dos cidadãos dali, e não demorou para o grandalhão ser tão popular e querido em Refúgio como fora em Consolação.

Caramon tinha dúzias de namoradas. Apaixonava-se várias vezes por semana e estava sempre prestes a casar com alguém, mas nunca o fazia. As garotas acabavam se casando com outra pessoa, alguém mais rico, alguém que não tinha um irmão mago. O coração de Caramon nunca se partia de verdade, apesar de ele jurar que sim, e passar tardes contando a Lemuel, em tons dolorosos, como estava farto das mulheres para sempre, apenas para estar embrulhado em um par de braços macios naquela mesma noite.

Caramon descobriu uma taverna, a Armas de Refúgio, e a tornou sua segunda casa. A cerveja era quase tão boa quanto a de Otik e o assado, feito com tiras de carne de porco, cozido com farinha e pressionado em bolos, era muito melhor do que o de Otik, embora Caramon preferisse ser cozido a vapor antes de admitir isso. O guerreiro nunca ia até a taverna, nunca ia trabalhar, nunca saía da casa, sem antes se certificar de que não havia mais nada que pudesse fazer pelo irmão.

A relação entre os dois, tensionada até quase se romperem depois do incidente na torre, acalmou-se no inverno. Raistlin tinha proibido Caramon de sequer mencionar o acontecido, e os dois nunca discutiam o assunto.

Aos poucos, depois de considerar o assunto, Caramon passou a acreditar que seu aparente assassinato pelas mãos do seu irmão era sua culpa, uma crença que Raistlin não disputou.

Mereci morrer pelas mãos do meu irmão , era o pensamento no fundo da mente de Caramon. Ele não culpava o irmão em nada. Se, no fundo, alguma parte de Caramon estava triste e infeliz, ele cuidou de pisar naquela parte até enfiá-la no solo de sua alma e a coberto com culpa, regando-a generosamente com aguardente anão. Afinal, ele era o gêmeo forte. Seu irmão era frágil e precisava ser protegido.

Bem no fundo, Raistlin sentia vergonha de sua raiva e inveja. Ficou chocado ao descobrir que tinha, dentro de si, a capacidade de matar o irmão. Ele também esmagou suas emoções e alisou o solo para que ninguém, muito menos ele, jamais pudesse imaginar o que fora enterrado ali. Raistlin se reconforta com a ideia de que soubera o tempo todo que a imagem de Caramon não era real, que tinha assassinado uma mera ilusão.

Quando chegou o Yule, a relação entre os irmãos quase voltara ao que fora antes do malfadado Teste. Raistlin não gostava do frio e da neve.

Nunca se aventurava fora da confortável casa de Lemuel e gostava de ouvir as fofocas de Caramon. Raistlin apreciava a prova, para sua satisfação, de que seus companheiros mortais eram tolos idiotas, enquanto Caramon tinha enorme prazer em colocar um sorriso, mesmo que irônico nos lábios do seu gêmeo, lábios que muitas vezes se manchavam de sangue.

Raistlin passou os meses de inverno estudando. Por aquele tempo, já conhecia um pouco da magia contida no cajado de Magius, e apesar de achar frustrante saber que havia mais feitiços que ele desconhecia e talvez nunca conhecesse, se comprazia com o conhecimento de que possuía o cajado e outros não. Trabalhou nos feitiços de mago de guerra também, preparando-se para o dia, que logo chegaria, quando ele e Caramon se juntariam ao exército mercenário, onde fariam fortuna — fato de que ambos estavam plenamente convencidos.

Raistlin leu inúmeros textos sobre o assunto — vários deixados pelo pai de Lemuel — e praticou a combinação de sua magia com a habilidade de espadachim de Caramon. Os dois mataram um número imenso de inimigos imaginários, além de uma ou duas árvores (vários dos primeiros feitiços de Raistlin baseados em fogo deram errado), e logo estavam confiantes de que estavam tão bons quanto os profissionais. Parabenizando-se por suas habilidades, concordaram que conseguiriam derrotar um exército de hobgoblins sozinhos. Quase torceram para que um exército desses atacasse Refúgio no inverno e, quando nenhum hobgoblin se aventurou por ali, os gêmeos expressaram seu ressentimento contra toda a raça molenga de hobgoblins, que aparentemente preferia se enfiar em cavernas aquecidas a batalhar.

A primavera chegou em Refúgio, retornando com os pardais, os kender e outros vagantes, trazendo a prova de que a estradas estavam abertas e que a estação de viagens tinha começado. Era hora de os gêmeos partirem para o leste, encontrar um navio que os levasse para a quinta Langtree Manor, localizada na cidade de Langtree-a-Verde, a maior cidade do baronato de Langtree.

Caramon embalou roupas e comida para a viagem. Raistlin empacotou seus componentes de feitiço, e os dois estavam prontos para partir. Lemuel lamentou de verdade vê-los partir e teria presenteado Raistlin com todas as plantas de seu jardim se Raistlin tivesse permitido, e a taverna que Caramon frequentava fechou de tristeza. A estrada que saia de Refúgio estava literalmente, pelo menos assim pareceu a Raistlin, cercada de mulheres chorosas.

Sua saúde tinha melhorado no inverno, ou talvez ele estivesse aprendendo a suportar. Sentou-se no seu cavalo com confiança e tranquilidade, apreciando a suavidade do ar primaveril, que sentia melhor para seus pulmões respirarem do que o ar frio e afiado do inverno. Saber que Caramon mantinha um olhar atento sobre o seu gêmeo fazia Raistlin desdenhar de qualquer fraqueza que sentisse. Estava tão bem que logo foram capazes de cavalgar quase dez léguas por dia.

Mas, para tristeza de Caramon, passaram por fora de Consolação, pegando uma trilha de animais quase desconhecida que descobriram quando eram crianças.

— Posso sentir o cheiro das batatas de Otik — disse Caramon, saudoso, endireitando-se na sela para farejar. — Podíamos parar na Hospedaria para jantar.

Raistlin também podia sentir o cheiro das batatas — ou pelo menos achava que sim — e de repente se sentiu afogado pelas saudades de casa. Como seria fácil retornar! Como seria fácil cair de volta naquela existência confortável, ganhando a vida cuidando de bebês com cólicas e de velhos com reumatismo. Como seria fácil afundar na cama quente e confortável que era aquela vida. Parou. Seu cavalo, sentindo a hesitação do seu cavaleiro, diminuiu seu ritmo. Caramon olhou esperançoso para o irmão.

— Podíamos passar a noite na Hospedaria — sugeriu.

A Hospedaria do Lar Derradeiro. Onde Raistlin encontrou Antimodes pela primeira vez. Onde ele ouviu o mago falar pela primeira vez na forja de almas. A Hospedaria do Lar Derradeiro. Onde as pessoas iriam encará-lo, sussurrar sobre ele…

Raistlin enfiou o calcanhar das suas botas no flanco do seu cavalo, fazendo o animal, não acostumado a esse tipo de tratamento, começar a trotar.

— Raist? As batatas? — Caramon gritou, o seu cavalo galopando para alcançá-lo.

— Não temos dinheiro — Raistlin retrucou, seco. — Os peixes do Lago Cristalmir são de graça. A floresta não cobra para dormirmos lá.

Caramon sabia muito bem que Otik não iria cobrar, e deu um suspiro profundo. Fez o cavalo parar e virou para olhar, saudoso, para Consolação. Não podia ver a cidade escondida entre as árvores, só na sua lembrança. A imagem mental era muito mais vívida.

Raistlin parou o seu cavalo.

— Caramon, se voltarmos para Consolação agora, jamais iremos partir. E você sabe disso tão bem quanto eu.

Caramon não respondeu. Seu cavalo se remexeu nervoso.

— É essa vida que você quer? — Raistlin questionou, erguendo a voz. — Quer trabalhar para fazendeiros a vida toda? Com palha no cabelo e as mãos enfiadas em esterco de vaca? Ou quer voltar para Consolação com os bolsos cheios de aço, histórias sobre sua coragem na ponta da língua e mostrando cicatrizes de batalha para as garçonetes?

— Você tem razão, Raistlin — Caramon disse, virando a cabeça do seu cavalo. — É tudo o que eu quero, claro. Só senti uma espécie de puxão. Como se estivessem me puxando de volta. Besteira isso. Não tem mais ninguém em Consolação. Nenhum dos nossos amigos, pelo menos. Sturm foi para o norte. Tanis está com os elfos. Flint com os anões. E quem sabe onde Tasslehoff está?

— E quem liga — Raistlin acrescentou, ácido.

— Mas uma pessoa pode estar lá — Caramon disse. Olhou de esguelha para o gêmeo. Raistlin entendeu o pensamento não enunciado.

— Não — disse Raistlin. — Kitiara não está em Consolação.

— E como você sabe? — Caramon perguntou, espantado. Seu irmão tinha falado com absoluta convicção. — Você... não está tendo visões, está? Como... sabe... como a nossa mãe.

— Não estou sofrendo com profecias, meu irmão. Nem sou dado a portentos e presságios. Baseio minha declaração no que sei sobre nossa irmã. Ela jamais retornará à Consolação — Raistlin disse com firmeza. — Ela tem amigos mais importantes agora. Preocupações mais importantes.

A trilha entre as árvores se estreitava, forçando-os a irem um atrás do outro. Caramon ia na frente, Raistlin ficava para trás, os dois seguindo em silêncio. A luz do sol se infiltrava entre os galhos das árvores, lançando sombras nas costas amplas de Caramon, sombras que deslizavam conforme ele entrava e saia da luz. O cheiro de pinho era fresco e cortante. O avanço era lento, o caminho estava coberto.

— Talvez não seja certo pensar assim, Raistlin — Caramon disse após um longo silêncio. — Quer dizer, Kit é nossa irmã e tudo mais. Mas... não me importaria muito de não a ver de novo.

— Duvido que vejamos, Caramon — Raistlin respondeu. — Não há motivo para nossos caminhos voltaram a se cruzar.

— Sim, acho que você tem razão. Mas mesmo assim, tenho uma sensação estranha sobre ela às vezes?

— Como se ela estivesse te puxando? — Raistlin perguntou.

— Não, é mais uma sensação de espetada — Caramon estremeceu. — Como se ela estivesse me cutucando com uma faca.

Raistlin bufou.

— Provavelmente você só está com fome.

— Claro que estou — Caramon foi complacente. — Está quase na hora da janta. Mas não é desse tipo de sensação que estou falando. A sensação de fome é uma sensação de vazio no fundo do estômago. Parece que morde você. Essa outra sensação é como quando os pelos do seu braço ficam todos de pé...

— Eu estava sendo sarcástico! — Raistlin se irritou, olhando por baixo de seu capuz vermelho, que tinha puxado sobre a cabeça para o caso de encontrarem alguém conhecido.

— Ah — Caramon retrucou, fracamente. Ficou quieto por um momento, temendo irritar seu irmão. A ideia de uma refeição o venceu. — Então, como você vai fazer o peixe hoje, Raist? Meu preferido é quando você coloca cebolas e manteiga, depois enrola em folhas de alface e coloca tudo em uma pedra bem quente...

Raistlin deixou seu gêmeo tagarelar sobre as diversas formas de cozinhar peixe. Ficou quieto, pensativo, e Caramon não se intrometeu com seus pensamentos. Os dois acamparam nas margens do Lago Cristalmir. Caramon pegou os peixes, umas quatorze percas-amarelas. Raistlin cozinhou uma — mas sem as folhas de alface, pois estas ainda estavam debaixo da terra. Sacudiram os sacos de dormir. Caramon, de barriga cheia, logo adormeceu, o rosto banhado na luz quente e sorridente da lua vermelha, Lunitari.

Raistlin ficou acordado, vendo a luz vermelha da lua brincar sobre a água, dançar nas ondulações, insistindo para que ele se juntasse a brincadeira. Sorriu ao vê-las, mas ficou no conforto do seu cobertor.

Realmente acreditava no que dissera a Caramon. Jamais veria Kitiara novamente. Os fios de suas vidas tinham feito parte do mesmo tecido antes, mas o pano de suas juventudes tinha se esfarrapado, se desfeito. Agora imaginava o fio de sua própria vida desenrolando-se à sua frente, correndo direto para seus objetivos.

Mal sabia que naquele momento, a trama da vida da sua irmã, avançando em ângulos retos para o seu, iria cruzar a urdidura da sua vida e a do seu irmão para formar uma teia, estranha e mortal.

4

Era primavera em Sanção. Ou melhor, era primavera no resto de Ansalon, quase um ano depois da data em que os companheiros tinham se reunido na Hospedaria do Lar Derradeiro para se despedir e combinar de se encontrarem dali a cinco anos, no outono. A primavera não chegou à Sanção. Ali não chegaram os brotos nas árvores, os malmequeres amarelos contrastando com a neve derretida, sem brisas doces ou pássaros cantando, alegres.

As árvores foram cortadas para alimentar o fogo das forjas, os malmequeres morreram com a fumaça venenosa das montanhas conhecidas como Senhores da Destruição. E se havia tido pássaros por ali, há muito tinham sido pegos, depenados e comidos.

A primavera em Sanção era a Estação de Campanha, comemorada por ser o momento em que estradas estavam abertas e prontas para a marcha. As tropas sob o comando do General Ariakas tinham passado o inverno na cidade enroladas em suas tendas, semicongeladas, lutando entre si por restos de comida lançados pelos comandantes, que queriam um exército magro e faminto. Para os soldados, a primavera significava a chance de invadir, saquear e matar, roubar comida o bastante para encher as barrigas murchas e capturar escravos o bastante para fazer o trabalho duro.

Guerreiros eram a maior parte da população de Sanção e estavam de bom humor, vagando pela cidade, implicando com seus habitantes que se vingavam cobrando preços exorbitantes por seus produtos, enquanto os estalajadeiros incomodados serviam vinho ruim, cerveja aguada e aguardente anão feito com o pior dos cogumelos.

— Que lugar horroroso — disse Kitiara ao seu companheiro, conforme os dois caminhavam pelas ruas imundas e lotadas. — Mas você acaba se acostumando.

— Como se acostuma com pão mofado — disse Balif com uma risada.

Kitiara fez uma careta. Com certeza já estivera em lugares mais bonitos, mas o que ela disse era verdade. Estava gostando de Sanção. Rude, agressiva e suja, a cidade também era empolgante, interessante e divertida. Essa vibração atraía Kitiara, que tinha ficado quieta pelos últimos meses, forçada a ficar de cama sem fazer nada além de ouvir rumores de coisas grandes sendo construídas, e bufar sobre sua má sorte por não fazer parte delas. Depois disso, ela já tinha se livrado da pequena inconveniência que a incapacitara momentaneamente. Livre de envolvimentos, podia ir atrás de sua ambição.

Antes mesmo de Kit deixar o leito onde parira, enviou uma mensagem a uma hospedaria de má reputação conhecida como A Calha em Consolação. A mensagem era para um homem chamado Balif, que passava por vezes pela cidade, e que esperava mensagem de Kit há meses.

A carta era curta.

Como encontro esse seu general?

A resposta foi igualmente breve e direta.

Venha até Sanção.

Quando foi capaz de viajar, foi exatamente o que ela fez.

— Que fedor é esse? — perguntou, franzindo o nariz. — Parece ovo podre.

— Os poços de enxofre. Você se acostuma com eles — Balif respondeu, dando de ombros. — Depois de um ou dois dias, você nem percebe mais. A melhor parte de Sanção é que ninguém vem aqui se não é daqui. Ou se vem, não fica muito tempo. Sanção é segura, e secreta. Por isso o general a escolheu.

— Mas o nome é bem adequado. Sanção... viver aqui é uma punição!

Kit ficou satisfeita com a sua piadinha. Balif riu como deveria, olhando-a de canto com admiração enquanto ela caminhava pelas ruas estreitas ao seu lado. Kitiara estava mais magra do que quando ele a vira pela última vez, mais de um ano antes, mas seus olhos escuros ainda eram brilhantes, seus lábios cheios, seu corpo esguio e gracioso. Usava roupas de viagem, pois tinha acabado de chegar em Sanção — uma armadura fina de couro sobre uma túnica marrom que chegava ao meio das coxas, revelando pernas torneadas em calças verdes e botas de couro que iam até os joelhos.

Kitiara viu o olhar de Balif, entendeu a proposta e — sacudindo os cachos escuros e curtos — devolveu uma promessa velada com os olhos. Estava procurando por diversão e entretenimento, e Balif era bonito, de um jeito frio e afiado. E, igualmente importante, era um oficial de posto alto no recém-formado exército do General Ariakas, um espião e assassino de confiança. O general escutava Balif e o recebia, uma honra que Kit sequer esperava ter sozinha, não sem gastar tempo valioso, e recursos que ela não possuía. Estava quebrada.

Fora forçada a empenhar sua espada para conseguir dinheiro o bastante para viajar até Sanção, e maior parte do dinheiro tinha sido para pagar a passagem no navio para atravessar o Novo Mar. Não tinha dinheiro nenhum mais e estava se perguntando onde ia passar a noite. O problema estava resolvido. Seu sorriso, o sorriso torto que ela sabia deixar ainda mais charmoso, aumentou.

Balif teve sua resposta. Lambeu os lábios e se aproximou, colocando a mão no braço dela para guiá-la ao redor de um goblin bêbado que tropeçava pela rua.

— Vou levar você até a hospedaria onde estou ficando — Balif disse, o aperto no braço dela aumentando, a respiração ficando mais rápida. — É a melhor de Sanção, apesar de eu admitir que isso não quer dizer muito. Mesmo assim, podemos ficar a...

— Ei, Balif — Um homem usando uma armadura preta de couro parou na frente deles, bloqueando o caminho na rua cheia de rachaduras. Observando Kitiara, o homem a encarou de forma lúbrica. — O que temos aqui? Uma vagabunda bem bonita. Acredito que irá dividi-la com os amigos? — Ele estendeu a mão para segurar Kitiara. — Vem aqui, querida. Dá um beijinho. Balif não vai se importar. Ele e eu já dormimos a três em uma cama antes... ui!

O homem se dobrou ao meio, grunhindo e apertando a virilha, seu ardor esvaziado pela ponta da bota de Kitiara. Um golpe ágil na nuca o jogou nas pedras quebradas da rua, onde ficou, imóvel. Kit tinha um corte na mão — o bastardo usava um colar de couro com tachas no pescoço — e pegou a faca na bota.

— Vamos lá — ela disse para os dois amigos do sujeito, que estiveram prestes a ajudá-lo, mas estavam reconsiderando suas opções. — Quem mais quer dormir a três na cama comigo?

Balif, que já vira Kit em ação antes, sabia que não devia interferir. Inclinou-se contra uma parede arruinada, os braços cruzados, observando, divertido.

Kitiara balançou-se de leve nos calcanhares. Segurou a faca com tranquilidade e prática. Os dois homens que a encaravam gostavam de mulher que se encolhiam de medo, aterrorizadas. Não havia medo nos olhos escuros que observavam todos os seus movimentos. Aqueles olhos brilhavam, antecipando a luta. Kit avançava como um relâmpago, golpeando com a faca, movendo-se tão rápido que a lâmina era um borrão brilhante nos poucos raios de luz solar que conseguiam atravessar o ar cheio de fumaça. Um dos homens encarava, sem entender, um corte sangrento em seu braço.

— Prefiro deitar com um escorpião — ele rosnou e, colocando a mão sobre o corte, para tentar estancar o fluxo de sangue, lançou um olhar raivoso para Kit e se afastou, acompanhado por seu amigo. Deixaram seu outro companheiro na rua, onde o homem inconsciente foi imediatamente cercado por goblins, que o livraram de todos os bens de valor que possuía.

Kit embainhou a faca na bota e se virou para Balif, observando-o com aprovação.

— Obrigado por não "ajudar".

Ele aplaudiu.

— É uma alegria te assistir, Kit. Não teria perdido isso nem por um saco de aço.

Kit colocou a mão ferida na boca.

— Então, onde fica essa sua estalagem? — ela perguntou, lambendo devagar o sangue da ferida, os olhos em Balif.

— Perto daqui — ele respondeu, a voz rouca.

— Ótimo. Você vai me convidar para jantar — Kit colocou a mão no braço dele e se aproximou. — E aí vai me contar tudo sobre o General Ariakas.

— Então, onde você esteve todo esse tempo? — Balif perguntou. Prazerosamente saciado, estava deitado ao lado dela, traçando as cicatrizes de batalha em seu peito nu, com a mão. — Esperei notícias suas no verão passado, ou pelo menos no outono. E nada. Nem uma palavra.

— Tive coisas para fazer. Coisas importantes — Kitiara disse, preguiçosa.

— Disseram que você foi para Solamnia, na companhia de um cavaleiro novo. Brightsword ou coisa assim.

— Brightblade. Sim. — Kitiara deu de ombros. — Partimos na mesma busca, mas logo nos separamos. Não consegui mais aguentar as orações, as vigílias, e toda aquela baboseira santa.

— Ele pode ter começado a viagem como um garoto, mas aposto que era um homem quando você terminou com ele — Balif disse com uma piscadela maliciosa. — E para onde você foi depois?

— Vaguei por Solamnia por um tempo, procurando minha família paterna. Eram nobres com terras, ou era o que ele dizia. Imaginei que ficariam felizes em rever sua neta há muito perdida. Tão felizes a ponto de se desfazerem de algumas joias de família e um baú de aço. Mas não os encontrei.

— Você não precisa do aço mofado de algum velho sangue azul, Kit. Vai ganhar sua própria fortuna. Tem cérebro e talento. General Ariakas está procurando os dois. Quem sabe, um dia você poderá governar Ansalon. — Ele acariciou as cicatrizes no seio direito. — Então, você finalmente deixou aquele seu amante meio-elfo de quem gostava tanto.

— Sim, eu o deixei — Kitiara disse em voz baixa. Enrolando-se no lençol, ela rolou para o outro lado da cama. — Estou com sono — disse, com a voz fria. — Apague a vela.

Balif deu de ombros e fez como ela mandou. Tinha o corpo dela, não se importava com o coração. Logo estava dormindo. Kitiara ficou deitada de costas para ele, encarando a escuridão. Odiou Balif naquele momento, por tê-la lembrado de Tanis. Tinha se esforçado muito para tirar o meio-elfo da cabeça e quase havia conseguido. Não ansiava mais pelo toque dele à noite. O toque de outros homens acalmara aquela ânsia, apesar de ela ainda ver seu rosto quando outro homem a amava.

A sua sedução do jovem Brightblade foi por causa de sua frustração e raiva por Tanis tê-la deixado. Quis puni-lo usando seu amigo como amante. E enquanto ela ria do garoto, ridicularizando-o e o atormentando, estava, mentalmente, atormentando Tanis. Mas no final, fora a única punida.

Seu flerte com Brightblade a deixou grávida, doente e fraca demais para se livrar da gravidez indesejada. O parto foi complicado, quase morreu. Em meio a sua dor e ao seu delírio, ela só sonhava com Tanis, sonhava em rastejar de volta para ele, implorando perdão, sonhando com aceitar ser sua esposa, com encontrar paz e contentamento em seus braços. Ah, se ele tivesse vindo até ela então! Quantas vezes quase enviou uma mensagem!

Quase. Era quando se forçava a lembrar que ele a rejeitara, que tinha recusado sua proposta para ir para o norte se juntar a "certas pessoas que sabem o que querem da vida e não tem medo de ir atrás". Em resumo, tinha a mandado embora. Jamais o perdoaria.

O amor por Tanis era forte quando ela estava fraca e desanimada. A raiva voltava junto com sua força. A raiva e a determinação. Maldita seria se voltasse rastejando para ele. Deixe-o ficar com seus parentes de orelhas pontudas. Eles que o esnobassem e debochassem dele, rindo pelas costas. Ele que fizesse amor com alguma cadelinha elfa. Ele que tinha mencionado uma garota em Qualinesti. Kitiara não lembrava o nome, mas ela podia ficar com ele.

Kitiara ficou na escuridão, de costas para Balif, o mais afastada que podia sem cair da cama, e amaldiçoou Tanis amargamente, até adormecer. Mas de manhã, ainda quase adormecida, tonta de sono, era o ombro de Tanis que ela acariciava.

5

— Você ia contar sobre o General Ariakas — Kit lembrou Balif.

Os dois tinham ficado na cama até amanhecer. Agora, caminhavam pelas ruas de Sanção, indo na direção do campo fortificado ao norte da cidade, onde o general estabelecera seu comando.

— Eu ia contar na noite passada — disse Balif. — Mas você me deu outras coisas em que pensar.

O General Ariakas nunca estivera longe do pensamento de Kitiara, mas ela só misturava negócios com prazer quando estritamente necessários. A noite anterior tinha sido para o prazer. Aquele era um dia para negócios. Balif era um companheiro agradável, um amante habilidoso, e não se tornava um incômodo, querendo andar com o braço ao redor dela, ou de mãos dadas, marcando-a como uma posse sua.

Mas Kitiara estava faminta demais para ficar satisfeita com o peixinho que caíra em sua rede. Quando chegasse a hora, ela iria descartá-lo e esperar um peixe maior. Não estava preocupada com ferir os sentimentos de Balif. Primeiro, ele sequer tinha sentimentos. Além disso, ele não estava sendo iludido. Sabia o que significava para ela, que o recompensara por seus esforços e supunha que ele a usaria para ganhar uma recompensa mais valiosa do General Ariakas. Kit conhecia Balif bem o bastante para achar que ele a acompanhava só por bondade.

— Você quer que eu lhe conte o que eu sei ou o que os rumores dizem sobre Ariakas? — perguntou Balif, falando com ela, mas sem a olhar. Seu olhar vigilante e desconfiado focava em cada pessoa que se aproximava, acompanhando-as mesmo quando ficavam as suas costas. Em Sanção, tomava-se cuidado com a frente e com a retaguarda.

— Ambos — Kit respondeu, fazendo o mesmo.

Os soldados que ela encontrava a encaravam com respeito, dando espaço para que ela passasse e a olhando com admiração.

— Parece que você é o assunto do momento — Balif comentou.

Kitiara estava se sentindo muito bem naquela manhã, e deu aos seus admiradores o seu sorriso torto e uma jogada dos cabelos cacheados em resposta.

— Se a verdade é a refeição, os rumores fazem o melhor molho — ela disse, citando um velho ditado. — O quão velho é Ariakas?

— Ah, quanto a isso, quem sabe? — Balif deu de ombros. — Não é jovem, isso é certo, mas também não é um avô. Algo no meio. Mas é um homem bruto. Uma vez, um minotauro acusou o general de trapacear no jogo de cartas. Ariakas estrangulou o minotauro com as mãos nuas.

Kitiara arqueou a sobrancelha escura, sem acreditar. Naquelas circunstâncias, o rumor estava meio duro de engolir.

— É verdade! Juro por Sua Majestade Sombria! — Balif assegurou, erguendo a mão em juramento. — Um amigo meu estava lá e viu a briga. Falando em Sua Majestade, dizem que nossa Rainha o favorece. — Ele baixou a voz. — Dizem que foi seu amante.

— E como ele conseguiu isso? — Kit perguntou, debochada. — Ele viajou para o Abismo pro encontro? Beijou quantas das cinco cabeças?

— Quieta! — Balif ficou escandalizado e a censurou. — Não diga essas coisas, Kit. Nem de brincadeira. Sua Majestade Sombria está em todos os lugares. E se não está, seus sacerdotes estão — acrescentou, com um olhar raivoso para uma figura vestida de preto, arrastando-se entre a multidão. — Nossa rainha tem muitas formas. Ela foi até ele durante o sono.

Kit conhecia outras palavras para encontros desse tipo, mas preferiu ficar quieta. Não via utilidade em outras mulheres, e isso incluía uma suposta Rainha das Trevas. Kitiara crescera em um mundo sem deuses, um mundo onde o homem estava sozinho para fazer de si o que quisesse. Tinha ouvido falar dessa recém-chegada Rainha das Trevas pela primeira vez anos antes, em suas muitas viagens por Ansalon. Ela tinha desprezado os rumores, achando que essa Rainha Sombria era uma outra invenção de um sacerdote charlatão para enganar os tolos. Igual à maldita sacerdotisa do deus cobra falso, Belzor, que tinha morrido pelas mãos de Kit, com sua faca na garganta dela. Para surpresa de Kitiara, o culto da Rainha das Trevas não tinha sumido. O culto havia crescido em número e poder, e agora estavam falando da tal Takhisis tentando se libertar do Abismo onde fora aprisionada muito tempo antes, voltando para conquistar o mundo.

Kit queria muito conquistar o mundo, mas pretendia fazer isso em seu nome.

— E esse Ariakas, é um homem bonito? — ela perguntou.

— O que disse? — Balif retrucou.

Estava passando pelo mercado de escravos e os dois colocaram as mãos no nariz para evitar o fedor. Deixaram a conversa de lado até estarem bem afastados da área.

— Puxa! — disse Kit. — E eu achei que o cheiro de ovo podre fosse ruim. Perguntei se Ariakas era um homem bonito.

Balif fez cara de desgosto.

— Só uma mulher perguntaria algo assim. Como diabos vou saber? Não faz meu tipo, com certeza. É usuário de magia — acrescentou, como se fizesse sentido.

Kit franziu o cenho. Sua família vinha de Solamnia, seu pai tinha sido um Cavaleiro de Solamnia antes de seus erros terem causado sua expulsão. Ela tinha herdado a aversão e a desconfiança por magos da sua família.

— Isso não é um atrativo — disse ela, seca.

— Qual o problema com ele ser um mago? — questionou Balif. — Seu próprio irmãozinho mexia com a arte. E foi você que o incentivou, se me lembro bem.

— Raistlin era fraco demais para fazer qualquer outra coisa — retrucou Kit. — Ele precisava ter uma forma de sobreviver neste mundo. Eu sabia que não ia ser pela espada. Pelo que você me contou, esse General Ariakas não tem essa desculpa.

— Ele não pratica magia tanto assim — disse Balif, na defensiva. — Ele é um guerreiro. Mas não custa ter outra arma pronta. Como manter uma faca na bota.

— Pode ser — Kitiara disse a contragosto. Até o momento, não estava muito impressionada com o que ouvira sobre o tal General Ariakas.

Balif percebeu isso e estava prestes a começar outra história sobre seu admirado general, uma que ele tinha certeza de que Kit iria gostar — como

Ariakas tinha conseguido ascender ao poder matando seu próprio pai. Mas tinha perdido a atenção de Kit. Ela parou na frente de uma ferraria, observando com muita atenção uma espada brilhante exposta em uma estante de madeira na frente da loja.

— Olha isso! — disse ela, estendendo a mão.

Era uma espada bastarda, também chamada "de uma mão e meia", pois a lâmina era mais longa e mais estreita que a de uma espada bastarda tradicional — algo que Kit apreciava, pois oponentes masculinos tendiam a ter braços mais longos. Uma espada assim compensaria seu alcance menor.

Kitiara nunca tinha visto uma espada tão maravilhosa, uma que parecia ter sido feita para ela, e só para ela. Retirou-a com cuidado da estante, quase com medo de testá-la, temerosa de descobrir alguma imperfeição. Experimentou colocar a mão no punho coberto de couro. A maioria das espadas bastardas tinha o punho feito para a mão de um homem, grosso demais para ela. Seus dedos envolveram o punho carinhosamente, um encaixe perfeito.

Ela testou o equilíbrio, certificando-se de que a lâmina não era pesada demais, o que a deixaria com dor no cotovelo, nem leve demais, testando para ver se o punho equilibrava o peso da lâmina. O equilíbrio era ideal, a espada parecia uma extensão de si mesma.

Estava se apaixonando pela espada, mas precisava ser cuidadosa, fria e não se deixar cegar. Segurou a lâmina na luz, examinando todas as partes — puxando, sacudindo — certificando-se de que nada chacoalhava nem rangia. Depois desse teste, ela checou para ver como a guarda da espada encaixava na sua mão. Conferiu o espaço entre a guarda e a sua mão, fazendo pequenos movimentos com seu pulso. As barras da guarda eram ornamentadas e adoráveis ao olhar, mas a aparência não queria dizer nada se as barras se enfiassem na sua mão ou braço.

Foi para a rua e ficou em posição de combate. Ergueu a espada à sua frente, sentindo o comprimento e a sensação da espada quando estendida. Testou alguns golpes amplos, parando-os abruptamente na metade para determinar seu momentum e ver se um movimento já iniciado conseguia ser modificado com facilidade.

Por fim, Kit colocou a ponta da espada no chão. Segurando-a pela guarda com as duas mãos, fez pressão até a lâmina se curvar em um arco raso. Você não quer uma lâmina tão dura que se quebre ou uma que se curve e fique torar. A lâmina era firme como a carícia de um amante.

O ferreiro estava martelando dentro da loja. Seu assistente, que estava de olho em possíveis consumidores e em kender de passagem, correu para a porta.

— Temos lâminas melhores dentro da loja, senhor — disse ele, curvando-se com cerimônia e gesticulando para o interior quente e enfumaçado. — Se quiser entrar, senhor... perdão, senhora, posso lhe mostrar o trabalho do mestre.

— Esta é um trabalho do seu mestre? — perguntou Kit, segurando bem a espada.

— Não, senhora — disse o assistente, desdenhoso. — Repare essas outras lâminas. Essas são do mestre. Agora, se quiser entrar... — Tentou atraí-la para a loja, onde ela ficaria a sua mercê.

— Quem fez esta espada? — perguntou Kitiara, tendo reparado as outras lâminas, notado a pouca qualidade do seu aço e o trabalho malfeito.

— Como era mesmo o nome dele? — O assistente franziu a testa, tentando lembrar esse detalhe insignificante. — Dobraferro, acho. Theros Dobraferro.

— Onde é a loja *dele*? — perguntou Kitiara.

— Queimou — disse o assistente, revirando os olhos. — Não foi um acidente, se me entende. Seus ares de importância desagradaram alguns aqui. Se considerava bom demais para Sanção. Achava-se superior. Precisava aprender uma lição. Normalmente, não teríamos um trabalho tão inferior na loja, mas o pobre sujeito que nos vendeu estava numa maré ruim e o mestre é um homem muito generoso. Você parece ser uma mulher de bom gosto. Podemos mostrar coisa melhor. Agora, se puder entrar...

— Quero esta espada — disse Kit. — Quanto é?

O assistente apertou os lábios, desaprovador, passou um bom tempo tentando convencê-la a desistir, e depois deu um preço.

Kit ergueu as sobrancelhas.

— É muito para uma espada de qualidade tão ruim— disse ela.

— Ela está ocupando espaço — disse o assistente, desolado. — Pagamos demais por ela, mas o pobre sujeito...

— Estava em uma maré de azar. Sim, você disse isso. — Kitiara negociou com o sujeito. Por fim, concordou em pagar o preço que ele pediu se colocasse junto, de graça, uma bainha e um cinto de couro.

— Pague a ele — disse a Balif. — Devolvo quando tiver dinheiro.

Balif pegou sua bolsa e contou as moedas, todas de aço e marcadas com a aparência do General Ariakas.

— Que barganha! — disse Kit, apertando o cinto em sua cintura, ajustando-o para ficar confortável e a espada estar ao alcance no seu quadril. Se ela fosse 2 centímetros mais baixa, a lâmina arrastaria no chão. — A espada vale dez vezes mais do que aquele tolo pediu! Eu *vou* pagar você — ela acrescentou.

— Não precisa — disse Balif. — Estou passando uma fase boa.

— Não vou ficar em dívida com homem algum — disse Kitiara com um brilho nos olhos escuros. — Pago as minhas coisas. Ou você concorda ou pega a espada de volta.

Colocou a mão no fecho do cinto como se fosse tirá-lo bem ali.

— Tudo bem! — Balif deu de ombros. — Como quiser. Aqui, vamos nessa direção, atravessando o fluxo de lava. O quartel-general é dentro de um grande templo construído em honra da Rainha da Escuridão. O Templo de Luerkhisis. Muito impressionante.

Uma ponte natural ampla e longa, de granito, cruzava o Rio de Lava, como era conhecido pelos poucos nativos de Sanção que restaram depois da chegada das forças da Rainha da Escuridão. O rio fluía da serra da destruição nas Montanhas Khalkist que cercava Sanção por três lados para se derramar, sibilando, no Novo Mar. A cidade era isolada, bem protegida, pois apenas dois passos atravessavam as montanhas, e estes eram fortemente protegidos. Qualquer um passando por aqueles caminhos era capturado e levado para Sanção, para um segundo templo construído em honra da Rainha Sombria e seus companheiros malignos, o Templo de Huerzyd.

Ali, todos que entravam na cidade eram interrogados, e aqueles que davam a resposta certa ficavam livres. Para aqueles que não tinham a resposta certa, havia as celas de prisões, com uma sala de tortura localizada convenientemente próxima, "só um pulinho e um passinho" (últimas palavras de um kender) do necrotério.

Aqueles deixando Sanção por meios mais agradáveis e menos permanentes precisavam de um passe assinado pelo próprio General Ariakas. Todos os outros eram detidos, ou forçados a ficar em Sanção ou escoltados até o terrível Templo de Huerzyd.

Balif providenciara para Kitiara uma carta de passagem e uma senha, então ela conseguira entrar em Sanção sem fazer viagens a mais. Chegou de navio, o único outro jeito de entrar e sair da cidade.

O porto estava bloqueado pelos navios do exército de Ariakas, que observavam a superfície, e por terríveis monstros marinhos, que guardavam as profundezas. Todas as embarcações, para diversão ou pesca, que pertenciam aos habitantes de Sanção tinham sido capturadas e queimadas para que não pudessem ser usadas para furar o bloqueio. Assim, o General Ariakas manteve a construção de seu exército um segredo para o resto de Ansalon, que provavelmente nem teria acreditado nisso mesmo.

Naquela época, quase quatro anos antes do começo do que depois seria conhecida como a Guerra da Lança, o General Ariakas estava apenas começando a unir suas forças. Agentes como Balif, leais e dedicados por inteiro, viajavam em segredo por toda Ansalon, fazendo contato com todos aqueles inclinados a caminhar pela trilha da escuridão, apelando a sua ganância, aos seus ódios, prometendo saque, riquezas e a destruição de seus inimigos se prometesse suas vidas a Ariakas e suas almas à Rainha Takhisis.

Bandos de goblins e hobgoblins, encurralados durante anos pelos Cavaleiros Solâmnicos, foram para Sanção, prometendo vingança. Ogros foram atraídos para fora de suas fortalezas nas montanhas com promessas de massacres. Minotauros chegavam para ganhar honra e glória em batalha. Humanos apareciam, esperando ter uma porção da riqueza a ser conquistada quando os elfos fossem expulsos de suas antigas terras ancestrais e o resto de Ansalon estivesse esmagado pela bota do General Ariakas. Os clérigos sombrios se deliciavam com seus recém-descobertos poderes clericais — um poder que ninguém mais recebia em Ansalon, pois a Rainha Takhisis mantivera seu retorno ao mundo em segredo dos outros deuses, exceto um, seu filho Nuitari, deus da magia sombria. Em seu nome, magos de vestes negras trabalhavam em suas artes arcanas em segredo e preparavam-se para o glorioso retorno de sua Rainha para o mundo.

Nuitari tinha dois primos, Solinari, o filho do deus Paladine e da deusa Mishakal, e Lunitari, a filha do deus Gilean. Solinari era o deus da magia branca, Lunitari filha da magia vermelha ou neutra. Os três deuses da magia eram próximos, unidos pelo seu amor à magia. Suas três luas — a branca, a vermelha e a negra — orbitavam Krynn, então era difícil um manter algo escondido dos outros, mesmo um tão frio e sombrio quanto Nuitari.

E, por isso, havia muitos em Ansalon que viam as sombras lançadas pelas asas escuras que tinham começado os seus próprios preparativos. Quando a Rainha Sombria finalmente atacou, quatro anos depois, as forças do bem não foram pegas completamente de surpresa.

O dia ainda não chegara, só era previsto.

A ponte de pedra passava sobre o Rio de Lava e se abria no terreno do Templo de Luerkhisis. A ponte estava guardada pelas tropas pessoais de Ariakas — naquele momento, a única força bem-treinada em Sanção. Kitiara e Balif esperaram na fila, atrás de um mercador maltrapilho que insistia em falar com o General Ariakas.

— Os homens dele acabaram com o meu estabelecimento! — disse ele, apertando as mãos. — Quebraram minha mobília e beberam o meu melhor vinho. Insultaram minha esposa e quando ordenei que saíssem, ameaçaram queimar minha hospedaria! Disseram que o General Ariakas pagaria pelo estrago. Estou aqui para falar com ele.

Nisso, os guardas soltaram uma gargalhada.

— Claro, o General Ariakas irá pagar — disse um. Tirou uma moeda da sua bolsa e a jogou no chão. — Aqui está seu pagamento. Pegue.

O mercador hesitou.

— Isso não é o bastante. Quero ver o General Ariakas.

O guarda franziu a testa e disse, rispidamente.

— Pegue!

O mercador engoliu em seco e se inclinou para pegar a moeda de aço. O guarda chutou o homem no traseiro, mandando-o de cara no chão.

— Pegue o seu pagamento e suma daqui. General Ariakas tem coisas melhores para fazer do que ouvir você choramingando por causa de uns móveis quebrados.

— E se tivermos mais reclamações suas — disse o outro guarda, também dando um chute. — Vamos procurar outro lugar para beber.

O mercador ficou em pé com dificuldade, agarrando a moeda, e saiu mancando na direção da cidade.

— Um muito bom dia para você, Tenente Lugash — disse Balif, aproximando-se do posto de guarda. — É bom vê-lo de novo.

— Capitão Balif — o tenente saudou, olhando feio para Kitiara.

— Minha amiga e eu temos uma audiência esta tarde com o General Ariakas, Tenente.

— Qual o nome de sua amiga? — perguntou Lugash.

— Kitiara uth Matar — respondeu Kitiara. — E se você tem alguma pergunta, pergunte a mim. Posso falar por mim mesma.

Lugash grunhiu e a avaliou com o olhar.

— Uth Matar. Parece solâmnico.

— Meu pai era um Cavaleiro de Solamnia — disse Kitiara, erguendo o queixo. — Mas ele não era um tolo se é o que está insinuando.

— Expulso da cavalaria — Balif disse, mais baixo. — Por jogar e trabalhar para as pessoas erradas.

— Foi o que ela lhe disse, senhor — Lugash rosnou. — A filha de um Solâmnico. Pode ser uma espiã.

Balif ficou entre o tenente e Kitiara, que tinha tirado metade da espada nova da bainha.

— Cabeça fria, Kit — Balif avisou, colocando uma mão apaziguadora em seu braço. — Eles são das tropas pessoais de Ariakas. Não são uns mijões que nem aquele que tentou te agarrar ontem. São veteranos testados em batalhas, merecem respeito do general. É o que você vai precisar fazer, Kit. — Balif a olhou pelo canto de olho. — Não vai ser fácil.

Voltou-se para o tenente.

— Você sabe sobre a informação que eu trouxe ao general sobre Qualinesti. Estava lá quando eu fiz meu relatório.

— Sim, senhor — disse Lugash, a mão na sua espada, o olhar escuro fixo em Kit. — O que tem?

— Foi ela quem conseguiu — Balif respondeu, acenando com a cabeça na direção de Kit. — O general ficou muito impressionado. Pediu para encontrá-la. Como eu disse, Tenente, temos uma audiência. Deixe-nos passar, nós dois, ou irei falar com seu superior.

O tenente não se deixou intimidar.

— Tenho minhas ordens, Capitão. Minhas ordens dizem que ninguém tem permissão de atravessar o rio hoje se não fizer parte do exército. Você pode travessar, senhor, mas terei que deter sua amiga.

— Maldito! — Balif xingou, frustrado.

O tenente estava implacável, resoluto.

Balif virou para Kit.

— Espere aqui, vou encontrar o general.

— Estou começando a achar que não vale a pena — disse Kitiara, olhando com raiva para os soldados.

— Vale sim, Kit — Balif disse em voz baixa. — Seja paciente. Teve algum engano. Não vou demorar.

Ele correu pela ponte. Os guardas voltaram aos seus postos, os dois de olho em Kitiara. Esforçando-se para parecer que não ligava, ela saltitou até a beira da ponte, erguendo os olhos para o grande Templo de Luerkhisis, do outro lado do Rio de Lava.

Balif descrevera o templo como impressionante. Kitiara foi forçada a concordar com ele. A lateral da montanha fora esculpida na forma da cabeça de um enorme dragão. As narinas do dragão formavam a entrada do templo. Os dois grandes incisivos eram torres de observação. O grande salão de audiências ficava dentro da boca do dragão. Antes, os clérigos da Rainha tinham morado ali, mas foram deslocados com a chegada do exército. O General Ariakas tinha estabelecido seus aposentos no templo e colocado os alojamentos da sua própria guarda pessoal. Os clérigos sombrios permaneceram, mas tiveram que aceitar alojamentos mais suntuosos.

Como seria possuir tanto *poder?* Kitiara se perguntou. Inclinando-se no parapeito da ponte, ela olhou por cima do rio de lava, vermelho e túrgido, sentindo o calor que irradiava do rio, que os clérigos sombrios tentavam ao máximo dispersar, mas que não se dissipava por completo. E nem Ariakas queria assim. O calor entraria no sangue dos seus soldados, fazendo-os se derramar sobre Ansalon, um rio vermelho de morte.

As mãos de Kitiara se apertaram, ansiosas. *Algum dia eu saberei*, jurou em silêncio para si mesma. *Algum dia eu terei esse poder.*

Percebendo que estava olhando o templo boquiaberta como uma caipira, Kitiara passou a se distrair jogando pedras no fluxo de lava. Apesar do rio estar muito abaixo da ponte, ela logo ficou banhada de suor. Porém, Balif estava certo. Ela se acostumara com o cheiro.

Balif retornou, trazendo um dos ajudantes de Ariakas.

— O general disse que uth Matar tem permissão para passar — disse o ajudante. — E o general quer saber porque está sendo incomodado por isso.

O Tenente Lugash empalideceu, mas respondeu, determinado.

— Achei que…

— Esse foi seu primeiro erro — o capitão disse, seco. — Uth Matar, saúdo-a em nome do General Ariakas. O general não está recebendo audiências no templo hoje. Esta tarde, está envolvido no treinamento. Pediu para que eu a acompanhasse a sua tenda de comando.

— Obrigada, Capitão — disse Kitiara com um sorriso charmoso. Acompanhando o ajudante e Balif através da ponte, Kitiara olhou para o tenente, memorizando cada detalhe de sua cara feia.

Um dia, ele pagaria.

6

Mil homens estavam reunidos no campo em frente ao Templo de Luerkhisis, duzentos e cinquenta homens em cada uma das 4 linhas. Estavam em posição de guarda — pé esquerdo para frente, pé direito para trás, escudo erguido e espada pronta. Em um céu azul e límpido, o sol queimava as tropas. O calor do Rio de Lava os envolvia. O suor se juntava debaixo de seus pesados elmos de aço, pingando de seus rostos. Seus corpos, encapsulados em armaduras de treino, estavam encharcados.

Na frente das fileiras havia um único oficial, usando uma armadura decorada de bronze, um elmo de bronze polido e um manto azul, preso com grandes abas douradas nos seus ombros. O manto estava jogado para trás, deixando os braços musculosos nus. Era um homem amplo, ossos largos, musculoso. Cabelo preto, molhado de suor, saia debaixo de seu elmo. Tinha uma espada ao seu lado, mas não a desembainhou.

— Preparar para golpear — ordenou. — Golpear!

Cada soldado deu um passo à frente e golpeou com sua espada, congelando naquela posição. Mil vozes gritavam um berro curto de ataque. Um silêncio inquieto recaiu. O oficial estava de cara fechada, as sobrancelhas baixas por baixo do seu elmo de bronze. Os homens entreolharam, arquejando no sol quente.

O General Ariakas tinha percebido vários homens na linha de frente que, por nervosismo ou ansiedade, pularam antes dele dar a ordem, golpeando longe demais. Tinha sido uma questão de poucos segundos, mas mostrava falta de disciplina.

Ariakas apontou para um dos soldados que errou.

— Mestre de Companhia Kholos, pegue aquele homem na fileira da frente e faça com que seja chicoteado. Nunca antecipem a ordem até ela ser dada.

Um humano de pele macilenta e mandíbula protuberante que davam pistas de algum tipo de ancestralidade goblin — um dos quatro oficiais que estavam atrás do regimento — escoltou o soldado até uma lateral do campo de treino. Com um gesto seu, dois sargentos, armados com chicotes, posicionaram-se.

— Remova sua armadura — o mestre de companhia ordenou.

O soldado assim o fez, tirando a armadura de treino e a proteção que ficava por baixo.

— Em posição.

O soldado, com o rosto duro, ficou de pé, reto e rígido. O mestre de companhia acenou. Os sargentos ergueram seus chicotes e, um depois do outro, atingiram as costas nuas do homem por três vezes. O soldado tentou segurar seus gritos, mas no sexto golpe, com o sangue escorrendo por suas costas, deu um grito estrangulado.

Com seu trabalho feito, os sargentos enrolaram seus chicotes e se afastaram pelas laterais. O soldado apertou os dentes por causa da dor quando o suor salgado correu para as feridas recentes. Movendo-se o mais rápido que podia sob o olhar reprovador de Ariakas, o soldado recolocou a proteção, que logo ficou encharcada de sangue, e a armadura por cima.

O mestre de companhia assentiu de novo, e o soldado apressou-se para assumir seu lugar nas fileiras, ficando na mesma posição que os soldados ao seu redor, que ainda mantinham a posição depois do golpe. Braços e pernas tremiam com esforço.

— Preparar para retornar — Ariakas ordenou. — Retornar.

Cada homem puxou sua espada de volta, como se a recuperasse da barriga de um inimigo fantasmas, voltando para a posição de guarda. Descansando, esperavam tensos pela próxima ordem.

— Melhor — Ariakas declarou, sem emoção. — Preparar para golpear. Golpear! Preparar para retornar. Retornar!

O treino seguiu por quase uma hora. Por duas vezes, Ariakas parou para que alguém fosse chicoteado. Dessa vez, escolheu homens nas fileiras de trás, sinal de que estava olhando além das primeiras filas. Ao final de uma hora, ficou quase satisfeito. Os soldados se moviam como uma única entidade, o pé de cada homem no lugar correto, cada escudo na posição correta, cada espada exatamente onde deveria estar.

— Preparar para golpear — Ariakas começou e parou. As palavras ficaram suspensas no ar quente.

Um soldado não obedecera. Dando um passo à frente, saindo da primeira fileira da formação, o soldado jogou sua espada no chão. Arrancou o elmo e o arremessou no solo a sua frente.

— Não me alistei pra essa merda — disse ele, alto o bastante para que todos ouvissem. — Chega!

Nenhum dos outros soldados disse uma palavra. Após uma rápida olhada, desviaram os olhos, com medo de serem considerados cúmplices. Os rostos como pedra, fixaram os olhos à sua frente.

Ariakas assentiu uma vez, com frieza.

— Primeira fileira, quarta companhia — ele disse, dirigindo-se aos companheiros do soldado rebelde. — Matem este homem.

O homem condenado virou-se para seus amigos, com as mãos erguidas.

— Qual é, rapazes! Sou eu!

Eles olharam para ele sem o ver.

O homem se virou para fugir, mas tropeçou em sua própria armadura, caindo no chão. Sessenta e um homens se moveram ao mesmo tempo. Três deles, os três mais próximos do condenado, moveram-se como haviam acabado de treinar.

Preparar para golpear. Golpear.

O homem berrou com as três espadas perfurando seu corpo.

Preparar para retornar. Retornar.

Os soldados arrancaram suas armas do cadáver sangrento e voltaram a suas posições. Os berros do homem terminaram de repente.

— Muito bom — disse Lorde Ariakas. — É a primeira vez que vejo um sinal de comportamento disciplinado em todos vocês. Mestres de Companhia, deem uma pausa de vinte minutos as suas companhias e certifiquem-se de que os homens recebam água.

General Ariakas estava consciente de que tinha plateia — uma jovem mulher estava de pé na borda do campo de treino, observando. As mãos no quadril, a cabeça inclinada de leve para um lado, ela tinha um sorriso torto nos lábios. Retirando o elmo e limpando o suor do rosto, Ariakas saiu do campo para sua tenda de comando, uma tenda ampla sobre a qual tremulava sua bandeira, uma águia negra de asas estendias. Os mestres de companhia correram para o campo, ordenando que saíssem de formação. Os homens sedentos correram para os bebedouros de cavalo que ficavam na lateral do campo de treino. Colocando a mão na água morna e sulfurosa, os homens a engoliam e a jogavam sobre seus corpos. Depois, afundaram no chão, exaustos, vendo os sargentos arrastarem o corpo para outra área do acampamento. Os cachorros iriam comer bem naquela noite.

Dentro da sua tenda de comando, Ariakas tirou o manto, jogando-o em um canto. Um assistente o ajudou a retirar a pesada armadura peitoral de bronze.

— Droga, foi um exercício quente! — Ariakas grunhiu e massageou os músculos tensos das costas.

Um escravo trouxe uma grande cabaça cheia de água. Ariakas bebeu e pediu que o assistente trouxesse outra, da qual bebeu uma parte e jogou o resto na cabeça. Deitou-se no seu catre e ordenou ao escravo que tirasse suas botas.

Os quatro mestres de companhia chegaram na tenda e bateram no poste central.

— Entrem — Ariakas permaneceu deitado tranquilo no catre.

Os oficiais removeram seus elmos, saudaram e ficaram em sentido, esperando. Estavam tensos, preocupados.

Kholos, o mestre da Quarta Companhia, falou primeiro.

— Lorde Ariakas, peço perdão pela insubordinação…

Ariakas acenou com a mão.

— Não, não se preocupe com isso. Estamos tentando deixar vagabundos e cretinos perto de ter algum jeito para lutar. Devemos esperar alguns recuos. Na verdade, eu o elogio, Mestre de Companhia. Seus homens se comportaram muito bem. Todos estão se saindo melhor do que eu esperava. Porém, eles não devem saber disso. Precisam pensar que estou desgostoso com eles. Em quinze minutos, voltem e comecem o treino por companhia. A mesma coisa, golpear e recuperar. Assim que tiverem isso aperfeiçoado, irão conseguir aprender qualquer coisa.

— Senhor — disse o Mestre da Segunda Companhia. — Devemos ordenar que os sargentos chicoteiem os homens se for necessário?

Ariakas sacudiu a cabeça.

— Não, Beren, o chicote é uma ferramenta minha. Quero que eles me temam. Com o medo vem o respeito. — Ele sorriu. — Contentem-se em serem odiados, cavalheiros. Resolvam com as caras fechadas e palavras pensadas. Se alguém desobedecer, enviem-no para mim e irei lidar com ele.

— Sim, senhor. Alguma outra ordem, senhor?

— Sim. Treinem por pelo menos mais uma hora e meia, depois parem para a refeição noturna, e os deixem se retirar para passar a noite. Quando estiver bem escuro e os homens estiverem bem adormecidos, façam com que se levantem e troquem suas tendas do lado norte para o sul do campo. Precisam aprender a acordar rapidamente quando o alarme soar, aprender a trabalhar no escuro e em organização, para que sejam capazes de levantar acampamento em qualquer clima.

Os quatro oficiais se viraram para partir.

— Mais uma coisa — Ariakas os chamou. — Kholos, você irá assumir o comando deste regimento em duas semanas. Então, irei formar um novo regimento com os novos recrutas. Beren, você ficará comigo como meu principal mestre de companhia e os outros dois acompanharão Kholos. Irei promover novos oficiais para preencher as demais posições. Está claro?

Todos os quatro os saudaram e retornaram para suas companhias. Kholos parecia muito satisfeito. Era uma boa promoção e, depois daquele infeliz incidente, mostrava que Ariakas ainda confiava nele.

Ariakas se ajeitou no catre, gemendo de novo enquanto forçava seus músculos das costas a relaxarem. Ele relembrava os dias de sua juventude, quando marchava quinze quilômetros com quinze quilos de cota de malha e uma placa peitoral de aço por cima e ainda tinha energia o bastante para apreciar o embate da batalha, para deliciar-se com o gosto exuberante pela vida que só vem quando se está prestes a perdê-la, para ouvir de novo o estrondo trovejante de quando as fileiras da frente se encontram, para lembrar da luta feroz que decidia quem viveria e quem morreria...

— Senhor. O senhor está acordado? — Seu assistente estava perto do poste da tenda.

— Por acaso sou um velhote que precisa de uma soneca da tarde? — Ariakas sentou-se de súbito e encarou seu assistente. — Bem, o que foi?

— O Capitão Balif está aqui, senhor. Como pedido. E trouxe um visitante.

— Ah, sim. — Ariakas lembrou-se da bela jovem de pé na beira do campo de treino. Pelos deuses, *estava mesmo* ficando velho, pois se esquecera dela! Estava usando apenas suas botas e a saia curta feita de faixas de couro que usava por baixo da cota de malha, mas se as histórias que ouvira sobre ela fossem verdadeiras, não se incomodaria com a visão de um homem seminu. — Faça-os entrar.

A mulher entrou primeiro, seguida por Balif, que saudou e ficou em posição de sentido. Ela avaliou o lugar e depois fixou o olhar em Ariakas.

Ali não havia nenhuma donzela tímida, com olhares baixos cheios de pudor. Não havia uma prostituta ousada, cujos cílios esvoaçantes escondiam o brilho duro da ganância. O olhar daquela mulher era corajoso, sem limites, penetrante e destemido. Ariakas, que naturalmente esperava que fosse ele o julgador, viu-se sendo julgado. Ela estava avaliando-o, analisando-o e se não gostasse do que visse, iria embora.

Em algum outro momento, Ariakas teria se sentido ofendido, até mesmo insultado. Mas estava satisfeito com a performance das tropas naquele dia e aquela mulher de cabelos cacheados e bela o intrigava muito.

— Senhor — disse Balif —, apresento-lhe Kitiara uth Matar.

Solâmnico. Então era dali que vinha aquele ar orgulhoso e audaz, como desafiasse o mundo a fazer o seu pior. Alguém a ensinara a usar uma espada, a usá-la com naturalidade como se fosse mais uma parte do seu corpo, e que era um belo corpo. Porém, havia algo misterioso naquela Kitiara. Aquele sorriso torto não nascera de um Cavaleiro correto.

— Kitiara uth Matar — disse Ariakas, colocando as mãos sobre a cintura da sua saia de couro. — Bem-vinda a Sanção. — Estreitou o olhar. — Acho que já nos encontramos antes.

— Não creio que tive essa honra, senhor — disse Kitiara. O sorriso torto aumentou um pouco. Nos olhos escuros e enevoados havia um brilho de fogo. — Com certeza, eu lembraria.

— Você já a viu — Balif se intrometeu, de cuja presença Ariakas tinha quase se esquecido. — Vocês dois já se encontraram. Foi em Neraka, ano passado, quando você estava supervisionando a construção do grande templo.

— Sim! Estou lembrado agora. Você estava espionando Qualinesti, se me lembro bem. O Comandante Kholos ficou muito satisfeito com seu relatório. Gostará de saber que pretendemos usar muito bem a informação que nos deu contra os elfos pagãos.

O sorriso torto endureceu por um momento e depois ficou fixo. O fogo nos olhos escuros brilhou, então se apagou rapidamente. Ariakas se perguntou qual foi o combustível que criou aquela faísca.

— Fico feliz por ter lhe sido útil, senhor — foi só o que disse, no entanto, em um tom frio e respeitoso.

— Por favor, sentem-se. Andros! — Batendo palmas, Ariakas invocou um de seus escravos, um garoto com cerca de dezesseis anos capturado durante a invasão a alguma cidade desafortunada, que mostrava as marcas da sua vida dura e seus maus tratos no rosto machucado. — Traga vinho e carne para nossos convidados. Irão compartilhar do meu jantar, não?

— Com prazer, senhor — disse Kitiara.

Outro escravo foi enviado para encontrar mais cadeiras dobráveis. Ariakas jogou um mapa da Abanissínia da mesa para o chão e os três se sentaram.

— Perdoem a refeição rústica — disse Ariakas aos seus dois convidados, embora seu olhar estivesse em apenas um. — Quando forem visitar meu quartel general, irei servir uma das melhores refeições de toda Ansalon. Uma das minhas escravas é uma excelente cozinheira. Sua comida salvou a sua vida, então agora ela põe seu coração nisso.

— Irei esperar ansiosa, senhor — disse Kitiara.

— Comam! Comam! — disse Ariakas, acenando para o pedaço de vitela assado que os escravos trouxeram em um prato ainda chiando e colocaram na mesa. Tirando a faca do cinto, cortou um pedaço de carne. — Não façam cerimônia. Nossa Majestade Sombria, estou faminto! Tivemos um trabalho duro lá fora hoje.

Olhou para a mulher de relance, para ver o que ela diria.

Kitiara, a faca na mão, cortou carne para si.

— Você é um disciplinador rígido, senhor — ela observou, comendo a carne gordurosa com a tranquilidade de um soldado de muitas campanhas que nunca tem certeza de onde ou quando virá a próxima refeição. — E parece que o senhor tem tropas sobrando. Isso ou está planejando erguer outro exército dos mortos.

— Aqueles que se juntam ao meu exército são bem pagos — Ariakas retrucou. — E eu pago pelo tempo. Ao contrário de alguns comandantes, não perco metade das minhas tropas na primavera, quando vão para casa semear seus cultivos. Meus soldados não precisam viver nas cidades que capturam e saqueiam. Esse é um prêmio. Pagamentos regulares dão orgulho ao homem, é a recompensa por um trabalho bem-feito. Mas mesmo assim... — Ele encolheu os ombros imensos. — Ainda tenho os descontentes, como qualquer comandante. Melhor se livrar deles logo. Se começo a mimá-los, a fazer suas vontades, os demais irão amolecer. Irão perder o respeito por mim e por meus oficiais. Depois, vão perder o respeito por eles mesmos. E quando um exército perde o respeito por si próprio, é o fim.

Kitiara tinha parado de comer para escutar, dando-lhe sua atenção total, um elogio. Quando ele terminou de falar, ela fez outro elogio ao refletir sobre suas palavras e depois assentiu uma vez, abruptamente, concordando.

— Fale sobre você, Kitiara uth Matar — Ariakas disse, acenando para que o escravo voltasse a encher seus copos. Ele notou que Kitiara bebeu o seu direto e que o apreciara, mas podia deixá-lo de lado. Ao contrário de Balif, que engolira o primeiro, depois o segundo e começava um terceiro.

— Não tenho muito a dizer, senhor — ela falou. — Nasci e fui criada em Consolação, em Abanassínia. Meu pai foi Gregor uth Matar, um solâmnico de origem nobre, um Cavaleiro. Ele foi um dos seus melhores guerreiros — ela acrescentou, afirmando algo, sem se gabar. — Mas não conseguia tolerar as regras mesquinhas, a maneira como tentavam controlar a vida de um homem. Vendia sua espada e seus talentos onde queria. Levou-me para assistir a minha primeira batalha quando eu tinha cinco anos e me ensinou a usar uma espada, e a lutar. Saiu de casa quando eu era muito jovem. Nunca mais o vi.

— E você? — Ariakas perguntou.

— Sou a filha de meu pai, senhor — Kitiara ergueu o queixo.

— Então não gosta de regras? — Ele franziu a testa. — Não gosta de obedecer a ordens?

Ela fez uma pausa, pensando com cuidado em suas palavras, inteligente o bastante para saber que seu futuro dependia delas, mas com força, orgulho e confiança o bastante para dizer a verdade.

— Se eu encontrar um comandante que eu admire, um comandante em quem eu possa confiar e respeitar e que tenha bom senso e inteligência. Eu obedeceria a ordens dadas por esse comandante. E... — Ela hesitou.

— E? — Ariakas repetiu, incentivando-a com um sorriso.

Ela baixou os cílios escuros, os olhos brilhando por baixo deles.

— E, claro, esse comandante teria que fazer isso tudo valer a pena.

Ariakas inclinou-se para longe da mesa e riu. Riu alto e por um bom tempo, batendo a caneca na mesa, rindo até que um dos seus assistentes — desafiando as convenções — espiar para dentro da tenda para ver o que tinha agradado tanto ao seu senhor. Ariakas não era muito conhecido por seu bom humor.

— Acho que posso prometer a você um comandante que satisfaça todas as suas exigências, Kitiara uth Matar. Preciso de vários oficiais. Acho que você se encaixa. Mas vai precisar provar isso, claro. Provar a sua coragem, sua habilidade, suas capacidades.

— Estou pronta, senhor — Kitiara disse com frieza. — Diga qual é a missão.

— Capitão Balif, você fez bem — disse Lorde Ariakas. — Farei com que seja recompensado. — Escrevendo em um pedaço de papel, Ariakas gritou por seu ajudante, que entrou apressado. — Leve o Capitão Balif até a contabilidade. Dê aos contadores isso. — Passou o bilhete. — Venha me ver amanhã, capitão. Terei outra missão para você.

Balif se levantou, instável. Aceitou sua dispensa com bom humor, pois vira o valor escrito no bilhete. Sabia muito bem que perdera Kitiara, que ela fora para um nível mais alto, onde ele não poderia acompanhá-la. Também a conhecia bem o bastante para saber que ela não se esforçaria para ajudá-lo no futuro. Ele tivera sua recompensa. Pousou a mão no ombro dela ao passar. Ela se sacudiu para se soltar e assim se separaram.

Tendo se livrado do seu assistente e do Capitão Balif, Ariakas fechou as abas da tenda. Veio por trás de Kitiara, e agarrou um punhado dos cachos escuros, puxando a cabeça dela para trás, e beijou-a nos lábios, beijou com força.

Sua paixão foi correspondida com uma força que o espantou. Ela o beijou com ferocidade, suas unhas se enfiando com força na carne nua dos braços dele. E então, quando ele estava prestes a tomar mais, ela se soltou.

— É assim que quer que eu me prove, senhor? — ela perguntou. — Na sua cama?

— Não, que maldição! Claro que não — ele disse, rispidamente. Agarrando-a pela cintura, ele puxou o corpo dela para junto do seu. — Mas podemos muito bem nos divertir!

Ela se inclinou para longe dele, curvando as costas, com as mãos no peito dele. Não estava sendo tímida, não estava lutando contra ele. Na verdade, a julgar pelos olhos brilhantes e respiração acelerada, estava lutando contra seu próprio desejo.

— Pense, senhor! Você disse que quer me tornar uma oficial?

— Eu quero. E farei!

— Então, se me levar para a cama agora, vai ter falatório entre os soldados que você fez a sua boneca, o seu brinquedinho, de oficial. Você mesmo disse que os homens devem respeitar seus oficiais. Eles irão me respeitar?

Ariakas a observou em silêncio. Nunca tinha encontrado uma mulher assim, que podia confrontá-lo — e superá-lo — em seu próprio terreno. Mesmo assim, não a soltou. Nunca encontrara uma mulher que o fascinasse tanto.

— Deixe-me provar o meu valor, senhor — Kitiara continuou, sem se afastar dele, mas se aconchegando mais perto, perto o bastante para que ele pudesse sentir seu calor, a tensão trêmula de seu corpo. — Deixe fazer um nome em seu exército. Deixe seus soldados falaram da minha coragem em batalha. Então, irão dizer que Lorde Ariakas levou uma guerreira para a cama, não uma prostituta.

Ariakas passou a mão pelo cabelo cacheado, prendendo seus dedos. Sua mão se fechou nos cachos, puxando o cabelo dolorosamente. Ele viu as lágrimas involuntárias surgindo nos olhos dela.

— Nenhuma mulher disse "não" para mim e viveu para contar — ele disse.

Ele a encarou por um bom tempo, esperando para ver um fio de medo nos olhos escuros. Se tivesse visto, teria quebrado o pescoço dela.

Ela o observou com calma e firmeza, um vestígio do sorriso torto ainda em seus lábios.

Ariakas riu, com certa tristeza, e a soltou.

— Muito bem, Kitiara uth Matar. O que você diz faz sentido. Irei lhe dar uma chance para mostrar seu valor. Preciso de um mensageiro.

— Acho que você deve ter vários mensageiros — disse Kitiara, parecendo contrariada. — Procuro a glória da batalha.

— Digamos que eu *tinha* muitos mensageiros — disse Ariakas com um sorriso desagradável. Serviu duas taças de vinho para acalmar o desejo não saciado. — Mas seus números vêm diminuindo. Já mandei quatro para essa missão e nenhum retornou.

O bom humor de Kit voltou.

— Isso parece mais promissor. Qual é a mensagem e para quem deve ser entregue?

As grossas sobrancelhas negras de Ariakas se uniram, a expressão severa e rígida. Sua mão se fechou ao redor da taça de madeira.

— Esta é a mensagem. Você irá dizer que eu, Ariakas, general dos exércitos de Sua Majestade Sombria, ordeno que ele, em nome de Sua Majestade Sombria, apresente-se a mim aqui em Sanção. Você irá dizer a ele que eu preciso dele, que Sua Majestade Sombria precisa dele. Irá dizer que se ele desafiar a mim, e a sua Rainha, será por sua conta e risco.

— Irei levar sua mensagem, senhor — disse Kitiara. Arqueou uma sobrancelha. — Mas ele pode precisar ser convencido. Tenho sua permissão para fazer o que for preciso para convencê-lo?

Ariakas sorriu com ironia.

— Você tem a minha permissão para *tentar* forçá-lo a obedecer, Kitiara uth Matar. Embora não vá ser uma tarefa fácil.

Kitiara balançou a cabeça.

— Ainda não conheci um homem que dissesse "não" para mim, senhor, e tenha vivido para contar. Qual é o nome dele? E onde eu o encontro?

— Ele vive em uma caverna nas montanhas perto de Neraka. Seu nome é Immolatus.

Kitiara franziu a testa.

— Immolatus. Que nome estranho para um homem.

— Para um homem, é — disse Ariakas, servindo mais vinho. Tinha a sensação de que ela ia precisar. — Mas não para um dragão.

7

Kitiara estava deitada debaixo dos seus cobertores, os braços debaixo da cabeça, olhando de cara fechada para a lua vermelha, a sorridente lua vermelha. Kit sabia muito bem por que a lua ria.

— Caça à narceja! — Kitiara bufou em voz alta, com um estalar dos dentes. — É uma maldita caça à narceja!

Ela jogou os cobertores longe, já que não conseguia dormir, e andou pisando forte ao redor da pequena fogueira, bebeu um pouco de água e, entediada e frustrada, voltou a sentar para costurar a lenha em brasa com um graveto. Mandou uma chuva de faíscas para o céu noturno, ela sem querer apagou o que sobrara da pequena chama. Kitiara estava lembrando da caça à narceja, lembrando da peça que tinham pregado no ingênuo Caramon.

Todos os companheiros estavam juntos na brincadeira, exceto Sturm Brightblade, pois, se ele ficasse sabendo, teria feito um discurso interminável sobre aquilo e acabando por estragar a diversão. Ele teria tirado a narceja da cartola, por assim dizer.

Sempre que os amigos estavam juntos, Kitiara, Tanis, Raistlin, Tasslehoff e Flint falavam das glórias da caça à narceja, da excitação da perseguição, da ferocidade da narceja quando encurralada, da maciez da carne, que diziam ter gosto de frango. Caramon ouvia de olhos arregalados, boca aberta e estômago roncando.

— A narceja só pode ser capturada a luz de Solinari — disse Tanis.

— Você precisa esperar na floresta, quieto como um elfo sonâmbulo, com uma bolsa na mão — aconselhou Flint. — E precisa dizer "venha para a sacola, narceja! Venha pegar um doce!".

— Pois veja, Caramon — Kitiara disse ao irmão. — As narcejas são tão ingênuas que ao ouvir essas palavras, vão correr direto para você, direto para a bolsa.

— Nesse momento, você precisa amarrar as pontas da sacola com rapidez — Raistlin instruiu — e segurar a sacola com força, pois, assim que a narceja perceber que foi enganada, vai tentar se soltar e, se conseguir, vai estraçalhar seu captor.

— O quão grande elas são? — perguntou Caramon, apreensivo.

— Ah, não muito maior que um esquilo — Tasslehoff garantiu. — Mas tem dentes afiados como os de um lobo, garras afiadas como as de um zumbi e um grande rabo com ferrão como de um escorpião.

— Certifique-se de pegar um saco resistente, rapaz — Flint avisou, e foi forçado a tapar a boca do kender, que de repente foi tomado por um ataque de risos.

— Mas o resto de vocês não vem? — perguntou Caramon, surpreso.

— A narceja é sagrada para os elfos — disse Tanis, solene. — Sou proibido de matar uma.

— Estou velho demais — Flint disse com um suspiro. — Meus dias de caçar narceja acabaram. Cabe a você manter a honra de Consolação.

— *Eu* matei a *minha* narceja quando tinha doze anos — Kitiara disse com orgulho.

— Puxa! — Caramon ficou impressionado, mas também ficou abatido. Ele já tinha dezoito anos e nunca tinha ouvido falar sobre narcejas antes. Ele ergueu a cabeça. — Eu não vou decepcionar vocês!

— Sabemos que não, meu irmão — disse Raistlin, colocando a mão no ombro largo do gêmeo. — Estamos todos muito orgulhosos de você.

Como riram naquela noite, todos juntos na casa de Flint, imaginando Caramon parado a noite toda, pálido e trêmulo na escuridão, gritando: "Venha aqui pegar um doce, narceja!" E riram ainda mais pela manhã, quando Caramon apareceu, sem fôlego em seu entusiasmo, segurando uma sacola contendo uma esquiva narceja, que se contorcia muito.

— Por que ela está rindo? — perguntou Caramon, olhando para o saco.

— É um som feito por todas as narcejas capturadas — disse Raistlin, mal conseguindo falar, tentando segurar o riso. — Conte-nos sobre sua caçada, meu irmão.

Caramon contou como tinha chamado e como a narceja tinha vindo, surgindo na escuridão e pulando em sua sacola, como ele, Caramon, corajosamente amarrou as pontas do saco e, depois de lutar, subjugou a cruel narceja.

— Devemos bater na cabeça dela antes de soltá-la? — perguntou Caramon, brandindo um bastão.

— Não! — guinchou a narceja.

— Sim! — Flint rugiu, em uma tentativa frustrada de pegar o bastão de Caramon.

Com isso, Tanis, sentindo que a brincadeira já tinha ido longe o bastante, libertou a narceja, que se parecia muito com Tasslehoff Burrfoot.

Ninguém riu mais alto do que Caramon, depois que a piada foi explicada a ele, com todos os demais garantindo-lhe que já haviam caído nessa. Todos, exceto Kit, que disse jamais ter sido tão idiota a ponto de sair para caçar narcejas.

Pelo menos não até agora.

— Eu podia muito bem estar aqui, nestas montanhas desoladas, com um saco nas mãos gritando "aqui, dragão, aqui! Tenho um doce para você!". — Ela xingou, desgostosa, chutando, irritada, os restos carbonizados de um tronco e se perguntou novamente, como havia se perguntado nos últimos sete dias — desde que partira de Sanção — porque o General Ariakas a enviara naquela missão ridícula. Kitiara acreditava em dragões tanto quanto acreditava em narcejas.

Dragões! Ela bufou de desgosto. O povo de Sanção não falava de outra coisa além de dragões. As pessoas afirmavam adorar dragões, o Templo da Rainha das Trevas tinha o formato de um dragão, Balif uma vez perguntou a Kit se ela teria medo de encontrar um dragão. No entanto, até onde Kitiara sabia, nenhuma daquelas pessoas tinha posto os olhos em um dragão. Um dragão de verdade, com bafo de fogo, comedor de enxofre. O único que conhecia era um dragão esculpido na pedra fria de uma montanha.

Quando Ariakas lhe disse pela primeira vez que ela iria encontrar um dragão, Kit riu.

— Não é brincadeira, uth Matar — dissera-lhe o General Ariakas, mas ela viu seus olhos escuros brilharem.

Então, ainda pensando que era uma piada e que ele estava zombando dela, ficou com raiva. O brilho desapareceu dos olhos escuros do general, frios, cruéis e vazios.

— Eu lhe dei uma missão, uth Matar — dissera-lhe o General Ariakas, sua voz tão fria e vazia quanto seus olhos. — É pegar ou largar.

Ela aceitou — que escolha teria? Solicitou uma escolta de soldados. O General Ariakas recusou bruscamente. Disse que não poderia se dar ao luxo de perder mais homens naquela missão. Uth Matar sentiu-se incapaz de lidar com a tarefa sozinha? Talvez ele encontrasse alguém mais interessado em ganhar seu favor.

Kitiara aceitou o desafio do General Ariakas, de ir até as Montanhas Khalkist, onde vivia o suposto dragão chamado Immolatus. Ele vivera ali por séculos, pelo menos foi o que Ariakas disse a ela, antes de ser acordado pela Rainha das Trevas. Kitiara não teve escolha senão aceitar.

Nos três primeiros dias fora de Sanção, ela ficou na defensiva, esperando a emboscada que tinha certeza de que estava por vir, ordenada por Ariakas e que pretendia testar suas habilidades. Kitiara jurou que não seria ela a ficar segurando a sacola, ou, se fosse, que haveria cabeças dentro.

Mas os três dias se passaram silenciosamente. Ninguém saltou sobre ela vindo da escuridão, ninguém pulou de trás de um arbusto, exceto um esquilo irritado, perturbado em sua forragem de primavera.

Ariakas lhe deu um mapa mostrando seu destino que ele disse ter vindo dos sacerdotes do Templo de Luerkhisis, um mapa revelando a localização da caverna do suposto dragão. Quanto mais ela se aproximava do seu destino, mais desolado se tornava a paisagem. Kitiara começou a ficar inquieta. Se ela tivesse escolhido um local onde poderia encontrar um dragão, seria aquele. No quarto dia, mesmo os poucos abutres esperançosos que estavam de olho nela desde Sanção desapareceram com grasnido ameaçadores enquanto continuava a subir pela lateral da montanha.

Nem um pássaro nem um animal nem um inseto ela viu no quinto dia. Nenhuma mosca zumbiu em torno de sua refeição de carne seca. Nenhuma formiga veio carregar as migalhas do pão. Ela avançara rápido. Sanção estava escondida atrás dos picos da segunda montanha, o topo escondido pela eterna nuvem de vapor que pairava sobre os Senhores da Destruição. Às vezes, sentia o chão tremer sob seus pés. Tinha atribuído aquilo aos rangidos das montanhas inquietas, mas agora estava em dúvida. Talvez fosse o barulho de uma grande serpente girando e contorcendo-se em seus sonhos de tesouro, sonhos de morte.

No sexto dia, Kitiara começou a ficar realmente preocupada. O chão pelo qual andava estava vazio de vida, estéril. Ela já passara da linha das árvores e tinha deixado o calor da primavera para trás, lá embaixo. Mas devia encontrar alguns arbustos desgrenhados agarrados de qualquer jeito às rochas no sol, e pequenos montes de neve nas sombras. Não havia nada de neve, e ela se perguntou o que fez com que derretesse. O único arbusto que ela encontrou na trilha estava enegrecido, as rochas chamuscadas, como se um incêndio florestal tivesse varrido a encosta da montanha.

Mas não podia ter um incêndio florestal numa área sem árvores.

Estava considerando esse fenômeno e tinha acabado de decidir que devia ter sido um raio quando contornou uma gigantesca pedra de granito e tropeçou no cadáver.

Kit sobressaltou-se e recuou um passo. Ela já tinha visto muitos homens mortos antes, mas nenhum como aquele. O corpo havia sido consumido pelo fogo, uma chama tão intensa que havia deixado apenas os ossos maiores do corpo, como o crânio, as costelas, a coluna e as pernas. Os ossos menores, como os dos dedos dos pés e das mãos foram queimados por completo.

O cadáver estava deitado de bruços. Ele estava fugindo de seu inimigo quando o fogo explodiu nele, queimando a carne de seu corpo. Kitiara reconheceu o emblema no elmo enegrecido que ainda cobria a cabeça. O mesmo emblema estava em sua espada, vários passos atrás dele. Presumiu que, se virasse o cadáver para olhar o peitoral onde seus ossos repousavam, como uma costela assada em uma travessa de metal, veria o mesmo emblema — a águia de penas negras com asas estendidas, o emblema do General Ariakas.

Kitiara começou a acreditar.

— Talvez seja você quem vai rir por último, Caramon — disse ela com tristeza, semicerrando os olhos na luz do sol para examinar o topo da montanha.

Não viu nada exceto o céu azul, mas, sentindo-se exposta e vulnerável na encosta da montanha íngreme, agachou atrás da pedra de granito. Ao fazê-lo, notou que onde a pedra fora tocada pelas chamas, a rocha tinha começado a derreter.

— Dane-se, que vá tudo para o Abismo — disse Kit para si mesma, enquanto se sentava no chão à sombra da pedra, com a companhia sinistra do cadáver carbonizado. — Um dragão. Maldito seja. Um dragão vivo, de verdade.

— Ah, pare com isso, Kit — ela se repreendeu. — É impossível. Daqui a pouco vou acreditar em carniçais. O pobre coitado foi atingido por um raio.

Mas estava mentindo para si mesma. Ela podia ver o homem claramente, fugindo da perseguição, jogando a espada no chão em sua fuga apavorada, a lâmina de aço bom, sólido, inútil contra um inimigo tão terrível.

Kitiara enfiou a mão numa bolsa de couro marcada com o emblema da águia negra e tirou um pequeno pergaminho, bem enrolado e colocado dentro de um anel. Ela olhou para o pergaminho com uma expressão carrancuda e pensativa, mastigando o lábio inferior. O General Ariakas lhe dera o pergaminho, dizendo que ela deveria entregá-lo a Immolatus.

Furiosa com a peça que estavam pregando nela, Kit pegou o pergaminho sem olhar e o enfiou com raiva na bolsa. Ouvira, com desprezo mal disfarçado, Ariakas contando o que ele sabia sobre dragões, bem como ela própria contara a Caramon tudo o que sabia sobre narcejas.

Kitiara examinou o anel cuidadosamente. Era um anel de sinete. Um sinete na forma de um dragão de cinco cabeças.

— Puxa, cara — disse Kitiara. Ela enxugou o suor da testa. O dragão de cinco cabeças, antigo símbolo da Rainha Takhisis. Hesitou um pouco, e deslizou o pergaminho para fora do anel. Com cuidado, ela o desenrolou e deu uma rápida olhada no que dizia.

> Immolatus, ordeno que você obedeça à convocação que lhe envio por este mensageiro. Por quatro vezes você rejeitou meu comando. Não haverá uma quinta. Estou perdendo a paciência. Assuma a forma humana e retorne para Sanção com o portador deste anel, lá receberá suas ordens do General Ariakas, que em breve será general dos meus exércitos dracônicos.
>
> Esta ordem foi transcrita por Wyrllish, Alto Clérigo dos Vestes Negras, em nome de Takhisis, Rainha das Trevas, Rainha dos Cinco Dragões, Rainha do Abismo, e futura Rainha de Krynn.

— Ah, maldição! — disse Kitiara. — Que se dane.

Apoiando os cotovelos nos joelhos dobrados, ela abaixou a cabeça entre as mãos.

— Sou uma idiota! Uma idiota! Mas quem iria adivinhar? O que foi que eu fiz? Como eu me meti nisso?

— Tantas esperanças, tantas ambições — acrescentou, levantando a cabeça para olhar o cadáver, seu sorriso torto firme, duro e amargo —, para se acabar assim. Na encosta de uma montanha, meus ossos se fundindo à rocha. Mas quem iria imaginar que Ariakas estava dizendo a verdade? Um dragão. E eu serei seu maldito mensageiro!

Ela ficou sentada por um longo tempo no cume da montanha desolada, vendo o céu azul vazio que parecia tão próximo, observando o sol deslizar pelo céu, reparando se estava logo abaixo dela, e percebendo que estava tão acima do horizonte. O ar estava começando a esfriar rapidamente. Kit estremeceu com um arrepio nos braços sob a túnica de lã fina que usava por baixo do espartilho de cota de malha. Trouxera um manto forrado com lã felpuda, mas não o desempacotou.

— O ar pode esquentar em breve — disse ela para si mesma, e um vestígio do sorriso torto voltou. — Breve e quente demais para meu gosto.

Sacudindo a letargia, tirou a capa da bolsa e, embrulhando a pele de carneiro nos ombros, ela se acomodou para estudar — com mais atenção — o mapa dado pelo General Ariakas. Localizou todos os marcos: o pico da montanha, dividido em dois como se atingido por uma lâmina de machado gigante; um penhasco saliente, projetando-se da encosta da montanha, parecendo um nariz adunco.

Agora que sabia onde procurar, localizou a caverna sem muita dificuldade. A abertura para o covil do dragão estava escondida sob a saliência, a uma pequena distância de onde ela estava sentada. Seria uma curta caminhada por um terreno acidentado, mas não seria difícil de alcançar. Solinari estava minguando esta noite, mas iria fornecer luz suficiente para ela encontrar o caminho entre as rochas. Kit ficou de pé e olhou pela encosta da montanha abaixo. Tinha surgido, na sua mente, a possibilidade de escolher o jeito fácil, simplesmente dar um passo na beira do abismo e cair no vazio. O jeito fácil... o jeito dos covardes.

— Mentir, trapacear, roubar... o mundo passa pano para esses erros — seu pai lhe dissera uma vez. — Mas o mundo despreza os covardes.

Aquela poderia ser sua última batalha, mas decidiu que seria gloriosa. Ficou de costas para o sol e olhou para a frente, para a escuridão que se aproximava.

Ela não tinha um plano de ataque; e não via como ter um a ajudaria. Não havia nada a fazer além de entrar pela porta da frente. Colocando a mão no punho da espada, firmou o queixo, apertou os dentes e deu um passo determinado a frente.

Uma criatura imensa surgiu na beirada da plataforma abaixo da saliência.

Estendendo as asas — asas imensas que faziam águias sumirem — a criatura decolou, subindo no ar. As escamas vermelhas refletiam o final da luz do dia, brilhando e cintilando como pequenas faíscas subindo de um tronco em chamas ou os rubis de um cavalheiro jogados na luz do sol, ou gotas de sangue. Um focinho, uma cauda longa e sinuosa, um corpo tão poderoso e pesado que parecia impossível que as asas conseguissem erguê-los; uma juba de espinhos, escura contra a luz que sumia, pernas enormes e poderosas, e pés com garras longas e afiadas, olhos de fogo vigilantes.

Pela primeira vez em seus vinte e oito anos, Kit sentiu o gosto do medo. Sentiu um aperto no estômago, que enviou bile amarga e quente para sua boca seca. Os músculos da sua perna tremeram e ela quase caiu. A mão no punho da espada ficou úmida e insensível. O único pensamento em sua mente era "corra, esconda-se, fuja!". Se tivesse um buraco por perto, teria rastejado até ele. Naquele momento, até o pulo no vazio na lateral da montanha lhe parecia ser a coisa sábia e prudente a se fazer.

Kitiara agachou-se na sombra da pedra e se encolheu ali, tremendo, suor frio gotejando na sua testa. Seu peito estava apertado, seu coração acelerado, e ela estava com dificuldade em respirar. Não conseguia tirar os olhos do dragão, uma visão que era terrível, bela e apavorante. Tinha pelo menos doze metros de comprimento. Esticado, de ponta a ponta, teria coberto o campo de treino e ainda chegaria no templo.

Temia ter sido vista pelo dragão.

Immolatus nem imaginava que ela estava ali. Até onde sabia, ou se importava, ela era um percevejo agarrado na pedra. Estava voando na noite para caçar. Vários dias tinham se passado desde sua última refeição, que, por muita sorte, tinha vindo até ele. Depois de jantar o mensageiro, Immolatus tinha ficado preguiçoso demais para procurar mais comida até a fome o despertar de seus sonhos agradáveis de saque, fogo e morte. Sentindo seu estômago vazio tremer entre as costelas, esperou, cheio de esperança, que uma outra deliciosa guloseima entrasse em sua caverna.

Nenhuma entrou. Ele ficou um pouco inquieto, profundamente arrependido de ter ficado brincando com um dos soldados, caçando o homem aterrorizado pela encosta, vendo-o queimar como uma tocha viva. Se o dragão estivesse pensando a frente, teria mantido seu cativo vivo até estar pronto para jantar de novo.

Ah, bem, o dragão remoeu, chateado. *Não adianta chorar pelo sangue derramado.* Ele subiu no ar, circulou por uma vez ao redor do seu pico para se certificar de que estava tudo bem.

Kitiara ficou completamente imóvel, congelada como um coelho que viu os cães de caça. Parou de respirar e tentou forçar seu coração a não bater tão alto, pois parecia que ele ecoava ao seu redor como um trovão. Desejou que o dragão voasse para longe, para muito longe. Parecia que faria isso, pois ele virou como se quisesse pegar as correntes de ar quente que subiam pela lateral da montanha. Kit estava quase soluçando de alívio quando, de repente, sua garganta se fechou.

O dragão alterou seu voo. Farejou o ar, a cabeçorra de olhos vermelhos virando de um lado para o outro, procurando o cheiro que fez sua boca ficar cheia de água.

Cordeiro! Aquele maldito manto de pele de cordeiro! Kitiara sabia, como se estivesse sentada entre os ombros do dragão que a criatura farejara o cordeiro, com vontade de comer cordeiro na janta, mas não ficaria muito desapontado com seu engano, um humano em pele de cordeiro.

O focinho imenso virou em sua direção, e Kitiara pode ver os caninos afiados quando a boca se abriu em antecipação.

— Rainha das Trevas — rezou Kit, pedindo ajuda pela primeira vez na sua vida. — Estou aqui a seu comando. Sirvo a você. Se quer que essa missão seja bem-sucedida, então, é melhor você fazer alguma coisa!

O dragão se aproximou, mais escuro que a noite, bloqueando as primeiras e pálidas estrelas com as asas enormes. Quanto mais profunda a escuridão, mais vermelhos eram os olhos odiosos. Indefesa, incapaz de se mover, Kit via a morte se aproximar.

Ouviu um balido frenético e cascos batendo na rocha. O dragão mergulhou. O vento da sua passagem achatou Kitiara contra a rocha. As asas bateram uma única vez e um grito de morte ecoou entre as pedras. A cauda do dragão foi de um lado para o outro, em um prazer violento. O dragão virou no céu e voou de volta por cima dela. O sangue quente caiu no rosto virado para cima de Kitiara. Um cabrito montês recém abatido estava pendurado nas garras do dragão.

Immolatus estava satisfeito com sua presa e com sua sorte — nunca vira antes um cabrito montês aventurar-se tão perto de sua caverna. Levou a carcaça sangrenta até sua caverna, onde poderia jantar com tranquilidade. Por um momento pensou sobre o forte cheiro de cordeiro que detectara na montanha, um cheiro estranho, misturado com o de humano, mas ele preferia cabrito a cordeiro, sempre. Ou humanos, se fosse o caso, mas geralmente seus ossos tinham pouca carne. E o dragão precisava se esforçar muito pelo pouco que tinha, tendo que arrancar a armadura para conseguir, pois sempre deixava gosto de metal na boca.

De volta ao seu covil, acomodou o corpanzil nas rochas, onde deveria haver um tesouro — como ele sempre se lembrava, ressentido — e rasgou o cabrito.

Por enquanto, Kitiara estava a salvo. Fraca de alívio, acomodou-se no chão abaixo da rocha, incapaz de se mover. Seus músculos, duros por causa da adrenalina, continuavam tensos. Não conseguia soltar a mão do punho da espada. Por pura força de vontade, forçou-se a relaxar, acalmar seu coração acelerado e recuperar o fôlego.

Primeiro, tinha uma dívida a saldar.

— Rainha Takhisis — Kitiara disse com humildade, olhando para o céu noturno, sagrado para a deusa. — Obrigada! Fique comigo e não irei falhar!

Sem dever mais nada, Kitiara puxou a pele de cordeiro mais apertada ao redor do seu corpo e, deitada na escuridão estrelada, repensou sua conversa com o General Ariakas, uma conversa na qual prestara pouca atenção. Forçou-se a tentar lembrar o que ele contou sobre dragões.

8

A cabra era bonita e rechonchuda. Satisfeito com sua refeição e com o fato de não ter que trabalhar muito para consegui-la, Immolatus resolveu deitar-se em sua cama rochosa. Imaginando que as pedras eram pilhas de tesouros, voltou a dormir, buscando refúgio mais uma vez em seus sonhos.

A maioria dos outros dragões dedicados ao serviço da Rainha das Trevas ficou satisfeita quando Takhisis os acordou de seu sono longo e forçado.

Immolatus não tanto.

Seus sonhos do século anterior foram de fogo, de fazer aqueles miseráveis humanos e elfos, anões e kender fugirem dele, de reduzir suas residências a cinzas, de enfiar seus filhos em sua bocarra e esmagar a carne tenra, de derrubar castelos e empalar Cavaleiros aos berros em suas garras afiadas que poderiam rasgar a armadura mais forte. Sonhos de vasculhar os escombros, depois de esfriarem, para pegar as joias brilhantes e cálices de prata, espadas mágicas e braçadeiras de ouro, empilhando tudo nas poucas carroças que ele teve o cuidado de não incendiar para depois carregá-las em suas garras de volta para seu covil.

Sua caverna já fora tão cheia de tesouros, que, com dificuldade, espremia seu próprio corpo ali dentro. Huma, aquele diabólico e perverso cavaleiro, e Magius, seu amaldiçoado mago, haviam posto fim a diversão de Immolatus. Quase acabaram com ele.

A Rainha das Trevas, maldito fosse seu coração sombrio, convocou Immolatus para juntar-se a ela no que deveria ter sido a guerra para acabar com todas as guerras. Uma guerra onde o flagelo irritante dos Cavaleiros Solâmnicos seria destruído, sua espécie imunda eliminada da face do mundo. Ela garantiu aos seus dragões que não poderiam perder, que eram invencíveis. Immolatus achou que seria divertido — ele era um jovem dragão então. Deixou seu tesouro e foi se juntar a seus irmãos: dragões azuis, vermelhos e verdes, os dragões brancos do sul nevado, os dragões negros das sombras.

A guerra não correu como planejado. Os astutos humanos inventaram uma arma, uma lança cujo metal prateado e mágico era tão doloroso aos olhos dos dragões quanto a ponta afiada era mortal para o seu coração. Os horríveis cavaleiros carregaram aquela terrível arma para a batalha. Immolatus e seus companheiros lutaram bravamente, mas, no final, Huma e sua lança de dragão forçaram a Rainha Takhisis a se retirar daquele plano de existência, forçando-a a fazer um pacto desesperado. Seus dragões não seriam mortos, mas dormiriam por séculos e, para não perturbar o equilíbrio do mundo, os dragões bondosos, de prata e de ouro, também dormiriam.

A asa direita de Immolatus foi rasgada por aquela lança cruel, sua pata traseira esquerda ferida por aquela arma horrível, seu estômago cortado por aquele artifício infame. O dragão mancou de volta para sua caverna, o sangue escorrendo como chuva no chão, e lá descobriu que, em sua ausência, ladrões roubaram seu tesouro!

Seus gritos de indignação racharam o pico da montanha. Ele jurou, antes de adormecer, que nunca mais teria nada a ver com humanos, a menos que fosse para arrancar suas cabeças e mastigar seus ossos. Também não queria ter mais nada a ver com a Rainha das Trevas, que traíra seus servos.

Suas feridas cicatrizaram durante seu sono de séculos. Seu corpo recuperou sua força. Ele não esqueceu o voto que fez. Há sete anos, o espírito da Rainha Takhisis, presa no Abismo, veio até seus dragões, e chamou Immolatus para acordar de seu longo sono e se juntar mais uma vez a ela em outra guerra para acabar com todas as guerras.

O espírito da Rainha Takhisis estivera em sua caverna, sua caverna triste e vazia, e fez suas exigências.

Immolatus tentou mordê-la. Incapaz de fazê-lo (é difícil enfiar os dentes em um espírito), o dragão rolou e voltou a dormir, de volta aos seus adoráveis sonhos de humanos mutilados e uma caverna cheia de ouro, pérolas e safiras.

Mas o sono não vinha ou, se viesse, ele não teve permissão para aproveitá-lo. Takhisis estava sempre por perto, irritando-o, enviando mensageiros com ordens e despachos. Por que a mulher não podia simplesmente deixá-lo em paz? Ele não sacrificara o suficiente por sua causa? Quantos mensageiros teriam que incendiar para defender seu ponto de vista?

Estava se lembrando com carinho do último humano que viu virar fumaça, sorrindo com a lembrança do cheiro de carne humana assada, quando o sonho agradável de Immolatus mudou. Passou a sonhar com pulgas.

Dragões não são perturbados por pulgas. Animais menores são perturbados por elas, os não abençoados com escamas, aqueles com pele e pelo. No entanto, Immolatus estava sonhando com pulgas, com uma o mordendo. A mordida não tinha sido dolorosa, mas era irritante, incômoda. O dragão sonhou em coçar a pulga e, sonolento, levantou uma pata traseira para isso. O inseto parou de morder, e ele se acalmou, mais uma vez em paz, até aquela dor chata começar novamente, desta vez em um local diferente. A pulga tinha ido para outro lugar.

Seriamente irritado, Immolatus despertou com raiva de seu sono. A luz do sol da manhã iluminava sua caverna, filtrando-se através de um buraco que se abria na encosta da montanha. O dragão virou a cabeçorra, olhos atentos para descobrir a peste que estava em algum ponto do seu ombro esquerdo, as mandíbulas estalando para agilizar o trabalho. E ficou chocado ao ver, no lugar de uma pulga em seu ombro, um humano.

— Hein? — ele rugiu, pego completamente de surpresa.

O humano estava usando armadura e um manto de pele de cordeiro, e sentava-se empoleirado no grande ombro de Immolatus com tanta calma quanto aqueles amaldiçoados Cavaleiros montavam em um cavalo de guerra. O dragão olhou furioso, chocado além da imaginação com tanta audácia, e o humano cravou dolorosamente a ponta de uma espada na carne do dragão.

— Você tem uma escama solta aqui, senhor dragão — disse o humano, levantando a escama, que era do tamanho de uma laje grande e quase tão pesada quanto. — Sabia disso?

Sua mente estava confusa com o sonho e os efeitos soporíferos da carne de cabra. Immolatus respirou fundo, preparado para explodir a criatura irritante para o próximo plano de inexistência. O bafo de enxofre ficou preso na garganta, no entanto, quando sua mente acordou um pouco mais e informou que ele não fritaria apenas o intruso indesejável, mas também seu ombro esquerdo.

Immolatus gargarejou um pouco, engolindo a chama que estava borbulhando em seu estômago. Tinha outras armas, um bom número de feitiços mágicos, embora isso exigisse esforço de sua parte, e ele estava com preguiça demais para lembrar as palavras complicadas necessárias para invocá-los. Sua melhor e mais eficaz arma era o medo. Seus enormes olhos vermelhos — de pupilas maiores que a cabeça do humano — encararam os olhos escuros do humano, e ele trouxe para a pequena mente imagens da própria morte.

Morte por fogo, por dentes e garras, por rolar sobre ela e esmagá-la em uma polpa sangrenta.

A humana hesitou sob seu ataque, tremendo e empalidecendo, mas, ao mesmo tempo, a lâmina da espada entrou mais em sua carne.

— Acho difícil, meu senhor — disse a humana, com um leve tremor na voz, um tremor que ela controlou e suprimiu —, que já tenha cortado uma galinha para fazer um guisado. Não estou certa? Foi o que pensei. Uma pena. Porque se você tivesse cortado uma galinha, meu senhor, saberia que este tendão, que passa por aqui — mexe, mexe, cutuca, cutuca com a lâmina da espada — controla sua asa. Se eu cortar esse tendão — a lâmina afundou mais um pouco — você não poderá voar.

Immolatus jamais cortara uma galinha, geralmente as comia inteiras e às dúzias de cada vez, mas ele estava bem familiarizado com a construção do seu próprio corpo. Também estava bem familiarizado com ferimentos em sua asa que o deixaram prisioneiro de sua caverna, incapaz de voar e caçar, sofrendo as dores da fome e da sede.

— Você é poderoso, meu senhor — disse o humano. — Tem habilidades mágicas. Poderia me matar com um estalar de dentes. Mas não antes de eu lhe causar um dano considerável.

Naquele ponto, Immolatus não estava mais irritado. Tinha superado a raiva. Não estava com fome, o cabrito resolvera isso. O dragão estava ficando fascinado.

O humano era respeitoso, tratando-o como "meu senhor". Muito apropriado e adequado. O humano ficara com medo, mas ela controlara o sentimento. Immolatus aplaudiu tanta coragem. Ficou impressionado com sua inteligência e sua engenhosidade. Queria continuar a conversa que lhe intrigava. Podia matá-la depois.

— Desça do meu ombro — disse. — Estou ficando com torcicolo tentando olhar para você.

— Lamento, senhor — disse a humana. — Mas você entende que sair daqui irá me colocar em uma considerável desvantagem. Irei entregar minha mensagem daqui.

— Não vou machucar você. Não por enquanto.

— E por que você me pouparia, meu senhor?

— Digamos que estou curioso. Quero saber porque, em nome de nossa fútil rainha, você está aqui! O que você quer de mim? O que é tão importante assim para você se arriscar a morrer para falar comigo?

— Posso falar isso tudo daqui onde estou, meu senhor — disse o humano.

— Que se dane! — o dragão rugiu. — Fique no nível dos meus olhos! Se eu decidir estraçalhar você, darei um aviso antes. Vou deixar que tente uma defesa patética nem que seja só para me divertir. De acordo?

O humano considerou a proposta e decidiu aceitá-la. Pulou com leveza do ombro do dragão, aterrissando no chão de sua caverna, aquele chão tão, tão vazio da sua caverna.

Immolatus observou o vazio com melancolia.

— Não foi a atração pelo meu tesouro que a trouxe aqui. A não ser que você tenha um imenso desejo de colecionar pedras. — Suspirando fundo, ele apoiou a cabeça gigantesca em um travesseiro de pedra, o que deixou o humano no nível de seus olhos. — Assim está melhor, mais confortável. Agora, quem é você e por que veio aqui?

— Meu nome é Kitiara uth Matar... — ela começou a dizer.

Immolatus rosnou.

— Uth Matar. Parece Solâmnico. — Ele a olhou com intensidade, pesando melhor sobre a matar só depois. — Não tenho muito apreço por Solâmnicos.

— Porém, nos respeita — disse Kitiara com orgulho. — Como respeitamos você, meu senhor. — Ela fez uma reverência. — Não somos como o resto do mundo, aqueles tolos, que riem quando dragões são mencionados e argumentam que são apenas histórias de kender.

— Histórias de kender! — Immolatus ergueu a cabeça. — É isso que dizem sobre nós?

— Exatamente, senhor.

— Sem canções dos massacres? Sem lendas sobre as cidades queimadas, corpos carbonizados, sem histórias de bebês assassinados e tesouros roubados. Somos… — Immolatus mal conseguia falar de indignação. — Somos histórias de *kender*!

— Foi o que vocês viraram, meu senhor. Uma tristeza — Kitiara acrescentou.

Immolatus sabia que ele, seus irmãos, irmãs e primos tinham dormido por muitas décadas, até mesmo séculos, mas pensara que o deslumbramento com que os dragões eram vistos, as histórias de seus feitos magníficos, o medo e o ódio que causavam teriam passado pelas gerações.

— Pense naquele tempo — Kitiara continuou. — Pense na época da sua juventude. Quantas vezes grupos de cavaleiros vieram procurá-lo para assassiná-lo?

— Muitas e muitas — Immolatus disse. — Dez ou vinte de cada vez, e pelo menos duas vezes por anos.

— E quantas vezes os ladrões invadiram seu covil querendo se apropriar de seu tesouro, meu senhor?

— Mensalmente — disse o dragão, o rabo balançando com as memórias. — E mais que isso, se tivesse um bom número de anões nas redondezas. Criaturas terríveis, os anões.

— E quantas vezes, agora, nesta época, os ladrões tentaram entrar para roubar seu tesouro?

— Não tenho tesouro para ser roubado! — Immolatus gritou de dor.

— Mas os ladrões não sabem disso — Kitiara argumentou. — Quantas vezes foi atacado em sua caverna? Eu me arriscaria a dizer que a resposta é nenhuma, meu senhor. E por que isso? Porque ninguém acredita mais em você. Ninguém sabe da sua existência. Você não é nada além de um mito, uma lenda, uma história para causar risadas ao redor de uma cerveja gelada.

Immolatus rugiu, um berro que sacudiu as paredes e fez uma chuva de pó de pedra cair do teto da caverna, um berro que fez o chão sacudir e forçou o humano a se agarrar a uma estalactite próxima.

— É verdade! — O dragão estalou os dentes com selvageria. — O que você diz é verdade! Nunca pensei nisso assim. Às vezes, ficava pensando, mas sempre achei que era o medo que os mantinha afastados. Não... não... o esquecimento!

— A Rainha Takhisis quer fazer com que se lembrem, meu senhor — Kitiara disse com frieza.

— Ela quer? — Immolatus murmurou e moveu seu grande corpo. Arranhou as garras no chão de pedra, deixando marcas na rocha. — Talvez eu... a tenha julgado mal. Pensei que... bom, não importa. Não tem importância. E então ela enviou você com uma mensagem para mim?

Kitiara fez uma reverência.

— Fui enviada pelo General Ariakas, líder do exército da Rainha Takhisis, com uma mensagem para Immolatus, o maior e mais poderosos dos dragões de Sua Majestade. — Kitiara pegou o rolo. — O senhor gostaria de ler?

Immolatus acenou com a garra.

— Leia para mim. Tenho dificuldade em entender esses garranchos humanos.

Kitiara se curvou de novo, abriu o pergaminho e leu. Quando ela chegou em *Por quatro vezes você rejeitou meu comando. Não haverá uma quinta*,

Immolatus se encolheu um pouco, apesar de tudo. Ele podia ouvir muito bem a voz furiosa de sua Rainha por trás daquelas palavras.

— Mas como eu iria saber que o mundo chegou nesse ponto? — Immolatus murmurou para si mesmo. — Os dragões esquecidos! Ou pior... ridicularizados!

— *Assuma a forma humana e retorne para Sanção com o portador deste anel, para lá receber suas ordens do General Ariakas, que em breve será general dos meus exércitos dracônicos.*

— Forma humana! — Immolatus soltou um golpe de chama de suas narinas. — Não vou — disse, sombrio. — O mundo esqueceu dos dragões, não é? Então eles logo perceberão seu erro. Irão me ver em toda minha glória. Cairei sobre eles como um relâmpago! Então irão saber sobre os dragões, por nossa Rainha Sombria! Irão achar que ela arrancou o sol flamejante dos céus e o jogou entre eles.

Kitiara apertou os lábios.

Immolatus a encarou.

— Bem, o que foi? Se você acha que estou preocupado em desobedecer a ordens de Takhisis, não estou — ele disse, com petulância. — Quem ela é para se nomear a nossa Rainha? O mundo *nos* foi dado para fazermos o que quisermos. E aí ela surge, fazendo promessas, uma diferente em cada uma das suas cinco bocas. E onde essas promessas nos levaram? Para a ponta afiada da lança de um cavaleiro! Ou pior, para sermos despedaçados por algum maldito dragão dourado!

— E é exatamente isso que vai acontecer se prosseguir com seu plano, meu senhor — disse Kitiara.

Immolatus grunhiu e a montanha rangeu. Fumaça saiu de entre seus caninos, seus lábios retraídos.

— Você está começando a me aborrecer, humano. Cuidado. Acho que estou ficando com fome.

— Saia pelo mundo e o que irá conseguir? — perguntou Kitiara, gesticulando para a saída da caverna do dragão. — Vai destruir algumas casas, queimar uns celeiros. Pode até acabar com um ou dois castelos. Algumas centenas de pessoas vão morrer. — Ela deu de ombros. — E o que vai acontecer? Você não vai conseguir matar todos. Os sobreviventes vão se reunir. Vão vir procurá-lo e vão encontrá-lo, sozinho, sem apoio, abandonado por seus irmãos, esquecido por sua Rainha. Os dragões dourados também vão vir. E os de prata. Pois não haverá nada para impedi-los. Você é poderoso, Lorde Immolatus, mas é um e eles são muitos. Você irá cair.

A cauda de Immolatus bateu e a montanha sacudiu. A humana não se abalou. Deu um passo à frente, ousando se aproximar dos dentes imensos que a cortariam no meio com um simples estalar das mandíbulas do dragão.

Apesar da sua raiva queimar como enxofre em seu estômago, Immolatus não pode deixar de ficar impressionado com a coragem do humano.

— Grande senhor, ouça. Sua Majestade tem um plano. — Kitiara explicou. — Ela despertou seus dragões, todos os seus dragões. Quando o tempo chegar, irá chamar todos eles para a guerra. Nada em Krynn será capaz de suportar sua fúria. Krynn cairá perante seu poder. Você e a sua espécie irão governar o mundo em nome da Rainha.

— E quando esse momento glorioso chegará? — Immolatus questionou.

— Não sei, meu senhor — Kitiara disse, com humildade. — Sou apenas uma mensageira e não conheço os segredos de meu comandante. Mas se voltar comigo para o acampamento do General Ariakas em forma humana, como Sua Majestade ordena, pois é necessário manter segredo sobre a sua volta, sem dúvida saberá tudo o que precisa saber.

— Olhe para mim! — Immolatus replicou. — Veja toda essa magnificência! E você tem a audácia de me pedir para me diminuir e me macular enfiando-me em um corpo fraco, macio, minúsculo, amassável como o que você habita?

— Não lhe peço esse sacrifício, meu senhor. — Kitiara disse, curvando-se. — A sua Rainha pede. Posso lhe dizer uma coisa, meu senhor Immolatus: você foi escolhido por Sua Majestade. Só você foi convidado a sair para o mundo neste momento para aceitar este difícil desafio. Nenhum dos outros recebeu tal honra. Sua Majestade exigiu o melhor e ela veio até você.

— *Nenhum* dos outros? — Immolatus perguntou surpreso.

— Nenhum, meu senhor. Você é o único de seus dragões a quem foi confiada esta importante tarefa.

Immolatus soltou um suspiro profundo que levantou séculos de poeira rochosa, envolvendo a humana em uma nuvem e fazendo-a tossir e se engasgar. Apenas mais um exemplo da natureza lamentável da forma que estava sendo solicitado a assumir.

— Muito bem — disse Immolatus. — Vou assumir a forma humana e acompanhá-la até o acampamento deste seu comandante. Vou ouvir o que ele tem a dizer. Então decidirei se prossigo ou não.

A humana tentou dar alguma resposta, mas estava tendo dificuldade em recuperar o fôlego.

— Deixe-me — disse o dragão. — Espere por mim lá fora. Alterar a forma é humilhante o suficiente sem ter você aí parada olhando.

A humana curvou-se novamente.

— Sim, meu senhor.

Ela colocou a mão na ponta de uma corda pendurada no ar — uma corda que o dragão ainda não havia notado. Agarrando-a, ela subiu até o topo da caverna e rastejou para fora do duto de ar, puxando a corda atrás de si.

Immolatus observou com tristeza. Depois que a humana desapareceu, agarrou uma pedra com sua garra vermelha e enfiou-a no buraco, prendendo-a firmemente para que nenhum outro intruso pudesse esgueirar-se para dentro.

A caverna estava agora mais escura do que ele gostaria e menos arejada; a fumaça sulfurosa de seu próprio hálito começava a fazer o lugar cheirar mal. Precisaria abrir outro duto de ar, com custos e problemas consideráveis para si mesmo. Humanos! Que explodissem! Incômodos. Eles mereciam ser queimados. Todos eles.

Cuidaria disso mais tarde. Enquanto isso, era apenas certo e natural que a Rainha Takhisis recorresse a ele em busca de ajuda. Embora a considerasse egoísta, intrigante, arrogante e exigente, Immolatus não desconsiderava a inteligência de Sua Majestade.

Kitiara esperou, na encosta da montanha, que o dragão se juntasse a ela. A experiência tinha sido cansativa e admitiu abertamente que não queria passar por outra assim enquanto vivesse. Estava exausta; a tensão de controlar seu medo e de tentar enganar a criatura de raciocínio rápido esgotou-a quase além de sua resistência. Ela se sentia fraca como se tivesse marchado doze léguas inteiras de armadura completa e travado uma batalha prolongada. Jogando-se entre as pedras, engoliu água do odre e depois enxaguou a boca, tentando se livrar do gosto de fogo.

Por mais cansada que estivesse, estava satisfeita consigo mesma, satisfeita com o sucesso de seu plano. Satisfeita, mas não surpresa. Kitiara ainda não havia conhecido um macho, de qualquer espécie, dragão ou não, imune à bajulação. E teria que continuar praticando-a durante a viagem de volta a Sanção, para manter amigável seu companheiro arrogante e potencialmente letal.

Kitiara encostou numa pedra e apoiou a cabeça nos braços. Um homem de armadura veio correndo em sua direção. A boca aberta, gritando, o rosto contorcido de medo e dor, mas ela o conhecia.

— Pai! — Kitiara levantou-se de um salto.

Ele correu direto para ela. Estava pegando fogo, as roupas queimando, o cabelo ardendo. Estava sendo queimado vivo. Sua carne fervia e borbulhava…

— Pai! — Kitiara gritou.

O toque de uma mão a acordou.

— Venha, verme — disse uma voz áspera.

Kitiara esfregou os olhos para espantar o sono, querendo poder esfregar o cérebro. Olhou atentamente para o cadáver ao passar por ele. Ficou aliviada ao ver que o homem era trinta centímetros mais baixo que Gregor uth Matar. Ainda assim, Kit não conseguiu reprimir um arrepio. O sonho tinha sido muito real.

O dragão cutucou-a nas costas com uma unha longa e afiada.

— Continue andando, lesma! Quero terminar logo esta tarefa onerosa.

Kitiara acelerou o passo, cansada. Os próximos cinco dias seriam longos. Muito longos mesmo.

9

Ivor de Langtree era conhecido por toda a região ao redor como o Barão Louco. Seus vizinhos e inquilinos realmente achavam que era louco. Eles o amavam, quase o adoravam, mas quando o olhavam passar em seu cavalo galopante pelas aldeias, saltando carrinhos de feno e espantando galinhas, agitando seu chapéu emplumado enquanto passava correndo, balançavam a cabeça quando ele se afastava, limpavam os estragos e diziam para si mesmos: "Ah, ele é doido mesmo, esse aí".

Ivor Langtree tinha quase trinta anos e era descendente de um Cavaleiro Solâmnico, Sir John de Langtree, que teve o bom senso de pegar sua família e suas posses e deixar Solamnia silenciosamente durante a turbulência que se seguiu ao Cataclismo, viajando para o sul com sua família até uma enseada no Novo Mar. Encontrando um vale isolado, construiu uma paliçada de madeira e estabeleceu sua casa. Trabalhava na terra enquanto sua esposa recebia, alimentava e vestia os pobres exilados expulsos de suas terras natais quando a montanha de fogo caiu sobre Krynn. Muitos dos exilados escolheram viver perto da paliçada e ajudaram a defendê-la contra goblins saqueadores e ogros selvagens.

Os anos passaram. O filho mais velho de Langtree sucedeu ao pai; os filhos mais novos partiram para a guerra, lutando por causas justas e honradas. Se essas causas rendessem bem, os filhos traziam sua fortuna para os cofres da família. Caso contrário, os filhos tinham a satisfação de saber que haviam agido com nobreza e, quando voltavam para casa, os cofres da família os sustentavam. As filhas trabalhavam entre o povo, aliviando a pobreza e ajudando os doentes, até se casarem e saírem para espalhar o bom trabalho que sua senhora mãe havia começado.

A terra prosperou. A fortaleza tornou-se um castelo, rodeado pela pequena cidade de Langtree. Várias pequenas cidades e vilarejos surgiram no amplo vale, mais se estabeleceram em um vale vizinho, todos jurando lealdade à família Langtree. Tão próspero os Langtrees se tornaram que John III decidiu chamar-se barão e considerar suas propriedades um baronato. Os aldeões e moradores da cidade ficaram orgulhosos de pertencer a um baronato e estavam mais do que dispostos a deixar seu senhor feliz com isso.

Depois do primeiro barão de Langtree, filhos vieram e filhos foram — a maioria foi, pois não havia nada que os Langtrees amassem mais do que uma boa batalha e eram sempre sendo levados de volta ao castelo por seus camaradas enlutados, quase ou totalmente mortos. O atual barão era um segundo filho. Ele não esperava se tornar barão, mas ascendeu ao título com a morte prematura de seu irmão mais velho, que caiu ao defender uma das propriedades mais distante contra uma tribo de hobgoblins.

Como filho mais novo, esperava-se que Ivor ganhasse a vida com sua espada. Ele fez isso, embora não de acordo com a forma consagrada pelo tempo. Tendo feito um balanço de suas habilidades e dons naturais, Ivor chegou à conclusão que seria melhor contratar outros homens para lutar com ele do que sendo contratado por outros homens.

Ivor era um excelente líder, um bom estrategista, corajoso, sem ser imprudente e acreditava firmemente no Juramento do Cavaleiro: "Minha honra é minha vida", mesmo que não acreditasse nas regras vinculativas e restritivas da Providência. Um homem pequeno — alguns o confundiam com um kender, um erro que não cometiam mais de uma vez — Ivor era moreno e esguio, com longos cabelos negros e grandes olhos castanhos. Os homens costumavam dizer que, embora tivesse apenas um metro e sessenta, sua coragem tinha mais de um metro e oitenta.

Ele era forte e robusto, inteligente em batalha e disfarçadamente forte. Sua armadura de placas e a cota de malha pesavam mais do que muitos homens adultos. Montava um dos maiores cavalos do baronato ou de fora dele, e cavalgava bem. Ele adorava lutar e adorava jogar, adorava cerveja e mulheres, nessa ordem, e por isso conseguira seu apelido, o Barão Louco.

Tendo sido relutantemente feito barão pela morte de seu irmão, Ivor questionou os comissários e os secretários que realizaram o funcionamento diário do baronato e, descobrindo que eram bons em seus empregos e confiáveis, deixou-os no comando e continuou a fazer o que gostava mais: treinar homens para a batalha e encontrar batalhas para eles travarem.

O baronato prosperou, assim como Ivor, cujas façanhas davam origem a lendas e cujos mercenários eram muito procurados. Ele não precisava de dinheiro e lhe ofereciam mais serviços do que podia aceitar e escolhia apenas os que lhe convinham. A promessa do aço não tinha poder sobre ele. Ignoraria uma quantia grande o suficiente para construir outro castelo se considerasse a causa injusta. Gastava dinheiro como água e desperdiçava seu próprio sangue da mesma maneira para lutar por aqueles que só podiam pagar com bênçãos agradecidas. Outra razão pela qual foi chamado de louco.

Havia também uma terceira razão. Ivor, Barão de Langtree, adorava um deus antigo, conhecido por ter deixado Krynn há muito tempo. Esse deus era Kiri-Jolith, que antes fora um deus dos Cavaleiros Solâmnicos. Sir John de Langtree nunca perdeu a fé em Kiri-Jolith. Levou sua fé de Solamnia com ele, e junto com sua família, mantiveram viva essa fé, um fogo sagrado em seus corações que nunca foi permitido morrer.

Ivor não escondeu sua fé, embora muitas vezes fosse ridicularizado por isso. Ele ria, bem-humorado, e — com o mesmo bom humor — dava um tapa na cabeça do piadista. Ivor então pegaria seu detrator, daria uns cascudos nele e, quando os ouvidos do piadista parassem de zumbir, iria aconselhá-lo a ter respeito pelas crenças das outras pessoas.

Seus homens podiam não acreditar em Kiri-Jolith, mas acreditavam em Ivor. Sabiam que ele tinha sorte, pois o tinham visto escapar por um triz da morte em batalha incontáveis vezes. Viram seu Barão Louco orar para Kiri-Jolith antes de cavalgar para a batalha, embora nunca tenha recebido um sinal ou uma palavra de que o deus respondia a essas orações.

— Não é apropriado que um general perca tempo explicando a cada soldado seus planos para a batalha — costumava dizer o Barão Louco, rindo. — Portanto, não creio que seja apropriado que o General Imortal explique seus planos para mim, ha, ha, ha!

Os soldados são supersticiosos — qualquer um que jogue diariamente com a morte tende a confiar em objetos que trazem sorte, em pés de coelho, medalhões encantados e mechas do cabelo de sua dama. Pelo menos um sussurrava uma pequena oração para Kiri-Jolith antes do ataque, pelo menos um carregava um pedaço de pele de bisão para a briga — o bisão era um animal sagrado para Kiri-Jolith. Podia não ajudar, mas mal não fazia.

O Barão Louco era o nobre a quem Caramon e Raistlin iram se apresentar. Caramon levava, em uma pequena bolsa de couro mantida próxima a sua pele, a preciosa carta de apresentação e recomendação escrita por Antimodes e dirigida ao Barão Ivor de Langtree.

Mais valiosa que o aço para os irmãos, a carta representava as esperanças e os planos dos gêmeos. A carta era o seu futuro.

Antimodes não lhes contara muito sobre Ivor de Langtree (não contara o apelido, achando que poderiam ficar preocupados). Os gêmeos ficaram, então, muito surpresos quando desembarcaram do seu barco e perguntaram o caminho para o baronato de Ivor de Langtree. Foram recebidos com grandes sorrisos, cabeças balançando, olhares conhecedores e "Ah, mais dois doidos vieram se juntar ao Barão Louco".

— Não estou gostando disso — disse Raistlin uma noite, a cerca de dois dias de viagem do castelo onde, segundo um camponês, o Barão Louco estava "adestrando".

— Acho que ele não quis dizer isso, Raist — disse Caramon. — Acho que ele quis dizer "alistamento". É o que você faz quando recruta homens para...

— Eu sei o que o idiota quis dizer! — Raistlin interrompeu, impaciente. Ele parou por um momento para prestar atenção ao coelho fervendo na panela. — E não era disso que estava falando. O que não gosto é a maneira como somos recebidos com piscadelas e zombarias sempre que mencionamos Ivor de Langtree. O que você ouviu sobre ele na cidade?

Raistlin não gostava de entrar em cidades, onde certamente atrairia olhares boquiabertos e arquejos, e se tornaria alvo de dedos apontados, vaias de crianças e latidos de cães. Os gêmeos começaram a acampar todas as noites nas margens da estrada, fora das aldeias, onde Raistlin descansaria das viagens do dia ou, se se sentisse bem, vagaria pelos campos e florestas, em busca de ervas que ele usava para feitiços, cura e culinária. Caramon ia até a cidade em busca de notícias, suprimentos e para ter certeza de que estavam viajando na direção certa.

No início, Caramon relutou em deixar o irmão sozinho, mas Raistlin assegurou-lhe que corria muito pouco perigo, o que era verdade. Mais de um salteador em potencial ao ver o sol brilhar na pele dourada de Raistlin e faísca na bola de cristal no topo do cajado obviamente mágico, tinha se esquivado para tentar a sorte em outro lugar. Na verdade, os gêmeos ficaram bastante desapontados por não terem tido a chance de testar seus novos talentos durante a longa jornada.

Caramon farejou avidamente o coelho. Os gêmeos, com pouco dinheiro, foram reduzidos a uma refeição por dia, que eles mesmos tinham que conseguir.

— Ainda não está bom? Estou morrendo de fome. Parece bom para mim.

— Uma lebre tomando sol em uma rocha pareceria boa para você — Raistlin retrucou. — As batatas e cebolas não estão nada cozidas, e a carne precisa cozinhar por mais meia hora, pelo menos.

Caramon suspirou e tentou esquecer os roncos no estômago, respondendo à pergunta de seu irmão.

— É estranho — ele admitiu. — Sempre que pergunto sobre Ivor de Langtree, todo mundo ri e faz piadas sobre o Barão Louco, mas não parecem falar mal dele, se é que você me entende.

— Não, não entendo — disse Raistlin, carrancudo. Ele tinha uma opinião negativa sobre os poderes de observação do irmão.

— Os homens sorriem e as mulher suspiram dizendo que ele é um cavalheiro adorável. E se ele é louco, então outras partes de Ansalon pelas quais passamos precisam desse tipo de loucura. As estradas aqui são cuidadas, as pessoas estão bem alimentadas, as casas estão bem construídas e em bom estado de conservação. Não há mendigos nas ruas. Não há bandidos nas estradas. Campos cultivados. Aí estive pensando...

— Você! Pensando! — Raistlin bufou.

Caramon não ouviu. Estava focado na panela, tentando apressar o coelho.

— No *que* você estava pensando? — Raistlin perguntou finalmente.

— Hein? Eu não sei. Deixe-me ver... Sim, lembrei. Eu estive pensando que talvez chamem esse Ivor de Barão Louco da mesma forma que chamávamos a Meggin Esquisita de Meggin Esquisita. Quer dizer, sempre achei que ela fosse maluca, mas você disse que ela não era e que ela estava sendo afamada.

— Difamada — corrigiu Raistlin, lançando um olhar severo para o irmão.

— Isso! — Caramon retrucou, assentindo sabiamente. — Foi isso que eu quis dizer. Quer dizer a mesma coisa, não é?

Raistlin olhou para a estrada, onde um fluxo constante de homens, jovens e velhos, caminhava ou cavalgava, todos se dirigindo ao Castelo Langtree, onde o barão tinha seus campos de treinamento. Muitos dos homens eram obviamente veteranos, como os dois que Raistlin observava agora. Ambos usavam corseletes de cota de malha sobre túnicas de couro, forradas com tiras de couro na parte inferior, formando uma saia curta. As espadas chacoalhavam em seus quadris; os braços, rostos e pernas — nus sob a túnica — estavam marcados por vergões grandes e feios. Os dois veteranos pareciam ter encontrado um amigo, pois os três homens se abraçaram e deram tapinhas nas costas um do outro.

Caramon soltou um suspiro melancólico.

— Olha só aquelas cicatrizes de batalha! Um dia…

— Silêncio! — Raistlin ordenou, categórico. — Quero ouvir o que estão dizendo. — Abaixou o capuz para ouvir melhor.

— Então, parece que você passou bem o inverno — disse um dos homens, olhando para a barriga larga do amigo.

— Bem demais! — disse o outro, gemendo. Ele enxugou o suor da testa, embora o sol estivesse se pondo e o ar da noite estivesse fresco. — Com a comida da Marria e a cerveja da taverna — ele balançou a cabeça melancolicamente — e minha cota de malha deve estar encolhendo...

— Encolhendo! — Seus amigos gritaram com escárnio.

— É verdade — disse o outro, ofendido. — Lembra daquela vez, no cerco de Munston, quando tive que ficar de guarda sob uma chuva torrencial? A maldita cota de malha tem me beliscado desde então. Meu cunhado é ferreiro e disse que já viu muitas cotas de malha encolherem na chuva. Por que você acha que o ferreiro mergulha suas espadas na água quando as forja? — Ele olhou para seus companheiros. — Para fazer o metal se apertar, por isso.

— Entendo — disse um dos homens, piscando para o outro. — E aposto que ele também disse para você jogar fora a cota de malha velha e encomendar uma totalmente nova.

— Bem, claro — disse o soldado rechonchudo. — Eu não poderia me juntar ao Barão Louco usando uma cota de malha encolhida, poderia?

— Não, não! — disseram seus amigos, revirando os olhos e sorrindo pelo canto de suas bocas.

— Além disso — disse o outro — tinha buracos de traças.

— Buracos de traça! — um deles disse, prestes a explodir com uma gargalhada reprimida. — Buracos de traça na sua armadura?

— Traças de ferro — disse o soldado com dignidade. — Quando encontrei buracos na armadura, pensei que fossem causados por elos defeituosos, mas meu cunhado disse que não, os elos estavam bons. É que existem essas traças que comem ferro…

Isso foi demais. Um dos homens caiu na estrada, limpando as lágrimas de seus olhos. O outro encostou, sem forças, em uma árvore.

— Traças de ferro — disse Caramon, profundamente impressionado. Olhou preocupado para a sua cota de malha novinha em folha, que ele havia comprado antes de deixar Refúgio e do qual tinha enorme orgulho. — Raist, dê uma olhada aqui? Há algum...

— Silêncio! — Raistlin lançou ao irmão um olhar furioso e Caramon humildemente assentiu.

— Bem, não se preocupe — disse um dos homens, dando um tapinha nas costas de seu amigo gordinho. — Mestre Quesnelle vai tirar essa banha de você em breve.

— Não sei! — O homem suspirou profundamente. — O que teremos neste verão? Algum serviço em vista? Ouviram algo?

— Não. — Um dos homens encolheu os ombros. — E quem se importa? O Barão Louco escolhe bem suas lutas. Contanto que o salário seja bom.

— E será — disse outro. — Cinco aços por semana, por homem.

Caramon e Raistlin trocaram olhares.

— Cinco aços! — disse Caramon, espantado. — É mais em uma semana do que eu ganhava em meses trabalhado na fazenda.

— Estou começando a achar que você está certo, meu irmão — disse Raistlin, calmo. — Se esse barão é louco, deveria haver mais lunáticos como ele.

Raistlin continuou a observar os veteranos. Durante todo aquele tempo, ficaram parados na estrada, rindo e trocando as últimas fofocas. Por fim, entraram em sintonia — por força do hábito — e marcharam pela estrada. Sem noites ao ar livre para aqueles homens, refletiu Raistlin. Não precisam jantar um coelho magro com batatas verdes que os gêmeos compraram com o que restava de seu dinheiro da esposa de um fazendeiro. Aqueles homens tinham aço em suas bolsas, passariam a noite em uma pousada com conforto.

— Raist... já podemos comer? — perguntou Caramon.

— Se você não se importa com coelho malpassado, acho que sim. Cuidado! Use o...

— Ai! — Caramon puxou de volta os dedos queimados e enfiou-os na boca. — Quente — ele murmurou, chupando-os.

— É uma das características da água fervente — observou Raistlin, cáustico. — Aqui! Use a concha! Não, não quero carne. Só um pouco do caldo e das batatas. E quando terminar, prepare meu chá para mim.

— Claro, Raist — disse Caramon entre garfadas. — Mas você deveria comer um pouco de carne. Para ter força. Você vai precisar quando for lutar.

— Não estarei envolvido em uma luta física, Caramon. — Raistlin sorriu com desdém pela ignorância de seu irmão. — Pelo que li, o mago de guerra fica à margem, a uma boa distância da batalha, cercado por soldados para protegê-lo. Isso permite que ele lance feitiços em relativa segurança. Como o lançamento de feitiços requer uma concentração muito intensa, o mago não pode correr o risco de ser distraído.

— Estarei lá para cuidar de você, Raist — disse Caramon, quando conseguiu falar, tendo ficado momentaneamente sem palavras ao empurrar um pedaço inteiro de batata na boca.

Raistlin suspirou e pensou na época em que estava doente com pneumonia. Ele se lembrou de seu gêmeo entrando na sala na ponta dos pés à noite, puxando os cobertores sobre os ombros de Raistlin. Houve momentos em que esteve tremendo de calafrios, quando essa atenção tinha sido muito bem-vinda. Mas houve outras vezes, com a febre ardendo, que Raistlin pensou que os cobertores eram para sufocá-lo.

Com a lembrança de sua doença, começou a tossir até doer as costelas e lágrimas brotaram de seus olhos. Caramon ficou preocupado e observou-o ansiosamente.

Raistlin deixou de lado a tigela com o caldo que não comeu e se embrulhou, tremendo, em sua capa.

— Meu chá! — ele resmungou.

Caramon ficou de pé em um salto, jogando a tigela de madeira com o resto de seu jantar no chão e se apressou para fazer a tisana estranha de gosto e cheiro ruins que amenizam a tosse de seu irmão, acalmando sua garganta e amortecendo a dor constante.

Enrolado em seu cobertor, Raistlin curvou as mãos ao redor da caneca de madeira com seu chá, bebericando devagar.

— Algo mais que eu possa fazer por você, Raist? — Caramon questionou, observando seu irmão com preocupação.

— Faça alguma coisa! — Raistlin ordenou, implicante. — Você só está me irritando! Me deixe em paz, me deixe descansar um pouco!

— Claro, Raist — Caramon disse baixinho. — Eu... eu vou só limpar os pratos...

— Ótimo! — Raistlin disse, quase sem voz. Fechou os olhos. Os passos de Caramon ecoavam ao seu redor. A panela tilintou, os pratos bateram. A madeira molhada, jogada sobre o fogo, silvou e assoviou. Raistlin se deitou, e puxou o cobertor sobre a cabeça. Caramon estava tentando ativamente ser silencioso.

Caramon é como meu chá, Raistlin pensou enquanto deslizada para o sono. *Meus sentimentos por eles estão misturados com culpa, manchados pela inveja. O sabor é amargo, é ruim de engolir. Mas assim que tomo, um calor agradável invade meu corpo, minha dor diminui, e consigo dormir, seguro ao saber que ele está ao meu lado durante a noite, cuidando de mim.*

10

A cidade de Langtree surgiu em torno do castelo do barão, que proporcionava proteção aos habitantes da cidade e, no início, também foi o mercado para os bens e serviços. A cidade agora era próspera com uma população pequena, mas florescente, que produzia bens e serviços para si mesma, bem como para o castelo e seus habitantes. A excitação e a agitação estavam no ar, pois era o alistamento da primavera e a população da cidade estava transbordando com o retorno dos veteranos e a chegada de novos voluntários.

Langtree era um lugar tranquilo durante o inverno, quando os ventos frios desciam das montanhas distantes, trazendo granizo e neve. Cidade pacífica, mas não sonolenta. O ferreiro e seus assistentes passaram os dias de inverno trabalhando duro na forja, fazendo espadas, adagas, cotas de malha, armaduras de placas, esporas, rodas de carroças e ferraduras, que seriam muito procuradas quando os soldados voltassem na primavera.

Agricultores que não conseguiam ver seus campos devido à neve que os cobria se voltavam para um segundo ofício. O inverno era a época do trabalho delicado em couro, e as mãos que empunhavam a enxada no verão agora costuravam cintos, luvas, túnicas, bainhas para espadas e facas. A maioria era de peças simples e utilitárias, mas algumas eram feitos com desenhos intrincados e feitos à mão que pediriam preços elevados. As esposas dos agricultores faziam conservas de pés de porco e ovos, e guardavam compotas, geleias e potes de favos de mel para vender nos mercados ao ar livre. Os moleiros moíam farinha e milho para fazer pão. Tecelões trabalhavam em seus teares, fazendo tecidos para cobertores, capas e camisas, tudo bordado com o brasão do barão — o bisão.

Proprietários de tavernas e estalajadeiros passaram os monótonos meses de inverno limpando, reformando, armazenando boas quantidades de cerveja, vinho e hidromel, fabricando a bebida da casa e recuperando o sono, que sempre escasseava quando as tropas chegavam à cidade. Joalheiros e ourives criavam belos objetos para tentar os soldados a gastar seu aço. Todos na cidade aguardavam ansiosamente o alistamento de primavera e a temporada de campanha de verão. Durante esse período frenético e emocionante, ganhariam dinheiro suficiente para viver o resto do ano.

Caramon e Raistlin estiveram no Festival da Casa da Colheita, realizada em Refúgio todos os anos — uma reunião de pessoas que consideraram impressionante. Mas não estavam preparados para algo como o alistamento de primavera em Langtree. A população da cidade quadruplicava. Soldados enchiam a cidade, acotovelando-se bem-humorados nas ruas, levantando os telhados das tabernas com suas risadas e seus cantos, aglomerando-se na Rua de Espadas, irritando os ferreiros, provocando as garçonetes, barganhando com os vendedores ou amaldiçoando os kender que estavam em todos os lugares onde não deviam estar.

Os guardas do barão patrulhavam as ruas, mantendo um olhar atento para os soldados, prontos para intervir se houvesse problemas. Problemas eram raros. O barão sempre teve mais voluntários do que o necessário. Qualquer um que cometesse um erro perdia seu favor para sempre. Os soldados cuidavam uns dos outros, correndo com seus camaradas bêbados pela porta dos fundos, interrompendo brigas antes que elas se derramassem para a rua e certificando-se de que os donos da taverna eram bem pagos por quaisquer danos.

Reuniões entre amigos aconteciam em todas as esquinas, com muitos risadas e reminiscências, ocasionalmente um balançar triste de cabeça ao lembrar de alguém que "comeu seu salário". Os gêmeos descobriram que não significava que alguém engolira moedas de aço no desjejum, mas levara uma lâmina de aço no intestino.

A língua que os mercenários falavam era uma mistura de Comum, seu próprio jargão, um toque de solâmnico (falado com um sotaque terrível que o tornaria irreconhecível para um verdadeiro residente de Solamnia), algo de anão — principalmente quando tinham armas — e até um pouco de élfico quando se tratava de arco e flecha. Os gêmeos entendiam uma palavra a cada cinco, e essas palavras faziam pouco sentido.

Os gêmeos esperavam entrar na cidade sem serem notados, evitar chamar a atenção. Isto se mostrou difícil. Caramon ficava com a cabeça e os ombros acima da maior parte da população de Langtree, enquanto as vestes vermelhas de Raistlin, embora manchadas das viagens, fazia com que ele se destacasse como um cardeal entre pardais na multidão de roupas mais escuras.

Caramon estava muito orgulhoso da sua nova cota de malha brilhante, das suas nova espada e bainha. Ele os usava ostensivamente e nunca deixava de exibi-los para quem presumia serem admiradores. Mas percebeu, para seu profundo desgosto, que a novidade da qual tanto se orgulhava o marcava como um recruta inexperiente. Olhou com inveja para a cota de malha surrada usada com tanta intimidade pelos veteranos e teria vendido sua nova espada por sete vezes por uma daquelas com uma lâmina dentada, indicativa de muitas batalhas difíceis.

Embora não conseguisse entender a essência da maioria dos comentários lançados em sua direção — muitos dos quais tinham a ver com "vômitos", o que ele não conseguia entender, mesmo o por vezes obtuso Caramon conseguia perceber que os comentários não eram elogiosos. Não teria se importado muito por ele mesmo, estava acostumado com piadinhas e aceitava provocações com bom humor, no entanto, estava começando a ficar irritado com o que diziam sobre seu gêmeo.

Raistlin estava acostumado a que as pessoas o olhassem com desconfiança e antipatia — as pessoas ainda desconfiavam dos magos naquela época — mas pelo menos antes fora visto com respeito.

Não em Langtree. Os soldados pareciam desgostar tanto do seu chamado quanto os demais e também não tinham um pingo de respeito por ele. Certamente não o temiam, a julgar pelas zombarias lançadas em sua direção.

— Ei, bruxinho, o que você tem debaixo dessas vestes vermelhas elegantes? — gritou um soldado grisalho.

— Não muito, pela aparência dele!

— O bruxinho roubou as roupas da mamãe. Talvez ela pague para tê-las de volta!

— As roupas, talvez. Ele não!

— Oh, cuidado, baixinho. Vai deixar o bruxinho furioso. Ele vai transformar você em um sapo!

— Não, em um idiota. Foi o que aconteceu com o grandalhão que está com ele. — Os soldados riram e uivaram.

Caramon olhou para o irmão, inquieto. O rosto de Raistlin estava determinado e severo, a pele dourada ganhando um brilho vermelho enquanto o sangue subia para suas bochechas.

— Quer que eu bata neles, Raist? — Caramon perguntou em voz baixa, encarando seus detratores.

— Continue andando, Caramon — advertiu Raistlin. — Continue andando e os ignore.

— Mas, Raist, eles disseram...

— Eu sei o que eles disseram! — Raistlin retrucou. — Estão tentando nos provocar para começar uma briga. Então *nós* que teremos problemas com os guardas do barão.

— Sim, acho que você está certo — disse Caramon, infeliz. Estavam fora do alcance da provocação, os soldados tendo encontrado outra coisa para se divertir. Mas mais soldados encheram as ruas e, de bom humor, iam procurar diversão, e os rapazes eram alvos fáceis. Eles foram forçados a suportar insultos e comentários depreciativos em cada esquina.

— Talvez devêssemos sair daqui, Raist — disse Caramon. Ele havia entrado na cidade orgulhoso, cheio de emoção. Agora, completamente arrasado, abaixou a cabeça, curvou os ombros e tentou ficar o menor possível. — Ninguém nos quer aqui.

— Não chegamos até aqui para desistir antes de começar — respondeu Raistlin com mais confiança do que sentia. — Olhe, meu irmão — acrescentou, calmamente. — Não estamos sozinhos.

Um jovem de idade indeterminada, entre os quinze e os vinte anos, andava do lado oposto da rua. Cabelo ruivo-cenoura, desgrenhado e esguio, caindo além dos ombros. Suas roupas estavam remendadas e eram pequenas demais para ele; crescera, mas provavelmente não tinha dinheiro para comprar coisas novas. Ao se aproximar dos gêmeos, sua atenção se concentrou em Raistlin. O jovem olhou para o mago com curiosidade franca e aberta.

Um soldado saiu de uma taverna com o rosto vermelho pela bebida. E o longo cabelo ruivo-cenoura foi uma tentação muito grande. O soldado estendeu a mão, agarrou uma mecha de cabelo e torceu, empurrando o jovem para trás.

O ruivo gritou e agarrou a cabeça. Deve ter sentido como se seu cabelo estivesse sendo arrancado pela raiz.

— O que temos aqui? — o soldado questionou, rindo.

Um gato selvagem foi a resposta.

Movendo-se com uma agilidade espantosa, o jovem se contorceu nas mãos do homem e atacou seu molestador, cuspindo, arranhando e chutando. O ataque foi tão selvagem e repentino, tão inesperado, que ele acertou quatro socos no rosto, dois chutes — um na canela e um no joelho — antes que o homem soubesse o que o atingira.

— Olhem isso! — Seus companheiros bêbados rugiram. — Rogar foi quase nocauteado por um bebê!

Furioso, com sangue escorrendo do nariz quebrado, o soldado acertou um soco na mandíbula do jovem que o fez cair de cabeça na sarjeta.

Subindo em sua vítima, o soldado enfurecido agarrou o menino pela camisa, rasgando-a, e o arrancou, atordoado e sangrando, da sarjeta. O soldado levantou o punho forte, seu próximo golpe poderia matar o jovem.

— Não gosto disto, Raist — disse Caramon severamente. — Acho que deveríamos fazer alguma coisa.

— Desta vez eu concordo com você, meu irmão. — Raistlin estava abrindo uma das muitas pequenas bolsas penduradas em seu cinto, bolsas com seus componentes de feitiço. — Você cuida do valentão. Eu lido com os amigos dele.

Rogar estava concentrado em sua presa, seus amigos estavam concentrados em observar. Rogar sequer viu Caramon, que surgiu atrás dele, a sombra enorme caindo sobre o soldado como uma nuvem de tempestade passando diante do sol, seu punho pousando sobre ele como um raio vindo do céu. O soldado caiu de cara na sarjeta. Mais tarde, acordaria com um zumbido nos ouvidos, jurando que tinha sido atingido por um raio.

Os dois amigos de Rogar ficaram de boca aberta, rindo. Raistlin jogou um punhado de areia em seus rostos, recitando as palavras de um feitiço. Os soldados caíram na rua e ficaram lá, roncando alto.

— Briga! — gritou uma garçonete, vindo até a porta com uma bandeja de canecas que deixou cair com estrondo.

Os soldados ficaram de pé, empurrando-se uns aos outros para serem os primeiros a sair pela porta, ansiosos para entrar na briga. Do fim da rua vieram assobios e gritos, e alguém gritou que os guardas estavam chegando.

— Vamos! — Raistlin gritou para seu irmão.

— Ah, Raist! Podemos lidar com esses canalhas! — O rosto de Caramon estava corado de alegria. Com os punhos cerrados, estava pronto para enfrentar todos os adversários.

— Eu disse vamos, Caramon!

Quando Raistlin falava naquele tom, afiado e frio como um pedaço de gelo, Caramon sabia que não devia desobedecer. Estendendo a mão, agarrou o jovem cambaleante e puxou-o tão facilmente quanto se o jovem fosse um saco de batatas.

Raistlin saiu correndo pela rua, suas vestes vermelhas balançando ao redor de seus tornozelos, segurando o Cajado de Magius na mão. Ele podia ouvir Caramon pisando forte atrás dele e um grupo de soldados bêbados correndo atrás deles.

— Por aqui! — ele gritou e, virando de repente, fez uma curva fechada para a direita e disparou para um beco sombrio.

Caramon o seguiu. O beco dava para outra rua movimentada, mas Raistlin parou na metade do caminho, em frente a um muro de tábuas. O cheiro de cavalo e feno era forte. Raistlin jogou o Cajado de Magius por cima do muro. Caramon jogou o jovem, braços e pernas voando, depois.

— Me dê um impulso! — Raistlin ordenou, erguendo as mãos para segurar o topo do muro.

Caramon agarrou seu gêmeo pela cintura e o impulsionou com tanta energia que Raistlin errou seu alvo e disparou por cima do muro para cair de cabeça em um fardo de palha. Caramon ergueu-se com as mãos e espiou por cima do muro.

— Você está bem, Raist?

— Sim! Sim! Apresse-se antes que eles vejam você!

Caramon saltou e caiu na palha.

— Eles desceram pelo beco! — gritou uma voz.

O clamor veio em sua direção. Os irmãos se afundaram mais na palha. Raistlin levou o dedo aos lábios, aconselhando silêncio. O jovem que Caramon resgatara estava deitado na palha ao lado deles, ofegando baixinho e observando os dois com olhos escuros e brilhantes.

Pés com botas passaram pelo estábulo. Seus perseguidores, correndo, invadiram uma rua no final do beco, onde alguém gritou que os três foram vistos indo em direção ao portão da cidade.

Raistlin relaxou. Quando os soldados percebessem que haviam perdido a presa, teriam encontrado outra taverna. Quanto aos guardas, só se importam em restaurar a ordem, não fazer prisões. Não perderiam tempo rastreando os participantes de uma briga de bar.

— Estamos seguros agora — Raistlin estava prestes a dizer, quando a poeira da palha seca entrou em sua boca e o fez tossir.

O espasmo foi forte, dobrando-o de dor. Ficou grato pelo ataque não tê-lo atingido enquanto estava fugindo, perguntando-se porque tinha conseguido correr com tanta facilidade, sem sequer pensar em sua enfermidade. Tanto Caramon como o jovem que tinham resgatado observavam Raistlin ansiosos.

— Eu estou bem! — Raistlin se engasgou, afastando a mão solícita de seu irmão. — É essa maldita palha! Onde está meu cajado? — questionou de repente, procurando e não encontrando. Uma pontada de terror irracional apertou seu coração.

— Aqui — disse o jovem, contorcendo-se e procurando algo embaixo dele. — Acho que estou sentado nele.

— Não toque nisso! — Raistlin exigiu, a voz meio sufocada, avançando e estendendo a mão. Assustado e recuando diante do mago como se fosse uma cobra atacando, o jovem, de olhos arregalados, afastou a mão do cajado.

Raistlin agarrou-se a ele, e só relaxou quando o cajado estava em segurança.

— Lamento se o assustei — disse Raistlin rispidamente, limpando a garganta. — O cajado é muito valioso. Precisamos sair daqui antes que alguém chegue. Você está bem? — ele perguntou ao jovem secamente.

Este olhou para as pernas e braços, mexeu os dedos da mão e dos pés descalços.

— Nada quebrado. Apenas um lábio partido. E eu já tive pior do que isso do Pai — acrescentou alegremente, enxugando o sangue.

Caramon espiou pela frente da baia. Uma longa fila de baias estendia-se em ambas as direções, outra em frente a eles. Metade estavam ocupadas. Os cavalos bufavam, fungavam e arrastavam os pés, mastigando feno. Na baia em frente à deles, uma égua malhada esfregava a cabeça amigavelmente com um cavalo castanho. Pardais voavam para dentro e para fora dos beirais, disparando para roubar um pouco de palha para consertar o ninho.

— Ninguém por perto — relatou Caramon.

— Ótimo. Caramon, tire o feno do cabelo.

Raistlin limpou as vestes, com o jovem solicito ajudando-o. Após uma breve inspeção, Raistlin os declarou em condições adequadas para partir. Caramon espiou mais uma vez e os três saíram da baia e caminharam ao longo da fileira de cavalos.

— Sinto muita falta de Noitestrelada — disse Caramon, suspirando. A visão e o cheiro de cavalos trouxeram de volta sua perda. — Era um bom cavalo.

— Como ele morreu? — perguntou o jovem com empatia.

— Não morreu — disse Raistlin. — Vendemos nossos cavalos para comprar nossa passagem pelo Novo Mar. Ah! — Ele acrescentou em voz alta. — Obrigado por nos deixar dar uma olhada, senhor!

Um cavalariço vestido com calças de couro guiava dois cavalos, selados e com rédeas, para fora de suas baias. Dois homens, bem-vestidos, esperavam no pátio do estábulo. O cavalariço parou ao ver aquele trio de aparência estranha.

— Ei, o que...

— Não vimos nada do nosso gosto — disse Raistlin, acenando com a mão. — Mas agradeço mesmo assim. Caramon, dê ao homem algo pelo seu trabalho.

Com um aceno cortês, Raistlin passou pelo ajudante do estábulo, que os olhava boquiaberto.

— Aqui está, meu bom homem — disse Caramon, entregando-lhe uma das suas preciosas moedas, com a indiferença de quem espalhava ouro diariamente pelas ruas.

Os três saíram dos estábulos. O ajudante do estábulo olhou para a moeda com desconfiança e, vendo que era legítima, enfiou-a no bolso com um sorriso.

— Voltem sempre! — ele gritou em voz alta. — Quando quiserem!

— Lá se vai uma noite de hospedagem — disse Caramon sombriamente.

— Valeu a pena, meu irmão — respondeu Raistlin. — Ou poderíamos ter nos hospedado nas masmorras do barão. — Ele lançou um olhar por baixo de seu capuz para o jovem que caminhava ao lado deles.

Na sua visão amaldiçoada, o jovem parecia murchar, envelhecer e morrer enquanto Raistlin observava. Mas conforme a carne derreteu dos ossos e a pele se esticava, Raistlin percebeu algumas características interessantes no rosto do jovem. Um rosto fino demais e mais velho do que a idade do rapaz, que Raistlin tinha calculado ser por volta dos quinze. Seu corpo era magro, e era estranhamente construído.

O jovem era baixo, batendo no ombro de Raistlin. Mãos de ossos finos pendiam de pulsos grandes e os pés descalços eram pequenos para sua altura. As roupas estavam gastas e mal combinadas, mas estavam limpas — pelo menos estavam antes de ele cair na sarjeta e se esconder em um estábulo. Ao pensar nisso, Raistlin notou que os três exalavam um odor distinto de estrume e urina de cavalo.

— Caramon — anunciou Raistlin, parando na porta de uma taverna de aparência agradável. — O excesso de exercício me deu fome. Sugiro pararmos para jantar.

Caramon olhou boquiaberto para o irmão. Nunca em seus vinte e um anos juntos tinha ouvido seu irmão gêmeo — que não comia o suficiente para manter vivo um grilo de bom tamanho — dizer que estava com fome. Claro que fazia muito tempo que Caramon não via o seu gêmeo correr daquela maneira; na verdade, não se lembrava de ter visto Raistlin correr antes. Caramon estava prestes a dizer algo que expressasse o seu espanto quando viu os olhos de Raistlin estreitarem-se e uma linha de expressão marcar sua testa.

Caramon soube imediatamente que algo estava acontecendo, algo além de sua compreensão e que não deveria fazer ou dizer nada que colocasse a situação em perigo.

— Ah, claro, Raist — disse Caramon, engolindo em seco, acrescentando baixinho: — Parece ser um bom lugar.

— Acho que é um adeus, então. Obrigado pela ajuda — disse o jovem estendendo a mão fina para eles. Lançou um olhar melancólico para a taverna. O cheiro de pão fresco e de carnes defumadas enchia o ar. — Estou aqui para me juntar ao exército. Talvez a gente se veja de novo. — Enfiando as mãos nos bolsos, bolsos bem vazios, olhou para os pés. — Bem, adeus. Obrigado novamente.

— Também estamos aqui para nos juntar ao exército do barão — disse Raistlin. — E já que somos estranhos na cidade, poderíamos jantar juntos.

— Não, obrigado, não posso — disse o jovem. Ele ficou em pé, a cabeça jogada para trás. O orgulho tingiu em suas bochechas magras.

— Você estaria fazendo um grande favor a mim e ao meu irmão — disse Raistlin. — Viajamos uma longa distância e estamos cansados da companhia um do outro.

— Isso é verdade! — disse Caramon com entusiasmo. Um pouco entusiasmado demais. — Raist e eu com certeza estamos cansados de conversar um com o outro. Outro dia mesmo....

— Basta, irmão — disse Raistlin friamente.

— Vamos — disse Caramon, colocando o braço em volta dos ombros do jovem, o grande braço praticamente engolindo-o. — Não se preocupe com dinheiro. Você será nosso convidado.

— Não, por favor, sério... — O jovem teimosamente se manteve firme. — Não quero caridade...

— Não é caridade! — Caramon disse, parecendo chocado com a mera sugestão. — Somos irmãos de armas agora. Homens que derramaram sangue juntos compartilham tudo. Não sabia? É uma antiga tradição solâmnica. E quem sabe? Talvez da próxima vez Raist e eu não tenhamos dinheiro, e então será a sua vez de cuidar de nós.

O rosto do jovem corou novamente, desta vez com um prazer tímido.

— Você está falando sério? Somos realmente irmãos?

— Claro. Vamos fazer o juramento. Qual o seu nome?

— Barganha — disse o jovem.

— É um nome estranho — disse Caramon.

— Mas é o meu nome — respondeu o jovem alegremente.

— Ah, cada um sabe de si — Caramon desembainhou a espada e ergueu-a solenemente, com o punho no ar. Sua voz era profunda e reverente. — Derramamos sangue juntos. Pela tradição solâmnica, estamos mais unidos do que irmãos. O que você tem é meu. O que eu tenho é seu.

— Pode ser mais literal do que você imagina, irmão — disse Raistlin com ironia, puxando a manga de Caramon enquanto os três entraram na taverna com Barganha na frente. — Caso você não tenha notado, nosso mais novo jovem amigo é meio-kender.

11

A taverna, localizada em uma rua lateral, era conhecida como Presunto Brabo e sua placa apresentava um porco rosa e de aparência furiosa. A julgar pelo cheiro, a única coisa a recomendar do lugar eram os preços baratos, afixados em um quadro na vitrine.

A Presunto Brabo atraia uma turma mais pobre do que as tavernas mais prósperas ao longo da rua principal. Havia poucos veteranos, só os que tinham desperdiçado seus ganhos, mas muitos aspirantes famintos. Caramon olhou para a turba cuidadosamente antes de entrar, não viu ninguém que parecesse familiar, e declarou que era seguro.

Os três encontraram lugares em uma mesa suja. Caramon foi forçado a se apropriar de uma, removendo um bêbado adormecido e depositando-o no chão. As garçonetes, ocupadas e distraídas, deixaram o bêbado ali, pisando ou passando sobre ele. Uma das garçonetes jogou três tigelas de presunto e feijão na direção deles e saiu para pegar duas cervejas para Caramon e Barganha e um copo de vinho para Raistlin.

— Minha mãe era kender — disse Barganha prontamente, falando entre bocados de feijão branco, presunto e broa de milho. — Ou pelo menos em grande parte kender. Acho que havia um pouco de sangue humano nela, pois se parecia comigo, mais humana do que kender. Mas mesmo se tivesse sangue humano nela, não deixou que isso a atrapalhasse. Ela era completamente kender. E, como tudo em sua vida, ela não tinha ideia de como me encontrou. Isso estava mesmo muito bom. — Ele empurrou sua tigela vazia com pesar.

Raistlin passou a sua tigela, ainda cheia, ao jovem.

— Não, obrigado. — Barganha balançou a cabeça.

— Pegue. Já terminei — disse Raistlin. Ele havia comido apenas três colheradas. — Seria um desperdício.

— Bem, se tem certeza de que não quer mais... — Barganha agarrou a tigela, pegou uma colher grande de feijão e mastigou com um profundo suspiro de satisfação. — Não consigo lembrar quando comi algo tão bom!

O feijão estava duro, o presunto rançoso, o pão mofado. Raistlin lançou um olhar expressivo para o irmão, que devorava a comida com tanto gosto quanto Barganha. Caramon fez uma pausa com a colher na boca. Raistlin apontou com a cabeça para o jovem.

Caramon pareceu chocado.

— Ah, mas, Raist...

Os olhos de Raistlin estreitaram-se.

Caramon suspirou.

— Aqui está — ele disse, empurrando sua tigela pela metade para o jovem. — Eu almocei bem.

— Tem certeza?

Caramon olhou para a tigela com tristeza.

— Sim, tenho certeza.

— Caramba, valeu! — Barganha começou em sua terceira tigela. — Sobre o que estávamos falando?

— Sua mãe — Raistlin disse, bebendo seu vinho.

— Oh, sim. Minha mãe tinha uma vaga lembrança de um humano sendo gentil com ela uma vez, mas não conseguia se lembrar onde, quando ou mesmo o nome. Ela não sabia que eu estava vindo até que um dia eu simplesmente apareci. Nunca ficou tão surpresa na vida, mas achou muito divertido ter um bebê e me levava com ela, só que às vezes se esquecia de mim e me deixava para trás. Mas as pessoas sempre me encontravam e corriam atrás dela para me devolver. Ela ficava feliz em me ter de volta, embora eu ache que às vezes ela não se lembrava exatamente quem eu era. Quando fiquei mais velho, eu costumava me devolver sozinho, o que funcionou bem.

"Então, um dia, quando eu tinha oito anos, acho, ela me deixou do lado de fora de uma loja de ervas para esperá-la enquanto tentava vender ao herbalista uns cogumelos que encontramos. Havíamos caminhado muito naquele dia. Estava quente e ensolarado do lado de fora da loja, e adormeci. Quando dei por mim, a mãe estava correndo da loja, e o lojista gritando que os cogumelos eram venenosos e que ela queria envenená-lo.

"Tentei acompanhá-la, mas minha mãe saiu muito na frente e eu a perdi de vista. O lojista desistiu da perseguição e voltou, xingando, pois parece que mamãe fugiu com um pote de canela em pau. Eu ia segui-la, mas quando o lojista me viu, ficou tão bravo que me empurrou. Bati a cabeça na porta e quando acordei já era noite, minha mãe já havia partido há muito tempo. Eu procurei por ela ao longo de toda a estrada, mas nunca a encontrei."

— Que pena — disse Caramon com empatia. — Nós perdemos nossa mãe, também.

— Foi? — Barganha ficou interessado. — Ela deixou vocês para trás?

— Por assim dizer — disse Raistlin com um olhar zangado para seu irmão gêmeo. — Você mencionou seu "pai" — acrescentou ele, mudando de assunto antes que Caramon dissesse mais alguma coisa. — Você o encontrou então?

— Ah, não — Barganha empurrou a terceira tigela vazia. Recostando-se, deu um arroto de satisfação. — Era só como ele nos obrigava a chamar. Era um moleiro que levava crianças de rua para trabalhar em sua loja. Dizia que era mais barato nos alimentar do que contratar alguém. Eu estava cansado de vagar por aí, e ele me dava uma boa refeição pelo menos uma vez por dia, então fiquei.

— Ele foi mau com você? — Caramon perguntou, franzindo a testa.

Barganha refletiu.

— Não, na verdade não. Ele me batia as vezes, mas acho que mereci. E ele providenciou para eu aprender a ler e escrever Comum, porque ele disse que crianças ignorantes o faziam ficar mal na frente dos clientes. Fiquei com ele até os dezenove anos. Achei que ficaria lá para sempre. Ele ia me nomear gerente.

"Mas um dia uma sensação muito estranha tomou conta de mim. Meus pés coçavam muito, eu não conseguia ficar parado e comecei a ver a estrada em meus sonhos. — Barganha sorriu e olhou para além deles, para fora da janela. — Aquela estrada lá fora. Eu a via se estender diante de mim com altas montanhas com neve em seus picos e vales verdes cobertos de flores silvestres, florestas escuras e assustadoras, cidades com muros altos e castelos brilhando ao sol, vastos mares com ondas cheias de espuma. Os sonhos eram maravilhosos, e quando acordava e me via cercado por quatro paredes, ficava tão triste que quase chorava.

"Um dia, um novo cliente entrou na loja. Era um homem muito rico que comprou várias fazendas locais e queria nos vender seu grão. Comecei a conversar com ele e descobri que era um soldado, um mercenário. Foi assim que ganhou dinheiro. Ele me contou histórias emocionantes sobre suas aventuras, e foi quando me decidi. Eu disse para me avisar se ouvisse falar de alguém querendo contratar soldados. Ele prometeu e foi quem me contou sobre o Barão Louco. O barão era um excelente comandante, pelo que me disse, e um bom soldado, e seria bom aprender com ele. Então saí da loja e parti. Isso foi no outono passado. Estou na estrada há cerca de seis meses."

— Seis meses! De onde você veio? — Caramon perguntou, surpreso.

— Ergoth Sul — disse Barganha, complacente. — A viagem foi divertida na maior parte do tempo. Trabalhei a bordo de um navio através do Novo Mar, desembarquei perto de Pax Tharkas, e dali caminhei pelo resto do caminho.

— Você disse que tem dezenove anos? — Raistlin achava difícil de acreditar. — Isso faria você ter quase a nossa idade. — Ele acenou com a cabeça para seu gêmeo.

— Um ano a mais ou a menos — disse Barganha. — Mamãe não tinha ideia de quando eu nasci. Um dia perguntei a ela quantos anos eu tinha. E ela me perguntou quantos anos eu queria ter. Pensei sobre isso e disse que me parecia que seis anos seria uma idade muito boa, e ela disse que seis estava bom para ela, então eu tinha seis anos. Comecei a contar a partir daí.

— E como você chegou ao seu nome? — Raistlin perguntou. — Suspeito que Barganha não seja o nome que ela te deu.

— Talvez seja até onde sei — respondeu Barganha com um encolher de ombros. — Mãe me chamava de acordo com o seu humor. O moleiro me chamava de "garoto" até que comecei a mostrar talento para adquirir coisas que ele precisava.

— Roubando? — disse Caramon, severo.

— Não é "roubar" — disse Barganha, balançando a cabeça. — Não, e nem "empréstimo" também. É tipo assim. Todo mundo tem algo que alguém deseja. Todo mundo tem algo de que não precisa mais. O que eu faço é descobrir essas coisas e certificar-me de que todos acabem com algo que querem em troca do que não querem.

Caramon coçou a cabeça.

— Eu não sei. Me parece meio ilegal.

— Mas não é. Eu vou te mostrar.

— Seis centavos pelo feijão — disse a garçonete, tirando o cabelo desgrenhado do rosto para ler as marcas que ela havia feito com giz na mesa. — Seis pela cerveja e quatro pelo vinho.

Caramon pegou a bolsa de dinheiro. Os dedos finos de Barganha se fecharam em seu braço, impedindo-o.

— Não temos dinheiro — disse Barganha alegremente.

A garçonete o encarou, carrancuda.

—Ragis! — ela gritou em tom de ameaça.

Um homem grande parado atrás do bar enchendo canecas de cerveja olhou em sua direção.

— Mas — logo acrescentou Barganha —, vi que seu fogo está quase apagando. — Gesticulou na direção da grande lareira onde um tronco carbonizado estalava fracamente.

— E? Ninguém aqui tem tempo para cortar lenha, tá? — A garçonete retrucou em desafio. — E do que você está reclamando, vagabundo? Ragis vai usar você como lenha, a menos que pague o que deve!

Barganha sorriu para ela. Mesmo com o lábio cortado, seu sorriso era cativante.

— Vamos pagar com algo mais valioso do que dinheiro.

— Não tem nada mais valioso que dinheiro — a garçonete respondeu aborrecida, mas intrigada.

— Tem sim. Tempo, força e inteligência. E minha amiga, temos aqui — Barganha apoiou a mão no braço protuberante de Caramon — o melhor e mais rápido lenhador de toda Ansalon. Eu sou um especialista em servir mesas. Se você nos der uma cama para passar a noite, meu outro amigo, um mago de grande renome, lhe dará um tempero mágico que fará do seu feijão uma obra de arte culinária. Todos virão à sua taverna só para comê-los.

— Nossos feijões não são culinários! — a garçonete disse indignada. — Podem não ser gostosos, mas nunca deixaram ninguém doente!

— Não, não. Quero dizer que este tempero fará com que sejam tão bons quanto o feijão comido pelo Senhor da Cidade de Palanthas. Melhor ainda. Quando Sua Graça ouvir falar deles, e eu com certeza contarei a ele, vai viajar todo esse caminho só para experimentá-los.

A garçonete sorriu de má vontade.

— Bem, os clientes *têm* reclamado um pouco. Não é nossa culpa, veja bem. O cozinheiro bebeu demais, caiu da escada do porão e quebrou o tornozelo, o que significa que Mabs e eu tivemos que cozinhar *e* limpar *e* servir às mesas. Tamos sobrecarregadas e Ragis não pode sair do bar, não com essa multidão sedenta.

Ela olhou para Caramon, seu olhar suavizando.

— Você *é* forte, não é? O que são seis centavos se não conseguimos manter o fogo aceso ou trazer um barril de cerveja da adega? Tudo bem. Você corta a lenha e você, mago — ela lançou a Raistlin um olhar depreciativo —, o que você tem aí?

Raistlin puxou uma de suas bolsas, enfiou a mão e trouxe um objeto branco bulboso com um cheiro forte e inebriante.

— Este é o ingrediente mágico — disse. — Descasque e pique bem e coloque no feijão. Garanto que trará clientes da rua.

— Não estamos sofrendo com falta de clientes. Mas seria bom servir uma refeição que eles não joguem na minha cara. — Ela cheirou o bulbo branco. — Isso cheira bem. Garante que não vai envenenar ninguém?

— Meu irmão aqui se oferece para comer a primeira tigela — disse Raistlin, e Caramon lançou-lhe um olhar agradecido.

— Bem...

— O Senhor de Palanthas — comentou Barganha sonhadoramente. Ele pegou a mão vermelha e desgastada pelo trabalho e a beijou. — Jurando que os seus são os melhores feijões que já comeu na vida.

A garçonete deu uma risadinha e puxou de brincadeira o cabelo ruivo de Barganha.

— Senhor de Palanthas o meu rabo! Você, mago, vá até a cozinha e adicione seu tempero mágico.

Ela se inclinou sobre a mesa, mostrando uma ampla extensão dos seios, emoldurada por uma blusa suja e cheia de babados, e apagou com o braço as marcas rabiscadas na madeira.

— E eu tenho algo a mais para você, meu bem — disse Caramon, apoiando amorosamente a mão sobre a da garçonete.

— Vamos se mexendo! — ela gritou, puxando a mão de volta, mas curvando-se para sussurrar: — Fechamos à meia-noite. — Com um olhar afiado e sacudindo o cabelo desgrenhado, ela se afastou em resposta a um coro de gritos por mais cerveja. — Certo, certo, estou indo! Não tirem as calças!

— Por enquanto — Caramon disse baixinho, sorrindo. Ele saiu, assobiando, indo ao quintal para cortar lenha.

— Muito bem, Barganha — disse Raistlin, levantando-se e se preparando para levar seu "tempero mágico", também conhecido como alho, para a cozinha. — Você nos poupou uma refeição e uma noite de hospedagem. Mas, uma pergunta... como você sabia o que eu tinha nas bolsas?

As bochechas magras de Barganha coraram e seus olhos brilharam maliciosamente.

— Não esqueci tudo o que minha mãe me ensinou — disse ele, saindo para servir mesas.

Na manhã seguinte, os gêmeos e Barganha juntaram-se a uma longa fila de homens formando uma coluna dupla no pátio externo do castelo do barão. Uma grande tábua de madeira apoiada em dois cavaletes formava uma mesa. Um pedaço de pergaminho havia sido pregado na mesa para evitar ser levado pela forte brisa marítima. Quando os oficiais chegassem, pegariam o nome dos homens para depois mandá-los para o campo de treinamento.

Ali, seriam alimentados e abrigados durante uma semana na casa do barão, por conta dele, passando por um treinamento rigoroso que seria um teste de sua força, agilidade e capacidade de obedecer a ordens. Aqueles que não atingissem o desejado seriam eliminados naquela semana e enviados com uma pequena quantia em agradecimento por seu trabalho. Aqueles que sobrevivessem à primeira semana receberiam o pagamento de uma semana. Aqueles que sobrevivessem ao primeiro mês, seriam aceitos no exército. Dos cem homens que marcaram seus nomes na lista, oitenta passariam da primeira semana. Sobrariam cinquenta quando o exército estivesse pronto para marchar.

Os recrutas começaram a fila ao amanhecer. Seria um dia quente de primavera. Ao longe, nuvens se acumulavam no horizonte. Choveria à tarde. Os esperançosos na fila estariam suando antes que a manhã terminasse.

Os gêmeos chegaram cedo. Caramon estava tão ansioso que teria ido antes do amanhecer. Raistlin, que previa um longo dia pela frente, convenceu-o a pelo menos esperar até o sol nascer. Caramon não tinha passada a noite com a garçonete — para decepção dela. Ele passou a noite polindo seu equipamento e pela manhã, vestido com nova armadura, ofuscou o sol. Estava animado demais para comer mais do que um desjejum e sentou-se inquieto à mesa, sacudindo a espada e perguntando a cada cinco minutos se não ia se atrasar. Finalmente Raistlin disse que podiam ir apenas porque Caramon o estava irritando a ponto de enlouquecer.

Barganha estava quase tão entusiasmado quanto Caramon. Raistlin duvidava que o barão aceitasse o jovem magro e infantil no exército e temia que Barganha fosse ter uma grande decepção. Mas tão exuberante era a natureza do jovem que Raistlin imaginou que Barganha não ficaria abatido por muito tempo.

O dono da taverna lamentou vê-los partir, principalmente Raistlin. O alho no feijão provou ser mesmo mágico, o cheiro atraindo clientes na rua. O proprietário tentou convencer Raistlin a ficar no cargo de cozinheiro. Raistlin, embora lisonjeado, recusou educadamente. A garçonete beijou Caramon. Barganha beijou a garçonete e eles foram para o local de alistamento.

Ocuparam seus lugares na fila, esperando sob o sol forte. Cerca de vinte e cinco homens chegaram lá antes deles. Esperaram por cerca de uma hora, e alguns dos homens na fila começaram a conversar com os vizinhos. Caramon e Barganha conversavam com o homem atrás deles.

O homem parado na frente de Raistlin olhou para ele, como se quisesse conversar. Raistlin fingiu não ver. Ele podia sentir a poeira da estrada fazendo cócegas em sua garganta; temia sofrer um de seus espasmos de tosse e se imaginava sendo expulso da fila em vergonha. Evitou o olhar amigável do homem estudando as fortificações do barão com tanto interesse que era como se pretendesse sitiá-las.

Um sargento, um homem pequeno e arrogante, com pernas arqueadas e sem um olho, chegou escoltado por cinco soldados veteranos. O sargento lançou um olhar para os cerca de cem homens na fila. Pelo olhar semicerrado e pelo balançar sarcástico da cabeça, não ficara impressionado. Ele disse algo aos seus camaradas, que riram alto. Os que estavam na fila caíram em um silêncio repentino e desconfortável. O primeiro homem da fila empalideceu e se encolheu até quase sumir.

O sargento sentou-se atrás da mesa. Os soldados ficaram atrás dele, os braços cruzados sobre o peito, sorrisos largos no rosto. O único olho do sargento era como uma broca, perfurando o primeiro homem da fila para olhar o segundo e assim por diante, até parecer que era capaz de ver através de cada recruta até o último. Apontando um dedo sujo para o papel, ele disse ao primeiro homem da fila:

— Escreva seu nome. Se não sabe escrever, marque um X. Tome seu lugar ali à minha esquerda.

O homem, vestido como um fazendeiro e amassando um chapéu de feltro disforme na mão, arrastou-se para frente. Humildemente marcou seu X e caminhou até onde foi indicado. Um dos veteranos começou a gritar: "aqui, porquinho, porquinho, porquinho". Os outros riram, divertidos.

O fazendeiro se encolheu e abaixou a cabeça, sem dúvida desejando que o Abismo se abrisse para engoli-lo.

O próximo homem da fila hesitou antes de se aproximar. Ele parecia estar ouvindo duas vozes, e uma das quais lhe dizia para fugir e salvar sua vida. Ele tomou coragem, porém, e deu um passo à frente.

— Escreva seu nome — disse o sargento, já parecendo entediado. — Se não sabe escrever, marque um X. Tome seu lugar na fila.

A ladainha continuou. O sargento disse a mesma coisa no mesmo tom para cada homem. Os camaradas do sargento faziam comentários sobre cada recruta. Os homens tomavam seus lugares na fila com as orelhas e as bochechas queimando. A maioria aceitou humildemente, mas o jovem à frente de Raistlin ficou irritado.

Jogando a caneta de pena no chão, olhou furioso para os veteranos, com os punhos cerrados e deu um passo ameaçador à frente.

— Calma, filho — disse o sargento com frieza. — É a morte atacar um oficial superior. Tome seu lugar na fila.

O jovem, que estava melhor vestido que a maioria e era um dos poucos que escreveram seu nome, olhou para os veteranos, que sorriram de volta para ele. Erguendo a cabeça com orgulho, ele se aproximou e tomou seu lugar na fila.

— Espírito de luta — Raistlin ouviu um deles dizer, ao se aproximar. — Ele será um bom soldado.

— Não consegue controlar seu temperamento — disse outro. — Ele vai embora em uma semana.

— Quer apostar?

— Aposto. — Os dois apertaram as mãos.

Foi a vez de Raistlin. Ele podia ver claramente que o objetivo deste exercício não era apenas recrutar novos soldados, mas humilhá-los e intimidá-los. Tendo lido sobre métodos de treinamento, estava ciente de que os comandantes usavam esses meios para despedaçar um homem, reduzi-lo a nada, para que os oficiais pudessem transformá-lo novamente em um bom soldado, alguém que obedecesse a ordens sem pensar, alguém que tivesse confiança em si mesmo e em seus camaradas.

— Tudo isso serve muito bem para o soldado comum — pensou Raistlin com desdém. — Mas será diferente comigo.

O sargento abaixou a cabeça para procurar o nome do jovem furioso, pensando em participar da aposta. Estava olhando o papel com seu olho bom, tentando ler o nome de cabeça para baixo, quando o nome e o papel foram obscurecidos por uma vasta manga vermelha e uma mão e um braço de brilho dourado.

Os homens atrás do sargento murmuravam baixinho, acotovelando-se uns aos outros. O sargento levantou a cabeça. O único olho focou em Raistlin, que disse educadamente:

— Onde *eu* assino, senhor? Estou aqui para me alistar como mago de guerra.

— Bem, bem — disse o sargento, semicerrando os olhos por causa do sol — Isso é novidade. Faz tanto tempo que não aparece um desses por aqui que parece magia. — Ele riu e olhou maliciosamente. — Magia. É uma piada.

— Onde assino, senhor? — Raistlin perguntou. A poeira e o calor eram sufocantes. Podia sentir sua garganta começando a fechar e temia ter um ataque de tosse diante desses veteranos irônicos. Puxou o capuz para baixo, mantendo o rosto e olhos escondidos. Ele não queria dar mais material do que o necessário para suas piadas. Já estavam o achando engraçado o bastante.

— Onde você conseguiu essa pele dourada, garoto? — perguntou um dos veteranos. — Sua mãe era uma cobra, hein?

— Talvez um lagarto — disse outro, e eles riram. — Garoto-lagarto. Esse é o nome dele, Sargento. Escreva aí para ele.

— Vai ser um recruta barato — disse o primeiro. — Ele só come moscas!

— Aposto que ele tem uma língua vermelha bem comprida para pegá-las. Mostre a língua para nós, garoto-lagarto.

Raistlin sentiu a tosse criar força.

— Onde eu assino? — questionou, meio sufocado.

O sargento, olhando para cima, teve um vislumbre repentino dos estranhos olhos de ampulheta.

— Vá falar com Horkin — disse ele por cima do ombro para um dos homens atrás dele.

— Onde ele está?

— No lugar de sempre.

O soldado assentiu e saiu para cumprir sua missão.

Raistlin não se conteve. Ele começou a tossir. Felizmente, o espasmo não foi tão ruim e passou logo. Mas foi o suficiente para fazer o sargento franzir a testa.

— Qual é o problema com você, garoto? Você está doente? Isso não se pega, não é?

— Minha enfermidade não é contagiosa — disse Raistlin com os dentes cerrados. — Onde eu assino?

O homem indicou o papel.

— Com os demais — disse ele, curvando os lábios. Obviamente não gostou muito desse novo recruta. — Fique com os outros.

— Mas eu estou aqui…

— Eu sei por que você está aqui. — O sargento o dispensou de sua vista e sua mente. — Faça o que foi ordenado.

Com as bochechas queimando, Raistlin caminhou para ocupar seu lugar vergonhoso com os outros recrutas, que agora estavam todos olhando para ele, assim como a maioria dos que ainda esperavam na fila. Estoicamente, Raistlin ignorou todos eles. Sua esperança agora era que Caramon não fizesse nem dissesse nada que chamasse a atenção para si. Conhecendo Caramon, essa era, na melhor das hipóteses, uma esperança vã.

— Escreva seu nome — disse o sargento, bocejando. — Se você não sabe escrever, marque um X. Fique em seu lugar ali à minha esquerda.

— Claro, sargento — disse Caramon alegremente. Ele escreveu seu nome com um floreio no pergaminho.

— Grande como um boi — disse um dos veteranos. — E tão brilhante quanto.

— Gosto deles grandes — disse seu camarada. — Recebem mais flechas. Vamos colocá-lo nas primeiras fileiras.

— Muito obrigado, senhor — disse Caramon, satisfeito. — Ah, a propósito — ele acrescentou modestamente. — Não preciso de treinamento. Posso só pular toda essa parte.

— Ah, você pode? — disse o sargento.

Raistlin gemeu. *Cale a boca, Caramon!*, seu gêmeo disse mentalmente. *Cale a boca e vá embora!*

Porém, Caramon ficou encantado com o interesse.

— Sim, eu sei tudo que precisa saber sobre luta. Tanis me ensinou.

— Tanis ensinou você, não foi? — disse o sargento, inclinando-se para frente. Seus amigos cobriram a boca com as mãos, balançando sobre os calcanhares, desfrutando da diversão. — E quem seria esse Tanis?

— Tanis Meio-Elfo — disse Caramon.

— Um elfo. Um elfo ensinou você a lutar.

— Bem, na verdade, foi mais seu amigo, Flint. Ele é um anão.

— Entendi. — O sargento coçou o queixo grisalho. — Um elfo e um anão ensinaram você a lutar.

— Eu e meu amigo Sturm. Ele é um Cavaleiro Solâmnico — acrescentou Caramon, orgulhoso.

Cale a boca, Caramon!, Raistlin insistiu em silêncio, desesperado.

— E depois teve Tasslehoff Burrfoot — continuou Caramon, sem prestar atenção ao comando mental de seu gêmeo. — Ele é um kender.

— Um kender. — O sargento ficou impressionado. — Um elfo, um anão e um kender ensinaram você a lutar. — Ele se virou para seus companheiros, que estavam com o rosto vermelho por prenderem as risadas. — Rapazes — disse ele solenemente —, digam ao general para renunciar. Nós temos seu substituto.

Com isso, um dos homens gemeu e bateu o pé, tentando desesperadamente conter a gargalhada. Outro perdeu a compostura e teve que virar de costas. Seus ombros tremiam e enxugou as lágrimas que escorriam por suas bochechas.

— Isso não será necessário, senhor — Caramon apressou-se em assegurá-los. — Ainda não sou tão bom.

— Ah, então o general pode ficar? — perguntou o sargento. Um canto da sua boca se contraiu.

— Ele pode ficar — disse Caramon, magnânimo.

Raistlin fechou os olhos, incapaz de continuar observando.

— Obrigado. Ficamos agradecidos — disse o sargento com profunda gratidão.

— E agora — o sargento olhou para a lista — Caramon Majere... — Ele fez uma pausa. — Ou seria Sir Caramon Majere?

— Não, não sou Cavaleiro — disse Caramon, ansioso para não haver nenhum mal-entendido. — Esse era Sturm.

— Entendo. Bem, tome seu lugar na fila com os outros, Majere — disse o sargento.

— Mas eu falei que não precisa perder tempo me treinando — Caramon disse.

O sargento levantou-se, inclinou-se para a frente e disse baixinho:

— Não quero deixar os outros se sentindo mal. Eles podem ficar desanimados e desistir. Então só nos acompanhe, sim, Sir Caramon?

— Claro. Eu posso fazer isso. — Caramon foi atencioso.

— Ah, e a propósito, Majere — disse o sargento, enquanto Caramon estava caminhando para se juntar a seu gêmeo envergonhado —, se o mestre de treino, ou seja o Mestre Quesnelle, cometer algum erro, certifique-se de dizer a ele. Ele irá agradecer a ajuda.

— Sim, senhor. Eu farei isso — disse Caramon. Sorrindo, ele se juntou a Raistlin. — Puxa, esse sargento é um cara legal.

— Você é o maior idiota do mundo — Raistlin disse, furioso.

— Hum? Eu? O que eu fiz? — Caramon exigiu, espantado.

Raistlin recusou-se a discutir o assunto. Ele virou as costas para seu irmão gêmeo para observar enquanto Barganha se aproximava da mesa. O sargento olhou para ele.

— Olha, garoto, por que você não vai para casa? Volte daqui a dez anos, quando você crescer.

— Já cresci o suficiente — disse Barganha com confiança. — Além disso, sargento, você precisa de mim.

O sargento esfregou a testa.

— Oh, sim. Me dê uma boa razão.

— Vou te dar várias. Eu sou um negociador e dos bons. Tudo o que precisar, posso conseguir. Além do mais, posso escalar qualquer parede. Caibo em túneis em que ratos se recusariam a entrar. Eu sou rápido e ágil, sou bom com uma faca no escuro. Posso andar pela floresta tão silenciosamente que, comparadas a mim, as lagartas fazem o chão tremer. Eu posso entrar em uma janela no terceiro andar e pegar o medalhão de ouro que está na garganta da dama e beijá-la para selar o negócio, e ela sequer irá me ver ou ouvir. É o que posso fazer por você, capitão — disse Barganha. — E mais.

Os veteranos tinham parado de rir. Estavam observando Barganha com interesse. Assim como o sargento.

— E pode convencer uma mosca a parar de voar. — O sargento olhou com atenção para o jovem. — Muito bem. Coloque o seu nome. Se sobreviver ao treinamento, talvez seja útil para o barão.

Raistlin se virou ao sentir um toque no ombro.

— Você é o mago? — o soldado perguntou sem necessidade, já que Raistlin era o único ali usando as vestes de mago. — Venha comigo.

Raistlin assentiu e saiu da fila. Caramon foi atrás.

— É um mago também? — o soldado perguntou, parando.

— Não, sou um soldado. Sou irmão dele. Aonde ele vai, eu vou.

— Agora não, Caramon! — Raistlin disse em voz baixa.

O soldado sacudiu a cabeça.

— Tenho ordens para levar o mago. Volte para a fila, Enjoado.

Caramon fechou a cara.

— Nós nunca nos separamos.

— Caramon! — Raistlin virou para seu gêmeo. — Já me envergonho o bastante por hoje. Faça o que estão mandando. Volte para a fila.

O rosto de Caramon ficou vermelho e depois empalideceu.

— Claro, Raist. Se é o que você quer…

— É o que eu quero.

Magoado, Caramon voltou para fila, tomando seu lugar ao lado de Barganha.

Raistlin acompanhou o soldado pelo portão e para o castelo do barão.

12

O soldado conduziu Raistlin para o pátio, que estava muito agitado. Os soldados se reuniam em grupos rindo e conversando, ou agachados no chão, brincando de osso-no-ar, um jogo que envolvia arremessar os ossos do pé de uma ovelha no ar e pegando-os de uma determinada maneira, ou jogando moedas na lateral de uma parede.

Os cavalariços conduziam os cavalos para dentro ou para fora das baias, os cães estavam por toda parte. Um servo levava um kender pela orelha que gritava, arrastando-o pela entrada principal. Alguns dos soldados lançaram olhares curiosos para Raistlin quando ele passava, outros encararam de maneira rude. Comentários grosseiros o acompanharam através do portão do castelo até o pátio.

— Para onde estamos indo, senhor? — Raistlin perguntou.

— Para o quartel — disse seu guia, indicando uma fileira de edifícios baixos de pedra cheios de janelas. O soldado entrou pela porta principal do quartel, conduziu Raistlin por um corredor fresco e escuro onde ficavam os quartos que os soldados se alojavam.

Raistlin ficou impressionado com a arrumação e limpeza do edifício.

O chão de pedra ainda estava molhado da limpeza matinal, palha fresca estava espalhada no chão dos quartos de dormir, os colchões estavam bem embrulhados e arrumados. Os bens pessoais de cada homem estavam enrolados em seu saco de dormir.

No final do corredor, chegaram a uma escada de pedra que descia em espiral. O soldado desceu as escadas. Raistlin seguiu. No final da escada havia uma porta de madeira. Parando, o soldado deu uma batida estrondosa. Houve um barulho lá dentro, como se um vidro quebrasse.

— Filho de uma puta! — gritou uma voz irritada. — Você me fez deixar cair minha poção! O que você quer, em nome do Abismo?

O soldado sorriu e piscou para Raistlin.

— Estou com o novo mago, senhor. Você disse que eu deveria trazê-lo.

— Bem, pelo inferno, como diabos eu saberia que você seria tão rápido! — a voz resmungou.

— Posso levá-lo embora, senhor — disse o soldado, falando em tom respeitoso.

— Sim, faça isso. Não, não. Ele pode limpar essa bagunça, já que ele a causou.

Ouviu-se o som de passos, uma fechadura se abrindo com um estrondo. A porta se abriu.

— Conheça o Mestre Horkin — disse o soldado.

Torcendo para encontrar um mago de guerra, Raistlin esperava altura, poder e inteligência. Esperava ficar espantado, pelo menos inspirado. O pai de Lemuel tinha sido um mago de guerra. O amigo mago descrevia frequentemente seu pai, e Raistlin tinha descoberto um retrato dele pendurado na Torre da Alta Magia: um homem alto, cabelos pretos com mechas brancas, nariz e olhos de falcão, com mãos de dedos longos e ossos delgados de um artista. Era como ele sonhava que seria um mago de guerra.

Ao ver o mago parado na porta, olhando para ele, o sonho de Raistlin se partiu ao meio, derramando seu conteúdo em uma inundação de decepção.

O mago era baixo, batendo quase no ombro de Raistlin, mas o que lhe faltava em altura, compensava em circunferência. Era relativamente jovem, no final dos seus quarenta, mas não havia um fio de cabelo em sua cabeça, nem em lugar nenhum, nem uma sobrancelha ou um cílio. Ele tinha pescoço, pernas e ombros grossos, com mãos brutas — não era de admirar que tivesse deixado cair o delicado frasco de poção. Seu rosto era vermelho, colérico, com olhos azuis ferozes, cujo azul era enfatizado pela vermelhidão de seu rosto.

Mas não foi a sua aparência estranha que fez Raistlin enrijecer, que fez com que seu lábio se curvasse. O mago — e chamá-lo assim era um elogio que ele provavelmente não merecia — usava vestes marrons, a marca daqueles que nunca haviam feito o Teste na Torre da Alta Magia, que não tinha habilidade suficiente para passar, que não tinha ambição para tentar passar ou talvez estivesse com medo. Fosse qual fosse o motivo, aquele mago não se comprometeu com a magia, não se entregou a ela. Raistlin não poderia ter respeito por um homem assim.

Consequentemente, ficou surpreso e irritado ao ver seu próprio desdém refletido. O mago de vestes marrons estava olhando para Raistlin com um ar não muito amigável.

— Ah, pelo amor de Luni, me mandaram um maldito mago da Torre — Horkin rosnou.

Para seu profundo desgosto, Raistlin foi tomado por um ataque de tosse. Felizmente durou pouco, mas não ajudou nada a impressionar Horkin.

— E doente — disse ele com desgosto. — Em que diabos você é bom, Vermelho?

Raistlin abriu a boca, orgulhoso de nomear suas realizações.

— Aposto que você consegue lançar o feitiço de dormir — disse Horkin, respondendo à sua própria pergunta. — Isso nos ajudará muito. Dê ao inimigo uma boa soneca no campo de batalha. Eles acordam revigorados e prontos para abrir nossas entranhas. O que diabos você está olhando? — Isso para o soldado. — Eu presumo que você tem trabalho a fazer.

— Sim, senhor, Mestre Horkin. — O soldado saudou, virou-se e partiu.

Horkin agarrou o braço de Raistlin e puxou-o para dentro do laboratório com tanta força que quase o derrubou, batendo a porta atrás dele. Raistlin olhou em volta com desprezo, seus piores medos materializados. O assim chamado laboratório era uma sala subterrânea escura e sombria feita de pedra. Alguns surrados livros de feitiços estavam largados em uma prateleira. Várias armas estavam penduradas na parede — bastões, maças, uma espada de aparência gasta e outros instrumentos de aparência perversa que Raistlin não reconheceu. Um armário gasto e manchado continha garrafas cheias de especiarias e ervas.

Horkin soltou o jovem mago, olhou para ele especulativamente, como se estivesse olhando para uma carcaça na barraca do açougueiro. Ficou óbvio que sua opinião sobre o que via não era boa.

Raistlin enrijeceu sob aquela inspeção insultuosa.

Horkin colocou as mãos carnudas o mais perto dos quadris que conseguiu. Tinha o formato de uma cunha, com seus ombros e peito eram a parte mais maciça.

— Eu sou Horkin, *Mestre* Horkin para você, Vermelho.

— Meu nome é… — Raistlin começou, severo.

Horkin levantou uma mão em um aviso.

— Não me importo com o seu nome, Vermelho. Não quero saber. Se você sobreviver às suas três primeiras batalhas, então talvez eu aprenda. Não antes. Eu costumava aprender os nomes, mas foi uma maldita perda de tempo. Assim que começava a conhecer um enjoado, ele morria. Hoje em dia, já não me incomodo. Bagunça minha cabeça com informações inúteis.

Seus olhos azuis desviaram-se de Raistlin.

— Esse é um cajado muito bom — disse Horkin, referindo-se ao cajado com muito mais interesse e respeito do que tratara o jovem mago. Ele estendeu a mão de dedos grossos.

Raistlin sorriu para si mesmo. O Cajado de Magius sabia quem era seu verdadeiro e legítimo proprietário, não permitiria que outro tocasse nele. Raistlin já tinha ouvido, mais de uma vez, o estalo da magia do cajado, os gritos e berros subsequentes (principalmente de kender), e vira o malfeitor que tentar tocar ou fugir com o cajado torcendo a mão queimada. Raistlin não fez nada para impedir Horkin de pegar o cajado, nem o avisou.

Horkin pegou o Cajado de Magius e passou a mão para cima e para baixo na madeira, acenou com a cabeça, aprovando a sensação. Ele segurou o cristal perto dos olhos, examinou-o com um olho fechado e espiou através dele. Segurando-o com as duas mãos, deu alguns golpes com ele, lançando-se em um movimento que parou pouco antes de quebrar as costelas do espantado Raistlin.

Horkin devolveu o cajado.

— Bem equilibrado. Uma boa arma.

— Este é o Cajado de Magius — disse Raistlin indignado, segurando o cajado, de forma protetora.

— Ah, o Cajado de *Magius*, é? — Horkin sorriu. Ele tinha um sorriso debochado, projetando sua mandíbula inferior, fazendo seus caninos inferiores se projetarem sobre o lábio superior. Ele se aproximou de Raistlin para sussurrar. — Eu vou te dizer uma coisa, Vermelho. Você pode comprar uma dúzia desses bastões por dois aços em qualquer loja de magia em Palanthas.

Horkin encolheu os ombros.

— Ainda assim, tem uma pontinha de magia nessa coisa. Posso senti-la vibrar na minha mão. Suponho que você não faça ideia do que esse cajado é capaz, não é, Vermelho?

Raistlin estava chocado demais para falar. Dois aços em Palanthas! A magia... a magia poderosa, a compensação dada a Raistlin pela destruição do seu corpo... descartada como uma "pontinha" que "vibrava"! Sim, Raistlin ainda não sabia toda a magia de que o cajado era capaz, mas ainda assim...

— Foi o que eu pensei… — disse Horkin.

Ele virou as costas, caminhou até uma mesa de pedra e jogou seu corpo enorme em um banquinho, que parecia incapaz de suportar seu peso. Ele colocou um dedo inchado na página de um livro com capa de couro aberto sobre uma mesa de pedra.

— Bem, acho que não tem jeito mesmo. Vou ter que começar de novo. — Horkin apontou para um frasco quebrado cujo conteúdo se derramara no chão de pedra. — Limpe essa bagunça, Vermelho. Tem um esfregão e um balde ali no canto.

A raiva fervilhava em Raistlin e transbordou.

— *Não* vou! — ele gritou, batendo a ponta do cajado no chão de pedra para enfatizar sua ira. — *Não* vou arrumar sua bagunça. *Não* vou me subordinar a um homem abaixo de mim. Eu fiz o Teste na Torre da Alta Magia! Arrisquei minha vida pela magia! Eu não tive medo…

— Medo? — Horkin interrompeu o fluxo. Ele ergueu os olhos de sua leitura do tomo, parecendo sombriamente divertido. — Vamos ver quem tem medo, por Luni.

— Quando estiver na minha presença — disse Raistlin friamente, nada intimidado — você se referirá à deusa Lunitari com o respeito que ela merece...

Horkin conseguia se mover bem rápido para um homem tão grande. Num momento estava sentado no banquinho, no outro ele pareceu se materializar bem na frente de Raistlin, como um diabrete saindo do Abismo.

— Escute bem, Vermelho — disse Horkin, enfiando o dedo no peito fino de Raistlin. — Primeiro, você não me dá ordens. Eu lhe dou ordens e espero que você as obedeça. Em segundo lugar, você se referirá a mim como Mestre Horkin ou senhor ou mestre ou mestre senhor. Terceiro, posso me referir à deusa da maneira que quiser. Se eu a chamo de Luni é porque tenho o direito de chamá-la assim. Passamos muitas noites bebendo juntos sob as estrelas, passando a garrafa um pro outro. Eu uso o símbolo dela no meu coração.

Ele moveu o dedo do peito de Raistlin para o seu, apontando para um distintivo com o símbolo de Lunitari bordado no seu peito esquerdo, um distintivo que Raistlin não havia notado.

— E uso o emblema dela no pescoço.

Horkin tirou um pingente de prata de debaixo de suas vestes e ergueu-o para Raistlin ver, empurrando-o na cara dele forçando-o a recuar para evitar que ele o enfiasse no seu nariz.

— Luni, tão querida, me deu isso com suas próprias mãos. Eu a vi, falei com ela. — Horkin deu um passo e ficou impossivelmente mais perto, até ficar praticamente na ponta dos pés de Raistlin. O mago mais velho olhou para ele, através dele.

— Posso não usar o símbolo dela — disse Raistlin, mantendo-se firme, recusando-se a recuar mais. — Mas uso a cor dela, que, como você tão astutamente observou, é vermelho. E ela falou comigo também.

Um silêncio carregado como um raio estalou entre eles. Raistlin olhou atentamente para o símbolo de Lunitari. Feito de prata maciça, o símbolo da deusa era antigo, muito antigo e finamente trabalhado, brilhando de poder. Quase podia acreditar que tinha vindo de Lunitari.

Horkin olhou atentamente para Raistlin, e talvez o mago mais velho estivesse tendo quase os mesmos pensamentos que o jovem.

— A própria Lunitari falou com você? — Horkin perguntou, levantando o dedo que estava usando para golpear Raistlin, erguendo-o no ar, apontando para o céu. — Você jura?

— Sim — disse Raistlin com calma. — Pela lua vermelha, eu juro.

Horkin grunhiu. Ele empurrou o rosto mais um impossível centímetro para perto de Raistlin.

— Sim, o que, soldado?

Raistlin hesitou. Não gostava deste homem, rude e sem instrução, que provavelmente não possuía um décimo do poder mágico de Raistlin, e que, no entanto, forçaria Raistlin a tratá-lo como seu superior. Este homem o menosprezou e insultou. Por um centavo furado, teria se virado e saído do laboratório. Mas naquela última pergunta, ele detectou uma mudança de tom, uma nota sutil — não era um tom de respeito, mas de aceitação. Aceitação em uma irmandade difícil e mortal. Uma irmandade que, se o aceitasse, o abraçaria e se apegaria a ele com uma lealdade feroz e eterna.

A irmandade de Magius e Huma.

— Sim... Mestre Horkin — disse Raistlin. — Senhor.

— Bom. — Horkin grunhiu novamente. — Acho que vou conseguir algo de você. Nenhum dos outros jamais soube de quem eu estava falando quando mencionei Luni, a querida Luni.

Ele ergueu o que seriam suas sobrancelhas, se tivesse alguma sobrancelha para levantar.

— Agora, Vermelho — Horkin apontou para o copo quebrado —, limpe a bagunça.

13

Esperando na fila com os outros novos recrutas sob o sol quente, Caramon observou o irmão partir com grande ansiedade. Em situações como aquela — novas e desconhecidas — ele sentia-se oprimido e desconfortável quando separado de seu gêmeo. Caramon estava acostumado a olhar para Raistlin em busca de orientação, ficava incerto e inseguro quando não estava com ele. Caramon também ficava preocupado com a saúde frágil do gêmeo e até se aventurou a perguntar a um dos oficiais se poderia ir ver se Raistlin estava bem.

— Como não estamos fazendo nada além de ficar na fila — acrescentou Caramon —, achei que eu poderia ver se Raistlin...

— Você quer sua mãe também? — perguntou o soldado.

— Não, senhor — respondeu Caramon, corando. — É que Raist não é muito forte...

— Não é muito forte! — repetiu o oficial, espantado. — No que ele achou que estava se alistando? Na Sociedade de Bordados e Bolos Quentinhos das Boas Damas de Palanthas?

— Não é que ele não seja forte — disse Caramon, tentando corrigir seu erro, torcendo que seu gêmeo jamais ouvisse o que ele havia dito. — Ele é muito forte na magia...

A expressão do oficial escureceu.

— Acho que você devia ficar quieto — sussurrou Barganha para Caramon.

Caramon considerou um conselho excelente. Ele ficou em silêncio, e o oficial, balançando a cabeça e resmungando, foi embora.

Quando todos os novos recrutas já tinham deixado sua marca ou assinado a folha de registro, o sargento ordenou que Caramon e os outros recrutas marchassem para o pátio do castelo. Arrastando os pés e tropeçando uns nos outros, entraram no pátio e se alinharam em fileiras oscilantes e irregulares. Um oficial os fez entrar no que podia ser uma posição de sentido e os submeteu a uma longa lista de regras e regulamentos, na qual qualquer infração traria todos os tipos de consequências terríveis.

— Dizem que os deuses lançaram uma montanha de fogo em Krynn — disse o oficial, resumindo. — Bem, isso não é nada comparado ao que vão receber de mim se errarem. Agora, o Barão Langtree gostaria de dizer umas poucas palavras. Três vivas para o barão!

Os recrutas gritaram vigorosamente. O Barão Louco tomou seu lugar na frente deles. Parecia alegre e arrogante, e suas botas altas de couro, que chegavam até as coxas, o teriam engolido se não fosse seu grande chapéu emplumado. Apesar do calor, usava um gibão grosso e acolchoado. A barba e o bigode pretos enfatizavam seu sorriso largo, seus longos cabelos negros enrolados sobre os ombros. Carregava uma espada imensa, que parecia sempre a ponto de fazê-lo tropeçar ou se enroscar em suas pernas, mas, milagrosamente, isso nunca aconteceu. Colocando a mão no punho da lâmina, o Barão Louco fez o seu costumeiro discurso de boas-vindas, que tinha a vantagem de ser curto e direto.

— Vocês estão aqui para se juntar a uma força de elite de homens e mulheres combatentes. A melhor em Krynn. Vocês parecem ser um grupo bastante duvidoso, mas Mestre Quesnelle aqui fará o possível para tentar transformá-los em soldados. Cumpram seu dever, obedeçam a ordens, lutem bravamente. Boa sorte a todos e deixe-me saber para onde enviar o pagamento caso não sobrevivam para coletá-lo! Ha, ha, ha! — O Barão Louco riu alto e, ainda rindo, voltou para o castelo.

Depois disso, cada novo recruta recebeu um pequeno pedaço de pão, que, embora pesado e difícil de mastigar, era surpreendentemente bom, e um pedaço de queijo. Devorando a comida, Caramon considerou que era um bom começo e se perguntou quando o resto da refeição seria servido. Ele e seu estômago estavam fadados à decepção. Os homens foram autorizados a beber água até se fartar, então o sargento marchou com os recrutas para os quartéis — edifícios baixos de pedra com grandes salas, os mesmos edifícios por onde Raistlin havia passado. Os recrutas receberam sacos de dormir e outros equipamentos, incluindo botas. Tudo o que receberam foi marcado em seus nomes, pois o dinheiro do seu equipamento seria descontado de seu salário.

— Esta é a sua nova casa — anunciou o sargento. — Será sua casa no próximo mês. Vocês a manterão limpa e arrumada o tempo todo. — O sargento lançou um olhar depreciativo ao chão bem varrido e à palha nova que o cobria. — Neste momento — anunciou ele — está pior que um chiqueiro. Vocês passarão o resto da tarde limpando.

— Com licença, senhor — disse Caramon, levantando a mão no ar. Ele realmente achava que o sargento tivesse cometido um erro. Talvez o homem fosse míope.

— Mas o quarto já está limpo, senhor.

— Você acha que o chão está limpo, Majere? — perguntou o sargento com uma solenidade enganosa.

— Sim, senhor — disse Caramon.

O sargento pegou um balde de lixo num canto e despejou seu conteúdo imundo no chão de pedra, encharcando a palha que cobria o chão.

— E agora, você acha que o chão está limpo, Majere? — perguntou o sargento.

— Não, mas você…

— Não, o quê, Majere? — rugiu o sargento.

— Não, senhor — disse Caramon.

— Limpe isso, Majere.

— Sim, senhor — disse Caramon, subjugado. Os outros recrutas estavam esfregando e limpando com muito esforço. — Se eu pudesse ter um esfregão, senhor...

— Esfregão? — O sargento balançou a cabeça. — Eu não desperdiçaria um bom esfregão com essa sujeira. É difícil encontrar um bom esfregão. Mas você é diferente, Majere. Você é dispensável. Aqui está um pano. Fique de joelhos.

— Mas, senhor… — Caramon fez uma careta. O cheiro era nauseante.

— Faça, Majere! — o sargento gritou.

Tentando prender a respiração para evitar o fedor, Caramon pegou o pano e ficou de joelhos. Ele continuou prendendo a respiração até ver estrelas, então respirou o mais rápido que conseguiu. No momento seguinte, estava pegando o balde de lixo para depositar o conteúdo do estômago.

O chão foi subitamente inundado por uma torrente de água, que diluiu o cheiro horrível, lavou grande parte da sujeira e espirrou nas botas do sargento.

— Desculpe, senhor — disse Barganha, parecendo arrependido.

— Deixe-me limpar isso, senhor — disse Caramon, solícito, enxugando as pontas das botas molhadas com seu pano.

O sargento olhou firme para os dois, mas havia um brilho divertido em seus olhos e uma pitada de aprovação. Virando-se, gritou com os outros recrutas, que estavam parados, olhando.

— E o que diabos vocês estão olhando? Vão trabalhar, todos vocês! Quero poder jantar neste chão e quero ele limpo antes do pôr do sol!

Os recrutas começaram a trabalhar. O sargento saiu do quartel, o rosto contorcendo-se no sorriso que se esforçou para reprimir. A disciplina precisava ser mantida.

Os recrutas retiraram a palha fresca, varreram o chão com vassouras de junco, jogaram água e esfregaram o chão até a pedra ficar tão limpa que, como Caramon anunciou orgulhosamente no regresso do sargento:

— Você pode ver seu rosto nele, senhor!

O sargento, a contragosto, declarou que o trabalho estava satisfatório.

— Pelo menos até vocês aprenderem a fazer melhor — acrescentou.

Caramon esperou que anunciasse que era hora de comer, no chão ou não. Ele não se importava com isso, desde que lhe fosse dada muita comida. O sargento observou o sol poente e depois olhou pensativamente para os homens.

— Bem, já que terminaram mais cedo, vou lhes dar uma pequena recompensa.

Caramon sorriu feliz, antecipando rações extras.

— Peguem seus sacos de dormir. Amarrem-nos nas suas costas. Peguem suas espadas e seus escudos, coloquem seus peitorais e seus elmos, e — ele apontou para uma colina ao longe — corram até o topo.

— Por que, senhor? — Barganha perguntou, interessado. — O que tem lá?

— Eu, com um chicote — disse o sargento. Girando sobre os calcanhares, agarrou a camisa de Barganha e sacudiu-o. — Escute-me, Enjoado. E isso vale para todos vocês. — Olhou carrancudo para eles, sem nenhum vestígio de riso em seus olhos. — Esta é a primeira coisa que aprenderão e vai ser agora. Quando eu dou uma ordem, vocês obedecem. Não questionam. Não discutem. Não opinam. Obedecem. Por quê? Eu vou dizer por quê. E esta é a única vez que direi por que você está fazendo algo.

"Porque chegará um momento em que você estará em batalha e as flechas estarão assobiando em seus ouvidos, e o inimigo estará atacando você, gritando e berrando como demônios libertados do Abismo. As trombetas irão soar, o metal quente e sangrento cortando o ar, e eu irei dar uma ordem. E se parar por um segundo para pensar sobre essa ordem ou questioná-la ou decidir se obedece ou não a essa ordem, irá morrer. E não apenas você estará morto, mas seus amigos também estarão mortos. E não só eles estarão mortos, mas a batalha estará perdida. Agora..."

O sargento soltou Barganha e o jogou no chão de pedra.

— Vamos começar de novo. Peguem seus sacos de dormir. Amarrem-nos nas suas costas. Peguem suas espadas e escudos, coloquem seus peitorais e elmos e corram para o topo daquela colina. Irão notar — acrescentou com um sorriso — que estou usando meu elmo e meu peitoral, e carrego minha espada e meu escudo. Agora, ponham essas bundas em movimento!

A ordem foi obedecida, embora com certa confusão. Nenhum dos recrutas fazia ideia de como prender os sacos de dormir em volta do corpo.

Eles se atrapalharam com os nós e, em vários casos, observaram consternados enquanto seus sacos de dormir se desenrolavam atrás deles. O sargento ia de homem em homem, intimidando e gritando, mas ensinando o tempo todo. Por fim, eles estavam todos mais ou menos prontos, com os elmos empoleirados em ângulos estranhos nas cabeças, as espadas tilintando contra suas pernas — ocasionalmente fazendo tropeçar aqueles que não estavam acostumados a usar uma arma — suando sob as pesadas couraças peitorais. Barganha não conseguia enxergar por baixo do elmo, grande demais, que caía sobre seus olhos, e chacoalhava no peitoral como um pedaço de pau em uma caneca de cerveja vazia. Seu escudo arrastava no chão.

Vestido com a armadura e a espada do seu lado, Caramon lançou um olhar melancólico e triste na direção do refeitório, de onde podia ouvir o barulho dos pratos e sentir o cheiro delicioso de porco assado.

Com um grito, o sargento fez com que seus recrutas seguissem em frente.

A noite já havia caído quando eles voltaram — correndo — da colina.

Seis recrutas decidiram que a carreira militar não era para eles, por mais que pagasse. Entregaram seus equipamentos — o que não haviam deixado cair na trilha — e mancaram, exaustos e com os pés doloridos, de volta à cidade. O resto dos recrutas cambaleou até o pátio, onde vários desabaram e outros aprenderam porque os novos recrutas eram chamados de "Enjoados". O sargento fez uma contagem e descobriu que dois estavam faltando. Ele balançou a cabeça e saiu para ver se conseguia encontrar os corpos.

— O que é aquilo? — O Barão Louco fez uma pausa em sua inspeção pelo acampamento para observar uma visão incomum.

Tochas acesas e uma enorme fogueira iluminavam o complexo. À luz do fogo, surgiu um jovem muito grande e musculoso, com cabelos cacheados castanhos avermelhados e um rosto bonito e aberto. Este jovem carregava, pendurado no ombro, um jovem muito magro e esquelético, que ainda se agarrava corajosamente a uma espada que segurava numa das mãos e a um escudo, que segurava na outra e que batia nas pernas do grandalhão sempre que dava um passo. Os dois foram os últimos a descer a colina.

Ao chegar aos outros recrutas, que permaneciam atentos, o homem grande depositou o menor suavemente no chão. Ele cambaleou, quase caiu, mas, cravando a ponta no chão, usou o escudo para se apoiar e conseguiu dar um sorriso triunfante, embora exausto. O homem maior, que carregava seu próprio escudo e espada, além do seu camarada, tomou seu lugar na fila. Não parecia particularmente cansado ou sem fôlego. Só com fome.

— Quem são esses? — perguntou o barão ao sargento.

— Dois dos novos recrutas, senhor — disse o sargento. — Acabamos de voltar de uma corrida pelo velho Chama-Raul. Eu vi tudo. O menino lá desmaiou a meio caminho da colina. Ele não desistiu, no entanto. Ficou de pé e tentou de novo. Deu alguns passos e caiu. Deu um que se dane, levantou-se e tentou de novo. Foi então que o grandalhão o agarrou, pendurou-o no ombro e o puxou colina acima. Rebocou ele de volta também.

O barão olhou atentamente para o par.

— Tem algo estranho naquele garoto. Ele parece um kender para você?

— Kiri-Jolith nos proteja! Espero que não, senhor! — o sargento disse fervorosamente.

— Não, ele parece mais com um humano — disse o barão refletindo. — Ele nunca será um soldado. Ele é pequeno demais.

— Sim, senhor. Devo reuni-lo, senhor?

— Acho que seria melhor. Mesmo assim — acrescentou o barão —, gosto de sua coragem. E o grandalhão, gostei da sua lealdade. Deixe o magrelo ficar. Veremos como ele se sai no treinamento. Ele pode surpreender a todos nós.

— Pode ser, senhor — disse o sargento, mas não muito convencido. O comentário do barão sobre kender abalou gravemente o oficial. Ele fez uma nota mental para contar os pratos de metal e as colheres de madeira, e se faltasse um, pelos deuses, o sujeito magro ia sumir, com ou sem coragem.

Os recrutas foram enviados para jantar. Eles cambalearam até o refeitório, onde vários adormeceram durante a refeição, cansados demais para comer. Não gostando de ver comida ir para o lixo, Caramon assumiu a responsabilidade de jantar por eles.

Mas até Caramon teve de admitir que o chão de pedra lhe era tão bom como o colchão de penas mais macio quando finalmente permitiram que se deitasse para dormir.

Parecia que tinha fechado os olhos apenas por um momento quando acordou com o toque de uma trombeta que o fez sentar-se ereto no chão coberto de palha, seu coração batendo forte. Seu cérebro confuso não tinha ideia de onde ele estava ou o que estava acontecendo ou por que estava com ele naquela hora horrível. O quartel estava escuro como breu. Do lado de fora das janelas — fendas cortadas nas paredes de pedra — ele ainda podia ver as estrelas, embora talvez houvesse o mais leve indício do amanhecer no pálido céu noturno.

— Hein? O quê? Como? — Caramon resmungou e se deitou de novo. Tochas acesas iluminaram o quarto. As tochas brilhavam nos rostos daqueles que as carregavam, rostos sorridentes e joviais.

— Acordem! De pé e em posição, seus preguiçosos!

— Não! Ainda é noite! — Caramon gemeu e empilhou palha sobre a cabeça.

Uma bota bateu na barriga de Caramon. Ele acordou, bem desperto desta vez, com um grunhido e um "ui".

— De pé, seus filhotes de anões tolos! — o sargento rugiu em seu ouvido. — Vocês vão começar a merecer aquelas cinco peças de aço!

Caramon suspirou profundamente. Ele não considerava mais tão generosa a quantia que estava sendo paga.

As estrelas haviam desaparecido quando os recrutas, tendo se vestido em desgastados tabardos azuis e cinza, engolido um desjejum apressado e inadequado e marchado para o campo de treinamento — um grande campo localizado a cerca de um quilômetro do castelo. Aparentemente tão sonolento quanto os homens, o sol espiou acima do horizonte por alguns momentos, e, como se estivesse cansado pelo esforço, rastejou sob um manto de pesadas nuvens cinzentas e voltou a dormir. Uma chuva suave de primavera caía sobre os elmos de metal dos sessenta homens, que foram intimidados e persuadidos a formar três fileiras de vinte homens cada.

O sargento e sua equipe distribuíram os equipamentos: um escudo de treino e uma espada de madeira.

— O que é isso, senhor? — perguntou Caramon, olhando para a espada de madeira com desdém. Abaixando a voz, ele disse em tom confidencial, para que os outros recrutas não se sentissem mal: — Eu sei usar uma espada de verdade, senhor.

— Sabe, não é? — disse o soldado, sorrindo. — Veremos.

— Sem conversa nas fileiras! — retrucou o sargento.

Caramon suspirou. Levantando a espada de madeira, ele ficou surpreso ao descobrir que pesava o dobro de uma boa lâmina de aço. O escudo também era extremamente pesado. Barganha mal conseguia levantar o escudo do chão. Um segundo soldado passou entre as fileiras, distribuindo braçadeiras. A de Caramon não cabia no seu grande antebraço. A de Barganha escorregou e caiu na lama.

Depois que todos os homens estavam mais ou menos equipados, o sargento saudou um homem mais velho ao seu lado.

— Eles são todos seus, Mestre Quesnelle, senhor — disse o sargento no mesmo tom severo e desesperado que usaria para anunciar que os ratos pestilentos tinham entrado furtivamente no castelo.

Mestre Quesnelle grunhiu. Caminhando lenta e deliberadamente pela chuva, o mestre de armas tomou seu lugar à frente das tropas.

Ele tinha sessenta anos. Sua barba e seu cabelo, fluindo sob seu elmo, eram cinzas como o ferro. Seu rosto estava marcado por ferimentos de espada e faca, bronzeado por anos de campanha. Ele também estava sem um olho — um tapa-olho cobria o soquete vazio. O outro era profundo e brilhava por baixo da sombra do seu elmo e parecia brilhar mais intensamente do que o normal, como se brilhasse pelos dois. O mestre segurava na mão a mesma espada de madeira e o mesmo escudo de prática dos homens. Ele tinha uma voz que seria ouvida por cima do clamor da batalha, provavelmente seria ouvida na reunião dos kender em uma feira de verão.

Mestre Quesnelle estudou os recrutas e seu rosto ficou sombrio.

— Disseram-me que alguns de vocês acham que sabem usar uma espada. — Seu único olho vagava entre eles, e aqueles que ele tocava achavam melhor olhar para suas botas. Mestre Quesnelle zombou. — Sim. Vocês são todos muito durões. Cada um de vocês. Lembrem de uma coisa, e apenas de uma coisa: vocês não sabem *nada*! Não sabem e não saberão *nada* até eu dizer que sabem alguma coisa.

Ninguém se mexeu ou falou. As fileiras, que começaram relativamente retas, agora se espalhavam por todo o campo. Os homens ficaram taciturnos, as pesadas espadas de madeira nas mãos da espada, escudos na outra, a chuva pingando dos protetores de nariz de seus elmos.

— Fui apresentado como Mestre Quesnelle. Eu sou Mestre Quesnelle apenas para o meus amigos e meus camaradas. Vocês, lesmas, vão me chamar pelo meu primeiro nome, que é Senhor! Entendido?

Metade dos homens na fila, sentindo o olhar ardente sobre eles, disse: "Sim, senhor" em tons desanimados. O resto, sem saber que deveria responder, apressadamente acrescentou "Sim, senhor" no último momento, enquanto um infeliz cometeu o erro de dizer: "Sim, Mestre Quesnelle".

Mestre Quesnelle atacou-o como um gato ataca um percevejo.

— Você! O que disse?

O pobre sujeito percebeu seu erro.

— Sim, s-s-senhor — ele gaguejou.

Mestre Quesnelle assentiu.

— Assim está melhor. Mas só para marcar isso na sua mente fraca, quero que você corra pelo campo dez vezes, repetindo para si mesmo "senhor, senhor, senhor". Mova-se!

O recruta ficou olhando, com a boca aberta. O sargento parou na frente dele, olhando furioso. Ele deixou cair a espada e o escudo no chão e preparou-se para correr.

O sargento o deteve e lhe entregou sua pesada espada e seu pesado escudo. O recruta cambaleou e começou a correr ao redor do perímetro do campo de treinamento, gritando "senhor, senhor, senhor" em intervalos.

O mestre baixou a espada, a lâmina de madeira cravada no chão.

— Me enganei? — ele perguntou, e parecia quase queixoso. — Tive a impressão de que vocês estavam aqui porque queriam ser soldados. Estava enganado?

O olhar do Mestre Quesnelle percorreu os recrutas, que se encolhiam atrás dos escudos ou tentavam esconder-se atrás dos homens que estavam à sua frente. O mestre franziu a testa.

— Quando faço uma pergunta, quero um rugido de batalha de volta. Entendido?

Metade dos homens entendeu e respondeu com um rosnado "sim, senhor."

— Entendido? — o mestre gritou.

Desta vez a resposta foi alta, unida e direta. Um grande grito explodiu do grupo "sim, senhor!".

Mestre Quesnelle assentiu brevemente.

— Bem, parece que tem algum espírito aqui. — Ele ergueu sua espada de madeira. — Vocês sabem o que fazer com isso? — perguntou.

Vários tinham expressões vazias. Alguns, entre eles Caramon, lembraram-se da bronca e gritaram de volta: "Sim, senhor!".

Mestre Quesnelle parecia exasperado.

— Vocês sabem o que fazer com isso? — ele gritou, balançando a espada no ar.

O rugido foi quase ensurdecedor.

— Não, não sabem — ele disse calmamente. — Mas irão saber quando terminarmos. Antes de aprender a usar a arma, precisam aprender a usar o corpo. Peguem a espada com a mão direita. Coloquem o pé direito atrás do pé esquerdo e coloquem o peso sobre ele. Ergam o escudo assim. — Colocou o escudo numa postura defensiva, segurando-o para proteger o lado vulnerável do seu corpo. — Quando eu gritar "golpear", darão aquele rugido, um passo à frente e golpearão o inimigo à sua frente. Parem nessa posição. Quando eu gritar "retornar", voltem a posição. Golpear!

O mestre deu o comando logo após a palavra anterior, confundindo todos, exceto os mais atentos. Metade das fileiras avançou e os outros hesitaram, sem saber o que fazer. Barganha acertou em cheio, assim como Caramon, cujo sangue estava agitado e estava começando a se divertir. Estava na segunda fileira, no final. Seu tabardo pendia dele como um pano de prato sujo, encharcado, e irritava seus braços. Ele avançou e gritou alegremente e, depois de um momento, o resto das fileiras se juntou a eles.

— Parar! — Mestre Quesnelle gritou. — Ninguém se move.

Os recrutas estavam posicionados em um ângulo estranho, segurando as espadas horizontalmente, como se tivessem acabado de fazer um ataque. O mestre esperou, olhando-os com complacência. Logo os músculos dos braços começaram a queimar e depois a tremer tentando segurar o peso da espada pesada. Ainda assim ninguém se mexeu. Caramon estava começando a sentir um pouco de desconforto. Ele olhou para Barganha e viu o braço do amigo tremer, a espada balançando. Suor misturado com a chuva. Barganha cerrou os dentes sobre o lábio inferior com o esforço de segurar a espada, cuja ponta oscilava e balançava. Lentamente a lâmina começou a cair em direção ao chão. Barganha assistiu em agonia, indefeso, sem forças.

— Retornar! — Mestre Quesnelle gritou.

Todos os homens gritaram de alívio, o melhor grito de batalha que qualquer um deles já dera.

— Golpear!

Felizmente, o tempo de espera antes da recuperação foi menor.

— Retornar!

— Golpear!

— Retornar!

Barganha estava ofegante, mas segurou a espada com firmeza. Caramon estava começando a ficar um pouco desgastado. O homem que estava correndo gritando "senhor" voltou para seu lugar na fila e começou o exercício. Depois de uma hora, Quesnelle permitiu que os homens permanecessem na posição de retornar por alguns momentos, dando-lhes tempo para recuperar o fôlego e aliviar os músculos doloridos.

— Agora, algum de vocês, lesmas, sabe por que lutamos em fileiras? — o mestre perguntou.

Sentindo que ali estava a sua oportunidade de oferecer assistência ao mestre de armas, Caramon foi o primeiro a erguer a espada no ar.

— Para que o inimigo não possa romper e nos atacar pela frente nem por trás, senhor — respondeu Caramon, orgulhoso de seu conhecimento.

Mestre Quesnelle assentiu e pareceu surpreso.

— Muito bom. Majere, não é?

O peito de Caramon inchou.

— Sim, senhor!

Quesnelle estendeu o braço do escudo para um lado, o braço da espada para o outro. Mantendo ambos os braços totalmente estendidos — escudo em uma mão, espada na outra — ele avançou em direção à primeira fila, que o olhou com ansiedade, sem saber o que fazer, esperando que ele parasse quando ele os alcançasse.

O mestre continuou avançando direto para os homens. Seu escudo bateu em um recruta, que não havia saído do caminho rápido o suficiente, e a espada do mestre atingiu outro em cheio no rosto. O mestre rompeu a primeira fileira e avançou sobre a segunda, que começou a se esquivar e a tentar evitar ser atingida.

Mestre Quesnelle avançou direto em direção a Caramon.

— É com você mesmo — gritou Barganha, caindo atrás do enorme escudo.

— O que eu faço? — Caramon questionou consternado.

O mestre ficou na frente de Caramon, nariz com nariz, ou melhor, nariz com esterno. O mestre baixou os braços e olhou para Caramon, que nunca se sentira tão assustado com nada na sua vida, nem mesmo com uma mão desencarnada que encontrara na Torre da Alta Magia em Wayreth.

— Diga-me, Majere! — gritou o mestre. — Se estes homens estão em posição, como, em nome de Kiri-Jolith, acabei de passar por eles para chegar até você?

— Você é muito melhor que eles, senhor? — foi a resposta fraca de Caramon.

Mestre Quesnelle esticou os braços e virou-se. Seu escudo bateu em Caramon com força no peito, derrubando-o. Quesnelle bufou e avançou, atacando, espancando e dispersando os recrutas enquanto avançava.

Ele se virou para encarar a companhia, agora desorganizada.

— Acabei de mostrar por que os soldados profissionais mantêm fileiras muito rígidas. *Apertem as fileiras! Movam-se! Movam-se!*

Os homens se aproximaram até ficarem ombro a ombro, a distância entre os escudos de apenas quinze centímetros no máximo.

Mestre Quesnelle olhou para eles e grunhiu de satisfação.

— Golpear! — ele gritou, e o exercício começou novamente. — Retornar! Golpear! Retornar!

Os recrutas continuaram assim por uma boa meia hora, quando o mestre pediu uma parada. Os homens estavam em posição de retornar, com os corpos rígidos. A chuva havia parado, mas não havia sinal do sol, que aparentemente não estava com vontade de nascer tão cedo.

Quesnelle estendeu novamente os braços, a espada e o escudo e lançou-se para a primeira fila. Desta vez, os recrutas estavam prontos para ele. O peito do mestre atingiu o escudo do homem no centro. Tentou passar, mas o homem, com toda a sua força, manteve o mestre de armas parado. Quesnelle recuou um passo e tentou esquivar-se entre os escudos, mas os homens travaram os escudos no lugar.

O mestre recuou. Aparentemente satisfeito, jogou a espada e o escudo no chão. Os recrutas relaxaram, pensando que o treino havia chegado ao fim. De repente, sem aviso, o mestre virou-se, avançou e lançou-se diretamente contra a primeira fila.

A primeira fila ficou surpresa, mas sabia o que fazer. Ergueram seus escudos para encontrar o mestre. Ele bateu na frente e recuou, ficando na frente deles. O único olho de Quesnelle brilhou.

— Acho que talvez tenhamos mesmo alguns soldados aqui.

Pegando suas armas, ele assumiu seu lugar à frente da companhia.

— Golpear!

Os homens avançaram em uníssono.

— Retornar!

Os homens recuaram. Embora cansados, estavam satisfeitos consigo mesmos, orgulhosos do elogio do mestre. Só naquele momento, ocorreu a Caramon perguntar-se o que teria acontecido ao seu gêmeo.

14

Por um centavo torto, Raistlin teria ido embora, deixado aquele exército, aquela cidade. Passou a primeira noite olhando para a escuridão vazia, brincando com a tentação. A situação era intolerável. Ele viera até ali na esperança de aprender magia de guerra, e o que ele descobrira? Um bruto intimidador que sabia menos sobre magia do que Raistlin, mas que não ficou nem um pouco impressionado.

Ele limpou o copo quebrado e seu conteúdo pegajoso, que tinha um cheiro forte de xarope de bordo e que ele bem suspeitava ser destinado ao jantar de Horkin. Depois disso, Horkin o levou para ver seus aposentos.

Raistlin teve mais sorte do que seu irmão gêmeo, pois ele e Horkin passavam a noite no castelo, não no quartel. Estavam alojados numa pequena sala semelhante a uma masmorra abaixo do nível do solo, mas receberam camas, não eram forçados a dormir no chão de pedra. O catre não era nada confortável, mas Raistlin passou a apreciá-lo ao ouvir os ratos deslizando e guinchando.

— O Barão Louco gosta de magos — Horkin disse ao seu novo subordinado. — Comemos melhor do que os soldados e somos melhor tratados. Claro, nós merecemos. Nosso trabalho é mais difícil e perigoso. Eu sou o único mago que sobrou na companhia do barão. E começou com seis de nós. Alguns deles eram bem bons também. Magos da torre, como você, Vermelho. Irônico, não é? O velho Horkin, o mais estúpido de todos, foi o único a sobreviver.

Embora exausto, Raistlin não conseguia dormir. Horkin roncava tão alto que quase esperava que os outros habitantes do castelo viessem correndo para ver se um terremoto estava sacudindo as muralhas do castelo.

À meia-noite, decidiu partir no dia seguinte. Ele encontraria Caramon e juntos partiriam, voltariam… para onde? De volta a Consolação? Não, fora de questão. Voltar para Consolação seria voltar derrotado. Mas havia outras cidades, outros castelos, outros exércitos. A irmã dele havia falado muitas vezes de um grande exército se formando no norte. Raistlin brincou com essa ideia por um tempo e acabou abandonando-a. Ir para o norte era encontrar Kitiara, e ele não tinha vontade de vê-la. Podiam tentar ir para Solamnia. Os cavaleiros estariam procurando por guerreiros e provavelmente ficariam felizes em ter Caramon. Mas os Solâmnicos não gostavam de magos de nenhum tipo.

Raistlin se mexeu e se virou em sua cama, que mal acomodava sua estrutura esbelta. Horkin ultrapassava a largura da sua por cerca de seis centímetros ao redor. Deitado ali, ouvindo o que pareciam ser ratos mastigando as pernas da cama, Raistlin percebeu de repente que havia sofrido apenas uma crise grave de tosse o dia todo. No geral, eram cinco ou mais.

Pensou sobre isso.

— Será que essa vida difícil pode ser benéfica para mim? — ele se perguntou. — A umidade, o frio, a água suja, a sujeira que eles chamam de comida. Eu deveria estar meio morto agora. No entanto, raramente me senti mais vivo. Minha respiração está mais fácil, a dor em meus pulmões diminuiu. Não tenho bebido meu chá o dia todo.

Ele se abaixou para tocar o Cajado de Magius, que mantinha ao lado da cama, sempre à mão. Sentiu o leve formigamento na madeira, o calor da magia se espalhando por seu corpo.

— Talvez seja porque, pela primeira vez em muitos meses, não estou pensando em mim mesmo — admitiu. — Tenho outras coisas em que pensar além de se terei a próxima respiração.

Ao amanhecer, Raistlin decidiu ficar. Pelo menos, era possível que aprendesse alguns novos feitiços nos poucos livros de feitiços usados que vira parados nas prateleiras. Ele adormeceu ao som do ronco estrondoso de Horkin.

Naquela manhã, Raistlin recebeu ordens de realizar mais tarefas servis… varrer o laboratório, lavar os frascos vazios em uma banheira com água e sabão, limpar com cuidado a poeira dos livros nas estantes. Ele gostou dessa parte de tirar o pó, principalmente porque teve a oportunidade de estudar os livros de feitiços e ficou impressionado por parte do que encontrou. Suas esperanças foram reavivadas. Se Horkin era capaz de utilizar esses livros, talvez não fosse o amador que aparentava.

As esperanças de Raistlin se estilhaçaram no minuto seguinte, quando Horkin surgiu ao seu lado.

— Há vários livros de feitiços aqui — disse Horkin, despreocupado. — Só li um e não conseguia entender muito.

— Por que você os mantém, então, senhor? — Raistlin perguntou em tom gélido.

Horkin encolheu os ombros e piscou.

— Ah, vão ser boas armas se algum dia formos sitiados — Erguendo um dos livros maiores e mais grossos, bateu nele com desrespeito. — Só colocar um desses em uma catapulta e lançá-los, e irá causar um bom dano, por Luni.

Raistlin olhou, horrorizado.

Horkin riu e deu uma cotovelada dolorosa nas costelas de Raistlin.

— Estou brincando, Vermelho! Eu nunca faria algo assim. Esses livros são muito valiosos. Eu provavelmente conseguiria... ah, uns seis ou sete aços pelo lote. Não são meus, sabe. A maioria foi pega durante a expedição a Alubrey, seis anos atrás. Agora, veja esse preto todo chique. — Horkin removeu um livro da prateleira, e o ficou olhando com carinho. — Eu o tirei de um Veste Preta na última temporada. Ele estava correndo rápido, recuando, veja bem... mas acho que precisou correr um pouco mais rápido, aí jogou fora o livro, que devia estar atrapalhando. Eu peguei e o trouxe.

— Que feitiços contém? — Raistlin perguntou, com as mãos ansiosas para arrebatar o livro das mãos de seu mestre.

— Ah, ele é demais para mim — disse Horkin alegremente. — Não consigo nem ler as runas na capa. Nunca olhei dentro. Por que perder meu tempo com um monte de bobagens? Mas deve ter alguns feitiços bem escolhidos. Talvez você possa dar uma olhada algum dia.

Raistlin teria dado metade da sua vida para ler aquele livro. Ele também não conseguia distinguir as runas, mas estava certo de que, com estudos, poderia entendê-las. Assim como, com estudo, ele poderia entender os feitiços dentro de um livro que Horkin jamais leria. Um livro que para ele era apenas o preço de uma caneca de cerveja.

— Talvez se você me deixar levá-lo de volta para meus aposentos... — Raistlin começou.

— Agora não, Vermelho. — Horkin jogou o livro de volta na estante descuidado.

— Não há tempo a perder decifrando os feitiços de um Veste Preta que você, usando o vermelho, nem poderia usar de qualquer maneira. Estamos com pouco guano de morcego. Vasculhe ao redor das muralhas do castelo e pegue tudo que encontrar.

Raistlin tinha visto morcegos saindo das torres do castelo na noite anterior em busca de insetos. Ele saiu em busca dos excrementos dos morcegos com as runas do livro de feitiços queimando em sua mente.

— Guano de morcego nunca é demais — comentou Horkin com uma piscadela quando ele saía.

Raistlin passou duas horas recolhendo o venenoso guano de morcego e colocando-o num saco. Teve o cuidado de lavar bem as mãos e depois voltou ao laboratório, onde encontrou Horkin jantando.

— Você chegou bem na hora, Vermelho — Horkin murmurou, as migalhas do pão escorrendo pelos cantos da boca. Ele lamentava a perda da calda que ele geralmente derramava sobre a massa dura, seca e amarela. — Coma. — Ele apontou para um segundo prato. — Você vai precisar de sua força.

— Não estou com fome, senhor — disse Raistlin timidamente.

Horkin não parou de mastigar.

— Isso é uma ordem, Vermelho. Você não pode ir e desmaiar no meio de uma batalha porque está de barriga vazia.

Raistlin bicou o pão de milho e ficou surpreso ao descobrir que realmente estava gostoso. Devia estar com mais fome do que imaginava. Ele comeu dois pedaços grandes e no final admitiu que colocar xarope de bordo sobre o pão teria sido delicioso. Terminada a refeição, lavou a louça enquanto Horkin permanecia em um canto do laboratório.

— Bem — disse Horkin, quando Raistlin completou sua tarefa. — Está pronto para começar seu treinamento?

Raistlin sorriu com desdém. Não imaginava que Horkin tivesse qualquer coisa para ensiná-lo. Imaginava que a sessão provavelmente terminaria com Horkin implorando a Raistlin que o ensinasse. Quanto à história sobre os seis falecidos magos da Torre que o precederam, Raistlin não acreditou em uma palavra. Simplesmente não era possível que um usuário de magia sem instrução pudesse ter sobrevivido onde magos qualificados e treinados não sobreviveram.

— Deixe-me pegar meu equipamento — disse Horkin.

Raistlin esperava que ele pegasse componentes de feitiço, talvez um ou dois pergaminhos. Em vez disso, Horkin pegou dois tarugos de madeira, com cinco centímetros de diâmetro e um metro de comprimento. Pegando um monte de trapos da mesa, ele os enfiou em um bolso de suas vestes marrons.

— Me siga. — Ele conduziu Raistlin para a chuva, que tinha recomeçado, depois de uma breve pausa. — Ah, e deixe seu cajado aqui. Você não vai precisar disso hoje. Não se preocupe — acrescentou, vendo Raistlin hesitar. — Ficará bem seguro.

Raistlin não tinha deixado o cajado fora da sua vista, quase nem deixara fora do seu alcance, desde o dia em que o recebeu das mãos de Par-Salian. Quase protestou, mas percebeu como iria parecer bobo, preocupando-se com o cajado como uma mãe com medo de deixar seu bebê recém-nascido aos cuidados de outras pessoas. Raistlin encostou o cajado em uma parede onde estavam penduradas algumas armas, com a noção um tanto absurda (corou ao pensar nisso) de que o Cajado de Magius se sentiria em casa em tal companhia.

Puxando o capuz sobre a cabeça, ele caminhou pela lama. O trajeto de um quilômetro os levou ao campo de treinamento, onde uma companhia de soldados praticava no outro extremo do campo. Todos os soldados usavam o mesmo tabardo azul e cinza, mas reconheceu Caramon, que era uma cabeça acima do resto. Os soldados não pareciam estar fazendo nada útil aos olhos de Raistlin. Apenas gritando, apontando com suas espadas e gritando um pouco mais.

A chuva encharcou suas vestes. Logo, estava tremendo de frio e começava a se arrepender de sua decisão de ficar.

Horkin sacudiu a água como um cachorro.

— Tudo bem, Vermelho, vamos ver o que ensinaram a você na poderosa Torre de Wayreth.

Ele cortou o ar com as duas hastes, segurando uma em cada mão chicoteando-os na chuva. Raistlin não conseguia imaginar o que Horkin pretendia fazer com as hastes, que não faziam parte de nenhum feitiço do qual se lembrava. Começou a achar que Horkin era um pouco louco.

O mago de guerra virou-se e apontou para o extremo oposto do campo, longe de onde os soldados atacavam e gritavam.

— Agora, Vermelho, qual é seu melhor feitiço, além de dormir? — Horkin revirou os olhos.

Raistlin ignorou o comentário.

— Sou proficiente no lançamento de projéteis incendiários, senhor.

— Incendi... o quê? — Horkin parecia confuso. Ele deu um tapinha no ombro de Raistlin. — Você pode falar Comum, Vermelho. Somos todos amigos.

Raistlin deu um suspiro profundo.

— Raios mágicos, senhor.

— Ah bom. — Horkin assentiu. — Lance um de seus raios no poste da cerca no outro extremo do campo ali. Viu?

Raistlin colocou a mão esquerda na bolsa que usava na lateral do cinto e pegou o pequeno pedaço de pelo — o componente mágico necessário para lançar o feitiço. Localizando o poste na cerca distante, ele olhou para dentro de si buscando as palavras que formariam o encantamento necessário para produzir um raio feito de magia.

No momento seguinte, estava no chão, sobre as mãos e os joelhos, ofegante. Horkin estava sobre ele com uma haste, que tinha acabado de acertar Raistlin no estômago.

Chocado com o golpe doloroso e inesperado, Raistlin ficou sem ação, com falta de ar e tentando acalmar o coração acelerado.

Horkin ficou de pé ao lado dele, esperando, sem se oferecer para ajudar. Por fim, Raistlin ficou de pé.

— Por que você fez isso? — questionou, tremendo de raiva. — Por que me bateu?

— Por que você me bateu, *senhor*? — Horkin disse com severidade.

Raistlin, furioso demais para repetir as palavras, olhou sério para Horkin.

O mago de guerra levantou a haste e desta vez usou-a como ponteira.

— Agora você sabe do perigo, Vermelho. Você acha que o inimigo vai ficar lá, esperando, enquanto você entra em transe, canta "la-la-la", mexe seus dedos no ar e esfrega um pouco na bochecha? De jeito nenhum! Você planejou lançar o raio mágico mais poderoso e mais perfeito que já existiu, não foi? Você ia dividir aquele poste ao meio, não é, Vermelho? E no fim, não lançou nada. Na realidade, você estaria morto, porque o inimigo não usaria uma haste. Ele estaria arrancando uma espada da sua barriga magra.

"Lição número dois, Vermelho: não demore muito para lançar um feitiço. A velocidade é o grande lance desse jogo. Ah, e lição número três: não tente lançar um feitiço complicado com um inimigo respirando em seu pescoço."

— Eu não sabia que você era um inimigo, senhor — disse Raistlin friamente.

— Lição número quatro, Vermelho — disse Horkin com um sorriso largo. — Conheça bem seus camaradas antes de confiar sua vida a eles.

O estômago de Raistlin estava dolorido, a respiração doía. Ele se perguntou se Horkin lhe quebrou uma costela, e considerou que provavelmente sim.

— Tente o poste novamente, Vermelho — ordenou Horkin. — Se não consegue acertá-lo, em algum lugar por perto estará bom. Não leve o dia todo.

Carrancudo, Raistlin agarrou o pedaço de pelo e tentou reunir as palavras apressadamente em sua mente. Horkin levantou a outra haste e apontou para Raistlin. Este continuou com o feitiço, mas então viu, para seu espanto, um lampejo de chama explodir na base da haste. A chama chiou ao longo da haste em direção a Raistlin, que tentou desesperadamente ignorá-la. A chama se aproximava da extremidade da haste.

Seu feitiço estava quase completo. Estava prestes a lançá-lo quando uma luz ofuscante brilhou. Um forte estrondo quase o ensurdeceu. Ergueu o braço para proteger o rosto da explosão, apenas para ver, pelo canto do olho, Horkin balançando a outra vareta. Atacou Raistlin nas costas, jogando-o de cara na lama.

Lenta e dolorosamente, Raistlin se levantou. Seus joelhos estavam machucados, suas mãos arranhadas. Ele limpou a lama do rosto e olhou para Horkin, que estava balançando nos calcanhares, extremamente satisfeito consigo mesmo.

— Lição cinco, Vermelho — disse Horkin. — Nunca vire as costas para um inimigo.

Raistlin limpou lama e sangue das mãos. Ele inspecionou os arranhões e removeu uma pequena pedra pontiaguda que havia se alojado sob a pele.

— Creio que o senhor pulou a primeira lição, senhor — Raistlin disse, quase sem conseguir conter a raiva.

— Pulei? Talvez. Pense nisso — disse Horkin.

Ele não queria pensar nisso. Queria escapar daquele idiota enlouquecido. Não havia dúvida para Raistlin de que Horkin estava mentalmente perturbado. Queria voltar para uma fogueira e roupas quente. Tinha certeza de que ele morreria ali, na umidade. Iria encontrar Caramon. Encontraria seu irmão e contaria o que aquele demônio fez. Ele sequer viu Horkin lançar o feitiço que o cegou.

Raistlin esqueceu sua dor, esqueceu seu desconforto. O feitiço! Que feitiço foi aquele? Não reconheceu. Não tinha ideia de como foi lançado. Não vira Horkin pegar nenhum componente do feitiço. Não tinha ouvido Horkin pronunciar uma palavra, recitar qualquer encantamento.

— Como fez esse feitiço, senhor? — Raistlin perguntou.

O sorriso de Horkin se alargou.

— Bem, talvez haja um pouco de magia que você possa aprender com um velho mago que nunca fez o Teste. Fique comigo nesta temporada de campanha, Vermelho, e eu lhe ensinarei todos os tipos de truques. Eu não sou o último mago sobrevivente neste regimento esquecido pelos deuses por ser o melhor. — Ele piscou. — Fui apenas o mais inteligente.

Raistlin já havia sofrido abuso suficiente. Ele começou a se virar, quando sentiu a mão pesada de Horkin em seu ombro. Raistlin se virou, com raiva.

— Pelos deuses, se você me bater de novo...

— Acalme-se, Vermelho. Quero que você dê uma olhada em uma coisa.

Horkin apontou para o campo de treinamento. Os recrutas receberam permissão para fazer uma pausa, os homens reunidos em torno de um barril de água. Como podiam querer ainda mais água estava além da compreensão de Raistlin. A chuva caía com mais força. Suas vestes estavam tão molhadas que a água escorria por suas costas nuas. Porém, os recrutas pareciam estar de excelente humor, rindo e conversando apesar da chuva.

Caramon demonstrava sua técnica de espada, atacando e caindo de volta com tanta energia que quase espetou Barganha, que segurava seu escudo sobre a cabeça, usando-o como um dossel para protegê-lo da chuva. A expressão de Horkin mudou e seu tom brincalhão sumiu.

— Somos um regimento de infantaria, Vermelho. Nós lutamos. Nós morremos. Algum dia esses homens ali dependerão de você na batalha. Se você falhar, não falhará apenas com você mesmo, irá falhar com seus camaradas. E se você falhar com eles, eles morrerão. Estou aqui para ensiná-lo a lutar. Se não está aqui para aprender a lutar, então por que diabos você está aqui?

Raistlin ficou em silêncio, a chuva batendo em suas vestes molhadas, tamborilando na sua cabeça. A água escorria de seu cabelo prematuramente branco, resultado dos terrores do Teste que ele sofreu. A água escorria por suas mãos finas com dedos longos e ágeis, que brilhavam como ouro, outra marca do Teste. Sim, havia passado, mas apenas por muito pouco. Embora não conseguisse se lembrar de tudo o que havia acontecido, sabia em seu coração que estivera perto de falhar. Ele olhou, através da cortina cinzenta da chuva, para Caramon, Barganha e os outros cujos nomes ele ainda não sabia. Seus camaradas.

Raistlin sentiu-se humilhado. Ele olhou para Horkin com um novo respeito, percebendo que aprendera mais com este homem — um usuário de magia sem instrução e de baixo nível, do tipo geralmente visto em feiras, tirando moedas do nariz — do que aprendeu em todos os seus anos de estudo.

— Peço desculpas, senhor — disse Raistlin calmamente. Ele levantou a cabeça, piscou para tirar a água da chuva de seus olhos. — Acredito que você tem muito a me ensinar.

Horkin sorriu calorosamente. Sua mão exerceu uma pressão amigável no ombro de Raistlin, que não se esquivou do toque.

— Ainda podemos fazer de você um soldado, Vermelho. Essa foi a lição número um. Está pronto para continuar?

O olhar de Raistlin deslocou-se para as hastes. Ele endireitou os ombros magros.

— Sim, senhor.

Horkin percebeu o olhar. Rindo, ele jogou as hastes no chão.

— Acho que não precisaremos mais disso. — Analisou Raistlin, pensativo, e, de repente, estendeu a mão e arrancou o pedaço de pelo que Raistlin ainda segurava em sua mão.

— Agora lance o feitiço.

— Mas não posso, senhor — protestou Raistlin. — Eu não tenho outro pedaço de pelo, e esse é o componente mágico prescrito.

Horkin balançou a cabeça.

— Tsc, tsc. Você está parado no meio de uma batalha, sendo empurrado por todas as direções, flechas zunindo em sua cabeça, homens gritando e berrando. Alguém empurra você e aquele pedaço de pelo cai na lama e no sangue, pisoteado sob pés fortes. E você não pode lançar o feitiço sem ele. — Ele balançou a cabeça novamente e suspirou. — Acho que você está morto.

Raistlin ponderou.

— Eu poderia tentar encontrar outro pedaço de pelo. A capa de algum soldado, talvez.

Horkin franziu os lábios.

— Estamos no meio do verão, lutando sob o sol escaldante. Está quente o suficiente para assar um kender usando seu escudo como frigideira. Não creio que muitos soldados irão usar capas com pelo na batalha, Vermelho.

— Então o que eu faço, senhor? — Raistlin questionou, exasperado.

— Você lança o feitiço sem — disse Horkin.

— Mas isso não pode ser feito…

— Pode, Vermelho. Eu sei porque eu mesmo fiz isso. Eu sempre achei — Horkin continuou, refletindo — que os velhos magos colocaram esse requisito lá para atrapalhar um pouco. Ou talvez para impulsionar o comércio de peles em Palanthas.

Raistlin estava cético.

— Eu nunca vi o feitiço ser feito sem o componente, senhor.

— Bem, agora — disse Horkin —, você está prestes a ver isso.

Ele ergueu a mão direita, murmurou várias palavras mágicas, o tempo todo contraindo os dedos da mão esquerda em um padrão complexo. Em segundos, um raio de chama mágica estalou em seus dedos, queimou pelo campo e atingiu o poste da cerca, incendiando-o.

Raistlin ofegou, espantado.

— Achei que não fosse possível! Como você conseguiu lançá-lo sem o pelo?

— Eu prego uma pequena peça em mim mesmo. Aquela cena que eu descrevi realmente aconteceu comigo uma vez. Uma flecha inimiga arrancou o pelo da minha mão quando eu estava prestes a lançar meu feitiço. — Horkin estendeu a mão e exibiu uma cicatriz longa, branca e irregular que atravessava sua palma. — Eu estava com medo e desesperado, e também zangado. "É apenas um estúpido pedaço de pele", disse a mim mesmo. "Eu não preciso disso. Pelos deuses, posso lançar este feitiço sem ele!" — Encolheu os ombros. — E eu fiz. Nada jamais cheirou tão bem para mim quanto o hobgoblin queimado naquele dia. Agora, tente.

Raistlin olhou através do campo e tentou enganar-se mentalmente, para acreditar que a pele estava em sua mão. Ele falou as palavras, fez o símbolo. Nada aconteceu.

— Não sei como você faz isso, senhor — disse Raistlin, decepcionado — Mas as regras da magia…

— Regras! — Horkin bufou. — A magia controla você, Vermelho? Ou você controla a magia?

Raistlin piscou, assustado.

— Talvez eu tenha julgado você mal, Vermelho — continuou Horkin, com um brilho astuto no olhar. — Mas acho que você já quebrou uma ou duas regras antes em sua vida. — Ele bateu na mão de Raistlin, bateu na pele dourada que a cobria. — Se você nunca quebrar as regras, você nunca será punido. E me parece que você já recebeu alguns castigos na vida.

Horkin acenou com a cabeça para si mesmo e disse suavemente:

— Experimente.

Eu controlo a magia, disse Raistlin interiormente. *Eu controlo a magia.*

Ele levantou a mão. A magia brilhou de seus dedos, espalhando-se pelo campo. Um segundo poste da cerca pegou fogo.

— Isso foi rápido! — Raistlin disse, entusiasmado.

Horkin assentiu com aprovação.

— Nunca vi mais rápido.

Os recrutas encerraram o treino do dia. Eles marchavam rapidamente pela estrada, entoando uma cadência para manter o passo.

— Eles estão voltando para jantar — disse Horkin. — É melhor irmos também, caso contrário, não sobrará nada. Está com fome, Vermelho?

Para seu grande espanto, Raistlin, geralmente fresco para comida, estava tão faminto que ficou com água na boca só de pensar no ensopado sem gosto servido pelo cozinheiro do acampamento. Os dois caminharam de volta pelo campo lamacento, indo em direção ao quartel.

— Peço perdão, senhor, mas você não me contou o feitiço que usou para me distrair.

— Tem razão, Vermelho — concordou Horkin. — Não contei.

Raistlin esperou, mas o mago apenas sorriu para si mesmo e não disse mais nada.

— Deve ser um feitiço muito complexo — observou Raistlin. — A chama rastejou ao longo da haste de madeira, e explodiu quando chegou ao fim. Eu nunca ouvi falar de um feitiço como esse. É uma de suas próprias magias, senhor?

— É, pode-se dizer isso, Vermelho — disse Horkin solenemente. Ele olhou de lado para Raistlin. — Não sei se você está pronto para isso.

Uma risada, uma risada alegre as suas custas, surgiu na garganta de Raistlin. Ele se forçou a engolir a risada, não querendo perturbar o clima, ainda não. Não conseguia acreditar, não conseguia entender. Foi espancado, maltratado, enganado. Estava coberto de lama, encharcado até a pele, e nunca se sentiu tão bem em sua vida.

— Creio que estou pronto, senhor — disse respeitosamente, e estava falando sério.

— Pólvora — Horkin bateu as duas hastes juntas, como se fossem baquetas, mantendo sua própria cadência. — Não foi um feitiço. Mas você não sabia disso, não é, Vermelho? Enganei você, não foi?

— Sim, senhor, você me enganou — disse Raistlin.

15

A chuva caía em Sanção, sobre a lava quente que fluía devagar e sempre dos Senhores da Destruição, batendo com um som sibilante na rocha derretida e virando vapor. O vapor serpenteava no ar, agitava-se no chão; uma névoa espessa escondia os guardas da ponte da vista um do outro, embora não estivessem a mais de dez passos de distância.

Não houve exercício de treinamento neste dia. Os homens não conseguiriam ver seus comandantes, não conseguiriam se ver. Ariakas os colocou para trabalhar preenchendo as velhas latrinas, escavando novas — uma tarefa em que quanto menos vissem, melhor. Os homens iam resmungar, mas era o fardo de um soldado.

Ariakas estava sentado em sua tenda de comando, escrevendo despachos à luz de um pavio colocado em um prato de sebo. A água vazava pelo teto da barraca, pingava monotonamente em um elmo virado que ele colocou sob a goteira para evitar que se espalhasse pelo chão. Ele se perguntou por que se dera ao trabalho. Devido ao nevoeiro, a tenda estava quase tão úmida por dentro como por fora. A bruma entrava, passando a língua cinzenta na sua armadura, nos postes da tenda, na cadeira e na mesa, deixando-as brilhantes à luz do lampião.

Tudo estava molhado, úmido e cinza. Não sabia dizer que horas eram, o tempo foi engolido pela cerração. Lá de fora, vinha o barulho de pés com botas passando, homens indo e vindo amaldiçoando a chuva, a neblina e um ao outro.

Ariakas não prestou atenção e continuou a trabalhar. Poderia ter saído da tenda gotejante, retornado ao calor do seu escritório no Templo de Luerkhisis. Podia estar sentado em sua mesa com uma xícara de vinho quente. Tirou o pensamento da cabeça. Soldados nunca travavam batalhas em quartos quentes e aconchegantes. Lutavam na chuva, na lama e na neblina. Ariakas estava treinando tanto quanto seus homens, endurecendo-se para suportar os rigores da vida em campanha.

— Meu Senhor. — Um de seus assistentes bateu no poste da tenda.

— Sim, o que é? — Ariakas não tirou os olhos da escrita.

— Aquela mulher está de volta, meu senhor.

— Que mulher? — Ariakas ficou irritado com a interrupção. Os pedidos tinham que ser claros, precisos e detalhados. Ele não podia se permitir nenhum erro. Não nesta missão.

— A mulher guerreira, meu senhor — disse seu ajudante. —Está pedindo para vê-lo.

— Kitiara! — Ariakas ergueu os olhos e largou a caneta. Seu trabalho não foi esquecido, mas poderia esperar.

Kitiara. Ela ficou em sua mente desde que partiu em sua jornada, há bem mais de um mês. Estava contente por ela ter retornado viva, e não muito surpreso, apesar dos outros enviados para realizar a mesma missão terem morrido ou desertado. Ela era diferente, fora do comum. Tinha um senso de destino, era o que lhe parecera. Ele ficou satisfeito ao descobrir que estava certo.

Claro, ela falhou em sua missão. Era de se esperar. A tarefa para a qual a enviara era impossível. Concordou com aquilo apenas para agradar sua Rainha das Trevas. Talvez agora Takhisis o ouvisse. Ariakas estava ansioso para ouvir as desculpas de Kit. Estava impressionado por ela ter a coragem de voltar.

— Mande-a entrar imediatamente — disse Ariakas.

— Sim, meu senhor. Ela está com um usuário de magia humano vestido de vermelho com ela, meu senhor — acrescentou o assistente.

— Ela está *com quem*? — Ariakas ficou perplexo. O que Kitiara estaria fazendo na companhia de um mago vestido de vermelho? E como ela ousava trazê-lo para seu acampamento? Quem poderia ser? O meio-irmão dela? Depois do primeiro encontro, Ariakas questionou Balif sobre Kitiara. O general sabia que ela tinha meio-irmãos gêmeos, um dos quais era um idiota e o outro um jovem mago, um veste vermelha ainda por cima.

— É um sujeito de aparência estranha, meu senhor — disse o assessor, abaixando a voz. — Vermelho da cabeça aos pés. E tem algo perigoso nele.

Os guardas nunca teriam permitido que ele entrasse no acampamento e, na verdade, quiseram matá-lo imediatamente. Mas a mulher o protegeu, insistindo que ela estava agindo sob suas ordens.

Vermelho.... da cabeça aos pés...

— Pela Rainha! — Ariakas exclamou, levantando-se quando a verdade o atingiu como um golpe. — Traga os dois para mim imediatamente!

— *Ambos*, meu senhor.

— Ambos! Imediatamente!

O assistente partiu.

Algum tempo se passou — os guardas deviam estar mantendo os dois perto da ponte. Então Kitiara entrou na tenda, encolhendo-se sob a aba gotejante. Ela sorriu ao vê-lo, um sorriso que se alargava mais em um dos lados, deixando à mostra seus dentes brancos. Um sorriso torto, como ele percebeu na primeira vez em que a viu. Zombeteiro, como se ela risse do destino, desafiando-o a fazer o seu melhor. Seus olhos escuros encontraram os dele. Ela o informou de seu triunfo com um único olhar.

— General Ariakas. — Ela o saudou. — Eu trouxe Lorde Immolatus, conforme ordenado.

— Muito bem, uth Matar — disse Ariakas. — Ou devo dizer, Comandante de Regimento uth Matar.

Kitiara sorriu.

— Obrigado, senhor.

— Onde ele está?

— Lá fora, senhor. Está esperando ser devidamente introduzido.

Ela revirou os olhos e arqueou uma sobrancelha. Ariakas entendeu a dica.

Kit virou-se para a entrada da tenda e fez uma reverência.

— General Ariakas, tenho a honra de apresentar Sua Eminência, Immolatus.

Ariakas olhou com impaciência para a aba da tenda.

— Sua Eminência! — Ariakas bufou. — O que ele está esperando?

— Senhor! — Kit sussurrou com urgência. — Eu respeitosamente sugiro que faça uma reverência quando ele entrar. Ele espera no mínimo isso.

Ariakas franziu a testa e cruzou os braços sobre o peito enorme.

— Eu não me curvo diante de ninguém, exceto minha Rainha.

— Senhor — Kit respondeu em um sussurro áspero. — O quanto você precisa dos serviços deste dragão?

Ariakas não precisava de forma alguma dos serviços do dragão. Pessoalmente, teria se saído muito bem sem eles. A Rainha Takhisis decidira que Ariakas precisava do dragão. Ariakas, rosnando, inclinou o corpo uma fração de grau.

Um homem humano vestido com longas vestes da cor da chama entrou na barraca. Tudo nele era vermelho. Seu cabelo era vermelho-fogo, sua pele tinha um tom alaranjado, seus olhos eram vermelhos como cinzas cintilantes. Suas feições eram alongadas, nítidas, pontudas — queixo pontudo, nariz pontudo. Seus dentes também eram afiados e pontiagudos e um pouco mais proeminentes do que seria confortável de se ver. Ele caminhava com passos lentos e majestosos. Seu olhar vermelho observava tudo e estava entediado com tudo o que via.

Lançou a Ariakas um olhar desdenhoso.

— Sente-se — disse Immolatus.

Ariakas não estava acostumado a receber ordens na sua própria tenda de comando e ele quase se engasgou com a raiva que subiu do seu estômago. A mão de Kitiara, fria e forte, fechou-se sobre seu pulso, exercendo uma pressão suave. Mesmo neste momento crítico, o toque dela o despertou. Gotas de água brilhavam em seu cabelo escuro, sua camisa molhada grudava tentadoramente em sua pele, a armadura de couro brilhava.

Mais tarde, pensou Ariakas, e lembrou, pelo toque de Kitiara, da outra mulher em sua vida — Sua Majestade das Trevas — ele se sentou em sua cadeira. Porém, sentou-se devagar, lenta e deliberadamente, deixando claro que se sentava por vontade própria, não porque estivesse obedecendo a Immolatus.

— Você vai se sentar, meu senhor? — perguntou Ariakas.

O dragão permaneceu de pé, o que lhe permitiu olhar por cima de seu nariz extraordinariamente longo para os mortais abaixo dele.

— Vocês, humanos, têm tantos senhores, duques e barões, príncipes e reis. E o que são vocês, com suas vidas curtas e tristes, comparados a mim? Nada. Menos do que nada. Vermes. Escrito com "e". Sou eminentemente superior. Você irá, portanto, referir-se a mim como Eminência.

Os dedos de Ariakas se curvaram. Ele estava imaginando com carinho aqueles mesmos dedos fortes fechados em volta do pescoço de Sua Eminência. *Minha Rainha, dê-me paciência*, ele murmurou e conseguiu dar um sorriso sombrio.

— Certamente, Vossa Eminência. — Estava se perguntando como explicaria aquela presença aos seus homens. As asas negras da fofoca provavelmente já estavam batendo ao redor das fogueiras.

— E agora — disse Immolatus, cruzando as mãos — você vai me contar o seu plano.

Kitiara levantou-se.

— Tenho certeza de que você vai dar licença, meu senhor...

Ariakas segurou-lhe pelo antebraço.

— Não, Comandante uth Matar. Você fica.

Kitiara sorriu para ele, o sorriso torto que era como fogo em seu sangue, um fogo que ardia dolorosamente em sua virilha.

— Estou enviando você nesta missão também, uth Matar — continuou Ariakas, soltando-a com relutância. — Feche a aba. Diga aos guardas para formarem um perímetro ao redor desta tenda, não deixe ninguém passar. — Ele lançou um olhar severo para Kit e o dragão. — O que direi nesta tenda não deve ir além, sob risco de suas vidas.

Immolatus achou graça.

— Minha vida? Perdê-la por um segredo humano? Gostaria de ver você tentar!

— Esse segredo não é meu — disse Ariakas. — O segredo é de Sua Majestade. Rainha Takhisis. É à Sua Majestade que você irá responder se permitir que o segredo escape.

Immolatus não achou isso tão divertido. Seu lábio se curvou com escárnio, mas não disse mais nada e se dignou a sentar-se em uma cadeira dobrável de acampamento. O dragão apoiou o cotovelo na mesa do general, derrubando a pilha organizada de despachos no chão, e tamborilou os dedos longos e pontudos sobre a mesa, expressando seu tédio extremo.

Kitiara cumpriu suas ordens. Podia ouvi-la dispensando os guardas, ordenando-lhes que formassem um perímetro ao redor da tenda a cerca de trinta passos de distância.

— Verifique se não há ninguém lá fora — ordenou Ariakas quando ela retornou.

Kitiara saiu da tenda novamente, deu uma volta completa — ele podia ouvir seus passos. Ela voltou, sacudindo a água do cabelo.

— Não, meu senhor. Você pode prosseguir, ficarei vigiando.

— Consegue me ouvir da aba da tenda, não é, uth Matar? — perguntou Ariakas. — Não quero levantar minha voz.

— Minha audição é excelente, meu senhor — respondeu Kit.

— Muito bem. — Ariakas ficou em silêncio por um momento. Ele franziu a testa ao ver seus despachos desordenados, enquanto organizava seus pensamentos.

Immolatus, sua curiosidade despertada por essas precauções, como Ariakas pretendia, parecia um pouco menos entediado.

— Bem, vá em frente — o dragão rosnou. — Quanto mais cedo eu puder abandonar esta forma fraca e insignificante que sou forçado a habitar, melhor.

— Há uma cidade localizada no extremo sul das Khalkist. A cidade é chamada pelo nome um tanto profético de Fim da Esperança. É habitado por humanos e...

— Você quer que eu a destrua — disse Immolatus com um lampejo de seus dentes afiados.

— Não, Eminência — disse Ariakas. — As ordens de Sua Majestade são bastante específicas. Apenas algumas pessoas, muito poucas, sabem que os dragões retornaram a Krynn. Chegará o dia em que Sua Majestade das Trevas permitirá que você solte sua fúria no mundo, mas esse dia está distante. Nossos exércitos ainda não estão treinados, ainda não estão prontos. A missão para a qual está sendo enviado é muito mais importante do que a mera destruição de uma cidade. Sua missão tem a ver — Ariakas baixou a voz — com os ovos dos dragões de Paladine.

O som daquele nome amaldiçoado, o nome do deus que reinava no céu em oposição à Rainha Takhisis, o nome do deus daqueles que causaram tantos danos a Immolatus, fez a carne do dragão se contorcer.

Ele sibilou de raiva.

— Não permito que esse nome seja pronunciado na minha presença, humano! Fale-o de novo e farei com que sua língua apodreça na sua cabeça!

— Perdoe-me, Eminência — disse Ariakas, destemido. — Precisei falar uma vez para que você entendesse a gravidade da missão. Não há necessidade de falar novamente. De acordo com relatos dos clérigos de Sua Majestade, os ovos desses dragões, aos quais doravante me referirei como "metálicos", descansam embaixo da cidade de Fim da Esperança.

Os olhos vermelhos de Immolatus se estreitaram.

— Que malandragem é essa, humano? Tenho como saber que você está mentindo. Não me peça para lhe dizer como sei! — Ergueu uma mão de dedos longos. — Esse conhecimento não é para vermes.

Ariakas foi forçado a exercer todo o seu autocontrole para não estrangular seu convidado.

— Vossa Eminência refere-se, sem dúvida, ao ataque conduzido por sua espécie na Ilha dos Dragões no ano de 287. Um ataque que conseguiu muitos ovos dos metálicos. Muitos, mas não todos. Parece que os metálicos não são tão tolos quanto pensávamos. Na verdade, esconderam alguns dos ovos mais raros e mais preciosos, aqueles dos dragões de ouro e de prata.

— Devo destruir esses ovos, então — disse Immolatus. — Será um prazer.

— Um prazer adiado, lamento dizê-lo, Eminência — disse Ariakas friamente. — Sua Majestade precisa dos ovos inteiros e intactos.

— Por quê? Qual o propósito? — Immolatus exigiu.

Ariakas sorriu.

— Sugiro que você pergunte a Sua Majestade. Se seus dragões pedirem tal informação, presumo que ela lhes dirá.

Immolatus levantou-se furioso, parecendo encher a tenda com sua fúria crescente. O calor irradiava de seu corpo, aquecendo a tenda a tal ponto que as gotas de água na armadura de Kit chiaram. Kitiara não hesitou. Desembainhando sua espada, ela se colocou entre Ariakas e o dragão. Confiante, calma, estava pronta para defender seu comandante com sua lâmina e seu corpo.

— Sua senhoria não quis insultá-lo Grande Immolatus — disse Kitiara, embora fosse bastante evidente que Sua Senhoria quis sim.

— É verdade, não quis, Eminência — disse Ariakas, seguindo a deixa de Kit. Mesmo na forma humana, o dragão poderia lançar infinitos feitiços mágicos poderosos. Feitiços que poderiam incendiar Ariakas, reduzir seu acampamento e a cidade de Sanção a cinzas fumegantes.

Jamais venceria uma guerra contra aquele monstro poderoso e arrogante, mas Ariakas ficou satisfeito com a sua pequena vitória. Isso o deixou com um humor conciliatório. Ele poderia se dar ao luxo de ser humilde.

— Eu sou um soldado, não um diplomata, Vossa Eminência. Estou acostumado a falar sem rodeios. Se eu o ofendi, não foi minha intenção. Peço suas desculpas.

Apaziguado, Immolatus se sentou. O calor na tenda voltou a um nível confortável. Ariakas limpou o suor do rosto.

Kitiara embainhou sua espada e retomou seu lugar na abertura da tenda como se não tivesse feito nada demais, nada fora do comum.

Ariakas seguiu seus movimentos, graciosos como os de um gato caçando. Nunca conhecera uma mulher como ela! A luz da lamparina brilhou sobre sua armadura, lançando sombras escuras atrás dela, sombras que pareciam abraçá-la como ele desejava fazer. Ele ansiava por agarrá-la, esmagá-la contra ele, libertar-se dessa dor prazerosa.

— Vamos voltar aos negócios? — disse Immolatus. Ele estava bem ciente do desejo de Ariakas, desdenhava da fraqueza da carne humana. — O que Sua Majestade das Trevas exige que eu faça com esses ovos?

Ariakas reprimiu sua luxúria. A antecipação faria o clímax ser muito mais emocionante.

— Sua Majestade solicita que você viaje para Fim da Esperança na companhia de um dos meus oficiais. — Ariakas olhou para Kitiara, cujos olhos brilharam com orgulho. — Estou pensando em enviar uth Matar, se você não tiver nenhuma objeção, Eminência.

— Ela é tolerável, para um humano — disse o dragão, curvando os lábios.

— Bom. Uma vez lá, será sua tarefa verificar se os relatórios sobre os ovos de dragão são verdadeiros. Parece que, embora tenham fortes evidências sobre a existência dos ovos, os clérigos não conseguem encontrá-los. O deus cujo nome eu não irei pronunciar manteve o paradeiro desses ovos escondido até mesmo de Sua Majestade. Sua Majestade acredita que apenas outro dragão pode descobrir o paradeiro deles.

— Então ela precisa que eu entre e faça aquilo que ela mesma não pode fazer — disse Immolatus. Uma espiral de fumaça saía de uma narina, pairando imóvel no ar denso e fétido. — E o que eu faço depois que os ovos forem localizados?

— Você retornará, me informará a localização, os números e os tipos de ovos que você encontrou.

— Serei o vendedor de ovos de Sua Majestade! — Immolatus retrucou com raiva. — Uma tarefa que qualquer camponês poderia realizar! — Resmungou um pouco, e depois acrescentou em um rosnado: — Mas suponho que haverá alguma diversão. Pois, é claro, você vai querer que eu destrua a cidade e seus habitantes.

— Não exatamente — disse Ariakas. — Ninguém deve saber da nossa busca. Ninguém deve saber o verdadeiro motivo de você estar na cidade de Fim da Esperança. Mas ninguém deve saber que os dragões retornaram a Krynn. A cidade será destruída, mas será destruída por outros meios, com menos probabilidade de chamar atenção para nós mesmos e para você, Eminência. Estamos, portanto, criando uma distração.

"Fim da Esperança é apenas uma cidade no reino de Blödehelm. O rei de Blödehelm, Rei Wilhelm, está sob o controle dos clérigos das trevas. Por causa do 'conselho deles', ele impôs uma taxa sobre a cidade, completamente injusta e pesada, que fez a população se erguer em revolta contra ele. O rei requisitou a ajuda dos meus exércitos para ajudá-lo a reprimir a revolta. Forneceremos tropas conforme solicitado. Enviarei dois dos meus regimentos recém-formados junto a uma força mercenária que o Rei Wilhelm contratou..."

— Forasteiros — disse o dragão. — *Não* estarão sob seu controle.

— Estou ciente disso, Eminência — respondeu Ariakas, irritado —, mas ainda não tenho tropas suficientes para atingir o objetivo. Esta é uma missão de treinamento, na verdade. Preciso que os homens experimentem sangue, e esta guerra oferece a oportunidade perfeita.

— E qual é o objetivo? Se não for para destruir a cidade e massacrar seus habitantes...

— Pergunte a si mesmo, Eminência. Qual é o propósito de um humano morto? Nenhum. Ele apodrece, causando fedor e sendo contagioso. Vivos, os humanos, por outro lado, são extremamente úteis. Os homens trabalham nas minas de ferro. As crianças mais velhas trabalham nos campos. As moças fornecem diversão às minhas tropas. Os muito jovens e os muito velhos acabam por morrer, então não é preciso se preocupar com eles. Nosso objetivo, portanto, será para capturar a cidade e escravizar seus cidadãos. Assim que Fim da Esperança estiver vazia, Sua Majestade pode fazer o que quiser com os ovos de dragão.

— E os mercenários? Eles escravizarão ou serão escravizados? Acho que seriam valiosos para você, se está, como disse, com pouca mão de obra.

O dragão estava provocando-o, na esperança de forçá-lo a perder a paciência. Ariakas respondeu com calma deliberada:

— O líder desses mercenários é um Solâmnico por ascendência. Ele sabe que o Rei Wilhelm é um homem honrado e está convencido de que a causa pela qual ele e seus homens lutam é justa. Se este líder mercenário soubesse a verdade, que foi enganado, seria uma ameaça para nós. No entanto, preciso dele. Ele é um dos melhores. Contrata apenas os melhores soldados, segundo indicam meus relatórios. Pode entender minha situação, Vossa Eminência.

— Eu entendo. — Immolatus sorriu, mostrando muitos dentes afiados, um pouco mais de dentes do que o normal para um ser humano.

— Assim que a cidade cair, esses mercenários serão dispensáveis. — Ariakas acenou com a mão. — Eu os entrego a você, Eminência. Você poderá fazer o que desejar com eles... desde que — a mão se tornou protetora — não revele sua verdadeira natureza, sua verdadeira forma.

— Você tirou a maior parte da diversão disso — reclamou Immolatus petulantemente. — Ainda assim, existe o desafio, o gênio criativo...

— Precisamente, Vossa Eminência.

— Muito bem. — O dragão recostou-se em sua cadeira, cruzou uma perna sobre a outra. — Agora, podemos discutir meu pagamento. Percebo que é uma missão de importância. Deve significar muito para Sua Majestade.

— Você será bem recompensado por seu tempo e esforço, Eminência — disse Ariakas.

— Quão bem? — Os olhos de Immolatus se estreitaram.

Ariakas fez uma pausa, incerto.

— Se me permite, meu senhor? — Kitiara interveio, sua voz sombria e doce como chocolate.

— Sim, uth Matar?

— Sua Eminência sofreu uma perda terrível durante a última guerra. Teve seu tesouro roubado enquanto ele estava fora, lutando pela causa de Sua Majestade contra os Cavaleiros Solâmnicos.

— Os Cavaleiros Solâmnicos? — Ariakas franziu a testa. Ele não conseguia se lembrar de uma guerra com os cavaleiros, que caíram em desfavor e descrédito na época do Cataclismo e que nunca recuperaram a sua antiga glória. — Que Cavaleiros Solâmnicos?

— Huma, meu senhor — Kitiara disse, séria.

— Ah! — Ariakas forçou sua mente a pensar mais de acordo com a linha de tempo de um dragão com sua longa vida. Huma era um inimigo recente para Immolatus. — *Aquele* Cavaleiro Solâmnico.

— Talvez Sua Majestade ache adequado compensar Sua Eminência por pelo menos uma parte da perda dele...

— *Toda* ela — corrigiu Immolatus. — Eu sei a quantia, até o último cálice de prata. — Mexendo na manga de suas vestes, ele retirou um pergaminho e o jogou sobre a mesa. — Tenho aqui a conta. Quero pagamento em espécie, nada de suas moedas de aço. Coisas imundas, essas moedas de aço. Impossível formar uma cama mais confortável. E não confio que o aço mantenha o seu valor. Nada é mais confiável que o ouro. Nada tão adequado para um sono tranquilo quanto o ouro. Prata e pedras preciosas são, obviamente, aceitáveis. Assine aqui. — Ele indicou uma linha na parte inferior do documento.

Ariakas franziu a testa.

— A cidade de Fim da Esperança terá, sem dúvida, um tesouro considerável em seus cofres, meu senhor — sugeriu Kitiara. — Além do que você vai tirar dos mercadores e dos habitantes.

— É verdade — disse Ariakas.

Ele contava com esse dinheiro para seu tesouro. Criar um exército — um exército capaz de conquistar toda Ansalon — era uma proposta cara. A riqueza que seria entregue aquele dragão idiota, arrogante e ganancioso teria forjado muitas espadas, alimentado muitos soldados. Se tivesse muitos soldados para alimentar, o que no momento não tinha.

Sua rainha havia prometido que mais tropas viriam. Ariakas era uma das poucas pessoas que sabia dos experimentos secretos acontecendo nas entranhas das montanhas conhecidas como os Senhores da Perdição. Ele sabia o que o arquimago de preto Drakart, o clérigo sombrio Wyrllish e o antigo dragão vermelho Harkiel, o Dobrador, estavam tentando criar pervertendo os ovos dos dragões bons em criaturas que um dia viveriam para matar seus pais involuntários.

Ariakas — ele próprio um usuário de magia não muito frequente — tinha dúvidas quanto à praticidade de uma experiência tão ambiciosa. Mas se tropas, novas e poderosas e invencíveis, viessem desses ovos de dragão, valeriam o preço do tesouro de uma cidade.

Ariakas rabiscou seu nome na linha. Enrolando o pergaminho, ele o entregou de volta para Immolatus.

— Meu exército está em marcha. Você e uth Matar irão partir de manhã.

— Estou preparada para partir imediatamente, senhor — disse Kitiara.

Ariakas franziu a testa.

— Eu disse que partiriam *de manhã*. — Colocou forte ênfase nas palavras.

Kitiara foi respeitosa, mas firme.

— Sua Eminência e eu deveríamos viajar sob a cobertura da escuridão, senhor. Quanto menos nos virem, melhor. Sua Eminência atrai uma atenção considerável.

— Posso imaginar — murmurou Ariakas. Ele olhou para Kitiara. Ele a queria tanto que a dor era insuportável. — Sua Eminência, você faria a gentileza de esperar um momento lá fora? Quero conversar em particular com uth Matar.

— Meu tempo é valioso — disse o dragão. — Eu concordo com a mulher. Nós deveríamos partir imediatamente.

Ele levantou-se, majestoso. Reunindo suas vestes em uma mão, saiu da tenda e parou na entrada para olhar para trás. Ele levantou o pergaminho e o apontou para Ariakas.

— Não teste minha paciência, verme. — Ele partiu, deixando para trás um leve cheiro de enxofre.

Ariakas agarrou Kitiara pela cintura, pressionou o corpo dela contra o dele, acariciando seu pescoço.

— Immolatus está esperando, senhor — disse Kitiara, permitindo-se ser beijada, mas não cedendo mais.

— Deixe-o esperar! — Ariakas respirou, sua paixão dominando-o.

— Você não vai gostar de mim assim, senhor — Kit disse suavemente, sedutora mesmo enquanto rechaçava seu admirador. — Eu lhe trarei vitórias. Eu lhe trarei poder. Ninguém e nada será capaz de nos resistir. Eu serei o trovão para seu raio, a fumaça do seu fogo devorador. Juntos, lado a lado, governaremos o mundo.

Ela colocou a mão sobre seus lábios interrogativos.

— Eu servirei a você como meu general. Irei honrá-lo como meu líder. Darei minha vida por você, se você precisar. Mas eu sou dona do meu amor. Nenhum homem toma à força o que eu não quis dar. Mas saiba disso, meu senhor. Quando eu finalmente me entregar a você, nosso prazer nesta noite valerá a espera.

Ariakas manteve seu aperto firme e doloroso por mais um instante. Devagar, ele a soltou. Tinha prazer na cama, mas tinha muito mais prazer na batalha. Apreciava todos os aspectos da guerra: a estratégia, as táticas, a antecipação, o embate das armas, o delírio de triunfar sobre o inimigo, o triunfo final.

Mas o doce sentimento de vitória só vinha quando lutava contra um adversário tão habilidoso quanto ele, quando derrotava um oponente que valesse seu aço. Não sentia prazer em assassinar civis desarmados. Do mesmo jeito, não sentia prazer em deitar-se com escravas, mulheres que se entregavam a ele por terror, que tremiam em seus braços, imóveis e frias como cadáveres. No amor, como na guerra, queria, precisava de uma igual.

— Vá! — disse a Kitiara aborrecido, virando para o lado, dando as costas para ela. — Vá agora! Saia enquanto eu ainda me controlo.

Ela não se foi imediatamente, não se gabou por sua vitória. Ela ficou. Sua mão acariciou o braço dele. Seu toque faz suas veias pegarem fogo.

— Na noite em que eu retornar vitoriosa, meu senhor, serei sua. — Ela beijou seu ombro nu e o deixou, abrindo a aba da tenda e saindo para a chuva, juntando-se ao dragão.

Naquela noite, para a surpresa dos seus servos, Lorde Ariakas não levou uma mulher para sua cama. Nem o fez por muitas noites.

16

O treinamento dos gêmeos continuou, sem pausas, semana após semana. A comida era monótona e o treinamento, monótono também, as mesmas práticas dia após dia, até Caramon sentir que podia praticar as manobras dormindo com um saco na cabeça.

Ele sabia disso porque acordavam tão cedo que se sentia como um sonâmbulo, e um dia Mestre Quesnelle ordenou que colocassem um saco na cabeça e os mandou executar os mesmos movimentos: golpear, retornar, golpear, retornar. Mas, daquela vez, adicionou girar a esquerda, girar a direita, firmar, passo lateral, recuar em formação, travar escudos, e mais um monte de outros comandos.

Não apenas treinavam e limpavam os alojamentos todos os dias, tirando a palha do dia anterior, limpando o chão de pedra, sacudindo os cobertores e colocando palha nova. Tomavam banho todos os dias em um riacho frio — uma novidade para alguns deles, que tomava banho uma vez por ano no Yule, mesmo não precisando. Um sintoma da loucura do Barão Louco era que ele insistia que a limpeza do corpo e do ambiente em que se habitava reduzia a possibilidade de doenças e a proliferação de pulgas e piolhos, companheiros comuns dos soldados.

Os homens subiam e desciam marchando por Chama-Raul todos os dias, carregando suas mochilas e armas. Todos os homens conseguiam fazer sem dificuldade, a exceção de Barganha. Seu corpo era leve demais, e apesar de ele seguir o aviso de Caramon e comer o dobro da comida sem gosto e monótona, Barganha não ganhou altura nem força. Recusou-se a admitir a derrota. Todos os dias, ele caía em um amontoado arquejante na trilha, meio enterrado sob seu escudo, mas Barganha sempre se orgulhava de ressaltar que ele havia ido "um pouco mais longe hoje do que ontem, Mestre Quesnelle, senhor".

O mestre de armas ficou impressionado com o espírito de Barganha. Ele confidenciou ao Barão Louco, na reunião semanal de comandantes e oficiais, que pedia aos deuses que o corpo do rapaz fosse tão grande quanto seu coração.

— Os homens gostam dele e o protegem, especialmente o grandalhão, Majere. Ele carrega a mochila de Barganha quando pensa que não estou olhando. Ele se contém quando lutam um contra um ou finge que o garotinho desferiu um golpe que teria deixado um ogro orgulhoso. Fechei os olhos para isso até agora. Mas não há como ele se tornar um soldado de infantaria, meu senhor — disse o mestre, balançando a cabeça. — Seus amigos não estão lhe ajudando. Ele acabará matando a si mesmo e ao resto de nós.

Os outros oficiais concordaram, balançando a cabeça. As reuniões semanais aconteciam no castelo do barão, em uma sala do andar superior que proporcionava uma bela vista do pátio abaixo, onde viam as tropas trabalhando em seus equipamentos, lubrificando as tiras de couro para mantê-las flexíveis, certificando-se de que os olhos aguçados dos sargentos não detectassem uma partícula de ferrugem sequer nas espadas ou nas facas.

— Não o expulse ainda — disse o barão. — Encontraremos algo para ele fazer. Apenas precisamos descobrir o que é. Falando em fracotes, como está o nosso novo mago, Mestre Horkin?

— Melhor do que o esperado para um mago da Torre, Barão — respondeu Horkin, acomodando confortavelmente seu corpanzil na cadeira. — Parece um sujeito adoentado. Passei pelo refeitório outra noite e o ouvi tossindo até que pensei que iria cuspir um pulmão. Quando falei com ele sobre sua doença, sugeri que talvez fosse fraco demais para fazer parte do meu exército, e ele me lançou um olhar que teria me reduzido a cinzas e me jogado na lata de lixo.

— Os outros homens não gostam dele, meu senhor, e isso é um fato — disse o Mestre Quesnelle, a expressão sombria. — Eu não os culpo. Aqueles olhos me dão arrepios. Ele tem um jeito de olhar para você como se o visse morto a seus pés e estivesse prestes a jogar terra na cova. Os homens dizem — o mestre baixou a voz — que ele trocou sua alma no mercado do Abismo.

Horkin riu. Cruzando as mãos calmamente sobre a barriga redonda, balançando a cabeça.

— Pode rir, Horkin — disse o mestre de armas severamente. — Mas estou avisando que acho que um dia encontraremos seu jovem mago morto na floresta com a cabeça virada para trás.

— Bem, o que você me diz, Horkin? — O barão se virou para o mestre de magia. — Admito que concordo com Quesnelle. Não gosto muito desse seu mago.

Horkin endireitou-se. Seus penetrantes olhos azuis confrontaram corajosamente cada um dos oficiais, sem poupar o barão.

— O que eu digo, senhor? — Horkin repetiu. — Eu digo que não sabia que o exército era um piquenique de verão, meu senhor.

O barão ficou perplexo.

— Explique-se, Horkin.

Horkin atendeu friamente.

— Se você for organizar um concurso para nomear a Rainha de Maio, meu senhor, admito que meu jovem mago não será um bom candidato. Mas não acho que queira uma Rainha de Maio conosco na batalha, não é, meu senhor?

— Isso é tudo muito bonito, Mestre Horkin, mas a doença dele...

— Não é do corpo, meu senhor. Não é contagiosa — disse Mestre Horkin — Nem é curável. Não, nem mesmo se os clérigos de antigamente retornassem e colocassem suas mãos curativas sobre ele invocando o poder dos deuses, poderiam restaurar a saúde de Raistlin Majere.

— A doença é de natureza mágica? — O barão franziu a testa. Teria se sentido mais confortável com uma peste banal, comum.

— Acredito, meu senhor, que a doença do jovem é a magia! — Horkin assentiu sabiamente.

Os comandantes e oficiais ficaram em dúvida, balançando a cabeça e resmungando. A testa de Horkin franziu-se em pensamento, tão profundamente que envolvia todo o seu couro cabeludo no processo. Ele olhou para o mestre de armas.

— Quesnelle, você sempre quis ser soldado, por toda a vida?

— Sim — disse o mestre, perguntando-se o que isso teria a ver. — Acho que você pode dizer que *fui* um soldado a minha vida toda. Minha mãe era uma seguidora de acampamento, meu berço foi o escudo de meu pai.

— Muito bem. — Horkin assentiu novamente. — Você quis ser soldado desde criança. Você, como nosso senhor aqui, é Solâmnico de nascimento. Nunca pensou em se tornar um cavaleiro?

— Não! — Quesnelle parecia enojado.

— Por que não, se posso perguntar? — Horkin perguntou suavemente.

Quesnelle considerou.

— Para dizer a verdade, nunca passou pela minha cabeça. Por um lado, eu não era de origem nobre...

Horkin deixou isso de lado.

— Houve Cavaleiros no passado que não eram de origem nobre e subiram na hierarquia. Diz a lenda que o próprio grande Huma foi um deles.

— O que isso tem a ver com o mago? — questionou Quesnelle, irritado.

— Você verá — disse Horkin.

Quesnelle olhou para o barão, que arqueou uma sobrancelha preta, como se dissesse: "Faça a vontade dele".

— Bem — Quesnelle franziu a testa —, acho que a principal razão é que quando se é um Cavaleiro, você tem dois comandantes. Um é um comandante de carne e osso, e o outro comandante é um deus. E você tem que responder a ambos. Se você tiver sorte, ambos concordam. Se não... — Quesnelle encolheu os ombros. — A qual você obedece? O tormento dessa pergunta pode partir o coração de um homem em dois.

— É verdade — murmurou o barão, quase para si mesmo. — Uma grande verdade. Nunca pensei nisso antes.

— Prefiro que minhas ordens venham de um único lugar — disse Quesnelle.

— Eu sinto o mesmo — disse Horkin — e é por isso que, nas fileiras da magia, sou um humilde soldado. Mas nosso jovem mago é um cavaleiro.

As sobrancelhas negras do barão subiram até seu cabelo preto e encaracolado.

— Oh, não quero dizer literalmente, meu senhor. — Horkin riu. — Não, não. Os Solâmnicos se encolheriam e morreriam primeiro. Quero dizer que ele é um cavaleiro da magia. Ouve duas vozes chamando por ele: a voz do homem e a voz do deus. No final, qual ele escolherá seguir? Não sei. Se é que ele vai escolher um — acrescentou Horkin, coçando o queixo nu. — Eu não ficaria surpreso se ele acabasse virando as costas para ambos, trilhando seu próprio caminho.

— No entanto, você mesmo compartilha uma garrafa com a deusa de vez em quando — disse o barão, com um sorriso.

— Sou um mero conhecido, meu senhor — respondeu Horkin, sério. — Raistlin Majere é seu campeão.

O barão ficou em silêncio por um momento, digerindo.

— Voltemos a nossa discussão. Acha aconselhável manter Raistlin Majere a meu serviço? Ele será benéfico para esta companhia?

— Sim e sim, meu senhor — disse Horkin corajosamente.

— Mestre de armas? — O barão olhou para Quesnelle. — O que me diz?

— Se Horkin recomenda o mago e irá ficar de olho nele, não tenho objeções à sua permanência — disse Quesnelle. — Até fico contente, na verdade, pois se um dos gêmeos partisse, perderíamos o outro. E Caramon Majere está se transformando em um excelente soldado. Muito melhor do que ele mesmo se dá crédito. Estava pensando em transferi-lo para a Companhia de Elite.

Ele lançou um olhar para Mestre Senej, o comandante dessa companhia, que assentiu, interessado.

— Que seja, então — disse o barão. Pegou a jarra de cerveja gelada que sempre encerrava o encontro dos oficiais. — Falando nisso, cavalheiros, temos nossas ordens para a nossa primeira batalha.

— Onde será, meu senhor? — os oficiais perguntaram ansiosamente. — E quando?

— Partiremos dentro de duas semanas. — O barão serviu a cerveja. — Vamos marchar a pedido do Rei Wilhelm de Blödehelm, um bom rei. Uma cidade sob seu domínio foi tomada por rebeldes impetuosos, exigindo romper com Blödehelm e tornar-se uma cidade-estado independente. Os rebeldes convenceram, infelizmente, a maioria dos cidadãos a juntar-se a sua causa. O rei está reunindo suas próprias forças, e enviará dois regimentos para lidar com os rebeldes. Estaremos lá para ajudar. Sua esperança é que, ao verem a força reunida contra eles, os rebeldes percebam que não podem vencer e desistam.

— Um maldito cerco — disse Quesnelle mal-humorado. — Não há nada que eu odeie mais do que um tedioso cerco.

— Ainda pode haver trabalho para nós, Mestre — disse o Barão Louco suavemente. — De acordo com as minhas fontes, os rebeldes são do tipo que preferem morrer lutando do que ser enforcado por traidores.

— Aí sim — disse Quesnelle, animando-se. — Está mais a meu gosto! O que sabemos sobre esses outros dois regimentos?

— Nada. — O barão encolheu os ombros. — Nada mesmo. Acho que vamos descobrir quando chegarmos lá. — Ele piscou. — Se não forem bons, vamos mostrar a eles como lutar. — Ele levantou sua caneca de cerveja. — Um brinde a Fim da Esperança.

— O quê? — Os comandantes olharam, consternados.

— Esse é o nome da cidade, senhores — disse o barão com um sorriso. — O Fim da Esperança para nossos inimigos!

Os comandantes fizeram o brinde, e muitos mais depois disso, com sabor.

17

— Boas notícias, Vermelho — disse Horkin, entrando no laboratório, um pouco instável. Ele cheirava fortemente a cerveja. — Temos nossas ordens. Partiremos daqui a duas semanas. — Soltou um suspiro acervejado. — O que não nos dá muito tempo. Muito trabalho a fazer até lá.

— Duas semanas! — Raistlin repetiu, sentindo um pequeno frio no estômago. Ele disse a si mesmo que era de excitação e era... em parte. Ele ergueu os olhos do almofariz e do pilão que empunhava. Sua tarefa designada neste dia era moer temperos, que seriam usados pelo cozinheiro em suas refeições. Raistlin perguntou-se para que se dar ao trabalho. Até agora, a coisa mais emocionante que encontrara no seu ensopado de coelho, que parecia ser a única receita conhecida pelo cozinheiro, tinha sido uma barata. Morta. Provavelmente de intoxicação alimentar.

— Qual é o nosso objetivo, senhor? — ele perguntou, usando com orgulho o termo militar que aprendeu no livro de Magius.

— Objetivo? — Horkin passou as costas da mão na boca, enxugando a espuma ainda em seus lábios. — Apenas um de nós precisa saber o objetivo, Vermelho. E sou eu. Tudo o que você precisa é ir onde lhe for mandado, fazer o que lhe for mandado quando lhe for mandado. Entendido?

— Sim, senhor — respondeu Raistlin, engolindo sua ira.

Horkin talvez estivesse esperando irritar o jovem mago para ter a chance de dar lhe um tapa novamente. O conhecimento ajudou Raistlin a exercer um incomum autocontrole. Ele voltou a misturar seus temperos, colocando tanta força que os paus de canela se quebraram em pedaços, enchendo o ar com seu perfume pungente.

— Fingindo que sou eu aí, hein, Vermelho? — Horkin perguntou, rindo. — Quer ver o velho Horkin transformado em polpa, não é? Bom, bom. Guarde os temperos por hoje. Maldito cozinheiro! Nem sei o que ele faz com isso. Provavelmente os vende. Porque cozinhar, ele não cozinha!

Resmungando, ele foi até a prateleira recém espanada onde estavam os livros de feitiços, e estendeu a mão trêmula para agarrar o "preto chique", como ele o chamava.

— Falando em vender coisas, estou indo para a cidade até a loja de magos para vender esses livros. Agora que tenho um mago da Torre para ler aquele livro preto, quero que você o examine e me diga o quanto você acha que eu deveria pedir nele.

Raistlin cerrou os dentes sobre os lábios para evitar que sua frustração explodisse. O livro valia muito mais por seus feitiços do que a quantia insignificante que Horkin provavelmente receberia por isso na loja em Langtree.

Os lojistas geralmente pagavam pouco pelos livros de feitiços pertencentes aos seguidores de Nuitari, deus da Lua Negra, principalmente por serem difíceis de revender. Poucos magos vestes pretas teriam a ousadia de entrar em uma loja e folhear os livros de feitiços pertencentes aos seu tipo, que lidam com necromancia, maldições, torturas e outros males.

Como outros magos, os vestes pretas estavam bem cientes de que livros de feitiços poderosos provavelmente não seriam encontrados em lojas de magia. Ah, de vez em quando ouvia-se sobre um mago que encontrou um maravilhoso livro de feitiços antigo, perdido ao longo dos tempos, esquecido sob uma camada de poeira na prateleira de alguma loja remota em Flotsam. Mas tais ocorrências eram raras.

Um mago que queria um livro de feitiços poderoso não perdia tempo indo de loja em loja, mas viajava para a Torre da Alta Magia em Wayreth, onde a seleção era excelente e nenhuma pergunta era feita.

Horkin jogou o livro de feitiços sobre a mesa do laboratório e passou um momento admirando-o, um espólio de batalha, sua cabeça careca inclinada para um lado. Raistlin também olhou para o livro, mas com um olhar crítico e uma curiosidade voraz para ver que maravilhas poderia conter. O pensamento de que talvez pudesse comprá-lo do próprio Horkin, economizando do seu salário até poder, ocorreu-lhe.

A chance de que fosse capaz de ler qualquer um dos feitiços era pequena, pois eram feitiços, sem dúvida, avançados demais para ele. E a maioria dos feitiços, especialmente os do mal, eram os que ele não tinha intenção de invocar. Mas sempre podia aprender com o livro. Todos os feitiços — bons, ruins e indiferentes — eram construídos usando as mesmas letras do alfabeto mágico, que se juntavam para formar as mesmas palavras. Era como aquelas palavras eram faladas e organizadas que afetavam o lançamento do feitiço.

Ele tinha outro motivo para querer estudar o livro. Estivera na posse de um mago de guerra de vestes pretas. Raistlin algum dia poderia ter que se defender contra esses mesmos feitiços. Saber como um se formava era essencial para saber como desconstruí-lo ou como se proteger dos seus efeitos. Todas eram boas razões. Mas, como foi forçado a admitir para si mesmo, a verdadeira razão para seu interesse no livro era a sua paixão pelo conhecimento da sua arte. Qualquer fonte, mesmo maligna, que fornecesse tal conhecimento era preciosa aos seus olhos.

O livro era bem novo. O couro preto da encadernação ainda brilhava e apresentava poucos sinais de desgaste. A encadernação do livro em si era chique. Horkin o descrevera adequadamente. A encadernação da maioria dos livros de feitiços era simples e sem ostentação. Quem os fazia não pretendia que atraíssem olhos e mãos de todo kender curioso. Longe disso. Os livros de feitiços eram silenciosos, despretensiosos, contentes em desaparecer nas sombras, na esperança de permanecerem ocultos, esquecidos.

Este livro era diferente, as palavras "Livro do Conhecimento e Poder Arcano" estavam gravadas em prata berrante na frente em Comum para todos lerem. O Olho, um símbolo sagrado para os usuários de magia, estava gravado em cada um dos quatro cantos, embelezado com folhas de ouro. Estava cercado pelas runas que Raistlin havia notado anteriormente, runas de magia. Um fitilho vermelho fluía do livro fechado como um riacho de sangue.

— Se o interior for tão bonito quanto o exterior — disse Horkin, estendendo a mão para abri-lo —, talvez eu o guarde só pelas imagens.

— Espere, senhor! O que está fazendo? — Raistlin questionou, estendendo a própria mão para impedir Horkin.

— Vou abrir o livro, Vermelho — disse Horkin, empurrando a mão de Raistlin impaciente.

— Senhor — disse Raistlin, falando apressadamente e com o máximo de respeito, mas também com a maior urgência: — Peço que proceda com cautela. Somos ensinados na Torre — acrescentou ele, em tom de desculpas — a testar as emanações mágicas de qualquer livro de feitiços antes de tentar abri-lo.

Horkin bufou e balançou a cabeça, murmurando baixinho "tolice pretensiosa", mas vendo que Raistlin estava inflexível, o mago mais velho acenou.

— Pode testar, Vermelho. Veja bem, só para você saber, peguei o livro no campo de batalha e carreguei-o por semanas, e não me causou nenhum dano. Sem raios de fogo ou algo assim.

— Sim, senhor — disse Raistlin. Ele sorriu com malícia. — Lição número sete. Cautela demais nunca é um erro.

Ele estendeu a mão, colocou-a sobre o livro, a cerca de um dedo de altura da superfície, tomando cuidado para não tocar na encadernação. Deixou a mão ali e contou cinco respirações, inspiradas e expiradas, abrindo sua mente, alerta para a menor sensação de magia. Ele tinha visto os magos na Torre da Alta Magia em Wayreth praticando essa habilidade, mas nunca tivera a chance de tentar sozinho. Estava ansioso para ver se esse procedimento funcionaria, e também havia algo neste livro que ele achou desconcertante.

— Que estranho — murmurou Raistlin.

— O quê? — Horkin perguntou ansiosamente. — O quê? Você sentiu alguma coisa?

— Não, senhor — disse Raistlin, franzindo a testa, perplexo. — Não senti. E isso é o estranho.

— Você quer dizer que não há mágica alguma aí? — Horkin zombou. — Isso não faz sentido! Por que um Veste Negra carregaria um livro de feitiços sem feitiços?

— Exatamente, senhor — insistiu Raistlin. — Por isso que é estranho.

— Vamos, Vermelho! — Horkin disse, dando uma cotovelada em Raistlin para tirá-lo do caminho. — Deixa essas baboseiras da Torre para lá. A melhor maneira de descobrir o que há dentro dessa maldita coisa é abrindo...

— Senhor, por favor! — Raistlin chegou ao ponto de fechar sua mão dourada e esbelta no pulso bronzeado e rechonchudo de Horkin. Ele olhava o livro com cautela e com suspeitas crescentes. — Há muitas coisas que considero perturbadoras neste livro, Mestre Horkin.

— Como assim? — Horkin estava em dúvida.

— Pense, senhor. Você já viu um mago de guerra jogar fora seu livro de feitiços? Seu *livro de feitiços*, senhor... sua única arma! E deixá-lo cair nas mãos do seu inimigo! Isso é provável, senhor? Você faria isso? Seria o equivalente a... um soldado jogando sua espada no chão, deixando-o indefeso!

Horkin pareceu considerar esse argumento. Ele olhou de soslaio para o livro.

— E tem mais, senhor — continuou Raistlin. — Você já viu um livro de feitiços alardear tão descaradamente que é um livro de feitiços? Já viu um anunciar seus mistérios para todo mundo?

Raistlin esperou tenso. Horkin estava olhando para o livro atentamente, carrancudo, sua mente não tão confusa com cerveja a ponto de não conseguir acompanhar o raciocínio do aprendiz. Ele tirou a mão da encadernação.

— Você está certo sobre uma coisa, Vermelho — disse Horkin. — Este maldito livro *está* mais chique do que uma prostituta de Palanthas.

— E talvez pela mesma razão, senhor — disse Raistlin, esforçando-se para manter uma nota adequada de humildade em seu tom. — Sedução. Posso sugerir praticarmos um pequeno experimento no volume?

Horkin estava desaprovador.

— Mais magia da Torre?

— Não, senhor — disse Raistlin. — Magia nenhuma. Vou precisar de um novelo de fio de seda, senhor, se tiver algum em mãos.

Horkin balançou a cabeça. Ele parecia prestes a abrir o livro apenas para provar que não seria aconselhado por um filhote arrogante. Mas, como dissera a Raistlin, ele não sobrevivera naquele ramo sendo estúpido. Estava disposto a admitir que Raistlin tinha apresentado alguns argumentos convincentes.

— Dane-se! — Horkin resmungou. — Agora você me deixou curioso. Vamos continuar com seu "experimento", Vermelho. Só não consigo imaginar onde encontrar fios de seda em um quartel!

Entretanto, Raistlin já sabia onde procurar fios de seda. Onde havia insígnias bordadas, tinha que haver linha de seda para bordar.

Ele foi ao castelo, pediu uma meada a uma das criadas, que a deu prontamente, perguntando-lhe, com um sorriso afetado e uma risadinha, se os rumores eram verdadeiros, ele era realmente gêmeo do jovem soldado bonitão que ela tinha visto no treino e, caso fosse, se ele poderia dizer ao irmão que ela tinha uma noite de folga a cada duas semanas.

— Pegou seu fio? E agora? — Horkin perguntou quando Raistlin voltou. O mago mais velho estava claramente começando a se divertir — talvez imaginando a humilhação futura do jovem mago. — Talvez você esteja pensando em levar o livro para um campo e fazê-lo voar, como uma daquelas pipas kender.

— Não, senhor — disse Raistlin. — Não vou fazer nada "voar". Contudo, a sugestão do campo é uma excelente ideia. Deveríamos conduzir esta experiência em um lugar isolado. O campo de treinamento onde praticamos nossa magia seria o ideal.

Horkin soltou um suspiro exagerado e balançou a cabeça. Ele ia pegar o livro, mas parou.

— Será que é seguro pegar? Ou devo buscar as pinças da lareira?

— As pinças não serão necessárias, senhor — disse Raistlin, ignorando o sarcasmo. — Você já carregou o livro antes sem causar dano. No entanto, sugiro que você coloque o livro em algum tipo de meio de transporte. Talvez nessa cesta? Apenas para evitar que seja aberto acidentalmente.

Rindo, Horkin ergueu o livro — manuseando-o com cautela, Raistlin notou — e colocou-o delicadamente em uma cesta de palha. Mas Raistlin ouviu o mago mais velho murmurar enquanto saíam: "espero que ninguém nos veja! Devemos parecer dois idiotas, andando por aí com um livro em uma cesta".

Por causa da reunião dos oficiais, as tropas não estavam treinando naquele dia. Tinham passado a manhã limpando seu equipamento. Agora estavam esfregando e caiando as paredes do lado de fora do quartel. Raistlin viu Caramon, mas fingiu não ver a mão dele acenando nem ouvir seu grito alegre:

— Ei, Raist! Onde você está indo? É um piquenique?

— É seu irmão?

— Sim, senhor — respondeu Raistlin, olhando para frente.

Horkin girou o pescoço grosso para dar outra olhada.

— Alguém disse que vocês dois eram gêmeos.

— Sim, senhor — Raistlin disse calmamente.

— Ora, ora — disse Horkin, olhando para o jovem mago. — Ora, ora. — disse novamente.

Chegando ao campo de treinamento, os magos descobriram, para sua decepção, que o campo não estava deserto como haviam previsto. O Barão Louco estava ali praticando.

Montado em seu cavalo, com uma lança na mão, o barão nivelara a lança e estava indo em direção a uma engenhoca de aparência estranha que consistia em uma travessa de madeira montada sobre uma base de modo que pudesse girar quando atingida. Um escudo surrado havia sido pregado em um dos braços. Um grande saco de areia balançava na extremidade oposta.

— O que é isso, senhor? — Raistlin perguntou.

— O estafermo — disse Horkin, observando com prazer. — A lança precisa acertar o escudo no ponto correto ou... Ah, pronto, Vermelho. É isso que acontece.

O barão errou a mira, desferiu um golpe de raspão no escudo e estava se levantando do chão.

— Veja, Vermelho, se você errar o ponto do escudo, o golpe faz com que o saco de areia gire e atinja você diretamente entre as omoplatas — disse Horkin, quando conseguiu falar entre as risadas.

O barão proferiu alguns dos palavrões mais coloridos e originais que Raistlin jamais ouvira e ficou esfregando o traseiro. O cavalo deu um relincho baixo que parecia muito com uma risadinha.

O barão tirou do bolso uma massa polpuda e encharcada, uma massa que já fora uma maçã, mas que foi esmagada na queda.

— Você irá sofrer como eu, meu amigo — disse ele ao cavalo. — Isso teria sido seu se tivéssemos atingido o alvo.

O cavalo olhou para o purê de frutas com desgosto, mas não era tão orgulhoso a ponto de recusar.

— Essa máquina ainda será a sua morte, meu senhor! — Horkin gritou.

O Barão Louco virou-se, nem um pouco desconcertado ao descobrir que tinha um público. Ele deixou o cavalo mastigando a maçã maltratada e mancou para conversar.

— Pelos deuses, estou cheirando igual a uma prensa de cidra! — O Barão Ivor olhou de volta para o estafermo, balançou a cabeça com tristeza. — Meu pai acertava o ponto morto todas as vezes. Em vez disso, sempre me atinge no centro! — Riu com vontade de si mesmo e do seu fracasso. — Toda aquela conversa sobre cavaleiros me fez pensar nele. Pensei em sair e configurar a velha máquina antiga, dar uma experimentada, Raistlin teria morrido de vergonha se tivesse sido pego em tal situação indigna por parte dos subordinados. Estava começando a entender como o Barão Louco ganhara seu apelido.

— Mas o que você está fazendo, Horkin? O que tem na cesta? Algo bom, eu espero! Um pouco de vinho, talvez, um pouco de pão e queijo! Bom! — O barão esfregou as mãos. — Estou morrendo de fome. — Ele espiou dentro da cesta, levantou uma sobrancelha. — Não parece muito apetitoso, Horkin. O cozinheiro caprichou menos do que o costume.

— Não toque nisso, senhor — Horkin avisou rapidamente. Ao ver o olhar interrogativo do barão, o rosto do mago de guerra corou. — O Vermelho aqui pensa que talvez haja mais no livro de feitiços desse Veste Negra do que aparenta. Ele vai — Horkin sacudiu um polegar para Raistlin — realizar um pequeno experimento.

— Vai, é? — O barão ficou intrigado. — Se importam de eu assistir? Não é nada dessas coisas secretas de magia, não é?

— Não, senhor — disse Raistlin.

Fora consumido pela dúvida desde que deixaram os terrenos do castelo, e estivera prestes a admitir que estava enganado. O livro parecia tão inocente ali na cesta. Não tinha motivos para suspeitar que fosse qualquer outra coisa além do que pretendia ser. Horkin o carregou e nada desagradável aconteceu com ele. Raistlin ia parecer um idiota, não apenas na frente de seu comandante — que já não via muita utilidade nele — mas na frente do barão, que poderia ser louco, mas cujo respeito Raistlin de repente passara a querer. Estava prestes a admitir que estava enganado e recuar com a dignidade que sobrou, quando seu olhar caiu mais uma vez no livro.

O livro de feitiços com sua capa berrante e bordas de folhas douradas e fitilho vermelho-sangue... uma prostituta de Palanthas...

Raistlin agarrou a cesta.

— Senhor — disse ele a Horkin. — O que estou prestes a fazer pode ser perigoso. Eu respeitosamente sugiro que você e Sua Senhoria se afastem até aquele grupo de árvores...

— Uma excelente ideia, meu senhor — disse Horkin, firmando os pés e cruzando os braços sobre o peito. — Eu irei me juntar a você em um momento.

Os olhos negros do barão brilharam, seu sorriso se alargou, seus dentes brancos se destacaram contra a barba preta.

— Só vou levar meu cavalo — ele disse e correu, a rigidez e a dor esquecidas com a perspectiva de ação.

Levou o cavalo trotando até o pequeno grupo de árvores, amarrou o animal em um galho e correu de volta, o rosto brilhando de empolgação.

— E agora, Majere?

Raistlin ergueu os olhos, surpreso e grato pelo barão lembrar seu nome. Esperava com fervor que o barão lembrasse daquele nome depois que tudo aquilo acabasse, não só como uma fonte de diversão.

Vendo que nem Horkin nem o barão seguiriam seu conselho para se retirarem até um local seguro, Raistlin pegou a cesta com extremo cuidado e tirou o livro de feitiços dali. Por apenas um instante, ele sentiu um arrepio nas pontas dos dedos. O formigamento se dissipou rapidamente, deixando-o na dúvida se o sentira. Parou por um momento, concentrando-se, mas o formigamento não voltou, e se viu forçado a concluir, com um suspiro interior, que só sentira aquilo porque queria desesperadamente sentir alguma coisa.

Colocou o livro no chão. Removendo o novelo de fio de seda de um bolso, Raistlin formou um laço na ponta do fio. Movendo-se com extrema cautela, tentando ao máximo não levantar a capa do livro, ele se preparou para passar o laço ao redor do canto superior direito da encadernação. O trabalho era delicado. Se estivesse certo em suas suspeitas, o menor movimento em falso poderia ser seu último.

Ficou alarmado ao notar que seus dedos tremiam e se forçou a se acalmar, a limpar a mente do medo, para se concentrar na tarefa em mãos.

Segurando o laço em volta do polegar e do primeiro e segundo dedo da mão direita, Raistlin lentamente deslizou o fio entre a capa e a primeira página. Prendeu a respiração.

Um fio de suor escorreu por sua nuca. Para seu horror, ele sentiu seu peito fechar, sentiu a tosse seca subir, pronta para agarrá-lo pela garganta. Ele a sufocou e, exercendo todo o controle que possuía, segurou o fio com firmeza. Deslizou a linha pelo canto, prendeu e rapidamente tirou a mão.

A tensão diminuiu, a necessidade de tossir passou. Olhando para cima, ele viu que Horkin e o barão o observavam em tensa expectativa.

— E agora, Majere? — perguntou o barão, com a voz baixa.

Raistlin respirou fundo, tentou falar, mas descobriu que sua voz sumira. Ele limpou a garganta e levantou-se, tremendo.

— Devemos ir até as árvores — disse Raistlin. Abaixando-se, ergueu o novelo de linha e começou a desenrolá-lo, tudo com muito cuidado. — Assim que estivermos em segurança, abrirei o livro.

— Aqui, deixe-me desenrolar o fio, Majere — ofereceu o barão. — Você parece que vai desmaiar. Não se preocupe, terei cuidado. Por Kiri-Jolith — disse ele, apontando para cima, permitindo que o fio deslizasse por entre seus dedos. — Não sabia que os magos tinham vidas tão emocionantes. Achei que fosse tudo merda de morcego e pétalas de rosa.

Os três chegaram nas árvores, onde o cavalo estava pastando e revirando os olhos como se pensassem que os três merecessem o apelido do barão.

— Aqui estaremos a salvo. O que você acha que vai acontecer, Horkin? — O barão colocou a mão no punho da espada. — Vamos lutar contra um bando de demônios do Abismo?

— Não faço ideia, meu senhor — respondeu Horkin, enfiando a mão na bolsa em busca de um componente de feitiço. — Este espetáculo é do Vermelho.

Raistlin não tinha fôlego para comentar. Ajoelhando-se, para estar no mesmo nível do livro, ele puxou lenta e cuidadosamente o fio até este ficar tenso em sua mão. Raistlin olhou ao redor e fez um gesto com a mão para que os oficiais se agachassem. Eles fizeram isso, as bocas abertas de admiração, excitação e expectativa, com as armas prontas nas mãos.

Prendendo a respiração, Raistlin disse para si mesmo "agora ou nunca" e puxou o fio de seda. O laço se apertou no canto do livro e o segurou. Trabalhando com cuidado, para não desalojar o fio, puxou a seda. A capa do livro começou a subir.

Nada aconteceu.

Raistlin continuou a puxar o fio. A capa abriu. Ele manteve a capa na vertical. Ela permaneceu nessa posição, oscilando por um momento, e caiu. O fio de seda escorregou pelo canto. O livro de feitiços estava aberto, sua folha de rosto, com letras grandes feitas em tinta dourada, vermelha e azul, tão berrantes quanto na capa, piscava com escárnio à luz oblíqua do sol.

Raistlin baixou a cabeça para que os dois homens não pudessem ver o seu rosto cheio de vergonha. Ele olhou novamente para o livro — parado ali tão calmo, tão inocente — com ódio. Atrás dele, ele ouviu Horkin dar uma tossida envergonhada. O barão, suspirando, começou a se levantar.

Uma leve brisa agitou as páginas do livro...

A força da explosão jogou Raistlin para trás, contra Horkin, e arremessou o barão contra uma árvore. O cavalo relinchou aterrorizado, soltou-se das amarras e galopou para a segurança de sua baia. Ele era um cavalo treinado em batalha, mas estava acostumado a gritos, berros, sangue e espadas se chocando. Não era de se esperar que tolerasse livros explodindo. Ou se esperasse, seria por algo muito melhor do que purê de maçã.

— Que Lunitari me carregue — disse Horkin admirado. — Machucou, Vermelho?

— Não, senhor — disse Raistlin, com a cabeça zumbindo por causa da explosão. Ele se ergueu. — Só um pouco abalado.

Horkin levantou-se cambaleando. Seu rosto corado estava cinza e úmido como argila na roda do oleiro, os olhos arregalados e fixos.

— Pensar que carreguei... aquela coisa comigo... por dias!

Ele olhou para o buraco gigantesco aberto no chão e sentou-se de repente.

Raistlin foi ajudar o barão, que tentava se libertar dos galhos quebrados da árvore que havia derrubado na queda.

— Você está bem, meu senhor? — Raistlin perguntou.

— Sim, sim, estou bem. Droga! — O barão respirou fundo e soltou o ar em um suspiro tempestuoso. Ele olhou para o outro lado do campo. Nuvens de fumaça erguiam-se da grama enegrecida levadas pela brisa. — Em nome de tudo que é sagrado e do que não é, o que foi isso?

— Como eu suspeitava, meu senhor, o livro era uma armadilha — disse Raistlin, tentando sem conseguir esconder o tom triunfante em sua voz. — O Veste Negra colocou o feitiço mortal dentro do livro, depois cercou o feitiço letal com outro feitiço que protegeu o primeiro. Por isso, nem Mestre Horkin nem eu — Raistlin considerou que poderia ser generoso na vitória — pudemos sentir a magia que emanava dele. Imaginei que seria preciso abrir o livro para ativar o feitiço.

— O que eu não percebi — admitiu ele, com o orgulho diminuindo um pouco — foi que só levantar a tampa não ativaria o feitiço. As páginas teriam que ser viradas também, provavelmente um certo número de páginas. Claro, agora que pensei, isso seria o lógico.

Raistlin olhou para a grama enegrecida, para os pedaços de cinza, tudo que restou do livro, flutuando no ar.

— Uma arma muito elegante — disse ele. — Simples, sutil. Engenhosa.

— Humpf! — Horkin rosnou. Recuperando-se do choque, foi com o barão e Raistlin inspecionar os danos. — O que há de engenhoso nisso?

— O próprio fato de você ter levado o livro, senhor. O Veste Negra poderia ter feito com que o feitiço fosse disparado no momento em que você o pegasse, mas não. Ele queria que você levasse o livro de volta para o acampamento, para entre suas próprias tropas. Quando você o abrisse...

— Por Luni, Vermelho! Se o que você diz é verdade — Horkin passou uma mão trêmula sobre a testa agora coberta de suor frio. — Todos nós escapamos por pouco!

— Teria matado muitos homens — concordou o barão, olhando para o buraco profundo. Ele bateu o braço afetuosamente em torno de Horkin. — Sem falar do meu melhor mago.

— Um de seus melhores magos, meu senhor — disse Horkin, sorrindo e acenando para Raistlin. — Um deles.

— É verdade — disse o barão, e estendeu a mão para apertar a mão de Raistlin. — Você conquistou um lugar entre nós, Majere. Ou talvez — Ele olhou para Horkin e piscou. — Eu devesse dizer "Sir Majere".

O barão se endireitou e se virou para ver seu cavalo desaparecendo na estrada.

— Pobre do velho Jato. Livros explodindo no seu nariz. Já deve estar a meio caminho da cidade. Melhor eu ir ver se consigo encontrá-lo e acalmá-lo. Uma boa noite para vocês, cavalheiros.

— Para o senhor também, meu senhor — disseram Horkin e Raistlin, com uma reverência.

— Vermelho, preciso admitir — disse Horkin, colocando seu braço amigavelmente ao redor dos ombros de Raistlin. — Você salvou o lombo do velho Horkin aqui. Sou muito grato. Quero que saiba disso.

— Obrigado, senhor — disse Raistlin e acrescentou, humilde. — Eu tenho um nome, sabe, senhor.

— Claro que tem, Vermelho — disse Horkin, com um tapa no seu ombro que quase o dobrou no meio. — Claro que tem.

Assobiando uma canção alegre, Horkin bambaleou atrás do barão.

18

— Acordem, meninos! — veio uma voz cadenciada e zombeteira em falsete. — Levantem-se, meninos, e cumprimentem o novo dia!

A voz mudou para um grito rouco.

— Agora sou sua mãe, rapazes, e mamãe diz que é hora de acordar!

Ciente de que um rápido pontapé nas costas era o jeito gentil do sargento para fazer os recrutas se mexerem, Caramon rolou para fora da cama, espalhando palha a torto e a direito, e saltou para ficar de pé. Ao seu redor, os homens lutavam para obedecer. O quartel ainda estava escuro, mas os pássaros já estavam acordados, aqueles idiotas, o que significava que o amanhecer não estava longe.

Caramon estava habituado a acordar cedo. Muitos e muitos foram os dias de sua juventude em que ele rolou para fora da cama antes mesmo que os pássaros acordassem para caminhar até os campos, cronometrando sua chegada para o momento exato do amanhecer para não perder nada da preciosa luz do dia. Mas ele nunca deixou seu saco de dormir, seu monte de palha, sem um profundo pesar.

Caramon adorava dormir. Saboreava o momento. Ansiava por ele. Há muito tempo, chegara à conclusão de que uma pessoa passava mais tempo dormindo do que fazendo qualquer outra coisa nesta vida e, portanto, decidiu que iria ser bom nisso. Ele praticou sempre que podia.

Não era assim com seu gêmeo. Na verdade, Raistlin parecia ressentir-se do sono. O sono era um ladrão perverso, aproximando-se antes que ele estivesse pronto, roubando horas de sua vida. Seu gêmeo acordava sempre de manhã cedo, mesmo nos feriados, um fenômeno que Caramon não conseguia compreender. E muitas foram as noites em que encontrou Raistlin caído sobre os livros, cansado demais para ficar acordado, mas recusando-se a entregar seu precioso tempo ao ladrão furtivo, forçando o sono a derrotá-lo.

Esfregando os olhos, tentando despertar sua mente, ainda saboreando seu sonho agradável, Caramon pensou com tristeza que, para um homem que gostava de dormir, tinha escolhido a carreira errada. Quando fosse general, iria dormir até meio-dia, e qualquer um que ousasse acordá-lo levaria uma cutucada nas costelas... uma cutucada nas costelas...

— Caramon! — Barganha estava cutucando-o nas costelas.

— Hum? — Caramon piscou.

— Você estava dormindo em pé — disse Barganha, olhando seu amigo com admiração. — Como um cavalo. Dormindo em pé!

— Estava? — Caramon perguntou com orgulho. — Eu não sabia que uma pessoa conseguia isso. Vou ter que contar a Raist.

— Elmos, escudos e armas! — o sargento gritou. — Lá fora em dez minutos.

Barganha soltou um enorme bocejo. Parecia impossível que um sujeito tão magro pudesse abrir a boca daquele jeito.

— Vai rachar sua cabeça ao meio se fizer isso demais — disse Caramon, preocupado.

— Majere — disse o sargento em tom desagradável — Vai nos agraciar com sua presença hoje? Ou planeja passar o dia enchendo as latrinas?

Caramon vestiu-se rapidamente, depois colocou o elmo e o cinto da espada, e levantou seu escudo.

Os recrutas correram para fora no momento em que os primeiros raios de luz passavam por algumas nuvens baixas no horizonte. Eles se alinharam na estrada em frente ao quartel, formando três fileiras. Faziam o mesmo todas as manhãs desde que chegaram, e estavam bons nisso.

Mestre Quesnelle saiu para ocupar seu lugar diante dos soldados reunidos. Caramon esperou com expectativa a ordem para marchar. A ordem não veio.

— Hoje, homens, vamos dividir vocês em companhias — anunciou o mestre de armas. — A maioria permanecerá comigo, mas alguns foram escolhidos para ingressar na Companhia C, os escaramuçadores, sob a liderança do Mestre Senej. Quando eu chamar o nome, dê dois passos à frente. Ander Cobbler. Rav Hammersmith. Darley Wildwood. — A lista continuou. Caramon ficou de pé, semidesperto, deixando o sol aquecer os músculos rígidos por dormir no chão de pedra. Não esperava ser chamado. A companhia C era para onde enviavam os melhores homens. Caramon começou a adormecer.

— Caramon Majere.

Caramon despertou sobressaltado. Seus pés deram dois passos precisos e experientes para frente, agindo antes do cérebro confuso pelo sono. Ele olhou de lado para Barganha, sorriu e esperou que chamassem o nome de seu amigo.

Mestre Quesnelle enrolou a lista num piscar de olhos.

— Aqueles cujos nomes acabei de chamar, saiam de forma e apresentem-se à Sargento Nemiss, ali.

O mestre apontou para um soldado solitário parado no meio da estrada.

Os outros recrutas se viraram habilmente e foram. Caramon ficou onde estava. Olhou infeliz para Barganha, cujo nome não fora chamado.

— Vai! — Barganha insistiu com ele, sem ousar falar em voz alta, murmurando as palavras. — O que você está fazendo, seu grande idiota? Vai!

— Majere! — A voz do Mestre Quesnelle ficou áspera. — Ficou surdo? Eu dei uma ordem! Mova essa bunda, Majere!

— Sim, senhor! — Caramon gritou. Ele girou, saiu e com a mão esquerda agarrou Barganha pela gola da camisa. Erguendo o jovem do chão, levou Barganha junto.

— Caramon, o que... Caramon, pare com isso! Caramon, deixe-me ir! — Barganha se contorceu e empurrou, tentando desesperadamente se soltar de Caramon, mas não conseguia se libertar do aperto firme do grandalhão.

Mestre Quesnelle estava prestes a atacar Caramon com a força fria e fúria de uma avalanche, quando avistou o Barão Louco, parado ao fundo, observando com interesse. O Barão Louco fez um pequeno sinal com a mão. Mestre Quesnelle, ficando com o rosto vermelho, fechou a boca.

Caramon marchou acelerado.

— Você esqueceu de chamar o nome dele, senhor — disse ele em tom manso e apologético enquanto passava apressado pelo irado mestre de armas.

— Sim, acho que sim — disse Quesnelle, resmungando.

O restante da companhia seguiu com a rotina normal: corrida, desjejum e treino de manobras básicas. Os doze recrutas cujos nomes haviam sido chamados permaneceram rígidos em posição de sentido na frente de seu novo oficial.

Sargento Nemiss era uma mulher de estatura média com a pele negra daqueles que vinham de Ergoth Norte. Ela tinha olhos castanhos e um rosto doce e bonito, que, como os novos recrutas estavam prestes a descobrir, não tinham nada a ver com sua verdadeira personalidade. Sargento Nemiss era, na verdade, uma bêbada malvada com um temperamento explosivo, sempre entrando em brigas — uma das razões pelas quais ela era sargento e continuaria sendo pelo resto de seus dias.

A Sargento Nemiss levantou-se e olhou para os doze, treze, contando Barganha, por um bom tempo. Seu olhar fixou-se no pobre Barganha, que murchou debaixo dele. A expressão do sargento não se alterou, exceto talvez ficando triste.

— Você — ela disse, apontando — fique aí.

Barganha lançou a Caramon um olhar e um sorriso que diziam "bem, nós tentamos". Ele marchou para ficar sozinho na beira da estrada.

A Sargento Nemiss balançou a cabeça e virou-se para encarar os demais.

— Vocês, homens, foram escolhidos para se juntarem à minha companhia. Mestre Senej comanda a companhia. Eu sou seu segundo em comando. É meu trabalho treinar novos recrutas na companhia do Mestre Senej. Fui clara?

Os doze gritaram: "Sim, senhor!" em uníssono. Barganha começou a falar "Sim, senhor," por força do hábito, mas parou quando o sargento olhou para ele.

— Bom. Vocês, homens, foram escolhidos não porque sejam melhores que os outros, mas por não serem tão ruins quanto o resto. — A Sargento Nemiss fez uma careta. — Não ponham nessas cabeçorras que isso significa que vocês são bons. Vocês não serão bons enquanto eu não disser que são e só de ficar aqui olhando para vocês, seus réprobos, posso dizer que não são bons o suficiente nem para lamber as botas de bons soldados.

Os recrutas suavam ao sol, sem dizer uma palavra.

— Majere, fora de formação. O resto, volte para o quartel, reúna suas coisas e me encontre aqui em cinco minutos. Todos vocês estão se mudando para o quartel da companhia de Mestre Senej. Perguntas? Bom, agora mexam-se! Vão! Vão! Majere, aqui.

A sargento fez sinal a Caramon para ficar ao lado de Barganha, que sorriu hesitante, insinuante e esperançoso para a oficial.

A Sargento Nemiss não ficou impressionada. Ela olhou para os dois, principalmente para Barganha, observando seu corpo esbelto, suas mãos rápidas e de dedos longos, suas orelhas ligeiramente pontudas. A carranca da Sargento Nemiss aumentou.

— E que diabos eu devo fazer com você? Qual é o seu nome?

— Barganha, senhor — disse Barganha em tom respeitoso.

— Barganha? Isso não é um nome! — A sargento franziu a testa.

— É o meu nome, senhor — disse Barganha alegremente.

— E é isso que pode fazer com ele, senhor — disse Caramon. — O Barganha aqui é um especialista em conseguir coisas.

— Roubar, você quer dizer — disse o sargento. — Não terei ladrões em minha tropa.

— Não, senhor — disse Barganha, balançando a cabeça enfaticamente, mantendo o olhar voltado para a frente, como lhe foi ensinado. — Eu não roubo.

O sargento olhou significativamente para as orelhas de Barganha. Ele lançou um olhar de soslaio, concentrando-se por um instante na sargento.

— Também não "pego emprestado", senhor.

— Ele é um barganhador, senhor — disse Caramon prestativamente.

— Você vai me perdoar, Majere — disse a sargento, parecendo exasperada — se eu não entendo exatamente o que esse termo significa ou como diabos vai ser de alguma utilidade para mim!

— É realmente muito simples, senhor — disse Barganha. — Encontro coisas que as pessoas desejam e estão dispostas a trocar por outras coisas. É um dom, senhor — acrescentou modestamente.

— Ah, é? — Os lábios da sargento se curvaram. Ela fez uma pausa, refletindo. — Tudo bem. Vou te dar uma chance. Você me traz algo que eu possa usar para a tropa, veja bem, amanhã de manhã a esta hora e eu deixo você permanecer nesta companhia. Se você falhar, você está fora. Justo?

— Sim, senhor — disse Barganha, com o rosto vermelho de prazer.

— Já que a ideia foi sua, Majere, você está designado para acompanhá-lo. — A sargento levantou um dedo de advertência. — Não quero roubo envolvido. Se eu descobrir que você roubou, soldado, vou amarrá-lo naquela macieira ali. Não toleramos ladrões neste exército. O barão trabalhou arduamente para desenvolver boas relações com os habitantes da cidade e pretendemos mantê-las assim. Majere, estou responsabilizando você. Isso significa que se ele roubar, acontecerá com você a mesma coisa que acontecerá com ele. Se ele roubar um amendoim, vocês dois vão balançar.

— Sim, senhor. Entendido, senhor — disse Caramon, embora tenha engolido em seco quando a sargento não estava olhando.

— Podemos partir agora em nossa missão, senhor? — perguntou Barganha, ansioso.

— Pelo inferno, não, vocês não podem ir! — a sargento retrucou. — Eu só tenho duas semanas para colocar vocês em forma, seus bobalhões, e vou precisar de cada segundo. Os novos recrutas terão licença esta noite para irem à cidade...

— Estamos, senhor? — Caramon interrompeu, muito feliz.

— Todos menos vocês dois — disse a sargento friamente. — Vocês dois podem realizar a sua missão hoje à noite.

— Sim, senhor. — Caramon suspirou profundamente. Estava ansioso para voltar ao Presunto Brabo.

— Agora, vão pegar suas coisas e voltem imediatamente!

— Lamento que você tenha perdido a folga, Caramon — disse Barganha, sacudindo a palha do cobertor.

— Ah! Está tudo bem. — Caramon deixou de lado pensamentos sobre cerveja gelada e mulheres calorosas. — Você acha que consegue fazer isso? — perguntou ansioso.

— Vai ser difícil — admitiu Barganha. — Normalmente, quando faço uma negociação, eu sei o que estou negociando. — Ele considerou o assunto com atenção e seriedade. — Mas, sim, acho que consigo.

— Espero que sim — disse Caramon para si mesmo. Ele lançou um olhar nervoso para a macieira.

A Sargento Nemiss conduziu os homens até um prédio localizado no outro lado do complexo e os deteve em frente ao quartel. Um oficial montado em um garanhão preto como carvão virou na esquina do quartel. Ele era um homem alto, com cabelos escuros e um queixo que parecia afiado se tivesse sido serrado, aplainado e lixado.

Ele freou seu cavalo e olhou para os homens alinhados à sua frente.

— Meu nome é Mestre Senej. A Sargento Nemiss me disse que vocês não são tão ruins quanto os outros recrutas. O que eu quero saber é: são bons o suficiente para ingressar na Companhia C?

Ele gritou o nome da companhia e foi respondido por um berro profundo e selvagem que veio de dentro do quartel. Os soldados saíram correndo, cada um vestindo peitoral, elmo e tabardo, carregando escudo e espada. Caramon preparou-se, pensando que os soldados estavam prestes a atacar. Porém, agindo sem quaisquer ordens que Caramon tivesse ouvido, os homens da Companhia C pararam, formando fileiras perfeitamente retas e ordenadas. As armaduras de metal polido brilhavam à luz do sol.

Em menos de um minuto, toda a companhia de noventa homens estava em formação de batalha. Todos estavam de prontidão, com os escudos levantados.

Senej voltou-se para os treze recrutas.

— Como eu disse, quero saber se são bons o suficiente para se juntar à minha companhia. Minha companhia é a melhor no regimento, e pretendo continuar assim. Se você não for bom, volta para o treinamento. Se for, tem uma casa enquanto viver.

Caramon achou que nunca desejara tanto algo na sua vida como juntar-se a aquela força de soldados orgulhosos e confiantes. Seu peito inchou com orgulho ao pensar que havia sido escolhido para tentar, mas seu orgulho ficou preso em sua garganta ao considerar que talvez não fosse bom o suficiente para passar.

— Caiam fora, homens. A Sargento Nemiss mostrará onde vocês ficarão.

Os recrutas foram designados para catres de madeira com pelo menos o dobro da distância entre as áreas de dormir do seu antigo alojamento. Cada homem tinha uma caixa no pé de seu beliche para guardar itens pessoais. Caramon nunca tinha visto tanto luxo.

Depois do desjejum, a Sargento Nemiss ordenou que os treze novos recrutas ficassem de lado.

— Vocês estão indo bem até agora. Um conselho. Não tentem ser amigáveis com os outros rapazes por enquanto. Eles não gostam de novatos até que provem seu valor. Não levem isso para o lado pessoal. Depois de passar por uma temporada de campanha com eles, receberão convites para casamentos pelo resto da vida.

Um dos homens levantou a mão.

— Sim, Manto, o que é? — perguntou a sargento.

— Eu queria saber, senhor, o que a companhia do Mestre Senej faz que a torna tão especial?

— Curiosamente — disse a sargento — essa pergunta não é tão estúpida quanto parece. Nossa companhia é especial porque recebemos todas as funções especiais. Somos a companhia de flanco. Quando o barão pede que os escaramuçadores avancem na frente da fila, somos nós. Quando há um inimigo para encontrar, e ele está sendo evasivo, somos os soldados que vão procurá-lo. Lutamos na fila quando recebemos ordens, mas fazemos todos os outros trabalhos sujos que aparecem também.

— Hoje, vocês receberão uma nova arma para acompanhar sua espada. Mas não fiquem muito animados. É apenas uma lança. Nada glamouroso. — A sargento estendeu a mão, ergueu uma lança que estava encostada na parede, e a estendeu na sua frente. — Onde vocês forem, a lança vai até o fim do seu treinamento.

Caramon ergueu a mão.

— Ah, sargento. Quando termina nosso treinamento?

— Acaba quando eu disser que acabou, Majere — disse a sargento. — Você vai estar pronto ou expulso antes de começarmos a marchar, e isso será daqui a apenas algumas semanas. Vocês têm muito o que fazer e aprender enquanto isso. Fiquem perto de mim e façam o que eu digo, e se sairão bem.

Nemiss levou os treze para o campo de treino, todos carregando as lanças novas, todas com peso duplicado como seus outros equipamentos de treino.

Caramon ergueu a lança com facilidade, mas Barganha mal conseguia levantar a sua. A ponta da lança de Barganha arrastava no chão, formando um longo sulco atrás dele até o campo de treinamento. Sargento Nemiss apenas olhou para ele e revirou os olhos.

Durante o resto do dia, treinaram com escudo e lança. À tarde, praticaram o arremesso de lanças. No final do dia, o braço de Caramon estava tão fraco e trêmulo devido ao esforço incomum que ele duvidava se seria capaz de levantar uma colher para jantar.

Barganha tentou corajosamente lançar a arma, mas depois de se atirar junto algumas vezes — caindo de cara na primeira vez e quase esfaqueando Caramon na segunda — ele foi dispensado do dever.

A Sargento Nemiss o encarregou de buscar e carregar baldes de água para os homens. Era evidente que ela não esperava ter de lidar com o jovem no futuro.

A ideia de sair, de poder passar algumas horas na cidade, animou os recrutas. Por vontade própria, correram de volta para os quartéis, carregando suas lanças com eles, cantando uma música de marcha animada e obscena que a Sargento Nemiss ensinou.

Os homens engoliram a janta e depois se esfregaram até ficarem limpos, pentearam o cabelo, acertaram as barbas e colocaram suas melhores roupas. Caramon ia seguir o exemplo, pois esperava beber um gole de cerveja antes da missão, mas ele notou que Barganha estava deitado na cama, com as mãos debaixo da cabeça.

— Não vamos para a cidade com o resto? — perguntou Caramon.

— Não. — Barganha balançou a cabeça.

— Mas... como você vai conseguir alguma coisa?

— Você verá — prometeu Barganha.

Caramon soltou um suspiro que veio dos dedos dos pés. Ele largou o pente que arrastava dolorosamente pelos cabelos encaracolados e, sentado desconsolado em seu beliche, observou o resto dos homens partir alegremente para a cidade. Quase todos os soldados que estavam de folga tiveram licença esta noite. Só aqueles montando guarda ou com outras atribuições ficaram para trás. Caramon viu seu irmão sair na companhia de Mestre Horkin. Ele ouviu os dois conversando sobre visitar uma loja de magia, e depois Horkin disse a Raistlin que conhecia uma taverna que servia a melhor cerveja de toda Ansalon.

Caramon nunca se sentiu tão desanimado na sua vida.

— Podemos dormir pelo menos algumas horas — disse Barganha, assim que o quartel ficou em silêncio. Muito silencioso.

O que só serve para provar, pensou Caramon, fechando os olhos e aconchegando-se no colchão de palha do beliche, *que as coisas nunca são tão ruins quanto parecem.*

19

— Caramon!

Parecia que alguém estava sempre o acordando.

— Hum?

— Está na hora!

Caramon sentou-se. Esquecendo que estava dormindo em um beliche e não mais em uma cama de palha, ele rolou como de costume. De repente, viu-se no chão sem saber muito bem como parou ali. Barganha inclinou-se sobre ele, ansioso, iluminando seus olhos com uma lamparina.

— Você está machucado, Caramon?

— Não! E feche a tampa dessa maldita coisa! — Caramon rosnou, meio cego.

— Desculpe. — Barganha fechou a tampa e a luz desapareceu.

Caramon esfregou o quadril machucado, seu coração batendo forte.

— Tudo bem — ele murmurou incompreensivelmente. — Que horas são?

— Perto da meia-noite. Se apresse! Não, sem armadura. Faz muito barulho. Além disso, é intimidante. Aqui, vou acender a luz.

Caramon vestiu-se rapidamente, olhando sempre para o amigo.

— Você esteve em algum lugar. Onde esteve? — perguntou Caramon.

— Na cidade — disse Barganha. Ele estava de bom humor. Seus olhos brilharam, e ele estava sorrindo de orelha a orelha pontuda. Sua alegria tinha a tendência infeliz de enfatizar sua herança kender. Caramon, olhando para o amigo, pensou na macieira e estremeceu.

— Estamos com sorte esta noite, Caramon. Sorte certa e absoluta — Barganha disse. — Mas sempre tive sorte. Kender geralmente tem. Você já notou isso? Mamãe costumava dizer que era porque os kender eram os favoritos de um deus antigo chamado Whizbang ou algo assim. Claro, ele não está mais por perto. Segundo ela, esse deus ficou bravo com um sacerdote arrogante, jogou uma pedra na cabeça dele e teve que ir embora da cidade com pressa antes que os guardas viessem atrás dele. Mas a sorte que ele deu aos kender ficou e eles ainda o têm.

— Mesmo? — Caramon tinha olhos de coruja. — Foi assim mesmo? Vou ter que contar isso para o Raist. Ele coleciona histórias sobre os antigos deuses. Acho que nunca ouviu falar de um chamado Whizbang. Provavelmente ficará interessado.

— Aqui, deixe-me ajudá-lo com essa bota. O que eu estava dizendo? Ah, sim. Sorte. Tem duas caravanas comerciais na cidade! Imagine só! Uma anã e uma humana. Estão aqui para vender suprimentos ao barão. Acabei de fazer uma visita a cada uma.

— Então você tem um plano? — Caramon sentiu o alívio invadi-lo.

— Não, não exatamente. — Barganha desconversou. — Negociar é como massa de pão. Você tem que dar ao fermento uma chance de funcionar.

— O que isso significa? — Caramon perguntou, desconfiado.

— Eu sei como começar, mas as trocas têm que se desenvolver por conta própria. Vamos lá.

— Para onde?

— Silêncio, não tão alto! Nossa primeira parada são os estábulos.

Então iriam cavalgar até a cidade. Caramon achou que era uma boa ideia. Seu braço estava rígido e dolorido por causa do arremesso da lança, e agora sua anca doía da queda que sofreu. Quanto menos exercício fizesse esta noite, melhor.

Os dois saíram do quartel. Solinari e Lunitari estavam fora, uma cheia e outra minguante. Nuvens finas e altas cobriam as luas como lenços de seda, para que nenhuma desse muita luz, borrando as estrelas.

Os guardas caminhavam pelas muralhas do castelo do barão, parando de vez em quando para reclamar com bom humor sobre perder a diversão na cidade. A vigia deles era para fora do pátio do castelo, não dentro, e não notaram as duas figuras deslizando de sombra em sombra, dirigindo-se aos estábulos. Caramon se perguntou como Barganha conseguiu convencer alguém a lhes dar cavalos, mas toda vez que ele começava a perguntar, Barganha o silenciava.

— Espere aqui! Fique atento — ordenou Barganha e, deixando Caramon à porta do estábulo, o meio-kender entrou.

Caramon esperou nervoso. Podia ouvir sons de dentro do estábulo, mas não conseguia identificá-los. Um deles foi um baque alto, acompanhado pelo tilintar de metal. Então o som de alguma coisa pesada raspando o chão. Finalmente Barganha emergiu, ofegante, mas triunfante, carregando uma sela de couro.

Caramon olhou para a sela, consciente de que faltava alguma coisa.

— Onde está o cavalo?

— Apenas pegue isso, sim? — Barganha disse, jogando o objeto pesado aos pés de Caramon. — Uau! Não achei que era tão pesada. A sela estava em um poste. Tive que retirá-lo e foi uma luta. Você consegue carregar, não é?

— Sim, consigo — disse Caramon. Ele olhou com mais atenção. — Sabe, esta parece a sela que o Mestre Senej usa em seu cavalo.

— É ela — disse Barganha.

Caramon grunhiu, satisfeito por tê-la reconhecido. Ele levantou a sela sem muito esforço. Um pensamento lhe ocorreu.

— Levar para onde? — ele perguntou.

— Para a cidade. Por aqui. — Barganha foi na frente.

— Não, senhor! — Caramon jogou a sela no chão. — Não, senhor. A Sargento Nemiss disse para não roubar e disse que eu era o responsável, e embora eu não ache que a macieira suportaria meu peso se me enforcassem, provavelmente há um carvalho por perto que aguentaria.

— Não é roubo, Caramon — argumentou Barganha. — Nem um empréstimo qualquer. É negociação.

Caramon permaneceu cético. Ele balançou sua cabeça.

— Não, senhor.

— Olha, Caramon, garanto que o comandante da companhia vai sentar-se em seu cavalo em uma sela amanhã, assim como ele se sentou hoje. Garanto. Você tem minha palavra. Eu não gosto daquela macieira mais do que você.

— Bem… — Caramon hesitou.

— Caramon, preciso fazer esta troca — disse Barganha. — Se eu não fizer, eles vão me tirar do exército. A única razão pela qual durei tanto tempo é porque o barão acha que sou uma novidade. Mas isso não vai durar quando estivermos em campanha. Aí terei que ganhar meu sustento. Eu preciso provar a eles que posso ser um membro valioso da companhia, Caramon. Preciso!

A alegria havia desaparecido do rosto de Barganha. Ele estava falando sério, desesperadamente sério.

— Não acho que seja uma boa ideia — Caramon soltou um suspiro e pegou a sela, grunhindo por causa do braço dolorido — Mas tudo bem. Como vamos sair daqui?

— O portão da frente — disse Barganha despreocupadamente.

— Mas os guardas...

— Deixe comigo.

Caramon gemeu, mas não disse nada. Colocando a sela na cabeça, acompanhou Barganha até o portão.

— Onde vocês dois pensam que estão indo? — perguntou o guarda do portão, olhando surpreso para o que parecia ser um gigante com uma sela no lugar da cabeça.

— Mestre Senej nos enviou, senhor — disse Barganha, saudando. — Este estribo está solto. Ele nos disse para levá-lo para a cidade logo pela manhã.

— Mas é noite — protestou o guarda.

— Passou da meia-noite, senhor — disse Barganha. — Está de manhã. Estamos apenas obedecendo ordens, senhor. — Ele baixou a voz. — Você sabe como Mestre Senej pode ser difícil.

— Sim, e eu sei que ele acha que a sela é um tesouro — disse o guarda. — Vá em frente.

— Sim, senhor. Obrigado, senhor.

Barganha marchou para fora do portão. Caramon caminhou triste atrás dele. A última declaração do guarda "sobre o mestre achar que a sela era um tesouro" fez seu coração ir parar nas meias.

— Barganha — ele começou.

— Fermento, Caramon — disse Barganha, apontando a lamparina para a estrada. — Só pense no fermento.

Caramon tentou pensar em fermento, e realmente o fez. Mas isso só o lembrou de que estava com fome.

— Lá estão as caravanas — disse Barganha, colocando a tampa na lamparina.

Fogueiras ardiam em ambos os campos. Humanos altos passavam de um lado para outro na frente de uma; anões baixos e robustos passavam pelo outro.

Caramon largou a sela, satisfeito pela oportunidade de descansar. Um acampamento era composto por um círculo de grandes carroças cobertas com cavalos amarrados a um lado. O outro acampamento era um círculo de carroças menores, nenhuma delas coberta, todas com pôneis amarrados às suas respectivas carroças.

Enquanto os dois observavam, um homem alto deixou o primeiro acampamento e atravessou para o segundo.

— Reynard! — ele gritou, falando Comum. — Preciso falar com você!

Um anão levantou-se de perto do fogo e saiu ao encontro do humano.

— Está pronto para pagar meu preço?

— Ora, Reynard, você sabe que não tenho tanto aço comigo.

— Então, como o barão está pagando você? Em madeira?

— Tenho que comprar suprimentos — choramingou o homem. — É um longo caminho de volta para Sulund.

— E será ainda mais longo sem sela. Aceite meu preço ou deixe para lá! — o anão falou, zangado, e começou a se afastar.

— Tem certeza de que não podemos chegar a um acordo? — perguntou o homem, parando-o. — Você pode fazer isso por mim! Não me importo de esperar.

— Eu me importo — respondeu o anão. — Não posso passar dez dias aqui, perdendo dinheiro, só para te fazer uma sela, sendo que você não quer pagar o preço da que tenho. Não. Volte quando tiver algo para oferecer. — O anão voltou para sua fogueira, sua cerveja e seus companheiros.

Caramon olhou para a sela.

— Você não está pensando...

— Está fermentando, meu amigo — sussurrou Barganha. — Está fermentando. Vamos.

Caramon ergueu a sela e seguiu Barganha até o acampamento humano.

— Quem vem lá? — Um homem olhou para eles de uma das carroças.

— Um amigo — gritou Barganha.

— É um cara grande e um cara pequeno — relatou o vigia. — E o grandalhão tem uma sela. O chefe pode estar interessado.

— Uma sela! — Um homem de meia-idade com cabelos e barba grisalhos levantou-se e olhou-os com cautela. — Hora esquisita para selas entrarem no acampamento. O que vocês dois querem?

— Ouvimos de alguns amigos que você estava procurando uma boa sela, senhor — disse Barganha educadamente. — Também ouvimos que está com pouco de aço no momento. Temos uma sela... e uma ótima, como você pode ver. Caramon, coloque a sela ali à luz do fogo, onde estes cavalheiros podem vê-la de perto. Agora, estamos dispostos a negociar. O que você tem para trocar por esta bela sela?

— Desculpe — disse o homem. — O patrão é quem precisa da sela, e ele está em sua carroça. Volte amanhã.

Barganha balançou a cabeça, triste.

— Gostaríamos, senhor, realmente gostaríamos. Mas faremos uma longa patrulha amanhã. Estamos com o exército do barão, sabe. Caramon, pegue a sela. Acho que nossos amigos estavam enganados. Boa noite para vocês, senhores.

Caramon abaixou-se, pegou a sela e colocou-a em sua cabeça novamente.

— Espere um momento! — Um homem alto, o mesmo que eles viram conversando com o anão, saltou de uma das carroças. — Ouvi o que você disse a Smitfee aqui. Deixe-me dar uma olhada nessa sela.

— Caramon — disse Barganha —, largue a sela.

Caramon suspirou. Ele não fazia ideia de que negociar fosse tão extenuante. Era muito menos problemático trabalhar para viver. Ele jogou a sela na terra.

O humano, passando a mão pelo couro, examinou atentamente a costura.

— Parece um pouco desgastada — disse ele depreciativamente. — O que quer por isso?

O tom do homem era frio e desinteressado, mas Caramon tinha visto a forma como a mão do homem ficou no couro e tinha a certeza de que o olhar aguçado de Barganha também vira. A sela do mestre era boa, a segunda melhor da companhia, depois da do barão.

— Bom, vejamos — disse Barganha, coçando a cabeça. — O que você está carregando?

O homem pareceu surpreso.

— Carne bovina.

— Muito?

— Barris.

Barganha pensou.

— Tudo bem, aceitarei o pagamento em carne bovina. A sela em troca.

O homem estava cauteloso. Parecia fácil demais.

— Quanto você quer?

— Tudo — disse Barganha.

O homem riu.

— Tenho mil e seiscentos quilos de carne bovina maturada de primeira! Só vendi alguns barris ao barão. Nenhuma sela em Krynn vale isso.

— Você é duro na negociação, senhor. — Barganha estava desconsolado. — Muito bem, meu amigo e eu levaremos cem quilos de carne bovina, mas devem ser os cortes mais escolhidos. Vou mostrar o que queremos.

O homem pensou um pouco, depois assentiu e estendeu a mão.

— Você tem um acordo! Smitfee, dê carne para esses dois.

— Mas, Barganha — Caramon disse preocupado, em um sussurro alto — A sela do mestre! Ele vai...

— Silêncio! — Barganha deu uma cotovelada no amigo. — Sei o que estou fazendo.

Caramon balançou a cabeça. Tinha acabado de ver seu amigo trocar a sela do mestre, a sela muito valorizada do mestre, por um barril de carne. Seu braço e sua anca estavam doloridos, e tinha certeza de que a maior parte do cabelo do topo de sua cabeça havia sido arrancado pela sela. Para piorar a situação, com aquela a conversa sobre pão e carne, seu estômago soava oco como um tambor. Sentiu que deveria parar aquele negócio, pegar a sela e marchar de volta ao acampamento. Ele não fez isso por dois motivos: um, fazer isso seria mostrar deslealdade ao amigo e dois, se ele jamais pegasse aquela maldita sela de novo, seria um homem feliz.

O ajudante de meia-idade os conduziu até uma das carroças mais distantes. Içando um barril, ele o jogou no chão.

— Aqui está, senhores — disse ele. — Cem quilo de carne bovina de alta qualidade. Você não encontrará nada melhor daqui até as Khalkist.

Barganha inspecionou o barril de perto, inclinando-se para espiar através das ripas. Ele se levantou, colocou as mãos nos quadris, franziu os lábios e examinou todos os outros barris da carroça.

— Não, esse não serve. — Ele apontou. — Eu quero aquele barril ali, mais perto da frente. Com a marca branca na lateral.

Smitfee olhou para o líder da caravana, que estava de pé com as pernas abertas, defensivamente, sobre a sela, caso os dois negociantes pensassem em uma traição. O líder da caravana assentiu.

Smitfee baixou o segundo barril até o chão.

— Todo seu, rapaz. — Smitfee sorriu e foi embora.

Caramon teve a terrível sensação de que sabia o que estava por vir, mas tentou, esperançoso.

— Acho que vamos deixar para os homens do barão recolherem amanhã com a carroça.

Barganha deu-lhe um sorriso irritante e balançou a cabeça.

— Não, temos que levar isso para o acampamento dos anões.

— O que os anões querem com cem quilos de carne? — Caramon questionou.

— Nada por enquanto — disse Barganha. — Mas acho que você pode rolar o barril. Não precisa carregá-lo.

Caramon caminhou até o barril, virou-o de lado e começou a rolar sobre o solo acidentado e irregular. A tarefa não foi tão fácil como parecia. O barril balançou e sacudiu, desviando em direções estranhas quando menos se esperava. Barganha correu ao lado, guiando o melhor que pôde. Eles quase o perderam uma vez. Descendo uma pequena colina, o barril andou rápido demais. O coração de Caramon pulou na garganta quando Barganha se lançou contra o barril para detê-lo. Quando chegaram ao acampamento dos anões, ambos estavam com calor, suados e exaustos.

Rolaram o barril até o acampamento dos anões, assustando um dos pôneis, que soltou um relincho estridente. Anões apareceram de todos os lugares ao mesmo tempo.

Caramon podia jurar que um deles surgiu bem debaixo de seu nariz, assustando-o quase tanto quanto ao pônei.

— Boa noite, bons senhores — disse Barganha alegremente, curvando-se para os anões. Ele colocou a mão no barril, que Caramon segurava firme com o pé.

— O que tem no barril? — perguntou um dos anões, olhando-o desconfiado.

— Exatamente o que você está procurando, senhor! — Barganha disse, batendo em cima dele.

— E o que seria isso agora? — o anão perguntou. A julgar pelo comprimento de seus bigodes, ele era o líder da caravana. — Cerveja, talvez? — Seus olhos brilharam.

— Não, senhor — disse Barganha, depreciativamente. — Carne de grifo.

— Carne de grifo! — O anão ficou claramente surpreso. Caramon também. Ele abriu a boca e fechou-a quando Barganha pisou com força no seu pé.

— Cem quilos da melhor carne de grifo que alguém poderia querer em um assado gostoso e suculento no fogo. Você já provou carne de grifo antes, senhor? Alguns dizem que tem gosto de frango, mas estão errados. De dar água na boca. Essa é a única maneira de descrevê-la.

— Aceito dez quilos. — O anão pegou sua bolsa. — Quanto eu devo?

— Desculpe, senhor, mas não posso dividir o lote. — Barganha se desculpou.

O anão bufou.

— E o que vou fazer com cem quilos de qualquer tipo de carne, de grifo ou não grifo? Os meninos e eu comemos coisas simples na estrada. Não tenho espaço nas carroças para desperdiçar carregando coisas finas.

— Nem mesmo para celebrar a Festa da Árvore da Vida — disse Barganha, chocado. — O mais sagrado dos feriados dos anões! Um dia dedicado à homenagem a Reorx.

— O quê? Hein? — As sobrancelhas desgrenhadas do anão se ergueram. — Que festa é essa?

— Ora, é a maior festa do ano em Thorbardin. Ah. — Barganha parecia envergonhado. — Mas acho que vocês, por serem anões das colinas, não sabem disso.

— Quem disse que não? — o anão questionou, indignado. — Eu... Eu estou um pouco confuso quanto às datas, sabe. Todas essas viagens. Um anão se confunde. Então na próxima semana é a Festa da...

— Árvore da Vida — disse Barganha, prestativo.

— Claro que é — disse o anão, carrancudo. Seu rosto assumiu uma expressão astuta. — Veja bem, eu sei como nós, anões das colinas, celebramos esta grande festa, mas não sei como fazem em Thorbardin. Não que eu me importe — ele acrescentou casualmente — com o que aqueles arruaceiros esnobes fazem em Thorbardin. É que estou curioso.

— Bem — disse Barganha, devagar —, há bebida e dança.

Todos os anões assentiram. Isso era padrão.

— E eles abrem um novo barril de aguardente anão...

Os anões estavam começando a parecer entediados.

— Mas a parte mais importante de toda a festa é o Banquete do Grifo. Todos sabem que o próprio Reorx era um grande amante do grifo.

— Todos sabem — os anões concordaram solenemente, embora se entreolhassem discretamente.

— Dizem que em certa ocasião engoliu uma costela assada inteira de uma só vez, com batatas e molho, e foi ouvido pedindo sobremesa — Barganha continuou.

Os anões tiraram os chapéus, seguraram-nos sobre o peito e inclinaram a cabeça em respeito.

— Então, em homenagem a Reorx, todo anão deve comer quanta carne de grifo ele conseguir. O resto — acrescentou Barganha, piedosamente — dá para os pobres em nome de Reorx.

Um dos anões enxugou os olhos com a ponta da barba.

— Bem, agora, rapaz — disse o líder em tom rouco —, já que você chamou nossa atenção para a data, vamos querer esse barril de carne de grifo. Estou com pouco aço agora. O que você aceita em troca?

Barganha pensou por um momento.

— O que você tem de único? Que você tem apenas um?

O anão foi pego de surpresa.

— Bem — ele começou — temos...

— Não. — Barganha disse categoricamente. — Não é possível.

— Que tal…

Barganha balançou a cabeça.

— Não serve, infelizmente.

— Você é um negociador difícil, senhor — disse o anão, franzindo a testa. — Muito bem. Você me colocou contra a parede. Eu tenho... — ele olhou em volta, com cuidado para não serem ouvidos — ...uma armadura feita em Pax Tharkas pelos melhores ferreiros anões para o renomado Sir Jeffrey de Palanthas.

O anão cruzou as mãos sobre a barriga, olhou para os dois, esperando que ficassem impressionados.

Barganha ergueu as sobrancelhas.

— Você não acha que Sir Jeffrey pode precisar da sua armadura?

— Não para onde ele está indo, infelizmente. — O anão apontou para o céu. — Um acidente trágico. Escorregou na latrina.

Barganha refletiu.

— Presumo que a armadura venha com o escudo e a sela?

Caramon prendeu a respiração.

— Escudo sim, sela não.

Caramon suspirou profundamente.

— A sela já está prometida — acrescentou o anão.

Barganha refletiu sobre o assunto por um longo minuto antes de responder.

— Muito bem, vamos levar a armadura e o escudo.

Ele estendeu a mão. O anão fez o mesmo, e fecharam o negócio sobre o barril virado de grifo sagrado.

O líder dirigiu-se até outra carroça e voltou arrastando uma caixa atrás dele. No topo da caixa havia um escudo com o emblema em relevo de um martim-pescador na frente. Bufando, deixou cair a caixa aos pés de Barganha.

— Aí está você, rapaz. Muito grato. Isso abrirá espaço para a carne.

Barganha agradeceu aos anões e olhou para Caramon, que se abaixou e, com muitos gemidos, colocou a caixa sobre o ombro.

— Por que você disse que era carne de grifo? — Caramon questionou.

— Porque não estariam interessados em carne bovina simples — Barganha respondeu.

— Não vão saber que foram enganados quando abrirem?

— Se o fizerem, jamais admitirão isso para si mesmos — disse Barganha. — Vão jurar que é a melhor carne de grifo que já comeram.

Caramon digeriu isto por um momento, enquanto desciam a estrada em direção ao castelo do barão.

— Você acha que essa armadura compensará o mestre pela perda de sua sela? — Caramon perguntou em dúvida.

— Não, acho que não — disse Barganha. — Por isso que estamos levando-a para o acampamento humano.

— Mas o acampamento dos humanos é por ali! — Caramon apontou.

— Sim, mas primeiro quero dar uma olhada na armadura.

— Podemos dar uma olhada aqui.

— Não, não podemos. A caixa está muito pesada?

— Sim — Caramon rosnou.

— Deve ser uma armadura sólida, das boas, então — concluiu Barganha.

— Que sorte que você sabia tudo sobre essa festa em Thorbardin — Caramon disse, curvando-se sob o peso da caixa.

— Que festa? — Barganha perguntou. Sua mente estava em outra coisa. Caramon olhou para ele.

— Você quer dizer…

— Oh, aquilo? — Barganha sorriu e piscou. — Podemos ter começado uma tradição anã inteiramente nova. — Ele olhou para trás para ver o quão longe deviam ir. Quando as fogueiras dos acampamentos se tornaram apenas pequenos pontos laranja na escuridão, ele pediu para parar. — Venha aqui, atrás dessas pedras — disse ele, acenando misteriosamente. — Coloque a caixa no chão. Consegue abrir?

Caramon abriu a tampa da caixa com a faca de caça. Barganha jogou a luz da lamparina na armadura.

— É a coisa mais linda que já vi! — Caramon disse, impressionado. — Queria que Sturm pudesse ver. Veja o martim-pescador gravado no peitoral. E as rosas no castor. E o fino trabalho em couro. Está perfeita! Simplesmente perfeita!

— Perfeita demais — disse Barganha, mordendo o lábio. Olhou ao redor, pegou uma pedra grande e entregou-a a Caramon. — Aqui, bata algumas vezes.

— O quê? — O queixo de Caramon caiu. — Você está louco? Vai estragar tudo!

— Eu sei, eu sei! — Barganha disse, impaciente. — Apresse-se agora!

Caramon bateu na armadura com a pedra, embora estremecesse a cada arranhão que deixava no lindo peitoral, quase sentindo como se ele os estivesse recebendo.

— Pronto — ele disse por fim finalmente, respirando fundo. — Isso deve… — Ele parou e olhou para Barganha, que havia tomado a faca de Caramon e estava fazendo um corte em seu antebraço.

— O que…

— Foi uma luta desesperada — murmurou Barganha, segurando o braço sobre a armadura, observando o sangue escorrer sobre ela. — Mas é reconfortante saber que o pobre Sir Jeffrey morreu como um herói.

Smitfee parou os dois no limite do acampamento.

— E agora? — ele questionou.

— Tenho uma troca a propor, senhor — disse Barganha educadamente.

Smitfee o encarou com atenção.

— Eu me perguntei onde tinha visto orelhas como essas antes. Lembrei. Você é meio-kender, não é, garoto? Nós não somos gentis com kender, diluído ou não. O chefe está dormindo. Então vá embora…

O chefe deu a volta na lateral da carroça.

— Eu vi Baraço Marcafogo carregando aquele barril de carne para sua carroça. Ele não comprou nem um pedaço de alcatra de mim. Como você fez isso?

— Desculpe, senhor — disse Barganha, com as bochechas coradas. — Segredo profissional. Mas ele me deu algo em troca. Algo que você pode achar interessante.

— Sim. O que é? — Os homens olharam para a caixa com curiosidade.

— Abra, Caramon.

— Uma armadura velha e surrada — disse Smitfee.

A voz de Barganha assumiu um tom fúnebre.

— Não é qualquer armadura, cavalheiro. É a armadura mágica do valente Cavaleiro Solâmnico Sir Jeffrey de Palanthas junto a seu escudo. A última armadura do galante Sir Jeffrey — disse ele com ênfase. — Descreva a batalha, Caramon.

— Ah, claro — disse Caramon, surpreendido com seu novo papel de contador de histórias. — Bem, havia... hum... seis goblins...

— Vinte e seis — Barganha interrompeu. — E não foram hobgoblins?

— Sim, isso. Vinte e seis hobgoblins. Eles o cercaram.

— Havia uma criança de cabelos dourados envolvida, se não me engano — Barganha acrescentou. — O filho de uma princesa. E seu filhote de grifo de estimação.

— Isso mesmo. Os goblins estavam tentando levar o filho da princesa...

— E o filhote de grifo...

— E o filhote. Sir Jeffrey arrebatou o grifo de cabelos dourados...

— E a criança...

— E a criança dos hobgoblins e devolveu a criança a sua mãe, a princesa, e disse-lhe para correr. Ele encostou as costas em uma árvore e desembainhou a espada — Caramon desembainhou a espada, para ilustrar a história — e cortou para a esquerda, e cortou para a direita, e hobgoblins caíam a cada golpe. Mas eram demais para ele. Uma maldita maça goblin o atingiu aqui — Caramon apontou — e interrompeu a magia, afundou a armadura e deu-lhe seu golpe mortal. Eles o encontraram no dia seguinte, com vinte e cinco hobgoblins mortos espalhados ao seu redor. E ele conseguiu ferir o último com seu último golpe.

Caramon embainhou a espada com nobreza.

— E a criança de cabelos dourados estava segura? — perguntou Smitfee. — E o filhote?

— A princesa colocou no filhote o nome de "Jeffrey" — disse Barganha, trêmulo.

Houve um momento de silêncio respeitoso.

Smitfee se ajoelhou e tocou cuidadosamente a armadura.

— Pelo Abismo! — ele disse, surpreso. — O sangue ainda está fresco!

— Dissemos que era mágica — respondeu Caramon.

— Esta famosa relíquia de batalha está sendo desperdiçada pelos anões — disse Barganha. — Mas me ocorreu que uma caravana, viajando para o norte, para Palanthas, poderia levar esta armadura e a história que a acompanha para o Torre do Alto Clerista…

— Nossa rota fica para o norte — disse o líder. — Eu vou te dar mais cem quilos de carne pela armadura.

— Não, senhor. Infelizmente, não posso mais aceitar sua carne. — Barganha disse.

— O que mais você tem?

— Pés de porco em conserva de salmoura. Alguns queijos grandes. Cinquenta quilos de lúpulo…

— Lúpulo! — disse Barganha. — De que tipo?

— Lúpulo Ergothiano Prost. Aprimorado magicamente pelos elfos keganesti para fazer a melhor cerveja de todas.

— Com licença. Conferência. — Ele fez sinal para Caramon se afastar.

— Os anões não têm viajado muito para Ergoth atualmente, não é? — Barganha sussurrou.

Caramon balançou a cabeça.

— Não se tiverem que ir de barco. Meu amigo Flint não suportava barcos. Uma vez...

Barganha foi embora, deixando Caramon no meio da história. Barganha estendeu a mão.

— Muito bem, senhor. Acho que temos um acordo.

Smitfee levou a armadura, tratando-a com grande respeito, e retornou algum tempo depois com uma grande caixa sobre o ombro. Ele jogou a caixa no chão à sua frente e desejou boa noite aos dois.

Caramon olhou para a caixa e depois olhou para Barganha.

— Foi uma história maravilhosa, Caramon — disse Barganha. — Eu mesmo quase chorei.

Caramon inclinou-se, pegou a caixa e colocou-a nas costas.

— Então, o que você trouxe desta vez? — perguntou o anão.

— Lúpulo. Cinquenta quilos de lúpulo — disse Barganha triunfante.

O anão parecia enojado.

— Você evidentemente não conhece anões, não é, rapaz? É sabido que fazemos a melhor cerveja de Krynn! Nós cultivamos nosso próprio lúpulo...

— Não como este — disse Barganha. — Não o lúpulo ergothiano!

O anão respirou fundo.

— Ergothiano! Tem certeza?

— Dê uma cheirada — disse Barganha.

O anão cheirou o ar e trocou olhares com seus compatriotas.

— Dez moedas de aço por essa caixa!

— Desculpe — disse Barganha. — Vamos, Caramon. Há uma taberna na cidade que nos dará...

— Espere! — o anão gritou. — Que tal dois conjuntos de louças de Hylar com taças. E coloco junto utensílios de ouro!

— Sou militar — disse Barganha por cima do ombro. — O que eu faria com pratos de porcelana e colheres de ouro?

— Militar. Muito bem. Que tal oito arcos longos élficos encantados, feito à mão pelos próprios guardas Qualinesti? Uma flecha disparada de um desses arcos nunca errará o alvo.

Barganha parou. Caramon baixou a caixa até o chão.

— Os arcos longos encantados e a sela de Sir Jeffrey — ele rebateu.

O anão balançou a cabeça.

— Não posso fazer isso. Eu prometi a sela para outro cliente.

— Caramon, pegue a caixa.

Barganha voltou a andar. O anão cheirou o ar novamente.

— Espere! Tudo bem! — o anão explodiu. — A sela também!

Barganha soltou o fôlego.

— Muito bem, senhor. Temos um acordo.

Caramon estava mergulhado no sonho, lutando contra vinte e seis crianças de cabelos dourados que atormentavam um hobgoblin choroso. Consequentemente, o som de metal colidindo contra metal parecia fazer parte de seu sonho e ele não se preocupou em acordar. Não até a Sargento Nemiss segurar a panela de ferro em que ela estava batendo bem acima da cabeça dele.

— Levante-se, seu vagabundo preguiçoso! A Companhia C é a primeira a lutar! Mandei levantar!

Ele e Barganha retornaram ao acampamento uma hora após o amanhecer. Grogue pela falta de sono, Caramon saiu cambaleando atrás dos outros para pegar seu lugar nas fileiras de homens alinhados em frente ao quartel.

A sargento chamou a atenção da companhia e estava colocando-os em uma coluna de marcha quando o som de cascos galopando e uma voz gritando com raiva interrompeu a marcha.

Mestre Senej freou seu cavalo agitado e saltou da sela. O rosto estava vermelho como o sol da manhã, um vermelho flamejante e ardente. Ele olhou ao redor para toda a companhia, recrutas e veteranos. Todos eles murcharam no calor de sua raiva.

— Caramba! Um de vocês, bastardos, trocou minha sela pela sela do barão de novo. Estou farto dessa brincadeira estúpida. O barão quase arrancou minha cabeça na última vez em que isso aconteceu. Agora, qual de vocês é o responsável?

Mestre Senej esticou o queixo quadrado, marchou para cima e para baixo pelas fileiras, encarando cada um.

— Vamos lá. Confessem!

Ninguém se mexeu. Ninguém falou. Se o Abismo se abrisse a seus pés, Caramon teria sido o primeiro a mergulhar.

— Ninguém? — Mestre Senej rosnou. — Muito bem. A companhia toda está com meia ração por dois dias!

Os soldados gemeram, Caramon entre eles. Isso o atingiu onde doía.

— Não castigue os outros, senhor — disse uma voz na parte de trás. — Eu fiz isso.

— Quem diabos falou isso? — questionou o mestre, olhando por cima das cabeças, tentando ver.

Barganha saiu das fileiras.

— Eu sou o responsável, senhor.

— Qual é o seu nome, soldado?

— Barganha, senhor.

— Este homem está prestes a ser retirado, senhor — disse rapidamente a Sargento Nemiss. — Ele está saindo hoje.

— Isso não desculpa o que ele fez, sargento. Primeiro ele vai explicar para o barão...

— Permissão para falar, senhor? — disse Barganha respeitosamente.

O mestre estava sombrio.

— Permissão garantida. O que tem a dizer por você, Enjoado?

— A sela não pertence ao barão, senhor — Barganha respondeu com humildade. — Se verificar, verá que a sela do barão ainda está nos estábulos. Essa sela é sua, senhor. Cumprimentos da Companhia C.

Os soldados se entreolharam. A Sargento Nemiss disparou uma ordem, e todos viraram os olhos para frente.

O mestre estudou atentamente a nova sela.

— Por Kiri-Jolith. Você tem razão. Esta não é a sela do barão. Mas é no estilo Solâmnico...

— O estilo mais recente, senhor — disse Barganha.

— Eu… eu não sei o que dizer. — Mestre Senej ficou emocionado, o rubor vermelho de raiva dando lugar a uma onda quente de satisfação. — Deve ter custado uma pequena fortuna. Pensar que vocês, homens… juntos… — O mestre não conseguia mais falar por causa do nó na garganta.

— Três vivas para o Mestre Senej! — gritou a sargento, que não fazia ideia do que estava acontecendo, mas estava mais do que disposta a receber o crédito.

Os soldados responderam com vigor.

Montando em seu cavalo, sentando-se orgulhosamente em sua nova sela, o mestre respondeu aos aplausos com um floreio no chapéu e depois galopou pela estrada.

A Sargento Nemiss se virou, com relâmpagos nos olhos e trovões no rosto. Ela fixou aquele olhar em Barganha e enviou o raio através dele.

— Muito bem, Enjoado. O que diabos está acontecendo? Sei muito bem que ninguém aqui comprou uma sela nova para o Mestre Senej. Você a comprou, Enjoado?

— Não, senhor — disse Barganha, calmo. — Eu não comprei, senhor.

A Sargento Nemiss fez um gesto.

— Um de vocês, traga uma corda. Eu disse o que eu faria se te pegasse roubando, kender. Agora, marchem!

Barganha, com o rosto sério, marchou até a macieira. Caramon ficou de pé ainda na fila, controlando o rosto com dificuldade. Ele só esperava que Barganha não levasse a piada muito longe.

Um dos soldados voltou com uma corda resistente, que entregou a sargento. Barganha posicionou-se sob a macieira. Os soldados continuavam em posição de sentido.

Balançando a corda na mão, a Sargento Nemiss olhou para a árvore, procurando um galho adequado. Ela parou, olhou.

— O que…

Barganha sorriu e olhou para os pés.

Alcançando a macieira, a Sargento Nemiss agarrou algo, baixando-o com cuidado. Os homens não ousavam romper a formação, mas todos tentavam desesperadamente ver o que ela segurava nas mãos. Um dos veteranos se distraiu e deu um assobio baixo. A Sargento Nemiss estava tão atordoada que nem percebeu essa quebra de disciplina.

Em suas mãos, ela segurava um arco longo élfico. Olhando para a árvore, contou mais sete.

A Sargento Nemiss passou a mão pela madeira fina.

— Estes são os melhores arcos de toda Ansalon. Dizem que são mágicos! Os elfos não os vendem para humanos por preço nenhum. Você faz ideia de quanto isso vale?

— Sim, senhor — disse Barganha. — Cem quilos de carne, uma armadura Solâmnica amassada e uma caixa de lúpulo.

— Hum? — A Sargento Nemiss piscou.

Caramon deu um passo à frente.

— É verdade, sargento. Barganha não os roubou. Tem humanos e anões acampados na cidade que irão comprovar. Conseguiu tudo isso com trocas justas e honestas.

Talvez aquilo fosse um pouco de exagero, mas o que a sargento não sabia, não podia machucá-la.

A expressão da Sargento Nemiss suavizou-se, ficando gentil e adorável. Passou carinhosamente a bochecha na madeira lisa do arco.

— Bem-vindo a Companhia C, Barganha — ela disse com lágrimas nos olhos.

— Três vivas para Barganha!

Os homens deram vivas com vontade.

— E — acrescentou a Sargento Nemiss — três vivas para os treze novos membros da Companhia C.

Parecia que os vivas não iriam parar nunca.

20

As tropas de Ariakas estavam em marcha. Não a sua guarda pessoal. Aqueles homens eram altamente treinados, valiosos demais para serem desperdiçados naquela expedição. Suas tropas tinham conhecido a batalha. Seus soldados capturaram Sanção e Neraka, além de todas as terras vizinhas. Os homens que ele estava enviando para o sul até Blödehelm eram os melhores de suas novas forças, que tiveram um bom desempenho durante o treinamento. Aquele seria o batismo de sangue deles.

A missão era secreta, tão secreta que nem mesmo o mais graduado dos comandantes sabia o objetivo. Receberam ordens para marchar na noite anterior, entregues a eles por serpes.

As tropas marcharam à noite, sob o manto da escuridão. Marcharam em silêncio, as botas abafadas em pano, os anéis da cota de malha acolchoados para que ninguém ouvisse o tilintar. As rodas dos vagões de abastecimento estavam untadas, os arreios dos cavalos cobertos de trapos. Qualquer um que tivesse a infelicidade de esbarrar no caminho do exército era morto rapidamente e sem piedade. Ninguém ficaria vivo para relatar que viu um exército das trevas marchando do norte.

Kitiara e Immolatus não viajaram com o exército. Em dois podiam viajar mais rápido do que a monstruosa força militar rastejando pela terra. Ariakas os queria em Fim da Esperança antes da chegada do exército, para que descobrissem a localização dos ovos antes do início da batalha. Suas ordens eram chegar à cidade antes da batalha, entrar disfarçados, conduzir sua busca e sair antes que as coisas esquentassem demais.

Kitiara estava feliz por estarem sozinhos, longe das tropas. Immolatus despertava muita curiosidade, causava muitos comentários. Em vão, Kit havia tentado persuadir o dragão de que o traje de um mago de vestes vermelhas não era um disfarce adequado para viajar em companhia das forças de Sua Majestade das Trevas. Preto, Kitiara sugeriu, era uma cor muito mais atraente.

Immolatus não foi persuadido. Vermelho ele era e vermelho permaneceria. Por fim, descobrindo que todos os seus argumentos eram inúteis, Kitiara desistiu. Ela previa muitas brigas com o dragão arrogante e decidiu que esta era uma luta menor e sem grandes consequências. Ela pouparia suas forças para as batalhas que importavam.

Perguntou-se sobre a escolha do dragão — com seu desdém mordaz para todas as pessoas, independente de raça, credo ou cor — para a missão. Não era sua função questionar suas ordens, entretanto. Particularmente a última, que havia sido entregue a Kit em segredo antes de sua partida de Sanção. Pelo menos ela presumia que a missiva era uma ordem. Poderia ser uma carta de amor, mas Ariakas não parecia fazer esse tipo.

Ela manteve a ordem — um bilhete rabiscado às pressas de Ariakas — enrolada em um pequeno pergaminho apertado, enfiado em uma bolsa guardada em seu alforje. Ainda não tinha tido a oportunidade de lê-lo. Immolatus exigia constante atenção. Ele passou o dia da rápida viagem regalando-a com histórias de seus vários ataques, massacres e saques. Quando ele não estava revivendo seus dias de glória, reclamava amargamente sobre a comida que era forçado a comer enquanto estava em sua forma humana e como achava humilhante andar a cavalo quando podia voar entre as nuvens.

Eles pararam para descansar à noite, e apesar de ele não estar dormindo numa cama de ouro, Immolatus por fim adormeceu. Por sorte, o dragão dormia profundamente. Muito parecido com um cachorro, ele se contorcia e se sacudia em seus sonhos, estalando dentes e rangendo as mandíbulas. Depois de observar de perto seu sono agitado por longos momentos, Kit chegou ao ponto de sacudir Immolatus pelo ombro e chamar seu nome.

Ele resmungou e rosnou, mas não acordou.

Satisfeita por poder ler a carta em particular, Kitiara pegou o rolo e leu a missiva à luz do fogo.

Comandante Kitiara uth Matar,

Caso surja alguma circunstância em que, na opinião da Comandante, os planos de Sua Majestade para a eventual conquista de Ansalon estiverem em perigo, a Comandante uth Matar está, por este meio expressamente ordenada, apta a lidar com a situação de qualquer maneira que a comandante considerar adequada.

A ordem foi assinada por *Ariakas, General dos Exércitos Dracônicos da Rainha Takhisis.*

— Bastardo astuto — Kitiara murmurou com um meio sorriso relutante. Depois de ler a ordem deliberadamente vaga e inespecífica mais duas vezes, balançou a cabeça, encolheu os ombros e enfiou-o na bota.

Então, aquela foi a chicotada. Ela estava esperando algum tipo de punição por sua recusa. Não se dizia não ao General Ariakas com impunidade. Mas não esperava algo tão diabolicamente criativo. Sua opinião do homem melhorou um pouco.

Ariakas tinha acabado de atribuir a responsabilidade pelo sucesso (ou fracasso) da missão a ela. Se tivesse sucesso, receberia as boas-vindas de um herói. Promoção. Os favores de Sua Senhoria, tanto na cama como fora dela. Se falhasse...

Ariakas estava intrigado e fascinado por ela. Mas ele não era homem para ficar intrigado ou fascinado por qualquer coisa por muito tempo. Implacável, sedento de poder, ele a sacrificaria à sua ambição sem olhar para trás para ver se seu corpo ainda se mexia.

Kitiara sentou-se perto do fogo e olhou para as chamas dançarinas. Adormecido perto dela, Immolatus rosnou e bufou. O cheiro de enxofre era forte no ar. Ele deveria estar incendiando uma cidade. Ela imaginou as chamas devorando casas, lojas. Pessoas envoltas em fogo, como tochas vivas.

Cadáveres carbonizados, ruínas enegrecidas. O cheiro horrível de cabelo e carne queimando. Exércitos marchando vitoriosos, com as cinzas dos mortos cobrindo suas botas.

O fogo purificador varreria Ansalon, limpando a madeira élfica morta que apodrecia nas florestas, queimando a vegetação rasteira de raças inferiores que impedia o progresso humano, sendo a faísca para incendiar ideias antiquadas, como aquelas defendidas pela decadente cavalaria, seca como lenha. Uma nova ordem surgiria, como uma fênix, dos restos carbonizados da antiga.

— Vou montar nessa nova ordem — disse Kitiara às chamas. — O fogo de nivelamento brilhará em minha lâmina. Voltarei para você vitoriosa, General Ariakas.

"Ou não voltarei de jeito nenhum."

Apoiando o queixo nos joelhos, Kitiara passou os braços em volta das pernas e observou as chamas consumirem a madeira até que tudo o que restou foram cinzas, piscando para ela na escuridão como os olhos vermelhos do dragão.

Livro dois

"Nada acontece por acaso. Tudo acontece por um motivo.
Seu cérebro pode não saber. Seu cérebro pode nunca descobrir.
Mas seu coração sabe. Seu coração sempre sabe."
— Horkin, mestre de magia

1

Os cidadãos de Fim da Esperança nunca quiseram entrar em guerra. O que começou como um protesto pacífico contra um imposto injusto se transformou em uma rebelião em grande escala, e ninguém da cidade sabia como aquilo deu tão terrivelmente errado.

Rolando uma pedra colina abaixo, sem querer, começaram uma avalanche. Jogando um pedaço de pau em um lago, criaram um maremoto, um paredão de água que podia afogar todos eles. A carroça de suas vidas, que outrora andava tão suavemente pela estrada principal, de repente perdeu uma roda, tombou para o lado e agora descia pela face do penhasco.

O imposto injusto era um imposto de entrada e estava tendo um efeito desastroso nos negócios de Fim da Esperança. O édito veio do Rei Wilhelm (antes conhecido como Bom Rei Wilhelm, e agora conhecido como algo não tão lisonjeiro). O édito exigia que todas as mercadorias que entrassem na cidade de Fim da Esperança estariam sujeitas a um imposto de vinte e cinco por cento e, além disso, todas as mercadorias que saíssem de Fim da Esperança estariam sujeitas ao mesmo imposto. Isso significava que qualquer matéria-prima que entrasse na cidade, desde minério de ferro para armaduras ao algodão para anáguas de renda, era tributada. As mesmas armaduras e anáguas ao saírem da cidade também eram tributadas.

Como consequência, o preço dos produtos provenientes da cidade de Fim da Esperança disparou mais do que a última invenção dos gnomos (uma batedeira de manteiga movida a vapor). Se os comerciantes tivessem dinheiro suficiente para pagar as matérias-primas, precisariam cobrar tanto pelos produtos finais que as pessoas não teriam condições de comprá-los. Isto significava que os comerciantes não podiam mais pagar aos seus trabalhadores, que já não tinham dinheiro para comprar o pão dos filhos, muito menos anáguas de renda.

O bom Rei Wilhelm enviou seus cobradores, uns brutamontes imensos, para garantir que o imposto fosse cobrado. Os comerciantes que se rebelaram contra o pagamento do imposto de entrada foram intimidados, ameaçados, assediados e, às vezes, agredidos fisicamente. Um empreendedor ousado teve a ideia de mudar seus negócios fora dos muros da cidade, a fim de evitar totalmente o imposto. Os cobradores encerraram sumariamente suas operações, quebraram seu estande, atearam fogo em suas mercadorias e deram um soco no queixo do cidadão empreendedor.

Logo toda a economia de Fim da Esperança estava à beira do colapso.

Para piorar a situação, os cidadãos descobriram que a sua cidade era a única do reino a ser tão maltratada. Aquele repugnante imposto de portão era cobrado apenas deles. Nenhuma outra cidade precisava pagar. Os cidadãos enviaram uma delegação ao Bom Rei Wilhelm solicitando saber por que eles estavam sendo punidos com aquele imposto injusto. Sua Majestade recusou-se a receber a delegação, e enviou um de seus ministros para transmitir sua resposta.

— É a vontade do rei.

Em vão, o senhor prefeito enviou emissários com cartas ao rei, implorando que suspendesse o imposto injusto. Os enviados foram rejeitados sem nunca terem audiência com Sua Majestade. Os enviados não se consolaram com o boato que corria pela cidade real de Vantal de que o Rei Wilhelm estava louco. Um rei louco ainda é rei, e este aparentemente era são o suficiente para fazer seus loucos decretos serem obedecidos.

A situação piorou cada vez mais. Lojas fecharam. O mercado permaneceu aberto, mas as mercadorias vendidas eram escassas e poucas. Reuniões de guilda, antes pouco mais do que uma desculpa para os comerciantes se juntarem como bons companheiros e compartilhar boa comida e bebida, eram disputas de berros, cada comerciante exigindo que algo fosse feito. Como cada um tinha suas próprias opiniões sobre o que era esse algo, cada comerciante estava pronto para despejar uma caneca de cerveja, agora infelizmente cheia de água, na cabeça de qualquer um que se opusesse a ele.

A Guilda dos Mercadores de Fim da Esperança era a organização mais poderosa na cidade. Detinha um monopólio virtual sobre toda a indústria e comércio da cidade. A guilda supervisionava as guildas menores, estabelecendo padrões para o artesanato e garantindo que esses padrões fossem respeitados. Os comerciantes achavam, com razão, que trabalho de má qualidade refletia mal em todo a comunidade. Qualquer comerciante pego trapaceando seus clientes era expulso da guilda e, portanto, perdia os meios de ganhar a vida.

A organização procurava melhorar a situação de todos os homens e mulheres trabalhadores da cidade, desde costureiras e tecelãs até ourives e cervejeiras. A guilda determinou salários justos, estabeleceu os termos sob quais rapazes e moças seriam aprendizes de ofícios e arbitravam nas disputas entre comerciantes. Os membros não eram agitadores. Suas exigências de melhores condições para seu povo não eram irracionais. A guilda tinha um relacionamento cordial com o senhor prefeito e com o alto xerife. Era respeitada em toda a cidade, sua reputação de justiça e honestidade tão estabelecida que o trabalho dos artesãos de outras cidades era julgado com o elogio "bom o bastante para ser vendido em Fim da Esperança".

Assim, quando o édito sobre o repreensível imposto novo foi anunciado em toda a cidade, as pessoas recorreram confiantes à Guilda dos Mercadores para lidar com a situação.

Em resposta, o líder da guilda, depois de muita deliberação agonizante, convocou uma reunião secreta dos membros, realizada em um templo parcialmente demolido dedicado a um deus esquecido localizado na periferia da cidade.

Ali, na escuridão iluminada por tochas acesas, cercado por seus vizinhos, associados e amigos pálidos, determinados e resolutos, o líder da guilda sugeriu que Fim da Esperança se separasse do reino de Blödehelm, tornando-se uma cidade-estado independente, com capacidade de governar a si mesma, aprovar suas próprias leis, expulsar os bandidos e acabar com o imposto.

Em suma, revolução.

A votação pela secessão foi unânime.

A primeira ordem do dia foi destituir o senhor prefeito e substituí-lo por um conselho revolucionário, que elegeu imediatamente o senhor prefeito como seu líder. A próxima tarefa era expulsar os bandidos. Felizmente, os bandidos simplificaram isso reunindo-se à noite em sua taverna favorita e bebendo até perderam os sentidos. A maioria foi arrastada em estado de estupor e depositada fora dos muros. Aqueles que estavam sóbrios o suficiente para lutar foram subjugados com facilidade pela milícia da cidade.

Assim que os brutos foram embora, os portões de Fim da Esperança foram fechados e trancados.

Mensageiros foram enviados ao Bom Rei Wilhelm informando-o de que a cidade de Fim da Esperança não desejava tomar as medidas que havia tomado, mas que seu povo tinha sido levado a rebelar-se. O Conselho Revolucionário de Fim da Esperança oferecia ao rei uma última oportunidade para levantar o hediondo e injusto imposto. Se ele fizesse isso, baixariam as armas, destrancariam os portões e jurariam lealdade a Blödehelm e ao Bom Rei Wilhelm pelo resto dos seus dias.

Calculando que o mensageiro levaria quatro dias de cavalgada forçada para chegar à cidade real de Vantal, um dia para obter audiência com o rei, e outros quatro dias de jornada para retornar, o Conselho Revolucionário não começou a se preocupar até o décimo dia chegar sem nenhum sinal de seu mensageiro. Onze dias se passaram; a preocupação se tornou ansiedade. No décimo segundo dia, a ansiedade explodiu em raiva. No décimo terceiro dia, a raiva deu lugar ao horror.

Uma kender chegou à cidade rebelde (o que só serve para mostrar que portões fechados, trancados e guardados por um exército realmente não conseguem mantê-los do lado de fora!) contando a história de uma execução muito interessante que testemunhara recentemente na cidade real de Vantal.

— Sério, nunca vi ninguém empalado em praça pública antes! Uma montoeira de sangue! Nunca ouvi gritos tão dolorosos. Eu nunca soube que um homem poderia demorar tanto para morrer. Nunca antes vi a cabeça de uma vítima ser atirada dentro de uma carroça, uma carroça sendo conduzida nesta direção, agora que parei para pensar nisso. Nunca vi aquele tipo de aviso que foi enfiado na boca aberta da vítima, escrito com o próprio sangue da vítima. Um sinal que dizia... Só um minuto... Eu não sou muito boa em leitura, foi alguém que me disse o que dizia... se eu pudesse lembrar... Ah, sim! A placa dizia: "O destino de todos os rebeldes".

Mas eles teriam a oportunidade de ver por si próprios, acrescentou a kender. A carroça estava a caminho de Fim da Esperança.

A raiva deu lugar ao desespero. O desespero cedeu ao pânico quando os batedores postados no topo das muralhas da cidade relataram a visão de uma enorme nuvem de poeira obscurecendo o horizonte a nordeste. Batedores, vindos de Fim da Esperança, voltaram com notícias devastadoras. Um exército, um grande exército, estava a um dia de marcha da sua cidade.

O tempo para segredos havia passado. As tropas de Ariakas marchavam à luz do dia.

O povo de Fim da Esperança corria de casa em casa ou ficava nas esquinas ou alinhados em frente à casa do senhor prefeito ou bloqueando as entradas para o Salão da Guilda. As pessoas achavam impossível acreditar no que estava acontecendo, então achavam impossível saber o que fazer. O vizinho perguntou ao vizinho, o aprendiz perguntou ao mestre, a patroa perguntou ao servo, o soldado perguntou ao comandante, o comandante perguntou aos seus superiores, o senhor prefeito perguntou aos membros da guilda, que estavam ocupados perguntando uns aos outros: *O que vamos fazer? Ficamos? Partimos? Se formos, para onde iremos? O que se será de nossas casas, nossos empregos, nossos amigos, nossos parentes?*

A nuvem de poeira cresceu e cresceu até que todo o céu oriental ficou vermelho ao meio-dia, como se o sol nascesse em um novo e sangrento amanhecer. Alguns decidiram fugir, principalmente entre aqueles que eram novos na cidade, cujas raízes eram superficiais e facilmente transplantadas. Eles empacotaram os pertences que conseguiam carregar em carrinhos ou em pacotes nas costas e, despedindo-se de seus amigos, saíram pelos portões da cidade, descendo a estrada na direção oposta àquela em que todos sabiam que era um exército que se aproximava. Mas a maioria dos cidadãos de Fim da Esperança ficou.

Tal como os carvalhos gigantes, as suas raízes estavam profundamente enterradas nas montanhas. Gerações viveram e morreram em Fim da Esperança. Esta cidade, cujas origens remontavam, segundo a lenda, à Última Guerra do Dragão, resistiu ao Cataclismo.

Meus bisavós estão enterrados aqui. Meus filhos nasceram aqui. Eu sou jovem demais para começar sozinho. Estou muito velho para começar de novo em outro lugar. Esta é a casa da minha juventude. Esse o negócio foi fundado por minha avó. Devo desistir de tudo e fugir? Devo matar para protegê-lo?

Uma escolha terrível, uma escolha amarga.

Depois que o último dos refugiados partiu, os portões da cidade se fecharam com estrondo.

Carruagens pesadas estacionaram atrás dos portões, carregadas com pedregulhos e rochas para formar uma barricada que deteria o inimigo caso os portões fossem forçados. Todos os recipientes disponíveis foram enchidos com água para combater incêndios. Os comerciantes viraram soldados e passaram o dia praticando tiro ao alvo. As crianças mais velhas foram ensinadas a recuperar flechas lançadas.

Os cidadãos esperavam o melhor e prepararam-se para o pior — pelo menos o que consideravam ser o pior. Eles ainda tinham fé em seu rei. Na melhor das hipóteses, imaginavam o exército marchando de maneira ordenada pela estrada, montando acampamento. Imaginavam o comandante cavalgando educadamente para negociar, seus próprios representantes saindo sob uma bandeira de trégua para se encontrarem com o comandante. Ele faria ameaças, eles reagiriam com dignidade e permaneceriam firmes. Com o tempo, ele cederia um pouco, eles cederiam um pouco. Finalmente, depois de talvez um dia de negociações duras e difíceis, chegariam a um acordo e todos iriam para casa jantar.

O pior mesmo que imaginavam que poderia acontecer, era que talvez fosse necessário enviar algumas flechas sobre as cabeças dos soldados, flechas apontadas com cuidado, claro, para que ninguém se machucasse. Só para mostrar que estavam falando sério. Depois disso, o comandante do exército — sem dúvida um homem razoável — veria que sitiar a cidade era desperdício de tempo e energia. E depois disso eles negociariam.

Cornetas soaram o alarme por toda a cidade. O exército do Bom Rei Wilhelm havia aparecido. Todos que podiam andar subiram no topo das muralhas.

A cidade de Fim da Esperança era cercada por montanhas em três lados, e dava para um vale fértil no quarto. Pequenas propriedades agrícolas pontilhavam o vale. As primeiras mudinhas do plantio da primavera começavam a avançar pelo solo recém-cultivado, um lençol verde e sedoso espalhado pelo Vale. Uma estrada cortava uma passagem na montanha, conduzia ao vale e de lá para Fim da Esperança. Geralmente, a esta hora do dia, da muralha era possível ver um fazendeiro com seu carro de boi andando pela estrada, ou um grupo de kender, ou um funileiro com sua carroça cheia de panelas e chaleiras ou algum viajante cansado olhando alegremente para as muralhas da cidade e pensando em uma refeição e uma cama quentinha.

Agora pela estrada fluía um rio de aço, com ondulações e redemoinhos, pontilhados por metal que brilhava à luz do sol, que engolfava as pequenas propriedades. O rio de aço fluiu para o vale como uma queda de água corrente, botas sacudindo o chão, uma cascata de tambores marcando seu avanço. Logo o brilho das chamas pôde ser visto, finas nuvens de fumaça erguendo-se de casas e estábulos, enquanto os soldados saqueavam celeiros, massacravam animais e matavam ou escravizavam os agricultores e suas famílias.

O rio de aço juntou-se no vale, rodopiando em redemoinhos de atividade — soldados montando acampamento, armando tendas nos campos, pisoteando as mudas, derrubando árvores, invadindo e saqueando as fazendas. Deram pouca atenção à cidade e às pessoas que cobriam suas muralhas, que assistiam com rostos pálidos e corações acelerados. Por fim, um pequeno grupo de soldados destacou-se do corpo principal e cavalgou em direção aos portões da cidade. Eles cavalgavam sob uma bandeira de trégua, uma bandeira branca quase escondida pela fumaça dos campos em chamas. Os soldados pararam a uma curta distância da muralha. Um dos soldados, usando uma armadura pesada, avançou três passos.

— Cidade de Fim da Esperança — gritou o comandante com voz profunda. — Eu sou Kholos, comandante do exército de Blödehelm. Vocês têm duas opções: render-se ou morrer.

Os cidadãos na muralha se entreolharam com espanto e consternação. Certamente não era isso que esperavam. Após alguma hesitação, o senhor prefeito se adiantou para responder.

— Nós… queremos negociar — gritou ele.

— O quê? — o comandante gritou.

— Negociar! — o prefeito gritou desesperado.

— Tudo bem. — Kholos recostou-se mais confortavelmente em seu cavalo. — Eu vou negociar. Vocês se rendem?

— Não — disse o senhor prefeito, empertigando-se com dignidade.

— Então, morrem. — O comandante encolheu os ombros. — Pronto, negociamos.

— O que acontece se nos rendermos? — uma voz gritou da multidão.

Kholos riu, zombando.

— Vou dizer o que acontece se você se render. Você torna minha vida muito mais fácil. Aqui estão seus termos. Primeiro, todos os homens fisicamente aptos irão depor as armas, deixar a cidade e formar uma fila, para que meus mestres de escravos possam dar uma boa olhada em vocês. Em segundo lugar, todas as mulheres jovens e bonitas formarão uma fila para que eu possa escolher. Terceiro, o resto dos cidadãos de Fim da Esperança irá pegar seu tesouro e empilhá-lo aqui, aos meus pés. Esses são os seus termos para rendição.

— Isso é… isso é injusto! — o senhor prefeito se engasgou. — Tais termos são ultrajantes! Nunca aceitaremos!

O comandante Kholos virou seu cavalo e galopou de volta ao seu acampamento, seus guardas o seguindo. O povo de Fim da Esperança preparou-se para a batalha, para matar, para morrer.

Acreditavam que defendiam uma causa. Que lutavam contra uma injustiça. Não faziam ideia de que a guerra não era sobre eles, que nada mais eram do que pequenas peças descartáveis em um jogo cósmico maior, que o terrível general que ordenara este ataque nem sabia o nome da cidade até procurar em um mapa, que os comandantes dos exércitos dracônicos recém-formados viam aquilo como um exercício de treinamento.

O povo de Fim da Esperança acreditava que pelo menos suas mortes iriam significar alguma coisa, quando na realidade, a fumaça subindo das cinzas das piras funerárias da cidade formariam uma única nuvem escura em um lindo céu azul, uma única nuvem escura que seria despedaçada pelo vento frio do dia que findava para desaparecer e ser esquecida.

2

Mais ou menos quando o Bom Rei Guilherme estava estripando o embaixador da cidade rebelde, o exército do Barão Louco iniciou sua marcha em direção à metrópole condenada. Liderado pelo barão que agitava seu chapéu de plumas e ria sem nenhuma outra razão além do prazer pela perspectiva de entrar em ação, os soldados do barão desfilaram pela estrada em meio a aplausos e votos de boa sorte dos habitantes da cidade reunidos em Langtree. Depois da última carroça de suprimentos carregada passar pelos portões, os cidadãos voltaram para suas casas e negócios, gratos pela paz e tranquilidade, tristes pelo lucro perdido.

O barão deu bastante tempo às suas tropas para atingirem o objetivo. Os soldados não marchavam mais do que quinze milhas por dia. Queria suas tropas frescas e prontas para lutar, sem cair de exaustão. Os vagões carregavam armaduras, escudos e rações, então não tiveram que parar para nada ao longo do percurso, exceto por um breve descanso ao meio-dia. Qualquer um que desistisse da marcha por exaustão, doença ou lesão era provocado impiedosamente, mas teve permissão para prosseguir nas carroças, ao lado dos condutores.

Os homens estavam de bom humor, ansiosos pela batalha, pela glória e pelo pagamento ao final. Eles cantavam enquanto marchavam, canções lideradas pelo rico barítono do barão. Pregaram peças nos novos recrutas. Cada um sabia que a batalha poderia ser a última, pois todo soldado sabe que em algum lugar há uma ponta de flecha marcada com seu sangue ou uma espada com seu nome gravado na lâmina. Mas esse conhecimento torna a vida que ele está vivendo no momento muito mais doce.

A única pessoa que não estava gostando da marcha era Raistlin. Seu corpo fraco não conseguia suportar nem mesmo um ritmo moderado de caminhada por muito tempo. Ele ficou cansado e com os pés doloridos antes dos primeiros dez quilômetros.

— Você deveria viajar nos vagões de suprimentos, Raist — disse-lhe Caramon, prestativo. — Junto com… — Ele ficou com o rosto vermelho e mordeu a língua.

— Junto com o resto dos fracos e enfermos — Raistlin terminou a frase.

— E-eu não quis dizer isso, Raist — gaguejou Caramon. — Você está muito mais forte agora do que antes. Não que você fosse fraco ou algo assim, mas...

— Fique quieto, Caramon — disse Raistlin, irritado. — Eu sei muito bem o que você quis dizer.

Ele saiu mancando, e Caramon observou-o partir e balançou a cabeça com um suspiro.

Raistlin imaginou os olhares de desdém dos outros soldados enquanto marchavam por ele, deitado sobre um saco de feijão seco. Ele imaginou seu irmão ajudando-o a sair da carroça todas as noites, solícito e paternalista.

Raistlin decidiu que marcharia com o resto do exército mesmo se isso o matasse, o que provavelmente aconteceria. Cair morto na trilha era preferível a ser alvo da piedade alheia.

Ele havia perdido Horkin de vista durante a marcha e supôs que o mago robusto estivesse nas primeiras fileiras, ditando o ritmo. Quando veio a mensagem que Raistlin deveria se reportar ao mestre de magia, ficou bastante surpreso ao encontrar Horkin atrás, com as carroças de suprimentos.

— Disseram que você estava marchando, Vermelho — disse Horkin.

— Como os demais soldados, senhor — disse Raistlin, preparado para ser ofendido. — Não precisa se preocupar, senhor. Estou um pouco cansado agora, só isso. Estarei melhor amanhã…

— Ah! Aqui está sua montaria, Vermelho. — Horkin apontou para uma mula amarrada a uma das carroças. Parecia um animal plácido, mascando feno sem prestar atenção à confusão organizada de montar um acampamento. — Essa é a Lillie. Ela é muito amigável, contanto que você mantenha seus bolsos cheios de maçãs. — Horkin coçou entre as orelhas da mula.

— Agradeço a sua preocupação, senhor — disse Raistlin rigidamente. — Mas vou continuar a marcha a pé.

— Como quiser, Vermelho — disse Horkin, encolhendo os ombros. — Mas vai ser difícil como o diabo me acompanhar assim.

Ele acenou com a cabeça em direção a outro burro que poderia ser gêmeo de Lillie, pois se pareciam muito, até mesmo com uma faixa preta que ia do ombro até a garupa.

— Você vai montado, senhor? — Raistlin perguntou, surpreso.

Horkin era um soldado meticuloso, como dizia o ditado. Ele contou que uma vez marchou setenta milhas em um dia carregando uma carga pesada. Trinta milhas por dia eram um passeio no jardim, de acordo com Horkin.

— Você está cavalgando desta vez por minha causa, não é, senhor? — o jovem mago perguntou com frieza.

Horkin colocou a mão gentilmente no ombro magro de Raistlin.

— Vermelho, você é meu aprendiz. E sou sincero ao dizer que não dou a mínima para você. Estou cavalgando porque tenho uma razão para isso, uma razão que você verá de manhã. Você poderia me ajudar de alguma forma, mas se quer marchar…

— Vou cavalgando, senhor — disse Raistlin, sorrindo.

Horkin partiu para o conforto de seu saco de dormir. Raistlin ficou para trás, fazendo amizade com Lillie e se perguntando que reviravolta perversa em sua natureza o fazia ficar ressentido com Caramon por se importar e respeitar Horkin por não se importar.

Se achava que seria fácil, descobriu seu erro no dia seguinte. Os dois magos cavalgavam na retaguarda da longa coluna, ao lado das carroças de suprimentos. Raistlin estava aproveitando o passeio, aproveitando o sol quente, quando de repente Horkin deu um grito selvagem e puxou as rédeas, virando a cabeça do burro com tanta violência que o animal zurrou em protesto. Chutando o burro nos flancos, Horkin mergulhou imprudentemente na trilha, gritando para Raistlin segui-lo.

Ele não teve muita escolha, pois Lillie não gostava de se separar de seu companheiro de estábulo. A mula trotou atrás de Horkin e carregou Raistlin com ela. Os dois animais se bateram contra o mato, passaram aos tropeços por uma ravina íngreme e dispararam por um prado de trevos.

— O que foi, senhor? — Raistlin gritou.

Sacolejava confortavelmente sobre a mula, cujo passo era muito diferente daquele de um cavalo, suas vestes balançando ao redor dele, seu cabelo voando para trás. Ele tinha certeza de que Horkin estava no encalço de um exército de goblins, e pretendia enfrentá-los sozinho. Raistlin olhou por cima do ombro, esperando ver o resto da companhia correndo atrás.

O resto da companhia já estava fora de vista.

— Senhor! Onde está indo? — Raistlin questionou.

Ele o alcançou, não por sua própria vontade, mas porque Lillie, aparentemente um animal muito competitivo, não tolerava ser deixada para trás.

— Margaridas! — Horkin gritou triunfante, apontando para um campo branco. Estimulou seu burro a fazer mais força.

— Margaridas! — Raistlin murmurou, mas não teve tempo para admiração. Lillie mais uma vez entrou na corrida.

Horkin parou seu burro bem no meio do campo de flores brancas e amarelas, e saltou da sela.

— Vamos, Vermelho! Não fique emulado! — Horkin sorriu com sua piadinha. Pegando um saco vazio de sua sela, ele o jogou para Raistlin e pegou outro para si. — Não há tempo a perder. Escolha as flores e as folhas. Usaremos ambas.

— Eu sei que a margarida é boa para aliviar a tosse — disse Raistlin, colhendo flores com muita diligência. — Mas nenhum dos soldados está atualmente sofrendo...

— A margarida é conhecida como uma erva de batalha, Vermelho — explicou Horkin. — Moa, transforme em unguento, espalhe nas feridas e vai impedir que apodreçam.

— Eu não sabia disso, senhor — disse Raistlin, satisfeito por aprender algo novo.

Eles colheram as margaridas e também um pouco do trevo, que era bom para feridas e outras coisas. No caminho de volta, Horkin desviou novamente da estrada, galopando em busca de espinheiros, que disse usar para curar a queixa mais comum dos soldados: a disenteria. Raistlin entendeu a necessidade dos burros. No momento em que os dois magos completaram sua coleta, o exército estava quilômetros à frente deles. Cavalgaram a tarde toda só para alcançá-los.

Seu trabalho não terminava à noite, pois depois de um dia passado na tarefa árdua de colher as plantas, Horkin ordenava que Raistlin arrancasse as pétalas das flores ou fervesse as folhas ou transformasse as raízes em polpa. Mesmo cansado como estava — e Raistlin não conseguia se lembrar de alguma vez ter se sentido tão exausto — todas as noites, antes de dormir, escrevia em um pequeno livro tudo o que ele aprendera naquele dia.

Ele não descansava nos dias em que o trabalho com ervas estava feito, pois se não estava colhendo flores, estava praticando seus feitiços. Antes, Raistlin fora sempre muito exigente com seus feitiços. Não dizia as palavras até ter certeza de que conseguiria pronunciar cada uma corretamente. Não lançava o feitiço até saber que poderia lançá-lo com perfeição. A velocidade era o que contava agora. Tinha que lançar seu feitiço rápido, sem perder tempo para pensar se um "a" era pronunciado "aaa" ou "ah". Ele tinha que saber o feitiço bem a ponto de conseguir recitar as palavras rapidamente, sem pensar, sem cometer erros. Tentando falar as palavras rapidamente, Raistlin gaguejou e balbuciou tanto quanto quando tinha oito anos. Na verdade, disse a si mesmo, taciturno, sua pronúncia era melhor aos oito anos!

Pudesse imaginar que tal prática fosse fácil, uma simples questão de repetir palavras continuamente como um ator memoriza seu roteiro. Mas um ator tem a vantagem de poder ensaiar suas falas em voz alta, não importa onde esteja, enquanto o mago não pode, por medo de lançar o feitiço sem querer.

Raistlin ficava irritado por Horkin — um mago com muito menos habilidade e estudo — conseguir dizer um feitiço tão rapidamente que Raistlin tinha dificuldade de entender, lançando-o sem errar. Ele persistiu em sua prática com determinação sombria. Sempre que tinha um momento livre, ia para a floresta onde não machucaria ninguém se conseguisse lançar um "projétil incendiário" em menos de três segundos, o que neste momento não parecia provável.

Seus dias ocupados com trabalho árduo, suas noites inventando remédios e poções, escrevendo e estudando, ficou surpreso por não desmaiar de fadiga. Mas, na verdade, nunca se sentira tão bem, tão vivo e interessado na vida. Há muito acostumado a se autoavaliar, Raistlin chegou à conclusão de que prosperava na atividade, tanto física quanto mental; que sem algo para mantê-lo ocupado, seu cérebro e seu corpo estagnavam. Ele tossia com menos frequência, embora quando os espasmos surgiam, eram excepcionalmente dolorosos.

Estava até achando Caramon menos estúpido do que de costume. Todas as noites Raistlin juntava-se ao irmão e ao amigo Barganha para um jantar de frango cozido e pão de viagem duro. Ele realmente se divertia e percebeu que ficava ansioso pela companhia.

Quanto a Caramon, ficou encantado com a mudança do irmão e, com sua natureza descontraída habitual, não perdeu tempo pensando ou questionando. A noite em que Raistlin conseguiu lançar um raio de fogo, não uma, mas três vezes em rápida sucessão, ficou tão alegre durante o jantar que Caramon suspeitou, em segredo, que o seu gêmeo andou bebendo aguardente anã.

A marcha para Fim da Esperança prosseguiu sem incidentes. A Companhia C, cavalgando como batedores avançados do exército, chegou à vista da cidade no dia marcado para encontrar o exército do Bom Rei Guilherme acampado fora dos muros. O ar estava cinzento com o cheiro de queimado, os gritos e berros soavam assustadores em meio à fumaça.

— A batalha acabou, senhor? — Caramon perguntou consternado, pensando que a tinha perdido.

A Sargento Nemiss estava à sombra de um grande bordo, piscando para afastar a fumaça ardente dos olhos, tentando ver através da mortalha que pairava sobre o vale para entender o que estava acontecendo. Seus homens se reuniram ao seu redor, mantendo-se escondidos na borda da linha das árvores.

A sargento balançou a cabeça.

— Não, não ficamos fora da luta, Majere. Ah, essa coisa entra na sua boca! — Ela bebeu água do cantil e cuspiu no chão.

— O que está pegando fogo, senhor? — Barganha olhou para a fumaça e para as cinzas que caíam. — O que está queimando?

— Estão saqueando o campo — respondeu a Sargento Nemiss, após outro gole de água. — Saqueando as casas e os celeiros e ateando fogo no que não podem levar. Esses gritos que estão ouvindo… são as mulheres que capturaram.

— Canalhas! — Caramon disse, com o rosto pálido. Ele lambeu os lábios secos, quase ficando enjoado. Nunca tinha ouvido os gritos de uma pessoa em tormento. Ele agarrou o punho da espada e sacudiu a lâmina na bainha. — Vamos fazê-los pagar!

A Sargento Nemiss fitou-o com um olhar irônico.

— Receio que não, Majere — ela disse secamente. — Esses são nossos galantes aliados.

O exército do barão armou acampamento com eficiência e disciplina, sob o olhar crítico do segundo em comando do barão, comandante Morgon. Caramon e sua companhia ficaram de guarda em torno do perímetro do acampamento.

O perigo provavelmente viria da direção da cidade, mas o olhar dos guardas ia da cidade para o acampamento de seus aliados.

— O que o barão disse? — Caramon perguntou a Barganha, que estava fazendo as rondas dos postos de guarda com o odre de água.

Barganha tinha outro talento além de fechar negócios. Ele era um bisbilhoteiro notável, um talento que surpreendeu a todos, já que bisbilhotar talvez seja a única falha que geralmente não é atribuída aos kender.

Um kender, ao ouvir uma conversa, sente-se compelido a participar, considerando que ele tem informações valiosas para compartilhar sobre o assunto, não importa quão pessoal ou privado esse assunto possa ser. Ao passo que um bom bisbilhoteiro deve ser silencioso, cauteloso. Quando perguntado como conseguiu adquirir essa habilidade, Barganha disse que achava que viera das negociações, onde é sempre mais lucrativo manter os ouvidos abertos e a boca fechada.

Um bom bisbilhoteiro também deve estar no lugar certo, na hora certa, para ver e ouvir da melhor maneira possível. Como Barganha conseguia estar em todos os lugares para ouvir todas as informações foi uma maravilha e um espanto para seus camaradas. Logo deixaram de questionar como ele soube e passaram a confiar nele para obter informações.

O meio-kender relatou a conversa que ouviu enquanto Caramon bebia a água morna e salobra com sede.

— A Sargento Nemiss disse ao barão que os soldados do Rei Guilherme estavam saqueando e queimando o interior. O barão disse a Sargento Nemiss: "Este é o país deles. Seu povo. Sabem como lidar com a situação. A cidade está em rebelião. Deve aprender uma lição, uma lição difícil e rápida, ou as outras cidades do reino verão que podem desprezar a autoridade com imp... impunidade. Quanto a nós, fomos contratados para fazer um trabalho e, pelos deuses, iremos fazê-lo".

— Hum — Caramon grunhiu. — E o que a Sargento Nemiss disse?

— "Sim, senhor". — Barganha sorriu.

— Quero dizer, *depois* que ela saiu da tenda do barão.

— Você sabe que não uso esse tipo de linguajar — disse Barganha, zombeteiro, e, erguendo o odre pesado, ele caminhou até o próximo posto de guarda.

Raistlin não teve tempo para se sentar e refletir sobre os modos estranhos de seus aliados. Esteve ocupado desde o momento em que o exército chegou, ajudando Horkin a preparar a tenda do mago de guerra, que era uma versão menor e mais grosseira do laboratório de Horkin. Além de separar e preparar os componentes usados nos feitiços, os dois magos também trabalharam com o cirurgião do barão, ou "sanguessuga" como era carinhosamente conhecido entre as tropas, fornecendo remédios e pomadas.

Ainda vazia, a tenda do cirurgião logo seria utilizada para abrigar os feridos. Raistlin trouxe consigo vários potes de pomada, junto a instruções para seu uso. O cirurgião estava ocupado arrumando suas ferramentas, no entanto, e ordenou secamente a Raistlin que esperasse.

A tenda estava arrumada e limpa e forrada com macas, para que os feridos não fossem forçados a dormir no chão. Raistlin examinou as ferramentas — a serra para amputar membros estraçalhados, a faca afiada usada para cortar pontas de flechas. Olhou para as camas e de repente viu Caramon ali deitado. Seu irmão estava com o rosto pálido e gotas de suor na testa. Eles tinham amarrado seus braços na cama com cordas de couro e dois homens fortes, assistentes do cirurgião, o seguravam. O osso da perna foi quebrado abaixo do joelho, ossos quebrados projetavam-se da carne rasgada, sangue cobria a cama.

Caramon, respirando com dificuldade, implorava ajuda ao irmão.

— Raist! Não deixe! — Caramon gritou entre os dentes cerrados pela dor. — Não deixe que cortem minha perna!

— Segurem-no com força, rapazes — disse o cirurgião e ergueu a serra...

— Você está bem, mago? Aqui, é melhor você se sentar.

O assistente do cirurgião pairava perto dele, com a mão no braço de Raistlin.

Raistlin lançou um olhar para a cama e estremeceu.

— Estou perfeitamente bem, obrigado — disse ele.

A névoa tingida de sangue desapareceu de seus olhos, as estrelas explodindo sumiram, a sensação de mal-estar passou. Afastou a mão solícita do assistente e saiu da tenda, obrigando-se a andar com calma e devagar, sem nenhuma demonstração de pressa. Uma vez fora, respirou fundo o ar esfumaçado e quase imediatamente começou a tossir. Ainda assim, mesmo o ar contaminado era preferível a atmosfera sufocante dentro daquela tenda.

— Deve ter sido a calmaria que me dominou — Raistlin disse a si mesmo, envergonhado e desdenhoso de sua fraqueza. — Isso e uma imaginação hiperativa.

Tentou banir a imagem da sua mente, mas o sofrimento de Caramon fora extremamente vívido. Como a imagem não desaparecia, Raistlin se obrigou a encará-la longa e duramente. Ele observou em sua mente o cirurgião arrancar a perna de Caramon, viu seu irmão permanecer durante dias em agonia, curando-se lentamente. Ele viu seu gêmeo ser levado de volta para o castelo em uma carroça com outros feridos. Viu seu irmão viver o resto de sua vida como um aleijado, seu corpo saudável definhando sob os olhares de pena de seus amigos…

— Então você saberia como me sinto, meu irmão — disse Raistlin severamente.

Percebendo o que ele disse e o que quis dizer com isso, ele estremeceu.

— Pelos deuses! — murmurou, horrorizado. — O que eu estou pensando? Caí tão baixo? Sou mesquinho desse jeito? Eu o odeio tanto assim?

— Não. — Raistlin lembrou-se daqueles momentos terríveis na tenda. — Não, eu não sou esse monstro. — Sua boca se torceu em um sorriso triste. — Não consigo imaginá-lo com dor sem sentir angústia. E ainda assim, ao mesmo tempo, não consigo imaginá-lo sofrendo sem sentir certa satisfação. Que mancha negra na minha alma...

— Vermelho!

A voz de Horkin explodiu atrás dele, assustando-o como um rufar de tambores inesperado. Raistlin piscou. Ele estava tão imerso em seus pensamentos que entrou na tenda do mago de guerra sem nem mesmo perceber.

Horkin o olhava furioso.

— Qual é o problema com a pomada? Não era o que ele queria? — Horkin questionou. — Você não disse a ele para que servia?

Raistlin olhou para suas mãos e descobriu que estava segurando um pote de pomada com mais força do que ele achava que tinha.

— Eu… Este… sim, ficou bastante satisfeito. Na verdade, quer até mais — gaguejou Raistlin, acrescentando: — Eu mesmo vou preparar, senhor. Eu sei o quão ocupado você está.

— Por que, em nome de Luni, você trouxe esta de volta? — Horkin resmungou. — Por que não deixou lá para ele usar até que você possa fazer outras?

— Sinto muito, senhor — disse Raistlin arrependido. — Acho que não pensei nisso.

Horkin olhou para ele.

— Você pensa demais, Vermelho. Esse é o seu problema. Você não está sendo pago para pensar. Eu estou sendo pago para pensar. Você está sendo pago para fazer o que eu penso. Agora pare de pensar e nos daremos muito melhor.

— Sim, senhor — disse Raistlin com mais obediência do que normalmente demonstrava ao seu mestre. De repente, achou revigorante deixar de lado todos os seus pensamentos atormentadores, observando-os se afastarem nas correntes de ar como se fossem penas.

— Vou trazer o resto dos suprimentos. Você vai fazer a pomada. — Horkin parou na aba da tenda e olhou para a cidade com ar abatido. — O Sanguessuga deve achar que será uma batalha sangrenta se está estocando creme de flores de guerra.

Balançando a cabeça, ele saiu da tenda.

Raistlin, conforme ordenado, recusou-se a se permitir pensar. Alcançando a argamassa e pilão, ele começou a esmagar margaridas.

3

Havia muitas cervejarias na cidade de Fim da Esperança. O nome desta cervejaria em particular, descoberta por Kitiara em sua chegada à cidade condenada, era Lua Suspensa.

A sinalização da taverna apresentava a imagem de um homem pendurado por uma corda, uma imagem feita em cores sinistras — o rosto do homem estava particularmente horrível — definido contra o pano de fundo de uma lua amarela brilhante. O que o enforcamento tinha a ver com a cervejaria ninguém sabia. A opinião popular sustentava que proprietário era descendente de um enforcado, mas isso o proprietário sempre negou com veemência, embora não pudesse dar nenhuma razão para a presença da força, além de "chamar atenção".

Balançando na brisa como o laço que representava, a placa fazia muitos transeuntes pararam, com que muitos olhassem de olhos arregalados, mas se induzia ou não esses mesmos transeuntes a provar a comida ou a cerveja de um lugar indicado por um cadáver pendurado era outra questão. A taverna não estava exatamente lotada de clientes.

O proprietário reclamava que isso era porque os outros donos de tavernas da cidade estarem "querendo pegá-lo". Deve-se notar que isso não era necessariamente verdade. Além de ser amaldiçoado com aquela placa de revirar estômagos, a Lua Suspensa estava situada na parte mais antiga da cidade, localizada no final de uma rua tortuosa ladeada por prédios abandonados em ruínas, longe do mercado, das ruas de comércio e a Praça das Tavernas.

O lugar não tinha uma aparência atraente, sendo uma massa de pranchas de madeira desconjuntadas encimada por telhas de madeira e sem uma única janela, a menos que você contasse o buraco na frente da cervejaria, onde duas das pranchas não se falavam e se recusavam a ter qualquer contato. O prédio parecia ter sido carregado rua abaixo por uma enchente repentina, parando esmagado contra a lateral do muro de contenção. Segundo uma lenda local, foi precisamente o que ocorreu.

Kitiara gostou da Lua Suspensa. Havia procurado por toda a cidade por um lugar como este, algo "fora do caminho" onde "poderia encontrar alguma paz e sossego", onde uma "pessoa não seria incomodada por garçonetes querendo saber se você queria outra cerveja".

Os poucos clientes da Lua Suspensa não tinham que aturar esse inconveniente, pois não empregava garçonetes. Seu proprietário, que também era seu melhor cliente, geralmente estava tão encharcado de bebida que os frequentadores acabavam se servindo sozinhos. Seria um convite aberto aos inescrupulosos para beber cerveja e sair sem pagar. O proprietário habilmente frustrou esta prática tornando a cerveja intragável, de modo que, mesmo que fosse de graça, era um mau negócio.

— Você não poderia ter encontrado um pulgueiro pestilento mais miserável se tivesse procurado por todo o Abismo — queixou-se Immolatus. Ele se sentou na beirada de uma cadeira, já tendo removido uma farpa de sua carne humana macia, mole e facilmente danificada. Ele lamentava profundamente a perda de suas próprias escamas vermelhas brilhantes, duras como aço. — Um demônio que passou a eternidade torturada assando sobre brasas torceria o nariz para a oferta de uma caneca desse líquido, sem dúvida vindo de um cavalo que morreu de doença renal.

— Não precisa beber, Eminência — respondeu Kitiara, de mau humor. Estava muito irritada com seu companheiro. — Devido ao seu "disfarce", este é o único lugar na cidade onde podemos conversar sem que as pessoas fiquem nos encarando e bufando em nossos pescoços.

Ela ergueu a caneca rachada. A cerveja pingou lentamente no chão. Kit provou, cuspiu e acelerou o processo virando a caneca. Isto feito, enfiou a mão na bota e tirou uma garrafa de conhaque comprada em uma taverna mais respeitável e bebeu um gole. Ela colocou o frasco de volta na bota, sem oferecer nada ao seu companheiro, deixando claro seu descontentamento.

— Bem, Eminência — questionou —, encontrou alguma coisa? Algum vestígio? Alguma dica? Algum *ovo*?

— Não, nada — respondeu Immolatus friamente. — Procurei em todas as cavernas que encontrei nessas montanhas esquecidas pelos deuses, e posso afirmar categoricamente que não há ovos de dragão escondidos lá.

— Você vasculhou *todas* as cavernas? — Kitiara estava cética.

— As que pude encontrar — respondeu Immolatus.

Kit ficou séria.

— Sabe o quão importante isso é para Sua Majestade…

— Os ovos não estão escondidos em nenhuma das cavernas onde procurei — disse Immolatus.

— As informações de Sua Majestade… — Kit começou.

— São precisas. Existem ovos dos metálicos escondidos nas montanhas. Posso senti-los, cheirá-los. Chegar a eles… esse é o problema. A entrada da caverna está bem escondida, habilmente escondida.

— Ótimo! Agora estamos chegando a algum lugar. Onde fica essa entrada?

— Aqui — disse Immolatus. — Na própria cidade.

— Ah! — Kit bufou. — Admito que não sei nada sobre esses tais dragões metálicos, mas não consigo imaginá-los colocando seus ovos tranquilamente no meio da praça da cidade!

—Tem razão — respondeu Immolatus. — Você não sabe nada sobre dragões. Ponto. Devo lembrá-la, verme, que esta cidade é antiga, que estava aqui quando Huma, o Amaldiçoado, rastejava como uma lesma pela terra. Esta cidade já estava aqui em uma época em que os dragões, todos eles, cromáticos e metálicos, eram reverenciados, honrados, temidos. Talvez eu até tenha sobrevoado esta cidade na minha juventude — disse o dragão, olhando sonhador para o passado distante. — Talvez tenha até considerado um ataque. A presença dos metálicos explicaria por que não o fiz…

Kit tamborilou os dedos na mesa.

— Então o que você está dizendo, Eminência? Tinha dragões dourados empoleirados nos telhados como cegonhas? Ou dragões de prata cacarejando em galinheiros?

Immolatus levantou-se, com os olhos em chamas e tremendo.

— Você aprenderá a falar até dos meus inimigos com respeito...

— Escute, Eminência! — Kit retrucou, levantando-se para encará-lo, os dedos curvando-se sobre o punho de sua espada. — O exército de Lorde Ariakas cercou esta cidade. O Comandante Kholos está se preparando para atacar. Não tenho certeza de quando, mas será em breve. Já vi o que os tolos daqui chamam de defesa e tenho uma boa noção de quanto tempo esse lugar miserável pode aguentar. Eu também conheço alguns dos planos do Comandante Kholos para o ataque. Acredite em mim, não queremos estar dentro desta cidade quando isso acontecer.

— Os ovos de dragão estão nas montanhas — disse Immolatus. Ele fez uma careta, torceu o nariz. — Em algum lugar. Posso senti-los, da mesma forma que alguém sente um fungo sob as escamas. Começa com uma coceira que não se consegue localizar. Às vezes, você não sente nada por dias, e então uma noite você acorda em tormento. Sempre que eu saía da cidade, a coceira desaparecia. Quando eu retornava, era forte, avassaladora.

Ele começou a coçar distraído as costas da mão.

— Os ovos estão perto. E eu os encontrarei.

Kitiara fincou as unhas nas palmas das mãos para não cravá-las na garganta do dragão. Ele havia perdido um tempo precioso em uma busca tola, como um kender! E agora, quando o tempo se tornava um fator crítico... bem, não havia o que fazer. O que não pode ser curado, deve ser suportado, como disse o gnomo quando prendeu a cabeça em sua nova e revolucionária prensa de uvas a vapor.

Tendo dominado sua raiva, ou pelo menos a prendido em sua barriga, Kitiara murmurou sem muito bom humor:

— Bem, e agora, Eminência?

Eram os únicos clientes da cervejaria. O dono havia bebido até cair na hora do jantar e estava deitado no bar, a cabeça sobre os braços. Um raio de sol coberto de poeira infiltrou através das tábuas briguentas, vacilou e desapareceu como se ficasse horrorizado ao descobrir que havia entrado acidentalmente ali.

— Temos no máximo um ou dois dias — disse Kitiara. — Temos que sair daqui antes do primeiro ataque.

Immolatus estava ao lado do bar, franzindo a testa para um riacho de cerveja vazando de um barril suspenso, formando uma pequena poça no chão de terra batida.

— Onde fica a parte antiga da cidade, verme?

Kitiara estava ficando muito cansada de ser chamada assim. A próxima vez, estava tentada a enfiar essa palavra pela garganta dele abaixo.

— Por quem você me toma, Eminência? Por uma historiadora coberta de tinta da Grande Biblioteca? Como eu vou saber?

— Você está aqui há tempo — afirmou o dragão. — Talvez você devesse notar essas coisas.

— E você também deveria, seu arrogante...

Kitiara lavou os próximos adjetivos altamente descritivos com outro gole de conhaque. Dessa vez, ela não colocou o frasco na bota, mas deixou-o sobre a mesa.

Immolatus, cuja audição era excelente, sorriu para si mesmo. Ele agarrou o cabelo liso e oleoso do barman e ergueu a cabeça do balcão.

— Lesma! Acorde! — Immolatus bateu várias vezes a cabeça do homem no balcão. — Escute-me! Tenho uma pergunta para você. — Ele bateu a cabeça do homem mais algumas vezes.

O barman estremeceu, gemeu e abriu os olhos turvos e injetados de sangue.

— Hein?

— Onde ficam os edifícios mais antigos da cidade?

Lá se foi a cabeça do homem no balcão.

— Onde eles estão localizados?

O dono semicerrou os olhos e olhou para Immolatus, confuso e bêbado.

— Não grite! Deuses! Minha cabeça dói! Os edifícios mais antigos ficam a oeste. Perto do antigo templo…

— Templo! — disse Immolatus. — Que templo? Para que deus?

— Eeuquesei? — o homem murmurou.

— Um belo espécime — disse Immolatus, irritado, e ergueu a cabeça do homem de novo.

— O que você está fazendo? — Kit ficou de pé.

— Um favor a humanidade! — Immolatus afirmou e, com um movimento de mão, quebrou o pescoço do homem.

— Maravilha — disse Kitiara, exasperada. — Como vamos tirar alguma coisa dele agora?

— Eu não preciso dele. — Immolatus dirigiu-se para a porta.

— Mas o que vamos fazer com o corpo? — Kit perguntou, hesitante. — Alguém pode ter nos visto. Não quero ser presa por assassinato!

— Esqueça isso — disse o dragão. Ele lançou um olhar mordaz para o morto, caído sobre seu bar. — Provável que ninguém perceba a mudança.

— Ariakas, você me paga! — Kit murmurou, seguindo Immolatus. — E vai pagar caro. Espero ser nomeada comandante de regimento depois disso!

4

As ruas ficaram mais estreitas e tortuosas, as multidões diminuíam. Kitiara e o dragão haviam entrado na parte antiga de Fim da Esperança. A maioria das casas e habitações originais foram demolidas, a pedra sendo usada nos grandes armazéns e celeiros que as substituíram. Durante o dia, os comerciantes iam e vinham. À noite, vermes — de quatro e de duas patas — eram os principais ocupantes. Em raras ocasiões, o senhor prefeito, num ataque de energia e orgulho cívico, ordenava ao xerife e aos seus homens que descessem ao distrito dos armazéns e expulsasse quem se refugiava ali, desenterrando-os dos cantos e recantos onde estavam escondidos.

Com a chegada da guerra, a maioria dos vermes bípedes abandonaram o navio, fugindo para cidades mais seguras. Como os armazéns não continham mais nada, nenhum comerciante andava pelas ruas ou fazia negócios nas esquinas. Esta parte da cidade, o lado oeste, estava vazia e deserta, era o que parecia. Ainda assim, Kit mantinha um olhar atento. Não imaginava o que Immolatus esperava encontrar ali, a menos que ele achasse que os dragões haviam guardado seus ovos em um armazém.

O dia estava quase terminando, o sol se pondo numa névoa de fumaça dos campos queimados além das muralhas da cidade. As sombras da montanha caíram por toda a cidade, trazendo consigo a uma noite prematura. Immolatus finalmente disse para pararem, mas Kit achou que era porque a rua tinha acabado.

O dragão parecia imensamente satisfeito consigo mesmo.

— Ah, exatamente como eu esperava.

A rua parecia ir direto contra um alto muro de granito em ruínas. Alcançando o dragão, Kitiara viu que estava enganada. A rua realmente passava pelo muro, entre dois altos pilares. Buracos enferrujados na pedra indicavam que portões de ferro teriam sido usados para controlar o fluxo de tráfego dentro e fora da área. Olhando pela entrada, Kitiara viu um pátio e um prédio.

— Que lugar é esse? — perguntou, olhando para o prédio com uma carranca depreciativa.

— Um templo. Um templo aos deuses. Ou talvez eu deva dizer um templo para um deus. — Immolatus lançou um olhar de puro ódio para o prédio.

— Tem certeza? — Kit disse, comparando-o desfavoravelmente ao grande Templo de Luerkhisis. — É tão pequeno e… simples.

— Bem parecido com o próprio deus — zombou Immolatus.

O templo era pequeno. Trinta passos levariam Kit da entrada para os fundos. Na frente, três degraus largos conduziam a um alpendre estreito sob um telhado sustentado por seis colunas delgadas. Duas janelas davam para um pátio pavimentado com lajes quebradas. Ervas e algum tipo de cipó sufocante cresciam nas rachaduras. Aqui e ali, entre as ervas daninhas, roseiras selvagens ainda floresciam, subindo pelo muro que cercava o pátio.

As rosas eram minúsculas e brancas e captavam os últimos raios do sol, quase brilhando no crepúsculo. As flores perfumavam o ar com um cheiro doce e picante que o dragão achou ofensivo, pois tossiu, bufou e cobriu o nariz e a boca com a manga.

O templo era feito de granito e já havia sido revestido de mármore pelo lado de fora. Algumas lajes de mármore — manchadas de amarelo e danificadas — permaneciam.

A maioria das outras lajes de mármore foi arrancada, usada em outros lugares. As portas da frente eram fundidas em ouro e brilhavam à luz do sol. Um friso, esculpido nas laterais do prédio, estava quase completamente destruído, rasgado por marcas profundas, como se tivesse sido atacado por picaretas e martelos. As imagens que um dia tinha retratado foram apagadas.

— Eminência, como você sabe para que deus este templo foi construído? — Kitiara perguntou. — Não vejo nada escrito, nenhum símbolo, nada que indique o nome do deus.

— Eu sei — disse Immolatus, e sua voz estava áspera.

Kitiara passou pelos pilares de pedra e entrou no pátio para ver melhor. As portas douradas estavam amassadas e danificadas. Ela se perguntou porque ainda estavam lá, porque não tinham sido derretidas. O ouro não valia muito mais, não tanto quanto o aço, muito mais prático. Ninguém jamais marchou para a guerra com uma espada feito de ouro. Ainda assim, se essas portas fossem de ouro maciço, valeriam alguma coisa. Ela se lembraria de contar ao Comandante Kholos, aconselhá-lo a levar as portas quando saísse da cidade.

Viu uma pequena fresta entre as duas portas douradas e percebeu que estavam parcialmente abertas. Kit teve a estranha sensação de que ela estava sendo acolhida, convidada a entrar. A ideia era repugnante. Ela teve uma forte impressão de que algo ali queria algo dela, roubar-lhe algo precioso. O templo provavelmente tinha se tornado um refúgio para ladrões.

— Como se chamava o deus, Eminência? — Kit perguntou.

O dragão abriu a boca para responder, mas depois a fechou.

— Eu não vou sujar minha boca ao pronunciar esse nome.

Kit sorriu ironicamente.

— Estou quase achando que você está com medo desse deus, que obviamente não está mais por aqui.

— Não o subestime — rosnou Immolatus. — Ele é sorrateiro. O nome dele é Paladine. Pronto! Eu o falo e o amaldiçoo!

Uma gota de chama explodiu de sua boca, faiscando nas lajes quebradas do chão do pátio vazio, queimando algumas ervas daninhas e depois desaparecendo.

Kit esperava que ninguém tivesse visto a birra. Magos vestidos de vermelho, mesmo os mais poderosos, não são capazes de cuspir fogo.

— Bem, nunca ouvi falar dele — disse Kit.

— Você é um verme — disse Immolatus.

A mão de Kit apertou o punho de sua espada. Podia ser um dragão, mas estava em forma humana, e ela imaginava que levaria um tempinho para trocar de roupa por escamas. Naquele tempinho, conseguiria matá-lo.

"Acalme-se, Kit", ela protestou consigo mesma. "Lembre-se como foi difícil encontrar a criatura e levá-la para Ariakas. Não o deixe te provocar. Ele quer alguma coisa para atacar, e eu não o culpo. Este lugar é enervante".

Estava começando a ter uma antipatia ativa pelo ambiente. Havia uma serenidade, uma tranquilidade no templo e no terreno, que ela achava irritante. Kitiara não era de perder tempo ponderando sobre as complexidades da vida. A vida foi feita para ser vivida, não contemplada.

Ela se lembrou, de repente, de Tanis. Ele teria gostado daqui, Kit pensou com desdém. *Teria ficado contente, sentado nos degraus rachados, olhando para o céu, fazendo perguntas às estrelas, perguntas tolas para as quais não havia resposta. Por que existia a morte no mundo? O que acontecia após a morte? Por que as pessoas sofrem? Por que havia o mal? Por que os deuses nos abandonaram?*

Para Kit, o mundo era como era. Aproveite sua parte, faça com isso o melhor o que puder, deixe o resto cuidar de si mesmo. Não tinha paciência com os devaneios poeirentos de Tanis, como ela os chamava. Sua imagem, chegando espontânea e indesejada, aumentou ainda mais sua irritação.

— Bem, isso foi uma perda de tempo! — afirmou. — Vamos antes que Kholos comece a atirar pedras flamejantes por cima do muro.

— Não — disse Immolatus, olhando carrancudo para o templo e mordendo o lábio. — Os ovos estão aí. Estão lá dentro.

— Você não está falando sério! — Kitiara olhou para ele incrédula. — Qual o tamanho desses dragões dourados? São tão grandes quanto você?

— Talvez — disse Immolatus com desdém. Ele revirou os olhos, recusando-se a olhar para ela, observando o pôr do sol cheio de neblina. — Eu nunca prestei atenção neles.

— Hum — Kit grunhiu. — E você espera que eu acredite que uma criatura tão grande ou maior do que você entrou naquele prédio — ela apontou um dedo para isto — e botou ovos lá dentro! — Sua paciência acabou. — Acho que vocês estão me fazendo de idiota. Você, Lorde Ariakas e Rainha Takhisis! Estou farta de todos vocês.

Ela se virou e começou a descer a rua sem saída.

— Se a ervilha que você chama de cérebro não estivesse chacoalhando dentro do seu crânio, batendo nas paredes e caindo em cantos escuros, você conseguiria ver a verdade — disse Immolatus. — Os ovos foram postos nas montanhas, a entrada foi selada e colocaram uma sentinela. O templo é a guarita, por assim dizer. Os tolos pensaram que estariam seguros aqui, que nos escapariam. Provavelmente acreditavam que os sacerdotes ficariam para protegê-los. Mas os sacerdotes fugiram diante das multidões, ou foram mortos. Não sobrou ninguém para guardar os ovos. Ninguém.

O raciocínio do dragão era muito lógico. Virando-se para encará-lo, Kitiara embainhou disfarçadamente a espada, esperando que ele não tivesse notado o movimento.

— Tudo bem, senhor. Você entra no templo, encontra os ovos, conta, identifica ou seja lá o que deve fazer com eles. Eu vou ficar aqui e vigiar.

— Ao contrário — disse Immolatus — você entrará no templo e irá procurar os ovos. Tenho certeza de que deve ter um túnel que leva às câmaras de eclosão. Depois de encontrá-la, siga o túnel até descobrir a segunda entrada nas montanhas. Depois, reporte-se a mim.

— Não é minha responsabilidade procurar os ovos, Eminência — Kitiara retrucou, severamente. — Eu nem sei como são ovos de dragão. Eu não consigo "senti-los" ou cheirá-los ou o que quer que você faça. Esta tarefa é sua, dada a você pela Rainha Takhisis.

— Sua Majestade não poderia prever que os ovos seriam guardados por um Templo de Paladine. — Immolatus lançou ao templo um olhar sinistro. Seus olhos, fendas vermelhas, deslizaram de volta para Kit. — Não posso ir. Não posso entrar.

— Você não quer, é isso! — Kitiara estava com raiva.

— Não, não posso — disse Immolatus. Ele cruzou os braços sobre o peito, abraçando os cotovelos. — Ele não deixa — acrescentou em tom mal-humorado, como uma criança banida de um jogo de goblinbol.

— Quem não deixa? — Kit indagou.

— Paladine.

— Paladine! O velho deus? — Kit ficou surpresa. — Achei que você tinha dito que ele se fora.

— Achei que tinha ido. Sua Majestade me garantiu que sim. — Immolatus expirou um lampejo de fogo. — Mas agora não tenho tanta certeza. Não seria a primeira vez que ela mente para mim. — Estalou os dentes com força. — Tudo o que sei é que não posso entrar naquele templo. Se eu tentar, ele me mata.

— Ah, mas ele vai me deixar entrar?

— Você é apenas uma humana. Ele não se importa com você, não sabe de nada sobre você. Não terá dificuldade. E se encontrar problemas, tenho certeza de que será capaz de lidar com tudo o que encontrar. Eu vi como você maneja uma espada. — Immolatus sorriu diante de seu desconforto. — E agora, uth Matar, você deve ir. Como você está sempre lembrando, não temos muito tempo. Encontro você no acampamento do Comandante Kholos. Lembre-se: encontre a câmara onde os ovos estão localizados e a entrada nas montanhas. Anote tudo neste livro. — Ele entregou-lhe um pequeno volume encadernado em couro. — E não demore. Essa cidade miserável atrapalha minha digestão.

Ele foi embora. Kitiara permitiu-se uma imagem calorosa da ponta de sua lâmina projetando-se sob o esterno do dragão, o punho enterrado nas costas dele. Ela ficou no pátio destruído, apreciando a visão por um bom tempo depois que o dragão partiu. Vários pensamentos selvagens passaram pela sua cabeça. Ela iria embora, abandonaria Immolatus e sua missão. Para o inferno com Ariakas, e que se dane o exército draconiano. Tinha se saído bem o suficiente sem eles, não precisava deles, de nenhum deles.

Uma dor em sua mão, cerrada sobre o punho da espada, fez com que recuperasse o bom senso. Bastava olhar por cima das muralhas para ver a miríade de fogueiras do exército do General Ariakas, fogueiras quase tão numerosas quanto as estrelas. E este exército era apenas uma fração do seu poder. Algum dia, ele governaria toda Ansalon e ela pretendia governar ao seu lado. Ou talvez em seu lugar. Nunca se sabia. E ela não conseguiria esses objetivos, nenhum deles, como uma mercenária itinerante.

Isso significava que, com ou sem deus, precisava entrar naquele maldito templo, um lugar que parecia tão acolhedor e ao mesmo tempo a enchia de um medo estranho e frio, um pressentimento terrível.

— Ah! — disse Kitiara e atravessou rapidamente o pátio destruído.

Subiu as duas escadas que levavam às portas douradas danificadas, parou no topo para ter uma breve discussão consigo mesma sobre este terror irracional, que parecia piorar quanto mais perto ela chegava do templo.

Kitiara espiou pela abertura entre as portas, olhando para a escuridão além. Ela observou e ouviu. Não acreditava mais que ladrões estivessem usando este templo como esconderijo, a menos que fossem ladrões feitos de um material mais resistente do que ela. Mas havia algo dentro daquele lugar, e o que quer que fosse, assustou um dragão vermelho, uma das criaturas mais poderosas de Krynn.

Ela não viu nada, mas isso não significava nada. A noite mais profunda não era tão escura, o coração da Rainha das Trevas não era tão escuro quanto aquele templo abandonado. Repreendendo-se por não ter trazido uma tocha, Kit espantou-se quando uma luz prateada brilhou de repente, ofuscando-a, quase cegando.

Tirando a espada da bainha, ela voltou à defensiva. Manteve-se firme, não foi embora, ainda que uma voz em pânico — a mesma voz do medo irracional — gritava para que abandonasse a missão e fugisse para longe.

Assim como o dragão.

Ele fugiu. Uma criatura muito mais perigosa, muito mais mortal, muito mais forte do que eu, pensou Kitiara. *Por que eu deveria ir aonde Immolatus não iria? Ele não é meu comandante. Ele não pode me dar ordens. Retorno fracassada para o General Ariakas. Posso colocar a culpa em Immolatus. Ariakas vai entender. A culpa é do dragão...*

Kitiara ficou nas portas douradas, hesitando, vacilando, ouvindo de bom grado a voz covarde dentro dela e se odiando por considerar seriamente suas sugestões. Nunca sentira um medo assim. Ela nunca imaginou que algo pudesse assustá-la tanto.

Se ela se virasse e fosse embora, a cada momento, dali até a hora de sua morte, veria aquele lugar sempre que fechasse os olhos. Reviveria seu medo, reviveria sua vergonha, reviveria sua covardia. Ela não conseguiria viver consigo mesma. Muito melhor acabar com aquilo logo.

Com a espada na mão, ela deu um passo à frente na luz prateada e brilhante.

Uma barreira — invisível, tênue, fina como uma teia de aranha, mas forte, como se fosse tecida a partir de fios de aço — esticava-se sobre seu peito. Ela forçou, mas encontrou seu caminho bloqueado. Não conseguia passar.

A voz de um homem, baixa e resoluta, falou na escuridão.

— Entre, amiga, e seja bem-vinda. Mas primeiro largue a arma. Entre estas paredes estamos em um santuário de paz.

A respiração de Kitiara ficou presa na garganta apertada e a mão que segurava a espada tremia. A barreira a manteve do lado de fora e seu primeiro pensamento foi de alívio. Irritada, controlou a espada e empurrou-a contra a barreira.

— Eu a deixo avisada — disse o homem, e sua voz não era ameaçadora, mas cheia de compaixão — que se você entrar neste lugar santo com o propósito da violência, iniciará um caminho que levará à sua própria destruição. Abaixe a arma, entre em paz e você será bem-vinda.

— Você deve me achar uma idiota por pensar que eu desistiria de minha única defesa — gritou Kitiara, tentando ver quem falava, sem conseguir por causa da luz brilhante.

— Você não tem nada a temer dentro deste templo, exceto o que você mesmo trouxer — a voz retornou.

— O que estou trazendo é a minha espada — disse Kitiara.

Ela deu um passo resoluto à frente.

As faixas pressionaram firmemente seu peito, como se fossem cortar sua carne, mas não cedeu. A pressão desapareceu com tanta rapidez que foi pega de surpresa e tropeçou para dentro do templo, quase caindo. Como uma felina, ela recuperou o equilíbrio e olhou rapidamente ao redor, girando, segurando a espada diante dela, preparada para um ataque. Ela olhou para a frente, para os lados, para trás.

Nada. Ninguém. A luz prateada que a cegou fora do templo era suave e difusa do lado de dentro. A luz iluminava tudo lá dentro; podia ver cada detalhe do interior do templo no brilho misterioso. Kitiara teria preferido a escuridão. Não conseguiu localizar a fonte daquela luz, que parecia irradiar pelas paredes.

A sala principal do templo era retangular, desprovida de decorações, e estava vazia. Nenhum altar na frente, nenhuma estátua do deus, sem braseiros para o incenso, sem cadeiras, sem mesas. Nenhuma coluna para projetar sombras onde um assassino pudesse estar à espreita. Nada ali estava escondido. Na luz branca, prateada, podia ver tudo.

Na parede leste, a que se apoiava na montanha, havia outra porta grande, uma porta feita de prata. Immolatus estava certo, maldito fosse. Aquela porta deveria levar às cavernas dentro da montanha. Ela procurou uma fechadura ou ferrolho, mas não viu nenhum. A porta não tinha maçaneta, nenhum meio para abrir. Devia haver uma maneira, ela só precisava descobrir. Mas não queria deixar um inimigo desconhecido para trás.

— Onde você está? — Kitiara exigiu. Pensou que talvez seu inimigo tivesse fugido pela porta prateada. — Saia, seu covarde. Mostre-se!

— Estou aqui ao seu lado — disse a voz. — Se não pode me ver, é porque está cega. Abaixe sua espada e verá minha mão estendida.

— Sim, segurando uma adaga — respondeu Kitiara com desdém. — Pronto para me matar depois de me desarmar.

— Repito, amiga, que qualquer mal que esteja aqui você trouxe. Apenas o traiçoeiro teme a traição.

Impaciente por estar falando com o ar, Kitiara mirou no som e cortou com a espada o que seria a barriga do inimigo invisível.

A lâmina não encontrou resistência, mas um choque paralisante, como se o metal tivesse entrado em contato com um raio, passou por seu braço da espada. As mãos e os dedos doeram, uma sensação de formigamento passou da palma da mão para o braço. Ela se engasgou de dor e quase deixou cair a arma.

— O que você fez comigo? — ela gritou de raiva, agarrando a espada com as duas mãos. — Que magia usou contra mim?

— Eu não fiz nada para você, amiga. O que houve, você fez consigo mesma.

— Isso é algum tipo de feitiço! Mago covarde! Enfrente-me e lute!

Ela golpeou a lâmina no ar novamente, cortando e batendo.

A dor era como um raio de fogo queimando seu braço. O punho da espada ficou quente ao toque, quente como se tivesse vindo direto da forja do ferreiro. Kitiara não conseguia segurar. Jogou a espada para o chão com um grito, segurando a mão queimada.

— Tentei avisá-la, amiga. — A voz estava triste e lamentosa. — Você deu os primeiros passos no caminho da sua própria destruição. Parta agora, e ainda pode evitar sua destruição.

— Eu não sou sua amiga — Kitiara sibilou com os dentes cerrados por causa da dor da queimadura. Um vergão vermelho e com bolhas no formato do punho da espada estava visível na palma da sua mão. — Muito bem, mago. Eu larguei a maldita espada. Deixe-me vê-lo, pelo menos!

Ele ficou diante dela. Não era um mago, como ela esperava, mas um Cavaleiro em uma armadura de prata, desatualizada e obsoleta, do tipo de armadura pesada usado na época do Cataclismo. O elmo não tinha uma viseira, como os elmos modernos, mas era uma única peça de metal que não cobria a boca nem a frente do pescoço.

Sobre a armadura, o Cavaleiro usava uma túnica de tecido branco na qual estava bordado um martim-pescador, como uma espada em uma garra e uma rosa na outra. Seu corpo tinha uma qualidade cintilante, era quase translúcido.

Por um momento, a coragem de Kitiara falhou. Agora ela sabia por que Immolatus não entrou no templo. O templo estaria guardado, ele dissera. O que ele não disse foi que seria guardado pelos mortos!

— Eu nunca acreditei em fantasmas — Kit murmurou para si mesma —, mas também nunca acreditei em dragões. Azar o meu que ambos tenham se mostrado reais.

Podia virar de costas e fugir, aliás deveria fugir. Infelizmente seus pés estavam muito ocupados tremendo para fazer qualquer coisa nesse sentido.

— Controle-se, Kit! — ela ordenou. — É um fantasma agora, mas costumava ser um homem. E ainda não nasceu um homem com o qual você não consiga lidar. Ele era um cavaleiro, um Solâmnico. São tão amarrados com essa coisa de honra que tem dificuldade até de cagar. Não creio que a morte mudaria isso.

Kitiara tentou ver os olhos do cavaleiro espiritual, pois os olhos do inimigo muitas vezes revelam seu próximo de ataque. Os olhos do Cavaleiro não estavam visíveis, no entanto, escondidos na sombra projetada pelo elmo. A voz dele não parecia nem jovem nem velha.

Forçando os lábios rígidos em um sorriso encantador, Kit olhou ao redor, localizando sua espada caída no chão. Ela conseguia lutar com a outra mão, sua mão ilesa, se necessário. Um passo ligeiro, inclinar, alcançar, pegar e ela teria sua arma de novo.

— Um cavaleiro! — Kitiara deu um falso suspiro de alívio. Nunca que ela ia deixar o fantasma saber que a tinha assustado. — Estou feliz em ver você! Ela deu um passo mais perto do espírito, um movimento que ela não queria fazer, mas isso a deixou um passo mais perto de sua espada.

— Ouça-me, senhor cavaleiro. Tenha cuidado! Há maldade neste lugar.

— Realmente há — disse o Cavaleiro.

Ele não se moveu, ficou imóvel. Sua atenção, fixa e inabalável, era desconcertante.

— Acho que o que estava aqui desapareceu por enquanto — continuou Kit, favorecendo-o com seu sorriso torto e um olhar malicioso. Ela estava criando mais coragem. Se o fantasma quisesse machucá-la, já o teria feito.

— Você provavelmente o assustou. Mas ele logo estará de volta. Vamos lutar juntos, você e eu. Vou precisar da minha espada...

— Eu lutarei contra o mal com você — disse o Cavaleiro. — Mas você não precisa da sua espada.

— Maldito seja! — Kit começou a dizer, com raiva, e mordeu os lábios para interromper suas palavras precipitadas.

Ela precisava encontrar uma maneira de distrair o espírito por apenas alguns segundos, longos o bastante para ela recuperar sua espada.

— O que você está fazendo aqui, senhor cavaleiro? — Kit perguntou, reprimindo sua raiva e recuperando seu sorriso. — Estou surpreso por não estar nas muralhas, defendendo sua cidade contra os invasores.

— Cada um de nós é chamado a combater as trevas à sua maneira. O templo de Paladine é o meu posto designado — disse o Cavaleiro sério e solene. — O templo tem sido meu posto há duzentos anos. Não vou abandoná-lo.

— Duzentos anos! — Kit tentou rir, mas tossiu quando a risada ficou presa em sua garganta. — Sim, deve parecer muito tempo, sozinho neste lugar esquecido pelo deus. Ou alguém compartilha sua vigia com você?

— Ninguém compartilha meu posto — respondeu o Cavaleiro. — Estou sozinho.

— Algum tipo de punição, suponho — disse Kit, feliz por saber que o espírito não tinha companheiros fantasmagóricos. — Qual é o seu nome, senhor Cavaleiro? Talvez eu conheça sua família. Meu pai... — Ela estava prestes a dizer "meu pai foi um Cavaleiro Solâmnico", mas pensou melhor. Havia a possibilidade de que esse espírito não apenas conhecesse seu pai, mas também a sua história pouco gloriosa. — Meu pessoal é de Solamnia — emendou ela.

— Eu sou Nigel de Dinsmoor.

— Kitiara uth Matar. — Kitiara estendeu a mão, mudou, torceu, caiu, tentou agarrar sua espada.

Uma espada que não estava mais lá.

Kitiara olhou para o lugar vazio no chão. Ela tateou com as mãos até perceber como devia parecer tola e frenética. Lentamente, ela se levantou.

— Onde está minha arma? — ela questionou. — O que você fez com ela? Paguei muito aço por aquela espada! Me devolva!

— Sua espada não foi danificada. Ao sair do templo, você a encontrará esperando por você.

— Para qualquer ladrão roubar! — Kit estava perdendo o medo em meio à raiva.

— Nenhum ladrão tocará nela, prometo a você — disse Sir Nigel. — Lá também irá encontrar a faca que carregava escondida na bota.

— Você não é um cavaleiro! Não de verdade pelo menos — Kit gritou, fervendo de raiva. — Um Cavaleiro, vivo ou morto, não recorreria a tal desonestidade!

— Peguei as armas para o seu próprio bem — respondeu Sir Nigel. — Se continuasse tentando usá-los, um dano muito maior aconteceria a você do que o que poderia causar.

Desconcertada e frustrada, Kitiara olhou frustrada para o fantasma que a estava enlouquecendo. Ela conhecia poucos homens que resistiam ao fogo de seu descontentamento, poucos que suportassem o calor escaldante de seus olhos escuros. Tanis tinha sido um desses poucos, e até ele saiu chamuscado em mais de uma ocasião. Sir Nigel permaneceu impassível.

Nada disso a ajudava a cumprir a tarefa em questão. Já que a raiva não funcionava, tentaria astúcia e charme, duas armas que ninguém jamais tiraria dela. Ela se afastou do espírito, caminhou pela sala vazia, admirando ostensivamente a arquitetura enquanto alisava as marcas de dente em seus lábios, apagava o fogo em seus olhos.

— Ora, Sir Nigel — disse ela em tom persuasivo —, começamos com o pé errado e agora estamos em uma grande confusão. Eu o atrapalhei em sua própria missão. Tem toda razão em ficar ofendido. Quanto a eu ter desembainhado a espada, você me assustou até a morte! Eu não esperava ninguém aqui, sabe. E há algo horrível neste lugar — acrescentou Kit, com muito mais sinceridade do que pretendia. Ela olhou ao redor com um estremecimento que não foi totalmente fingido. — Faz minha pele arrepiar. Quanto mais cedo eu estiver longe daqui, melhor.

Ela baixou a voz e aproximou-se dele.

— Aposto que sei por que você está aqui. Posso dar um palpite? Você está guardando um tesouro, é claro. Faz todo sentido.

— Isso é verdade — disse Sir Nigel. — Estou aqui para guardar um tesouro.

Então era isso. Kitiara ficou surpresa por não ter descoberto o motivo mais cedo. Immolatus havia mencionado que os ovos seriam protegidos e assim era. Mas não pelos sacerdotes.

— E deixaram você aqui sozinho — disse Kitiara com um suspiro de simpatia. Ela franziu a testa ligeiramente. — Corajoso, mas imprudente, senhor Cavaleiro. Eu ouvi histórias sobre o comandante das forças inimigas que agora cercam sua cidade. Kholos é um homem duro, um homem cruel. Meio goblin, é o que dizem. Também dizem que pode sentir o cheiro de uma peça de aço no fundo de uma privada. Ele tem dois mil homens sob seu comando. Eles vão derrubar este templo e não haverá nada que mesmo os mortos possam fazer para detê-los.

— Se forem tão cruéis como você diz, eles nunca encontrarão o tesouro que eu guardo — disse Sir Nigel, e Kit teve a impressão de que ele sorria.

— Aposto que consigo encontrá-lo — disse ela com um olhar astuto e um erguer de sobrancelha. — Aposto que não está tão escondido quanto você pensa. Deixe-me ver. Se eu conseguir localizar o tesouro, você pode movê-lo para um esconderijo melhor.

— Todos são livres para procurar — disse Sir Nigel. — Não é minha função impedir que você ou qualquer outro olhe.

— Então, quer que eu procure o tesouro ou não? — Kitiara questionou impaciente, desejando que pelo menos uma vez esse espírito lhe desse uma resposta direta. — E o que eu faço se encontrar?

— Só depende de você, amiga — respondeu Sir Nigel. Ele estendeu o braço e apontou para as portas prateadas. A luz misteriosa brilhava na cota de malha.

— Vou precisar de uma tocha — disse ela.

— Todos que entram carregam sua própria luz dentro de si — respondeu Sir Nigel. — A menos que esta esteja apagada.

— Você é o único por aqui que está apagado — Kit disse jocosamente. — É uma piada, Cavaleiro. Deixe para lá.

Kit se lembrou de Sturm Brightblade. O fantasma era tão ingênuo quanto, e igualmente sem humor. Ela não conseguia acreditar que ele havia caído naquela história de tesouro.

— Vai estar aqui quando eu voltar?

— Eu estarei aqui — disse o espírito.

Kitiara tentou dar um empurrão nas portas prateadas, esperando resistência. Para sua surpresa, as portas se abriram com facilidade, suavidade e silêncio.

A luz fluía da câmara em que ela estava, derramava-se ao seu redor e sobre ela como uma inundação suave para iluminar o corredor diante dela, feito de mármore branco liso que se estendia por dentro da montanha. Inspecionou o corredor com atenção, inclinou a cabeça em busca de qualquer som e cheirou o ar. Não ouviu nada de sinistro, nem mesmo o barulho dos ratos. O único cheiro que veio até ela foi — estranhamente — o perfume de rosas, velhas e desbotadas. Não viu nada no corredor, exceto as paredes brancas e a luz prateada. No entanto, o medo tomou conta dela, enquanto estava nas portas abertas, um medo muito parecido com o que ela experimentou ao entrar no templo, mas pior, se isso fosse possível.

Ela se sentia ameaçada, com as costas desprotegidas. Virou-se rapidamente, as mãos levantadas para bloquear um ataque.

Sir Nigel não estava lá. Ninguém estava lá. O templo estava vazio.

Kit deveria ter se sentido aliviada, mas ainda assim estava tremendo na soleira, com medo de ir além.

— Kitiara, sua covarde! Tenho vergonha de você! Tudo que você quer, tudo pelo que trabalhou, está diante de você. Tenha sucesso e General Ariakas fará sua fortuna. Fracasse e não será nada.

Kitiara entrou na escuridão. As portas prateadas se fecharam atrás dela, com um suspiro suave e sussurrado.

5

O resto do exército do Barão Louco chegou aos muros de Fim da Esperança na manhã seguinte à chegada do Comandante Kholos. Fumaça ainda subia dos campos fumegantes, queimando olhos e narizes e dificultando a respiração. Os oficiais colocaram os homens para trabalhar imediatamente, levantando barreiras e cavando trincheiras, armando tendas, descarregando as carroças de suprimentos.

O Comandante Morgon, resplandecente em sua armadura cerimonial, montou no seu cavalo, que havia sido escovado para remover a poeira da estrada, e deixou o acampamento, cavalgando até o acampamento dos aliados, a fim de organizar um encontro entre o barão e o comandante dos exércitos do Bom Rei Guilherme. O comandante voltou em menos de uma hora.

Os soldados pararam o trabalho, esperando que o comandante deixasse escapar alguma palavra indicativa de sua opinião sobre seus aliados. Porém, o Comandante Morgon não disse nada a ninguém. Quem já o servia por mais tempo disse que ele estava estranhamente sombrio. Ele se reportou diretamente ao barão.

Barganha espreitava entre os bordos localizados perto da tenda do barão, colhendo cebolas selvagens e tentando ao máximo ouvir o que estava sendo dito. A voz do Comandante Morgon estava baixa e, ele tinha o hábito de falar em sua barba. Barganha não conseguia entender uma palavra do que ele disse. Poderia ter conseguido algo com as respostas do barão se fossem longas, mas as respostas não foram além de "sim", "não" e "obrigado, comandante. Peça aos oficiais que me encontrem ao pôr do sol".

Neste momento, um dos guarda-costas do barão tropeçou no meio-kender, agachado em um canteiro de ervas daninhas e o enxotou. Barganha voltou para o acampamento com as orelhas vazias, por assim dizer, e um forte cheiro de cebola.

Naquela noite, por volta do pôr do sol, todos pararam de trabalhar para assistir ao barão e sua comitiva cavalgarem em direção ao acampamento aliado. Indignados, os sargentos entraram em ação, passando como um furacão pelo acampamento para lembrar a cada soldado que tinha um trabalho a fazer e esse trabalho não incluía ficarem parados, boquiabertos.

Caramon e a Companhia C assumiram posição acerca de oitocentos metros da muralha da cidade, juntando-se à linha de barricadas já estabelecida pelos seus aliados. Essa linha impedia que qualquer pessoa dentro da cidade saísse e, mais importante, impedia a entrada de qualquer pessoa de fora da cidade. Fim da Esperança estava isolada de qualquer ajuda que pudesse vir.

Acompanhado por três de seus oficiais de estado-maior e uma escolta de dez cavaleiros, o barão cavalgou por trás dessa linha, usando-a para ocultar seus movimentos daqueles que ocupavam as muralhas da cidade.

"Nunca dê informações de graça ao seu inimigo", era um dos muitos ditados marciais do barão. "Faça-o pagar por isso."

O comandante das forças da cidade estaria observando cada movimento dos exércitos inimigos. Não precisava saber que o comandante do flanco esquerdo não fazia parte do corpo principal do exército, que o barão era "ajuda contratada". Esse conhecimento implicaria uma fraqueza na coesão do exército, uma fraqueza que o inimigo poderia tentar usar em seu proveito.

Saindo de suas próprias barricadas, o barão avançou para as feitas por seus aliados. Ao avistá-lo, a primeira sentinela ficou em posição de sentido, saudando com o punho levantado. Dali em diante, a cada cinquenta metros, as sentinelas ficavam em posição de sentido e saudavam quando a comitiva do barão passava. Usavam armaduras de batalha, elmo e escudo, cada um com o brasão real do Bom Rei Guilherme. A armadura estava polida e brilhava no crepúsculo enevoado. Cada sentinela carregava uma pequena trompa de caça, uma novidade que intrigou o barão.

— Tropas muito disciplinadas — disse ele, balançando a cabeça em apreciação. — Respeitosas. Armadura tão limpa que eu poderia comer na couraça daquele homem, não é, Morgon? — Ele olhou para seu oficial superior, o comandante que havia organizado a reunião. — E gosto da ideia das sentinelas carregando trompas de caça. Se houver um alarme, todo o campo vai ouvi-las tocando. Muito melhor do que gritar. Podemos implementar isso.

— Sim, meu senhor — respondeu Morgon.

— Têm estado ocupados — continuou o barão, apontando para um parapeito feito de terra que já cercava o acampamento. — Olhe para isso.

— Estou vendo, meu senhor — respondeu Morgon.

Para onde quer que olhassem, havia homens ocupados. Ninguém estava parado, o acampamento fervilhava com atividades planejadas. Não havia desocupados, criando descontentamento. Os soldados retiravam toras da floresta, madeira que seria usado para construir torres de cerco e escadas. O ferreiro e seus assistentes estavam em sua tenda, o fogo nas forjas queimando intensamente, desamassando armaduras, martelando rebites, produzindo ferraduras para a cavalaria. O cheiro de porco e bife assando flutuava pelo acampamento. O barão e seus homens estavam a base de pão seco e carne de porco salgada. O cheiro tentador dava água na boca.

As tendas foram organizadas de forma ordenada, posicionadas de modo que todas pudessem pegar a brisa da noite. As armas estavam empilhadas ordenadamente do lado de fora. O barão expressava alto sua aprovação.

— Olhe lá, Morgon! — disse o barão, indicando vinte soldados vestindo equipamento de batalha completo alinhados em posição de sentido ao lado de uma fileira de tendas. — Eles têm uma força de prontidão como a nossa, exceto que a deles está totalmente pronta para a batalha. Isso é outra coisa que acho que deveríamos implementar.

— Peço perdão a Vossa Senhoria… isso não é uma força de prontidão permanente — disse o Comandante Morgon.

— Não é? Então o que é?

— Esses homens estão sendo punidos, senhor. Estavam parados ali quando cheguei esta manhã para marcar a reunião. Havia trinta deles então. Dez devem ter caído durante o calor do dia.

— Eles simplesmente ficam parados ali? — O barão, atônito, mexeu-se na sela para ter uma visão melhor.

— Sim, meu senhor. Segundo o oficial que me acompanhou, eles não podem comer, descansar ou beber água até que a pena seja cumprida. O que pode durar até três dias. Se um homem desmaia, ele é levado, revivido e enviado de volta. Sua sentença recomeça a partir desse ponto.

— Bons deuses — o barão murmurou. Ele continuou olhando até ficarem fora do alcance.

O barão e seus oficiais pararam logo na entrada do acampamento.

Os oficiais desmontaram. A escolta permaneceu em seus cavalos.

— Dê licença aos homens para desmontarem, comandante — ordenou o barão.

— Com sua permissão, meu senhor, acho que os homens deveriam permanecer montados — Morgon retrucou.

— Há algo que você queira me dizer, comandante? — o barão questionou.

Morgon balançou a cabeça e evitou os olhos do barão.

— Não, senhor. Apenas pensei que seria prudente mantê-los prontos para sair rapidamente. Caso o Comandante Kholos tenha ordens urgentes para nós, meu senhor.

O barão olhou fixamente para seu comandante, mas não conseguiu ver nada na expressão de Morgon, além de obediência respeitosa.

— Muito bem. Mantenha os homens montados. Mas faça com que bebam um pouco de água.

Um oficial de armadura coberta por uma túnica com o brasão real aproximou-se da comitiva que esperava e saudou.

— Senhor, meu nome é Mestre Vardash. Fui designado para acompanhá-lo até o Comandante Kholos.

O barão o seguiu, acompanhado por seus oficiais. A comitiva marchou por fileiras de tendas. Virando à direita para o norte da oficina do ferreiro, o barão estava olhando para uma armadura, aprovando o trabalho, quando uma tossida de Morgon fez o barão levantar a cabeça.

— Em nome de Kiri-Jolith, o que é isso?

Escondida da frente do acampamento pela grande tenda do ferreiro, havia uma forca de madeira construída às pressas. Quatro corpos estavam pendurados lá. Três dos corpos estavam lá desde o dia anterior, os olhos bicados por aves carniceiras, uma das quais continuava sua refeição com o nariz do cadáver. Um dos homens ainda estava vivo, embora não fosse durar muito. Enquanto o barão observava, viu o corpo sacudir algumas vezes, para então parar de se mover.

— Desertores? — perguntou o barão ao Mestre Vardash.

— O que, senhor? Ah, aquilo. — Vardash lançou aos corpos um olhar divertido. — Não, senhor. Três deles pensaram que iam conseguir ficar com parte do saque que tiramos dos agricultores para eles próprios. O quarto, aquele que ainda está dançando, foi pego com uma jovem escondida em sua barraca. Disse que sentiu pena dela e iria ajudá-la a escapar. — Vardash sorriu. — Boa história, você não concorda, sua senhoria?

Sua senhoria não tinha nada a dizer.

— Ela é uma coisinha linda, posso dizer. Ela vai conseguir um bom preço em San... isto é — Vardash pareceu se recompor —, ela será entregue às autoridades competentes em Vantal.

O Comandante Morgon pigarreou alto. O barão olhou para ele, coçou a barba, murmurou baixinho e seguiu em frente. A tenda de comando, marcada por uma grande bandeira com o emblema real do Bom Rei Guilherme, era flanqueada por uma pequena seção de seis soldados, obviamente escolhidos a dedo para o cargo. O Comandante Morgon tinha uns bons 1,80 metro de altura e esses homens eram maiores que ele. Deixavam o barão, de baixa estatura, ainda menor. Os guardas usavam armaduras que haviam sido especialmente projetadas, pois nenhuma armadura regulamentar caberia naqueles ombros corpulentos e bíceps salientes.

Esses guarda-costas não usavam o brasão real, observou o barão. Usavam outro símbolo, um dragão enrolado, pensou ele, embora não pudesse ver bem. Notando seu olhar sobre eles, os guardas ficaram em posição de sentido, trazendo seus enormes escudos para frente e batendo a ponta das enormes lanças que carregavam no chão.

Dragões, pensou o barão. *Um bom símbolo para um soldado, embora bastante curioso e antiquado.*

Mestre Vardash anunciou o barão. Uma voz ranzinza vinda de dentro da tenda de comando quis saber o que diabos esse barão queria, interrompendo-o durante o jantar. Mestre Vardash se desculpou, mas lembrou ao comandante que a reunião estava marcada para o pôr do sol. O comandante deu uma permissão nada educada para o barão entrar.

— Sua espada, senhor — disse Mestre Vardash, barrando o caminho.

— Sim, é minha espada. — O barão colocou a mão no punho. — O que tem?

— Devo pedir-lhe que me confie sua espada, senhor — disse Vardash. — Ninguém tem permissão de ficar na presença do comandante portando uma arma.

O barão ficou tão indignado que por um momento pensou que iria socar Mestre Vardash. Mestre Vardash aparentemente também pensou, pois recuou um passo e colocou a mão no punho de sua própria espada.

— Nossos aliados, meu senhor — disse o Comandante Morgon baixinho.

O barão controlou sua raiva. Tirando o cinto da espada, jogou-o na direção de Mestre Vardash, que habilmente o pegou.

— É uma arma valiosa — o barão rosnou. — Pertenceu ao meu pai e ao pai dele antes. Tome conta dela.

— Obrigado, senhor. Sua espada estará sob minha proteção pessoal — disse o mestre. — Talvez seus oficiais estejam interessados em ver o resto do acampamento.

— Já vimos o suficiente — disse o Comandante Morgon secamente. — Nós iremos esperar por você aqui, meu senhor. Grite se precisar de nós.

Grunhindo, o barão afastou a aba da tenda e passou.

Ele entrou no que achou que seria a tenda de comando habitual, mobilada com uma cama e um par de bancos de acampamento, uma mesa dobrável coberta com mapas marcados com as posições do inimigo. Em vez disso, por um momento pensou ter entrado na sala de estar do Bom Rei Guilherme. Um belo tapete, tecido à mão e bordado, cobria o chão. Cadeiras elegantes, feitas de madeira rara, rodeava uma mesa ornamentada decorada com frutas esculpidas e guirlandas.

A mesa estava cheia de comida, não de mapas. O Comandante Kholos ergueu os olhos da sua tarefa de despedaçar uma galinha.

— Bem, aí está você — disse Kholos, truculento, em saudação. — Admirando meus móveis? Talvez você tenha visto aquela mansão que incendiamos ontem. Se uma casa não tem paredes, não precisa de mesa, não é?

O comandante riu e, enfiando seu punhal — o cabo encrustado com sangue seco — em metade do frango, tirou-o do prato, colocou-o na boca e o devorou de uma só bocada, com ossos e tudo.

O barão murmurou uma resposta incoerente. Estava com fome ao entrar, mas ao ver o comandante perdeu o apetite. Em um passado não muito distante, goblin e humano se uniram — melhor não especular como — e o resultado foi o Comandante Kholos. A parte goblin era visível em sua tez pálida e levemente esverdeada, seu maxilar inferior saliente, olhos semicerrados, testa saliente e em sua dureza implacável e brutal. A parte humana era vista na astúcia e na inteligência que ardia nos olhos semicerrados com uma luz pálida e não natural, como a emitida pela decomposição de um pântano repugnante.

O barão adivinhou que o comandante inspirava tanto medo em suas próprias tropas como entre o inimigo — talvez ainda mais porque o inimigo tinha a sorte de não o conhecer pessoalmente. O barão se perguntou por que, em nome de Kiri-Jolith, alguém se ofereceria para lutar sob tal comandante. Vendo o saque na tenda do comandante e relembrando as palavras de Vardash — rapidamente cortadas — sobre uma garota cativa "conseguindo um preço" em algum lugar, o barão imaginou que enquanto as tropas de Kholos pudessem esperar os despojos da guerra, suportariam os abusos.

O barão conhecia o rei Guilherme. Ele não podia imaginar o que possuíra o homem para contratar um comandante como aquele. No entanto, ele o fez, e era o rei e aqueles eram seus aliados, dane-se tudo até o Abismo e de volta. O barão lamentou profundamente ter assinado o contrato.

— Quantos homens você trouxe? — o comandante exigiu. — São bons em uma luta?

Kholos não convidou o barão para se sentar, não ofereceu comida ou bebida. Agarrando uma caneca, o comandante engoliu ruidosamente, bateu a caneca, salpicando cerveja na mesa refinada, e limpou a boca com as costas de uma mão peluda. Olhando para o barão, arrotou alto.

— Bem? — exigiu.

O barão aprumou-se em toda a sua altura.

— Meus soldados são os melhores em Ansalon. Presumo que saiba disso ou não nos teria contratado.

O comandante acenou com uma coxa de frango e usou-a para varrer a reputação do barão.

— Eu não o contratei. Nunca ouvi falar de você. Agora tenho que aturar você. Veremos o que pode fazer amanhã. Eu preciso saber que batalha a sua ralé aguenta. Você e seus homens atacarão a muralha oeste ao amanhecer.

— Muito bem — disse o barão rigidamente. — E onde você e seus homens vão atacar, Comandante?

— Não vamos — respondeu Kholos, sorrindo. Ele mastigou e falou ao mesmo tempo, pedaços de frango misturados com saliva escorrendo pelo queixo. — Estarei observando para ver como seus homens se comportam sob fogo. Meus homens são bem treinados. Eu não posso me dar ao luxo de tê-los arruinados por um monte de malditos chorões que vão rolar e se mijar quando as flechas voarem.

O barão ficou olhando para o comandante. Seu silêncio era uma nuvem escura, turva e ameaçadora de espanto e incredulidade, carregada com fúria. O Comandante Morgon, esperando do lado de fora, diria mais tarde que nunca em sua vida tinha ouvido nada — nem mesmo um trovão — mais alto do que o silêncio do barão. O Comandante Morgon também relataria mais tarde que ficou com sua espada pronta, pois presumiu que o barão mataria o comandante no local.

Kholos, vendo que o barão não tinha nada a dizer, atacou outro frango.

O barão conseguiu reprimir seu desejo de atacar Kholos e disse, falando com uma voz tão diferente da sua que Morgon mais tarde juraria que não sabia quem estava falando:

— Se atacarmos a cidade sem apoio, não verá nada além de meus homens morrendo, senhor.

— Ah! O ataque é apenas uma simulação. Testar as defesas da cidade, só isso. Recue se as coisas ficarem muito quentes para você. — O comandante tomou outro gole de cerveja e arrotou novamente. — Quero um relatório amanhã ao meio-dia após a batalha. Nós iremos conversar sobre quaisquer melhorias que seus homens precisem.

Kholos apontou com o polegar gorduroso em despedida e voltou sua total atenção à comida. O encontro entre aliados chegou ao fim.

O barão não conseguiu ver a aba da tenda se abrindo na névoa vermelha e ardente que obscurecia sua visão. Atrapalhando-se para sair, quase desmontando a tenda no processo e quase derrubando Vardash, que havia dado um passo à frente para ajudá-lo. O barão arrancou a espada do mestre, não parou para colocá-la novamente, só saiu andando.

— Vamos embora daqui — disse ele com os dentes cerrados. Seus oficiais o seguiram, movendo-se tão rapidamente que Vardash, que deveria escoltá-los, teve que se virar para alcançá-los.

O barão e seus oficiais refizeram o caminho, voltando para as montarias e para a escolta. Já era noite. Apesar da escuridão, uma companhia de soldados estava começando um exercício de espada. Sargentos com chicotes ficavam atrás nas fileiras, esperando para corrigir quaisquer erros. O barão olhou para os homens de castigo e contou dezoito ainda de pé. Dois estavam no chão. Ninguém prestava atenção a eles. Um soldado, atarefado, chegou a passar por cima dos corpos imóveis. O barão acelerou o passo.

A escolta ainda estava montada, pronta para cavalgar. Em poucos minutos, o barão estava fora do acampamento e voltando para suas próprias linhas. Ele fez a viagem em silêncio, sem ter nada a dizer sobre as armaduras brilhantes ou a notável disciplina de seus galantes aliados.

6

Havia luz do outro lado da porta prateada, fraca e difusa, mas era o suficiente para Kitiara encontrar o caminho. Avançou cautelosamente pelo túnel, o medo caminhando com ela. Estava esperando que os dedos ossudos do espírito agarrassem sua túnica, tocassem seu ombro, raspassem na nuca dela.

Kitiara não era imaginativa. Mesmo quando criança, ela ria das histórias que faziam as outras crianças gritarem por suas mães. Assegurada por um companheiro de brincadeiras que monstros viviam debaixo de sua cama, Kitiara foi atrás deles com o atiçador de lareira. Ela costumava dizer, rindo, que os únicos espíritos que tinha encontrado estavam no fundo de um odre de vinho. Isso mudara. O Cavaleiro não era o único fantasma no templo.

Figuras em vestes brancas caminhavam ao seu lado, correndo em tarefas urgentes ou caminhando devagar pensando, figuras que desapareciam quando se virava para confrontá-las diretamente. Piores eram as conversas, ecos sussurrados de vozes há muito silenciadas percorrendo o corredor como fumaça. Por vezes, quase conseguia distinguir as palavras, quase conseguia captar o que estavam dizendo, mas nunca exatamente. Tinha a impressão de que falavam sobre ela, que eles estavam dizendo algo importante. Se parassem de sussurrar, ela entenderia.

— O quê? O que é? O que vocês querem? — Kitiara gritou e lamentou a perda de sua espada. — Quem são vocês? Onde vocês estão?

As vozes sussurravam e murmuravam.

— Se tem algo a me dizer, venha e diga — Kitiara exigiu.

Aparentemente, as vozes não tinham, pois continuaram a sussurrar.

— Então calem a boca! — gritou Kitiara e marchou pelo corredor.

O piso liso de mármore deu lugar abruptamente à pedra. As paredes feitas por mãos humanas às paredes naturais de uma caverna. Ela caminhou por uma trilha estreita e sinuosa, contornando grandes afloramentos rochosos que se projetavam do chão. Embora acidentado, o caminho não era difícil de percorrer. Em alguns lugares, havia sido reparado ou escorado para facilitar a passagem.

Devia estar andando em uma escuridão tão escura quanto todas as eras passadas de Krynn colocadas uma em cima do outra, pois a única luz que já penetrara tão abaixo da montanha teria sido a luz das faíscas do martelo de Reorx. No entanto, ali embaixo a escuridão tinha sido banida. Luz brilhava na pedra molhada, brilhava quando tocava veios de prata ou de ouro, colunas iluminadas de rocha esculpida pela água subiam em espiral para apoiar uma vasta cúpula de formações cristalinas cintilantes.

A luz era brilhante, ofuscante e, por mais que tentasse, Kitiara não conseguia localizar a fonte. Não poderia vir de fora, pois a noite havia caído.

— Pare de se preocupar com isso — Kit advertiu a si mesma. — Seja grata pela luz. Caso contrário, levaria a noite toda para percorrer esse caminho. Há uma explicação para isso. Tem que haver. Talvez seja lava derretida, como em Sanção. Deve ser isso.

Não importava que a luz não fosse vermelha e berrante como as chamas que iluminavam os céus enfumaçados de Sanção. Não importava que a luz fosse cinza prateada, fresca e suave como o luar. Não importava que não houvesse calor, nem sinal de um fluxo de lava. Kitiara aceitou a sua própria explicação, e quando essa explicação se tornou insustentável — quando ela não passou por nenhum rio de lava, nem encontrou nenhuma poça borbulhante de magma, a luz ficando mais forte e mais brilhante à medida que viajava sob a montanha — Kitiara ordenou a si mesma que não pensasse mais nisso.

Era quase como se as figuras vestidas de branco soubessem que ela estava vindo e tivessem se esforçado para levá-la onde precisava ir da maneira mais rápida possível.

— Tolos! — ela disse com uma risadinha nervosa, e continuou.

O caminho serpenteava entre as estalagmites brilhantes, levando-a de uma caverna para outra e sempre para baixo, bem fundo na montanha. A luz nunca falhou com ela, conduzindo-a adiante. Quando começou a sentir sede e desejou ter lembrado de trazer um odre de água, deparou-se com um riacho claro, frio e caudaloso que parecia ter sido colocado lá para sua conveniência. Mas nenhum sinal de ovos, nenhum sinal de qualquer caverna grande o suficiente para conter ovos ou um dragão. O teto da caverna era baixo. Mal conseguia andar de pé. Um dragão não teria enfiado o dedinho do pé nesta parte da caverna.

Ela julgou que estava andando há cerca de uma hora e se perguntou quantos quilômetros viajou. O caminho a levou a contornar uma grande formação rochosa e a levou de repente até o que parecia ser uma parede de rocha íngreme e impenetrável.

— Assim faz mais sentido — disse Kit, satisfeita e até aliviada por encontrar seu caminho bloqueado. — Sabia que estava fácil demais.

Ela procurou um caminho através da parede e finalmente encontrou um pequeno arco escavado na rocha. Um portão feito de prata e ouro bloqueava seu caminho. No centro do portão estava esculpida uma rosa, uma espada e um martim-pescador. Olhando através do portão, Kitiara viu uma sala sombreada, onde a luz diminuía como se em sinal de respeito.

A sala era um mausoléu.

Um único sarcófago ficava no centro. Kitiara podia ver o mármore branco da tumba brilhando fantasmagoricamente sob a luz estranha.

— Bem, Kit, parece que o caminho morreu — disse ela, e riu consigo mesma da sua piadinha.

Não querendo perturbar o resto dos mortos, Kit passou a procurar alguma outra maneira de contornar a parede. Uma busca de meia hora a deixou com calor e frustrada. Parecia impossível que não houvesse mais aberturas ou rachaduras pelas quais ela pudesse se espremer. Murmurou e xingou, cutucou e chutou, agora furiosa por descobrir que seu caminho estava bloqueado. Teria que refazer seus passos, procurar alguma ramificação perdida.

No entanto, ela sabia muito bem que não havia perdido nada. Não tinha encontrado nenhuma encruzilhada. Não teve que parar nenhuma vez para decidir que caminho tomar. O caminho a levou direto até ali. Um túmulo.

Precisava examiná-lo. Se ela não conseguisse encontrar uma maneira de passar, seria capaz de dizer para si mesma e para o General Ariakas que havia cumprido seu dever. Immolatus não acreditaria nela, mas se ele duvidasse, podia muito bem ir até ali pessoalmente.

Kitiara entrou no arco e parou diante dos portões de ouro e prata. Nenhum sinal de fechadura. O portão era fechado por uma pequena barra, facilmente levantada. Ela só precisava estender a mão.

Kitiara estendeu a mão, mas não tocou no portão. Ela queria virar e fugir. Ou, pior, queria cair no chão de pedra, enrolar-se em posição fetal e chorar como uma criança.

— Isso é bobagem! — ela disse com severidade, sacudindo-se mentalmente. — O que está acontecendo comigo? Eu lá tenho medo de passar por um cemitério a noite? Abra esse portão agora mesmo, Kitiara uth Matar.

Encolhendo-se, como se esperasse que o metal estivesse incandescente ao toque, ela levantou a trava. O portão se abriu silenciosamente em dobradiças bem lubrificadas. Sem se dar tempo para pensar, Kitiara caminhou corajosa e desafiadoramente para o mausoléu.

Nada aconteceu.

Quando isso não aconteceu, ela sorriu de alívio, riu de seus medos e deu uma rápida olhada investigativa ao redor.

O mausoléu era circular, pequeno e abobadado. O sarcófago estava no centro, o único objeto na sala. Um friso esculpido na parede mostrava cenas de batalhas: cavaleiros carregando lanças montados nas costas de dragões lutando contra outros cavaleiros, dragões lutando entre si. Kit deu pouca atenção às esculturas. Ela não tinha interesse no passado ou em histórias de glórias passadas. Ainda não havia conquistado sua própria glória e isso era tudo que importava.

Sua busca foi recompensada. Diretamente em frente ao portão havia outro portão de ferro forjado, uma saída. Ela passou pelo sarcófago, olhou para a tumba por curiosidade.

Kitiara parou, assustada.

O cadáver de Sir Nigel, o fantasma que ela encontrou no templo, estava estendido sobre o túmulo.

Kit teve dificuldade para respirar, o medo arrancou o ar de seus pulmões. Ela se forçou a olhar para a tumba até seu medo se dissipar. Não estava olhando para um corpo morto há duzentos anos. O Cavaleiro estava esculpido em pedra.

Com a respiração ficando mais fácil, Kit caminhou corajosamente até a tumba. Seu erro era justificável. O elmo era o mesmo: antiquado, feito de uma só peça, exatamente como o elmo usado pelo Cavaleiro. A armadura era a mesmo até nos mínimos detalhes.

O túmulo estava aberto. A tampa de mármore foi colocada de lado.

— Então foi assim que ele saiu — ela murmurou. — Eu me pergunto o que aconteceu com o corpo?

Kit espiou dentro da tumba e procurou nas sombras. Cavaleiros Solâmnicos muitas vezes enterravam armas com seus mortos. Pensou que seria possível encontrar uma espada ou pelo menos uma adaga cerimonial. Possível, mas não provável. O túmulo fora despojado de tudo. Nem mesmo um osso da perna, nem sequer um dedo deixado para trás. Provavelmente o corpo havia se transformado em pó.

Kit estremeceu.

— Quanto mais cedo voltar para a luz do sol e o ar fresco, melhor. Agora, o portão. Espero que isso me leve aonde quero ir…

— Você não precisa ir adiante — disse uma voz. — O tesouro de que falei está aqui para você encontrar.

— Onde você está? — Kitiara exigiu. — Deixe-me vê-lo!

Ela ouviu um gemido sussurrado, vislumbrou um movimento vindo do canto do olho dela. Sua mão alcançou instintivamente sua espada e murmurou um xingamento enquanto seus dedos se fecharam sobre o ar. Colocando as costas contra o sarcófago, ela se virou para enfrentar o que quer que estivesse no mausoléu, pronta para lutar com punhos, pés e dentes, se necessário.

Nada a atacou. Nada a ameaçou. O movimento veio de uma parte da sala circular perto da segunda porta, a porta que conduzia para fora do mausoléu. No chão estava o que parecia ser um corpo. Quando Kitiara concluiu que era um cadáver, ele se mexeu e gemeu de dor.

— Sir Nigel? — Kitiara sibilou.

Nenhuma resposta.

Kit ficou exasperada. Justo quando parecia que estava chegando ao fim de sua busca, encontrou outro obstáculo.

— Olha, sinto muito — ela aconselhou a pessoa —, mas não há nada que eu possa fazer por você. Estou em uma missão urgente e não tenho muito tempo. Mandarei alguém de volta para…

A pessoa gemeu de novo.

Kitiara dirigiu-se resolutamente para a porta. No meio do caminho, lembrou das palavras do Cavaleiro. O tesouro estava aqui. Talvez aquela pessoa o tivesse encontrado. Kit desviou-se de seu caminho. Mantendo-se atenta aos atacantes à espreita nas sombras, pensando que poderia ser uma armadilha, moveu-se rapidamente até onde o corpo estava encolhido no chão e ajoelhou ao lado dele.

O corpo era de uma mulher, Kit percebeu com espanto. Uma mulher vestida com roupas pretas e coladas, roupas destinadas a serem usadas por baixo de uma armadura metálica. Estava deitada de bruços, o rosto pressionado contra o chão de pedra.

Parecia ter se envolvido em uma briga horrível. Longos cortes sangrentos rasgavam suas roupas. Seu cabelo preto e encaracolado estava manchado de sangue. Uma grande poça de sangue se formou sob seu estômago. A julgar por isso e pela pele pálida, Kit adivinhou que a mulher estava à beira da morte. Kit procurou, mas não encontrou nenhum tesouro. Decepcionada, começou a se levantar, depois fez uma pausa, olhou mais de perto para a mulher moribunda.

Algo nela era familiar.

Kit estendeu a mão para afastar o cabelo da mulher, para olhar melhor o rosto. Seus dedos tocaram...

Cabelo preto cacheado cortado curto. O cabelo que Kit estava tocando, tocara muitas, muitas vezes antes. O cabelo era dela.

Kitiara puxou a mão. Sua boca ficou seca, a respiração parou. O terror roubou sua razão. Ela não conseguia pensar, não conseguia se mover.

O cabelo era dela. O rosto era dela.

— Eu sempre amei você, meio-elfo — sussurrou a moribunda.

A voz era dela. Kitiara olhou para si mesma, ferida, morrendo.

Kit ficou de pé e fugiu. Ela atingiu o portão de ferro correndo, jogou seu peso contra ele, bateu nele com os punhos quando ele não abriu. A dor de sua carne machucada a trouxe de volta aos seus sentidos. A escuridão que a cegou caiu de seus olhos. Ela viu que o portão tinha maçaneta e, com um soluço de alívio, agarrou-a e girou.

A tranca clicou. Ela empurrou o portão, correu através dele, bateu o portão atrás dela com todas as suas forças. Encostou-se no portão, fraca demais pelo medo para continuar andando. Ofegante, esperou que seus batimentos cardíacos diminuíssem, o suor secasse nas palmas das mãos, as pernas parassem de tremer.

— Era eu! — ela se engasgou, estremecendo. — Era eu lá atrás. E eu estava morrendo. Morrendo de uma forma horrível, dolorosa... "Eu sempre te amei..." Minha voz! Minhas palavras! — Kitiara enterrou o rosto nas mãos, vítima do terror que nunca conheceu antes. — Não! Por favor, não! Eu... Eu...

Kit respirou fundo.

— Sou uma tola! — Ela caiu contra a porta, tremendo, uma reação ao seu medo. Ela deu um tapa mental em si mesma, para limpar sua mente do que deviam ser visões, fantasias, um sonho acordado... — Não foi real. Não pode ser real. — Ela suspirou e engoliu, engoliu de novo. A umidade retornou à sua boca e com ela o sabor amargo do terror. — Estou cansada. Não dormi bem. Quando uma pessoa não dorme, começa a ver coisas. Lembre-se de Harwood nas Planícies da Poeira, lutando contra goblins? Ficou acordado três noites seguidas e depois saiu enlouquecido pelo acampamento, gritando que havia cobras rastejando em sua cabeça.

Kitiara ficou encostada no portão, abraçando seu corpo gelado, tentando banir a memória do sonho.

Tinha que ser um sonho. Não havia outra explicação.

— Se eu voltar lá — ela disse a si mesma — não vou encontrar nada. Ninguém. Nada. Isso é o que eu encontraria. Nada.

Mas ela não voltou.

Kitiara respirou fundo e, sentindo o horror começar a desaparecer, afastou o medo irracional e olhou ao seu redor.

Estava dentro de uma enorme caverna. Um brilho vinha de uma ponta da caverna, que poderia ser criado pela luz de tochas brilhando em montes de prata e de ouro.

— Ora, assim é melhor — disse Kitiara, animando-se imensamente. — Acho que estou chegando a algum lugar.

Ela correu na direção da luz brilhante, feliz por ter um propósito, muito feliz por deixar a malfadada câmara para trás.

O chão da caverna era liso, e a própria caverna era espaçosa. Immolatus em sua forma de dragão caberia ali e ainda acomodaria uns dois ou três amigos vermelhos grandes. Se já existiu um local ideal para dragões esconderem seus ovos, era aquele. Entusiasmada com a perspectiva, Kitiara começou a correr. O sangue bombeou no seu corpo, trazendo o calor de volta aos pés e mãos entorpecidos.

Chegou ao seu destino, respirando com dificuldade, mas sentindo-se revigorada e renovada. Triunfante.

Aninhados em uma alcova na caverna havia centenas de ovos. Ovos enormes. Um ovo era tão alto quanto Kitiara ou mais alto, e tão largo que se ela estendesse os braços só abraçaria uma pequena parte da concha. Cada ovo irradiava uma luz suave. Alguns brilhavam com uma luz dourada, outros com luz prateada. Eram muitos. Kitiara não conseguia começar a contar, mas contá-los era o que ela teria que fazer. Uma tarefa tediosa e chata. Ainda assim, sentiu-se ansiosa por isso.

Catalogar os ovos e mapear a sua localização para referência futura seria um trabalho árduo, com certeza varreria os últimos vestígios de horror que tomavam sua mente. Assim que chegou a essa conclusão satisfatória, sentiu uma lufada de ar, ar fresco, tocar sua bochecha. Ela respirou fundo.

Um grande túnel, grande o suficiente para o corpo de um dragão, levava à entrada secreta que Immolatus procurava. Um buraco enorme na lateral da montanha, completamente escondido do exterior por um bosque de abetos. Abrindo caminho entre as árvores, Kitiara chegou a uma grande saliência rochosa. Ela olhou para o céu noturno, nebuloso de fumaça, olhou para baixo, para a cidade condenada de Fim da Esperança. Era por volta da meia-noite. Tempo suficiente para completar seu trabalho e descer a encosta da montanha até o acampamento do Comandante Kholos.

Kitiara voltou para a câmara dos ovos, que emitia luz suficiente para ela enxergar, e foi trabalhar, grata por ter algo para ocupar seus pensamentos. Tirando o pequeno livro com capa de couro que Immolatus tinha dado a ela, Kit procurou até encontrar um pedaço de arenito que poderia usar como giz.

Primeiro, desenhou um mapa da localização da entrada escondida, fazendo um cálculo cuidadoso de sua posição em relação às muralhas e marcos da cidade, para que o Comandante Kholos encontrasse esta caverna sem passar pelo templo. Ficou se perguntando como ele iria carregar os ovos montanha abaixo, pois o caminho era íngreme.

Mas não era problema dela, graças à Rainha das Trevas. Sua tarefa estava concluída.

Mapa terminado, ela se levantou e entrou na câmara dos ovos, uma câmara impregnada de luz dourada e prateada, a luz dos dragões não nascidos, cujas almas brincavam entre os campos estelares e dançavam nos éteres.

O que aconteceria com aquelas almas que nunca nasceriam para esta vida? Kit encolheu os ombros. Também não era problema seu.

Ela olhou os ovos e decidiu que seria melhor contá-los em fileiras para não perder a conta. Subindo em uma saliência rochosa que dava para a câmara, Kitiara abriu o livro no colo.

— Você descobriu o tesouro — disse uma voz atrás dela.

Kitiara fechou o livro apressadamente, cobriu-o com a mão e virou-se.

— Sir Nigel — ela disse. — Então, você veio parar aqui. Quanto ao tesouro, ah! Não encontrei nada, exceto essas coisas, sejam elas o que forem. Ovos, eu acho. Grandes, não são? Dariam uma omelete enorme. Grande o suficiente para alimentar um exército. Que tipo de criatura você acha que os colocou?

— Este não é o tesouro — disse o Cavaleiro. — O tesouro estava dentro do mausoléu, um tesouro ali deixado por Paladine.

Kitiara esboçou um sorriso trêmulo.

— Diga a este Paladine que prefiro meu tesouro em rubis e esmeraldas.

— Você viu sua morte. Uma morte horrível. Você ainda pode mudar seu destino, no entanto — continuou Sir Nigel. — É por isso que o futuro foi revelado a você. Você tem o poder de alterá-lo. Deixe sua tarefa aqui inacabada. Faça-o e dará o primeiro passo para impedir o que de outra forma iria acontecer.

Kitiara estava cansada e com fome. A queimadura em sua mão doía, ela não gostou de ser lembrado da visão horrível naquele mausoléu. Ela tinha trabalho a fazer e esse maldito espírito a estava interrompendo.

Ela lhe deu as costas e se debruçou sobre o livro.

— Ei, acho que ouvi seu deus te chamando. Talvez seja melhor você ir atender.

Sir Nigel não respondeu. Kit olhou por cima do ombro e ficou aliviada ao descobrir que ele tinha ido embora.

Tirando o fantasma e seu "tesouro" da cabeça, ela se acomodou para contar ovos.

7

— Vermelho! Passem o recado para o Vermelho!

Raistlin estava na sua tenda, aproveitando alguns momentos de silêncio tarde da noite para continuar seu estudo do livro sobre Magius. Tinha lido o livro uma vez, mas algumas partes permaneceram obscuras — a caligrafia do cronista era quase ilegível em alguns lugares — e ele agora estava indo linha por linha, fazendo sua própria cópia para referência futura.

— Horkin quer você — disse um dos soldados, enfiando a cabeça para dentro. — Ele está na tenda dos magos.

— Você mandou me chamar, senhor? — Raistlin disse.

— É você, Vermelho? — Horkin não ergueu os olhos. Ele estava absorto em seu trabalho, aquecendo uma mistura em uma pequena panela pendurada em um tripé sobre um braseiro. Ele fungou, franziu a testa e enfiou a ponta do dedo mínimo no pote. Balançando a cabeça, mexeu a mistura. — Não está quente o bastante.

Ele olhou impaciente para a panela.

— Você mandou me chamar, senhor — disse Raistlin novamente.

Horkin assentiu, ainda sem olhar para ele.

— Sei que é tarde, Vermelho, mas tenho um trabalho para você. Acho que vai até gostar. Mais interessante que minhas meias.

Ele lançou um olhar de soslaio para Raistlin, que corou de vergonha.

Realmente tinha ficado muito frustrado por ter sido obrigado a desempenhar tarefas servis no acampamento, tarefas que não teriam desafiado um anão tolo: lavar tecidos para serem usadas em curativos, cortar esses mesmos tecidos, separar sacos de ervas e flores, observar alguma mistura suja fervendo sobre o braseiro. O último puxão da barba do anão foi cerzir as meias de Horkin.

Horkin não era um costureiro e quando descobriu que Raistlin tinha um certo talento neste campo, adquirido durante os dias de vacas magras, quando ele e seu gêmeo ficaram órfãos, forçados a viver sozinhos, Horkin deu a tarefa a ele. Raistlin achou que havia realizado as tarefas onerosas com graciosidade. Aparentemente não.

— O Comandante Morgon me disse que há um mago vestido de vermelho marchando com o exército de nossos aliados. Morgon diz que o viu caminhando pelo acampamento.

— É mesmo, senhor? — Raistlin estava definitivamente interessado.

— Achei que você gostaria de participar de uma expedição comercial, se não estiver muito cansado.

— Não estou nem um pouco cansado, senhor. — Raistlin aceitou a tarefa com muito mais entusiasmo do que qualquer outra que ele recebera até então. — O que você quer que eu leve para negociar?

Horkin esfregou o queixo.

— Estive pensando. Temos esses pergaminhos que nenhum de nós sabe ler. Talvez este mago possa fazer algo com eles. Mas não deixe transparecer que você não sabe o que há neles. Se ele achar que você não consegue lê-los, irá tratá-lo como lixo e não ganharemos um amuleto quebrado por eles.

— Entendo, senhor — disse Raistlin. Seu desgosto por não saber ler os pergaminhos era profundo.

— Falando em amuletos, eu trouxe aquela caixa com coisas que você separou e etiquetou. Tem alguma coisa ali que você acha que pode valer alguma coisa?

— Nunca se sabe, senhor — respondeu Raistlin. — Só porque não consideramos um artefato valioso não significa que outro mago não possa encontrar uma utilidade para ele. De qualquer forma — acrescentou com um sorriso malicioso —, posso sugerir que são mais do que são. Afinal, sou seu aprendiz. É improvável que você confiasse em mim para lidar com esses objetos mágicos se eu entendesse seu verdadeiro poder.

— Sabia que você era o homem certo para o trabalho — disse Horkin, muito satisfeito. — Adicione algumas de nossas pomadas curativas para garantir. E não fique mostrando por aí — Horkin entregou um saco de moedas — Mas se ele tiver algo realmente valioso e não quiser barganhar por isso, pode pagar em aço. Agora, o que vamos colocar para jogo?

Os dois revisaram a magia que já possuíam, determinaram o que faltava, debateram sobre o que poderia ser útil e o quanto Raistlin estaria disposto a pagar.

— Cinco aços por um pergaminho, dez por uma poção, vinte por um livro de feitiços e vinte e cinco por um artefato. Esse é o meu limite — afirmou Horkin.

Raistlin argumentou que seu mestre estava fora de sintonia com os preços de mercado atual, mas Horkin recusou-se a ceder. Ele não pôde fazer nada além de concordar, embora secretamente tivesse resolvido levar consigo parte de seu próprio dinheiro e fazer suas próprias barganhas se encontrasse algo de valor com preço além do que Horkin estava disposto a dar.

— Ah, pronto! — Horkin disse, olhando com satisfação para a panela, cujo conteúdo estava borbulhando. Envolveu a alça em um pano, retirou a panela do fogo e despejou cuidadosamente o conteúdo em um recipiente grande. Tapando o recipiente com uma rolha, limpou as laterais e o colocou em uma cesta. Entregou a cesta para Raistlin. — Pronto, leve isso para o Veste Vermelha. Vai fechar negócios, mesmo que esteja difícil.

— O que é isso, senhor? — Raistlin perguntou, perplexo. Ele teve apenas um vislumbre da bebida, uma espécie de líquido turvo cheio de pedaços esbranquiçados. — Uma poção?

— Frango com bolinhos para o jantar — disse Horkin. — Minha própria receita. Dê um gostinho e ele entregará suas roupas íntimas, se você quiser. — Ele deu um tapinha carinhoso no recipiente. — Não há um mago vivo que não sucumba ao meu frango com bolinhos.

Carregado de artefatos, caixas de pergaminhos e o pote de frango com bolinhos, junto a vários potes de pomadas e unguentos e um frasco de vinho de mel para suavizar a garganta do mago e fazê-lo dizer "sim", Raistlin deixou o acampamento do barão e caminhou na direção do acampamento de seu aliado. Horkin não quis fornecer ao jovem mago uma escolta armada, embora se tivesse ouvido o relatório completo do Comandante Morgon sobre o que ele e o barão viram e ouviram no acampamento do aliado naquela tarde, talvez o tivesse feito. Como foi, Raistlin levou apenas o Cajado de Magius para iluminar e sua faquinha escondida para se proteger. Afinal, pensou ele, estaria entre amigos.

Seu primeiro encontro foi com a linha de barricada da força aliada. Os soldados o olharam com suspeita, mas Raistlin estava acostumado com olhares sombrios e sabia como lidar com a situação. Declarou sua missão com sinceridade, disse que estava visitando um colega mago interessado em fazer algumas trocas. A princípio, os soldados não faziam ideia do que ele estava falando.

Um Veste Vermelha? Achavam que não.

Então, lembraram que um Veste Vermelha havia chegado ao acampamento mais cedo naquela noite, aparecendo do nada. Um sujeito nojento, ninguém gostava dele, disse o soldado. Eles pensaram em cortar sua garganta, mas havia algo sobre ele... O Veste Vermelha insistiu em se encontrar com Kholos e, com o desconforto que o mago inspirou, foi levado imediatamente até o comandante. No momento seguinte, estavam armando uma tenda para o Veste Vermelha e a tratá-lo como se ele fosse o cunhado há muito perdido do comandante. Os soldados deixaram Raistlin passar pelas linhas, com apenas um exame superficial do que ele carregava — ninguém queria investigar os produtos de um mago muito de perto. Vários sugeriram abertamente que se Raistlin quisesse deixar sua cesta e levar o Veste Vermelha de volta com ele, seria muito apreciado.

Aparentemente, ao contrário do popular Horkin, aquele mago de guerra não era tido em grande consideração por seus companheiros soldados.

— Mas eu também não — disse Raistlin para si mesmo e continuou atravessando as linhas até o acampamento aliado.

Ele viu o grupo sendo punido, mas não entendeu o que estava acontecendo. Vendo os homens caídos no chão, presumiu que era apenas algum tipo de prática estranha comum entre os soldados e caminhou sem dar uma segunda olhada. Ele não viu os cadáveres pendurados na forca, mas, pelo que sabia sobre a dura disciplina militar, isso nem o teria surpreendido.

Ele perguntou pela tenda do mago de guerra. Esta lhe foi indicada com relutância e um homem lhe perguntou abertamente se tinha certeza de que queria negociar com o mago. Todos os que falaram dele o fizeram com olhares contrariados para trás, uma pitada de medo. A estimativa de Raistlin sobre o Veste Vermelha aumentou de acordo.

Finalmente encontrou a tenda do mago, posicionada distante de todas as outras tendas do acampamento. A tenda era grande e confortável. Raistlin parou do lado de fora e respirou fundo para acalmar sua empolgação e antecipação. Estava prestes a conhecer um verdadeiro mago de guerra, um

Vestes Vermelha, talvez de alto escalão. Um mago que poderia estar procurando um aprendiz. Raistlin não abandonaria Horkin, ainda não. Estava vinculado por contrato e honra para cumprir seu período com o barão. Mas ali estava uma chance de se tornar conhecido e, talvez, impressionar favoravelmente o mago. Quem sabe? Este Vestes Vermelha poderia ficar impressionado a ponto de comprar o contrato de Raistlin, para contratá-lo imediatamente.

Os jovens são feitos de sonhos.

Espiando pela pequena abertura da aba da tenda, Raistlin teve apenas um vislumbre de vermelho à luz de um pavio colocado em uma tigela de óleo perfumado. Ouviu o som do que parecia uma respiração sibilante. Havia recuperado sua compostura, preparado para se apresentar como legal e competente e profissional. Raistlin mudou a cesta com o frango e os bolinhos para o braço que também segurava o Cajado de Magius e bateu no poste da tenda com a mão livre.

— É você, verme? — veio uma voz profunda de dentro da tenda. — Se sim, pare de sacudir a barraca, entre e faça seu relatório. O que você encontrou naquele maldito templo?

Raistlin estava em uma situação extremamente embaraçosa. Precisava admitir que ele não era o "verme" esperado e, a partir desse começo desfavorável, apresentar-se. Para piorar, sentiu os pulmões começando a entupir. Fez uma tentativa desesperada de limpar a garganta com uma tosse única e forte, e decidiu fingir que não tinha ouvido.

— Desculpe-me por incomodá-lo, Mestre — ele gritou, agradecido por sentir a sensação sufocante em seus pulmões diminuir. — Meu nome é Raistlin Majere. Eu sou um mago Veste Vermelha ligado ao exército do Barão Ivor Langtree. Tenho comigo vários pergaminhos, artefatos mágicos e poções. Vim ver se estaria interessado em fazer uma troca.

— Vá para o Abismo.

Consideravelmente surpreso com o comentário rude, Raistlin olhou para o poste com espanto, sem palavras. O que quer que estivesse esperando, não era isso.

Jamais conhecera o mago, nem mesmo o poderoso e pujante Par-Salian, que deixasse passar a oportunidade de adquirir magia. A curiosidade por si só teria feito qualquer mago conhecido de Raistlin sair daquela tenda para vasculhar os estojos de pergaminhos e a sacola de artefatos. Talvez o Veste Vermelha não estivesse disposto a negociar. Mas, caramba, ao menos deveria estar interessado em ver o que Raistlin tinha.

Raistlin arriscou espiar para dentro da tenda, na esperança de ver o mago. O Veste Vermelha estava aparentemente recostado na cadeira, pois estava perdido nas sombras.

— Talvez não tenha me entendido, Mestre — disse Raistlin, falando com o máximo respeito. — Eu trouxe comigo muitos itens mágicos, alguns bastante poderosos, na esperança de que você...

Ele ouviu um som como o de uma chaleira fervendo, um farfalhar furioso de vestes e de repente a aba da tenda se abriu. Um rosto — lívido, com olhos vermelhos e brilhantes — brotou da tenda. A raiva atingiu Raistlin como um vento quente, fazendo-o recuar um passo.

— Deixe-me em paz — rosnou o Veste Vermelha — Ou, pela Rainha das Trevas, irei mandá-lo para o Abismo eu mesmo...

Os brilhantes olhos vermelhos do Veste Vermelha se arregalaram em choque. O juramento irritado morreu em seus lábios. O mago olhou furioso, não para Raistlin, mas para o cajado nas mãos de Raistlin. Quanto ao jovem mago, ele olhou atentamente. Nenhum dos dois falou uma palavra, ambos mudos, cada um vendo algo que não esperava.

— Por que você está me encarando! — o mago questionou.

— Eu poderia fazer a mesma pergunta, senhor! — Raistlin respondeu, abalado.

— Não estou olhando para você, verme — rosnou Immolatus, e isso era verdade. Mal olhara para o humano. O olhar do dragão foi arrebatado pelo cajado.

O primeiro impulso dracônico de Immolatus foi de simplesmente agarrar o cajado e incinerar o humano. Seus dedos se contraíram, as palavras do feitiço flamejaram em sua garganta, queimaram em sua língua. Ele resistiu ao impulso, depois de muita luta. Matar o humano atrairia atenção indesejada, exigiria explicações chatas tediosas e deixaria uma marca carbonizada e gordurosa no chão do lado de fora da sua tenda. O mais importante em sua decisão de permitir que o humano vivesse — pelo menos temporariamente — foi a curiosidade do dragão sobre o cajado. Não obteria informações de uma mancha gordurosa na grama.

Immolatus percebeu, para sua ira, que para ter respostas para as perguntas fervendo em sua mente, realmente teria que ser... qual era a palavra que uth Matar sempre usava? "Diplomático." Precisaria ser diplomático em suas relações com o humano. Difícil conseguir quando o que o dragão realmente queria era rasgar a criatura, arrancar seu cérebro e atravessá-lo com uma garra afiada.

— É melhor você entrar — Immolatus murmurou, o que considerou ser um convite gentil.

Raistlin permaneceu onde estava, fora da tenda. Tinha se acostumado à sua maldita visão, a olhar o mundo através de olhos enfeitiçados, que viam as coisas conforme eram afetadas pelo tempo, via a juventude murchar, via a beleza reduzir-se a pó. Olhando para este homem, que estava, talvez, com quarenta e poucos anos, Raistlin deveria ter visto o Veste Vermelha enrugado e idoso. O que Raistlin viu foi um retrato desfocado, dois rostos em vez de um, dois rostos numa pintura malfeita, como se o artista tivesse permitido que as cores escorressem uma na outra.

Um rosto era o rosto de um mago humano. O outro rosto era mais difícil de ver, mas Raistlin teve uma impressão fugaz de vermelho, vermelho vibrante, vermelho brilhante. Havia algo reptiliano naquele homem, algo reptiliano no seu segundo rosto.

Raistlin teve a sensação de que se pudesse focar apenas naquele segundo rosto, veria claramente e entenderia o que via. Mas toda vez que tentava se concentrar, o segundo rosto fluía para as linhas do primeiro.

Dois rostos, ele percebeu, mas ambos o encaravam com um único par de olhos vermelhos. O homem era perigoso, mas todos os magos são perigosos.

Cauteloso, atento, Raistlin aceitou o convite para entrar na tenda pela mesma razão pela qual ele fora convidado. Curiosidade.

O Veste Vermelha era alto e magro, suas roupas eram luxuosas e caras. Caminhou até uma pequena mesa de acampamento, sentou-se em uma cadeira dobrável e fez um gesto abrupto à mesa. Seus movimentos eram graciosos e desajeitados ao mesmo tempo, mais ou menos como a imagem dupla borrada do rosto. Pequenos movimentos — mover os dedos longos, por exemplo, ou inclinar de leve a cabeça — eram realizadas com facilidade e fluidez.

Movimentos maiores, sentar-se na cadeira, eram desajeitados, como se não estivesse acostumado com eles e tivesse que parar para pensar no que estava fazendo.

— Vamos ver o que você trouxe — disse Immolatus.

Absorto na tentativa de resolver esse mistério, Raistlin não respondeu. Ficou parado olhando, segurando a cesta, os estojos de pergaminhos e o cajado.

— Por que diabos fica olhando para mim com esses olhos bizarros? — Immolatus exigiu irritado. — Veio negociar ou não? Deixe-me ver o que você tem. — Ele bateu impaciente na mesa com a unha longa e afiada de um dedo indicador.

Na verdade, havia apenas um artefato na tenda em que Immolatus estava realmente interessado e era o cajado. Mas precisava descobrir algumas coisas primeiro, especialmente o quanto o humano sabia sobre o que ele segurava. Olhando para ele, não muito. Certamente não como o primeiro humano que Immolatus vira empunhando aquele cajado. O dragão rangeu os dentes com a memória.

Raistlin baixou o olhar e ignorou o insulto aos seus olhos. Poderia fazer algumas observações sobre a aparência daquele homem, caso quisesse. Absteve-se disso. O mago era mais velho e melhor que ele, não havia dúvidas sobre isso. Sentiu-se no centro de um verdadeiro vórtice de poder mágico. A magia girava, estalava e faiscava ao redor dele e todo esse poder emanava daquele homem. Não sentira nada como aquela tempestade mágica antes, nem mesmo na presença do Líder do Conclave. Ele sentiu-se humilhado e consumido pela inveja e resolveu aprender com aquele homem ou morrer tentando.

Para ter ambas as mãos livres e mostrar as mercadorias, Raistlin apoiou o Cajado de Magius contra a pequena mesa de acampamento.

A mão de Immolatus serpenteou pela mesa em direção a ele.

Raistlin percebeu o movimento e largou a cesta. Agarrou o cajado, segurando-o perto de seu corpo.

— Um excelente cajado — disse Immolatus, mostrando os dentes no que pretendia que fosse um sorriso amigável e desarmante. — Como você o conseguiu?

Raistlin não tinha intenção de falar sobre seu cajado e então fingiu que não tinha ouvido. Segurando-o firmemente com uma das mãos, espalhou os pergaminhos e os artefatos, desempacotou os potes de poções, como um mascate em uma feira.

— Temos vários itens muito interessantes, senhor. Aqui está um pergaminho capturado de um Veste Preta que temos razões para acreditar que era de nível muito elevado...

Immolatus estendeu o braço e varreu todos os objetos — pergaminhos, poções, cesta e pote — da mesa.

— Há apenas um item mágico em que estou interessado em obter — disse ele, e seu olhar foi para o cajado.

Os estojos de pergaminhos rolaram para baixo da mesa, os artefatos espalharam-se em todas as direções. O pote caiu no chão duro e quebrou, espirrando caldo de galinha na bainha das vestes de Raistlin.

— Este é um artefato mágico que não tenho intenção de negociar, senhor — Raistlin disse, segurando o cajado com tanta força que os músculos de sua mão e do antebraço começaram a doer com o esforço. — Alguns dos outros são bastante poderosos...

— Ah! — Immolatus ferveu. Ele se levantou com uma torção do corpo, desenrolando-se, não se levantando. — Tenho mais poder no meu dedo mínimo do que o contido em qualquer uma das bugigangas insignificantes que você teve a ousadia de tentar me empurrar. Exceto o cajado. Eu talvez esteja interessado nele. Como você o conseguiu?

Estava na ponta da língua de Raistlin dizer a verdade, dizer — com algum orgulho — que o cajado tivesse sido um presente do grande Par-Salian. Sua propensão a manter segredo parou as palavras em sua garganta. Descrever o cajado como um presente do Líder do Conclave apenas levaria a mais discussão, mais perguntas, talvez aumentasse o valor do cajado aos olhos do mago.

Raistlin não queria mais nada com aquele mago, queria deixar a presença daquele homem estranho o mais rápido possível.

— Está na minha família há gerações — disse ele, recuando em direção à aba da tenda. — Então, veja, senhor, sou obrigado por tradição familiar e honra a não me separar dele. Já que parece que não faremos negócios, desejo-lhe um bom dia.

Por acidente, Raistlin disse as palavras certas, que provavelmente salvaram sua vida. Immolatus imediatamente concluiu que Raistlin era descendente do poderoso mago Magius. Magius deve ter deixado um relato escrito dos poderes do cajado com seus parentes ou pelo menos transmitira tal relato oralmente. Agora que o dragão reparou no jovem, pareceu ver uma certa semelhança com Magius, de memória amaldiçoada.

Pois foi Magius quem derrotou o dragão vermelho Immolatus. O mago e o poder mágico daquele mesmo cajado quase mataram Immolatus, ferindo-o gravemente, que, embora curadas, ainda doíam nele. Immolatus sonhou com aquele cajado, sua magia flamejante, cegante, queimando, matando, por longos séculos. Ele teria negociado todo o seu tesouro perdido por aquele cajado, para agarrá-lo, segurá-lo, idolatrá-lo, usá-lo para contra-atacar seus inimigos, ou matá-los, pois ele quase o matou. Usá-lo para matar o descendente de Magius.

Immolatus não poderia lutar contra o herdeiro do cajado naquele corpo insignificante e humano. Ele considerou voltar à sua forma de dragão, mas decidiu não o fazer. Ele se vingaria de todos aqueles que o prejudicaram — os dragões de ouro e de prata, sua duvidosa rainha e agora Magius. O dragão esperou anos e anos por sua vingança, mais alguns dias seriam gotas de água no oceano da sua espera.

— Você está esquecendo das suas mercadorias, mascate — disse Immolatus, lançando um olhar contundente para a parafernália mágica espalhada a seus pés.

Raistlin não estava disposto a rastejar pelo chão, juntando os pergaminhos, potes e anéis, ficando vulnerável.

— Fique com eles, senhor. Como você disse, têm pouco valor.

Raistlin fez uma leve reverência ao mago, que era mais do que mera educação, pois foi capaz de usá-la como desculpa para sair da tenda graciosamente, sem virar as costas ao mago.

Immolatus não respondeu, mas observou Raistlin partir — ou melhor, o cajado ir embora — com olhos vermelhos cujo olhar, como um cristal que absorvesse e concentrasse a energia do sol em um raio, teria colocado o cajado em chamas.

Raistlin saiu da tenda e continuou andando em ritmo acelerado, sem ver nada em seu caminho e nem mesmo ter muita certeza da direção que estava tomando. Seu único pensamento era colocar a maior distância possível entre si e o homem feérico de rosto turvo e olhos letais.

Somente quando estava à vista das fogueiras de seu próprio acampamento, com a visão reconfortante de centenas de soldados bem armados, o jovem mago desacelerou seu ritmo. Por mais grato que estivesse por estar de volta entre amigos, Raistlin puxou seu capuz sobre a cabeça e tomou um caminho tortuoso de volta à sua tenda. Ele não queria falar com ninguém, especialmente com Horkin.

Uma vez escondido em segurança, afundou-se, exausto, na cama. O suor banhou seu corpo, ele se sentiu tonto, com vertigens e enjoo. Segurando-se no cajado, ainda com medo de soltá-lo, olhou para suas botas, molhadas de caldo de galinha.

O cheiro o deixou nauseado e trouxe de volta o terror do encontro na tenda, a memória dos olhos de fogo vermelho do mago, o conhecimento impotente, cheio de horror, de que se o Veste Vermelha tivesse assim decidido, teria levado o precioso cajado e Raistlin teria ficado indefeso, sem poder impedi-lo.

Raistlin se engasgou e vomitou. Meses depois, a simples visão de caldo de frango o deixaria tão enjoado que ele seria forçado a deixar a mesa, fazendo de Caramon o único a ganhar com aquele encontro.

Depois que o enjoo passou e ele se sentiu mais à altura da tarefa, Raistlin foi fazer seu relatório para Horkin. Ele ponderou muito sobre o que dizer, seu primeiro impulso foi mentir sobre o incidente, o que o faria parecer, na melhor das hipóteses, um tolo.

No final, decidiu contar a verdade a Horkin, não por qualquer aspiração nobre, mas por não conseguir pensar em uma mentira que pudesse explicar a perda de seus artefatos. Onde estavam os kender quando precisava deles?

Horkin ficou surpreso ao ver Raistlin retornar de mãos vazias. O espanto deu lugar a uma raiva carrancuda quando Raistlin admitiu com calma e firmeza, que havia fugido da tenda do Veste Vermelha, deixando os itens mágicos para trás.

— Acho melhor você se explicar, Vermelho — disse Horkin, severamente.

Raistlin explicou, retratando a reunião em detalhes vívidos. Ele descreveu o Veste Vermelha, descreveu seu próprio medo e o pânico quase cego que o tomou quando teve certeza de que o Veste Vermelha iria atacá-lo para conseguir o cajado. Raistlin manteve para si apenas uma coisa, as duas faces, fundindo-se e separando-se e fundindo-se novamente. Ele nunca poderia explicar isso, nem mesmo para si mesmo.

Horkin ouviu a história com desconfiança a princípio. Ficou bem desapontado com seu aprendiz, suspeitando que o jovem mago havia vendido o material e tencionava manter o que ganhara, no entanto, o mestre admitiu, achava difícil acreditar em algo assim vindo de um jovem que passou a respeitar a contragosto, até gostar um pouco. Ele olhou para Raistlin com atenção, ciente de que este jovem não teria nenhum escrúpulo em mentir se achasse que uma mentira poderia ser benéfica para ele. Mas Horkin não viu nenhuma mentira ali. A tez de Raistlin empalideceu quando ele falou do encontro, um estremecimento sacudiu o corpo frágil, a lembrança da sombra do medo assombrava seus olhos.

Quanto mais Raistlin falava — e uma vez ultrapassada a relutância inicial para falar do assunto, falou com uma compulsão quase febril — mais Horkin acreditava que o jovem estava dizendo a verdade, por mais estranha que essa verdade pudesse ser.

— Este mago é poderoso, segundo você — Horkin esfregou o queixo, uma ação que aparentemente o ajudava a pensar, pois recorria a ela muitas vezes quando estava confuso.

Raistlin parou de andar pela tenda dos magos. Embora estivesse morto de cansaço, não conseguia ficar parado, mas caminhou por toda a extensão da pequena tenda, inquieto, apoiando-se no cajado, que resolvera não deixar fora da sua vista nem de seu alcance.

— Poderoso! — exclamou Raistlin. — Eu estive na presença do Líder do próprio Conclave, o grande Par-Salian, supostamente um dos mais poderosos arquimagos que já existiram, e a magia que senti emanar dele foi como uma chuva de verão comparada ao ciclone da presença deste homem!

— E um Veste Vermelha, ainda por cima.

Raistlin hesitou antes de responder.

— Devo dizer, senhor, que embora esse mago use vestes vermelhas, tive a nítida impressão de que não as usa por lealdade a um dos deuses da magia, mas mais por serem como... — ele encolheu os ombros, impotente — como sua pele.

— Olhos vermelhos e pele branca. Ele é albino, talvez. Eu conheci um albino uma vez. Um soldado quando me juntei ao barão. Na Companhia C, acho. Ele...

— Com licença, senhor. — Raistlin cortou as reminiscências de Horkin, impaciente. — Mas o que devemos fazer?

— Fazer? Sobre o quê? O mago? — Horkin balançou a cabeça. — Deixe-o para lá, sabe. Claro, ele roubou nossas coisas, mas, vamos admitir, Vermelho, não tinha nada ali de valor, exceto seu cajado, o que ele viu na hora, nada mal para ele. Se você não se importar, acho que mencionarei o incidente ao barão.

— Vai dizer ao barão que fugi em pânico, senhor? — Raistlin perguntou amargurado.

— Claro que não, Vermelho — Horkin respondeu gentilmente. — Dadas as circunstâncias, parece-me que você agiu com bom senso. Não, só vou mencionar ao barão que sentimos algo um pouco sinistro nesse mago. A julgar pelo que ouvi sobre nossos aliados, duvido que Sua Senhoria fique muito surpreso — acrescentou Horkin secamente.

— Existe a possibilidade deste mago ser um renegado, senhor — disse Raistlin.

— Sim, Vermelho, existe — respondeu Horkin.

Os magos renegados não seguiam as leis estabelecidas pelo Conclave de Magos, leis destinadas a garantir que magias poderosas não fossem usadas de forma imprudente ou com descuido. Tais leis destinavam-se a proteger não apenas as populações em geral, mas os próprios magos. Um mago renegado era um perigo para todos os outros, e era dever e responsabilidade declarados de cada mago membro do Conclave procurar renegados e tentar persuadi-los a se juntar ao Conclave ou destrui-los caso se recusassem.

— O que quer fazer em relação a isso, Vermelho? — Horkin continuou. — Desafiá-lo? Denunciá-lo?

— Em outros tempos, eu faria isso — disse Raistlin com um leve sorriso, lembrando-se da vez em que desafiou outro mago renegado, com resultados quase desastrosos. — Desde então aprendi minha lição. Eu não sou tão tolo a ponto de lutar contra este homem, que, como ele mesmo disse, tem mais magia no dedo mínimo do que todo o meu corpo.

— Não se subestime, Vermelho — disse Horkin. — Você tem potencial. Ainda é jovem, só isso. Algum dia, será páreo para o melhor deles.

Raistlin olhou para o mestre com espanto. Era o primeiro elogio que Horkin lhe fazia e o frio do medo do jovem aqueceu-se com prazer.

— Obrigado, senhor.

— É provável que esse dia demore a chegar — continuou Horkin alegremente. — Já que você não consegue nem lançar um feitiço de mãos ardentes sem colocar suas próprias roupas em chamas.

— Eu lhe disse, senhor, não estava me sentindo bem naquele dia... — Raistlin começou.

Horkin sorriu.

— Só estou brincando, Vermelho. Só brincando.

Raistlin não estava com disposição para as brincadeiras de Horkin.

— Se me der licença, senhor, estou muito cansado. Deve passar muito da meia-noite e pelo que entendi há uma batalha a ser travada amanhã de manhã. Com a sua permissão, irei para a cama.

— Tudo muito estranho — murmurou Horkin para si mesmo depois que seu aprendiz partiu. — Este mago albino. Não se parece com nada que eu já tenha visto e tenho estado em todos os cantos deste continente. Mas me parece que a própria Krynn está se tornando um lugar muito estranho. Um lugar muito estranho, mesmo.

Balançando a cabeça, Horkin saiu para brindar tarde da noite à estranheza do mundo com o barão.

8

O barão não disse nada às suas tropas sobre o Comandante Kholos e seus comentários insultuosos. Mas o barão não proibiu a sua escolta de falar sobre o que viram e ouviram no acampamento do aliado. As palavras do comandante sobre "chorões" se espalharam entre os mercenários como um incêndio na floresta durante a noite, saltando entre grupos de homens furiosos, iniciando incêndios por todo o acampamento. Os homens começaram a dizer que iriam tomar a parede oeste, malditos fossem os olhos do comandante, e não só isso, tomariam toda a maldita cidade também antes que terminassem o desjejum.

Quando chegou a notícia de que a companhia de flanco, sob o comando do Mestre Senej, teria a honra de atacar pela manhã, o resto dos soldados os olharam com pura inveja, enquanto os membros da sortuda companhia poliam suas armaduras e tentavam parecer indiferentes, como se fosse apenas mais um dia de trabalho.

— Raist! — Caramon irrompeu como uma rajada de vento na tenda do irmão. — Você ouviu…

— Estou tentando dormir, Caramon — disse Raistlin, ácido. — Vá embora.

— Mas é importante. Raist, é o nosso esquadrão que...

— Você derrubou meu cajado — observou Raistlin.

— Desculpe. Eu vou...

— Não toque nele! — Raistlin ordenou. Levantando-se da cama, ele pegou o cajado e o moveu para ficar ao lado da cabeceira de sua cama. — Agora, o que você quer? — ele perguntou cansado. — Seja rápido. Estou extremamente cansado.

Nem mesmo o mau humor do seu irmão poderia destruir o orgulho e a empolgação de Caramon. Ele parecia encher a tenda inteira enquanto falava, seu corpo saudável e poderoso inchando na escuridão, expandindo-se para ocupar todo o espaço, sugando todo o ar, deixando seu gêmeo esmagado e sufocado.

— Nosso esquadrão foi escolhido para liderar o ataque amanhã de manhã. "O primeiro a lutar", foi o que o mestre disse. Você vem conosco, Raist? Vai ser nossa primeira batalha!

Raistlin olhou para a escuridão.

— Se for, ainda não recebi nenhuma ordem.

— Ah, que pena. — Caramon ficou momentaneamente desanimado. Mas a excitação logo retornou, inchando-o novamente. — Você vai. Estou certo disso. Pense nisso! Nossa primeira batalha!

Raistlin virou a cabeça no travesseiro, longe do irmão.

Caramon sentiu de repente que era hora de partir.

— Eu tenho que ir afiar minha espada. Vejo você pela manhã, Raist. Boa noite. — Ele partiu fazendo tanto barulho como quando entrou.

— Com licença, senhor — disse Raistlin, parado do lado de fora da tenda de Horkin. — Você está dormindo?

Houve um grunhido em resposta.

— Sim.

— Lamento acordá-lo, senhor. — Raistlin entrou na tenda onde seu mestre estava deitado em uma cama, os cobertores puxados até o queixo. — Mas acabei de saber que a companhia do meu irmão recebeu ordens de atacar a muralha oeste amanhã de manhã. Achei que talvez quisesse que eu preparasse algumas magias...

Horkin sentou-se, os olhos semicerrados por causa da luz do Cajado de Magius. O mago não dormia com suas vestes, que estavam cuidadosamente dobradas em cima de sua mochila ao lado da cama. Dormia no que chamava de seu "tudo junto".

— Apague essa maldita luz, Vermelho! O que está tentando fazer? Me cegar? Pronto, assim está melhor. Agora, que música é essa que está cantando?

Pacientemente, Raistlin repetiu. Apagando a luz de seu cajado, ele ficou na escuridão da tenda, que cheirava a suor rançoso e flores esmagadas.

— Você me acordou para me dizer isso? — Horkin resmungou. Voltando a deitar, agarrou o cobertor e puxou-o sobre os ombros. — Bem, nós dois vamos precisar do nosso sono, Vermelho. Teremos feridos amanhã.

— Sim, senhor — disse Raistlin. — Mas sobre a batalha...

— O barão não me deu nenhuma ordem sobre a batalha de amanhã, Vermelho. Talvez... — Horkin tendia a ser sarcástico quando estava com sono — Ele as tenha dito a você.

— Não, senhor — disse Raistlin. — Eu apenas pensei...

— Aí está você, pensando de novo! — Horkin bufou. — Escute, Vermelho. A batalha de amanhã é uma simulação, uma escaramuça. Estamos testando as defesas da cidade. E a última coisa que você quer fazer ao testar o inimigo é mostrar a ele tudo que você tem! Nós somos o grande final, você e eu, Vermelho. O barão nos deixa, os magos, para o último ato, para consternação e admiração de todos. Agora, vá e deixe-me dormir um pouco!

Horkin puxou o cobertor sobre a cabeça.

Ninguém queria se acomodar para dormir naquela noite. Todos queriam ficar acordados, conversando e se gabando dos feitos que faria de manhã ou reclamando amargamente que estava sendo deixado de fora ou oferecendo conselhos e votos de felicidades àqueles que teriam a sorte de participar do primeiro ataque. Os sargentos os deixaram falar e depois atravessaram o acampamento, ordenando que todos se deitassem, pois precisavam descansar para o dia seguinte. Por fim, o acampamento se acalmou, embora poucos realmente dormissem.

Raistlin voltou para sua tenda, onde foi acometido por um forte ataque de tosse. Ele passou a maior parte da noite tentando respirar.

O barão ficou deitado em sua tenda pensando, com pesar, em todas as coisas que poderia ter dito para arrasar o Comandante Kholos.

Horkin, tendo sido acordado por Raistlin, não conseguiu voltar a dormir. Ele ficou acordado na cama, murmurando imprecações contra seu assistente e pensando no ataque que se aproximava. O rosto geralmente alegre dele estava sério. Suspirou e, com uma oração murmurada para sua companheira de bebida, a querida Luni, adormeceu.

Barganha ficou acordado olhando para a escuridão, trêmulo e com medo, porque alguém lhe disse que ficaria para trás durante o ataque por ser muito baixo.

Depois de Caramon ter polido sua armadura até quase fazer um buraco, ele se enrolou no cobertor, deitou-se e pensou:

— Sabe, posso morrer amanhã. — Estava ponderando sobre essa eventualidade e se perguntando como se sentiria quando acordou e descobriu que já era de manhã.

O céu estava cinza-pérola, coberto de nuvens baixas. Embora ainda não chovesse, tudo no acampamento estava molhado. O próprio ar estava úmido e encharcado, quente, sem o menor sinal de brisa. A bandeira da companhia estava cabisbaixa e apática em seu estandarte. Todos os sons eram amortecidos no ar denso. Os golpes geralmente retumbantes do ferreiro soavam discordantes e metálicos.

A companhia do Mestre Senej acordou cedo. Eles entraram na fila na frente da barraca refeitório.

— Primeiro a lutar, primeiro a comer! — Caramon disse, sorrindo enquanto batia nas costas de Barganha. — Gosto desse arranjo.

Durante as noites que antecederam o ataque, a companhia de flanco tinha feito trabalho de batedores, o que significava que eram os últimos a chegar ao acampamento e os últimos a fazer fila para o desjejum ou o que sobrava deste depois do resto das tropas desceram sobre ele como anões tolos. Caramon, que havia vivido a base de aveia fria nos últimos dias, olhou para as fatias de bacon escaldante e pão fresco e quente com imensa satisfação.

— Você não vai comer? — ele perguntou a Barganha.

— Não, Caramon, não estou com fome. Você realmente acha que o que Damark disse era verdade? Você realmente acha que a sargento não vai me deixar...

— Vá em frente, encha o prato! — Caramon insistiu. — Como o que você não quiser. Ele também vai querer alguns daqueles bolinhos — disse ao cozinheiro.

Caramon sentou-se à longa mesa de tábuas com dois pratos carregados. Barganha sentou-se ao lado dele, roendo as unhas e lançando olhares suplicantes para a sargento toda vez que ela passava.

— Ah, olá, Raist — disse Caramon, levantando os olhos da comida para ver seu irmão de pé à sua frente.

Raistlin estava pálido e abatido, com manchas escuras sob os olhos. As vestes estavam encharcadas de chuva e de seu próprio suor. A mão que segurava o cajado tremia.

— Você não parece bem, Raist — disse Caramon preocupado, levantando-se, o desjejum esquecido. — Está se sentindo bem?

— Não — Raistlin respondeu com uma voz rouca. — Não me sinto "bem". Se quer saber, fiquei acordado a noite toda. Não, não se preocupe comigo! Estou melhor agora. Não posso ficar muito tempo. Tenho meu trabalho para fazer. Enrolar bandagens na tenda de cura. — Ele parecia amargurado. — Só vim aqui para desejar-lhe boa sorte.

Os dedos finos de Raistlin tocaram o antebraço de Caramon, assustando-o.

— Cuide-se, meu irmão — disse Raistlin baixinho.

— Claro. Eu vou me cuidar. Obrigado, Raist — disse Caramon, emocionado.

Ele começou a dizer que seu gêmeo também deveria cuidar de si mesmo, mas no momento em que as palavras foram pronunciadas, Raistlin desapareceu.

— Puxa, isso foi estranho — disse Barganha enquanto Caramon voltava ao seu lugar e seu desjejum.

— Na verdade, não — disse Caramon, sorrindo, exultante. — Somos irmãos.

— Eu sei. É só que eu…

— Você o quê? — Caramon ergueu os olhos.

Barganha estava prestes a dizer que nunca vira Raistlin fazer ou dizer qualquer coisa minimante fraternal e que era estranho começar agora. Mas vendo o rosto ingênuo de Caramon e seu prazer honesto, o meio-kender mudou de ideia.

— Você quer meus ovos?

Caramon sorriu.

— Manda.

Porém, não teve chance de terminar seus próprios ovos. O ataque foi marcado para o início da manhã e antes que estivesse na metade da refeição, os tambores começaram a soar, convocando os homens da Companhia de Flanco às armas. Quando os soldados estavam vestindo seus equipamentos, uma chuva fina começou a cair. Água pingou dos elmos de metal em seus olhos e penetrou no acolchoamento de couro, causando irritação na pele. Gotas de água se formavam nas barbas dos homens, dependuravam nos narizes. Os soldados enxugaram os olhos para ver. Suas mãos se atrapalhavam no metal molhado das fivelas. Correias de couro mostravam-se recalcitrantes com a umidade. Não havia força que as fizessem se ajustar. As espadas escorregavam nas mãos molhadas.

O mais estranho e sinistro é que a chuva fez as muralhas da cidade mudarem de cor. Elas eram formadas por rocha de cor marrom claro. A chuva deu um tom vermelho à rocha, e as paredes pareciam terem sido lavadas com uma fina camada de sangue. Os soldados lançavam olhares graves para a muralha oeste que era o objetivo deles e depois olharam sérios para o céu, torcendo para que o sol reaparecesse.

Barganha ajudou Caramon a vestir a armadura de couro, diferente da armadura que a Companhia de Flanco normalmente usava. Esta armadura era acolchoada nos braços e no tronco, depois coberta com tiras de metal. A armadura era pesada, mas oferecia muito mais proteção do que a leve armadura de couro que os homens usavam durante as missões de reconhecimento. Os homens pegaram emprestadas as armaduras da Companhia A, junto aos escudos grandes que usariam em batalha neste dia.

Barganha estava taciturno e ficava piscando os olhos. O boato que ele ouviu provou ser verdadeiro. Recebeu ordens de ficar para trás enquanto o resto da companhia avançava para o ataque. Ele implorou e argumentou até que a Sargento Nemiss perder a paciência com ele. Trouxe um dos enormes escudos que os soldados iam usar e o jogou para o meio-kender.

O escudo o derrubou.

— Está vendo? — disse ela. — Você não consegue nem o levantar!

Os homens riram. Barganha lutou para sair debaixo do escudo pesado, ainda argumentando. A Sargento Nemiss deu-lhe um tapinha no ombro e disse-lhe que "era um pequeno galo de briga" e que "se ele encontrasse um escudo grande que conseguisse carregar, podia ir junto". Então ela ordenou que Barganha ajudasse os outros soldados com suas armaduras.

Ele fez o que lhe fora ordenado, reclamando e protestando o tempo todo que não era justo. Teve o mesmo treinamento que os demais. Os outros iriam achar que era um covarde. O meio-kender não via por que não podia usar seu antigo escudo e por aí vai. De repente, porém, as reclamações de Barganha terminaram.

Caramon sentia-se mal pelo amigo, mas também achava que as lamentações tinham durado o bastante. Ele deu um suspiro de alívio, pensando que Barganha finalmente aceitou seu destino cruel.

— Vejo você depois de tomarmos aquela muralha — disse Caramon, colocando o elmo.

— Boa sorte, Caramon — disse Barganha, estendendo a mão com um sorriso.

Caramon olhou fixamente para o amigo. Tinha visto aquele mesmo sorriso doce e inocente antes, no rosto de outro bom amigo, Tasslehoff Burrfoot. Caramon conhecia kender o bastante para ficar muito desconfiado. Não podia imaginar o que Barganha pretendia fazer e antes que conseguisse pensar seriamente no assunto, a Sargento Nemiss chamou a atenção da companhia.

Mestre Senej cavalgou até a frente das fileiras. Desmontando, fez uma inspeção rápida, mas completa, puxando armaduras para ter certeza de que não iam se soltar, examinando as pontas das lanças para garantir que estavam afiadas. Concluída a inspeção, encarou suas tropas. O acampamento inteiro se reuniu para ouvir e observar.

— Vamos testar as defesas ocidentais hoje, homens. Queremos ver se há surpresas nos esperando naquela cidade. A tática é simples: cerrem fileiras o mais próximo possível, mantenham seus escudos erguidos e marchem em formação em direção à muralha. Levaremos uma surra de seus arqueiros, mas a maioria das flechas atingirá nossos escudos. Nossos próprios arqueiros tentarão limpar a muralha da melhor maneira possível, mas não acho que irão resolver nossos problemas. Tendo visto nossos arqueiros treinando, estou mais preocupado com eles nos atingindo do que limpando a muralha.

A Companhia de Arqueiros começou a zombar e vaiar. A Companhia de Flanco riu. A tensão diminuiu, e era isso que o mestre pretendia. Sabia que, a menos que o inimigo fosse totalmente incompetente, seus homens enfrentariam chances muito adversas. O quão esmagadoras seriam essas chances e o quão habilidosos seriam os inimigos eram duas perguntas que estava prestes a responder. Ele não mencionou o exército aliado, que se reuniu para assistir ao ataque. A figura corpulenta de seu comandante podia ser vista montada em seu cavalo de batalha, a uma distância segura do alcance dos tiros.

— Chega de conversa então! — Mestre Senej gritou. — Assim que recebermos o sinal de que a Companhia de Arqueiros está instalada, cumpriremos nosso dever e voltaremos para o almoço. — Seu olhar percorreu as linhas, fixando-se em Caramon. O mestre sorriu e acrescentou: — Também seremos os primeiros da fila para o almoço, Majere.

Caramon sentiu o rosto ficar vermelho, mas estava sempre pronto para rir de si mesmo e se juntou à brincadeira com bom humor.

A Companhia C marchou até a frente do acampamento e se reuniu em uma formação estreita, com três fileiras de profundidade. Caramon ficou na última posição. Mestre Senej assumiu seu lugar na frente das fileiras. Um assistente levou seu cavalo embora. O mestre iria a pé com seus homens. Quando o mestre ergueu a espada, Caramon sentiu uma mão puxar a parte de trás da sua armadura. Girando a cabeça, olhou em volta e viu Barganha se aproximando dele, quase pisando nos seus calcanhares.

— A sargento disse que eu poderia ir se encontrasse um escudo — disse Barganha. — Acho que vai ser você, Caramon. Espero que não se importe.

Caramon não sabia se se importava ou não. Não teve tempo para pensar. À direita, uma bandeira baixou e se levantou novamente. A Companhia de Arqueiros estava na posição. O mestre ergueu a espada.

— Avançar! Companhia de Flanco, a primeira a lutar!

A companhia aplaudiu e começou a marchar lentamente, mas em um ritmo constante, seu porta-estandarte orgulhoso assumindo a liderança atrás do mestre.

No acampamento, as trombetas e os tambores dos sinalizadores do barão começaram a tocar uma música de marcha com uma batida forte, tornando mais fácil para os homens manterem o passo. Os pés esquerdos desciam na batida do bumbo. Os soldados avançaram em uníssono, unidos pelos escudos e com as lanças prontas.

A música aumentou o entusiasmo de Caramon. Ele olhou para os homens ao seu lado, seus camaradas, e seu coração se encheu de orgulho. Nunca tinha se sentido tão próximo de alguém antes, nem mesmo de seu irmão gêmeo, quanto desses homens se movendo, ansiosos para enfrentar a morte juntos. A pequena onda de medo que tilintava no estômago e apertava suas entranhas desapareceu. Ele era invencível, nada poderia prejudicá-lo. Não neste dia.

Um pequeno riacho atravessava o campo entre o acampamento e a muralha que era o objetivo deles. O leito do riacho ficava seco no verão, mas as laterais eram muito íngremes e levaria tempo para atravessar, principalmente porque a grama que cobria a margem estava escorregadia e molhada por causa da chuva fraca. A companhia chegou ao leito do riacho em ângulo, o flanco direito cruzando antes do esquerdo. Pequenas lacunas apareceram na linha enquanto os soldados diminuíam a velocidade para ver onde pisavam, para a linha se formar de novo do outro lado.

— Por que eles não atiraram em nós? — Barganha se perguntou. — O que eles estão esperando?

A Sargento Nemiss, à esquerda de Caramon, gritou:

— Cale a boca e fique firme. Eles vão atirar em breve. Antes que você esteja pronto!

Um som sibilante e suave, diferente de qualquer som que Caramon já ouvira em sua vida — um assobio, um zumbido e um sibilo, tudo combinado — fez seu cabelo se arrepiar na nuca.

O avanço da linha vacilou. Todos ouviram aquele barulho sinistro. Caramon olhou por cima do escudo para ver. O céu acima dele estava escuro com o que percebeu, para seu espanto, era uma revoada mortal de centenas de flechas.

— Mantenham o maldito escudo levantado! — a sargento gritou.

Lembrando-se do treino, Caramon levantou apressado o escudo sobre a cabeça. Menos de um segundo depois, o escudo vibrou e tremeu com o impacto das flechas. Caramon ficou espantado com a força dos golpes, como se alguém estivesse batendo em seu escudo com um martelo de guerra.

E então acabou.

Ele hesitou, encolhendo-se, à espera de outro ataque. Quando não veio, aventurou-se a olhar a frente de seu escudo. Quatro flechas estavam enfiadas ali, suas hastes emplumadas alojadas solidamente no metal. Caramon engoliu em seco, pensando no que aquelas flechas teriam feito se o tivessem atingido em vez do escudo. Alguns soldados arrancavam as hastes dos escudos, jogando-as de lado. Caramon virou-se para ver como Barganha tinha se saído.

Barganha ergueu os olhos com um sorriso trêmulo.

— Nossa, cara! — foi tudo o que disse.

Caramon olhou para os dois lados e não conseguiu ver ninguém caído. Não havia buracos na fileira. O mestre deu uma rápida olhada para trás para ver se a companhia ainda estava com ele.

— Avante, homens! — ele gritou.

O assobio sibilante veio novamente, mas desta vez, do flanco direito.

A Companhia de Arqueiros estava atirando de volta. Flechas dispararam em direção às muralhas da cidade, voando sobre as cabeças da Companhia de Flanco enquanto estes avançavam. Outra revoada de flechas lançadas da cidade.

Caramon ergueu o escudo. As flechas atingiram o alvo. Ele cambaleou por causa do impacto, mas continuou avançando. Um grito áspero perto dele o fez virar a cabeça. Um homem na fileira de Caramon caiu no chão, balançando para frente e para trás em agonia, gritando. Uma flecha quebrou sua tíbia. Um buraco se abriu na fileira. O homem atrás do ferido saltou por cima dele e tapou o buraco.

A Companhia C continuou a se mover. Caramon estava zangado e frustrado. Ele queria golpear, atacar alguma coisa, mas não havia nada para atacar. Não podia fazer nada a não ser avançar e levar uma flechada. O fogo de retorno da Companhia de Arqueiros não parecia estar surtindo nenhum efeito. Mais uma saraivada de flechas caiu do céu.

A terceira saraivada acertou. Um guerreiro na frente de Caramon caiu para trás, bem aos pés de Caramon. O homem não gritou. Ele não conseguia gritar, Caramon percebeu, horrorizado. Havia levado uma flechada na garganta e apertou a mão sobre a ferida horrível. Sons gorgolejantes vieram de sua boca aberta.

— Não pare! Feche a fileira, maldito! — um veterano gritou e bateu no braço de Caramon com seu escudo.

Caramon saltou para o lado para evitar pisar no homem ferido. Escorregando na grama molhada e ensanguentada, quase perdeu o equilíbrio. Mãos atrás dele o agarraram pelo cinto e o ajudaram a manter-se de pé. Quando o zumbido veio novamente, Caramon se encolheu para tentar ficar o menor que podia atrás de seu escudo.

Então, inexplicavelmente, as flechas pararam. A companhia estava a cerca de cento e cinquenta metros do objetivo. Talvez a Companhia de Arqueiros tivesse limpada a muralha. Talvez o inimigo tivesse dado meia-volta e fugido. Caramon levantou a cabeça com cuidado para ver. Então veio um baque que sentiu mais do que ouviu, como se algo pesado batesse no chão encharcado. O baque foi seguido por um estalo. Caramon olhou em volta para ver o que era aquele estranho som, e viu duas fileiras de homens deixarem de existir. Num segundo havia seis homens à sua direita. No próximo, ninguém.

Uma grande pedra rolava e saltava sobre a grama manchada de sangue, até finalmente parar. Disparada de uma catapulta no topo da muralha da cidade, a pedra tinha passado pela fileira de homens, e não eram mais homens. Não eram nada além de sangue, carne mutilada e ossos estilhaçados.

Os gritos dos feridos, o fedor de sangue, urina e excremento, pois muitos dos soldados moribundos não controlavam seus intestinos, fez Caramon perder o desjejum que tanto apreciara. Dobrando-se, limpou o estômago. O som de outra saraivada foi quase demais para ele. Ele queria correr, fugir daquele terrível campo de matança. Seu treinamento o manteve no lugar, o treinamento e o pensamento de que se fugisse seria considerado um covarde, desgraçado para sempre.

Ele se agachou atrás de seu escudo. Torcendo a cabeça, olhou para trás, preocupado com Barganha, mas não conseguiu encontrar seu amigo. Três homens caíram à sua esquerda, incluindo o porta-estandarte da companhia. A bandeira caiu na grama. A fileira inteira parou de se mover.

Tanto o mestre quanto a sargento ainda avançavam.

De repente, apareceu Barganha. Saltando sobre corpos de mortos e moribundos, ele alcançou o porta-estandarte e, enfrentando uma saraivada de flechas das muralhas da cidade, ele pegou a bandeira e agitou-a orgulhosamente sobre sua cabeça com um grito desafiador.

O resto da Companhia C juntou-se ao grito, mas estava enfraquecido. Tanto a sargento quanto o mestre viraram a cabeça e viram a devastação. Outra saraivada de flechas e o baque de outra pedra — desta vez ficando aquém do alvo — estimularam o mestre a agir. Seus homens haviam sido punidos o suficiente.

— Recuem! Recuem em formação! Mantenham os escudos erguidos! — o mestre gritou.

Caramon correu para proteger Barganha, cobrindo suas costas com o escudo. O meio-kender não prestou atenção às flechas que voavam ao seu redor, marchando orgulhosamente, agitando a bandeira nas mãos. A companhia moveu-se em uma retirada ordenada, sem pânico, sem correria e fuga. Se um homem caísse, outros avançavam para fechar a fila. Alguns pararam para ajudar os feridos a voltarem ao acampamento. A Companhia de Arqueiros enviava salva após salva contra a muralha, cobrindo a retirada.

Barganha carregava a bandeira, Caramon segurava seu escudo para proteger os dois. Mais cinquenta passos e os homens começaram a relaxar. Não vinham mais flechas das muralhas. Os soldados estavam finalmente fora de alcance.

Mais cem passos e o mestre parou a companhia. Ele apoiou seu escudo no chão. O resto da companhia fez o mesmo. Caramon sentiu o peso do escudo caindo de seu braço. Devia pesar uns cem quilos, pelo menos era o que ele sentia. Seu braço tremia com o esforço.

Barganha, o rosto em uma palidez mortal, continuava segurando a bandeira.

— Você pode largá-lo agora — disse Caramon ao amigo.

— Não consigo soltar — disse Barganha, com a voz trêmula. Ele olhou para sua mão como se pertencesse a outra pessoa. — Não consigo largar, Caramon!

Ele começou a chorar.

Caramon estendeu a mão para ajudar Barganha a se soltar. O grandalhão viu sua própria mão coberta de sangue. Olhando para baixo, viu sua placa peitoral manchada de sangue e outras coisas. Ele baixou a mão, sem tocar em Barganha.

— Muito bem. Escutem aqui! — o mestre gritou. — O barão já sabe o que queria saber. As defesas da cidade são mais que adequadas.

Os homens não disseram nada. Estavam exaustos, o espírito drenado.

— Vocês lutaram bem. Estou orgulhoso de vocês. Perdemos bons homens hoje — Mestre Senej continuou: — e pretendo ir lá e trazer seus corpos. Vamos esperar o anoitecer.

Um murmúrio de concordância veio dos homens.

A Sargento Nemiss dispensou a companhia. Os homens voltaram para suas tendas ou foram às tendas dos curandeiros, para ver como os camaradas feridos estavam. Alguns dos novos recrutas, Caramon e Barganha entre eles, permaneceram em formação, atordoados e chocados demais para se mexer.

A sargento se aproximou de Barganha. Estendendo a mão, ela pegou a bandeira do aperto mortal do meio-kender.

— Você desobedeceu às ordens, soldado — disse a Sargento Nemiss, com voz séria.

— Não, não desobedeci, senhor — disse Barganha. — Encontrei um escudo. — Ele apontou para Caramon. — Um que eu podia usar.

A Sargento Nemiss sorriu e balançou a cabeça.

— Se medíssemos os homens pelo seu espírito, você seria um gigante. Falando em gigantes, você se saiu bem lá fora, Majere. Achei que seria o primeiro homem atingido. Você é um ótimo alvo.

— Não me lembro de muita coisa, senhor — respondeu Caramon, obrigado a ser honesto, embora isso possa diminuí-lo perante ela. — Se quer saber, eu estava com muito medo. — Ele baixou a cabeça. — Passei a maior parte da batalha escondido atrás do meu escudo.

— Foi o que o manteve vivo hoje, Majere — disse a sargento. — Parece que te ensinei alguma coisa, afinal.

A sargento se afastou, entregando o estandarte a um dos veteranos enquanto passava.

— Vá almoçar — disse Caramon ao amigo. — Eu não estou com muita fome. Acho que vou me deitar.

— Almoço? — Barganha olhou para ele. — Não está na hora do almoço. Só passou meia-hora desde que tomamos o desjejum.

Meia hora. Podia ter sido meio ano. Metade de uma vida. Uma vida inteira para alguns.

Lágrimas brotaram dos olhos de Caramon. Ele virou a cabeça rapidamente, para ninguém notar.

9

A Companhia de Flanco recuperou seus mortos sob o manto da escuridão, enterrou-os na escuridão em uma única sepultura para que o inimigo não fosse capaz de calcular quantos homens foram perdidos. O barão falou em uma cerimônia simples, citando cada homem pelo nome e contando alguma história de seu heroísmo, passado e presente. A vala comum foi coberta de terra e uma guarda de honra foi colocada para afastar lobos errantes. O barão deu a Companhia C um barril de aguardente anã e pediu para que bebessem em memória de seus camaradas caídos.

Caramon bebeu não só à memória deles, mas também às memórias daqueles que caíram desde o início dos tempos. Foi o que pareceu a Barganha, que praticamente arrastou o grandalhão de volta para a tenda. Caramon desmaiou em um estupor de embriaguez, caindo de cara na cama com um baque que quebrou o móvel e fez com que os homens nas duas tendas laterais se perguntarem se o inimigo estava atirando mais pedras neles.

Raistlin passou a noite na tenda com os feridos, auxiliando Horkin com bandagens e pomada. A maioria dos ferimentos eram leves, com exceção do soldado com a perna quebrada. Seus camaradas o carregaram sob uma chuva de flechas até a tenda de cura. Raistlin teve o privilégio de testemunhar sua primeira amputação em campo de batalha. Ele misturou uma poção de raiz de mandrágora para deixar o paciente inconsciente, adicionando um feitiço de sono. Os amigos dele seguraram seus braços e ombros para impedir qualquer movimento involuntário.

Raistlin passou horas com Meggin Esquisita, dissecando cadáveres sob sua tutela para aprender mais sobre as maravilhas do corpo humano, e não se sentira nem um pouco enojado. Ele praticou suas habilidades de cura entre a população devastada pela peste de Consolação sem empalidecer. Havia se voluntariado para ajudar na operação, garantindo ao sanguessuga que era imune a visão de sangue e não falharia em seu posto.

O sangue — e havia uma quantidade enorme dele, Raistlin não imaginava que um corpo pudesse conter tanto — não o abalou. Foi o som da serra, raspando e cortando o osso logo abaixo do joelho, fazendo-o cerrar os dentes contra a bile que subia do estômago, e fechar os olhos mais de uma vez para evitar desmaiar.

Ele conseguiu passar pela operação, mas quando a perna foi removida e levada para ser enterrada na sepultura com os mortos, Raistlin pediu permissão para sair da tenda por um momento. O cirurgião, olhando o rosto mortalmente pálido de seu assistente, acenou com a cabeça brevemente e disse para ir dormir um pouco, pois o paciente ficaria bem até de manhã. Com a mandrágora, a magia e a perda de sangue, o amputado estava quieto.

Os outros feridos estavam dormindo. Raistlin regressou à sua tenda, seu corpo banhado em suor, e afundou em sua cama, objeto de desprezo e escárnio pelo menos para uma pessoa: ele mesmo.

Os aliados se reuniram novamente ao meio-dia, o barão mais uma vez cavalgando para conferenciar com o Comandante Kholos. O comandante foi mais respeitoso, senão mais cordial. Permitiu que o barão ficasse com sua espada e o convidou a se sentar enquanto discutiam os planos para a próxima batalha que iria colocar Fim da Esperança de joelhos.

Ambos concordaram que as defesas da cidade, como demonstrado, eram formidáveis. Um ataque direto, mesmo pela força combinada de seus exércitos, provavelmente fracassaria. Suas forças estariam dizimadas quando chegassem às muralhas. Kholos propôs prepararem para um cerco prolongado. Dar ao povo de Fim da Esperança alguns meses para esgotar seus suprimentos, mais alguns meses comendo ratos e vendo seus filhos morrerem de fome, e seu entusiasmo com esta rebelião diminuiria.

Este plano não era aceitável para o barão, que não tinha intenção de permanecer na companhia do comandante por mais tempo do que o absolutamente necessário. Então ofereceu uma alternativa.

— Proponho acabarmos com esta guerra rapidamente. Envie uma força para dentro da cidade, ataque por trás e abra o portão antes que percebam o que os atingiu.

— Derrotá-los na traição? — Kholos sorriu. — Eu gosto disso!

— Imaginei que fosse gostar — disse o barão secamente.

— Que força usaríamos para nos infiltrar atrás das linhas inimigas? — Kholos perguntou, franzindo a testa.

— Ofereço meus homens — respondeu o barão com dignidade, sabendo que esta pergunta seria feita. — Você os viu em ação. Não pode questionar seu valor.

— Espere lá fora — disse Kholos. — Preciso pensar, debater isso com meus oficiais.

Andando do lado de fora da tenda do comandante, o barão ouviu grande parte da conversa lá dentro. Ele corou de raiva e cerrou os dentes quando Kholos declarou em voz alta:

— Se os mercenários forem mortos, não perderemos nada. Podemos matar a cidade de fome mais tarde. Se eles tiverem sucesso, irão nos poupar muito tempo e problemas.

Quando foi convidado a voltar para dentro da tenda do comandante, o barão voluntariamente entregou sua espada ao ajudante de Kholos, para não ficar tentado a usá-la.

— Muito bem, barão — disse Kholos. — Decidimos seguir seu plano. Seus homens entrarão na cidade, atacarão por trás. Ao seu sinal, atacaremos os portões da frente.

— Acredito que posso contar com você para atacar as muralhas — disse o barão, observando o comandante atentamente. — Se seus homens não afastarem a resistência, os meus serão massacrados.

— Sim, estou ciente disso — respondeu Kholos, palitando os dentes com um osso de ave. Ele sorriu e piscou. — Eu te dou minha palavra.

— Você confia nele, senhor? — perguntou o Comandante Morgon, ao saírem da tenda de Kholos.

— Não tanto quanto consigo sentir o cheiro dele — disse o barão severamente.

— Isso implica em uma confiança considerável, senhor — disse Morgon com uma cara séria.

— Ha! Ha! — O barão riu alto e deu um tapa nas costas do seu comandante. — Boa, Morgon. Muito boa. — Ele riu por todo o caminho de volta ao acampamento.

— Senhor — disse Mestre Senej. — A Companhia C é voluntária para esta tarefa. Você nos deve, senhor — acrescentou em voz alta. Todos os outros comandantes de companhia estavam fazendo a mesma oferta.

O barão interrompeu-os e voltou-se para Senej.

— Explique-se, Mestre.

— Os homens partiram em uma missão sem esperanças, senhor — disse ele. — Foram arrasados. Tiveram que dar as costas para o inimigo e fugir.

— Eles sabiam que havia essa possibilidade quando foram para a batalha — disse o barão, franzindo a testa.

— Sim, senhor. — Mestre Senej se manteve firme. — Mas estão sentidos, senhor. Estão de cabeças baixas, arrastando os traseiros. Essa foi a primeira vez que a Companhia C foi derrotada…

— Pelo amor de Kiri-Jolith, Mestre… — o barão começou, exasperado.

— Meu senhor, essa foi a primeira vez que alguém neste exército foi derrotado — disse Mestre Senej, rígido e em posição de sentido. — Os homens querem uma chance para resgatar sua honra, senhor.

Os outros comandantes ficaram em silêncio. Embora todos estivessem ansiosos para participar da ação, aceitaram o direito do Mestre Senej de defender sua causa.

— Muito bem — disse o barão. — Mestre Senej, a Companhia C entrará na cidade. Mas desta vez vou enviar um mago. Mestre Horkin!

— Meu senhor!

— Você irá junto nesta missão.

— Desculpe, meu senhor, mas sugiro que envie meu assistente.

— O jovem está pronto para uma missão tão importante, Horkin? — perguntou o barão, sério. — Majere me parece terrivelmente fraco e doentio. Eu ia sugerir que ele fosse dispensado.

— Vermelho é mais forte do que parece, meu senhor — disse Horkin. — Mais forte do que ele mesmo sabe, pelos menos na minha opinião. Ele é um mago melhor do que eu. — Horkin disse sem rancor, simplesmente afirmando um fato. — Onde vidas estão em jogo, acho que você deveria usar o melhor.

— Bem, claro — disse o barão, surpreso. — Mas você tem experiência...

— E como consegui essa experiência, meu senhor, se não pela experiência — Horkin voltou triunfante. — O que ele nunca conseguirá se você não deixar.

— Acho que você tem razão — respondeu o barão, embora ainda parecesse em dúvida.

— Você está no comando da magia. O que eu sei sobre magia você não enche a xícara de chá de um rato. Mestre Senej, encontre Majere e diga-lhe que está ligado à sua companhia. Reportem-se a mim para suas ordens.

— Sim, senhor! — Mestre Senej disse, saudando. — E obrigado, meu senhor!

— Raist, você já sabe? — Caramon ficou do lado de fora da tenda de Raistlin. O grandalhão estava com uma dor de cabeça terrível, parecia que gnomos usavam seu estômago como caldeira. Com o horror da batalha, a solenidade do funeral e os efeitos posteriores do velório, estava começando a repensar seu compromisso com uma vida militar. Ele tentava parecer animado, no entanto. Pelo bem de seu irmão. — Vamos nos infiltrar na cidade e você vem conosco!

— Sim, estou sabendo — disse Raistlin irritado, sem tirar os olhos do livro de feitiços que equilibrava sobre os joelhos. — Agora vá embora e me deixe em paz, Caramon. Tenho todos esses feitiços para memorizar antes do anoitecer.

— Isso é o que sempre quisemos, Raist — disse Caramon, melancólico. — Não é?

— Sim, Caramon, acho que sim — respondeu Raistlin.

Caramon ficou parado mais um momento, na esperança de ser convidado a entrar, na esperança de ter a chance de falar sobre seu medo, sua vergonha, seu desejo de voltar para casa. Mas Raistlin não disse nada, não deu nenhuma indicação de que estava ciente que seu irmão continuava a existir. Por fim, foi embora.

Depois que seu irmão partiu, Raistlin sentou-se e olhou para o livro de feitiços. As letras corriam desordenadas pelas páginas, as palavras escorregavam de seu cérebro como se fossem óleo. Seu irmão e os outros dependeriam que ele os mantivesse vivos. Que piada! Mas os deuses estavam sempre fazendo piadas com ele.

Raistlin voltou desesperado aos estudos, um covarde tão covarde que não ousava admitir que era um.

10

Kitiara chegou ao acampamento de Kholos na tarde seguinte ao ataque fracassado dos mercenários à muralha da cidade. Era mais tarde do que pensara e sabia que Immolatus estaria fervendo de raiva e impaciência. A abertura secreta na montanha revelou-se mais distante do acampamento do que ela imaginava, e o caminho foi muito mais difícil.

Ela encontrou o dragão dormindo profundamente em sua tenda, sem se importar com as furiosas marteladas do ferreiro, cuja forja portátil estava próxima.

Kit podia ouvir o ronco de Immolatus acima das batidas do martelo. Invadiu a tenda do dragão sem se preocupar em se anunciar e tropeçou em algo que rolou debaixo de seu pé. Xingando profusamente, ela recuperou o equilíbrio e olhou com atenção para o objeto na luz difusa.

Um estojo para mapas? Ela estava prestes a pegá-lo quando viu que era um daqueles estojos para pergaminho, como os magos usam para realizar seus feitiços. Kit o deixou onde estava. Não saberia dizer quais feitiços de proteção teriam sido colocados sobre ele. Vários outros estojos estavam espalhados por ali, além de numerosos anéis que haviam se derramado de uma bolsa e um pote quebrado do que tinha sido, pelo cheiro, caldo de galinha.

Aquilo era um mistério. Os estojos de pergaminhos não pertenciam a Immolatus, e não parecia que tivesse interesse neles, já que os deixou caídos no chão. Kit presumiu que algum tipo de reunião ocorrera em sua ausência, embora com quem ela não conseguisse entender. Os pergaminhos indicavam um mago, o caldo de galinha um cozinheiro. Talvez o cozinheiro do acampamento também fosse um especialista em magia. Kit pediu aos céus que Immolatus não tivesse insultado o cozinheiro. A comida já era ruim o suficiente.

Ela ficou olhando para ele, ressentida pelo fato de ele estar ali, confortável e aconchegado em sua tenda, tirando uma soneca enquanto ela fazia o trabalho sujo. Teve o prazer sombrio de acordá-lo.

— Eminência. — Kit sacudiu-o pelo ombro. — Immolatus.

Ele acordou rápido, os olhos abertos, totalmente consciente, olhando-a com uma fúria e um ódio que não era direcionado, mas para a percepção diária e amarga decepção que ele experimentava ao acordar e se encontrar aprisionado em carne humana. Ele olhou para Kit, seus olhos vermelhos frios, odiando-a, desprezando-a como desprezava toda a sua espécie, observando-a como ela mesma observaria um carrapato inchado.

Ela tirou a mão do ombro dele rapidamente e deu um passo para trás. Nunca tinha visto ninguém sair das profundezas do sono para aquele nível de consciência tão rapidamente. Havia algo antinatural nisso.

— Lamento acordá-lo, Eminência — disse ela, e isso era verdade. — Mas achei que gostaria de saber que consegui completar nossa tarefa. — Não pôde deixar de adicionar uma leve ênfase irônica ao plural. — Talvez você gostaria de ouvir o que descobri.

Olhando ao redor, ela acrescentou casualmente:

— O que aconteceu, Eminência? O que é tudo isso?

Immolatus sentou-se na cama. Ele dormia com suas vestes vermelhas, nunca as removia, nunca as lavava, nunca tomava banho. Exalava um odor repugnante, um cheiro bolorento de morte e decadência que lembrava a Kitiara o covil úmido do dragão.

— Tive um encontro muito interessante com um jovem mago — Immolatus respondeu.

Kitiara chutou para o lado um estojo de pergaminhos que estava em seu caminho e sentou-se.

— Ele deve ter saído com pressa.

— Sim, não quis ficar muito — Immolatus sorriu desagradavelmente e murmurou: — Ele tem algo que eu quero.

— E por que você simplesmente não tirou dele? — Kit perguntou, impaciente.

Ela não estava nem um pouco interessada. A viagem foi longa. Estava cansada e irritada. Tinha informações importantes para transmitir, se o dragão calasse a boca por tempo suficiente para ouvi-la.

— Uma resposta tipicamente humana. — Immolatus franziu a testa. — Existem sutilezas envolvidas que você não entenderia. Eu o terei, mas do meu jeito e no meu tempo. Você encontrará uma nota sobre a mesa. Quero que a leve ao jovem mago. Ele serve, acredito, com aqueles que tão estranhamente chamamos de nossos aliados.

Immolatus apontou para um estojo de pergaminho sobre a mesa, mas o pergaminho tinha sido removido. Aparentemente a mensagem estava lá dentro.

Kit ia responder zangada que não era garota de recados de Immolatus. Temendo que isso provocasse uma discussão, quando tudo o que queria era transmitir suas informações e ir para a cama, ela engoliu as palavras.

— Qual é o nome do mago, meu senhor? — Kitiara perguntou.

— Magius — respondeu Immolatus.

— Magius. — Ela saiu da tenda, saudou um soldado que passava e entregou-lhe o estojo com a ordem de que fosse entregue.

— Então, uth Matar? — Immolatus disse, quando retornou. — E sua missão? Foi bem-sucedida? Presumo que não, já que você está protelando, recusando-se a me contar.

Em resposta, Kitiara tirou o livro do cinto e entregou-o ao dragão.

— Veja por si mesmo, Eminência.

Ele aceitou o livro oferecido com entusiasmo, quase o arrancando da mão dela.

— Então você encontrou os ovos dos dragões metálicos. — Uma risada baixa e maliciosa gorgolejou no fundo de sua garganta. Ele examinou os números avidamente, enquanto ela explicava sua anotação.

— Eu os contei por fileiras; há muitos deles. "O" significa "ouro" e "P" prata, logo "11/34 ovos" significa que existem trinta e quatro ovos de dragão de prata na linha número onze.

— Sou perfeitamente capaz de entender seus rabiscos, apesar do fato de parecerem terem sido feitos por uma galinha passando por cima das páginas.

— Estou feliz que meu trabalho lhe agrade, meu senhor — disse Kitiara, cansada demais para se importar se ele ouviu o sarcasmo ou não.

Ele não a ouviu. Estava decidido a estudar suas anotações, murmurando para si mesmo, realizando cálculos, balançando a cabeça, satisfeito, e emitindo aquela risada sinistra. Quando virou a página e viu o mapa, um sorriso contorceu suas feições. Quase ronronou de alegria.

— Então, é este… este é o caminho para a entrada secreta na montanha. — Observou, franzindo a testa. — Parece bem claro.

— Vai ser bem claro para o Comandante Kholos — disse Kitiara, bocejando.

Ela estendeu sua mão.

— Vou levá-lo para ele agora, Eminência, se já tiver terminado.

Immolatus não o devolveu. Ele olhava o mapa com intensa concentração e Kitiara teve a impressão de que estava o memorizando.

— Você irá até a caverna, Eminência? — Kitiara perguntou, assustada e desconfortável. — Não tem porque fazer isso. Garanto que meus números são precisos. Se duvida de mim...

— Eu não duvido de você, uth Matar — disse o dragão, de forma agradável. Estava com um humor extremamente bom. — Pelo menos não mais do que eu duvidaria de qualquer outro verme.

— Então, Eminência — disse Kitiara, dando-lhe um de seus sorrisos mais encantadores. — Você não deveria perder seu tempo viajando até esta caverna. Nosso trabalho está finalizado. Agora seria um excelente momento para partirmos. General Ariakas deu ordens para que voltássemos a ele com esta informação o mais rápido possível.

— Tem razão, uth Matar — disse Immolatus. — Você deve voltar para General Ariakas imediatamente.

— Eminência…

O dragão estava rindo dela.

— Não preciso mais de seus serviços, uth Matar. Volte para Ariakas e resgate sua recompensa. Tenho certeza de que ele ficará muito feliz em fornecê-la.

Immolatus levantou-se da cama, passou por ela e saiu da tenda.

Kitiara agarrou-lhe o braço.

— O que vai fazer? — ela questionou.

Ele olhou sinistramente para ela.

— Liberte-me, verme.

— O que vai fazer? — Kitiara sabia a resposta. O que ela não sabia era o que, em nome de tudo o que era sagrado, iria fazer a respeito.

— Isso é problema meu, uth Matar — disse ele. — Não seu. Você não tem nada a ver com esse assunto.

— Você vai destruir os ovos.

Ele se livrou de seu aperto e começou a sair da tenda.

— Maldição! — Kitiara o seguiu, agarrou seu braço, cravando as unhas em sua carne. — Você sabe quais foram as suas ordens...

— Minhas ordens! — Ele se virou para ela, furioso e selvagem. — Eu não recebo ordens! E menos ainda de um humano insignificante que coloca um elmo com chifres em sua cabeça e se autodenomina um "Senhor dos Dragões"!

— Ah, sim. — Immolatus mostrou os dentes em um sorriso desdenhoso. — Eu ouvi Ariakas se autodenominar assim. "Senhor dos Dragões!" Como se ele ou qualquer outro humano tivesse o direito de vincular seu poder insignificante e sua lamentável mortalidade conosco! Mas não o culpo. Ele acha que ao nos imitar desta forma patética, poderá angariar para si uma pequena porção do respeito e do medo que todas as espécies em Krynn tem por nós.

O dragão bufou, uma onda de chamas tremeluziu em suas narinas. Ele sibilou as palavras.

— É como uma criança desfilando com a armadura de seu pai. Ele vai descobrir que o fardo é pesado demais, e ele cairá, vítima de sua própria ilusão!

— Vou destruir os ovos — disse o dragão com fúria suave. — Você se atreve a tentar me impedir?

Kitiara corria grande perigo, mas, na sua opinião, não tinha muito a perder.

— O General Ariakas deu a ordem, isso é verdade, Eminência — disse ela, corajosamente encarando os olhos brilhantes do dragão. — Mas nós dois sabemos quem dá ordens a ele. Você desobedecerá a sua rainha?

— Em um piscar de olhos — disse Immolatus estalando os dentes. — Acha que tenho medo dela? Talvez tivesse, se Takhisis estivesse neste mundo. Ela não está, sabe. Está presa no Abismo. Ó, ela pode reclamar, bufar e bater seu lindo pezinho, mas não pode me tocar. E, portanto, terei minha vingança. Eu me vingarei dos ouro e prata sujos que massacraram meus camaradas e nos levaram ao isolamento e ao esquecimento. Eu destruirei seus jovens como destruíram os nossos. Destruirei o templo maligno de um deus maldito. Destruirei a cidade onde fica o templo e então — sua língua tremulou, uma chama lambendo sangue — destruirei o descendente de Magius. Minha vingança contra todos eles será completa.

Os olhos vermelhos piscaram.

— Você deveria partir enquanto pode, uth Matar. Se encontrar Kholos e sua turba no meu caminho, eu os destruirei também.

— Senhor — Kit argumentou, desesperada —, Sua Majestade das Trevas tem planos para estes ovos.

— Eu também — disse Immolatus. — Em breve Krynn e seu povo verão o verdadeiro poder dos dragões. Saberão que voltamos para retomar o nosso lugar, no governo do mundo.

Kitiara não podia permitir que ele arruinasse os planos de Ariakas, não podia permitir que o dragão desrespeitasse as ordens da Rainha das Trevas. Acima de tudo, não podia permitir que Immolatus destruísse seus planos, esperanças e ambições.

Ela desembainhou a espada enquanto ele falava, em movimentos rápidos e fluidos. Se Immolatus fosse humano, teria encontrado trinta centímetros de aço em suas entranhas antes que ele pudesse respirar novamente.

Mas ele não era humano. Era um dragão, um dragão vermelho, um dos seres mais poderosos de Krynn. Chama envolveu Kitiara. O ar chiou e estalou ao seu redor, queimando seus pulmões quando ela tentou respirar o suficiente para gritar, queimando sua carne. Ela caiu de joelhos e esperou a morte.

As chamas diminuíram de repente. Não estava ferida, ela percebeu depois de um momento, exceto pela horrível lembrança de ser queimada viva. No momento, seria só isso, uma lembrança. Uma lembrança e uma ameaça. Ela permaneceu onde havia caído, abatida, derrotada.

— Adeus, uth Matar — disse Immolatus, em tom agradável. — Obrigado pela sua ajuda. — Ele saiu com um sorriso, uma reverência zombeteira e um estalar de dentes.

Kitiara o viu sair da tenda, viu sua carreira ir embora com ele.

Ela permaneceu em sua posição, agachada e caída, até ter certeza de que ele não voltaria. Dolorida, ela se levantou, usando a cama para ajudá-la. Depois de se levantar e se movimentar, sentiu-se melhor.

Ela saiu e respirou fundo. O ar poluído pela fumaça era melhor do que o ar fétido e contaminado por dragão daquela tenda. Procurou uma parte isolada do acampamento, encontrando-a atrás da forca. Ninguém ia ali se pudesse evitar. A única desvantagem eram as moscas. Kit as ignorou. Sozinha, invisível, Kitiara refletiu sobre sua situação.

Ela não poderia — não deveria — permitir que Immolatus prosseguisse com seu intento. Kit não se importava com os ovos de dragão. Não se importava com a cidade ou seus habitantes. Quanto ao templo, depois de sua experiência desagradável, teria alegremente ajudado Immolatus a destruí-lo. Mas não podia se entregar à vingança pessoal, nem o dragão. Havia muito em jogo aqui, o prêmio no qual apostavam era enorme. E agora, em vez de colocar o que ganharam na aposta final, o dragão iria gastar os ganhos deles em um jantar e um espetáculo. E que espetáculo! Kitiara pisou no chão com raiva e frustração.

Logo todos em Ansalon saberiam que os dragões haviam retornado. O exército de Ariakas ainda não estava pronto para lançar um ataque em grande escala. Era óbvio só de olhar ao redor daquele acampamento. Kholos e seus recrutas inexperientes seriam carne de cachorro para os Cavaleiros Solâmnicos ou qualquer outra força bem treinada. Perderiam a guerra antes mesmo de começar, tudo porque um monstro arrogante e egoísta decidiu cuspir nos olhos de sua rainha.

— Não posso vencê-lo numa luta — murmurou Kitiara, andando dez passos em uma direção, virando-se e andando dez passos na outra. — Sua magia é muito poderosa. Ele me mostrou. Mas mesmo o mago mais poderoso tem um ponto fraco, bem entre as omoplatas.

Ela tirou a adaga da bota e girou a lâmina na mão, observando a luz do sol brilhar no aço afiado. Embora "Sir Nigel" pudesse ter sido um cavaleiro falso, cumprira sua promessa. Ela havia recuperado tanto sua espada quanto sua faca da caverna.

— Nem dragões têm olhos na nuca. E Immolatus se considera invencível, o que é um erro.

Localizando um nó em uma árvore a cerca de vinte passos de onde ela estava, Kit segurou a adaga pela lâmina, mirou e atirou. A lâmina brilhou no ar e enterrou-se a cerca de um palmo do buraco do nó.

Kit fez uma careta.

— Sempre puxei para a direita — Indo até a árvore, ela arrancou a adaga, que estava enterrada na madeira quase até o cabo. — Isso o teria matado — ela refletiu. — Pelo menos em forma humana. Não teria feito muito em um dragão.

O pensamento era assustador. Se ele mudasse de forma, ela não teria chance. Um terrível medo tomou conta dela — e se ele já tivesse mudado de forma! Poderia, pois obviamente não dava a mínima para ser visto. Ele poderia ter decidido voar para a caverna...

Não, Kit refletiu. Immolatus permaneceria disfarçado, pelo menos até chegar à caverna. Pelo que ele sabia, os ovos podiam ter um guardião. Estava com tanta pressa, nem perguntou a ela sobre isso. Um guardião que não ficaria preocupado com a vinda de um mago vestido de vermelho, mas soaria o alarme com o advento de um dragão vermelho.

Immolatus usaria sua forma humana para entrar furtivamente na caverna. Pelo menos, esperava que ele tivesse o bom senso de fazer isso. E ao pensar em confiar no bom senso do dragão, Kitiara balançou a cabeça e suspirou.

Mas quer ele o fizesse ou não, ela não tinha muita escolha. Precisava encontrar uma maneira de detê-lo ou não seria nada além de uma mercenária itinerante pelo resto de seus dias.

Como seu pai, disse uma voz espontânea dentro dela.

Ignorando a voz, irritada com isso, Kitiara recolocou a adaga na bota e partiu atrás do dragão.

11

Mestre Senej estava certo. O moral de sua companhia aumentou consideravelmente ao serem informados de que foram escolhidos para se infiltrar na cidade e minar as defesas por dentro. A missão era perigosa, mas depois de terem sido forçados a suportar o fogo mortal das muralhas sem serem capazes de contra-atacar, os homens acolheram bem a oportunidade.

— É para isso que fomos treinados — disse a Sargento Nemiss às tropas reunidas. — Segredo, furtividade. Bem do nosso jeito. Aqui está o plano.

"Escalamos as falésias ao sul da cidade, atravessamos uma serra e descemos a montanha. Entramos na cidade pelo lado da muralha que termina contra a montanha. Ninguém estará nos esperando ir por ali, então deve ser minimamente guardado.

"O mapa do barão mostra que existe um distrito de armazéns localizado perto de um antigo templo abandonado perto de onde vamos pular a muralha. Até onde sabemos, ninguém tem mercadoria para vender, então vamos encontrar o armazém vazio. O plano é chegar à cidade antes do amanhecer de amanhã, esconder-se no armazém durante o dia. Na noite seguinte, mais tarde, lançaremos nosso ataque."

A Sargento Nemiss apontou o polegar na direção de Raistlin, que estava parado perto do grupo.

— O mago Raistlin Majere marchará conosco.

— Viva! — gritou Caramon do seu lugar nas fileiras.

Raistlin corou profundamente e lançou ao irmão um olhar irritado. Ele observou que o restante dos membros da Companhia C nem de longe estavam tão entusiasmados com a ideia. Os longos anos de serviço de Horkin o tornaram querido entre os homens, que tendiam a considerar o fato de ele ser um mago como uma pequena falha de caráter que eles, como amigos, estavam mais do que dispostos a ignorar. A aparência estranha de Raistlin, seu comportamento doentio e sua tendência a permanecer distante dos outros soldados se combinavam para deixá-los desconfiados com sua presença.

Os homens murmuraram entre suas barbas, mas ninguém disse nada em voz alta. Caramon estava observando-os e os poucos que tinham entrado em contato com seus punhos tinham um saudável respeito pela sua capacidade de punir qualquer insulto, real ou imaginário, ao seu gêmeo. A Sargento Nemiss também os observava. Ela não toleraria qualquer "reclamação" sobre ordens. Assim Raistlin foi aceito na Companhia de Flanco sem uma palavra de reclamação. Um homem até se ofereceu para carregar seu equipamento para ele, mas Caramon assumiu a tarefa.

Raistlin carregaria seus pergaminhos, seu cajado e seus componentes mágicos. Gostaria de ter levado consigo um livro de feitiços, pois embora tivesse conseguido memorizar os feitiços que Horkin considerava necessários em uma operação deste tipo, teria se sentido mais confiante com mais algumas horas de estudo. Mas Horkin disse que o risco do precioso livro de feitiços cair em mãos inimigas era muito grande.

— Posso substituir você, Vermelho — acrescentou ele, brincando. — Não consigo substituir esse livro de feitiços.

— Assim que a noite cair, começaremos a marcha — continuou a Sargento Nemiss. — Esperamos estar nas montanhas, prontos para entrar na cidade, ao alvorecer. Nossos aliados irão causar uma distração para manter os olhos dos rebeldes fixos na frente da muralha, não na parte de trás.

Alguém na fila fez um som rude.

A Sargento Nemiss assentiu.

— Sim, eu sei o que estão pensando. Eu penso o mesmo, mas não há nada que possamos fazer sobre isso. Alguma pergunta?

Alguém perguntou o que aconteceria se alguém se separasse do grupo.

— Certo, essa é uma boa pergunta — respondeu a sargento. — Se algum de vocês se separar, retorne ao acampamento. Não tente entrar furtivamente na cidade sozinho. Pode colocar todo o plano em risco. Não há mais perguntas? Estão dispensados. Encontrem-me aqui ao pôr do sol.

Os homens voltaram para suas tendas para arrumar seus equipamentos. Deixariam as tendas montadas para que o inimigo pensasse que ainda dormiam nelas. Levaram apenas espadas curtas, adagas e facas. Sem escudos, sem cota de malha, sem espadas longas ou lanças. Dois homens habilidosos com arco carregavam dois dos valiosos arcos élficos e aljavas de flechas. Todos usavam armadura de couro, ninguém usando as de metal, consideradas pesadas e volumosas demais para escalar montanhas, e barulhentas demais para serem furtivos. Cada homem carregava um rolo de corda sobre o ombro. Eles encontrariam água na trilha e marchavam com rações escassas.

A perspectiva consternou Caramon, mas ele resistiu ao golpe lembrando-se das dificuldades da guerra. Ele estava se sentindo muito melhor com a perspectiva de ação. Apanhado pela emoção do momento, foi capaz de banir as terríveis lembranças do ataque ao muro. Nunca tendo sido alguém que remoesse o passado, Caramon olhava com confiança para o futuro. Aceitava tudo o que vinha e não perdia tempo se preocupando com o que poderia ter sido ou o que estaria por vir.

Em contraste, Raistlin preocupava-se com o que considerava um fracasso ao confrontar o mago renegado, preocupava-se de não estar com todas as letras do feitiço na ponta da língua, imaginava cada evento terrível que poderia acontecer, desde cair pela encosta da montanha até ser capturado e torturado pelo inimigo. Quando a companhia estava pronta para se mover, havia entrado em um frenesi de pavor que temia estar fraco demais para fazer a viagem. Ele considerou alegar estar doente e se levantou para contar a Horkin quando ouviu um nome sendo gritado através do acampamento.

— Magius! Mensagem para Magius.

Magius! Um nome que poderia ter ecoado no acampamento de Huma centenas de anos antes, mas que não tinha lugar nos dias de hoje. Então Raistlin se lembrou. Ele havia dado o nome de Magius ao mago Immolatus. Saindo de sua tenda, Raistlin perguntou:

— O que você quer com Magius?

— Por que, você sabe dele? — um soldado perguntou. — Tenho uma mensagem para ele.

— Eu sei sobre ele — disse Raistlin. — Dê-me a mensagem. Eu farei com que seja entregue.

O soldado não hesitou. O estojo de pergaminho que ele deveria entregar estava coberto de símbolos estranhos que pareciam mágicos. O quanto antes se livrasse daquilo, melhor. Ele o entregou.

— Quem enviou isso? — Raistlin perguntou.

— O mago do outro acampamento — respondeu o soldado, que saiu rapidamente, não querendo ficar por perto para ver o que tinha no estojo.

Recuando para sua tenda, Raistlin fechou a aba e amarrou-a com força. Ele inspecionou o estojo com o maior cuidado, atento à possibilidade de que pudesse estar preparado para destruí-lo. Sentiu uma aura de magia sobre ele, mas era natural. A magia não parecia ser muito forte, entretanto era mais sensato não arriscar.

Raistlin colocou o estojo no chão, de costas para ele.

Puxando sua faca, posicionou a ponta da lâmina na tampa do estojo. Ele enfiou a ponta entre a tampa e o estojo e devagar, com cuidado, começou a tirar a tampa.

A tenda estava quente por causa do sol da tarde. Sua tensão deixou dez vezes mais quente. O suor encharcou seu pescoço e seu peito. Ele continuou focado em sua tarefa. Quase conseguiu, a tampa estava quase saindo, quando a faca escorregou de sua mão suada e sacudiu o estojo. A tampa se soltou de repente e rolou para longe.

Raistlin recuou, por pouco não virando a cama, com o coração se apertando de medo.

Nada aconteceu. A tampa balançou no chão irregular e parou na beira da tenda.

Raistlin fez uma pausa para limpar a testa e acalmar os batimentos cardíacos, depois estendeu a mão e cuidadosamente ergueu o estojo do pergaminho. Ele olhou para dentro.

Um pedaço de papel estava enfiado no estojo e conseguia ver a escrita. Raistlin segurou-o contra a luz, tentando ver se eram palavras comuns ou de um feitiço mágico. Ele não sabia dizer e, impaciente e sem se preocupar com as consequências, pegou o papel.

> Magius, o Jovem. Eu realmente gostei da nossa conversa. Lamentei vê-lo partir. Talvez eu tenha dito algo que o ofendeu. Se sim, quero pedir desculpas e também devolver as coisas que você deixou para trás inadvertidamente. Quando a cidade cair

perante nossa força, gostaria de o reencontrar. Poderemos ter uma conversa agradável.

A mensagem estava assinada, *Immolatus*.

— Então é isso que ele pensa de mim — disse Raistlin amargamente. — Ele me toma por um tolo, um simplório que cairia em uma armadilha tão flagrantemente óbvia que um anão cego, surdo e mudo a evitaria. Não, meu amigo de duas caras, por mais interessante que você seja, não tenho intenção de reencontrá-lo.

Ele amassou a missiva na mão. Em seu caminho para ingressar na Companhia C, ele jogou-a desdenhosamente em uma fogueira. Todos os pensamentos sobre não ir à missão evaporaram no calor do insulto. Estava tão ansioso por ação que, se não tivesse sido designado para esta missão, teria se oferecido. Ele tomou seu lugar ao lado de Caramon.

— Em frente! — A ordem passou de homem para homem em voz baixa. — Em frente!

O céu estava nublado. Uma chuva leve continuava a cair. A umidade encharcava tudo — o pão estava molhado, a lenha não acendia. Os soldados reclamavam da umidade. O Sargento Nemiss e o Mestre Senej estavam ambos de bom humor. Nuvens pesadas significavam que não haveria luar nem luz das estrelas esta noite.

A Companhia C marchou por três horas antes de chegar aos penhascos que se erguiam atrás da cidade de Fim da Esperança. A distância não era tão grande — uma boa caminhada rápida de menos de uma hora os teria levado ao mesmo lugar se viajassem em linha reta. Mestre Senej queria ter certeza de que ninguém na cidade suspeitaria de seu plano e, embora não fosse provável que nem mesmo o melhor batedor na muralha pudesse vê-los, a Companhia C tomou uma rota tortuosa, marchando diretamente para longe da cidade e depois voltando.

Batedores avançados foram enviados à frente para procurar um local adequado para começarem a subir. No começo, não conseguiram encontrar nenhum. Chegaram a pensar que teriam de informar ao Mestre Senej para pensar em um novo plano. O problema era atravessar o rio Esperança, de onde a cidade recebeu o nome, um rio profundo e rápido que cortava um desfiladeiro no sopé da montanha. Estava pontilhado de moinhos, cujas rodas ainda giravam, rangendo e gemendo, embora os próprios moinhos estivessem abandonados e seu conteúdo saqueado. Os batedores começaram a se preocupar.

O sol havia se posto e a Companhia C estava a caminho quando os batedores encontraram um lugar para atravessar o rio. Descendo da montanha, as águas se dividiam em torno de uma ilha rochosa, formando dois riachos relativamente rasos, que se fundiam mais abaixo e para caírem pelo cânion. Satisfeitos e aliviados, os batedores correram de volta ao local de encontro para servir como guias até o vau.

Os soldados entraram na água corrente, erguendo as armas.

Embora o ar estivesse quente, a água, descendo das montanhas, estava gelada. Caramon ofereceu-se para carregar o seu irmão gêmeo, mas Raistlin lançou-lhe um olhar que teria deixado manteiga rançosa. Ele amarrou as vestes em sua cintura e entrou no riacho.

O jovem mago atravessou lentamente, testando cada passo, com medo de mergulhar na corrente gelada. Ele não estava tão preocupado consigo mesmo, mais com seus pergaminhos. Embora estivessem protegidos com segurança em estojos bem selado, não podia se dar ao luxo de permitir a chance da menor gota de água entrar, escorrer a tinta, estragar a magia. Quando finalmente ficou em segurança, estava gelado até os ossos, tremendo tanto com o frio que seus dentes batiam.

As rochas que formaram a ilha também criaram uma ponte natural através do segundo fluxo. Raistlin seria poupado de ter que entrar na água novamente. Seu alívio durou pouco. Passar pela ponte rochosa revelou-se tão difícil quanto vadear pela água, embora não tão desconfortável. As pernas e pés de Raistlin estavam dormentes por causa do frio. Ele não conseguia sentir os dedos dos pés, a pedra estava escorregadia pela chuva constante. Até os veteranos perdiam o equilíbrio, murmurando maldições enquanto escorregavam e deslizavam na escuridão. Mais de um chegou perto de cair na água. Entre Caramon e Barganha, que se mostrou extremamente capaz em escaladas, eles conseguiram ajudar Raistlin nas partes mais difíceis.

A Companhia C finalmente chegou ao fundo das falésias, onde o verdadeiro trabalho começaria. Respirando fundo, cuidando de cortes e hematomas, os homens olharam para a imensidão escura da montanha em silêncio. Os batedores apontaram uma saliência muito acima deles. Além daquela saliência, podiam ver o topo do penhasco.

É atravessar aquela cordilheira, disseram os batedores, e do outro lado fica a muralha da cidade.

— Majere, você é o mais forte — disse a Sargento Nemiss, entregando-lhe um gancho de ferro. — Jogue isso o mais alto que puder.

Caramon balançou o pesado gancho duas vezes e depois soltou, seus braços poderosos lançando-o. O gancho fez um gracioso arco e desabou alguns segundos depois, quase se chocando com o crânio da sargento. A Sargento Nemiss teve que fazer uma corrida rápida para se salvar.

— Desculpe, senhor — murmurou Caramon.

— Tente de novo, Majere — ordenou a sargento, desta vez de uma distância segura.

Caramon lançou novamente, desta vez tendo o cuidado de jogar o gancho na direção da montanha. O gancho e a corda subiram em ângulo. O gancho bateu em uma pedra no topo e começou a deslizar pela rocha. No último momento, pegou um afloramento rochoso e ficou preso. Caramon puxou a corda com todas as suas forças, que aguentou.

— Ligeiro, você é o primeiro — disse o sargento. — Leve mais corda com você.

Ninguém sabia o nome verdadeiro de Ligeiro, inclusive ele mesmo, pois, segundo ele, era chamado assim quando criança e isso se tornara natural para ele. Era de uma família circense, que se apresentava em feiras por toda Solamnia, incluindo o circo real na cidade senhoril de Palanthas. Ninguém sabia por que havia deixado o circo — ele nunca falou sobre isso, embora sussurrassem que perdera sua esposa e companheira em um acidente durante o ato de andar na corda e havia deixado a vida no circo, jurando nunca mais voltar.

Se isso fosse verdade, sua perda não havia prejudicado sua disposição. Ele era jovial e amistoso, sempre disposto a mostrar suas habilidades no acampamento, para a admiração de seus companheiros. Podia andar com as mãos tão facilmente quanto a maioria dos homens faziam com os pés. Poderia dobrar e torcer seu corpo em nós, fazer seus dedos de articulação dupla se projetarem em direções estranhas e escalarem qualquer árvore ou parede existente.

Chegando à saliência, Ligeiro prendeu mais algumas cordas e as jogou até os soldados que esperavam abaixo. Os homens formaram filas e, um por um, começaram a subida.

Raistlin observou e ponderou. Ele mal tinha força suficiente em seus braços finos para erguer uma taça de vinho cheia, quanto mais subir por uma corda.

Caramon também reconheceu este fato.

— Como você vai fazer, Raist? — ele perguntou em um sussurro.

— Você vai me carregar — disse Raistlin com naturalidade.

— Hum? — Caramon olhou para a corda, para a distância que teria de subir, e olhou para seu gêmeo com certo desânimo.

Embora Raistlin fosse magro, ele era um homem adulto e, além disso, tinha seu cajado, seus estojos de pergaminhos e seus componentes de feitiço.

— Você nem notará meu peso, Caramon — Raistlin disse suavemente. — Vou lançar um feitiço em mim mesmo que me tornará leve como uma pena de galinha.

— É? Você consegue? Tudo bem então — disse Caramon com confiança inquestionável. Ele dobrou as costas para que Raistlin pudesse subir. — Prenda as mãos em volta do meu pescoço. Seu cajado está seguro?

O Cajado de Magius estava seguro, assim como os estojos de pergaminhos, presos por tiras de couro que corriam ao redor dos ombros de Raistlin. Caramon começou a subir pela corda, puxando-se com as mãos.

— Você lançou o feitiço, Raist? — ele perguntou. — Eu não ouvi nenhuma palavra mágica.

— Eu conheço o meu trabalho, Caramon — Raistlin respondeu.

Caramon continuou a subir, cheio de adrenalina. Notou muito pouco peso extra.

— Raist! Seu feitiço está funcionando! — ele disse por cima do ombro. — Eu mal posso sentir você!

— Cale a boca e preste atenção para onde você está indo! — Raistlin voltou, tentando não deixar sua maldita imaginação pensar no que aconteceria se Caramon se soltasse da corda.

Quando chegaram à saliência, Raistlin escorregou das costas do irmão e afundou na borda da rocha, de costas contra o penhasco. Ele respirou fundo e quase imediatamente começou a tossir. Removendo um pequeno frasco pendurado em seu cinto, ele tomou um gole da mistura especial que aliviava sua respiração. Sua tosse diminuiu. Ele já estava exausto e a parte mais difícil e perigosa da jornada ainda estava por vir.

— Mais uma subida, homens — disse a sargento, entregando a Caramon o gancho.

O topo do penhasco não estava tão alto acima deles quanto a saliência estava do solo. Caramon jogou o gancho e prendeu a corda na primeira tentativa. Ligeiro subiu pela corda com facilidade, prendeu as outras e as enviou espiralando de volta para baixo.

Raistlin subiu mais uma vez nas costas de Caramon. Desta vez, Caramon conseguia sentir o peso extra de seu irmão. Os braços do grande homem começaram a doer com o esforço. Ele mal tinha força suficiente para puxar os dois penhascos acima. Felizmente a distância que eles tinham que percorrer era menor ou nunca teria conseguido.

— Acho que seu feitiço não funcionou desta vez, Raist — disse Caramon, ofegante, enxugando o suor e a água da chuva do rosto. — Tem certeza de que o lançou? Eu não ouvi você dizer nada.

— Você estava cansado, só isso — disse Raistlin brevemente.

O capitão ordenou um descanso e então começaram a marchar em direção a cidade. O terreno era acidentado e o avanço foi lento. Os homens se esforçaram para subir por afloramentos de rocha íngreme, deslizaram para depressões repletas de pedras. O tempo ficou bom depois da meia-noite, e as fogueiras acesas nas muralhas da cidade não pareciam estar sensivelmente mais perto. Mestre Senej estava com uma expressão grave quando os batedores voltaram com boas notícias.

— Senhor, encontramos um caminho que desce direto para a cidade. Provavelmente uma velha trilha de pastores de cabras.

O caminho cortava as rochas. Estava bem gasto, e era estreito. Os homens foram forçados a andar em fila única e mesmo assim alguns, como Caramon, tiveram em algumas partes precisaram andar de lado. Eles pararam em uma clareira rochosa para ver a cidade diretamente abaixo deles. Soldados inimigos estavam de guarda nas muralhas ou reunidos em torno das fogueiras, conversando em voz baixa, às vezes olhando para onde as fogueiras dos exércitos sitiantes queimavam.

A fogueira dos guardas iluminava a face do penhasco como se fosse dia. Os homens sentiram-se expostos na borda da rocha, mesmo sabendo que alguém lá embaixo precisaria procurar muito para vê-los. Movendo-se silenciosamente, mantendo-se nas sombras, os soldados continuaram a seguir o caminho que conduzia para a cidade. Eles estavam a uma curta distância das muralhas quando os piores temores de Raistlin se concretizaram. Ele respirou fundo para encontrar suas passagens aéreas obstruídas. Ele lutou, tentando abafar a tosse, mas não conseguiu.

Mestre Senej parou e virou-se para olhar feio.

— Pare com esse barulho! — a sargento sibilou de seu lugar na frente da fila.

— Pare com esse barulho! — A palavra foi sussurrada de homem para homem, todos olhando com raiva para Raistlin.

— Ele não consegue evitar! — Caramon rosnou de volta, ficando na frente de seu gêmeo.

Raistlin se atrapalhou com o frasco, mas o levou à boca e engoliu o líquido de gosto ruim. Às vezes, a mistura de ervas não funcionava logo, e às vezes, esses acessos de tosse podem durar horas. Se assim fosse, estava certo de que os homens iriam jogá-lo do penhasco. Ou o chá de ervas ajudou ou sua pura força de vontade umedeceu a cinza sufocante que parecia encher seus pulmões.

A Companhia C continuou até a muralha da cidade estar quase diretamente abaixo deles. Mestre Senej enviou batedores à frente para fazer o reconhecimento. Os soldados se achataram contra a face do penhasco, esperando pelo retorno dos batedores. Raistlin tomava goles do seu chá de vez em quando, tendo o cuidado de não ficar com a garganta seca.

Os batedores voltaram e desta vez as notícias foram decepcionantes.

O caminho levava a um riacho que entrava na cidade por uma abertura na muralha. Os batedores investigaram a abertura, na esperança de usá-la para entrar, mas relataram que era tão pequena que nem mesmo Barganha poderia passar. A única maneira de entrar na cidade era por cima do muro. Os homens estavam quase no nível de uma torre de guarda. Uma luz forte queimava lá dentro e eles puderam ver as silhuetas de pelo menos três homens indo e vindo pelas seteiras que serviam de janelas.

— Acho que vamos ter que pular — disse Mestre Senej, olhando para a muralha e para a torre de guarda com uma carranca.

— Provavelmente teremos todos os guardas daquela torre em cima de nós, senhor — disse a Sargento Nemiss. — Mas não vejo outra maneira de entrar.

Mestre Senej passou a ordem aos arqueiros. Ouvindo o comando, Raistlin deixou sua posição no final da fila.

— Preciso falar com o mestre — disse ele, e os homens o ajudaram, segurando-o enquanto ele avançava ao longo da borda estreita.

— Cubra-nos daqui de cima até que possamos descer do muro, depois quando entrarmos, nos sigam. — O mestre dava ordens aos arqueiros. — Sejam precisos, é tudo o que tenho a dizer. Atirar para matar. O primeiro grito e estamos perdidos.

— Não importa o quão precisos eles sejam, seus oficiais encontrarão os corpos cheios de flechas, senhor — disse Raistlin, descendo para ficar ao lado dos arqueiros. — Eles saberão que estamos na cidade.

— Sim, mas não saberão onde estamos escondidos — argumentou o mestre.

— Vão nos procurar, senhor. E terão o dia todo para nos encontrar.

— Você tem um jeito melhor, mago? — O mestre franziu a testa.

— Sim, senhor. O meu jeito. Cuidarei para que entremos na cidade com segurança e em segredo. Ninguém saberá.

O mestre e o sargento ficaram em dúvida. O único mago em quem confiavam era Horkin e isso porque ele era mais soldado do que mago. Nenhum deles gostava de Raistlin, consideravam-no fraco e indisciplinado. O incidente de tosse apenas reforçou a opinião negativa. Mas tinham sido ordenados a levá-lo e a fazer uso dele. O mestre e a sargento trocaram olhares.

— Bem, suponho que não temos muito a perder — disse Mestre Senej indelicadamente.

— Vá em frente, Majere. Vocês, homens. — A Sargento Nemiss olhou de volta para os arqueiros. — Mantenham as flechas preparadas, apenas por precaução.

Ela não acrescentou que a primeira pessoa em quem deveriam atirar se o mago os traísse era o próprio mago, mas era praticamente desnecessário dizer.

— Como vai descer até lá, Majere? — perguntou o sargento.

Uma boa pergunta. O Cajado de Magius possuía um feitiço que permitia que o invocador flutuasse no ar leve como uma pena. Raistlin leu sobre o feitiço no livro sobre Magius que descobrira na Torre da Alta Magia. Tentou praticá-lo algumas vezes. A primeira resultou em uma queda feia de um telhado. A segunda foi um sucesso. Mas nunca havia saltado de tal altura. Ele não tinha certeza até onde o feitiço iria aguentá-lo. Não parecia ser um momento para experiências.

— Vou descer da mesma forma que subi — disse ele, e a mensagem foi passada para Caramon.

Caramon prendeu um pedaço de corda a uma pedra e atirou-o pela borda.

— Espere! — A Sargento Nemiss os segurou.

Um dos guardas que fazia sua ronda na muralha passou abaixo deles. Eles esperaram até que ele se virasse e se afastasse.

Raistlin subiu nas costas largas do seu gêmeo. Caramon agarrou a corda com as duas mãos, deslizou e desceu pela face do penhasco. Começaram sua descida na sombra, mas logo chegaram na luz das fogueiras de vigia refletidas na face do penhasco.

Os soldados na saliência prenderam a respiração todos juntos. Só precisava que um guarda na torre olhasse casualmente pelas seteiras que serviam como janelas e seriam descobertos.

Raistlin olhou por cima do ombro para a muralha e para a torre. Uma figura de um guarda bloqueou a luz na abertura estreita.

— Caramon, pare! — Raistlin respirou.

Caramon manteve-se na sua posição. Não conseguiria permanecer por muito tempo segurando-o e ao seu gêmeo. Seus braços já estavam cansados. Eles estremeceram pelo esforço. Seriam alvos ideais assim, pendurados indefesos na corda. Raistlin esperou que o homem gritasse, mas saiu da janela. Nenhum alarme se seguiu. Ele não os tinha visto.

— Agora! — Raistlin ofegou.

Caramon recomeçou a descida. Nos últimos metros, seus braços cederam. Deslizou pela corda, arrancando a maior parte da pele das palmas das mãos, e pousou pesadamente na muralha. Raistlin deslizou das suas costas e lutou para se proteger. Ele e Caramon mergulharam na sombra da parede, esperou, encolhendo-se, certo de que alguém os ouvira.

Os homens dentro da torre conversavam alto, parecendo discutir sobre algo. Não tinham ouvido nada. Raistlin olhou pela muralha. A próxima torre de guarda ficava a uns bons cinquenta metros de distância. Não havia com o que se preocupar.

— O que você quer que eu faça? — Caramon sussurrou.

— Me dê o frasco — Raistlin disse suavemente.

— Frasco? — Caramon tentou parecer inocente. — Eu não...

— Droga, Caramon! Me dê o frasco de aguardente anã que você escondeu em suas calças. Eu sei que você carrega um!

Sem palavras, envergonhado, Caramon desenterrou um pequeno frasco de estanho de baixo da sua armadura e entregou-o ao seu gêmeo.

— Espere por mim aqui — ordenou Raistlin.

— Mas, Raist, eu...

— Silêncio! — Raistlin sibilou. — Faça como eu digo!

Ele saiu sem dizer mais nada.

Não sabendo o que seu irmão pretendia e temendo colocá-lo em perigo desobedecendo, Caramon permaneceu agachado nas sombras, com a mão no punho de sua espada curta.

Raistlin arrastou-se silenciosamente junto da parede até chegar à janela da torre da guarda. Lá dentro, pôde ouvir os guardas conversando. Ele não prestou atenção em nada do que diziam, toda sua concentração estava focada em seus feitiços. Ajoelhando-se sob a fenda na parede, pegou uma pequena caixa e abriu a tampa. Lembrou-se das palavras do feitiço e ficou satisfeito ao ver a magia vindo até ele de imediato. Seu medo desapareceu, ficou surpreso com a sua própria calma. Tirou uma pitada de areia e jogou-a pela abertura, falando as palavras de magia.

As vozes tornaram-se incoerentes e depois silenciaram. Algo caiu no chão e quebrou com um estrondo. Raistlin encolheu-se, esperando um momento para ter certeza de que o barulho não havia chamado a atenção. Ninguém veio investigar. Esses guardas eram provavelmente as únicas pessoas na torre. Com cuidado, Raistlin levantou-se e olhou para dentro.

Três homens estavam esparramados sobre uma mesa de madeira, mergulhados num sono mágico. O barulho que ele ouviu foi uma caneca caída de uma mão desfalecida. A seteira era estreita demais para um homem entrar. Raistlin abriu o frasco e jogou-o na sala, que caiu em cima da mesa. A bebida forte derramou-se a mesa, pingando no chão. O lugar logo cheirava a aguardente anã.

Raistlin parou por um momento para admirar seu trabalho. Quando o oficial da guarda chegasse, encontraria três guardas que tentaram aliviar a monotonia da vigia com álcool, mas que tinham exagerado na dose. Melhor do que o oficial descobrir que três de seus homens caíram de repente em sono profundo enquanto estavam de guarda. Muito melhor do que descobrir três guardas com flechas espetadas nas costas.

Ao acordarem, os três negariam que tivessem bebido. Ninguém acreditaria neles. Seriam punidos por abandono do dever, talvez até executados. Raistlin olhou para eles. Um dos homens era bem jovem, talvez nem dezessete anos. Os outros dois eram mais velhos, homens de família, talvez, com as esposas em casa, esperando, preocupadas.

O jovem mago desceu da janela. Eles eram o inimigo. Não podia permitir que eles se tornassem pessoas.

Os três guardas estavam acomodados para passar a noite. O outro desapareceu nas sombras. Correndo com passos mansos, Raistlin voltou ao seu irmão.

— Está tudo bem — relatou ele.

— O que aconteceu com os guardas? — perguntou Caramon.

— Não há tempo para explicações! — Raistlin disse. — Depressa! Traga os outros.

Caramon puxou três vezes a corda.

Alguns momentos depois, Ligeiro deslizou pela corda, seguido pela sargento.

— A torre? — ela perguntou.

— Está tudo bem, senhor — relatou Raistlin.

A Sargento Nemiss franziu uma sobrancelha.

— Ligeiro, vá ver — disse ela. Palavras de raiva vieram aos lábios de Raistlin. Ele teve bom senso o suficiente para sufocá-los. Ficou em silêncio enquanto a sargento o observava.

— Estão tirando uma soneca, senhor — relatou Ligeiro, sorrindo. Ele piscou para Raistlin.

— Bom. — Foi tudo o que a Sargento Nemiss disse, mas ela lançou um olhar de aprovação a Raistlin e puxou a corda. Barganha deslizou em seguida, seu sorriso amplo e animado. O sargento deu ordens.

— Ligeiro, encontre um bom lugar para os homens passarem por cima da muralha. Barganha, fique de vigia naquela outra torre.

Os primeiros sinais de céu cinzento sugeriam que a manhã estava muito próxima. Ligeiro espiou por cima da borda para o outro lado da muralha e voltou para relatar que abaixo deles havia um beco atrás de um grande edifício, talvez o armazém que esperavam usar como esconderijo.

— Ninguém por perto, senhor — afirmou ele.

— Em breve haverá — murmurou o sargento. Suas tropas ainda estavam nas sombras, mas o dia amanhecia com uma rapidez cruel. — Faça os homens descerem. — Ela olhou na direção dos exércitos. — Onde está a tal distração?

Os homens deslizaram rapidamente pela corda. Caramon permaneceu na muralha, pronto para ajudar os soldados a chegarem em silêncio à terra. Ele os enviou através da muralha. Ligeiro amarrou um pedaço de corda em volta de uma das ameias da muralha, segurou a corda com força enquanto os homens deslizavam pela parede e corriam pelo beco. Um dos homens acenou com o braço e apontou para o prédio.

Aparentemente encontraram uma maneira de entrar.

— Senhor! — Barganha relatou. — Alguém está vindo da outra torre! Vindo nesta direção!

A sargento xingou. A maioria dos homens havia descido, mas cinco ainda permaneciam na saliência rochosa, incluindo Mestre Senej. E ainda sem nenhum som ou sinal do ataque prometido por seus aliados.

— Provavelmente é um oficial — disse o sargento — fazendo a ronda. Eu vou… — Ela sacou a faca.

— Eu cuido dele, senhor — ofereceu Raistlin.

— Mago! Não... — começou a sargento.

Mas Raistlin tinha ido embora, mantendo-se nas sombras, movendo-se tão silenciosamente que se fundiu com a escuridão.

A sargento começou a ir atrás dele.

— Peço perdão, senhor — disse Caramon com dignidade, colocando a mão no braço da sargento, prendendo-a —, mas Raist disse que cuidaria do guarda. Ele ainda não te decepcionou.

Um grande barril de água preso por anéis de ferro estava na muralha, mantido ali para apagar incêndios se o inimigo lançasse projeteis flamejantes. Raistlin agachou-se atrás do barril de água e observou o oficial se aproximar. Ele caminhava com a cabeça baixa, imerso em pensamentos. Ele só precisava levantar a cabeça e, se sua visão fosse boa, ele veria o fino pedaço de corda descendo da rocha. Tudo estaria acabado.

— Mestre! Venha rápido!

A cabeça do homem se ergueu. Ele não olhou para frente. Olhou atrás, na direção do som da voz.

— Mestre! Depressa! O inimigo!

O oficial hesitou, olhando para a torre que acabara de deixar. Então, no momento exato, a distração veio. Trombetas soaram, desafinadas e metálicas, a música mais doce que Raistlin já ouvira. O mestre de armas, agora convencido de um ataque iminente, virou-se e correu de volta ao longo das muralhas.

Raistlin sorriu, satisfeito consigo mesmo. Não usava seu ventriloquismo há muito tempo, desde seus dias trabalhando nas feiras. Bom saber que ele não havia perdido seu talento.

Quando voltou, a maior parte da companhia já havia pulado a muralha para dentro da cidade. A sargento fora com eles, junto com Mestre Senej, deixando apenas Caramon e Ligeiro.

Um pensamento ocorreu a Caramon.

— Como você vai descer? — ele perguntou a Ligeiro.

— Igual a você. A corda — respondeu Ligeiro.

— Mas e quem vai ficar aqui e desamarrar a outra ponta? — Caramon argumentou. — Alguém precisa fazer isso, senão vão saber que estamos aqui!

— Um bom argumento — disse Ligeiro solene. — Por que você não fica aqui e desamarra a corda depois que eu descer.

— Claro, farei isso — disse Caramon, depois franziu a testa. — Mas como vou descer se eu desamarrar a corda?

— Complicado — disse Ligeiro, parecendo preocupado. — Você pode voar? Não? Então acho que terá que deixar que eu me preocupe com isso.

Balançando a cabeça, ainda preocupado, Caramon desceu pela corda, o irmão agarrado às suas costas largas. Ligeiro esperou até que estivessem embaixo, então ele os seguiu, descendo pela corda com facilidade. Chegando no fundo, ele olhou de volta para a corda, que estava firmemente amarrada a ameia. Ligeiro deu um puxão na corda. O nó se soltou. A corda deslizou pela parede e caiu a seus pés. Ligeiro olhou para os dois e piscou.

— Ele disse que o nó estava apertado! — Caramon gritou, horrorizado. — Poderíamos ter morrido!

— Venha, Caramon — ordenou Raistlin, irritado. Sua alegria foi desbotando. A fraqueza que se instalava após o uso da magia estava começando a afetá-lo. — Você já perdeu tempo suficiente provando ao mundo que é um idiota.

— Mas, Raist, eu não entendo…

Ainda falando, Caramon seguiu seu irmão gêmeo.

Ligeiro enrolou a corda no ombro e correu atrás deles. Ele entrou no armazém no momento em que a cidade acordou em alvoroço para se preparar para o próximo ataque.

12

Uma vez que o armazém foi tomado, protegido, revistado e considerado um esconderijo o mais seguro possível dentro de uma cidade inimiga sitiada, a sargento da Companhia C providenciou a guarda e disse aos demais para dormirem um pouco. Raistlin já estava mergulhado num sono exausto, desgastado pelo esforço físico e pelos rigores de lançar feitiços.

Aqueles que estavam de vigia tentaram ao máximo ignorar o ronco de seus companheiros. Os guardas caminhavam para espantar o cansaço, andando pelo armazém vazio, parando de vez em quando para olhar pela janela ou trocar conversa em voz baixa. No final da vigília, estavam balançando a cabeça em seus postos, olhos fechando e cabeças caindo para frente apenas para acordarem, em estado de alerta repentino, ao som de passos na rua ou de um rato nas vigas.

A manhã passou sem incidentes. Poucas pessoas andavam pelas ruas nesta parte da cidade. O imposto fechou os mercados, esvaziou os armazéns de suas mercadorias. Os únicos civis que se aventuravam ali estavam a caminho de outro lugar, pois não olhavam nem para a esquerda nem para a direita, só iam em frente, suas cabeças inclinadas com preocupação. Uma vez quatro guardas marcharam até ficarem visíveis, fazendo com que os soldados colocassem as mãos em suas espadas e se preparassem para acordar seus camaradas. Mas os guardas continuaram em frente e os vigias se entreolharam, acenaram com a cabeça e sorriram. A tática do mago aparentemente teve sucesso. Ninguém sabia que a defesa da cidade havia sido violada. Ninguém sabia que eles estavam ali.

A chuva cessou com o amanhecer. O sol do meio-dia estava alto. Raistlin dormia como se nunca mais fosse acordar, com seu gêmeo vigiando-o. O resto dos homens continuou dormindo ou descansando no chão, felizes pela chance de não fazer nada para variar, descansando para o que provavelmente seria uma noite longa e perigosa.

Exceto Barganha.

Barganha era muito mais humano que kender. O sangue kender nele era fino, mas havia momentos em que borbulhava na superfície e estourava como uma erupção cutânea. A coceira específica que atormentava naquele momento era tédio. Um kender entediado é um kender perigoso, qualquer pessoa em Ansalon lhe dirá. Pode-se dizer que um meio-kender entediado pode ser apenas metade do perigo. No entanto, na presença de um meio-kender entediado é bom afrouxar as espadas nas bainhas e estar pronto para problemas.

Barganha dormira o bastante; ele precisava dormir pouco, e depois de quatro horas estava de pé e pronto para a ação.

A ação ainda estava muito distante, infelizmente. Barganha passou uma hora vasculhando o armazém do teto ao porão na esperança de encontrar algo útil para trocar. A julgar pela poeira e pela palha no piso, o armazém tinha sido utilizado como celeiro. Tudo que Barganha encontrou foram alguns sacos vazios, os ratos tendo feito sua própria barganha.

Retornando de mãos vazias de sua busca, Barganha tentou conversar com Caramon, mas foi brusca e furiosamente "calado!", avisado para manter a boca fechada para não acordar Raistlin. Para Barganha que nada menos que um dispositivo gnômico a vapor para lavar janelas, como o que ele vira uma vez, quando era mais jovem, acordaria o mago.

Lembrado do dispositivo, Barganha estava relatando a história para Caramon, sobre como o dispositivo não só falhou em limpar as vidraças, mas quebrou todas no processo. Os donos das janelas ficaram furiosos e estavam prestes a atacar os gnomos, que, no entanto, destacaram que as janelas sem painéis agora proporcionavam uma visão perfeitamente clara e desobstruída do exterior, que era só o que estava no contrato. Proclamando que a máquina era um sucesso, os gnomos deixaram a cidade.

Outro grupo de gnomos do Comitê de VidraceirosSopradoresdeVidroeEspelhosEspecializadosemSeteAnosdeAzar chegou pouco depois (tinham como política seguir os lavadores de janelas), mas foi rejeitado na fronteira.

Caramon silenciou Barganha novamente, bem na parte interessante onde os gnomos acionaram sua máquina e os ouvidos do prefeito começaram a sangrar. O meio-kender se afastou.

Barganha fez outra ronda inconstante pelo armazém, ocasionalmente caindo sobre um corpo adormecido, invisível nas sombras, para ser chutado e mandado ao Abismo. Num canto ensolarado, Mestre Senej e Sargento Nemiss estavam debruçados sobre um mapa, planejando o ataque noturno. Ali tinha algo interessante. Barganha foi para perto, olhando o mapa.

— Esta é a rua principal que leva ao portão norte. De acordo com esse mapa — dizia o mestre — este edifício bem aqui fornecerá uma excelente cobertura para os homens até o momento em que precisarem correr para atacar.

— E estou dizendo, senhor, que um de nossos espiões nos contou que esse edifício queimou no mês passado — argumentou a Sargento Nemiss. — Não pode contar que ele esteja lá. E se não estiver, estaremos expostos desde este quarteirão até o portão.

— Há árvores aqui...

— Foram cortadas, senhor.

— De acordo com seu espião.

— Eu sei que você não tem muita consideração por ele, senhor, e admito que não conseguiu nos avisar sobre as catapultas, mas...

— Espere um minuto, sargento. — Ciente de uma sombra caindo sobre o mapa, Mestre Senej ergueu os olhos. — Podemos ajudá-lo, soldado?

— Eu posso ir — ofereceu Barganha, ignorando o sarcasmo. — Posso ir ver se a casa ainda está lá e se as árvores foram cortadas. Por favor, senhor, eu realmente preciso estar fazendo alguma coisa. Estou com coceira nas mãos e nos pés.

— Micose — disse o mestre, franzindo a testa.

— Não é micose, senhor — disse o Sargento Nemiss. — Kender. Meio-kender, na verdade.

A carranca do mestre aprofundou-se.

— Eu vou e volto em duas batidas da cauda de um grifo, senhor — Barganha implorou.

— Fora de questão — disse Mestre Senej brevemente. — O risco de você ser notado e pego é demais.

— Mas, senhor... — Barganha implorou.

O mestre franziu a testa.

— Talvez devêssemos amarrá-lo.

— Sabe, senhor — disse o Sargento Nemiss —, não é uma má ideia.

— Amarrá-lo?

— Não, senhor. Enviá-lo para fazer reconhecimento. A vida dos homens pode depender dessa casa estar lá ou não. Barganha provou seu valor antes.

O mestre olhou para Barganha, que, para inspirar confiança, tentou parecer mais humano e menos kender.

— Concordo. Ajudaria saber sobre aquela casa. Muito bem — o mestre disse, decidindo-se. — Mas você está sozinho, Barganha. Se for pego, não podemos colocar em risco a missão para resgatá-lo.

— Entendo perfeitamente, senhor — disse Barganha. — Eu não serei pego. Tenho como me misturar para que as pessoas nunca me notem ou, se o fizerem, achem que eu sou…

O mestre olhou para ele.

— Você já não deveria ter ido?

— Sim, senhor. Indo agora, senhor.

Barganha voltou para onde Raistlin estava dormindo e Caramon estava deitado, vendo seu irmão dormir.

— Caramon — sussurrou Barganha —, preciso pegar aquela bolsa emprestada.

— Mas é onde está nossas rações — protestou Caramon. — O que sobrou dela — ele acrescentou sombriamente.

— Eu sei. Vou trazer a comida de volta. Eu prometo. Posso até trazer mais para você.

— Mas você tem uma bolsa! — Caramon protestou.

— O cajado… — Raistlin murmurou enquanto dormia. — O cajado é… meu... Não!

Ele gritou a palavra e começou a se debater, agitando os braços.

— Silêncio! Raist! Silêncio! Está tudo bem — sussurrou Caramon. Segurando seu irmão pelos ombros, ele lançou um olhar de soslaio na direção da Sargento Nemiss, que olhou carrancudo para a comoção. — Seu cajado está aqui, Raist. Bem aqui.

Caramon colocou-o sob a mão frenética do irmão. Raistlin agarrou-se ao cajado protetoramente, suspirou e voltou a dormir.

— Ele vai ter problemas com a sargento se continuar gritando assim — observou Barganha.

— Eu sei. Por isso que estou com ele. Ele fica mais quieto se eu estiver perto. — Caramon balançou a cabeça. — Não sei o que houve. Eu nunca o vi assim. Ele fica pensando que alguém está tentando pegar o cajado.

Barganha encolheu os ombros. Nada que Raistlin fazia ou pensava era de muito interesse para ele.

— Vamos lá. Passa a bolsa.

Caramon entregou e observou Barganha enrolar sua bolsa por cima de um ombro, sua própria bolsa por cima do outro ombro.

— Seria bom ter mais algumas, mas acho que vai servir. Pena que eles cortaram meu cabelo. Como estou?

Passando as mãos pelo cabelo curto, Barganha fez com que ele ficasse em pé, espalhando-se em todas as direções. Ele deu um sorriso alegre e despreocupado.

— Ora — disse Caramon, surpreso. — Você parece um kender. Sem ofensa — acrescentou ele, sabendo o quão sensível seu amigo era nesse ponto.

— Tudo bem — disse Barganha, sorrindo. — Era isso que eu queria, na verdade. Te vejo mais tarde.

— Aonde você vai? — Caramon exigiu.

— Fazer reconhecimento — disse Barganha com orgulho.

Numa cidade humana murada onde todos se conhecem e provavelmente se conhecem a vida inteira, qualquer estranho que entre na cidade vai se destacar, e isso em condições normais. Agora, com a cidade cercada por tropas inimigas, todos estavam nervosos. Os cidadãos cuidavam dos seus assuntos armados até os dentes e prontos para o ataque. Qualquer estranho era imediatamente atacado, amarrado e levado para interrogatório.

Com exceção dos kender.

O problema não é que todos os kender sejam parecidos para os humanos, mas que o mesmo kender nunca parece o mesmo duas vezes seguidas. Ele pode ter trocado de roupa com um amigo ou pego sem querer roupas de um amigo ou emprestado roupas interessantes deixadas para secar. Usava flores no cabelo um dia e xarope de bordo no outro. Ele podia estar com os sapatos dele ou os seus ou sem. Não é de admirar que a maioria dos humanos — especialmente humanos chateados, medrosos e preocupados — não soubessem se estavam vendo o mesmo kender durante um período de vários dias ou vários kender, todos vestidos mais ou menos com a mesma roupa.

Assim, ninguém em Fim da Esperança prestou a menor atenção a Barganha, além da reação instintiva de colocar mãos protetoras sobre uma bolsa.

Barganha passeava pela rua principal da cidade murada, admirando as casas altas amontoadas lado a lado, casas feitas de gesso com tons escuros nos suportes de madeira. O vidro ladeado de chumbo brilhava nas janelas salientes do segundo andar que se curvava sobre a rua. Alguns dos edifícios precisavam de pintura, no entanto. Outros estavam em estado de abandono, o que não teria acontecido se os proprietários tivessem meios para consertar os beirais ou substituir janelas quebradas.

As lojas por onde passou estavam fechadas com tábuas, as bancas do mercado vazias e decaindo. Só as tabernas estavam ocupadas, era para lá que todos iam ouvir as notícias — que, em sua maioria, não eram boas.

As pessoas que Barganha encontrou estavam pálidas e abatidas. Se paravam para conversar, as conversas eram mantidas em vozes baixas e ansiosas.

Desejou, em voz alta, um bom dia às pessoas, mas ninguém respondeu. A maioria apenas balançou as cabeças e seguiu em frente. As únicas pessoas alegres que viu em toda a cidade eram dois meninos, sujos e esfarrapados, correndo pelas ruas, atacando um ao outro com espadas de madeira.

— Então esses são os rebeldes — disse Barganha.

Passou por uma janela aberta onde uma jovem magra, que parecia estar quase morrendo de fome, estava tentando amamentar um bebê inquieto. Barganha trouxe à sua mente a visão de Borar levando uma flecha na garganta. Visualizou os corpos esmagados e estraçalhados embaixo das enormes pedras e foi capaz de invocar uma boa quantidade de ódio para essas pessoas. Mas como apenas a parte humana de Barganha podia odiar e essa parte era apenas metade dele, seu ódio diluía-se bastante. Esse ódio o levou até o portão da cidade que estava fechado, trancado e barricado.

O espião estava parcialmente certo. A casa em questão havia queimado, mas as árvores altas abaixo da muralha, que faziam parte das defesas da cidade, ajudariam involuntariamente os atacantes da cidade, fornecendo cobertura adequada para seu ataque.

Barganha permaneceu perto da muralha, absorvendo detalhes do ambiente, tentando antecipar as perguntas que o mestre e a sargento com certeza fariam a ele. Isso não demorou muito. Ele supôs que deveria voltar para o armazém, mas a ideia de ficar enfiado naquele prédio, observando Raistlin dormir era demais para ele.

— O mestre realmente gostaria se eu trouxesse informações do inimigo — disse Barganha para si mesmo. — O inimigo está ao meu redor. Em algum lugar alguém deve estar falando sobre o que planeja fazer.

Uma breve pesquisa revelou uma fonte provável. Um grupo de pessoas, uma mistura de soldados e civis, a julgar pelas roupas, estava reunido no topo da muralha da cidade perto de uma torre de guarda. Um dos homens, um homem grande, corpulento e bem-vestido, usava uma pesada corrente de ouro no pescoço, que indicava alguém importante.

Barganha estava desejando poder ser um rato para deslizar entre os pés, quando a visão das árvores contra a muralha lhe deu uma ideia melhor. Ele não seria um rato, mas um pássaro. Selecionando a árvore mais alta e mais próxima do grupo, Barganha esperou no fundo, nas sombras, até ter certeza de que os poucos transeuntes não o notaram. Ele se despojou de suas bolsas, depositou-as na base da árvore e começou a subir. Ágil e hábil, ele se moveu com cuidado de galho em galho, sem pressa, estudando cada apoio de mão e de pé com cuidado para não farfalhar os galhos. Estava tão quieto que assustou uma esquila em seu ninho, que o repreendeu duramente e saiu correndo do buraco na árvore, os filhotes seguindo-a, caudas se contorcendo e vozes estridentes.

O tumulto dos esquilos foi uma excelente cobertura, permitindo que Barganha escalasse para muito mais perto do que esperava. Ele se acomodou em um galho logo embaixo da muralha e concentrou-se em ouvir. Um calafrio de emoção o percorreu da cabeça aos pés quando ouviu um dos homens se referir ao homem com a corrente como "senhor prefeito".

— Um conselho de guerra! — disse Barganha com entusiasmo. — Esbarrei em um conselho de guerra!

Não era bem isso, como logo descobriria. O prefeito tinha subido para ver os resultados do último ataque do inimigo, que parou no meio da manhã com o inimigo recuando de volta ao acampamento.

— Já são dois ataques que eliminamos — dizia o prefeito, seu tom esperançoso. — Acho que temos boas chances de vencer esta guerra.

— Ah! Ambos foram fintas. — Quem falou foi um homem idoso, rude e grisalho. — Só estão nos tirando da casca, testando nossa força. Eles agora têm uma boa noção disso, graças ao idiota que deu a ordem para usar a catapulta ontem de manhã.

O senhor prefeito deu uma tosse depreciativa, seguida de silêncio.

Então o homem mais velho falou.

— Você precisa encarar os fatos, Senhor Prefeito, Sua Senhoria. Não temos nenhuma chance de vencer.

Mais silêncio.

— Nem uma chance — ele continuou depois de um momento. — Estou liderando homens sem treinamento na maioria. Ah, tenho alguns arqueiros que conseguem acertar o alvo, mas não são muitos e serão abatidos no primeiro grande ataque. Sabe o que aconteceu esta manhã, senhor? Encontrei três dos meus guardas bêbados em serviço. Não os culpo. Eu também estaria bêbado ontem à noite se tivesse conseguido colocar a mão na bebida.

— O que você queria que a gente fizesse? — perguntou o prefeito, com a voz embargada. Ele parecia à beira da histeria. — Tentamos nos render! Você ouviu o que aquele... demônio disse!

— Sim, eu ouvi. E essa é a única razão pela qual não estava bêbado ontem à noite. — A voz do comandante ficou mais tensa. — Espero viver o suficiente para ter uma chance com ele.

— Parece incrível — disse o prefeito —, mas estou quase acreditando que o rei Guilherme nos quer mortos. Ele sabia que impor esses impostos ultrajantes nos levariam a uma rebelião aberta. Ele nos forçou a tomar esta posição, então enviou seu exército para nos ensinar uma lição. Quando tentamos a paz, seu general deu-nos termos tão impossíveis que nenhum ser racional concordaria com eles.

— Não irei argumentar sobre isso, Vossa Senhoria.

— Mas por quê? — o prefeito exigiu impotente. — Por que ele está fazendo isso conosco?

— Se os deuses estivessem por aí, eles saberiam. Como não estão, devo presumir que só o rei Guilherme sabe e se o que ouvimos for verdade, ele enlouqueceu. Talvez ele tenha novos inquilinos para nossas casas. Mas vou dizer uma coisa. Não é o exército de Blödehelm lá fora.

— Não é? — O prefeito parecia surpreso. — Então... que exército é esse?

— Eu não sei. Mas servi vários anos no exército de Blödehelm e não é assim. Éramos um exército local. Largamos nossos arados para empunharmos nossas espadas, marchávamos algumas horas, travávamos nossa batalha e estávamos em casa na hora do jantar. Este exército... Este exército é de guerreiros. Um exército profissional, não um bando de agricultores vestindo as armaduras do vovô.

— Mas... o que isso significa? — O prefeito parecia atordoado, como se alguém o atingisse com uma pedra.

— Isso significa que você está certo, Meritíssimo — disse o comandante lacônico. — O rei, ou alguém, quer a todos nós mortos.

O comandante fez uma reverência ao prefeito e depois foi embora. O prefeito murmurou para si mesmo, soltou um grande suspiro, ficou mais um momento ou dois na muralha e depois desceu.

Barganha ficou sentado em sua árvore por mais algum tempo, repassando a conversa para que pudesse repeti-las com precisão. Depois de memorizá-la, desceu da árvore, pegou suas bolsas e emergiu do bosque bem debaixo do nariz do senhor prefeito.

O senhor prefeito deu um pulo e tentou agarrar sua bolsa por reflexo.

— Sai daqui!

Barganha ficou feliz em aceitar a sugestão.

O prefeito olhou melhor, moveu-se e deixou seu corpo bem sólido diretamente na frente do meio-kender.

— Espere um minuto! Eu te conheço? — O prefeito olhou com atenção para Barganha.

— Ah, sim — disse Barganha alegremente.

— Como? — O prefeito franziu a testa.

— Tive a honra de comparecer diante do senhor muitas vezes, Sua Prefeitoria.

Barganha fez uma reverência educada.

— Mesmo? — O prefeito ficou em dúvida.

— Nas avaliações matutinas, sabe. Quando nos libertam da prisão depois de sermos presos na noite anterior e eles nos colocam na sua frente e você faz aqueles discursos realmente ótimos, muito comoventes, sobre lei e ordem e como a honestidade é a melhor política e tudo mais.

— Entendo. — O prefeito ainda parecia confuso.

— Cortei o cabelo — Barganha explicou. — Talvez seja por isso que você não me reconheça. E eu não vou para a prisão faz muito tempo. Seus discursos — ele jurou solenemente — ajudaram a mudar minha vida.

— Bom, fico feliz com isso — disse o prefeito. — Faça com que continue. Bom dia para você.

Ele desceu a rua e subiu os degraus de uma casa muito bonita, a primeira casa do quarteirão.

— Uau! — Barganha disse, certificando-se de pegar uma rua diferente, não querendo que o prefeito desse outra olhada nele. — Essa foi por pouco.

Não acredito que ele desceu do muro tão rápido! Ele se mexe bem rápido para um homem tão gordo, só digo isso.

— Eles tentaram se render? — Mestre Senej olhou com espanto. — Você quer dizer que perdemos bons homens para uma cidade que não quer lutar?

— Ele deve ter ouvido errado. Você deve ter ouvido errado — disse a Sargento Nemiss para Barganha. — Quais foram as palavras exatas?

— "Tentamos nos render" — disse Barganha. — E há mais, senhores. Escutem.

Ele passou a relatar toda a conversa com exatidão.

— Sabe — disse Mestre Senej, com a testa franzida. — Pensei a mesma coisa sobre aquele exército. Eu nunca lutei com ou pelo exército de Blödehelm, mas eu já tinha ouvido falar deles e eram exatamente como o velho descreveu, largar o arado para pegar a espada, largar a espada e voltar ao arado.

— Mas se isso for verdade, o que tudo significa, senhor? — perguntou a Sargento Nemiss, ecoando o prefeito.

— Isso significa que o inimigo levantou a mão em sinal de rendição e estamos prestes a cortar sua cabeça — disse o mestre. — O barão não vai gostar disso nem um pouco.

— O que fazemos, senhor? O ataque está marcado para amanhã de manhã. Nossas ordens são de atacar os portões por trás. Não podemos ir contra as ordens.

O mestre ponderou por um momento e depois tomou uma decisão.

— O barão precisa saber o que está acontecendo. Ele tem a reputação de ser um homem justo e honrado. Imagine como a reputação dele e a nossa sofrerão se ficarem sabendo que participamos de uma carnificina a sangue frio! Ninguém irá nos contratar novamente. Ele deveria pelo menos ter a chance de manter suas ordens ou mudá-las.

— Duvido que tenhamos tempo para enviar um mensageiro, senhor.

— Só passa um pouco do meio-dia, sargento. Um homem sozinho pode se mover mais rápido do que uma tropa inteira. Se ele for direto, estará lá em cerca de três horas. Uma hora para explicar as coisas ao barão. Três horas para voltar. Deixando uma ou duas horas para imprevistos e ele estará de volta aqui no mais tardar ao pôr do sol. O ataque não está programado até o amanhecer. Quem é o seu o seu melhor homem?

— Ligeiro — disse a Sargento Nemiss. — Chamem o Ligeiro.

Ligeiro apareceu, desgrenhado de sono e ainda bocejando.

— Precisamos que você leve uma mensagem ao barão — disse o mestre, e o tom tenso de sua voz acordou Ligeiro por completo.

— Sim, senhor — ele disse, endireitando-se.

— Você não pode esperar pela escuridão. Terá que ir agora. O melhor caminho é provavelmente de volta pela muralha. Estamos lidando com um bando de cidadãos soldados, mas tome cuidado mesmo assim. Não importa, se um homem treinado ou não treinado te matar, você estará igualmente morto.

— Eu sei o que fazer, senhor. Vou conseguir — disse Ligeiro com confiança.

— Pegue o caminho mais direto para o acampamento. Reporte-se ao barão. Isso é o que eu quero que você diga a ele. Como está sua memória?

— Excelente, senhor.

— Barganha, conte a ele o que você nos contou.

O meio-kender repetiu sua história. Ligeiro ouviu atentamente, acenou com a cabeça uma vez, disse que pegara tudo. Ofereceram-lhe equipamento, mas ele disse que tudo o que precisava era de uma corda e uma faca, que já estavam em sua posse. Quando o vigia relatou que a rua estava vazia, Ligeiro saiu pela porta e desapareceu do armazém.

— Nada a fazer agora a não ser esperar — disse o mestre.

As horas da tarde se arrastaram. Os homens passavam o tempo brincando de "pula, cavaleiro", jogo em que o jogador pressiona as bordas de uma pequena ficha de metal com uma ficha maior, fazendo com que o contador menor "pule" em uma xícara. A pessoa com o maior número de fichas no copo no fim do jogo é o vencedor.

Um jogo muito antigo — dizia-se que era um dos favoritos do lendário Cavaleiro Huma — o "pula, cavaleiro" era popular entre os homens do barão, que valorizavam suas fichas feitas à mão tanto quanto as moedas do reino. Cada ficha era encomendada ao ferreiro, que os fazia de restos de metal; cada um tinha sua própria marca. Variações do jogo foram sendo desenvolvidas. Às vezes o jogador precisava não apenas fazer a ficha "pular" para dentro do copo, mas também empilhar a ficha ordenadamente em cima da ficha já no copo.

O barão era um terror no "pula, cavaleiro", que também se revelou ser um jogo no qual Raistlin — com sua destreza manual altamente desenvolvida — se destacava. Uma das poucas atividades "frívolas" que o jovem geralmente sério gostava, ele jogava com uma intensidade e habilidade obstinadas que os jogadores casuais achavam assustadoras, mas que os especialistas foram rápidos em reconhecer e aprovar. Um mal perdedor insistiu em dizer que o mago deveria estar usando sua magia para vencer, mas Raistlin facilmente provou que seu detrator estava errado, para satisfação de seus apoiadores, que eram muitos. Não porque gostavam dele, mas porque ele lhes dava dinheiro.

A parcimônia natural de Raistlin e a relutância em apostar seu dinheiro suado o impedia de participar dos jogos de apostas altas, mas logo encontrou aqueles que estavam felizes em apostá-lo em troca de uma participação nos lucros.

Caramon, com suas mãos grandes e desajeitadas, era, na melhor das hipóteses, um jogador medíocre. Ele gostava de observar seu gêmeo, embora muitas vezes irritasse Raistlin com seus conselhos bem-intencionados, mas ruins.

O único som que se ouviu durante toda a tarde foi o do tilintar das fichas chacoalhando nos copos de metal e ocasionais gemidos ou xingamentos abafados dos perdedores, murmúrios elogiosos aos ganhadores. O jogo terminou com o pôr do sol e somente quando ficou escuro demais para avaliar adequadamente a distância necessária para o salto. Os homens se dispersaram para jantar, mastigando carnes frias e pão duro regados com água. Depois disso alguns dormiram, sabendo que teriam um despertar precoce pela frente. Outros passaram o tempo contando histórias ou em jogos de palavras. Raistlin entregou sua parte nos ganhos para Caramon por segurança, tomou um gole de chá frio e dormiu pacificamente, sonhando com fichas e xícaras em vez de magos sinistros.

Todo mundo já sabia da missão de Ligeiro, sabiam do perigo que ele corria. Eles o seguiram mentalmente ao longo de sua rota, fazendo cálculos sobre o tempo que levaria para chegar ao acampamento, discutindo sobre se ele seguiria pela estrada principal ou pegaria um atalho, especulando e até apostando dinheiro na resposta do barão.

À medida que a escuridão se aproximava, os soldados ficavam olhando para a porta e espiando pelas janelas, ficando esperançosos quando um passo era ouvido do outro lado da rua deserta e abatidos quando os passos continuavam. A hora na qual poderiam esperar o retorno de Ligeiro chegou e passou Mestre Senej e Sargento Nemiss continuaram com seus planos para o ataque ao amanhecer.

E então uma das sentinelas chamou, baixo e tenso.

— Quem vem lá?

— Kiri-Jolith e o martim-pescador — era a senha, dita corretamente, e um Ligeiro cansado, mas sorridente, passou pela sentinela.

— O que o barão disse? — questionou o Mestre Senej.

— Pergunte a ele você mesmo, senhor — disse Ligeiro. Com um movimento do polegar, indicou o barão, parado atrás dele.

Os homens olharam, surpresos.

— Atenção! — a Sargento Nemiss gritou, levantando-se de um salto. Os homens se esforçaram para obedecer de imediato. O barão acenou com a mão e ordenou que permanecessem onde estavam.

— Vou chegar ao fundo desse barril — afirmou. — Pode ter água limpa no topo, mas estou com a sensação de que há lama embaixo. Eu não gosto do que tenho ouvido sobre esses nossos tais aliados. Certamente não gostei do que vi deles.

— Sim, senhor. Quais são suas ordens, senhor?

— Quero falar com alguém com autoridade nesta cidade. Talvez aquele comandante…

— Isso será perigoso, senhor.

— Droga, eu sei que será perigoso. Eu…

— Peço perdão, meu senhor. — Barganha apareceu debaixo do cotovelo do barão. — Mas conheço a casa onde mora o senhor prefeito. Pelo menos, acho que deve ser a casa dele. É a maior e a melhor do quarteirão.

— Quem é você? — perguntou o barão, incapaz de ver a figura sombria na escuridão.

— Barganha, senhor. Fui eu quem ouviu o prefeito conversando, eu o observei enquanto ele descia uma rua e entrava em uma casa.

— Você consegue encontrar o caminho até lá?

— Sim, senhor — respondeu Barganha.

— Ótimo, então vamos. Não falta muito para amanhecer. Mestre Senej, você e a Sargento Nemiss ficam com as tropas. Se não voltarmos ao nascer do sol, avance com o ataque.

— Sim, meu senhor. Posso sugerir, senhor, que leve mais alguns homens, caso tenha problemas?

— Se eu tiver problemas, Mestre, não importará muito se formos dois ou quatro, certo? Não se estivermos enfrentando cinquenta cidadãos furiosos. E não quero marchar pela cidade com um exército barulhento tilintando atrás de mim.

— Você não precisa do exército, senhor — insistiu o mestre. — Deveria pelo menos levar o mago Majere. Ele provou ser um verdadeiro trunfo para nós ontem à noite, senhor. Leve ele e seu irmão. Caramon Majere é um bom lutador e grande como uma casa. Os dois não vão atrapalhar, senhor, e podem ser de grande ajuda.

— Muito bem, Mestre. Gostei da sua sugestão. Mande chamar os Majere.

— E, meu senhor — disse Mestre Senej calmamente, puxando o barão para o lado —, se você não gostar do que Sua Excelência o Prefeito tiver a dizer, ele pode ser um refém valioso.

— Exatamente o que pensei, Mestre — respondeu o barão.

13

Embora fosse apenas algumas horas depois de escurecer, as ruas de Fim da Esperança estavam desertas. Até as tavernas estavam fechadas. As pessoas estavam em seus lares, encontrando refúgio de seus problemas durante o sono ou acordados, olhando para a escuridão, aguardando o amanhecer com pavor. Aqueles que ouviram passos e ficaram curiosos ou assustados o suficiente para olhar pelas janelas, viram apenas o que parecia ser uma patrulha marchando pela rua.

— Se andarmos na ponta dos pés e abraçarmos as sombras, como espiões furtivos pela cidade, seremos confundidos com espiões furtivos pela cidade. Se marchamos bem no meio da rua, sem ostentar nossa presença, mas também sem se esconder, é provável que sejamos confundidos, na escuridão, com a milícia local fazendo a sua ronda. Só nos resta esperar — acrescentou o barão com a calma característica — não nos deparar com a milícia local fazendo suas rondas. Ou haverá problemas. Nossa causa é justa. Kiri-Jolith nos manterá fora de perigo.

Kiri-Jolith provavelmente tinha pouco o que fazer naquela época, poucas orações para responder. Talvez estivesse tão entediado quanto os homens forçados a ficar à espreita no armazém, sem nem mesmo a leve distração de um jogo de "pula, cavaleiro" para animar a monotonia. A oração do barão, chegando aos seus ouvidos, seria uma mudança bem-vinda, uma oportunidade de estar ativo, fazendo algo. O barão e seu grupo não encontraram nenhum ser vivo em sua rápida marcha desde o armazém, nem mesmo um gato de rua.

— Essa é a casa em que o vi entrar, meu senhor — sussurrou Barganha, apontando.

— Você tem certeza? — perguntou o barão. — Você está olhando de um ângulo diferente.

— Sim, tenho certeza, senhor. Como você pode ver, é a maior casa do quarteirão e me lembro de ter um ninho de cegonha em cima da chaminé.

Solinari estava quase cheia esta noite, lançando sua luz prateada sobre as ruas da cidade. As altas chaminés da fileira de casas estavam alinhadas como soldados. Um ninho de cegonha em cima de uma delas parecia um chapéu eriçado.

— E se esta não for a casa dele? Podia estar apenas visitando um amigo. — Sugeriu o barão.

— Ele não bateu na porta — ofereceu Barganha. — Ele simplesmente entrou direto, como se fosse o dono do lugar.

— E se não for a casa dele, meu senhor — acrescentou Raistlin — iremos capturar e interrogar algum outro cidadão proeminente. Quem mora nesta casa é uma pessoa rica.

O barão concordou que isso também serviria. O pequeno grupo saiu da rua, dando a volta até um beco que ficava atrás da fileira de casas, que pareciam muito diferentes vistas de trás, mas a que queriam era fácil de localizar, principalmente por causa do ninho na chaminé.

— Ouvi dizer que um ninho de cegonha traz boa sorte — sussurrou Barganha.

— Esperemos que esteja certo neste caso, jovem — respondeu o barão. — Não há luz na casa. A família deve estar na cama. Duvido que tenham saído para socializar. Quem pode arrombar esta fechadura?

O barão olhou para Barganha, que balançou a cabeça.

— Desculpe, senhor. Minha mãe tentou me ensinar. Mas simplesmente nunca gostei.

— Acho que sou capaz de lidar com a fechadura, meu senhor — Raistlin disse calmamente.

— Um feitiço?

— Não, meu senhor — Raistlin respondeu. — Nos meus tempos de escola, meu mestre mantinha seus livros de feitiços em uma caixa trancada. Caramon, vou precisar de sua faca emprestada.

Escadas de madeira levavam à porta dos fundos. Raistlin deslizou escada acima, com cuidado para não tropeçar em suas vestes. Os outros ficaram de guarda no beco, olhando em todas as direções, as mãos nas armas. O barão nem sequer começara a se impacientar quando Raistlin fez um gesto com a mão, pálida ao luar. A porta estava aberta.

Entraram na casa silenciosamente, ou tão silenciosamente quanto possível com Caramon entre eles. Seus passos pesados fizeram as tábuas do piso rangerem ameaçadoramente quando ele entrou na cozinha e fez as panelas, penduradas em ganchos na parede, chacoalharem.

— Quieto, Majere! — o barão sussurrou com urgência. — Você vai acordar a casa toda!

— Desculpe, meu senhor — respondeu Caramon com um suspiro sufocado.

— Você fica aqui para guardar a saída — ordenou o barão. — Se alguém vier, bata na cabeça deles e os amarre. Sem mortes se puder evitar. Mas não deixe ninguém gritar. Barganha, você fica com ele. Se houver problemas, não grite. Venha me buscar.

Caramon assentiu e assumiu o seu posto à porta. Barganha acomodou-se em um banquinho próximo.

— Mago, você vem comigo. — O barão andou pela cozinha.

Encontrando uma porta, abriu e espiou lá dentro.

— A menos que meu palpite esteja errado, estas escadas são as que os servos usam para ter acesso aos níveis superiores. É por onde teremos acesso aos quartos. Você vê uma vela em algum lugar?

— Não precisamos, meu senhor. Se você quiser luz, eu posso fornecê-la. *Shirak* — Raistlin disse e o cristal no topo de seu cajado começou a brilhar com uma luz branca e suave.

A escada dos criados era estreita e sinuosa. Raistlin e o barão subiram as escadas em fila única, o barão liderando o caminho, movendo-se com uma furtividade felina. Raistlin seguiu o melhor que pôde, com medo de pisar sem querer em um degrau barulhento ou bater seu bastão contra a parede.

— O quarto principal fica no segundo andar — sussurrou o barão, parando diante de uma porta que dava para a escada em espiral, que continuava para cima. — Apague essa luz!

— *Dulak*! — Raistlin disse suavemente, e a luz se apagou, deixando-os na escuridão.

Ele esperou na escada enquanto o barão abria a porta lentamente e com cautela. Do seu ponto de vista, Raistlin podia ver um corredor iluminado pela lua ladeado por tapeçarias. Uma pesada porta de madeira, ricamente esculpida, ficava bem em frente a eles. Os sons de roncos, altos e sonoros, vinham de trás da porta.

— Tenho um feitiço de sono pronto para lançar sobre ele, meu senhor — disse Raistlin.

— Ele já está dormindo. Queremos ele acordado — o barão retrucou. — Não posso questioná-lo se estiver dormindo.

— É verdade, meu senhor — Raistlin admitiu, decepcionado.

— Você deixe esse seu feitiço pronto para lançar sobre a esposa dele — o barão continuou. — As mulheres gritam e não há nada que desperte uma casa mais rápido que o grito de uma mulher. Encante-a antes que ela tenha a chance de acordar. Eu lido com o prefeito.

O barão saiu da porta e atravessou o corredor. Raistlin veio atrás dele, as palavras do feitiço queimando em sua língua. Percebeu que não tossiu nenhuma vez durante toda a jornada e, claro, assim que pensou nisso, a tosse começou a fazer cócegas em sua garganta. Desespero, ele se forçou a engoli-la.

O barão colocou a mão na maçaneta da porta, girou-a com cuidado e empurrou a porta. O prefeito devia contratar bons empregados, pois as dobradiças abriram sem ranger. O luar iluminava o quarto através uma de janela gradeada. O barão entrou no quarto com passos suaves, Raistlin logo atrás.

Uma cama grande, com as cortinas fechadas, ficava no centro do quarto. O som do ronco vinha de trás das cortinas. O barão atravessou o piso na ponta dos pés e espiou por uma fenda na cortina da cama.

Felizmente para eles, talvez infelizmente para o senhor prefeito, ele dormia sozinho. Um olhar convenceu o barão de que o homem na cama era o prefeito. Ele se encaixava na descrição de Barganha de um homem rotundo e de rosto alegre, vestido com uma túnica de dormir e uma touca em vez de suas ricas vestes.

Abrindo as cortinas, o barão se jogou contra o homem adormecido em um pulo e colocou a mão na boca aberta do homem que roncava.

O prefeito acordou com um suspiro abafado pela mão do barão. Ele piscava para seu captor com os olhos sonolentos.

— Não faça barulho! — o barão sibilou. — Não queremos lhe fazer mal. Mago, feche a porta!

Raistlin fez o que lhe foi mandado, fechando a porta. Ele voltou logo, cruzando para o lado oposto da cama para estar pronto se necessário.

O prefeito olhou aterrorizado para seu captor, tremendo de medo, fazendo as cortinas da cama balançarem em seus anéis dourados.

— Luz — ordenou o barão.

Raistlin falou, e o cristal no Cajado de Magius brilhou intensamente, revelando o rosto do barão.

— Meu nome é Barão Ivor de Langtree — disse, ainda mantendo a mão firme sobre a boca do prefeito. — Talvez você já tenha ouvido falar de mim. Meu exército está lá fora, pronto para atacar sua cidade no momento em que eu der a ordem. Fui contratado pelo Rei Guilherme para derrubar rebeldes que estariam no controle da cidade. Você está me entendendo?

O prefeito acenou com a cabeça. Ele ainda parecia bem assustado, mas havia parado de tremer.

— Bom. Vou soltá-lo agora, se você prometer que não vai gritar pedindo ajuda. Há empregados na casa?

O prefeito balançou a cabeça. O barão bufou, ciente de que o homem estava mentindo. Ninguém morava numa casa tão grande sem empregados. Ele se perguntou se deveria insistir na pergunta ou prosseguir.

— Mago, fique de olho na porta. Se alguém entrar, lance o feitiço.

Raistlin abriu uma fresta da porta, posicionou-se de modo a ter uma boa visão do corredor e também poder ver e ouvir o que estava acontecendo no quarto.

O barão continuou sua conversa unilateral.

— Eu vi e ouvi algumas coisas que me levaram a questionar minhas razões para aceitar essa missão. Espero que você possa me ajudar. Quero respostas diretas de você, Excelência. Só isso. Não quero machucá-lo. Dê as respostas e irei embora tão rápido quanto cheguei. De acordo?

O prefeito acenou com a cabeça, hesitante. A bola em sua touca estremeceu.

— Tente me enganar — disse o barão, ainda sem soltar — e eu ordenarei ao meu mago que o transforme em uma lesma!

Raistlin olhou carrancudo para o prefeito, parecendo severo e ameaçador, embora não tivesse como cumprir a ordem do barão, assim como não poderia voar ao redor do quarto. Graças ao tom peculiar de sua pele e a estranha aparência de seus olhos, ele era muito intimidador, especialmente para um homem que acabara de ser despertado com brutalidade de um sono profundo.

O prefeito lançou a Raistlin um olhar aterrorizado e desta vez seu aceno foi mais enfático.

Lentamente, o barão moveu a mão.

O prefeito engoliu em seco e lambeu os lábios, puxou a roupa de cama até o queixo, como se isso pudesse protegê-lo. Seus olhos foram do barão para Raistlin e de volta. Seu estado era lamentável e Raistlin se perguntou como conseguiriam algo compreensível vindo dele.

— Bom — disse o barão. Olhando em volta, ele puxou uma cadeira e, colocando-a ao lado da cama, sentou-se e ficou de frente para o prefeito, que ficou bastante surpreso com esse procedimento. — Agora, conte-me sua história. Do começo. Seja breve, no entanto. Não temos muito tempo. O ataque está programado para começar ao amanhecer.

Esta notícia não contribuiu muito para deixar o prefeito à vontade. Depois de muitos ataques e falsos começos, e de começar pelo meio e ter que retroceder, Sua Excelência mergulhou na história dos erros cometidos contra eles pelo Bom Rei Guilherme. Esquecendo seu medo, ele falou apaixonadamente.

— Enviamos um embaixador ao rei. Ele estripou o homem! Tentamos nos render. O comandante do exército do rei disse que deveríamos enfileirar nossas mulheres para ele escolher!

— Você acreditou nele? — disse o barão, com as sobrancelhas escuras unidas em uma carranca pesada.

— É claro que acreditamos nele, meu senhor! — O prefeito enxugou o suor da testa com a borla da sua touca de dormir. — Que escolha tivemos? Além disso — ele estremeceu —, ouvimos os gritos daqueles que eles aprisionaram. Vimos suas casas e celeiros queimando. Sim, nós acreditamos nele.

Tendo conhecido Kholos, o barão também acreditou. Ele pensou em tudo o que tinha ouvido, puxando sua barba preta.

— *Você* sabe o que está acontecendo, meu senhor? — o prefeito perguntou humildemente.

— Não — respondeu o barão sem rodeios. — Mas tenho a sensação de que fui enganado. Se já ouviu falar de mim, então sabe que sou um homem de honra. Meus ancestrais eram Cavaleiros de Solamnia e, embora eu não seja um, ainda sigo os preceitos daquela nobre ordem.

— Você vai cancelar o ataque então? — o prefeito perguntou com esperança patética.

— Não sei — disse o barão, com a cabeça mergulhada em pensamentos. — Eu assinei um contrato. Dei minha palavra de que atacaria amanhã. Se eu recusar e virar meu exército e fugir da batalha, serei considerado alguém que quebra juramentos, provavelmente um covarde. Nenhum possível empregador perguntará as circunstâncias. Só irá concluir que não sou confiável e se recusará a trabalhar comigo. Se atacar, serei tido como um homem que massacra inocentes tentando se render! Estou em uma ótima posição! — ele acrescentou com raiva, levantando-se. — Goblins à minha esquerda e ogros à direita.

— Não tem goblins e ogros por aí também, tem? — o prefeito se engasgou, agarrando o cobertor.

— Só uma figura de linguagem — murmurou o barão, andando pela sala. — Que horas são, Mago?

Raistlin foi olhar pela janela e viu a lua começar a minguar.

— Perto da meia-noite, meu senhor.

— Devo decidir de uma forma ou de outra e logo.

O barão marchou por todo o quarto em uma direção. Girando firmemente em seus calcanhares de maneira militar, como se estivesse de guarda, marchou de volta para o outro, travando uma batalha mental contra os ogros dos planos malignos em um flanco e os goblins da desonra no outro. Para Raistlin, a decisão era fácil: cancelar o ataque e ir para casa. Ele não era um Cavaleiro, porém, com noções cavaleirescas de honra, por mais equivocadas que fossem. Nem era responsável por um exército, cujos soldados esperariam ser pagos como prometido. O pagamento não seria feito se o barão quebrasse os termos do contrato. Um belo dilema e um que Raistlin ficou grato por não ser dele.

Pela primeira vez, viu o peso do comando, o isolamento da pessoa em posição de autoridade, a terrível solidão do comandante. As vidas de milhares de pessoas estavam na balança daquela decisão. As vidas dos seus homens, pelos quais o barão era responsável, e a vida do povo daquela cidade condenada. O barão foi o único que poderia tomar essa decisão e deveria tomá-la imediatamente. Pior, tinha que fazer sem ter todos os fatos.

O que aconteceu com o Rei Guilherme? Por que ele queria destruir esta cidade e seus habitantes? Seria possível que o rei tivesse um bom motivo? Este prefeito estava dizendo a verdade ou, encontrando sua cidade em uma posição insustentável, tudo aquilo era uma invenção completa? O barão marchou e Raistlin assistiu em silêncio, curioso quanto ao resultado.

No fim, acabou não sabendo.

— Tomei minha decisão — disse ele, seu tom pesado. — Agora me diga a verdade, Excelência. Quantos empregados você tem em casa e onde eles estão?

— Dois, meu senhor — disse o prefeito humildemente. — Um casal, que está comigo há muito, muito tempo. Você não precisa temer nada vindo deles, senhor. Ambos dormem profundamente e não acordariam nem se a muralha da cidade caísse sobre eles.

— Esperemos que não chegue a esse ponto — disse o barão com gravidade. — Mago, encontre esses servos e faça com que continuem a dormir.

— Sim, meu senhor — disse Raistlin, como era obrigado a dizer, embora estivesse muito relutante em partir.

— Depois disso, diga aos guardas que estarei pronto para partir em breve.

— Ele não vai machucá-los? — o prefeito perguntou ansioso, referindo-se aos seus empregados.

— Ele não vai machucá-los — respondeu o barão.

O prefeito estava pálido e infeliz, consternado com a aparência sombria e expressão carrancuda do barão, além de suas palavras ameaçadoras. Ele deu instruções sobre como encontrar os criados. Raistlin demorou mais um momento, torcendo para o barão dar alguma indicação sobre suas intenções. Esperou tanto que o barão olhou em sua direção, franzindo a testa. Raistlin não teve escolha senão cumprir a ordem ou enfrentar uma reprimenda furiosa.

— Esses servos devem estar dormindo profundamente — Raistlin reclamou enquanto subia a escada de acesso aos aposentos dos empregados, um quartinho com uma única janela de empena localizado na parte superior da casa, não muito abaixo do ninho da cegonha. — Me mandar lidar com eles é apenas uma desculpa. O barão não confia em mim, é isso. Inventou essa missão tola para se livrar de mim. Ele teria deixado Horkin ficar.

No final das contas, os instintos do barão foram precisos. Talvez ele tivesse ouvido algum som indicando que os criados estariam se mexendo. Raistlin abriu a porta do quarto para encontrar o criado de meia-idade sentado na beira da cama, calçando as botas enquanto sua esposa o cutucava nas costas, dizendo freneticamente que tinha certeza de que havia alguém na casa.

Raistlin lançou seu feitiço no momento em que a esposa o avistou ao luar. O sono fechou a boca em cima do grito. O marido largou a outra bota com um baque e caiu de costas na cama. O feitiço duraria muito tempo. Só por segurança, porém, Raistlin trancou a porta e levou embora a chave, que depois depositaria na mesa da cozinha.

Um tanto apaziguado pelo fato de realmente haver perigo de serem descobertos, Raistlin voltou para a cozinha, onde encontrou Caramon de guarda pela janela traseira.

— Onde está Barganha?

— Foi para a frente para garantir que ninguém entrasse por ali.

— Eu vou buscá-lo. O barão disse que estará pronto para partir em breve. Você deve garantir que o caminho esteja seguro.

— Claro, Raist. O que ele decidiu? Vamos atacar?

— E para nós, isso importa, meu irmão? — Raistlin perguntou indiferente. — Estamos sendo pagos para obedecer a ordens, não para questioná-las.

— Sim, acho que você tem razão — disse Caramon. — Ainda assim, você não está curioso para saber?

— Nem um pouco — disse Raistlin e saiu para encontrar Barganha.

O barão não deu nenhuma pista sobre suas intenções no caminho de volta. As ruas estavam vazias. Eles não se arriscaram, mas mantiveram-se perto dos edifícios, parando para perscrutar pelas ruas laterais e becos antes de passarem. Estavam prestes a atravessar a última rua, o armazém logo à frente deles, quando Caramon, que caminhava na frente, captou um brilho de luz pelo canto do olho e caiu contra a lateral de uma casa abandonada.

— O que é? — o barão sussurrou.

— Luz. No final da rua — sussurrou Caramon. — Não estava lá quando saímos.

Fazendo sinal aos outros para permanecerem nas sombras, o barão olhou pela esquina na direção que Caramon havia indicado.

— Pelas bençãos — disse ele baixinho, impressionado. — Vocês têm que ver isso!

Os outros passaram por ele e saíram para a rua. Eles pararam, olharam, tão impressionados com a visão que esqueceram que estavam parados ao ar livre.

No final da rua havia um prédio, decadente e em ruínas, que deve ter sido adorável antes. As ruínas de colunas graciosas sustentavam um telhado decorado com entalhes, cujas imagens haviam sido apagadas, seja pelos golpes do tempo ou do homem. O prédio estava cercado por um pátio com lajes quebradas e infestado de ervas daninhas. Caramon teria passado direto por esta relíquia, sem prestar atenção se não fosse pelo luar.

Por vontade ou por acidente, o prédio capturou os raios lunares de Solinari e os prendeu na pedra, como uma criança prendendo vaga-lumes em uma jarra, fazendo a construção cintilar com um brilho prateado.

— Nunca vi nada igual — disse o barão em uma voz baixa e reverente.

— Nem eu — disse Barganha. — É tão lindo que me faz doer, bem aqui. — Ele colocou a mão sobre o coração.

— É magia, Raist? — perguntou Caramon.

— É um encantamento, certamente. — Raistlin falou num sussurro, com medo de que o som de sua voz pudesse quebrar o feitiço. — Encantamento — ele repetiu —, mas não é magia.

— Hein? — Caramon estava confuso. — Que outro tipo de magia é essa?

— Antes existia a magia dos deuses — disse Raistlin.

— Claro! — exclamou o barão. — Deve ser o Templo de Paladine. Eu o vi marcado no mapa. Provavelmente um dos poucos templos desse velho deus ainda de pé em toda Ansalon.

— O Templo de Paladine — repetiu Raistlin. Ele olhou para Solinari, a lua de prata. Segundo a lenda, filho de Paladine. — Sim, isso explica.

— Devo prestar meus respeitos antes de partirmos — disse o barão.

Lembrando que tinham assuntos urgentes para decidir antes do amanhecer, continuou seu caminho para o armazém. Caramon e Barganha o seguiram. Raistlin estava atrás de todos eles. Quando chegaram ao armazém, fez uma pausa na porta para dar uma última olhada naquela visão maravilhosa. Seu olhar deixou o templo e foi novamente atraído pela lua prateada, por Solinari.

O deus da lua prateada apareceu para Raistlin antes; todos os três deuses, Solinari, Lunitari e Nuitari honraram o jovem mago com sua atenção. Era a Lunitari que Raistlin devia sua lealdade primária, mas um mago que escolhe adorar um dos irmãos deve, em alguma parte da sua alma, adorar as outras duas.

Raistlin sempre honrou Solinari, embora o jovem mago tivesse a sensação de que o deus da Magia Branca não o aprovava por completo. Olhando para o templo brilhando ao luar prateado, Raistlin teve a súbita impressão de que Solinari iluminou o templo de propósito para chamar a atenção deles, como se alguém acendesse um farol. Se fosse verdade, a luz ardia para alertá-los para longe de uma costa perigosa a sota-vento ou foi colocada lá para guiá-los através da tempestade?

— Raist? — A voz de Caramon quebrou o devaneio do irmão. — Ei, pessoal, viram meu irmão? Ele estava bem atrás de mim… ah, aí está você.

Fiquei preocupado. Onde você esteve? Ainda olhando para aquele antigo templo, hein? Dá uma sensação meio estranha por dentro, não é?

— Sabe, Raist — acrescentou Caramon impulsivamente —, eu gostaria de entrar lá, dar uma andada por aí. Eu sei que é um templo para um deus antigo que não está mais entre nós, mas acho que se eu entrasse, encontraria a resposta para as minhas questões mais importantes.

— Duvido seriamente que o templo possa lhe dizer quando será sua próxima refeição — disse Raistlin.

Ele não sabia por que, mas sempre ficava irracionalmente irritado quando Caramon falava em voz alta o que Raistlin estava pensando.

Uma nuvem passou pela lua, um pedaço de pano preto caiu sobre o orbe prateado. O templo desapareceu, perdido na escuridão. Se um dia soube as respostas para os mistérios da vida, o templo há muito tempo os esquecera.

— Hum — Caramon grunhiu. — É melhor você entrar, Raist. Não deveria estar aqui. É contra as ordens.

— Obrigado, Caramon, por me lembrar do meu dever — respondeu Raistlin, passando por seu gêmeo.

— Claro, Raist — disse Caramon alegremente. — Sempre que precisar.

Num canto do armazém, o Mestre Senej e a Sargento Nemiss estavam com o barão. Eles falavam em voz baixa. Ninguém podia ouvir o que diziam, nem mesmo Barganha, que foi pego escondido atrás de um barril por uma Sargento Nemiss irritada e enviado para ficar de vigia como punição. Os soldados analisavam os rostos dos três, procurando nas mudanças de expressões algum sinal das intenções do barão.

— Seja lá o que o barão esteja dizendo — Caramon disse baixinho — Mestre Senej não parece feliz.

Mestre Senej estava franzindo a testa e balançando a cabeça. Ele foi ouvido dizendo "não confie" em tom alto e severo. A Sargento Nemiss aparentemente não ficou satisfeita também, pois ela fez um gesto enfático com a mão, como se jogasse alguma coisa fora. O barão ouviu seus argumentos, pareceu considerá-los. No fim, porém, ele balançou a cabeça. Um movimento de corte de sua mão encerrou o debate.

— Você tem suas ordens, mestre — disse ele, para todos no armazém ouvirem.

— Sim, senhor — respondeu Mestre Senej.

— Ligeiro — chamou o sargento. — O barão está pronto para partir. Escolte-o de volta ao acampamento.

— Sim, senhor. Devo voltar para cá, senhor?

— Não haverá tempo antes do ataque — disse a sargento, sua voz deliberadamente calma e uniforme.

Os homens se entreolharam. O ataque ia acontecer. Poucos disseram qualquer coisa, estivessem contentes ou desapontados. Eles vieram para lutar, e lutar era o que fariam.

Ligeiro saudou e pegou seu rolo de corda.

Ele e o barão partiram. A Sargento Nemiss e Mestre Senej conversaram por mais alguns instantes, então a sargento foi verificar os vigias. O mestre deitou-se no chão e cobriu o rosto com o chapéu.

Os homens seguiram seu exemplo. Caramon logo estava roncando alto, tão alto que a Sargento Nemiss o chutou, disse-lhe para rolar e parar de fazer tanto barulho; provavelmente dava para ouvi-lo em Solamnia.

Barganha dormia enrolado em uma bola compacta e apertada, como uma lebre, até mesmo colocando as mãos sobre os olhos.

Raistlin, que dormira a maior parte do dia, não estava cansado. Ele se recostou na parede e recitou seus feitiços, repetidamente, até que os tivesse fixados em sua mente.

As palavras mágicas ainda estavam em seus lábios quando o sono se apoderou dele, trazendo-lhe sonhos de um templo banhado pelo luar prateado.

14

— Corpo humano insignificante, meu cu! — Kit murmurou, na trilha do dragão.

Tendo ouvido Immolatus reclamar amargamente por ter que caminhar meia quadra da pousada até a taverna, Kitiara imaginou que iria alcançá-lo no primeiro riacho onde parasse para molhar os pés doloridos. Sua trilha foi fácil de encontrar — galhos quebrados, arbustos cortados em pedaços, ervas daninhas pisoteadas. O dragão viajava a um ritmo que surpreendeu Kit, deixando-a bem para trás já no início da perseguição. Concentrando-se intensamente em seu objetivo, Immolatus parecia ter esquecido que havia assumido a forma humana. Em sua mente, estava correndo pela floresta com uma cauda terrível e garras esmagadoras.

Já cansada, Kit teve que se esforçar para tentar alcançá-lo, pois queria pegá-lo ao ar livre, antes que ele chegasse à caverna onde poderia se transformar com segurança no seu antigo eu dracônico. E teria que pegá-lo antes que a noite caísse, pois ele podia ver no escuro e ela não.

Assim que Kit decidiu agir, iniciou sua tarefa com determinação, rapidamente, sem dúvidas nem hesitação. A dúvida era uma fraqueza, pequenas rachaduras na fundação que um dia derrubariam o muro; elos defeituosos da cota de malha permitiriam que a flecha penetrasse. Tanis era afligido por esta fraqueza. Ele constantemente questionava, constantemente analisava suas próprias ações e reações. Kit achava esse seu hábito bem irritante, e tentou muitas vezes livrá-lo disso.

— Quando você decidir fazer algo, faça! — ela o repreendeu. — Não hesite nem fique tagarelando e pensando nisso. Não mergulhe no rio para depois ficar se perguntando se você vai afundar. Vai afundar se fizer isso. Só pule e comece a nadar. E nunca olhe para trás, para a costa.

— Acho que é o sangue élfico em mim — respondeu Tanis. — Elfos nunca tomam decisões importantes até terem refletido sobre o assunto por pelo menos um ou dois anos, procurado todos seus amigos e parentes e discutido o problema, feito pesquisas, lido livros, consultado os sábios.

— E aí? — Kit questionou, ainda irritada.

— A essa altura, geralmente já se esqueceram o que queriam para começar — respondeu ele, sorrindo.

Ela riu; ele sempre conseguia tirá-la do seu mau humor. Ela não riu agora e lamentou ter pensado nele novamente. A única vez que Tanis decidiu agir foi quando decidiu deixá-la. Seguindo seu próprio conselho, ela o tirou da cabeça e continuou.

Kit tinha uma vantagem sobre o dragão: ela sabia para onde estava indo. Com sua habitual meticulosidade e atenção aos detalhes, ela desenhou um excelente mapa, usando pontos de referência como guias e acompanhando a distância contando seus passos. "A setenta passos do carvalho atingido por um raio até a rocha de cabeça de urso. Vire à esquerda na trilha dos cervos, atravesse o riacho, suba o penhasco até a plataforma alta." Immolatus tinha estudado o mapa, mas não o levou consigo. Provavelmente porque não estava acostumado a usar um mapa. Não há muita necessidade de conhecer trilhas sobre riachos se estiver voando muito acima deles. Seu pensamento se mostrou correto. Ela estava seguindo o rastro do dragão há cerca de três horas quando se deparou com um lugar onde ele se desviara de suas instruções. Ele percebeu seu erro e voltou, mas perdeu um tempo considerável, que Kit ganhou.

Ela viajou rápido, mas sem ser descuidada. Ficou em silêncio o máximo possível, equilibrando-se para não pisar em um galho seco ou quebrar a vegetação rasteira. Ela o veria muito antes de ele ouvi-la ou vê-la. Transferira a faca da bota para o cinto, de fácil acesso. Immolatus sequer saberia o que o atingiu.

Quanto ao dragão, tinha deixado um rastro que um anão tolo cego poderia ter seguido: pegadas na lama, galhos de árvores quebrados e até um pedaço de pano vermelho, arrancado de suas vestes, preso em um arbusto espinhoso. Aproximando-se das montanhas, chegando ao sopé, encontrou menos sinais da passagem do dragão, mas era de se esperar no solo duro e cheio de pedras. Ali não havia galhos para dobrar, nem lama onde pousar descuidadamente uma bota. Ainda assim, tinha certeza de que estava no caminho certo. Afinal, Immolatus estava seguindo suas direções.

As sombras se alongaram. Kit estava com os pés doloridos e cansada, faminta e frustrada. Ela tinha apenas mais uma hora de luz do dia. A ideia de desistir veio à sua mente. A ambição cravou as esporas em seus flancos e a fez avançar.

O sol estava se pondo. Ela seguiu a trilha de pastores que havia marcado em seu mapa, uma trilha que serpenteava para cima e para baixo pelo sopé das colinas. As ovelhas e seus pastores fugiram para a segurança da cidade com a chegada da guerra, mas deixaram suas marcas na encosta da montanha. Ela fez uma pausa para descansar do calor em uma pequena cabana, tornada aconchegante com feno, beber de um odre deixado na corrida louca para o abrigo das muralhas da cidade. Estava atravessando um riacho pequeno e veloz, tomando cuidado para não perder o equilíbrio. O instinto, ou talvez um cheiro ou som, fez com que ela parasse onde estava e se firmasse nas pedras escorregadias, olhando para frente em vez de para os pés.

Immolatus estava a menos de vinte passos dela a sua frente no caminho que serpenteava ao longo da encosta de um penhasco íngreme. Estava de costas. Kit lembrou do mapa, lembrou que naquele ponto era preciso deixar o caminho para trás, começar a subida até as montanhas. A trilha pareceria tentadora, comparada à subida em terreno acidentado e rochoso. O caminho era enganoso, parecia que levaria pelo caminho que o dragão queria seguir. Kit tinha visto, do topo da montanha, que a trilha das ovelhas levava, como era de se esperar, até um pequeno vale gramado. Immolatus estava tentando decidir qual rota pegar, tentando lembrar o mapa.

Apanhada em campo aberto, amaldiçoando internamente, Kitiara agarrou o cabo da faca e preparou um sorriso encantador, pronto para saudar o dragão com alegria quando ele se virasse e a encontrasse o perseguindo. Ela tinha uma desculpa preparada: informações urgentes do Comandante Kholos sobre a disposição das tropas. Ela ouviu dos soldados no acampamento que uma força mercenária entrara sorrateiramente na cidade na noite anterior, planejando atacar a cidade por dentro ao amanhecer, enquanto Kholos e suas tropas atacavam do lado de fora. Ela achou que o dragão deveria ser informado deste evento e assim por diante.

Immolatus não se virou.

Kitiara observou-o com cautela, perguntando-se se aquilo seria um truque. Ele tinha que ter ouvido seus pés no riacho; não entendia como não teria escutado. Ela estava seguindo com cuidado, mas sua atenção se concentrara mais em não cair na água do que em se mover furtivamente.

Immolatus permaneceu em pé com a cabeça baixa, de costas, estudando os sapatos ou a trilha, ou talvez até mijando.

Foi um golpe de sorte, obviamente. Kit não questionou sua sorte, e se preparou para tirar proveito. A Rainha Takhisis iria entrar na guerra com menos um dragão vermelho. Kit segurou a lâmina da faca, equilibrou-se, mirou e jogou.

Ela foi certeira em seu alvo. A faca passou bem entre os ombros de Immolatus. Passou pelas omoplatas e continuou, a lâmina de aço refletindo a luz do sol enquanto seu voo a levava para além de sua vista. Ouviu o aço atingir a rocha com um pequeno tilintar metálico, um som de algo raspando e mais nada.

Kitiara ficou olhando, espantada, seu cérebro esforçando-se, tentando dar sentido ao que não tinha. Ela não sabia ao certo o que havia acontecido, mas sabia que estava em perigo. Ela desembainhou a espada e saiu espalhando água pelo riacho, preparada para enfrentar a fúria de Immolatus. O maldito dragão não se virou, não se moveu, não se mexeu. Só quando chegou perto, perto o suficiente para cortar sua cabeça, Kit entendeu.

No momento em que ela entendeu, a ilusão de Immolatus de pé na trilha desapareceu.

Um som áspero acima dela chamou sua atenção. Ela olhou para cima a tempo de ver uma pedra trovejando encosta abaixo.

Kitiara caiu de bruços, pressionando o corpo contra a pedra, aquecida pelo sol, e cobriu a cabeça com as mãos. A pedra passou por ela, atingiu um afloramento rochoso logo abaixo e saltou para o riacho jogando água para cima. Outra pedra se seguiu. Esta chegou mais perto. Immolatus errou novamente, mas poderia ficar jogando pedras nela o dia todo. Ela não tinha para onde ir e, mais cedo ou mais tarde, ele atingiria seu alvo.

— Deixe-o acertar então — Kit murmurou.

Rapidamente, ela desfez as tiras que prendiam o peitoral de aço que usava, evitando mais uma pedra.

Esticando o pescoço, olhou para cima. A próxima pedra vinha trovejando. Kitiara respirou fundo e soltou um grito, jogou seu peitoral diretamente no caminho da pedra. A pedra pegou o peitoral em um golpe de raspão, mandando-o para o riacho, o aço piscando em vermelho na luz do sol poente.

Caindo de joelhos, tornando-se o menor possível, Kit aproveitou o crepúsculo, que tornava difícil até mesmo para o dragão ver se a matou. Ela usou o barulho da queda da pedra para cobrir o som de seus movimentos, subiu no mato ao lado do caminho. Localizou uma pequena fenda na face do penhasco e entrou, raspando a maior parte da pele das coxas, dos joelhos e dos cotovelos, mas a salvo no momento do dragão. Desde que ele caísse em seu ardil.

Kitiara esperou, com o rosto pressionado contra a rocha, ofegante.

Não teve mais pedras caindo pela encosta da montanha, mas isso não significava nada. Se não acreditasse que a matou, podia muito bem voltar para caçá-la. Ficou escutando, tentando ouvir o som de sua perseguição, amaldiçoando seu coração por bater tão alto.

Ela não ouviu nada e começou a respirar um pouco mais fácil. Mesmo assim ela não se moveu. Ficou escondida, apenas para o caso de ele estar por perto, observando. O tempo passou e Kitiara se convenceu. O dragão estava achando que ela tinha morrido. Para ele, ela não teria sido nada mais do que lampejos brilhantes de armadura na montanha e ele viu aquele lampejo brilhante cair, ouviu-a dar seu grito de morte. Arrogante como era, Immolatus se convenceria facilmente que seu pequeno estratagema funcionou. Ele esperaria alguns momentos para ter certeza, mas, seguro de si e ansioso por sua vingança, não demoraria muito, não com cheiro de ovo nas narinas.

— Mesmo assim — Kitiara lembrou a si mesma com tristeza — eu o subestimei uma vez e quase morri pelo meu erro.

Ela não faria o mesmo novamente.

Kitiara esperou mais alguns momentos e então, impaciente, tensa e desconfortável, decidiu que uma briga seria preferível a ficar presa entre duas lajes de rocha. Ela deslizou com cautela, saindo de seu esconderijo. Agachada na trilha, olhou para cima, procurando nas sombras por um pedaço de manto vermelho ou uma ponta de asa vermelha ou o brilho de uma escama vermelha.

Nada. A encosta da montanha estava desolada, até onde ela conseguia ver.

Sentando-se na trilha, Kitiara examinou sua espada para ter certeza de que não sofrera nenhum dano. Satisfeita com sua arma, em seguida procurou danos em si mesma. Cortes e hematomas, e era só isso. Tirou alguns pedaços afiados de pedra das palmas das mãos, sugou o sangue de um corte profundo no joelho e perguntou-se, sombriamente, o que fazer a seguir.

Desistir, voltar para o acampamento. Este era o curso de ação sensato. Mas fazer isso era admitir a derrota e Kitiara só foi derrotada uma vez na vida e foi no amor, não na batalha. Seus próprios pensamentos estavam sangrentos de vingança. Até então, ela teria se contentado em impedir Immolatus de destruir os ovos. Agora ela o queria morto. Iria fazê-lo pagar por aqueles poucos momentos horríveis que passou encolhida de terror na encosta da montanha.

Ela rastrearia o maldito dragão pelas montanhas a noite toda, se fosse preciso para pegá-lo.

Felizmente, Solinari iria brilhar naquela noite. E se Kit tivesse muita sorte, ou se a Rainha Takhisis estivesse disposta a ajudá-la, o dragão iria se perder nas montanhas durante a noite. Ele já começou a subida das montanhas pelo caminho errado, a julgar pela direção dos pedregulhos.

Se você decidir fazer algo, faça-o. Não se preocupe com como e por quê. Apenas faça.

Sombria e resoluta, Kitiara começou a subir a encosta da montanha.

15

A noite foi longa para Kitiara, que caminhava com dificuldade pelas montanhas. A noite também foi longa para Immolatus. As orações de Kit foram respondidas e ele conseguiu se perder. Mais de uma vez, viu-se tentado a retornar ao seu corpo de dragão com suas asas gloriosas, que o levariam para fora daquela montanha maldita e o levariam para os céus.

Mas Immolatus teve a impressão de que o sorrateiro deus Paladine colocara espiões atrás dele, vigiando-o. Immolatus imaginou dragões dourados à espreita no topo da montanha, apenas esperando que ele mudasse de forma. Mesmo que não gostasse de admitir, este corpo humano era um disfarce útil, se ao menos não fosse tão fraco.

O dragão sentou-se por apenas alguns momentos para descansar e acordou mais tarde de um cochilo que nunca pretendia tirar, para descobrir que já era quase madrugada.

A noite foi longa para os homens no armazém, que finalmente receberam as ordens para o ataque antes do amanhecer e, embora não ansiassem pela manhã, preferiam que aquilo acabasse logo.

A noite foi curta para o senhor prefeito, que encarava o amanhecer que se aproximava com imensa apreensão. A noite foi curta para o povo de Fim da Esperança, cientes de que esta podia ser a última. A noite foi extremamente curta para o barão, que precisava chegar ao acampamento antes do amanhecer.

A noite foi apenas mais uma para o Comandante Kholos, que roncou a noite toda.

— Você queria ser acordado cedo, senhor. — Mestre Vardash entrou na tenda do comandante e ficou respeitosamente ao lado da cama, outro saque de uma das casas senhoriais, arrastadas com custos e inconvenientes consideráveis.

— O quê? O que foi? O que está acontecendo? — Kholos piscou para seu oficial, que estava acendendo uma luminária na mesa.

— Já está quase amanhecendo, senhor. O senhor pediu para ser acordado cedo hoje. A cidade será atacada.

— Ah, sim. — O comandante bocejou e coçou-se. — Melhor me levantar então.

— Aqui está sua cerveja, senhor. Os bifes de veado estão chegando. A cozinheira quer saber se vai comer batatas ou pão esta manhã.

— Ambos. E diga-lhe para colocar algumas cebolas nessas batatas. Tive uma ideia ontem à noite — acrescentou Kholos, sentando-se na cama e pegando as botas. — Aquele mago Immolatus ainda está por aí?

— Suponho que sim, senhor — respondeu Vardash lentamente, tentando se lembrar. — Eu não o vejo faz um tempo, mas ele é reservado.

— Come das nossas rações e não faz nada para ganhá-las. Bem, eu tenho trabalho para ele hoje de manhã. Eu estava pensando que, quando os homens do barão chegarem na muralha, o que sobrar deles depois que nossos arqueiros terminarem… o mago poderia fazer uma mágica, jogar a muralha sobre eles. O que você acha?

— É uma muralha bem grande, senhor — sugeriu Vardash, hesitante.

— Eu sei que é — Kholos respondeu irritado —, mas esses magos devem ter feitiços para lidar com esse tipo de coisa. Ou que serventia teriam? Faça esse maldito mago se reportar a mim. Eu mesmo vou perguntar a ele.

Kholos se levantou, nu, exceto pelas botas. Pelos longos e grossos cobriam a maior parte de seu corpo, exceto onde suas cicatrizes de batalha cortavam e ressaltavam a pele grossa. Enquanto falava, ele se coçou novamente, capturou uma pulga e esmagou-a entre o polegar e o indicador.

Vardash despachou um soldado para encontrar o mago. O desjejum chegou e o general devorou os bifes ainda ensanguentados, um pedaço de pão e uma boa quantidade de batatas e cebolas, enquanto emitia ordens de preparação para a batalha do dia. Embora o céu ainda estivesse escuro, o amanhecer pressagiado apenas por uma pitada de cor-de-rosa no horizonte, o acampamento estava acordado e funcionando. Os homens estavam comendo o desjejum, a julgar pelo barulho vindo da barraca do refeitório.

O céu ficou perceptivelmente mais claro. Um pássaro emitiu alguns cantares, ainda hesitantes. O ajudante auxiliou o Comandante Kholos a vestir-se e a colocar sua armadura, que era pesada e maciça. O ajudante precisou que Vardash o auxiliasse a colocar a couraça peitoral do comandante, que exigia dois homens para levantá-la. Um humano comum teria afundado no chão com ela. O Comandante Kholos deu um grunhido e bateu algumas vezes no peito para posicionar o peitoral, ajustou as braçadeiras e declarou-se pronto.

Um soldado chegou e disse que o mago não estava em sua tenda, nem a Comandante uth Matar. Ninguém via nenhum deles há algum tempo.

Um soldado disse que ouviu uth Matar dizendo algo ao mago sobre o trabalho estar concluído e que deviam retornar para Sanção.

— Quem lhes deu permissão para retornar à Sanção? — Kholos questionou com raiva. — Eles deveriam ter me trazido um mapa mostrando onde encontrar aqueles malditos ovos de dragão!

— Eles estavam agindo sob ordens diretas de Lorde Ariakas, senhor — Vardash lembrou-o, respeitosamente. — Talvez o general tenha mudado de ideia. Talvez pretenda procurar os ovos sozinho. Para ser sincero, Comandante, ainda bem que estamos bem livres do mago. Eu não confiava nele.

— Eu não precisava confiar nele — respondeu Kholos, irritado. — Eu só queria que derrubasse uma única parede. Qual a dificuldade nisso? Mas no fim das contas, acho que você está certo. Pega minha espada. Eu vou levar o machado de batalha também. Contaremos com os arqueiros para eliminar os homens do barão. Eles têm suas ordens, mestre? Sabem o que fazer?

— Sim, senhor. As ordens são atirar neles pelas costas, senhor, no minuto em que capturarem o portão. Um plano muito melhor do que confiar na magia, se me permite dizer isso, senhor.

— Talvez você tenha razão, Vardash. Entre nossos arqueiros e os da cidade, o exército do barão deve ser exterminado até... que horas você diria, Vardash?

— Meio-dia, eu acho, senhor.

— Mesmo? Tão tarde? Eu estava pensando no meio da manhã. Aposta?

— Eu ficaria encantado, senhor — disse Vardash sem entusiasmo. Nunca ganhou uma aposta com Kholos que, independentemente do resultado, sempre se lembrava dos termos da aposta como sendo favoráveis a si mesmo. Se os homens do barão ainda estivessem vivos e fortes ao meio-dia, o comandante lembraria como se ele tivesse dito meio-dia e que Vardash foi otimista demais e dissera no meio da manhã.

Kholos estava de bom humor. A cidade certamente cairia nas suas mãos naquele dia. Esta noite, ele estaria dormindo na cama do senhor prefeito, talvez com a esposa do senhor prefeito, se ela não fosse uma vaca. Se fosse, iria escolher entre as outras mulheres da cidade. Ele passaria um dia ou dois esmagando qualquer resistência, selecionando os melhores escravos, condenando à morte aqueles que não serviriam, carregando as carroças com o saque e atearia fogo na cidade. Assim que Fim da Esperança estivesse em cinzas, começaria o longo, mas triunfante caminho de volta à Sanção.

O acampamento mercenário também estava ativo esta manhã.

— Senhor, você pediu para ser acordado antes do nascer do sol — o Comandante Morgon começou a dizer, mas viu que não era necessário.

O barão já estava acordado. Ele havia voltado ao acampamento há apenas uma hora, deitou-se para um breve descanso e agora estava em sua cama, refletindo sobre seus planos para o dia. Jogando as pernas para o lado da cama, ele colocou suas altas botas de couro. Ele já estava vestindo a calça e a camisa.

— Desjejum, senhor? — Morgon perguntou.

O barão assentiu.

— Sim, faça com que todos os oficiais me encontrem na minha tenda de comando e tomem o desjejum lá.

— Bifes de carne de veado e batatas com cebola, senhor? — Morgon sugeriu com um sorriso.

O barão ergueu o olhar, estreitando os olhos.

— O que você está tentando fazer, Morgon, me matar antes que o inimigo me ataque?

— Não, senhor. — Morgon riu. — Acabei de voltar do acampamento de nossos galantes aliados. Essa é a refeição favorita do Comandante Kholos antes da batalha.

— Espero que isso lhe dê azia — disse o barão mal-humorado. — Quero o de sempre. Tiras de torradas embebidas em vinho de mel. E diga ao cozinheiro para misturar um ovo. O que nossos valentes aliados têm a dizer sobre si mesmos?

— O comandante nos deseja sorte em nosso ataque e promete nos apoiar.

Os dois trocaram olhares.

— Muito bem, Morgon — respondeu o barão. — Você tem suas ordens. Sabe o que fazer.

— Sim, senhor. — Morgon saudou e partiu.

O barão reuniu-se com seus oficiais e examinou os planos para o ataque ao portão.

— Não vou perguntar se vocês têm alguma pergunta, senhores — disse ele no final da reunião. — Eu não tenho as respostas. Boa sorte para todos nós.

Quatro corneteiros, quatro bateristas, um porta-estandarte, vários oficiais, cinco corredores e dez guarda-costas formavam o grupo de comando no centro da linha de infantaria.

— Desenrole o estandarte — ordenou o barão.

O porta-estandarte puxou um cordão preso ao topo do estandarte e fez a bandeira se desenrolar. O símbolo do bisão esvoaçou acima do Exército.

— Corneteiros, soem o chamado às armas!

Os quatro corneteiros tocaram notas em uníssono, repetindo o toque curto três vezes. Morgon tocou o braço do barão e apontou. Do outro lado do campo, as primeiras companhias do exército de Kholos estavam se posicionando no flanco direito. Quando a infantaria pesada de Kholos se formou no centro da sua linha, o estandarte do comandante subiu, indicando que ele estava em posição.

O barão assentiu.

— Muito bem, rapazes. Este é o grande final. Hora de merecer nosso pagamento. Ou não — murmurou em sua barba. Ele parou por um momento, perguntando-se se tomou a decisão certa. Tarde demais se ele não tivesse. Dando de ombros, ele sentou-se reto em seu cavalo.

— Corneteiros! — ele gritou. — Tocar Avançar!

Uma única nota, prolongada e lamentosa, ecoou das montanhas.

O final da nota foi pontuado por um estrondo dos quatro bateristas, batendo em uníssono, produzindo uma cadência contínua e lenta. As companhias avançaram em formação de batalha.

O barão olhou para a esquerda na fila. Os peitorais polidos brilhavam ao sol da manhã recém-nascido. A luz do sol refletia nas pontas das lanças. Os homens carregavam lanças e escudos com espadas curtas embainhadas. Os arqueiros assumiram suas posições na extremidade esquerda da linha. Eles não usavam couraças, mas carregavam grandes escudos de madeira com espetos nas pontas inferiores. Quando paravam para atirar, plantavam os escudos no chão e disparavam por trás.

À direita do barão, uma companhia de oito homens carregava um enorme aríete feito de carvalho maciço com ponta de ferro. Cada homem segurava um escudo que usaria para cobrir sua cabeça e corpo do ataque enquanto o aríete golpeava os portões. Mais homens marchavam ao lado, prontos para correr e assumir a posição se um homem caísse.

Os homens avançaram, fileira após fileira. Eles podiam ver soldados aglomerando-se no topo da muralha da cidade, mas não houve resposta da defesa ao fogo. Não ainda. Os atacantes ainda estavam fora de alcance. O regimento se aproximou do leito do riacho. O barão observava atentamente o topo das ameias.

— Espere, espere. — Ele deu a ordem para si mesmo. Uma bandeira tremulou no mastro no topo do muro, acompanhada pelo zumbido mortal de centenas de flechas disparadas.

— Agora! — o barão gritou.

Os corneteiros tocavam "Avançar", os bateristas soaram um ritmo furioso.

Os homens avançaram para frente, rápidos o suficiente para escapar da primeira saraivada. As flechas se enfiaram no chão atrás deles. Ninguém caiu.

Os homens que levavam o aríete chegaram a cem metros da muralha, indo direto para o portão.

A cidade disparou uma segunda saraivada. Cada homem do regimento correu mais e mais rápido, tentando se adiantar à chuva mortal de flechas. Mais uma vez eles as ultrapassaram. Nenhuma das flechas acertou, todas caíram atrás das linhas do regimento. Os homens que aplaudiu e zombou do inimigo.

Os últimos cem metros foram uma corrida. A linha perdeu coesão à medida que todos corriam em direção ao objetivo. O grupo do aríete chegou no portão e parou.

Os homens recuaram uma vez, depois deixaram o peso do aríete atingir o portão. A gigantesca estrutura de madeira ressoou com um estrondo oco. Os portões se abriram.

Do outro lado do campo, o Comandante Kholos virou-se para seus arqueiros.

— Agora! Agora! Eles passaram pelos portões! Fogo!

Cem arqueiros dispararam contra as fileiras traseiras dos mercenários. Antes da primeira saraivada atingiu o alvo, uma segundo estava no ar.

As tropas do barão convergiram para o portão aberto, empurrando para passar. Alguns soldados caíram, mas não tantos quanto Kholos esperava. Furioso, ele se virou para encarar seus arqueiros.

— Punição para quem errar um tiro! — ele gritou.

Os arqueiros recarregaram e dispararam mais duas rajadas. Mas eles rapidamente ficaram sem alvos.

— A luta deve ter passado para o lado de dentro, senhor — disse Vardash. — Os homens do barão violaram as defesas da cidade. Devo fazer os arqueiros avançarem? Aparentemente, os idiotas não perceberam que estamos atirando neles.

Kholos franziu a testa. Algo estava errado. Ele pediu sua luneta, levou-a aos olhos, olhou atentamente para o portão da cidade. Fechando o aparelho, seu rosto goblíneo lívido de fúria, ele se virou para seus bateristas de sinalização.

— Rápido! Toquem Atacar!

Vardash se virou.

— Atacar, senhor? Agora? Pensei que íamos deixar os homens do barão sofrerem o grosso da luta?

Kholos desferiu um golpe em Vardash que esmagou seu queixo e o fez cair esparramado na lama.

— Seu idiota! — Kholos uivou, saltando sobre o corpo imóvel de Vardash, correndo para assumir seu lugar à frente das tropas. — Os bastardos nos enganaram! *Não há* luta no portão.

16

Kitiara subiu cautelosamente até a última saliência rochosa que levava para a entrada escondida da caverna. Ela se moveu devagar, testando cada mão e apoio, tomando cuidado para não desalojar nenhuma pedra cuja queda pudesse alertar o dragão. Chegando ao topo, agachou-se, com a espada na mão, observando e ouvindo, pensando que ele poderia estar esperando para emboscá-la.

— O caminho está livre! — chamou uma voz. — Venha rápido. Não temos muito tempo.

— Quem é? — questionou Kit, espiando através das sombras projetadas pelos pinheiros altos que protegiam a entrada. O sol tinha acabado de nascer. Chamados de trombeta ricocheteavam nas rochas ao seu redor, o ataque à cidade de Fim da Esperança havia começado. — Sir Nigel? Ou sei lá como diabos você se chama?

Ela encontrou o espírito onde o havia deixado, dentro da entrada da caverna.

— Estava esperando por você — disse Sir Nigel. — Depressa. Não temos muito tempo.

— Presumo que isso signifique que você encontrou o mago. — Kit entrou na caverna. As sombras escuras e frescas da rocha tomaram conta dela, arrepiando sua pele depois do calor da perseguição. Ela esfregou os braços.

— Sim, ele passou por aqui há algum tempo. Você disse a ele onde encontrar os ovos — disse Sir Nigel acusadoramente.

— Essas foram minhas ordens — respondeu Kit. — Suponho que até mesmo os cavaleiros-espíritos obedecem a ordens.

— Mas agora você está aqui para o impedir de destruí-los.

— Essas são minhas ordens também — Kit afirmou friamente e, passando pelo fantasma, entrou na caverna, deixando que o fantasma se decidisse se a seguia ou não.

O fantasma entrou com ela e, mais uma vez, ela encontrou seu caminho iluminado como quando entrou pela primeira vez no túnel vindo da outra direção.

Não, ela pensou, não era tanto que seu caminho estivesse iluminado, mas que a escuridão retrocedeu. Quando o espírito levantou a mão, a escuridão fluiu para longe como a maré se afastando da costa. Escamas de ouro e prata, caídas há muito tempo, brilhavam no caminho, brilhavam nas paredes. Enquanto Kitiara ficasse perto do cavaleiro fantasmagórico, encontraria o caminho. A escuridão fluía atrás deles depois que o Cavaleiro passava. Se ela ficasse para trás, mesmo um ou dois passos, a escuridão a envolvia.

— Esse espírito é cheio de truques — Kit murmurou. Ela se apressou a acompanhá-lo. — Diga-me como você sabia que eu voltaria — ela o desafiou. — Ou todos os fantasmas leem mentes?

— Não há nada muito místico no que eu sei — disse o Cavaleiro, com um leve sorriso. — Quando Immolatus chegou à caverna, ele não seguiu direto para seu objetivo, mas parou e esperou, olhando para trás, por onde veio. Esperou até avistar alguma coisa e então acenou com a cabeça para si mesmo, como se esperasse ver o que viu. Seguindo seu olhar, vi você mais abaixo na encosta da montanha.

"Immolatus não ficou contente — continuou o Cavaleiro. — Rosnou e resmungou, chamou você de estorvo, disse que deveria ter acabado com você quando teve a chance. Ele hesitou e eu pensei que planejava ficar e esperar por você. Ele pensou mesmo nisso, creio eu, mas então olhou pelo corredor, na escuridão, e seus olhos vermelhos brilhavam. 'Primeiro terei minha vingança', ele disse e se foi."

Sir Nigel olhou para ela, avaliando-a.

— Ele está em forma de dragão agora, Kitiara uth Matar.

Kit respirou fundo e apertou ainda mais a espada. A lógica dizia que Immolatus mudaria. Ela não esperava outra coisa, mas saber que ele realmente fez isso foi um golpe na boca do estômago. Agora que o fantasma mencionou, podia sentir o início do terrível medo debilitante que quase a paralisou na primeira vez que viu o dragão. O medo fez as palmas das mãos suarem e a boca ficar seca. Ela estava com raiva do Cavaleiro, com raiva de si mesma.

— Você quer me dizer que esteve escondido naquela caverna o tempo todo? — Kit questionou. — Por que não o atacou? Esfaqueando-o por trás antes que ele tivesse a chance de mudar sua forma! Ele obviamente não fazia ideia de que você estava lá!

— Inútil — respondeu Sir Nigel. — Minha espada não corta.

Kit praguejou, fora de si de tanta raiva.

— Você é um ótimo guardião! — ela zombou.

— Eu sou o guardião dos ovos — respondeu o Cavaleiro. — Essas são *minhas* ordens.

— E como você propõe protegê-los, Sir Morto-Vivo? Dizendo "Por favor, Mestre Dragão, vá embora e não quebre os lindos ovos"?

O rosto do Cavaleiro escureceu ou talvez a luz que fluía dele tivesse esmaecido, porque parecia que as sombras se aproximavam.

— Esse é o meu voto — ele disse em voz baixa. — Eu mesmo escolhi, ninguém me impôs. Mas às vezes é difícil de suportar. Em breve, porém, minha vigília terminará, para o bem ou para o mal, e continuarei minha jornada há muito adiada. Quanto ao meu plano, eu irei distrair o dragão pela frente. Quando sua atenção estiver em mim, você vai atacar.

— Distrair? O que vai fazer? Cantar uma musiquinha, fazer uma dancinha e...

— Silêncio! — Sir Nigel levantou a mão em advertência. — Estamos perto da câmara!

Kit sabia muito bem onde estava. O corredor fez uma curva. Em poucos metros, abria-se para a enorme câmara onde os ovos estavam escondidos. Kitiara parou pouco antes dessa curva. Virando na parede de rocha saliente à direita, ela iria até a câmara.

Até Immolatus.

Kitiara ouviu o dragão, ouviu sua enorme cauda raspando na rocha, ouviu sua respiração estrondosa e o barulho do fogo queimando em sua barriga. Ela podia sentir o cheiro dele, sentir o cheiro do enxofre e do fedor reptiliano. O cheiro a enojava, seu medo a enojava. Ela ouviu o dragão chicotear sua cauda contra a rocha. O corredor em que estavam estremeceu. O corpo dela ficou quente e depois frio. As palmas de suas mãos estavam escorregadias, e ela precisava ficar ajustando seu aperto no punho da espada.

Immolatus estava conversando com os nascituros de seus inimigos, discursando na linguagem dos dragões, provavelmente. Kitiara não conseguiu entender uma palavra.

— Preciso ir agora — disse Sir Nigel, e ela sentiu as palavras dele como um sopro em sua bochecha. Não conseguia ouvir nada além dos uivos e grunhidos do dragão, palavras insultuosas que eram como ossos quebrando. — Aguarde meu sinal.

— Não se preocupe! — Kitiara retrucou, irritada, com medo. — Volte para sua tumba. Talvez eu me junte a você.

Sir Nigel olhou para ela longa e atentamente.

— Você realmente não entendeu nada do que viu ou ouviu desde que entrou neste templo?

— Entendi que tenho que fazer isso sozinha — retrucou Kit. — Que não posso contar com ninguém além de mim mesma! Como sempre foi.

— Ah, isso explica tudo. — Sir Nigel ergueu a mão em saudação. — Adeus, Kitiara uth Matar.

A luz desapareceu e Kit ficou sozinha numa escuridão que não era tão escura quanto ela desejava, uma escuridão tingida de vermelho pelo fogo do dragão.

— Ele me deixou! — Kitiara disse para si mesma, surpresa. Ela achou que seria capaz de envergonhá-lo para que ficasse. — Aquele maldito fantasma realmente me deixou aqui para morrer! Que pegue varíola, então. E que sua alma vá para o Abismo.

Ciente de que precisava agir naquele momento, embora estivesse mais zangada do que assustada, Kitiara limpou a palma molhada da mão que segurava a espada na túnica de couro, apertou o punho e caminhou pela escuridão chamuscada pelo fogo.

Immolatus estava se divertindo. Ele tinha o direito de aproveitar. Fizera por merecer o momento, pagou por ele com sangue, e pretendia fazer com que durasse. Além do mais, precisava de tempo para se acostumar com sua forma de dragão novamente, deleitar-se com o retorno de sua força e poder. Ele arrastou suas garras dianteiras no teto da caverna, deixando grandes sulcos na pedra. Suas garras traseiras cravaram na rocha, quebrando-a e rasgando-a. Gostaria de espalhar as asas, alongar os músculos. Infelizmente a câmara, embora grande o bastante para acomodá-lo, não era grande o suficiente para acomodar sua envergadura completa. Contentou-se em chicotear o rabo, sentindo com satisfação a montanha tremer até os ossos diante de seu poder.

Immolatus falava aos nascituros de seus inimigos, sabendo que em algum lugar seus inimigos podiam ouvi-lo. Eles sentiriam sua presença no ninho de seus jovens. Saberiam o que ele pretendia e seriam impotentes para detê-lo. Sentiu a angústia dos pais, seu pavor indefeso, riu e zombou deles, preparando-se para destruir seus filhos.

Ele havia planejado incinerar os dragões ainda não nascidos; era o que pretendia fazer. O fogo em sua barriga estava quase apagado, sendo apenas uma mísera faísca em sua forma humana, que precisou ser constantemente cuidada para se manter. Precisando de tempo para atiçar o fogo, decidiu que, pelo menos no começo, quebraria os ovos com as garras e talvez até sugasse as gemas de uma dúzia ou mais.

Antecipando o prazer, ele recitou o catálogo de seus erros e exultou sobre sua vingança, saboreando cada momento para revivê-lo mais tarde em seus sonhos de cem anos.

Immolatus estava se divertindo tanto que prestou pouca atenção ao ponto de luz branco-prateada a seus pés. Pensou que a luz era apenas uma das inúmeras escamas prateadas deixadas espalhadas por seus inimigos. Ele moveu ligeiramente a cabeça, esperando que a luz desaparecesse, pois descobriu que ela o irritava, como um pedaço de palha preso em seu olho.

A luz permaneceu. Não conseguiu se livrar dela e foi forçado a fazer uma pausa em seu discurso para lidar com ela. Olhou para a luz de perto, embora doesse fazer isso e, ao olhar, viu que tomava forma. Ele a reconheceu.

Um dos lacaios de Paladine.

— Um Cavaleiro Solâmnico para eu matar! — Immolatus riu. — Que maravilha! Eu não podia querer coisa melhor para aumentar meu prazer. Quem disse que minha Rainha me abandonou? Não, ela me deu esse presente.

O Cavaleiro não disse nenhuma palavra. Ele tirou a espada da bainha antiga.

O dragão piscou, ofuscado. A luz prateada era uma lança prateada, ferindo seu olho. A dor era insuportável e piorava.

— Eu brincaria com você por mais tempo, verme — rosnou Immolatus —, mas acho que está começando a me irritar.

Ele atacou o Cavaleiro com uma garra cortante, a intenção de rasgar através da armadura, empalá-lo.

O Cavaleiro não atacou. Vendo a morte certa descendo sobre ele, ele ergueu a espada, com o punho para o céu.

— Paladine, deus da minha ordem e da minha alma — gritou o Cavaleiro. — Testemunhe que fui fiel ao meu voto!

Cavaleiros Ridículos, pensou Immolatus, sua garra golpeando para baixo. *Jurando, rezando, mesmo depois de seu deus inconstante os abandonar. Assim como minha Rainha me abandonou e depois voltou para exigir homenagem e serviço e adoração, como se ela merecesse!*

Uma dor lancinante perfurou o interior do dragão. Seu golpe cortante desceu de qualquer jeito. Furioso, Immolatus se virou para ver o que o havia atingido.

O verme. Uth Matar. Aquele verme irritante e sugador de sangue infligido a ele por aquele excremento humano, Ariakas.

Kitiara ficou ao mesmo tempo satisfeita e surpresa ao ver o fantasma reaparecer. A visão do Cavaleiro deu-lhe coragem. Rastejando pela perna traseira esquerda do dragão, ela o atingiu por trás, enfiando fundo sua espada com as duas mãos no flanco do dragão. Ela mirou em um órgão vital. Incerta sobre a anatomia do dragão, esperava atingir o coração, um golpe certeiro. Sua espada raspou uma escama. Seu golpe foi profundo, mas atingiu uma costela, nada vital.

— Droga! — Kitiara arrancou a espada ensanguentada e, adivinhando que seu tempo era limitado, fez uma tentativa desesperada de golpear novamente.

Atacado pela frente e pelo flanco, Immolatus retornou o olhar ao que considerava o inimigo mais perigoso, o amaldiçoado Solâmnico. Um chicotear da cauda acabaria com o verme. Rápido como um chicote, a cauda do dragão se enrolou e soltou. A cauda atingiu Kitiara em cheio no peito, um golpe que a fez cair, rolando de ponta-cabeça de volta pelo corredor. A espada voou de sua mão.

Immolatus acabaria com o Cavaleiro, então ele acabaria com o verme.

— Recupere minha fé, meu deus — o Cavaleiro gritava para os céus vazios. — Permita que eu cumpra meu voto.

O Cavaleiro lançou sua espada ao ar.

Um movimento estúpido, mas popular entre os Cavaleiros. Estavam sempre buscando arrancar um olho. A lâmina brilhou com fogo prateado. Immolatus fez a defesa padrão, sacudindo a cabeça para cima e para trás.

Sir Nigel não tinha mirado no olho do dragão. A lâmina, prateada, resplandecente, voou alto no ar e atingiu o teto da caverna.

A espada que não cortava mergulhou profundamente na rocha.

O dragão riu. Abaixou a cabeça, as mandíbulas estalando, com a intenção de agarrar o Cavaleiro em suas mandíbulas esmagadoras. Suas presas abriram e fecharam sobre nada além do ar.

O Cavaleiro permaneceu de pé calmamente, olhando para cima, com as mãos levantadas em saudação ou talvez em oração. Atrás dele, os ovos dos dragões de ouro e prata estavam aninhados em uma câmara de rocha. Acima dele, o teto começou a rachar.

Um grande pedaço de rocha caiu e atingiu Immolatus na cabeça. Outro se seguiu e mais outro, e então uma verdadeira cascata de pedras caiu, ameaçando enterrar o dragão. Pedras afiadas atingiram seu corpo, ferindo-o, machucando-o. Uma delas rasgou uma asa. Outra esmagou um dedo do pé.

Atordoado com os golpes que choviam sobre ele, Immolatus procurou abrigo. Recuou pelo corredor, achando que o teto aguentaria, sem desabar ao seu redor. Ele se agachou lá enquanto o chão tremia sob seus pés. Poeira e estilhaços afiados encheram o ar, ricocheteando nas paredes da caverna. Ele não conseguia ver, mal conseguia respirar.

Então o tremor terminou. A avalanche cessou. A poeira baixou.

Immolatus abriu uma pálpebra com cautela e olhou em volta. Ele estava com medo de mover-se, com medo de derrubar a montanha inteira.

O Cavaleiro Solâmnico havia desaparecido, soterrado por um enorme deslizamento de rochas. Os ovos também sumiram de sua vista, a câmara selada e fechada por toneladas de pedras e pedregulhos. Os dragões não nascidos estavam em segurança fora do alcance de Immolatus.

Rugindo de decepção e indignação, ele expeliu uma rajada de fogo de sua barriga contra a parede de rocha recém-formada, mas tudo o que fez foi superaquecer o granito, fazendo com que se fundisse em uma massa sólida, impossível de mover. Ele arranhou a parede com uma garra e, depois de muito trabalho, conseguiu desalojar uma única pedra pequena, que rolou pela colina de rocha e pousou no pé do dragão, machucando-o.

Olhou para a parede. A vingança poderia ser doce, mas daria muito trabalho. E havia Sua Majestade das Trevas. Ela não ficaria satisfeita com esta reviravolta dos acontecimentos, e embora Immolatus possa zombar de sua deusa e rejeitá-la como inconstante e caprichosa, no fundo, ele temia sua fúria. Se tivesse destruído os ovos, ele poderia ter conversado. Não adianta chorar pelas gemas derramadas. Mas desobedeceu às suas ordens e assim, sem querer, selou os ovos onde eles estariam seguros até o dia em que eclodiriam e seus pais poderiam vir libertá-los. Immolatus teve a sensação de que Sua Majestade poderia ter dificuldade de aceitar isso.

Ele teve uma esperança passageira de que os ovos tivessem sido todos quebrados pela queda do teto, mas ele conhecia Paladine há muito tempo, sabia que a oração do Cavaleiro fora ouvida. O golpe que derrubou o teto ao redor das orelhas do dragão não havia sido atingido por nenhuma mão mortal.

Por acaso, Immolatus escapara da ira do deus. Podia não ter tanta sorte da próxima vez. Do jeito que estava, sentia a montanha continuar a tremer. Era hora de partir, antes que Paladine tentasse novamente. Virou-se para sair pelo mesmo caminho por onde havia entrado, apenas para encontrar o corredor bloqueado, cheio de detritos.

O dragão rosnou de irritação. Ele estava mais irritado do que assustado. Os dragões estão acostumados a viver no subsolo, seus olhos podem penetrar na escuridão, suas narinas farejam o menor sopro de ar.

Immolatus sentiu cheiro de ar fresco. Ele sabia que havia outra abertura em algum lugar. Lembrou-se do mapa do templo que o verme havia desenhado para ele, de outro corredor que subia e saía. Um corredor que levava ao maldito Templo de Paladine.

— Se não conseguir mais nada, no mínimo vou acabar com essa mancha suja na paisagem — Immolatus murmurou, a chama sibilando entre seus dentes. — Vou queimá-lo e depois vou queimar esta cidade. Eles sentirão o cheiro da fumaça da morte no Abismo e que minha Rainha ou qualquer outro deus tente me tocar então! Só tentem!

Resmungando e murmurando em desafio, farejou o ar fresco, localizando sua fonte. Enfiou a mão com garras nos escombros que bloqueavam o caminho, não muito densos neste ponto, e os eliminou facilmente.

Ele encontrou o corredor que lembrava do mapa. Estava aberto e limpo, não fora afetado pelo deslizamento de terra. Mas era um corredor pequeno. Um corredor estreito. Um corredor do tamanho de um homem.

Immolatus gemeu e quase afundou sob o peso de seu imenso desapontamento. Ele teria que assumir aquela forma novamente, odiada e hedionda, fraca e insignificante, forma humana. Felizmente, não teria que perambular naquele saco de carne por muito tempo, apenas o suficiente para atravessar este corredor que, se a memória do mapa lhe servisse corretamente, não era muito longo.

Pronunciou as palavras mágicas, rangendo-as com os dentes, detestando cada uma delas, e a transfiguração ocorreu, dolorosa e humilhante como sempre. Immolatus, o mago vestido de vermelho, estava no meio da ruína do corredor. O tecido de seu manto grudou imediatamente em um ferimento na sua lateral, um ferimento que seu eu dragão mal notou, mas um ferimento que seu eu humano estava preocupado em ver que era fundo e sangrando muito.

Amaldiçoando o verme que o causou, Immolatus se perguntou o que teria acontecido com ela. Ele olhou ao redor dos destroços e não viu nenhum sinal. Escutou, mas não ouviu nenhum som, nenhum gemido, nenhum grito de socorro, e presumiu que ela devia estar caída sob metade da montanha.

Já foi tarde, pensou e, pressionando a mão contra o corpo, cada respiração saindo em um suspiro cheio de dor, entrou no corredor, amaldiçoando a fraca carne humana a cada passo.

Kitiara esperou até não ouvir mais os passos dele e então esperou mais, contando até cem. Certa de que ele tinha ido longe o bastante para não a ouvir, rastejou para fora dos escombros que salvaram sua vida, protegendo-a do enorme corpo do dragão.

Machucada, sangrando por inúmeros cortes, coberta de pó de pedra, exausta devido ao seu medo e ao seu esforço, Kit estava farta deste trabalho. Sua ambição estava minguando. Ela teria trocado o comando dos exércitos draconianos por uma caneca de aguardente anã e um banho quente. Ela teria se afastado daquele lugar miserável naquele instante, deixando que o dragão fizesse o que pudesse, se houvesse algum lugar onde se afastar. Infelizmente, a única saída era a saída do dragão. O caminho que ele percorreu era o caminho que ela teria que seguir. A menos que quisesse permanecer ali no escuro, presa em uma montanha instável, teria que lidar com ele.

— Sir Nigel? — ela arriscou.

Não houve resposta. Nenhuma ajuda viria dali. Ela o viu enterrado debaixo da montanha de pedra. Mas seu voto fora cumprido. Ele encontrou um jeito de proteger os ovos. Uma pena que não tivesse matado o dragão no processo. Sobrara para ela. E estava sozinha. Como de costume.

Encontrou sua espada, parcialmente enterrada no entulho. E ainda tinha sua faca. Immolatus tinha sua magia, poderosa e mortal. Estava na sua forma humana e vulnerável, o caminho era escuro, estava de costas para ela. E suas costas de verdade dessa vez, não uma ilusão.

Kitiara pegou sua faca no topo da bota, limpou a sujeira dos olhos, cuspiu a poeira da boca. Entrando no corredor, seguiu, passos leves, atrás do dragão.

17

Saindo de formação, os soldados irromperam pelos portões abertos da cidade, carregando o aríete com eles. Uma vez lá dentro e temporariamente fora de perigo, pararam, sem fôlego e fumegando de raiva conforme se espalhava como aguardente inflamada a notícia de que os homens nas fileiras de trás tinham caído, com flechas de penas pretas nas suas costas. Alguns nas companhias da frente tinham até se virado na direção do portão, preparados para voltar ao campo e clamar por vingança.

Oficiais gritaram, ameaçaram e tentaram restaurar a ordem, enquanto os cidadãos de Fim da Esperança assistiam, desconfiados, da muralha. Disseram-lhes que esses mercenários endurecidos seriam a salvação deles, mas conhecê-los assim, uivando por sangue, deixou os civis pálidos e trêmulos. O prefeito foi lembrado do velho ditado: "melhor o kender na sua frente do que o kender com a mão no seu bolso de trás". Claramente estava arrependido de ter aberto os portões para aqueles profissionais de olhos frios, que faziam juramentos terríveis de vingança contra aqueles que os traíram.

— Fechem os portões! — gritou o barão montado em seu cavalo de guerra. O cavalo pulou e dançou de empolgação, as narinas dilatadas, as orelhas caídas para trás, mordiscando qualquer um que se aproximasse demais. — Coloquem essas carroças de volta no lugar! Arqueiros, para a muralha!

— Aqueles bastardos! — ele gritou para o comandante Morgon, que, muito ousado, agarrou as rédeas do cavalo. — Você viu o que eles fizeram? Dispararam contra nós quando estávamos de costas! Pelos céus, vou encontrar o Comandante Kholos e cortar seu fígado! Vou querer batatas e cebolas!

— Sim, meu senhor. Eu vi, senhor. — O Comandante Morgon acalmou o cavalo e ao mesmo tempo acalmou o mestre. — Você estava certo, barão! Eu estava errado. E admito.

— E não pense que vou deixar você esquecer isso! Ha, ha, ha! — O barão soltou sua risada maníaca, que quase foi o fim dos cidadãos aterrorizados. — Por Kiri-Jolith — acrescentou ele, olhando carrancudo ao seu redor para os soldados sob seu comando, batendo as espadas e xingando —, esses idiotas enlouqueceram! Restabeleça a ordem, Comandante Morgon! Agora!

A Companhia C foi responsável por limpar as barricadas dos portões. Bater uma vez com aríete foi o sinal para a Companhia C abrir os portões. Seus dois arqueiros forneceram de cobertura para seus camaradas, antes de recuarem para dentro da cidade em ordem. A Companhia C estava pronta, preparada para a ação, mantendo-se livre do tumulto.

— Fechem os portões! — Mestre Senej comandou, ouvindo a ordem do barão. — Mantenham todos dentro das muralhas da cidade!

Os homens da Companhia C agiram rapidamente para obedecer. Alguns saltaram para os portões. Outros empurraram ou golpearam com a parte plana das lâminas os soldados que haviam perdido a razão e tentavam deixar a cidade para vingar seus camaradas caídos.

— Fique aí, Majere! — ordenou a Sargento Nemiss, colocando Caramon bem no centro da estrada, enquanto os homens trabalhavam para fechar os pesados portões de madeira atrás dele. — Não deixe ninguém passar!

— Sim, senhor. — Caramon assumiu sua posição, indiferente às flechas inimigas que voavam através do portão fechando lentamente. Suas pernas enormes se abriram para manter o equilíbrio, os músculos dos braços flexionados. Aqueles que tentavam passar eram arremessados para trás, arrancados do chão ou, como último recurso, recebiam um leve golpe na cabeça com o objetivo de restaurá-los à razão.

Os portões se fecharam. A revoada de flechas cessou quando o inimigo fez uma pausa para considerar a situação inesperada e se reagrupar.

— E agora, senhor? — Comandante Morgon perguntou. — Ficamos aqui, sitiados?

— Isso só depende de Kholos — disse o barão. — Se estivesse no lugar dele, o que faria, Morgon?

— Eu retiraria minhas tropas, estabeleceria linhas de abastecimento e esperaria até todos na cidade morrerem de fome, meu senhor — respondeu Morgon.

— Muito bem, Comandante Morgon — disse o barão. — O que você acha que Kholos fará?

— Bem, meu senhor, acho que ele ficará mais louco do que uma serpe molhada. Meu palpite é que ele vai jogar tudo o que tem em cima da gente, tentar arrombar os portões e nos derrubar onde estamos.

— Exatamente o que estou achando. Vou subir nas muralhas para dar uma olhada. Faça com que os oficiais organizem suas companhias em colunas, companhias centrais liderando e as de flanco a seguir. Você tem dez minutos e só isso!

O Comandante Morgon saiu correndo, gritando por seus oficiais. Ele emitiu as ordens rapidamente. Logo os tambores estavam tocando, as trombetas zurrando. Sargentos gritaram, chutaram e empurraram os homens para a posição. Tranquilizados pelos sons familiares que prometiam disciplina e ordem, os soldados se acomodaram e formaram em fileiras com entusiasmo.

— Colocamos as barricadas de volta no lugar, senhor? — Mestre Senej perguntou.

O Comandante Morgon olhou para a muralha onde o barão estava em conferência com o senhor prefeito e os oficiais da cidade. Morgon sacudiu a cabeça.

— Não, Senej. Acho que sei o que o barão planejou. Mantenha-as pronto, no entanto.

No auge da confusão, Raistlin procurou Horkin. Inicialmente, Raistlin não conseguiu encontrar o mestre no meio do tumulto e começou a ficar preocupado, especialmente quando soube das vítimas. Os portões estavam se fechando e Raistlin chegou a pensar que a "querida Luni" havia abandonado seu companheiro de bebida, quando viu Horkin cambaleando pelo portão, emprestando um braço a um colega soldado com uma haste de flecha espetada na perna dele. A dor do homem devia ser intensa, ele não conseguia colocar seu pé no chão sem ofegar e estremecer.

— Estou feliz em encontrá-lo, senhor! — Raistlin disse, com sinceridade. Até então, não sabia o quanto ele valorizava o brusco e rude Horkin.

Raistlin colocou o braço para ajudar a dividir o fardo do homem ferido. Entre os dois, eles o levaram para um lugar tranquilo embaixo das árvores, onde mais feridos se reuniam.

— Eu temia que você estivesse entre os caídos. O que aconteceu lá?

— Traição, Vermelho — disse Horkin com um olhar sombrio para fora do portão. — Traição e assassinato. Fomos traídos, não há dúvida disso. Quanto ao porquê e para quê, não sei de nada. — Ele lançou a Raistlin um olhar astuto. — Parece que você sabe mais do que eu, Vermelho. O barão me disse que você o acompanhou até a residência do prefeito ontem à noite. Ele disse você se mostrou bastante útil.

— Eu dei a um casal de idosos a melhor noite de descanso que eles tiveram em anos — Raistlin respondeu secamente — e esse foi toda a extensão do meu serviço. Quanto ao que o barão e o prefeito discutiram, não tenho mais conhecimento do que você. Ele me mandou sair da sala.

— Não leve pro pessoal, Vermelho. É bem típico do barão. Quanto menos pessoas conhecerem um segredo, maior será a probabilidade de mantê-lo m segredo, esse é o seu lema. Um dos motivos para ainda estar vivo. E agora — Horkin olhou ao redor — o que vamos fazer com os feridos?

— Eu estava prestes a lhe contar, senhor. Acredito que encontrei um lugar para abrigar os feridos. Você sabia que existe um antigo templo dedicado a Paladine na cidade, senhor?

— Um templo para Paladine? Aqui? — Horkin esfregou o queixo.

— Sim, senhor. E a uma distância segura da luta. Se pudéssemos arrumar uma carroça, poderíamos transportar os feridos nela.

— E por que você acha que este antigo templo seria um bom lugar para abrigar nossos feridos? — Horkin perguntou.

— Eu vi o templo ontem à noite, senhor. Parece, bem... — Raistlin hesitou. — Parece ser um lugar abençoado, senhor.

— Pode ter sido abençoado, Vermelho — disse Horkin com um suspiro. — Não é mais.

— Quem sabe, senhor? — Raistlin disse em voz baixa. — Você e eu sabemos que uma deusa não deixou Krynn.

Horkin considerou.

— Você disse que está a uma distância segura da luta?

— Tão segura quanto qualquer lugar pode estar, senhor — respondeu Raistlin.

— Deve ser antigo. Está em ruínas?

— Foi bem negligenciado, senhor. Precisaríamos investigar mais a fundo, claro, mas o edifício parece estar em bom estado.

— Suponho que não haverá mal nenhum em dar uma olhada — disse Horkin. — E quem sabe? Mesmo que Paladine tenha partido há muito tempo, talvez ainda haja alguma santidade residual ali. Só espero que o telhado esteja bom — acrescentou, olhando para o céu. — Teremos chuva antes do anoitecer. Se o telhado vazar, encontraremos outro lugar, com bênção ou sem bênção. Vá dar uma olhada no seu templo, Vermelho. Vou arranjar uma carroça. Diga à Sargento Nemiss para lhe dar uma escolta.

— Não preciso de ninguém, senhor — disse Raistlin.

Depois de passar a noite sonhando com o templo banhado pelo luar prateado, Raistlin estava agora mais convencido do que nunca de que Solinari havia chamado sua atenção para o templo por um motivo. Raistlin não tinha ideia de qual seria esse. Queria entrar no templo sozinho, se submeter à vontade do deus. Para fazer isso, ele precisava estar sintonizado para qualquer voz que quisesse falar com ele. Não queria nenhum escandaloso pisando duro, fazendo comentários grosseiros e ofendendo quaisquer espíritos que permanecessem no lugar santo.

— Você provavelmente vai querer levar seu irmão com você — disse Horkin.

— Não, senhor — Raistlin respondeu enfaticamente, sendo este o escandaloso que ele tinha em mente. O templo foi uma descoberta sua, pertencia a ele. Convenientemente tinha se esquecido do fato de ter sido Caramon quem vira o templo pela primeira vez. — Não preciso mesmo de ninguém…

— Você vai precisar de um bom guerreiro, Vermelho — disse Horkin, secamente. — Nunca se sabe o que você pode encontrar escondido em um antigo templo. Vou falar com a Sargento Nemiss. Talvez ela até deixe você ficar com Barganha.

Raistlin deu um gemido por dentro.

As nuvens cinzentas e baixas que cobriam a cidade quase desde o dia em que o exército chegou, foram reduzidas a fiapos por um forte vento frio que descia das montanhas. A temperatura do ar caiu de repente, mudando do início do verão para o final do outono em um piscar de olhos. Chuva poderia cair naquela noite, como Horkin previra, mas por enquanto o sol estava brilhante, tão brilhante que parecia recém-cunhado, e o ar fresco animou os corações daqueles na cidade sitiada, embora essa esperança tenha diminuído um pouco quando olharam por cima das muralhas para ver o imenso exército do Comandante Kholos marchando para atacar.

O barão expôs seu plano. Foi recebido com consternação pelo prefeito e seus oficiais a princípio, mas logo foram convencidos de que esta era a última esperança de Fim da Esperança. O barão saiu para colocar seu plano em ação quando as primeiras flechas de penas pretas foram lançadas sobre as muralhas.

O vento refrescante secou o suor do corpo de Caramon e ele encheu os pulmões, expandindo seu peito musculoso a cada respiração profunda, para grande admiração de diversas donas de casa, que o espiavam por trás das venezianas fechadas. Ele inicialmente ficou arrasado por perder a luta, mas a ideia de encontrar abrigo para seus camaradas feridos o acalmou um pouco.

Barganha ficou satisfeito com a tarefa, sabendo que seria de pouca utilidade na batalha de qualquer maneira. Ansiava por investigar o templo e presenteou-os com histórias de tesouros perdidos e esquecidos que todos sabiam que se escondiam em tais lugares.

— E você não acha que alguém teria pensado em procurar um tesouro nos últimos trezentos anos — disse Raistlin sarcástico.

Ele estava de mau humor. Tudo o irritava, desde a mudança de clima à companhia que lhe foi imposta. O vento batia em suas vestes, enrolando-as nos seus tornozelos, quase o fazendo tropeçar. A brisa estava fria e o fez tremer, e algo no ar pegou na sua garganta, fazendo-o tossir tanto que precisou se apoiar em um prédio até recuperar sua força.

— Se há um tesouro, certamente haverá um guarda — Barganha disse em um sussurro emocionado. — Vocês sabem o que habita os templos antigos, não é? Mortos-vivos! Guerreiros esqueletos. Carniçais. Talvez até um demônio ou dois...

Caramon estava começando a ficar desconfortável.

— Raist, talvez não seja...

— Prometo lidar com qualquer carniçal que encontrarmos, Caramon — disse Raistlin com voz rouca.

Atrás deles, ouviam as trombetas e os tambores, e um grande grito, dado pelos homens do exército do barão.

— Esse é o sinal para atacar! — disse Caramon, parando e olhando para trás.

— O que significa que haverá mais feridos — disse Raistlin, com um golpe de consciência.

Recordando a gravidade da sua missão, os três aumentaram o ritmo. Não se falou mais em mortos-vivos ou em tesouros.

Chegando ao armazém, seguiram pela rua que dava acesso ao templo e encontraram facilmente o edifício.

— Esse é o lugar certo? — Caramon disse, com a testa franzida.

— Tem que ser! — Raistlin começou a tossir.

À noite, rodeado pela escuridão, o templo parecera um lugar de admiração e mistério. Visto à luz do dia, o templo era uma decepção. As colunas que sustentavam o telhado estavam rachadas. O próprio telhado cedera. As paredes estavam manchadas e descoloridas, o pátio afogando-se em ervas daninhas.

Desgastado e dolorido por causa do ataque de tosse e gelado até os ossos, Raistlin estava começando a se arrepender de ter visto o templo, ainda mais de tê-lo sugerido como refúgio para os feridos. O prédio era muito mais pobre e decrépito do que havia imaginado. Relembrando a ordem de Horkin sobre vazamentos no telhado, ele duvidou que houvesse sequer um telhado no local. Já imaginava aquele vento forte soprando um vendaval através das ruínas cheias de correntes de ar.

— Foi um erro vir aqui — disse ele.

— Não, não foi, Raist — disse Caramon com firmeza. — Há uma sensação boa neste lugar. Eu gosto. Antes, temos que ter certeza de que é seguro, proteger o perímetro. — Ele ouvira a Sargento Nemiss usar essa expressão e estava esperando por uma oportunidade para usá-la. — Proteger o perímetro — repetiu, contente.

— Qual perímetro? Não há perímetro! — Raistlin retrucou irritado. — Não há nada além de um prédio antigo em ruínas e um pátio coberto de ervas daninhas.

Ele estava extremamente desapontado e não conseguia entender o porquê. O que esperava encontrar ali? Os deuses?

— O edifício parece ser robusto o suficiente. Arquitetura sólida. Eu acho que deve ter sido construído por anões — afirmou Caramon com toda a autoridade de quem não sabia absolutamente nada sobre o assunto.

— Deve ser sólido mesmo para resistir todos esses séculos. — Barganha adicionou com a voz da praticidade.

— Devíamos pelo menos ir dar uma olhada — insistiu Caramon.

Raistlin hesitou. Na noite anterior, Solinari pareceu apontar o caminho, exortando seu discípulo a ir até este lugar outrora sagrado. Mas isso foi de noite, ao luar, um momento em que a mente, tão impassível e confiável durante o dia, dá asas ao seu lado onírico e distorce sombras escuras em toda a variedade de formas fantasiosas e assustadoras. À noite, o prédio parecia tão lindo, seguro e abençoado. De dia, havia algo sinistro ali.

Sentiu intensamente que deveria dar meia-volta, correr e nunca voltar.

— Você pode ficar aqui na rua onde é seguro, Raist — disse Caramon, solícito e bem-intencionado. — Barganha e eu vamos dar uma olhada.

Raistlin lançou ao irmão um olhar que poderia ter sido uma das flechas negras.

— Eu disse "seguro"? — Caramon ficou com o rosto vermelho, como se a flecha tivesse perfurado sua testa e tirado sangue. — Eu quis dizer "quente". Foi isso que eu quis dizer, Raist. Eu não quis dizer...

— Venham vocês dois — Raistlin retrucou. — Eu vou na frente.

Caramon abriu a boca para sugerir que se tratava de uma atitude precipitada, que ele, sendo mais forte, maior e mais bem armado, deveria tomar a liderança. Ao ver os lábios apertados e os olhos brilhantes de seu irmão, pensou melhor e seguiu humildemente atrás.

O pátio não oferecia cobertura. Estariam à vista e ao alcance de qualquer um que se escondesse dentro do templo. Raistlin ficou perturbado ao ver que a erva-de-bicho que crescia entre as lajes foi pisoteada e quebrada. Alguém havia atravessado este pátio, e recentemente. Os caules quebrados ainda estavam verdes, as folhas só começando a murchar.

Raistlin apontou silenciosamente para a evidência de que talvez não estivessem sozinhos. Caramon colocou a mão no punho da espada. Barganha sacou sua faca. Os três atravessaram o pátio, olhos e ouvidos atentos. Não ouviram nada além do vento varrendo as folhas mortas nos cantos, não viram nada além das sombras das nuvens altas e brancas correndo pela laje rachada. Aproximando-se das portas douradas, Raistlin começou a relaxar. Se alguém esteve ali, já teria partido. O templo estava deserto, disso ele tinha certeza.

Mas ao chegar aos degraus que conduziam ao templo, Raistlin notou que as portas douradas, que achou estarem fechadas, na verdade estavam entreabertas, como se alguém lá dentro tivesse aberto uma fresta da porta para espiar.

Vendo isso, Caramon corajosamente assumiu a liderança, colocando seu corpo na frente do de seu irmão.

— Vamos dar uma olhada lá dentro, Raist.

Desembainhando a espada, subiu a escada correndo, apoiou-se com as costas na parede perto da porta. Barganha correu atrás dele, tomando seu lugar do lado oposto da porta, com a faca na mão.

— Não ouço nada — disse ele em um sussurro.

— Não vejo nada — respondeu Caramon. — Está escuro como o Abismo lá dentro.

Ele estendeu a mão para abrir a porta, deixar entrar mais luz. Ao fazer isso, o sol se ergueu acima das muralhas da cidade e um raio de sol atingiu as portas ao mesmo tempo que os dedos de Caramon, fazendo parecer que o seu toque era o toque do sol. Ele poliu o ouro e o deixou brilhando.

Naquele instante, Raistlin viu o templo não como era, mas como havia sido. Ele olhou maravilhado, admirado, cativado. As rachaduras no mármore desapareceram. A pátina de fuligem e sujeira queimava sob a luz. As paredes do templo brilhavam brancas. O friso do pórtico, destruído pela raiva, foi restaurado. Naquele friso havia uma mensagem, uma resposta, uma solução. Raistlin olhou. Precisava apenas de alguns segundos para decifrar e ele entenderia...

O mundo girou em torno de seu eixo, os raios ofuscantes do sol foram bloqueados por uma torre na muralha. A sombra da torre caiu sobre as portas douradas. A visão desapareceu, o templo ficou como antes: pobre, abandonado, esquecido. Raistlin olhou fixamente para o friso quebrado, tentando preencher o espaço vazio com os restos da visão, mas não conseguia lembrar, como um sonho que se perde ao acordar.

— Vou entrar — disse Caramon. Ele devolveu a espada à bainha.

— Desarmado? — Barganha perguntou, surpreso.

— Não é apropriado levar uma arma — respondeu Caramon, sua voz profunda e solene. — Não é... — Ele se atrapalhou buscando uma palavra. — Respeitoso.

— Mas não sobrou ninguém para respeitar! — Barganha argumentou.

— Caramon tem razão — disse Raistlin com firmeza, para grande espanto do irmão. — Não precisamos de armas aqui. Guarde sua espada.

— "Louco como um kender", é o que dizem — Barganha murmurou para si mesmo. — Ah, esses dois são piores que kender!

Sem vontade de discutir com o mago, entretanto, o meio-kender deslizou sua faca de volta para o cinto (embora mantivesse a mão no punho) e acompanhou os irmãos.

Em contraste com o brilho da luz solar refletida no ouro, o interior do templo estava tão escuro que por alguns momentos não conseguiram ver absolutamente nada. Mas à medida que seus olhos se acostumaram com a mudança, a escuridão recuou. O interior do templo parecia mais claro do que o dia lá fora.

O medo desapareceu. Nenhum mal lhes aconteceria neste lugar. Raistlin sentiu o aperto no peito diminuir, respirou mais profundamente, com menos dor. A promessa de Solinari se mostrou verdadeira, e Raistlin estava mais do que um pouco envergonhado por ter duvidado. Os feridos ficariam bastante confortáveis ali. Havia uma pureza no ar, uma suavidade na luz que tinha qualidades curativas, e disso ele tinha certeza. As bênçãos dos antigos deuses ainda permaneciam, mesmo os próprios deuses tendo partido.

— Esta foi uma ideia muito boa sua, Raist — disse Caramon.

— Obrigado, meu irmão — Raistlin respondeu e, após uma pausa, acrescentou: — Desculpe por ter ficado com raiva de você. Sei que não quis dizer aquilo.

Caramon olhou para o seu gêmeo com espanto e admiração. Não se lembrava de ter ouvido seu irmão pedir desculpas a alguém por qualquer coisa. Estava prestes a responder quando Barganha fez sinal para que ele ficasse quieto.

O meio-kender apontou para uma porta prateada.

— Acho que ouvi alguma coisa! — ele sussurrou. — Atrás daquela porta!

— Ratos — disse Caramon e, colocando a mão na porta, empurrou.

A porta se abriu silenciosamente.

O medo fluiu da abertura, um rio negro e imundo de pavor tão forte, tão palpável que Caramon o sentiu passar por cima dele, tentando afogá-lo. Ele cambaleou para trás, levantando as mãos como se estivesse afundando sob ondas túrgidas.

Raistlin tentou gritar, avisar o irmão para fechar a porta, mas o medo agarrou-o pela garganta e espremeu-lhe a voz.

O pavor invadiu o templo em uma onda escura e violenta, submergindo a parte kender de Barganha, tornando-o vítima do terror humano.

— Eu… Eu nunca me senti assim! — Ele choramingou, agachando-se contra a parede. — O que está acontecendo? Não estou entendendo!

Raistlin também não entendia. Ele conhecia o medo. Qualquer um que fizesse o Teste mortal na Torre da Alta Magia conhecia o medo. Conhecia o medo da dor, o medo da morte, o medo do fracasso. Ele nunca sentira um medo assim.

Aquele era um sentimento que vinha de longe, um medo nascido no passado distante, sentido por aquelas primeiras pessoas a pisar neste mundo. Um medo primitivo que olhou para o céu e viu as estrelas de fogo girando no alto, viram o sol, um brilhante e terrível orbe de chamas, caindo sobre eles. Era o medo da escuridão nociva, quando nem as estrelas nem as luas estavam visíveis, a madeira estava molhada e não acendia, e rosnados e grunhidos de uma fome insaciável vinham do deserto.

Raistlin queria fugir, mas o medo sugou a força de seus ossos e deixou-os macios e flexíveis como os ossos de uma criança recém-nascida. Seu cérebro disparou lampejos de fogo em seus músculos. Seus membros tremeram e estremeceram em pânico. Ele agarrou seu cajado e ficou surpreso ao ver o cristal no topo do cajado, preso pela garra do dragão, brilhando com uma luz estranha.

Raistlin já tinha visto o bastão brilhar antes. Ele só precisava dizer "*Shirak*" e o cristal iluminaria a escuridão. Mas nunca o tinha visto brilhar assim; uma luz que brilhava de raiva, vermelha nas bordas, branca no coração, como a chama do fogo da forja.

Um Cavaleiro, vestido com uma armadura prateada ornamentada, apareceu na porta. Usava o símbolo de uma rosa em seu tabardo. Ele segurou sua espada na mão enluvada. Removeu o elmo que usava e seus olhos foram direto até o coração de Raistlin e, além, até a sua alma.

— Magius — disse o Cavaleiro —, preciso de sua ajuda para salvar aquilo que não deve perecer do mundo.

— Não sou Magius — respondeu Raistlin, constrangido pela nobreza do Cavaleiro a dizer a verdade.

— Você carrega o cajado dele — disse o Cavaleiro. — O lendário Cajado de Magius.

— Um presente — disse Raistlin, abaixando a cabeça. No entanto, ele ainda podia sentir os olhos do Cavaleiro investigando as profundezas de seu ser.

— De fato — disse o Cavaleiro. — Você é digno dele?

— Eu… não sei — Raistlin respondeu confuso.

— Uma resposta honesta — disse o Cavaleiro, e sorriu. — Descubra. Ajude-me na minha missão.

— Eu estou com medo! — Raistlin ofegou, levantando a mão para afastar o terror. — Não posso fazer nada para ajudar você ou qualquer pessoa!

— Supere seu medo — disse o Cavaleiro. — Se não o fizer, andará com medo pelo resto da vida.

A luz do cristal brilhou como um relâmpago. Raistlin foi forçado a fechar os olhos por causa do brilho doloroso, para não ficar cego. Quando abriu os olhos, o Cavaleiro havia desaparecido, como se nunca tivesse existido.

As portas prateadas estavam abertas e a morte estava além.

Você teve coragem suficiente para passar no Teste, disse uma voz interior.

— Coragem suficiente para matar meu próprio irmão! — Raistlin respondeu.

Par-Salian e Antimodes e todos os outros podiam olhar para Raistlin com desprezo, mas jamais chegariam ao desprezo que sentia por si mesmo. Uma amarga autorrecriminação sempre o seguia. A autoaversão era sua sombra constante.

— Coragem suficiente para matar Caramon quando ele veio me resgatar, matá-lo enquanto ele estava diante de mim, indefeso, desarmado, indefeso em seu amor por mim. Esse é o meu tipo de coragem — disse Raistlin.

Andará com medo pelo resto da vida.

— Não — disse Raistlin. — Eu não vou.

Recusando-se a pensar no que estava fazendo, ergueu o Cajado de Magius e, segurando sua luz brilhante acima dele, atravessou as portas prateadas para a escuridão.

18

Caramon nunca tinha sentido tanto medo. Nem durante aquele terrível e desesperado ataque à cidade, nem quando as flechas atingiram seu escudo, nem quando as pedras caíram em seus camaradas, transformando homens vivos em polpa sangrenta e lascas de ossos. Seu medo tinha sido angustiante, mas não debilitante. Seu treinamento e sua disciplina o levaram em frente.

Esse medo era diferente. Não contorcia suas entranhas, mas as reduziu a água. Não eletrizava o corpo para a ação, mas o retorcia, deixando-o mole como um trapo de bar. Caramon tinha um único pensamento: o de correr o mais rápido que pudesse para longe daquele lugar, para longe do mal desconhecido que fluía pela porta prateada numa onda fria e repugnante. Não sabia o que havia lá embaixo, não queria saber o que havia lá embaixo. O que quer que fosse, não foi feito para ser encontrado por mortais.

Caramon viu, com um horror que o deixou sem fôlego e boquiaberto, seu irmão cruzar aquele terrível limiar.

— Raist, não! — Caramon gritou, mas o grito saiu como um lamento de uma criança assustada.

Se Raistlin o ouviu, não voltou atrás.

Caramon perguntou-se que força obscura tinha se apoderado do seu irmão que o fizera ir naquele lugar de morte certa. Em resposta, ouviu uma voz, fraca e distante, pedindo ajuda. Um Cavaleiro de armadura estava na porta. Lembrando com carinho de Sturm, Caramon teria ido feliz com o Cavaleiro, exceto pelo medo estranho e horrível que o fazia rastejar pelo chão do templo em pânico.

Mas isso mudou quando Raistlin entrou na escuridão. Caramon não teve escolha a não ser ir atrás dele. O medo pela vida de seu irmão era como fogo em sua mente e no seu sangue queimando o medo doentio e inominável. Espada desembainhada, correu pela porta prateada para o corredor atrás de seu irmão.

Deixado para trás, Barganha olhou, incrédulo. Seu melhor amigo e o gêmeo de seu amigo, estavam andando para encontrar a morte.

— Tolos! — Barganha os declarou. — Vocês dois são loucos!

Seus dentes batiam, ele mal conseguia falar. Pressionado contra a parede pelo seu próprio medo, tentou dar um passo na direção da entrada escura, mas seus pés não obedeciam ao que era uma ordem fraca.

Onde, oh, onde estava o seu lado kender agora que precisava! Durante toda a sua vida, lutou contra essa parte de si mesmo, batendo nos dedos que se coçavam para tocar, manusear, pegar; lutou contra o desejo de viajar por aí que o tentou a abandonar seu trabalho honesto e seguir por uma estrada não percorrida. Agora, quando o destemor kender de sua mãe, que não tinha a ver com coragem e sim com curiosidade, poderia ajudá-lo, ele o procurou e viu que era insuficiente.

Sua mãe teria dito que era bem-feito.

Barganha não estava mais no templo. Era uma criança com sua mãe em pé do lado de fora de uma caverna que encontraram durante um de seus muitos passeios.

— Você não está curioso para saber o que tem aí? — ela perguntou a ele. — Não se pergunta o que tem lá dentro? Talvez o tesouro de um dragão. Talvez a oficina de um feiticeiro. Talvez uma princesa que precise ser resgatada. Você não quer descobrir?

— Não — Barganha soltou um lamento. — Eu não quero entrar! É escuro e horrível e cheira mal!

— Você não é meu filho — disse sua mãe, não com raiva, mas com carinho. Ela deu um tapinha na cabeça dele. Entrou na caverna e saiu correndo três minutos depois, com um bicho-papão gigante a perseguindo.

Barganha lembrou-se daquele momento, lembrou-se do bicho-papão — o primeiro que viu e o último que queria ver, lembrou-se da mãe saindo daquela caverna, suas roupas em total desordem, suas bolsas se abrindo, derramando seu conteúdo, o rosto vermelho de esforço, o sorriso largo. Ela pegou Barganha pela mão. Correram para salvar suas vidas.

Felizmente, o bicho-papão não tinha nenhuma resistência. Logo desistiu da caçada. Mas Barganha naquele momento determinou a si mesmo que sua mãe estava certa. Ele não era filho dela e não queria ser.

— Sei o que vou fazer — disse Barganha para si mesmo. — Vou voltar até o exército. Vou conseguir reforços!

Naquele momento, uma grande mão estendeu-se da porta prateada e agarrou o ombro de Barganha, ergueu-o do chão e o puxou para dentro.

— Caramba, Caramon, você quase me matou de susto! Por que você fez isso? — Barganha questionou quando sentiu seu coração bater novamente.

— Porque preciso da sua ajuda para encontrar Raist — disse Caramon severamente. — Você estava fugindo!

— Eu ia buscar ajuda — disse Barganha em meio ao bater de seus dentes.

— Você não deveria estar com medo. — Caramon olhou para o temeroso Barganha. — Que tipo de kender é você?

— Só a metade — retrucou Barganha. — A metade inteligente.

Agora que ele estava ali, supôs que deveria aproveitar. De qualquer forma, estava com medo demais para voltar sozinho.

— Tudo bem se eu desembainhar minha espada agora? Ou seria desrespeitoso com o que quer que esteja aqui para nos matar e cortar nossos corpos em pedacinhos e sugar nossas almas.

— Acho que desembainhar sua espada seria uma atitude sábia — respondeu Caramon, sério.

Estavam dentro de um túnel escavado na rocha. As paredes eram lisas e formavam um arco acima delas, o chão inclinava-se ligeiramente para baixo. O túnel não parecia tão escuro depois que entraram como parecera de fora. A luz do sol refletindo na porta iluminava o caminho até uma distância considerável, muito mais do que qualquer um imaginaria ser possível. Mas não havia sinal de Raistlin.

Eles continuaram. O túnel fez uma curva acentuada. Virando, eles viram, à frente deles, uma luz brilhante, forte como uma estrela.

— Raist! — Caramon chamou suavemente.

A luz vacilou, parou. Raistlin se virou e puderam ver seu rosto, a pele brilhando levemente dourada à luz lançada pelo Cajado de Magius. Ele acenou. Caramon avançou apressado, com Barganha em seu encalço, bem atrás dele.

A mão de Raistlin fechou-se sobre o braço do irmão e apertou Caramon calorosamente.

— Estou feliz por você estar aqui, meu irmão — disse ele sinceramente.

— Bem, não estou feliz por estar aqui! — Caramon disse em voz baixa. Olhou nervosamente para a esquerda, para a direita, para frente e para trás. — Não gosto deste lugar e acho que deveríamos ir embora. Algo aqui embaixo não nos quer aqui. Lembra do que Barganha disse sobre carniçais? Eu lhe digo, Raist, nunca tive tanto medo na minha vida. Só vim encontrar você e o Cavaleiro.

— Que Cavaleiro? — Barganha perguntou.

— Então você também o viu — murmurou Raistlin.

— Que Cavaleiro? — Barganha insistiu.

Raistlin não respondeu imediatamente. Quando respondeu, disse apenas:

— Venham comigo, vocês dois. Há algo que quero mostrar a vocês.

— Raist, não creio... — começou Caramon.

A montanha tremeu. O túnel estremeceu, o chão tremeu.

Os três caíram contra as paredes do túnel, tão espantados que quase não sentiram. Pó de rocha caiu sobre suas cabeças, mas antes de sentirem que estavam em perigo de ficarem enterrados sob a montanha, o tremor cessou.

— Já chega — disse Caramon. — Estamos saindo daqui.

— Um pequeno tremor. Estas montanhas estão sujeitas a eles, creio eu. O Cavaleiro disse alguma coisa para você?

— Ele disse que precisava de ajuda. Olhe, Raist, eu... — Caramon fez uma pausa e olhou seu irmão ansiosamente. — Você está bem?

Raistlin estava engasgado com o pó de pedra que tinha entrado em sua garganta. Ele balançou a cabeça diante da pergunta.

— Não estou bem — ele ofegou quando conseguiu falar. — Mas estarei melhor em um momento.

— Vamos embora — disse Caramon. — Você não deveria estar aqui. A poeira é ruim para você.

— É ruim para mim também — disse Barganha.

Ambos ficaram ali, esperando por Raistlin. Quando conseguiu respirar, olhou de volta para a porta prateada e depois para frente.

— Façam o que vocês quiserem. Eu vou continuar. Não poderíamos trazer feridos para o templo sem saber se é totalmente seguro. Além disso, estou curioso para saber o que vem a seguir.

— Provavelmente as últimas palavras da minha pobre mãe — disse Barganha sério.

Caramon balançou a cabeça, mas seguiu seu gêmeo. Barganha esperou, ainda pensando em aceitar a oferta do mago e fugir dali. Esperou até a luz reconfortante do cajado quase desaparecer. Somente quando a escuridão começou a se fechar foi que correu para alcançar a luz.

As paredes lisas do túnel deram lugar à rocha natural. O caminho era irregular, mais difícil de seguir. Serpenteava entre estalagmites, conduzindo-os de uma caverna para outra e sempre para baixo, bem fundo na montanha. Então terminava, abruptamente, em um beco sem saída.

Uma parede de pedra bloqueava o caminho.

— Tudo isso por nada — disse Caramon. — Bem, pelo menos sabemos que é seguro. Vamos voltar.

Raistlin iluminou a parede e logo descobriu a alcova com o portão feito de prata e ouro. Olhou através do portão para uma pequena câmara arredondada. Caramon olhou por cima do ombro. A câmara estava vazia, exceto por um sarcófago localizado bem no centro da sala oval.

— Raist, isto é um túmulo — disse Caramon, inquieto.

— Que observador da sua parte, Caramon — respondeu Raistlin.

Ignorando os apelos do irmão, abriu o portão.

A luz do Cajado de Magius lançou um brilho prateado enquanto ele entrava na câmara. Ergueu o cajado para que a luz incidisse sobre o sarcófago, iluminando a figura de pedra esculpida no topo. Raistlin ficou olhando em silêncio.

— Veja isso, meu irmão — ele disse por fim, em voz baixa e cheia de admiração. — O que você vê?

— Um túmulo — disse Caramon, nervoso.

Ele parou sob o arco, seu grande corpo bloqueando o caminho. Atrás dele, Barganha não tinha intenção de ficar sozinho no túnel. Ele passou pelo grande homem e se esgueirou para entrar.

— Olhe para o túmulo, Caramon — insistiu Raistlin. — O que você vê?

— Um cavaleiro, eu acho. É difícil dizer. Tem muita poeira. — Caramon desviou os olhos. Ele acabara de notar que a tampa do sarcófago estava aberta. — Raist, não deveríamos estar aqui! Não está certo!

Raistlin não prestou atenção ao irmão. Aproximando-se do sarcófago, espiou dentro da tampa aberta. Parou, olhou, recuou um pouco.

— Eu sabia!

Caramon agarrou a espada com tanta força que a mão doeu. Raistlin acenou.

— Venha aqui, meu irmão. Você deveria ver isso.

— Não, não deveria — disse Caramon com firmeza, balançando a cabeça.

— Eu disse para vir ver, Caramon! — A voz de Raistlin ficou áspera.

Cambaleante e relutante, Caramon avançou. Barganha veio com ele, segurando sua espada com uma mão e o cinto de Caramon com a outra.

Caramon deu uma rápida olhada dentro da tumba, desviando o olhar antes que tivesse a chance de ver algo horrível, como um esqueleto mofado com pedaços de carne pendurados nos ossos. Assustado com o que viu, voltou a olhar.

— O Cavaleiro! — Caramon exalou. — O Cavaleiro que me chamou!

Um corpo jazia na tumba, um corpo vestido com uma armadura antiga que brilhava a luz do Cajado de Magius, uma luz suave que se derramava sobre o Cavaleiro com graça amorosa. O Cavaleiro usava um elmo feito num estilo popular antes do Cataclismo e um tabardo sobre sua armadura. O tecido do tabardo estava velho, amarelado; a rosa de cetim bordada que o adornava estava gasta e desbotada. O Cavaleiro segurava o punho de uma espada nas mãos. Pétalas secas de rosa cercavam seu corpo, espalhadas sobre o tabardo e a espada brilhante. Uma doce fragrância de rosas pairava no ar.

— Pensei ter reconhecido a figura esculpida na tumba — disse Raistlin, pensativo. — A armadura, o tabardo, o elmo, tudo exatamente igual aos usados pelo Cavaleiro que veio nos pedir para ajudá-lo. Um cavaleiro que morreu há talvez centenas de anos!

— Não diga essas coisas — implorou Barganha, a voz saindo em um guincho. — Este lugar já é assustador o suficiente! Não seria uma boa hora para irmos?

Olhando para o Cavaleiro deitado no seu túmulo, Caramon lembrou-se novamente de seu amigo Sturm. O lembrete não foi feliz. Caramon esperava que não fosse um presságio.

Ele começou a tirar um pouco da poeira da figura imóvel de pedra esculpido na tampa.

Raistlin ficou olhando para o Cavaleiro, descansando em uma paz e tranquilidade que o jovem mago, sofrendo de constante queimação nos pulmões e o ardor mais doloroso de suas próprias ambições, momentaneamente invejou.

— Olha isso, Raist! — Caramon ficou maravilhado. — Tem uma inscrição.

Tirando a poeira, descobriu uma pequena placa feita de bronze que havia sido gravada na pedra acima do coração do cavaleiro.

— Não consigo ler — disse Caramon, virando a cabeça num ângulo estranho.

— Está em Solâmnico — disse Raistlin, reconhecendo imediatamente a língua na qual lutava há meses, desde que recebeu o livro com a descrição do Cajado de Magius.

— Diz… — Ele afastou mais poeira e leu em voz alta. — "Aqui jaz alguém que morreu defendendo o Templo de Paladine e seus servos dos infiéis e dos renegados. Pelo último pedido do Cavaleiro, feito com seu último suspiro, nós o enterramos nesta câmara para que ele possa continuar a zelar pelo precioso tesouro, que é nosso dever e nosso privilégio proteger. Paladine conceda-lhe descanso quando seu dever for cumprido".

Todos os três se entreolharam. Todos os três repetiram a mesma palavra ao mesmo tempo.

— Tesouro!

Caramon olhou ao redor da câmara como se esperasse ver baús derramando moedas e joias.

— Barganha estava certo! Diz onde está o tesouro, Raist?

Raistlin continuou a espanar a poeira, mas não havia mais nada a ser lido.

— Engraçado, não estou mais com medo — Barganha declarou. — Eu não me importaria de explorar um pouco.

— Não faria mal nenhum dar uma olhada — disse Caramon, curvando-se para espiar debaixo do túmulo. Ficou desapontado ao descobrir que estava solidamente fixado no chão da caverna. — O que você me diz, Raist?

Raistlin ficou muito tentado. O medo estranho e irracional que experimentou se fora. Ele tinha responsabilidade com os feridos, mas como ele havia dito antes, também tinha a responsabilidade de garantir que o templo estava seguro. Se por acaso ele encontrasse um baú de tesouro ao fazer isso, ninguém poderia culpá-lo.

— O que você faria se encontrasse um tesouro, Caramon? — Barganha perguntou.

— Eu compraria uma hospedaria — disse Caramon.

— Você seria seu melhor cliente. — Barganha riu.

Eu faria só o bem se tivesse um tesouro em minha posse, Raistlin pensou. *Eu me mudaria para Palanthas e compraria a maior casa da cidade. Teria criados para me servir e trabalhar no meu laboratório, que seria o maior e melhor que o dinheiro pudesse comprar. Compraria todos os livros de feitiços de todas as lojas de magia daqui até o Ergoth Norte. Começaria uma biblioteca que rivalizaria com a biblioteca da Torre da Magia. Compraria artefatos mágicos e joias mágicas e varinhas e poções e pergaminhos.*

Ele se via rico, poderoso, amado, temido. Viu-se claramente. Estava em uma torre, escuro, agourento, cercado pela morte. Usava vestes pretas, em volta do pescoço um pingente de pedra verde manchado de sangue...

— Olha o que eu achei! — Barganha gritou com entusiasmo, apontando. — Outro portão!

Raistlin apenas o ouviu sem escutar. A imagem de si mesmo demorou a se dissolver. Quando finalmente desapareceu, deixou para trás uma sensação inquietante.

Barganha estava ao lado de um portão de ferro forjado, o rosto pressionado contra as barras, olhando para a escuridão adiante.

— Leva a outro túnel — relatou ele. — Talvez seja o túnel onde o tesouro está!

— Nós encontramos, Raist! — Caramon disse exultante, aglomerando-se atrás de Barganha, olhando por cima de sua cabeça. — Eu sei que encontramos! Traga luz pra cá!

— Creio que não faz mal dar uma olhada — disse Raistlin. — Saiam daí e me deem espaço para ver o que estou fazendo. Não toque no portão, Caramon! Pode ter alguma armadilha mágica. Deixe-me dar uma olhada.

Caramon e Barganha recuaram, obedientes.

Raistlin aproximou-se do portão. Podia sentir o poder mágico, um imenso poder mágico. Mas não do portão. O poder estava além. Artefatos mágicos, talvez. Artefatos de centenas de anos atrás, antes do Cataclismo.

Deitados sem serem perturbados por todo esse tempo, esperando... esperando...

Ele girou a maçaneta. O portão de ferro se abriu com um rangido. Raistlin deu um passo na escuridão além apenas para encontrar uma forma sombria bloqueando seu caminho.

— *Shirak.* — Ele ergueu o cajado para ver o que era.

A luz branca do cajado brilhou vermelha nos olhos ardentes de Immolatus.

19

Os olhos do mago ficaram vermelhos, alimentados pelo fogo de ódio e frustração que ainda rugia em sua barriga e que não encontrava saída naquele corpo amaldiçoado. O calor das chamas irradiava de sua carne. Perdeu muito sangue por causa do ferimento lateral. Cada respiração era uma agonia. Sua cabeça doía e latejava. Estas fraquezas, uma praga para sua forma humana fraca, desapareceriam assim que ele recuperasse sua esplêndida, forte e poderosa forma de dragão. Assim que estivesse fora daquele lugar maldito. Ele os faria pagar, faria todos pagarem...

Encontrando o caminho bloqueado, Immolatus ergueu o olhar e se focou em uma luz brilhante, que perfurou seus olhos doloridos como uma lança de aço. Olhou para a luz, furioso, e viu sua fonte.

— O Cajado de Magius! — Immolatus gritou com uma alegria esmagadora. — No fim, conseguirei algo com essa desventura.

Estendendo a mão, o dragão arrancou o cajado das mãos de Raistlin; com a outra mão, desferiu um golpe no jovem que o enviou esparramado no chão de pedra.

Kitiara seguiu Immolatus pelos corredores da caverna. Quando ele parou na entrada da câmara mortuária, ela avançou, espada desembainhada, planejando atacar o mago na câmara, onde haveria espaço para balançar a espada.

Inesperadamente, Immolatus parou antes de entrar no portão, gritando algo sobre um cajado. Ele parecia satisfeito, exultante, como se tivesse acabado de esbarrar em um companheiro que não via há muito tempo. Com medo de que o dragão tivesse encontrado um amigo e que conseguisse escapar dela, Kitiara olhou por cima do ombro de Immolatus para ver qual novo inimigo teria de enfrentar.

Caramon!

Paralisada de espanto, Kitiara a princípio duvidou de seus sentidos. Caramon estava em segurança em Consolação, e não vagando pelas cavernas de Fim da Esperança. Mas não havia como confundir aqueles ombros enormes, as mãos desajeitadas, o cabelo encaracolado e aquela expressão aberta de espanto.

Caramon! Aqui! Ela estava tão perdida de susto que mal prestou atenção nos companheiros dele, um mago vestido de vermelho e um sujeito parecido com um kender. Kit deu-lhes pouca atenção. A visão de seu irmão, vestindo a armadura do barão — do inimigo — trouxe pensamentos tão confusos que ela abaixou a espada e recuou até uma distância segura no corredor para refletir sobre como lidar com esta situação bizarra.

Um pensamento prevalecia em sua mente: aquele *não* era o momento para uma reunião de família.

O golpe da mão do mago atingiu Raistlin em cheio no esterno.

Atordoado ao ver Immolatus surgindo da escuridão, ele não conseguiu reagir rápido o suficiente para se salvar. Caiu como se tivesse sido derrubado por um raio, batendo com a cabeça ao cair, esparramado e ofegante, no chão da caverna. A dor percorreu seu crânio. Ele chegou perto de desmaiar.

Olhando para cima, com olhos turvos, Raistlin viu Immolatus segurando o Cajado de Magius, regozijando-se com seu prêmio. O bem mais precioso de Raistlin, seu tesouro mais valioso, o símbolo de sua conquista, seu triunfo sobre a doença e o sofrimento, sua recompensa por longas e torturantes horas de estudo, sua vitória sobre si mesmo — esse era o prêmio que Immolatus arrebatou dele.

A perda do cajado baniu a dor, baniu o espanto, baniu qualquer medo que tivesse por sua vida, qualquer valor atribuído a essa vida.

Com um grunhido de fúria, Raistlin levantou-se de um salto, indiferente à dor e as estrelas azuis e amarelas que atravessavam sua visão, cegando-o parcialmente.

Ele atacou Immolatus com uma coragem, força e ferocidade que surpreendera seu irmão, já bastante surpreso ao ver aquele estranho Veste Vermelha que irrompeu sobre eles tão de repente.

Raistlin não travou a sua batalha desesperada sozinho. O Cajado de Magius o ajudou. Criado por um arquimago de imenso poder, trazido a existência com uma intenção, a de ajudar na luta contra a Rainha Takhisis, o cajado e seu mestre lutaram contra os dragões malignos dela durante a última Guerra do Dragão.

O cajado nunca soube o destino de seu mestre. Só soube que Magius estava morto quando o levaram para descansar em sua pira funerária. A história não guardou o nome do Veste Branca que salvou o cajado. Alguns dizem que foi o próprio Solinari, descendo do céu, que arrancou o cajado das chamas. Com certeza foi alguém que teve a visão e a sabedoria de entender que embora a Rainha tivesse sido derrotada, as asas escuras apagariam o sol de Krynn mais uma vez.

O Cajado de Magius penetrou no disfarce de Immolatus. O cajado sabia que um dragão, um dragão vermelho, um servo da Rainha Takhisis, havia colocado as mãos cobiçosas nele. O cajado liberou sua raiva reprimida por centenas de anos e esperou até que Immolatus estivesse o segurando firme para soltar sua magia.

Uma explosão de luz branca irrompeu do cajado. Um estrondo abalou a câmara mortuária. Caramon estava olhando diretamente para o cajado quando sua raiva estourou. A luz queimou seus olhos e ele caiu para trás em agonia, batendo as mãos no rosto. Um buraco negro rodeado por fogo roxo obscureceu sua visão e o deixou cego como uma criança no útero. Sangue quente respingou em seu rosto e mãos. Ele ouviu um grito horrível.

— Raist! — ele gritou, abalado e com medo, desesperado, tentando enxergar. — Raist!

A explosão derrubou Barganha no chão da caverna, sacudindo seu juízo. Ele ficou olhando atordoado para o teto, perguntando-se como um raio conseguira atingir tão longe no subsolo.

Raistlin sentiu a fúria do cajado e percebeu que estava prestes a desencadear sua raiva mágica. Desviando os olhos, ergueu o braço para proteger o rosto. A força da explosão o fez cambalear contra a tumba, onde sentiu uma mão segura o apoiando e firmando, impedindo-o de cair.

Raistlin achou que o toque reconfortante pertencia ao seu irmão gêmeo. Mas mais tarde perceberia que Caramon, cego e indefeso, estava longe dele, no meio do caminho a câmara mortuária.

Immolatus gritou. Dor como ele só havia sentido uma vez antes, a dor infligida pela mágica lança de dragão, subiu por seu braço, espalhando-se como uma chama abrasadora por todo seu corpo. O dragão soltou o cajado. Não teve escolha. Não tinha mais mão.

Encharcado com seu próprio sangue, cortado pelos estilhaços de seus próprios ossos quebrados, Immolatus nunca ficou tão furioso em sua vida. Embora graves, os ferimentos do dragão não eram mortais. Tinha apenas um desejo: matar aqueles seres miseráveis que haviam lhe causado danos tão horríveis. Ele se libertou do feitiço que o prendia à forma humana. Quando recuperasse seu próprio corpo, iria incinerar esses mosquitos, esses vermes de picadas infernais.

O olhar encantado de Raistlin viu o dragão em plena transformação, viu o corpo humano do mago murchar, viu algo vermelho, brilhante, monstruosamente maligno, emergindo dele. O que era esse ser, ele não fazia ideia. Raistlin só tinha um pensamento: recuperar o cajado, que estava no chão com seu cristal brilhando feroz. Ele se ajoelhou e agarrou o cajado. Usando toda sua força, que não sabia que possuía, valendo-se do seu medo, do seu terror e da sua dor, brandiu o bastão contra Immolatus e o atingiu no peito.

A própria fúria mágica do cajado deu ímpeto ao ataque de Raistlin. A força combinada deles foi como um relâmpago.

O golpe ergueu Immolatus, empurrando-o para trás através do portão de ferro, jogou-o, ainda na metade da transformação para sua forma de dragão, para fora da câmara mortuária, deixando-o no túnel estreito. Immolatus bateu contra a parede rochosa do corredor. Ossos quebraram e partiram, mas eram os ossos de sua frágil forma humana e ele poderia uni-los novamente com uma única palavra mágica.

O dragão ficou deitado por um momento no túnel, na escuridão, deleitando-se na sensação de sua força, de seu poder, de sua imensidão retornando. Suas mandíbulas cresceram e se alongaram, seus dentes estalaram com a expectativa de triturar ossos humanos, os músculos de seu corpo ondularam agradavelmente sob as escamas recém-formadas que então eram macias, mas logo seriam duras como diamante. O fogo queimou em sua barriga, gorgolejou em sua garganta. Estava ficando grande demais para o corredor, mas isso não importava. Ele se levantaria, romperia a rocha, ergueria a montanha e a jogaria sobre os corpos daqueles que ousaram insultá-lo. Precisava apenas de mais alguns momentos...

Uma voz, uma voz de mulher, fria e cortante como aço, perfurou sua cabeça:

— Você me desobedeceu pela última vez.

A espada de Kitiara captou a luz do Cajado de Magius e brilhou prateada.

Ferido, enfraquecido pela perda de sangue e pelo feitiço, deslumbrado pela luz flamejante, Immolatus olhou para aquela luz e achou que via sua Rainha.

Furiosa, vingativa, implacável. Ela ficou sobre ele e pronunciou seu fim.

A espada atingiu suas costas e cortou sua coluna.

Immolatus deu um grito horrível de raiva e malícia, estremeceu e se contorceu espasmodicamente, sem controlar o próprio corpo. Ele olhou para seu destruidor e, embora a visse através de uma névoa turva de sangue, reconheceu Kitiara.

— Eu não vou morrer... como humano! — Immolatus sibilou. — Este será meu túmulo. Mas vou providenciar para que seja também o seu, verme!

Kitiara arrancou a espada do corpo e tropeçou para trás. Em sua agonia, o dragão moribundo continuava revertendo à sua forma original.

A transformação estava quase completa, seu corpo, um corpo grande demais para o corredor da caverna em que estavam, continuou a se expandir. Immolatus torceu-se e contorceu-se, a sua enorme cauda debateu-se, atingindo a parede rochosa, uma e outra vez. Asas batiam descontroladamente, seus pés com garras arranhavam as paredes do túnel. O teto rachou, as vigas de suporte rangeram e cederam. A montanha estremeceu, o chão tremeu.

— Raist! — A voz frenética de Caramon. — Onde você está? Eu... Eu não consigo ver! O que está acontecendo?

— Estou aqui, meu irmão. Aqui. Estou com você! Pare de se debater! Pegue minha mão! Barganha, me ajude com ele! Volte por onde viemos! Rápido!

Kitiara deu um salto convulsivo para o portão de ferro forjado. Ela tropeçou para a câmara mortuária a tempo de ver o movimento de uma veste vermelha, uma luz bruxuleante que vinha de um cristal no topo de um bastão. O portão de ferro se fechou. O túnel atrás dela cedeu com estrondo. Kitiara cambaleou em direção ao túmulo do Cavaleiro, na esperança, acima de tudo, que a câmara mortuária fosse forte o suficiente para resistir à fúria de uma deusa vingativa.

Pedras caíram ao seu redor. Ela agarrou o túmulo, apertando-se a ele enquanto o chão tremia.

— Eu ajudei você, Sir Fantasma! — ela gritou. — Agora é sua vez!

Agachou-se perto da tumba, mantendo a mão no mármore. Rochas caíram, mas não perto dela. Caíram no lugar onde ela viu o corpo, o corpo dela mesma. Nada estava lá, exceto pedra desmoronada. Kitiara fechou os olhos contra a areia e a poeira e apertou-se contra o túmulo com mais carinho do que jamais havia se pressionado contra o corpo de um amante.

Por fim, o estrondo cessou e a poeira baixou.

Kitiara se mexeu, abriu os olhos, piscou para afastar a sujeira e ousou respirar fundo. A poeira voou para sua boca e ela começou a tossir. A escuridão era absoluta. Não conseguia ver nada, nem mesmo um palmo à frente do seu rosto. Com as mãos estendidas, agarrou o topo da tumba, sentiu o mármore, liso e frio. Ela se levantou e ficou encostada no sarcófago em busca de apoio.

Uma luz fraca e suave começou a brilhar. Kit procurou a fonte, viu que a luz vinha da tumba. O sarcófago não estava mais vazio, como quando ela o vira pela primeira vez. Continha um cadáver. Kitiara olhou para o rosto do cadáver, um rosto em paz, um rosto vitorioso.

— Obrigado, Sir Nigel — disse Kit. — Acho que estamos quites.

Ela olhou em volta e avaliou sua situação. A caverna estava cheia de pedras caídas, mas não via nenhuma rachadura no teto ou no chão, nem buracos nas paredes. Olhou de volta para o portão de ferro que levava ao túnel para as montanhas. Além do portão de ferro havia um muro de pedra. O corpo do dragão estava enterrado sob um monte de pedras, jogado por sua rainha. Aquele caminho estava bloqueado. Mas a passagem através do outro portão prateado e dourado estava aberta e relativamente livre de detritos.

— Até a vista — ela disse ao Cavaleiro e começou a sair.

Uma força a segurou, uma força que não era deste mundo.

A mão de Kitiara que segurava a espada congelou no mármore como se ela tivesse colocado os dedos molhados num bloco de gelo. O medo revirou seu estômago. Poderia soltar a mão, mas deixaria sua carne e seu sangue para trás. Por um momento horrível, ela pensou que esse seria o preço que teria de pagar, mas, de repente, percebeu que poderia escapar com um custo menor.

Pegou o cinto com a outra mão e se atrapalhou com os dedos dormentes até localizar o livro que continha o mapa que levava à câmara dos ovos. Ela tremia tanto que mal conseguiu segurar o pequeno volume. Querendo só se livrar daquilo, jogou o livro na tumba aberta.

— Pronto! — ela disse amargamente. — Satisfeito?

A força a libertou. Ela arrancou a mão do túmulo, esfregou seus dedos frios, massageando-os para voltarem a vida.

A câmara funerária poderia ser um porto seguro, mas Kitiara já estivera por ali tempo mais que suficiente. Ela saiu pelo portão de prata e ouro, seguindo o mesmo caminho que seus irmãos haviam seguido, e continuou andando até deixar a câmara mortuária e Sir Nigel para trás.

O som de vozes a fez parar. Mais à frente, ouvia as vozes dos irmãos e os passos deles ecoando pelo corredor. Poderia tê-los alcançado, mas Kit decidiu que não queria encontrá-los.

Ela não queria ter que responder às perguntas deles, não queria ter que inventar uma história para explicar por que estava ali e o que estava fazendo. Acima de tudo, não queria se juntar a eles em reminiscências sobre os dias idos, tempos passados, velhos amigos — especialmente velhos amigos. Esperaria ali no corredor até ter certeza de que já haviam partido há muito tempo, então fugiria.

Kitiara recostou-se nas rochas e ficou tão confortável quanto pôde. Não se incomodou com a escuridão. Achou-a reconfortante depois daquela luz estranha e não natural da tumba do Cavaleiro. Descansando, refletiu sobre seu futuro. Ela retornaria para Lorde Ariakas. Sim, falhou em sua missão de roubar os ovos de dragão, mas poderia atribuir a culpa desse fracasso diretamente ao dragão. Como enviar o dragão para encontrar os ovos foi ideia de Lorde Ariakas, ele não poderia culpar ninguém além de si mesmo. Ela que tinha salvado esta missão, cuidando para que o dragão pagasse por seu crime de desobediência, para que o corpo da fera morta fosse enterrado onde ninguém jamais saberia o que aconteceu.

— Terei minha promoção — refletiu Kitiara, esticando as pernas. — E isso será apenas o começo. Vou me tornar indispensável para Ariakas, em mais de um sentido. — Ela sorriu para si mesma na escuridão. — Nós dois teremos poder para governar Krynn. Em nome de Sua Majestade, é claro. — Kit acrescentou com um olhar apreensivo para a escuridão ao seu redor. Ela testemunhara a ira da Rainha e passou a respeitá-la.

Havia testemunhado outro poder naquele dia, o poder do amor, do autossacrifício, da honra e da determinação. Ela não tirou nada daquilo, no entanto. Qualquer sentimento de respeito que pudesse ter pelo Cavaleiro desapareceu com o ressentimento por ele tê-la vencido no túmulo. Sua mão ainda doía.

Exausta pelos seus esforços, Kitiara descansou, em um quase cochilo. Não conseguia mais ouvir as vozes de seus irmãos. Provavelmente já haviam chegado na entrada. Ela lhes daria tempo suficiente para saírem dali, então os seguiria e deixaria este templo desafortunado.

Ela se pegou pensando em seus irmãos. No primeiro momento, ficou perturbada ao vê-los. Os gêmeos trouxeram de volta memórias de uma vida e de um tempo que ela havia superado, memórias de pessoas de quem ela não queria lembrar. Mas agora que se foram e era provável que nunca mais os visse, Kit estava feliz por ter tido a oportunidade de ver como eles tinham crescido.

Caramon, pelo que parecia, era um guerreiro, e embora não tivesse se distinguido naquela batalha mágica, Kitiara acreditava que, em batalhas normais, ele se mostraria um soldado bom e eficaz. Quanto a Raistlin, não sabia o que pensar. Ela nunca o teria reconhecido se não fosse por sua voz, e mesmo esta ficou mais fraca do que ela lembrava. Mas ele agora era um mago, aparentemente, e lutou contra Immolatus com uma ferocidade e uma coragem que ela achou muito gratificantes.

— Bem como planejei — ela disse para si mesma. — Ambos se tornaram o que eu esperava.

Kitiara sentiu um orgulho quase maternal pelos seus rapazes enquanto se sentava na escuridão, limpando o sangue de dragão da sua espada, à espera de uma oportunidade para escapar daquele templo amaldiçoado, deixar a infeliz cidade de Fim da Esperança.

— Raist! Tem luz lá na frente, não tem? — Caramon disse asperamente, sua voz rouca de medo. — Acho que consigo ver, embora esteja muito fraca.

— Sim, Caramon, tem luz — respondeu Raistlin. — Estamos de volta ao templo. A luz que você está vendo é a luz solar. — Ele não acrescentou que era uma forte luz solar.

— Vou conseguir enxergar, não é, Raist? — Caramon perguntou ansioso. — Você vai me curar, não é?

Raistlin não respondeu de imediato e Caramon virou os olhos cegos na direção do irmão. Barganha, cambaleando sob o peso de Caramon, também olhou esperançoso para Raistlin.

— Ele vai ficar bem, não vai? — o meio-kender perguntou apreensivo.

— Claro — disse Raistlin. — A condição é apenas temporária.

Ele pedia aos céus que seu diagnóstico fosse verdadeiro. Se o dano fosse permanente, estava além de sua capacidade de cura, além da capacidade de qualquer um de cura naqueles tempos, quando nenhum clérigo andava pela terra.

Raistlin lembrou-se de um dos pacientes de Meggin Esquisita, um homem que olhou para o sol por muito tempo durante um eclipse solar. Ela tentou tratá-lo com cataplasmas e pomadas, sem sucesso. Sua visão foi irrevogavelmente perdida. Contudo, Raistlin não mencionou isto a Caramon.

— Raist — Caramon insistiu, ansioso. — *Quando* você acha que isso vai passar. Quando você acha que voltarei a ver...

— Raistlin — disse Barganha ao mesmo tempo. — Quem era aquele mago velho e feio? Parecia que ele conhecia você.

Raistlin não queria contar a verdade a Caramon, não queria dizer as palavras: "Talvez nunca". Ele temia que até mesmo o cego Caramon percebesse uma mentira reconfortante, então ficou grato a Barganha por mudar de assunto e respondeu ao meio-kender com uma cordialidade que o surpreendeu e agradou.

— Seu nome era Immolatus. Eu o conheci no acampamento inimigo — Raistlin respondeu. — Mestre Horkin me enviou lá para negociar produtos mágicos, mas o mago não queria nada do que tínhamos a oferecer. Ele só queria uma coisa: meu cajado.

Ele parou por um momento, pensando em como formular a próxima pergunta, questionando até mesmo se deveria perguntar isso. Mas sua necessidade de saber era forte, superando até sua reticência natural.

— Barganha, Caramon, quero perguntar uma coisa a vocês dois. — Ele hesitou por um momento, então disse: — O que vocês viram quando olharam para o mago?

— Um mago? — disse Caramon cautelosamente, com medo de que pudesse ser uma pergunta capciosa.

— Eu vi um mago — disse Barganha. — Um mago com vestes vermelhas como as suas, só que eram de um vermelho mais vibrante, agora que parei para pensar.

— Por que, Raist? — perguntou Caramon com uma astúcia inquietante. — O que você viu quando olhou para ele?

Raistlin pensou na monstruosidade de escamas vermelhas que por um instante havia brilhado em sua visão amaldiçoada. Ele tentou dar forma e substância a isso, mas nada surgiu. O Cajado de Magius atacou naquele momento, lançando o mago na escuridão, uma escuridão que caiu sobre ele.

— Eu vi um mago, Caramon — disse ele. Sua voz endureceu. — Um mago que queria roubar meu cajado.

— Então por que você perguntou? — Barganha começou a dizer, mas foi silenciado por um olhar zangado.

— Aquele feitiço que você lançou foi realmente incrível, Raist — disse Caramon, depois de um momento. — Como você fez isso?

— Você não entenderia se eu lhe contasse, Caramon — disse Raistlin, irritado. — Agora, chega de conversa. É ruim para você.

Barganha exigiu saber como falar poderia ser ruim para a vista de Caramon, mas Raistlin não o ouviu ou, se ouviu, fingiu que não. Ele estava pensando sobre a magia.

Desde que lhe foi dado o Cajado de Magius, Raistlin soube da vida dentro do cajado, da senciência mágica dado a ele por seu criador. Havia experimentado um sentimento vago de inadequação, como se o objeto o estivesse comparando ao seu criador e achando-o insuficiente. Lembrou-se do medo terrível quando Immolatus lhe tirou o cajado, o medo de que o cajado tivesse deixado Raistlin por vontade própria, saltando alegremente para as mãos de um mago com mais habilidade e poder.

Raistlin ficou muito feliz e aliviado quando o cajado se juntou a ele na batalha. Após o choque inicial da explosão, que sentiu vindo, mas não havia ordenado, ele e o cajado agiram como uma equipe. Tinha a sensação de que o cajado estava satisfeito consigo mesmo e também estava satisfeito com ele. Era estranho, mas sentiu que ganhou o respeito do cajado.

Sua mão apertou amorosamente o cajado enquanto ele emergia das portas prateadas para a luz bem-vinda do sol que entrava pelas janelas do templo abandonado.

O sol brilhava quente no rosto de Caramon e ele sorriu. Sua visão estava retornando. Tinha certeza disso, disse ele. Podia ver a luz do sol e jurou que via imagens como sombras de seu irmão e de Barganha.

— Muito bem, meu irmão — disse Raistlin. — Mantenha os olhos fechados, no entanto. A luz solar é muito forte e pode causar mais ferimentos. Sente-se aqui por um momento enquanto faço um curativo.

Cortou uma tira de pano da bainha do manto e amarrou-a delicadamente em volta dos olhos de Caramon. Ele protestou a princípio, mas Raistlin foi firme e, habituado a obedecer ao irmão, aceitou ser vendado. Confiava no diagnóstico de seu gêmeo, sabia que sua visão iria retornar. Afligir-se e preocupar-se não lhe faria bem, e por isso sentou-se encostado na pedra aquecida pelo sol, deleitando-se com a luz que brilhava em seu rosto e imaginou como o ataque estava acontecendo e se haviam montado a barraca do refeitório.

— Você consegue andar, Caramon? — Raistlin perguntou.

Não houve mais tremores, mas não fazia ideia se o templo sofrera algum dano estrutural. Até que alguém que soubesse algo sobre o assunto viesse examiná-lo, não confiava em sua segurança.

Este lugar sagrado parece exercer uma influência saudável, Raistlin pensou, observando a cor retornar ao rosto pálido de seu irmão. Seu pulso estava forte e afirmou corajosamente que estava bem o bastante para subir o bom e velho morro Chama-Raul. Disse que na sua opinião estava completamente curado e se Raistlin simplesmente tirasse aquele maldito trapo...

Raistlin disse com firmeza que o trapo ficaria. Ele e Barganha ajudaram Caramon a ficar de pé. Caramon caminhou por conta própria, aceitando a mão do irmão em seu braço para guiá-lo.

Os três deixaram o templo para o sol e para o luar prateado, para os mortos e os vivos e os dragões, dormindo em segurança em suas conchas de couro, seus espíritos vagando pelas estrelas, esperando para nascer.

20

— Lá vem eles! — o sargento dos arqueiros de Fim da Esperança gritou da muralha. Como se testemunhasse a verdade das suas palavras, o homem que estava ao lado dele caiu morto, com uma flecha atravessada em seu elmo.

Os homens do barão estavam de prontidão atrás dos portões. Em um minuto era confusão, gritos e berros. No seguinte, um silêncio disciplinado. Todos os olhos estavam voltados para os oficiais, cujos olhos estavam voltados para o barão, parado no topo da muralha, olhando para o inimigo, cujo número parecia aumentar de forma alarmante. Mesmo contando as forças da cidade, o barão estava em desvantagem numérica de quase dois para um. E estas eram tropas frescas, bem armadas, com um comandante capaz, embora repulsivo.

Sob forte cobertura, os engenheiros inimigos corriam pelo terreno, transportando escadas de cerco e aríetes. A infantaria tinha quatro fileiras e marchava ao som de tambores estrondosos. Mesmo observando a morte fluir em sua direção pelo solo ensanguentado, o barão admirou a disciplina precisa, os homens mantendo formação mesmo quando as flechas da muralha atingiam suas primeiras fileiras.

Olhando para o tamanho e o poder das forças dispostas contra ele, o barão confirmou o que havia pensado. Não importava o que os outros dissessem, o que ele pretendia fazer não era o ato precipitado de um louco. Era a única maneira de salvar a cidade, salvar suas próprias forças. Se permanecessem ali, escondidos atrás das muralhas, os inimigos, em número superior, enxameariam sobre eles como formigas sobre uma carcaça.

O barão virou-se para olhar para seus próprios homens. Eles estavam alinhados por companhia ao longo da estrada. Cada companhia tinha oito homens de largura e até vinte homens de profundidade. Não havia conversa nas fileiras, nem brincadeiras. Os homens estavam sérios e mortalmente comprometidos. O barão olhou para eles e ficou orgulhoso.

— Soldados do Exército do Barão Louco! — ele gritou da muralha. Os homens olharam para ele e responderam com alegria. — Este é o fim! — Ele continuou. — Ou seremos vitoriosos hoje ou estaremos mortos. — Apontou com um dedo para fora da muralha. — Quando colocarem os olhos no inimigo, lembre-se de que eles *atiraram em nossos mortos pelas costas!*

Um rugido de raiva ressoou entre as tropas.

— É hora de nos vingarmos!

O rugido de raiva aumentou e se tornou uma aclamação ao barão.

— Boa sorte para nós — disse ele ao comandante da cidade e ao prefeito, apertando a mão de cada um.

O prefeito estava pálido. O suor escorria por seu rosto, apesar do vento frio que soprava das montanhas. Ele era uma figura política, poderia ter procurado refúgio em sua própria casa e poucos teriam pensado mal dele. Mas estava determinado a permanecer no seu posto, embora se encolhesse e tremesse a cada toque de trombeta.

— Boa sorte para você, Louco — disse o velho comandante ao barão e se abaixou bem a tempo de evitar uma flecha. — Droga — o velho murmurou, com um olhar azedo para a flecha aos seus pés. — Deixe-me pelo menos viver o suficiente para ter esta visão. Ganhando ou perdendo, será glorioso.

O barão deixou a muralha, descendo a escada correndo e voltando para o nível da rua. Tomou seu lugar a pé na frente de seu exército, desembainhou sua espada, e a ergueu bem alto. Os raios brilhantes do sol brilharam ao longo da lâmina. Ele manteve a espada apontada, esperando.

O portão sacudiu e estremeceu. O primeiro aríete tinha chegado. Antes que o inimigo pudesse atingir o portão pela segunda vez, o barão deu o sinal.

Os portões da cidade de Fim da Esperança se abriram. Os atacantes aplaudiram, pensando que haviam violado as defesas.

O barão deixou cair a espada. Trombetas soaram, tambores tocaram.

— Atacar! — gritou o barão e correu pelos portões abertos, direto para as fileiras do inimigo. Atrás dele veio a Companhia Central, os veteranos mais experientes do exército, os mais fortemente blindados e armados. Com um grito selvagem, atravessaram os portões, empunhando espadas e machados de batalha.

Pegos completamente de surpresa, os soldados que comandavam o aríete largaram o tronco de carvalho e procuraram suas espadas. O barão atingiu seu líder diretamente no peito com a espada, enfiando a lâmina no corpo do homem, saindo pelo outro lado coberto de sangue. O barão arrancou a arma, desviou-se de um golpe violento de outro inimigo, que o atacava pelo flanco, e enfiou a espada nas costelas desse homem.

Ele tentou recuperar a espada, apenas para descobrir que estava presa nas costelas do homem. Não conseguiu soltar a espada. Lutas e mortes estavam ao seu redor. Seus homens estavam gritando e berrando de raiva, sangue respingando sobre eles como chuva. O barão colocou o pé no corpo caído, segurou-o e puxou sua espada. Estava pronto para enfrentar o próximo soldado inimigo, mas percebeu que não havia nenhum. O aríete estava deitado a frente dos portões, cercado pelos cadáveres daqueles que o tinham empunhado.

Agora começava a verdadeira batalha.

O barão procurou seu porta-estandarte, encontrou o homem bem ao lado dele.

— Avançar! — ele gritou e avançou, seu estandarte estalando no vento frio.

A Companhia Central continuou avançando, berrando gritos de guerra, brandindo armas manchadas de sangue. Flechas da Companhia dos Arqueiros, postados nas muralhas, zumbiam sobre suas cabeças e caíam entre o inimigo como vespas ferozes, dizimando as primeiras fileiras inimigas. Para muitos dos soldados inimigos, aquele era o primeiro combate. E não era nada parecido com o treinamento. Seus camaradas estavam morrendo ao seu redor. Um exército de monstros selvagens e gritantes avançava na direção deles. As primeiras fileiras do inimigo pararam, os soldados vacilaram. Os oficiais manejavam os chicotes e gritavam para que as linhas resistissem.

A Companhia Central, liderada pelo barão, atingiu as primeiras fileiras do inimigo com um estrondo blindado que foi ouvido nas muralhas. Eles esfaquearam, fatiaram e picaram, sem mostrar piedade, sem dar trégua. Tinham visto os corpos de seus camaradas caídos diante do portão, as flechas de penas negras em suas costas. Só pensavam em uma coisa: matar aqueles que os usaram de forma tão traiçoeira.

As primeiras fileiras do inimigo ruíram sob a fúria do ataque.

Aqueles que se mantiveram firmes pagaram pela sua coragem com a vida. Alguns poucos recuaram lutando. Muitos largaram os escudos e, sem ligar para os chicotes, saíram de formação e fugiram.

A Companhia Central continuou avançando, abrindo caminho através das linhas inimigas, deixando um sulco sangrento para trás. Outras companhias vieram atrás, lutando contra os inimigos que, impulsionados pelos chicotes de seus oficiais, surgiram para preencher o grande buraco deixado pelo ataque do barão e sua companhia.

— Eis o nosso objetivo! — o barão gritou e apontou para uma pequena elevação, onde estava o comandante Kholos.

Kholos rira alto e com escárnio ao ver os homens do barão saindo pelo portão, deixando a segurança da cidade para trás em um ataque louco. Ele esperou, confiante, que seus homens subjugassem as forças do barão, esmagando-as e as aniquilando. Ouviu o estrondo quando os dois exércitos se encontraram e esperou que o estandarte do barão caísse.

O estandarte não caiu. Avançou. Eram os homens de Kholos que estavam correndo agora, correndo na direção errada.

— Atirem nesses covardes! — Kholos rugiu de fúria para seus arqueiros. A espuma salpicava em sua boca. Ele apontou para suas próprias tropas em fuga.

— Comandante! — Mestre Vardash, com o rosto inchado pelo golpe do comandante, veio correndo relatar. — O inimigo rompeu as linhas!

— Meu cavalo! — Kholos gritou.

Outros oficiais gritavam por seus cavalos, mas antes que os escudeiros conseguissem trazer os cavalos, a Companhia Central e o barão golpearam o grupo de homens e seus guarda-costas. Mestre Vardash caiu no primeiro ataque, seu rosto uma máscara de sangue.

— Kholos é meu! — o barão gritou e empurrou em sua direção através da multidão de corpos agitados em luta para chegar ao comandante que o insultou e assassinou seus homens.

Kholos manteve-se firme e parecia que ele sozinho ainda poderia virar a maré da batalha. Coberto pela armadura, desprezava o uso de escudo, lutava com duas armas, uma espada longa em uma mão e um punhal na outra. Empurrou e cortou, parecendo fazer muito pouco esforço. Três homens caíram no chão diante dele, um com o crânio partido em dois, outro decapitado, o terceiro com uma facada no coração.

Tão formidável era Kholos que o avanço da Companhia Central vacilou. O mais experiente dos veteranos recuou diante dele. O barão parou, chocado ao ver aquele rosto de goblin contorcido em um sorriso horrível, um sorriso horroroso, cheio do desejo de batalha e do prazer em matar.

— Você nos traiu! — o barão rugiu. — Por Kiri-Jolith, eu juro que vou pregar sua cabeça no poste da minha tenda esta noite! E cuspir nela de manhã!

— Escória mercenária. — Pisando nos corpos sob seus pés, Kholos avançou. — Eu desafio você para um combate individual! Uma luta até a morte! Se tiver estômago para isso, seu espadachim barato.

O rosto do barão se abriu num sorriso.

— Aceito! — ele gritou. Olhando para trás, gritou: — Vocês sabem o que fazer!

— Sim, senhor — gritou de volta o Comandante Morgon.

O barão marchou para enfrentar seu inimigo. Seus homens se contiveram, observando severamente.

Kholos desferiu um golpe cruel com sua espada longa, mas estava acostumado a lutar contra inimigos mais altos. A espada assobiou acima da cabeça do barão, que se agachou e mergulhou correndo em direção aos joelhos de Kholos. A mudança pegou Kholos de surpresa. O barão avançou contra Kholos e derrubou-o no chão.

— Agora! — gritou o Comandante Morgon.

Os soldados da Companhia Central avançaram e pularam em cima do comandante caído, cortando e esfaqueando com as espadas.

O barão saiu do meio da confusão.

— Você está ferido, meu senhor? — perguntou o Comandante Morgon, ajudando o barão a ficar de pé.

— Acho que não — disse o barão. — Acho que esse sangue aqui é quase todo dele. Não posso acreditar que aquele bastardo achou que eu realmente lutaria com ele em um combate honrado! Ha, ha, ha!

Morgon voltou para a briga, agarrou seus soldados, puxando-os para trás.

— Muito bem, rapazes! A diversão acabou. Acho que o canalha está morto.

Os homens recuaram gradualmente, respirando com dificuldade, sangrando, mas sorrindo. O barão se aproximou para olhar o corpo do comandante, banhado em seu próprio sangue, os olhos voltados para o céu, uma expressão de total surpresa em seu rosto amarelo de goblin.

O barão assentiu, satisfeito, e depois se virou com a espada na mão.

— Nosso trabalho ainda não terminou, homens... — ele começou.

— Não tenho tanta certeza disso, meu senhor — disse o comandante Morgon. — Olhe aquilo, senhor.

O barão olhou para o campo. Os oficiais do comando de Kholos que não estavam mortos ou feridos estavam de joelhos, com as mãos levantadas em sinal de rendição. O resto dos inimigos estavam fugindo do campo, correndo para o abrigo da floresta, os homens do barão perseguindo-os.

— É uma derrota, senhor! — disse Morgon.

O barão franziu a testa. Apanhadas pela sua própria sede de batalha, suas tropas tinham saído de formação e se espalhado por todo o campo. O inimigo estava fugindo agora, mas um só oficial corajoso e sensato poderia deter a fuga, reagrupar seus homens e transformar a derrota em vitória.

— O corneteiro? — O barão olhou em volta. — Onde, em nome de Kiri-Jolith está meu maldito corneteiro?

— Acho que ele está morto, senhor — disse Morgon.

O sol brilhando no latão chamou a atenção do barão. Entre os oficiais inimigos estava um menino, tremendo e assustado, com uma corneta na mão, os nós dos dedos brancos.

— Traga-me aquele garoto! — ordenou o barão.

O Comandante Morgon agarrou o menino e o arrastou. O menino caiu de joelhos aterrorizado.

— Levante-se e olhe para mim, droga. Você conhece "A pose de Abanassínia"? — o barão questionou.

O menino, devagar e com medo, ficou de pé e olhou para o barão, espantado, sem entender.

— Você conhece, garoto? — o barão rugiu. — Ou não?

O menino deu um aceno trêmulo. Era uma melodia comum.

— Ótimo! — O barão sorriu. — Soe o primeiro refrão e eu deixo você ir.

O menino estremeceu, entrou em pânico, confuso.

— Está tudo bem, filho — disse o barão, suavizando a voz. Colocou a mão no ombro do menino. — Meu regimento usa essa música para Reagrupar. Vá, toque.

Tranquilizado, o menino levou o instrumento aos lábios. A primeira nota foi um fracasso. O barão estremeceu. Corajosamente, o menino lambeu os lábios e tentou outra vez.

Os sons claros do chamado superaram os sons da batalha e da perseguição.

— Bom, garoto, muito bom! — o barão disse com aprovação. — Repita e fique repetindo!

O menino fez o que lhe foi dito. O chamado familiar fez os homens recuperarem o bom senso. Interromperam o ataque, procuraram seus oficiais e começaram a formar fileiras.

— Leve-os de volta para a cidade, Morgon — ordenou o barão. — Pegue nossos feridos no caminho. — Ele lançou um olhar sombrio em direção ao acampamento inimigo. — Talvez tenhamos que fazer tudo isso de novo amanhã.

— Duvido, meu senhor — disse Morgon. — Os oficiais estão mortos ou aprisionados. Os soldados esperarão o anoitecer, levantarão acampamento e voltarão para casa. Não haverá uma tenda lá pela manhã.

— Quer apostar, Morgon?

— Aposto, meu senhor.

Os dois apertaram as mãos.

— Esta é uma aposta que espero perder — disse o barão.

Morgon correu para organizar a retirada. O barão estava prestes a seguir e percebeu que a trombeta ainda soava forte e desesperada.

— Muito bem, filho — disse o barão. — Você pode parar de soprar agora.

O menino baixou a trombeta hesitante.

O barão assentiu e acenou com a mão.

— Vá em frente, rapaz. Eu disse que deixaria você ir. Você é livre. Ninguém vai te machucar.

O menino não se mexeu. Ele ficou olhando para o barão, com os olhos arregalados.

O barão, encolhendo os ombros, começou a se afastar.

— Senhor, senhor! — o menino chamou. — Posso me juntar ao *seu* exército?

O barão parou e olhou para trás.

— Quantos anos você tem, garoto?

— Dezoito, senhor — ele respondeu.

— Você quer dizer treze, não é?

O menino baixou a cabeça.

— Você é jovem demais para esta vida, filho. Já viu muita morte. Vá para casa, para sua mãe. Provavelmente ela está muito preocupada com você.

O menino não se mexeu.

O barão balançou a cabeça e voltou a andar. Ele ouviu passos atrás dele. Suspirou de novo, mas não se virou.

— Meu senhor, você está bem? — Mestre Senej perguntou.

— Morto de cansaço — respondeu o barão. — E tudo dói. Mas fora isso, ileso, louvado seja meu deus. — Ele olhou para trás e fez sinal para o oficial se aproximar. — Você precisa de ajuda, Senej?

O mestre assentiu.

— Sim, meu senhor. Temos muitos feridos, sem mencionar todos os prisioneiros. Certamente poderia usar mais braços.

O barão apontou o polegar para o menino.

— Você tem um. Vá com Mestre Senej, rapaz. Faça o que mandarem.

— Sim, meu senhor! — O menino sorriu trêmulo. — Obrigado, meu senhor.

Balançando a cabeça, o barão atravessou o campo com dificuldade, voltando para a cidade de Fim da Esperança, cujos sinos tocavam em selvagem triunfo.

21

— Uma luta gloriosa, Vermelho! — Horkin disse, alegremente esfregando as mãos pretas com pólvora. Ele passou pelos portões com os primeiros feridos, para encontrar seu aprendiz esperando por ele. — Você deveria estar lá.

Horkin olhou atentamente para Raistlin.

— Retiro o que disse. Parece que você também esteve em ação, Vermelho. O que aconteceu?

— Será que realmente temos tempo a perder com isso, senhor? — Raistlin perguntou. — Com todos esses feridos para cuidar? Encontrei o templo. Acho que seria um excelente abrigo, mas gostaria que você desse uma olhada nele.

— Talvez você tenha razão — disse Horkin, lançando um olhar penetrante a Raistlin.

— Por aqui, senhor — Raistlin disse e se virou.

O jovem mago explicou que o templo foi abalado por tremores, nada incomum nesta região, segundo os cidadãos. Horkin examinou o templo, estudou os pilares e as paredes e o considerou sólido. Só precisavam de uma fonte de água. Uma busca revelou um poço de água mineral clara e fria na parte traseira da estrutura. Horkin deu ordens para que os feridos fossem trazidos para aquele lugar tranquilo.

As carroças que transportavam os feridos circulavam pelas ruas. Os cidadãos agradecidos estavam ali com ofertas de cobertores, comida, roupas de cama, medicação. Logo cobertores cobriam o chão do templo em fileiras organizadas e uniformes. O cirurgião usou suas ferramentas. Raistlin, Horkin e curandeiros qualificados da cidade trabalhavam entre os homens, fazendo o que podiam para aliviar a dor e deixá-los confortáveis.

Nenhum milagre de cura ocorreu no templo. Alguns dos soldados morreram, outros sobreviveram, mas Horkin achou que aqueles que morreram estavam mais em paz e os que sobreviveram se curaram muito mais rápido e completamente do que esperava.

A primeira tarefa do barão foi visitar os feridos. Ele foi como estava, recém-saído do campo de batalha sujo, ensanguentado, sangue em parte dele, a maior parte do seu inimigo. Embora estivesse perto de cair de exaustão, não demonstrou. Não apressou a visita, reservando um tempo para dizer algumas palavras a cada uma das vítimas. Chamou todos os soldados pelo nome e relembrou sua coragem em campo. Parecia ter testemunhado pessoalmente cada ato valoroso. Ele prometeu aos moribundos que apoiaria suas famílias. Raistlin descobriu depois que este era um voto que o barão considerava sagrado.

Concluída a visita aos feridos, o barão fez uma pausa para conversar com Horkin e Raistlin sobre o templo que descobriram. O barão ficou intrigado ao saber que o túmulo de um Cavaleiro Solâmnico estava numa câmara mortuária abaixo da caverna. Raistlin descreveu a maior parte de sua experiência em detalhes, guardando para si certos fatos que não eram da conta de mais ninguém. O barão ouviu com atenção e franziu a testa ao saber que a tampa do sarcófago do Cavaleiro havia sido aberta.

— Isso deve ser reparado — disse ele. — Os ladrões podem ter tentado saquear a tumba. Este galante cavaleiro deveria continuar seu sono em paz. Você não tem noção do que é esse tesouro, Majere?

— A inscrição não menciona, senhor — respondeu Raistlin. — Eu acho que, o que quer que tenha sido, agora está sob toneladas de rocha. O túnel que sai da câmara mortuária está completamente intransitável.

— Entendo — O barão olhou para Raistlin com atenção. Raistlin devolveu o olhar com firmeza e foi o barão quem desviou os olhos das estranhas pupilas de ampulheta. Continuando a rondar os feridos, o barão chegou à cama onde Caramon se agitava e se inquietava, um paciente muito pouco cooperativo. Ele não estava ferido, afirmava. Nada de errado com ele. Queria estar de pé e fazendo alguma coisa. Queria uma refeição adequada, não um pouco de água pela qual arrastaram uma galinha e chamavam de sopa. Sua visão estava boa, ou melhor, estaria se eles tirassem aquele maldito trapo.

Barganha permaneceu com o paciente, tentando distraí-lo com histórias e lembrando-lhe vinte vezes a cada meia hora de não esfregar os olhos.

Embora ocupado com seus outros pacientes, Raistlin vigiou os movimentos do barão pelo templo e quando o barão se aproximou de seu irmão gêmeo, Raistlin apressou-se para estar presente durante a conversa.

— Caramon Majere! — disse o barão, apertando sua mão. — O que aconteceu com você? Não me lembro de tê-lo visto na batalha.

— Barão? — Caramon animou-se. — Olá, senhor! Lamento ter perdido a luta. Ouvi dizer que foi uma vitória gloriosa. Eu estava aqui, senhor. Nós...

Raistlin colocou a mão no ombro do irmão e, quando o barão não estava olhando, deu um forte beliscão em Caramon.

— Ai! — Caramon gritou. — O que...

— Pronto, pronto — disse Raistlin suavemente, acrescentando em voz baixa: — Ele está tendo estes lampejos momentâneos de dor, meu senhor. Quanto ao que aconteceu com ele, estava comigo explorando o templo. Ficamos presos nos túneis quando ocorreu o terremoto. Pó de pedra voou para os olhos de Caramon, cegando-o. A cegueira é temporária. Ele precisa descansar, só isso.

Os dedos de Raistlin, cravando-se na carne de Caramon, alertaram-no para ficar em silêncio. Um olhar penetrante para Barganha fez com que o meio-kender, que abrira a boca, a fechasse novamente.

— Excelente! Fico feliz em ouvir isso! — o barão disse cordialmente. — Você é um bom soldado, Majere. Eu odiaria perdê-lo.

— Sério, senhor? — perguntou Caramon. — Obrigado, senhor.

— Descanse como estão mandando — acrescentou o barão. — Você está sob as ordens do curandeiro. Quero você de volta à linha assim que estiver em forma.

— Eu irei, senhor. Obrigado, senhor — disse Caramon novamente, sorrindo com orgulho. — Raist — ele sussurrou, quando ouviu as botas pesadas do barão se afastarem — Por que você não contou a ele o que realmente aconteceu? Por que não disse a ele que lutou contra o mago inimigo e o derrotou?

— Sim, por quê? — perguntou Barganha ansiosamente, inclinando-se sobre Caramon.

A resposta: porque era da natureza de Raistlin ser reservado, porque não queria que Horkin fizesse perguntas intrometidas, porque não queria que Horkin ou qualquer outra pessoa descobrisse o incrível poder do cajado, um poder que Raistlin ainda não tinha ideia de como usar. Todas as razões que ele poderia ter dado ao irmão e ao meio-kender, mas sabia que não entenderiam.

Sentando-se ao lado de seu irmão, Raistlin fez um gesto para Barganha chegar mais perto.

— Não foi exatamente nosso momento de glória — Raistlin disse-lhes secamente. — Nossas ordens eram inspecionar o templo e retornar com um relatório. Em vez disso, estávamos prestes a partir em busca de tesouros.

— Isso é verdade — disse Caramon, com o rosto corado.

— Você não gostaria que o barão ficasse desapontado com você — continuou Raistlin.

— Não, claro que não — disse Caramon.

— Nem eu — disse Barganha, envergonhado.

— Então vamos guardar a verdade para nós. Não machucamos ninguém fazendo isso.

Raistlin levantou-se, preparado para regressar às suas funções.

Barganha puxou a manga do manto de Raistlin.

— Sim, o que você quer? — Raistlin franziu a testa.

— Qual é o verdadeiro motivo para não contarmos? — Barganha perguntou em um tom baixo.

Raistlin fingiu olhar ao redor para ver se alguém estava ouvindo.

Ele se abaixou e sussurrou no ouvido de Barganha.

— O tesouro.

Os olhos de Barganha se arregalaram.

— Eu sabia! Vamos voltar para buscá-lo!

— Algum dia, talvez — Raistlin disse suavemente. — Não conte a ninguém!

— Eu não vou! Prometo! Isso é tão emocionante — disse Barganha e piscou várias vezes, de uma maneira calculada para levantar suspeitas instantâneas em qualquer um que estivesse assistindo.

Raistlin cumpriu seus deveres, convencido de que seu irmão ficaria em silêncio por vergonha e que Barganha por esperança. Nunca teria confiado esse segredo a um verdadeiro kender, mas no caso de Barganha, o mago adivinhou que o lado humano faria com que o lado kender mantivesse a boca fechada.

Algum dia, Raistlin pretendia voltar. Talvez o tesouro tenha sido enterrado. Talvez não.

— Se eu conseguisse descobrir qual era o tesouro — disse Raistlin para si mesmo, enrolando uma ligadura à volta da perna dilacerada de um soldado — Talvez tivesse alguma ideia de por onde começar a procurar.

Ele conversou com vários habitantes da cidade e fez perguntas sutis sobre a possibilidade de um tesouro enterrado nas montanhas.

Os moradores sorriram, balançaram a cabeça e disseram que ele devia ter sido enganado por algum mascate. Fim da Esperança era uma cidade próspera, mas não era rica. Eles não sabiam de nenhum tesouro.

Raistlin quase podia acreditar que o povo de Fim da Esperança estava conspirando para esconder o tesouro, mas eles eram complacentes demais, sorridentes demais em suas negativas, divertidos com toda a ideia. Começou a pensar que talvez estivessem certos, que tudo aquilo era uma história de kender.

Ele foi para a cama naquela noite com um humor muito ruim, que não ajudou ao ser perturbado por sonhos terríveis nos quais era atacado por alguma criatura imensa e terrível, uma criatura que ele não conseguia ver porque uma luz prateada brilhante o cegara.

No dia seguinte, o barão realizou uma cerimônia para limpar o túmulo das pedras e da poeira, recolocar a tampa do sarcófago sobre o Cavaleiro morto. Os comandantes o acompanharam e, por terem descoberto o túmulo do Cavaleiro, Raistlin, Caramon e Barganha foram convidados a fazer parte da guarda de honra.

Caramon queria retirar o curativo. Ele conseguia enxergar bem, disse, só um pouco borrado. Raistlin foi inflexível. A bandagem ficava. Caramon teria continuado a discussão, mas o próprio barão ofereceu a ele seu braço para se apoiar, uma grande honra para o jovem soldado. Corado de prazer e vergonha, Caramon aceitou a orientação do barão e caminhou orgulhosamente, embora hesitante, ao seu lado.

O barão e a guarda de honra, carregando tochas, entraram na câmara mantendo-se graves e solenes, silenciosos e respeitosos. O barão tomou seu lugar à frente do Cavaleiro esculpido. Os comandantes da companhia se posicionaram ao redor da tumba. Estavam com as mãos cruzadas diante deles, cabeças baixas, alguns rezando para Kiri-Jolith, outros tendo pensamentos sombrios, refletindo sobre sua própria mortalidade. Raistlin assumiu o seu lugar à frente do sarcófago, mantendo-se próximo do irmão. Olhando para dentro da tumba, ficando paralisado de espanto.

Dentro do túmulo havia um livro com capa de couro.

Raistlin pensou no dia anterior, tentando lembrar se o livro estava lá ou não. Não se lembrava de tê-lo visto, mas a câmara estava escura ontem, apenas com seu cajado para iluminar. O livro foi pressionado contra a lateral do caixão de mármore. Podia não o ter percebido nas sombras.

Ocorreu a ele que este livro continha informações sobre o tesouro, talvez revelando seu esconderijo. Raistlin tremia de desejo e precisava daquele livro e, enquanto olhava para ele, o barão havia cessado suas orações e ordenado aos seus comandantes que se preparassem para recolocar a tampa do sarcófago no lugar.

— Peço-lhe um momento, senhor — disse Raistlin, com a voz meio abafada pela empolgação e pelo medo de que outra pessoa visse o livro e anunciasse o fato. — Gostaria de prestar homenagem ao Cavaleiro.

O barão ergueu as sobrancelhas, provavelmente perguntando-se por que razão um mago homenagearia um Cavaleiro Solâmnico, mas acenou com a cabeça para que prosseguisse.

Alcançando uma de suas bolsas, Raistlin tirou um punhado de pétalas de rosas. Abriu a palma da mão para que todos pudessem ver o que segurava. O barão sorriu e assentiu.

— Muito apropriado — disse ele, e olhou para Raistlin com aprovação e novo respeito.

Raistlin baixou a mão dentro da tumba, para espalhar as pétalas de rosa sobre o corpo do Cavaleiro. Quando retirou o braço, conseguiu fazer a manga larga da sua veste vermelha lhe cobrir a mão, escondendo os dedos, que habilmente seguraram o fino volume de couro. Mantendo o precioso livro escondido na manga, Raistlin afastou-se do túmulo e ficou de cabeça baixa.

O barão olhou para o Comandante Morgon, que ordenou aos oficiais colocar as mãos na cobertura do túmulo. A um segundo comando, os oficiais levantaram a pesada tampa. O barão ficou em posição de sentido e ergueu a mão na saudação do Cavaleiro Solâmnico.

— Kiri-Jolith esteja com ele — disse o barão.

A outro comando de Morgon, os oficiais deslizaram o tampo de mármore para seu lugar. A tampa pousou no sarcófago com um suspiro suave que trazia consigo a fragrância de pétalas de rosa secas.

22

Raistlin tinha seus deveres a cumprir antes que tivesse tempo para examinar seu prêmio. Escondeu o livro debaixo do colchão de Caramon, sem lhe contar nada, regressando sempre que tinha oportunidade para verificar que o livro ainda estava lá e não tinha sido descoberto. Caramon ficou emocionado ao ver o irmão tão atencioso.

Raistlin ou Horkin geralmente ficavam acordados durante a noite com os pacientes, não bem acordados, como guardas, mas cochilando em uma cadeira, levantando-se ao som de um gemido de dor, auxiliando um paciente a atender ao chamado da natureza. Naquela noite, Raistlin se ofereceu para fazer a primeira vigília. O cansado Horkin não discutiu, mas deitou-se em sua própria cama e logo estava acrescentando seus roncos à cacofonia de roncos, grunhidos, gemidos, tosses e chiados.

Raistlin fazia suas rondas, distribuindo doses de xarope de papoula aos que sentiam dores, banhando a testa dos que tinham febre, acrescentando mais cobertores aos que sentiam frio. Seu toque era gentil e sua voz continha uma simpatia na qual os feridos podiam acreditar. Não era como a simpatia dos saudáveis, dos robustos, por mais bem-intencionados que fossem.

— Sei o que é sofrer — Raistlin parecia dizer. — Eu sei o que é sentir dor.

Seus colegas soldados, que nunca gostaram muito dele, que o xingavam pelas costas e ocasionalmente na cara dele (se seu irmão não estivesse por perto), implorava para que ele ficasse ao lado da cama "só mais um momento", agarravam seu braço quando a dor piorava, pediam que escrevesse cartas para esposas e entes queridos. Sentava-se e escrevia e contava histórias para distraí-los da dor. Depois de curados, aqueles que nunca haviam gostado dele antes de serem cuidados por ele descobriam que não passaram a gostar mais dele; a diferença é que agora arrancariam a cabeça de qualquer um que dissesse uma palavra contra ele.

Quando o último paciente finalmente sucumbiu ao suco de papoula e adormeceu, Raistlin ficou livre para examinar seu livro. Deslizou-o para fora de seu esconderijo com cuidado, embora não temesse acordar Caramon, que dormia o sono profundo atribuído aos cães e aos virtuosos. Livro na mão, escondido nas dobras das mangas, Raistlin lançou um olhar penetrante para Horkin. O mago tinha o sono leve quando havia feridos para cuidar, o menor gemido ou agitação inquieta o acordaria. Na verdade, ele abriu um olho e olhou sonolento para Raistlin.

— Está tudo bem, Mestre — Raistlin disse baixinho. — Volte a dormir.

Horkin sorriu, rolou e logo começou a roncar vigorosamente. Raistlin observou seu superior por mais um momento, determinando por fim que ele deveria estar dormindo. Ninguém fingiria roncos tão barulhentos, não sem se estrangular.

Horkin acendeu o fogo em um braseiro colocado na frente do templo, onde teria havido um altar. Ele não fez isso por reverência, embora tivesse tomado o cuidado de ser extremamente respeitoso, mas para aquecer o prédio contra o frio da noite. Raistlin aproximou a cadeira do braseiro de carvão, que ardia com uma luz amarelo-azulada. Ele adicionou um pouco de sálvia e lavanda seca ao fogo para tentar mascarar o cheiro de sangue, urina e vômito que impregnava a enfermaria, um cheiro que ele próprio não notava mais. Acomodando-se perto do fogo, lançou um olhar penetrante ao redor da sala. Todo mundo estava dormindo. Raistlin deu um suspiro profundo, encostou o Cajado de Magius contra a parede e examinou seu prêmio.

O livro era feito de folhas de pergaminho encadernadas e costuradas.

Uma capa de couro protegia-o dos elementos. Ele não encontrou marcas do lado de fora, diferente de um livro de feitiços nesse aspecto. Era um livro comum, do tipo usado pelo contramestre para anotar quantos barris de cerveja foram bebidos, quantos barris de carne de porco salgada sobraram, quantos cestos de maçãs restavam. Raistlin franziu a testa, não era um presságio propício.

Seu ânimo melhorou imensamente quando abriu o livro para encontrar um mapa desenhado à mão em uma página e algumas letras e números rabiscados em outra. Isso era muito mais promissor. Ele olhou apressadamente para os números e viu apenas que provavelmente estavam contando alguma coisa. Joias? Dinheiro? Quase certo. Agora ele estava chegando a algum lugar! Deixou a anotação e voltou ao mapa.

O mapa foi desenhado às pressas, com o livro apoiado em uma superfície irregular — como se o cartógrafo o tivesse apoiado em uma pedra ou talvez no joelho. Raistlin passou vários momentos decifrando os desenhos toscos e as anotações ainda mais toscas. Por fim, decidiu que tinha nas mãos um mapa mostrando um caminho que levava a uma entrada escondida em uma montanha.

Ele examinou o mapa, estudando cada detalhe, e finalmente chegou à conclusão indesejada e frustrante que o mapa não valia nada. O cartógrafo havia traçado uma trilha clara que seria fácil de seguir quando se encontrasse o ponto de partida da trilha. Marcou o ponto de partida da trilha, um grupo de três pinheiros, mas não deu nenhuma indicação de onde esses pinheiros poderiam ser encontrados em relação à montanha. Eles estavam no norte, no sul? Estavam a meio caminho da montanha, no sopé?

Presumivelmente, alguém poderia procurar por toda a montanha pelo grupo de três pinheiros, mas isso podia levar uma vida inteira. O cartógrafo sabia onde encontre os pinheiros. Ele retornaria àquele ponto sem dificuldade, portanto não viu necessidade de adicionar a rota até lá. Uma sábia precaução caso o mapa caísse em mãos erradas. O mapa tinha como objetivo refrescar a memória do seu autor quando ele viesse reivindicar o tesouro.

Raistlin olhou para o mapa com tristeza, desejando que ele lhe dissesse algo mais, olhando até as linhas vermelhas começarem a nadar em sua visão. Irritado, ele virou a página e voltou às anotações, esperando que fornecessem alguma pista.

Ele as estudou, intrigado, perplexo, tão concentrado em seu trabalho que não ouviu passos se aproximando. Só soube que havia alguém atrás dele quando a sombra da pessoa caiu sobre o livro.

Raistlin sobressaltou-se, cobriu o livro com a manga do manto e levantou-se de um salto.

Caramon recuou um passo e ergueu as mãos como se defendesse de um golpe.

— Hum, desculpe, Raist! Eu não queria assustar você.

— O que você está fazendo se esgueirando atrás de mim desse jeito! — Raistlin perguntou.

— Achei que você pudesse estar dormindo — Caramon respondeu humildemente. — Não queria acordar você.

— Eu não estava dormindo — retrucou Raistlin. Sentou-se novamente e acalmou o coração acelerado, meio tonto com a repentina onda de sangue e adrenalina.

— Você está estudando seus feitiços. Eu vou deixar você em paz. — Caramon começou a se afastar na ponta dos pés.

— Não, espere — disse Raistlin. — Venha aqui. Eu quero que dê uma olhada nisso. A propósito, quem disse que podia tirar o curativo?

— Ninguém. Mas posso ver bem, Raist. Até o borrado desapareceu. E estou farto de sopa. É tudo que dão pra gente por aqui. Não há nada de errado com meu estômago.

— Isso é óbvio — disse Raistlin com um olhar depreciativo para a barriga redonda do gêmeo.

Caramon sentou-se no chão ao lado do irmão.

— O que você tem aí? — ele perguntou, olhando para o livro com desconfiança. Ele sabia, por triste experiência, que os livros que seu irmão lia seriam incompreensíveis na melhor das hipóteses, perigosíssimos na pior.

— Encontrei este livro hoje na tumba do Cavaleiro — disse Raistlin em um sussurro abafado.

Os olhos de Caramon se arregalaram, arredondados.

— Você pegou? De uma tumba?

— Não me olhe assim, Caramon — Raistlin retrucou. — Eu não sou um ladrão de túmulos! Acho que foi colocado ali de propósito. Para eu encontrar.

— O Cavaleiro queria que nos encontrássemos — disse Caramon entusiasmado. — Isso é sobre o tesouro, não é! Ele quer que a gente encontre...

— Se o fizer, tornou tudo muito difícil — observou Raistlin friamente. — Aqui, quero que você olhe para esta palavra. Diga-me qual é.

Raistlin abriu o livro na página de anotações. Caramon olhou obedientemente para palavra. Não houve muita dúvida.

— Ovos — ele disse.

— Tem certeza? — Raistlin insistiu.

— O-v-o-s. Ovos. Sim, tenho certeza.

Raistlin suspirou profundamente.

Caramon olhou para ele de repente com uma compreensão atordoada.

— Você não está dizendo que o tesouro é... é...

— Não sei qual é o tesouro — disse Raistlin sombriamente. — E acho que nem a pessoa que escreveu isso no livro. Parece que o Cavaleiro nos deu sua lista de compras!

— Deixe-me ver isso! — Caramon pegou o livro do irmão, olhou para ele, refletindo, até virou-o de cabeça para baixo. — Esses números... onde diz "25 o. e 50 p." poderia ser vinte e cinco de ouro e cinquenta de prata — argumentou ele, esperançoso.

— Ou vinte e cinco ovos e cinquenta pepinos — Raistlin respondeu sarcasticamente.

— Mas há um mapa...

— ...que é completamente inútil. Mesmo se soubéssemos onde encontrar o ponto de partida, o que não sabemos, a trilha leva aos túneis na montanha, túneis que vimos desabar.

Ele estendeu a mão para o livro.

Caramon ainda estava olhando para ele.

— Você sabe, Raist, a caligrafia parece familiar.

Raistlin bufou.

— Devolva o livro.

— Sério, Raist! Juro! — A testa de Caramon franziu, o que ajudava o seu processo mental. — Já vi isso escrito antes.

— E você disse que sua visão melhorou. Volte para a cama. E coloque a bandagem.

— Mas, Raist...

— Vá para a cama, Caramon — ordenou Raistlin, irritado. — Estou cansado e minha cabeça dói. Vou acordá-lo a tempo para o desjejum na barraca do refeitório.

— Vai? Isso seria ótimo, Raist, obrigado. — Caramon lançou um último olhar demorado e perplexo para o livro e depois devolveu-o ao irmão. Afinal, seu gêmeo sabia mais.

Raistlin fez a ronda. Vendo que todos estavam dormindo mais ou menos pacificamente, saiu para usar os banheiros que estavam localizados em um pequeno anexo atrás do templo. Ao retornar, ele jogou o livro de couro no lixo, pronto para ser queimado no dia seguinte.

Entrando no templo, Raistlin encontrou Horkin bem acordado, aquecendo as mãos perto do fogo. Os olhos do mago mais velho estavam brilhantes e interrogativos à luz do fogo.

— Sabe, Vermelho — Horkin disse amigavelmente, esfregando as mãos no calor confortável —, aquele mago vestido de vermelho de quem você falou não estava na batalha. Eu sei porque estava de olho nele. Um poderoso mago de guerra, pelo que você disse. Poderia ter feito a diferença na luta. Poderíamos não ter vencido se ele estivesse lá, isso é um fato. Estranho o Comandante Kholos ter um poderoso mago de guerra ao seu lado e não o usar no conflito final. Muito estranho isso, Vermelho.

Horkin balançou a cabeça. Ele desviou os olhos do fogo para olhar diretamente para Raistlin.

— Você não sabe por que aquele mago não estava lá, não é, Vermelho?

Ele não estava lá porque eu estava lutando com ele, Raistlin poderia ter dito com modéstia ruborizada. *Eu o derrotei. Não me considero um herói. Mas se você insiste em me presentear com essa medalha...*

O Cajado de Magius estava contra o altar. Raistlin estendeu a mão para tocar o bastão, para sentir a vida dentro da madeira, vida mágica, calorosa e receptiva a ele.

— Não tenho ideia do que aconteceu com o mago, Mestre Horkin — disse Raistlin.

— Você não estava na batalha, Vermelho — disse Horkin. — E aquele mago também não estava na batalha. Estranho isso.

— Uma coincidência, nada mais, senhor — respondeu Raistlin.

— Humpf. — Horkin balançou a cabeça. Ignorando suas perguntas, ele mudou de assunto. — Bem, Vermelho, você sobreviveu à sua primeira batalha e não me importo de dizer que você se portou bem. Por um lado, você não foi morto, e isso é uma vantagem. Por outro, impediu que me matassem, e isso é uma vantagem maior. Você é um curador habilidoso, e quem sabe, algum dia, com o treinamento adequado, será um mago habilidoso.

Horkin piscou e Raistlin sabiamente optou por não se ofender.

— Obrigado, senhor — disse ele, com um sorriso. — Seu elogio significa muito para mim.

— Você merece, Vermelho. O que estou tentando dizer do meu jeito desajeitado é que vou pedir uma promoção para você. Vou recomendar que você se torne Assistente do Mestre. Com aumento de salário, é claro. Isto é, se pretender ficar conosco.

Promoção! Raistlin ficou surpreso. Horkin raramente tinha um elogio para ele. Raistlin não teria ficado surpreso se tivesse sido pago e desligado. Estava começando a entender seu oficial superior um pouco melhor, no entanto.

Rápido para dizer o que ele estava fazendo de errado, Horkin nunca o elogiaria por fazer o certo. Mas ele também não esqueceria o que Raistlin havia feito.

— Obrigado por sua fé em mim, Mestre — disse Raistlin. — Eu estava pensando em deixar o exército. Ultimamente tenho pensado que é errado um homem ser pago para matar outro, para tirar a vida de outro.

— Fizemos algo bom aqui, Vermelho — disse Horkin. — Nós salvamos as pessoas dessa cidade da escravidão e da morte. Estávamos do lado certo.

— Mas começamos do lado errado — rebateu Raistlin.

— Mas mudamos para o lado certo a tempo — disse Horkin confortavelmente.

— Por acaso, por acaso! — Raistlin balançou a cabeça.

— Nada acontece por acaso, Raistlin — disse Horkin calmamente. — Tudo acontece por um motivo. Seu cérebro pode não saber. Seu cérebro pode nunca descobrir. Mas seu coração sabe. Seu coração sempre sabe.

— Agora — acrescentou ele gentilmente — vá dormir um pouco.

Raistlin foi para a cama, mas não para dormir. Pensou nas palavras de Horkin, pensou em tudo o que havia acontecido com ele. E então lhe ocorreu, ouvindo novamente as palavras de Horkin em sua cabeça, que o mago o havia chamado pelo nome. Raistlin. Não Vermelho.

Levantando-se da cama, Raistlin saiu. Solinari estava cheio e brilhante, refletindo na cidade como se estivesse satisfeito com o resultado. O jovem mago procurou no monte de lixo ao luar e encontrou o livro onde o tinha atirado.

— Tudo acontece por um motivo — repetiu Raistlin, abrindo o livro. Ele olhou para o mapa inútil, suas linhas vermelhas nítidas e claras ao luar prateado. — Talvez eu nunca saiba qual é esse motivo. Mas se eu não posso fazer nada com este livro, talvez outros possam.

Voltando para a cama, ele não se deitou, mas sentou-se pelo resto da noite, escrevendo uma carta detalhando seus encontros, os dois, com Immolatus. Quando a missiva ficou pronta, ele dobrou a carta sobre o pequeno livro, recitou um encantamento sobre o livro e a carta e embrulhou-os em um pacote endereçado a *Par-Salian, Chefe do Conclave, Torre da Alta Magia, Wayreth.*

Na manhã seguinte, perguntaria se o barão tinha algum mensageiro indo na direção de Flotsam. Ele colocou outro feitiço no pacote, para mantê-lo protegido de olhares indiscretos, e então escreveu do lado de fora: "Antimodes de Flotsam" junto ao nome da rua onde seu mentor residia. Quando Raistlin terminou, a noite já tinha passado. Os raios do sol penetravam suavemente no templo para acordar os adormecidos.

Caramon foi o primeiro.

— Vem comigo, Raist — disse ele. — Você deveria comer alguma coisa.

Raistlin ficou surpreso ao descobrir que estava com fome, uma fome incomum. Ele e seu irmão gêmeo deixaram o templo e estavam a caminho do refeitório, quando Horkin se juntou a eles.

— Você não se importa se eu for junto, não é, Vermelho? — Horkin perguntou. — Os feridos estão tão bem que acho que vou tomar um bom desjejum esta manhã. Ouvi dizer que o cozinheiro está preparando uma guloseima especial. Além disso, temos algo para comemorar. Seu irmão foi promovido, Majere.

— Você foi? Isso é ótimo! — Caramon fez uma pausa e a consequência disto de repente lhe ocorreu. — Isso significa que vamos ficar com o exército do barão?

— Vamos — disse Raistlin.

— Viva! — Caramon deu um grito que acordou metade da cidade. — Ali está o Barganha. Espere até ele ouvir. Barganha! — Caramon gritou, acordando a outra metade da cidade. — Barganha, ei! Venha aqui!

Barganha ficou satisfeito ao saber da promoção de Raistlin, especialmente satisfeito quando soube que isso significava que os gêmeos ficariam no exército.

— O que vamos comer? — perguntou Caramon. — Você disse que era especial, senhor?

— Um presente do povo agradecido de Fim da Esperança — disse Horkin, acrescentando, com um tremor suspeito na voz — um verdadeiro tesouro, pode-se dizer.

— O que quer dizer, senhor? — Raistlin perguntou, lançando ao mago um olhar penetrante.

— Ovos — disse Horkin com um sorriso e uma piscadela.

23

— Para você, Arquimago — disse um aprendiz, de pé, respeitosamente na porta que leva ao escritório de Par-Salian. — Acabou de chegar por um mensageiro de Flotsam. — Ele colocou um pacote sobre a mesa e saiu com uma reverência.

Par-Salian pegou o pacote e estudou-o com curiosidade. Estava endereçado a Antimodes e ele aparentemente o encaminhou. Par-Salian examinou a caligrafia do endereço: traços rápidos, ansiosos e impacientes, letras maiúsculas excessivamente grandes — criatividade ostensiva, uma curva nervosa no final de um s. Uma inclinação para a esquerda e uma nitidez nas letras que lembrava a linha de uma lança. Uma imagem do escritor se formou em sua mente e ele não ficou surpreso ao descobrir, ao abrir a carta que estava dentro, que havia sido escrita pelo jovem Raistlin Majere.

Par-Salian sentou-se e leu com interesse, espanto e admiração, o relato direto e desapaixonado dos encontros entre Raistlin e um mago descrito como um renegado, um mago que se autodenominava Immolatus.

Immolatus. O nome era familiar. Par-Salian terminou sua leitura da missiva, leu-a mais duas vezes e depois voltou sua atenção para o pequeno livro com capa de couro. Ele entendeu seus segredos imediatamente. Não era surpreendente. Os magos que residiam na Torre frequentemente viam Par-Salian parado na janela, banhado pelo luar prateado, seus lábios se movendo em uma conversa unilateral. Todos sabiam que ele conversava diretamente com Solinari.

O coração de Par-Salian deu um solavanco, suas mãos gelaram e tremeram quando percebeu o terrível perigo, a terrível tragédia que quase ocorrera, uma tragédia da qual haviam escapado através do valor de um Cavaleiro morto, da coragem inadvertida de um jovem mago e da vingança há muito planejada de um pedaço de madeira.

Par-Salian acreditava, assim como Horkin e talvez com melhor razão, que tudo acontece por um motivo. Mesmo assim, achou esse relato incrível, surpreendente e aterrorizante.

Não havia dúvidas em sua mente de que quem quer que tivesse ordenado aquele ataque à cidade de Fim da Esperança sabia sobre o tesouro sob a montanha e escolhera aquela cidade a fim de ganhar o tesouro. Mas por que razão, que propósito obscuro, Par-Salian não conseguia adivinhar. A destruição dos ovos era a mais provável, mas havia argumentos contra isso. Por que se dar ao trabalho de atacar e tomar uma cidade murada com um exército quando alguns homens com picaretas poderiam fazer o trabalho igualmente bem?

Um mês se passou desde que o jovem Majere escreveu a carta e ela chegou a Wayreth. Naquela época, chegou a Par-Salian a notícia de que o rei de Blödehelm, o Rei Guilherme, havia sido descoberto em sua própria masmorra, feito prisioneiro por pessoas estranhas e sinistras, que administravam os negócios do reino em seu nome. Par-Salian ouviu a história de como essas mesmas pessoas fugiram com a chegada do Barão Ivor de Langtree e seu exército, que marchou para Vantal e sitiou o castelo. Foi o próprio barão quem libertou o infeliz rei. Par-Salian não havia pensado muito na história na época. Agora ele a via com alarme.

Forças estavam trabalhando no mundo, forças das trevas. Elas ainda não tinham rosto, mas poderia dar-lhes um nome. Isso o lembrou. Immolatus. Esse nome era sem dúvida familiar. Abrindo um compartimento secreto numa gaveta secreta, tirou dali o livro que estivera lendo quando Raistlin Majere deixara aquelas mesmas paredes.

Quando Par-Salian lia um livro, não se lembrava simplesmente da essência do seu conteúdo, lembrava-se de cada página, o texto escrito litografado na placa de pedra da sua mente. Bastava folhear as páginas de milhares de textos catalogados em seu cérebro até encontrar o que desejava. Ele virou imediatamente para a página que lembrava e lá estava.

As listas de inimigos dispostos contra Huma eram formidáveis, compostas pelos dragões mais fortes, poderosos, cruéis e terríveis de Sua Majestade das Trevas. Incluídos em suas fileiras estavam Thunderstrike, o Grande Azul, Werewrym, o Negro, Icekill, o Branco, e o favorito de Sua Majestade, o vermelho conhecido como Immolatus...

— Immolatus — disse Par-Salian, suspirou e estremeceu. — Então, começou. Assim começamos a longa jornada na escuridão.

Ele olhou novamente para a carta escrita naquele tom rápido, nervoso, ousado e faminto, assinada embaixo:

Raistlin Majere, Magus.

Par-Salian pegou a carta. Falando uma palavra de magia, ele a fez ser consumida pelo fogo.

— Pelo menos — disse ele — não caminhamos sozinhos.

Para acompanhar as novidades da Jambô e acessar conteúdos gratuitos de RPG, quadrinhos e literatura, visite nosso site e siga nossas redes sociais.

www.jamboeditora.com.br

facebook.com/jamboeditora

x.com/jamboeditora

bsky.app/profile/jamboeditora.com.br

instagram.com/jamboeditora

threads.net/@jamboeditora

youtube.com/jamboeditora

twitch.com/jamboeditora

Para ainda mais conteúdo, incluindo colunas, resenhas, quadrinhos, contos e material de jogo, faça parte da Dragão Brasil, a maior revista de cultura nerd do país.

Participe também de *Duelo de Dragões*, primeira grande campanhade RPG coletiva de *Tormenta 20*.
O Brasil todo está jogando!

www.dragaobrasil.com.br

www.catarse.me/revistatormenta20

Rua Coronel Genuíno, 209 • Centro Histórico
Porto Alegre, RS • 90010-350
contato@jamboeditora.com.br